STUART MACBRIDE
Die Stimmen der Toten

Buch

Von sieben Frauen haben drei die »Operation« überlebt. Und wünschen, sie hätten es nicht getan. Jetzt ist der Killer zurückgekehrt ...

Ex-Detective Inspector Ash Henderson sitzt hinter Gittern. Für ein Verbrechen, das er nicht begangen hat. Doch nun braucht ihn die Polizei und ist bereit, Ash fürs Erste in die Freiheit zu entlassen. Ausgestattet mit einer elektronischen Fußfessel und einer Aufseherin soll er den Ermittlern helfen. Denn offenbar ist ein Serienkiller zurückgekehrt, der acht Jahre zuvor in Oldcastle vier Frauen getötet und drei schwer verletzt hat. Ash Henderson war nahe daran, ihn zu fassen, doch der Mörder entkam. Nun hat er wieder zugeschlagen – und Ash erhält eine zweite Chance ...

Weitere Informationen zu Stuart MacBride
sowie zu lieferbaren Titeln des Autors
finden Sie am Ende des Buches.

Stuart MacBride

Die Stimmen der Toten

Thriller

Aus dem Englischen
von Andreas Jäger

GOLDMANN

Die Originalausgabe erschien 2014 unter dem Titel
»A Song for the Dying«
bei HarperCollins*Publishers*, London

Dieses Buch ist auch als E-Book erhältlich.

Verlagsgruppe Random House FSC® N001967
Das FSC®-zertifizierte Papier *Pamo House* für dieses Buch
liefert Arctic Paper Mochenwangen GmbH.

1. Auflage
Deutsche Erstausgabe Oktober 2015
Copyright © der Originalausgabe
2014 by Stuart MacBride
Copyright © der deutschsprachigen Ausgabe 2015
by Wilhelm Goldmann Verlag, München,
in der Verlagsgruppe Random House GmbH
Umschlaggestaltung: UNO Werbeagentur, München
Umschlagfoto: plainpicture/Anja Weber-Decker
Redaktion: Eva Wagner
AB · Herstellung: Str
Satz: Uhl + Massopust, Aalen
Druck und Bindung: GGP Media GmbH, Pößneck
Printed in Germany
ISBN 978-3-442-48289-4
www.goldmann-verlag.de

Besuchen Sie den Goldmann Verlag im Netz

Für Lorna, Dave und James

das ende ist nah

Der Rabe sprach: Es ist so weit;
Schließ deine Augen, sei bereit
Mit mir durchs öde Land zu gehn,
Unter den Toten dort zu stehn.

William Denner,
A Song for the Dying (1943)

1

»Also, ich sag ja nicht, dass er *schwul* ist – ich sag nicht, er ist ho-mo-sexuell, ich sag bloß, dass er ein totales Weichei ist. Das is' ja wohl was anderes.«

»Nicht schon wieder *das* Thema...« Die Mondsichel reißt die Wolken auf wie eine Wunde und wirft fahles Licht auf die beiden, während Kevin sich seinen Weg durch das froststeife Gras bahnt, eine Atemwolke hinter sich herziehend. Seine Nippel sind wie zwei glühende Nadelstiche, und die Finger, die die Taschenlampe halten, schmerzen, wo sie aus dem Ärmel rausgucken. Die Bügel seiner Brille sind kalt an den Schläfen.

Hinter ihm ziehen die blau-weißen Lichter des Krankenwagens träge Kreise und lassen Schatten durch die Bäume am Straßenrand huschen. Die Lichtkegel der Scheinwerfer fallen auf ein Buswartehäuschen, werden von der geschwärzten und mit Blasen überzogenen Plexiglasscheibe reflektiert, die jemand anzuzünden versucht hat.

Nick schlägt die Tür des Krankenwagens zu. »Ich meine, im Ernst, schau ihn dir doch an: Das ist doch ein Weichei hoch drei, oder?«

»Jetzt sei endlich still und hilf mir.«

»Weiß gar nicht, worüber du dich so aufregst.« Nick kratzt sich mit Verve seinen Bart wie ein Hund mit Flöhen. Winzige Schuppen fallen aus der Gesichtsmatte und funkeln im Schein seiner Taschenlampe wie sterbende Glühwürmchen. »Ist bestimmt wieder so ein verdammter Telefonstreich, genau wie all die anderen. Ich sag's dir, seit sie diese Frau mit den rausgerissenen Gedärmen in Kingsmeath gefunden haben, rufen sämtliche Idioten in der Stadt, die sonst nichts zu tun haben, bei der Polizei an und melden ausgeweidete Frauenleichen. Wenn das alles stimmen würde, müsste man hier alle paar Meter über 'ne tote Nutte stolpern.«

»Was ist, wenn sie irgendwo da draußen halbtot im Dunkeln liegt? Willst du nicht ...«

»Und weißt du, *warum* Spiderman so ein Waschlappen ist?«

Kevin sieht ihn nicht an, er hält den Blick auf das Gras gerichtet. Es ist dichter hier, die spröden Halme durchsetzt mit rostroten Sauerampferblättern und abgestorbenen Disteln. Irgendetwas riecht hier muffig, schimmlig, vergammelt. »Was ist, wenn es doch kein Scherz ist? Sie lebt vielleicht noch.«

»Ja, ja, das redest du dir immer ein. Fiver sagt, sie existiert überhaupt nicht.« Seine Fingerspitzen durchkämmen wieder seinen Bart, während er durch einen raschelnden Laubhaufen stapft. »Also, zurück zu Spiderman: Die Tat ist seine Belohnung, so heißt's doch, oder? Voll der Softie.«

Noch zwei Stunden, dann ist die Schicht um. Noch zwei Stunden lang dieses hirnlose Gewäsch ertragen ...

Schaut da etwas unter diesem Stechginsterstrauch hervor?

Die langen dunklen Samenhülsen rasseln wie eine Klapperschlange, als Kevin die Zweige teilt.

Bloß eine Plastiktüte. Reif glitzert auf dem blau-roten Logo.

»Also, wenn *ich* so ein scharfes Weib aus einem brennenden Gebäude retten würde, dann würde ich erwarten, dass sie sich erkenntlich zeigt. Wenn schon nicht mit Geld, dann wenigstens mit einem Blowjob. Wann hast du zuletzt gesehen, dass Spiderman einen geblasen kriegt? Noch nie, das sag ich dir.«

»Nick, ich schwöre bei Gott ...«

»Komm schon, wenn einer von uns im Pyjama rumlaufen und wildfremde Leute mit seinen klebrigen Körperflüssigkeiten bespritzen würde, dann käme er doch gleich ins Sexualstraftäter-Register, oder?«

»Kannst du nicht vielleicht mal fünf Sekunden die Klappe halten?«

Kevins Ohrmuscheln brennen, als ob jemand eine Zigarette darauf ausdrücken würde. Die Wangen allmählich auch. Er schwenkt den Strahl der Lampe hin und her. Vielleicht hat Nick ja recht, vielleicht ist das alles reine Zeitverschwendung. An einem Donnerstagabend im November irren sie hier draußen in der Schweinekälte rum, bloß weil irgend so ein blöder Arsch es für einen guten Witz hielt zu melden, dass da eine Frauenleiche am Straßenrand liegt.

»Er ist kein Superheld, er ist pervers. Und ein Weichei. *Quod erat demonstrandum.*«

Jedes Jahr erleiden hundertfünfzigtausend Leute einen Schlaganfall – warum kann Nick nicht einer davon sein? Und zwar auf der Stelle. Ist das wirklich zu viel verlangt?

Der haarige Blödmann wühlt in seinem Bart herum und zeigt auf den Boden. »Sieh mal an, da hat aber jemand einen Stich gemacht. Hab hier 'n ganzes Nest von Kondomen gefunden...« Er stochert mit der Stiefelspitze darin herum. »Mit Noppen, wie's aussieht.«

»Schnauze.« Kevin kaut am Nagelhäutchen seines Zeigefingers herum, von seinem Atem beschlagen die Brillengläser. »Was hat der Anrufer gesagt?«

Nick schnieft. »Frau von Mitte zwanzig, möglicherweise innere Blutungen. A Rhesus-negativ.«

Der Asphalt knirscht unter Kevins Sohlen, als er vorsichtig um das Wartehäuschen herumgeht. »Woher weiß er das?«

»Dass sie hier liegt? Na, ich denke...«

»Nein, du Schwachkopf – woher weiß er ihre Blutgruppe...?« Kevin bleibt abrupt stehen. Da liegt etwas hinter dem Wartehäuschen, und es hat die richtige Größe für einen Menschen.

Er stakst darauf zu, rutscht auf dem vereisten Asphalt aus. Aber es ist nur ein großes Stück von einem Teppich, das verblichene grün-gelbe Schnörkelmuster mit dunkleren Flecken gesprenkelt. Weggeworfen von irgendeinem Dreckschwein, das zu faul war, zur städtischen Müllkippe zu fahren. Was denken sich diese Leute eigentlich dabei?

Es ist ja nicht so, als ob…

Da sind Schleifspuren im Gras, und sie führen von dem Teppich weg.

O Gott.

»Und von Superman will ich erst gar nicht reden!«

Kevins Stimme versagt. Also setzt er noch einmal an. »Nick…?«

»Ich meine, wie pervers muss einer sein, um in blauen Strumpfhosen zur Arbeit zu gehen…«

»Nick, hol den Notfallkoffer.«

»…mit 'ner knallroten Unterhose drüber? Ich meine, das schreit doch geradezu: ›Schaut auf mein Gemächt, ich bin der Mann aus Stahl!‹ Und er ist schneller…«

»Hol den Notfallkoffer!«

»…'ne Gewehrkugel. Welche Frau will schon…«

»HOL ENDLICH DEN VERDAMMTEN NOTFALLKOFFER!« Und Kevin läuft los, schlittert durch das Gras an der Seite des Buswartehäuschens, pflügt durch die Wedel von erfrorenen Brennnesseln, immer den Schleifspuren nach.

Sie liegt auf dem Rücken, das eine Bein unter den Körper geklappt, der andere Fuß mit Dreck verschmiert. Ihr weißes Nachthemd ist ihr bis über die Oberschenkel hochgerutscht, ein gelbes Kreuz auf dem Stoff über ihrem angeschwollenen Unterleib – verformt durch das, was darin eingenäht ist. Scharlachrote Flecken tränken den Stoff, breiten sich aus wie dunkle Mohnblumen.

Ihr Gesicht ist bleich wie feines Porzellan, die Sommersprossen heben sich ab wie getrocknete Blutflecken, das kupferrote Haar wallt über das vom Frost gehärtete Gras. Eine goldene Kette glitzert an ihrem Hals.

Ihre Finger zittern.

Sie *lebt*...

Sechs Jahre später

2

Die Wand versetzte mir einen Schlag zwischen die Schulterblätter, dann tat sie das Gleiche mit meinem Hinterkopf. Eine Explosion aus gelbem Licht. Ein dumpfes *Klonk* in meinem Schädel. Aus meiner Kehle drang ein Grunzlaut. Und dann noch einmal, als Ex-Detective Sergeant O'Neil mir seine Faust in den Bauch rammte.

Glassplitter fetzten durch meine Innereien, rissen alles in Stücke.

Ein neuerlicher Fausthieb ließ meinen dröhnenden Kopf zur Seite fliegen, und meine Wange brannte wie Feuer. Nicht O'Neil diesmal, sondern sein ebenso hünenhafter Kumpel, Ex-Constable Taylor. Die beiden mussten den größten Teil ihrer Haft im Fitnessraum verbracht haben. Das hätte jedenfalls erklärt, wie sie es schafften, so verdammt hart zuzuschlagen.

Wieder eine Faust in die Magengrube. Der Schlag warf mich gegen die Wand des Flurs.

Ich wehrte mich mit einer rechten Geraden. Meine Knöchel schrien vor Schmerz, als sie in O'Neils Nase krachten, sie plattdrückten und seinen hässlichen, keilförmigen Kopf nach hinten schnellen ließen. Eine rote Fontäne spritzte durch die Luft, als der Mistkerl davonwankte.

Okay. Einen hatte ich immerhin kurzfristig kaltgestellt. Ein paar Sekunden würden schon reichen …

Ich schwang den Ellbogen nach Taylors großem rundem Gesicht. Aber er war schnell. Viel schneller, als einer von seiner Statur eigentlich sein dürfte.

Mein Ellbogen krachte in die Wand.
Dann klatschte seine Faust wieder in meine Wange.
KRACK – mein Kopf prallte wieder gegen die Wand.
Diesmal traf mein Ellbogen ihn genau auf den Mund. Ein Stromschlag jagte durch meinen Musikantenknochen, als ich ihm die Oberlippe zu Brei schlug. Wieder ein paar rote Farbtupfer in dem trostlosen Korridor. Das Blut rann ihm über sein Gefängnis-Sweatshirt und breitete sich auf dem grauen Stoff aus wie kleine rote Blüten.

Er wich einen Schritt zurück. Spuckte ein paar weiße Brocken aus. Wischte sich mit der Hand über den Mund und verschmierte das Blut. Die Zahnlücken machten seine Aussprache ganz feucht und lispelnd, als er zischte: »O Mann, du bitht ja tho wath von *tot*.«

»Glaubt ihr wirklich, zwei gegen einen wären genug?« Ich ballte die Rechte zur Faust. Ein stechender Schmerz schoss durch die Gelenke, bei jeder Bewegung war es, als ob jemand glühende Nadeln durch den Knorpel in die Knochen bohrte.

Dann hörte ich O'Neil brüllen. Er stürzte sich auf mich, sein Gesicht von purpurroten und schwarzen Striemen entstellt.

KRACK, und wieder knallte ich gegen die Wand. Alle Luft entwich in einem gewaltigen Ächzen aus meiner Lunge. Eine Faust landete in meinem Gesicht. Alles wurde unscharf.

Ich schlug blind zurück.

Wieder daneben.

O'Neil landete einen weiteren Treffer, und ein Chor von Geiern krächzte in meinem Schädel.

Ich blinzelte.

Bleib auf den Beinen. Wenn sie dich erst auf dem Boden haben...

Ich legte meine Hand über sein Gesicht und bohrte den Daumen in das, was von seiner Nase übrig war. Krallte ihn in den warmen, glitschigen Mansch.

Er schrie wie am Spieß.

Dann war ich wieder an der Reihe, als Taylor seinen Stiefel Größe 45 auf meinen rechten Fußrücken niederkrachen ließ. Irgendetwas da drin riss. Narbengewebe und Knochen lösten sich. Die Nähte platzten auf, das Einschussloch klaffte. Und alle Pläne, auf den Beinen zu bleiben, gingen in einer Welle höllischer, würgender Schmerzen unter.

Es war, als ob ich noch einmal eine Kugel in den Fuß bekäme.

Mein rechtes Bein knickte ein. Der granitfarbene Fußboden flog mir entgegen.

Einrollen. Arme und Beine anziehen, die lebenswichtigen Organe schützen, den Kopf decken...

Füße und Fäuste prasselten auf meine Oberschenkel, die Arme und den Rücken ein. Traten, boxten und stampften.

Und dann wurde es dunkel.

...

»– is' nicht... mit...?«

»...verdammte Na... Scheiß...«

...

»...auf, er kommt zu s...«

Ein scharfer Ruck an meiner Wange.

Blinzeln.

Blinzeln.

Husten... Es war, als ob mir jemand einen Vorschlaghammer in die Rippen geschlagen hätte, und jedes krampfhafte Luftholen machte es noch schlimmer.

O'Neil grinste mit seinem blutverschmierten Gesicht auf mich herab, die Nase mit deutlicher Schlagseite nach links. Er hörte sich so verschnupft an, als ob er Werbung für Nasenspray machte. »Aufwachen, Prinzessin. Ich wette, du hast gedacht, du würdest mich nie wiedersehen, was?«

Taylor hatte ein Mobiltelefon am Ohr, er nickte, während er

mit der Zungenspitze seine Zahnlücken inspizierte. »Okay, ich thtell Thie auf Lautthprecher.«

Er tippte auf das Display und hielt mir das Ding dann hin.

Ein schickes neues Telefon. Im Knast definitiv nicht erlaubt.

Das Display flackerte, und aus der verwaschenen hellen Fläche formte sich die Nahaufnahme eines Gesichts, die Züge verschwommen. Dann wich die Person zurück, und alles wurde plötzlich scharf.

Mrs Kerrigan. Ihre braunen Haare waren zu einem losen Knoten hochgebunden, an den Wurzeln waren graue Strähnen zu erkennen. Ein verkniffenes Gesicht mit knallroten Lippen und spitzen kleinen Zähnen. Ein Kruzifix baumelte in ihrem Ausschnitt. Sie setzte eine Brille auf und lächelte. »*Ah, Mr Henderson… Oder sollte ich Sie jetzt ›Gefangener Henderson‹ nennen?*«

Ich machte den Mund auf, aber O'Neil stellte seinen rechten Fuß auf meinen und drückte. Glühende Glasscherben bohrten sich in die Haut und verwandelten die Worte in ein hohes Zischen zwischen zusammengebissenen Zähnen.

»*Folgendermaßen läuft es ab: Mr Taylor und Mr O'Neil werden Ihnen ab und zu einen kleinen Besuch abstatten und Ihnen die Scheiße aus dem Leib prügeln. Und jedes Mal, wenn Ihre Entlassungsprüfung ansteht – Sie wissen schon, wenn die überlegen, ob sie Ihren armseligen Arsch wieder auf die Straße rauslassen sollen –, jedes Mal, wenn das passiert, werden die zwei Sie noch mal bearbeiten und dann überall herumerzählen, dass Sie angefangen haben.*«

O'Neils Grinsen wurde breiter, und ein Faden aus blutiger Spucke seilte sich aus dem Winkel seines zerschmetterten Munds ab. »*Jedes Mal.*«

»*Das haben Sie jetzt davon, dass Sie mir eine Pistole ins Gesicht gehalten haben, Sie kleiner Scheißkerl. Sie sind jetzt mein Lieblingsprojekt, ich werd Sie so lange triezen, bis es mir lang-*

weilig wird, und dann lass ich Sie umbringen.« Sie beugte sich vor, und ihr Gesicht wurde wieder unscharf, bis ihr roter Mund das ganze Display ausfüllte. *»Aber keine Sorge, so schnell wird's mir nicht langweilig. Ich hab vor, Sie noch ein paar Jahre zu triezen.«*

Achtzehn Monate später

3

»Leider beobachten wir nach wie vor eine beklagenswerte Häufung von Gewalttaten seitens Mr Henderson.« Dr. Altringham klopfte mit den Knöcheln auf die Tischplatte, als wäre es ein Sargdeckel. Er blies sich die fransigen grauen Ponysträhnen aus den Augen und rückte seine Brille zurecht. »Ich kann eine Entlassung zu diesem Zeitpunkt wirklich nicht empfehlen. Er stellt eindeutig eine fortgesetzte Gefahr für die Öffentlichkeit dar.«

Zwanzig Minuten ging das nun schon so, und noch immer hatte ich mich nicht aus meinem Stuhl gehievt, um zu ihm hinüberzuhumpeln und ihm mit meinem Krückstock den Schädel einzuschlagen. Was eine ziemliche Leistung war in Anbetracht meiner angeblichen »Gefährlichkeit«. Vielleicht war es der beruhigende Einfluss von Officer Barbara Crawford. Sie hatte sich rechts neben meinem orangefarbenen Plastikstuhl aufgebaut, und ihr dicker Schlüsselbund baumelte ein paar Zentimeter neben meinem Ohr.

Babs hatte eine Figur wie ein Kleiderschrank. Tattoos schauten unter ihren Ärmeln heraus, schlängelten sich um ihre Handgelenke und über die Rückseiten ihrer fleischigen Hände. Stacheldraht und Flammen. »Faith« prangte auf den Knöcheln der einen Hand, »Hope« auf der anderen. Ihre kurzen Haare standen in kleinen grauen Stacheln vom Kopf ab, die Spitzen blond gefärbt. Sehr trendy.

Wie üblich hatten sie die Möbel umgestellt, sodass der große Tisch einem einzelnen Stuhl in der Mitte des Raums gegenüberstand. Ich und Babs auf der einen Seite, der ganze Rest auf der anderen. Zwei Psychiater, ein abgerissener Sozialarbeiter mit großen eckigen Brillengläsern und die stellvertretende Gefängnisdirektorin, die sich wie für eine Beerdigung gekleidet hatte. Und alle redeten sie über mich, als ob ich gar nicht da wäre. Da hätte ich auch gleich in meiner Zelle bleiben und mir den Stress sparen können.

Wir wussten doch sowieso alle, worauf das hier hinauslief: *Entlassung abgelehnt.*

Meine Rippen knacksten von der gestrigen Schlägerei, als ich mich auf meinem Stuhl nach vorne lehnte. *Jedes* Mal dasselbe, mit ermüdender Regelmäßigkeit. Das Einzige, was sich änderte, war die Besetzung. O'Neil war vor vier Monaten in der Dusche abgestochen worden. Taylor war entlassen worden, nachdem er die Hälfte seiner Strafe abgesessen hatte. Danach waren es zwei andere primitive Gorillas, die mir in den Fluren auflauerten und mir Mrs Kerrigans »Botschaften« überbrachten. Und danach wieder zwei andere.

Ich konnte machen, was ich wollte, immer wieder landete ich hier, am ganzen Leib grün und blau geschlagen.

Entlassung abgelehnt.

Es war mir sogar gelungen, den Typen zu stellen, der O'Neil ersetzt hatte. Ich hatte ihn allein in der Gefängniswäscherei erwischt. Hatte ihm beide Arme und das linke Bein gebrochen, jeden einzelnen Finger ausgerenkt und dazu das Kiefergelenk. Mrs Kerrigan hat einfach jemand anders seinen Platz einnehmen lassen. Und ich kassierte noch eine Extra-Abreibung, sozusagen außer der Reihe.

Die stellvertretende Direktorin und die Psychologen konnten so viele Entlassungsprüfungen ansetzen, wie sie wollten – es stand jetzt schon fest, dass ich diesen Knast nur in einem Leichensack wieder verlassen würde.

Ich schloss die Augen. Ließ es brennen.

Der Gedanke, hier nie mehr rauszukommen.

Der Krückstock war kalt zwischen meinen Fingern.

Ich hätte Mrs Kerrigan erledigen sollen, als ich die Gelegenheit dazu hatte. Ihr die Hände um den Hals legen und sie würgen, bis ihr die Augen aus den Höhlen traten, die Zunge anschwoll und schwarz wurde, bis sie mit ihren Händen nach meinen krallte, während ich gnadenlos zudrückte und ihr Brustkorb sich hob und senkte, nach nicht vorhandener Luft ringend ...

Aber nein. Das konnte ich doch nicht tun, oder? Musste ja den braven Jungen spielen. Den verdammten Idioten.

Und was hatte ich nun davon? Ich saß hier fest, bis es ihr irgendwann langweilig werden würde und sie mir von irgendwem die Kehle aufschlitzen ließ. Oder ein selbst gebasteltes Messer in die Nieren rammen, geschärft an einer Zellenwand und beschmiert mit Scheiße, damit die Wunde sich auch schön entzündete. Vorausgesetzt, ich überlebte den Blutverlust.

Keine albernen Entlassungsprüfungen mehr, nur ein kleiner Ausflug zur Krankenstation und von dort ins Leichenschauhaus.

Wenigstens würde ich dann nicht mehr hier sitzen und mir Altringhams Lügen anhören müssen, wenn er allen erzählte, wie gewalttätig und gefährlich ich sei ...

Ich ließ meine Finger an dem Stock hochgleiten, bis sie den Griff umschlossen. Packte fest zu. Straffte die Schultern.

Warum nicht seinen Erwartungen gerecht werden – oder meinetwegen ungerecht – und seine selbstgefällige, verlogene Fresse ein bisschen ummodeln? Sicher könnte ich einigen Schaden anrichten, ehe sie mich wegzerrten. Hatte ja eh nichts zu verlieren. Und wenigstens hätte ich dann die Befriedigung, ihn ...

Babs' Hand landete auf meiner Schulter. Ihre Stimme war kaum laut genug, um als Flüstern durchzugehen. »Lassen Sie das mal schön bleiben.«

Na gut.

Ich ließ die Schultern wieder sacken.

Dr. Alice McDonald – Psychiaterin Nummer zwei – hob die Hand. »Augenblick mal, bitte: Das Verfahren wegen Mordes wurde *eingestellt*.« Ihr lockiges braunes Haar war zu einem losen Pferdeschwanz gebunden, ein paar Strähnen hatten sich daraus gelöst und schimmerten im Schein der Deckenbeleuchtung. Die Manschetten einer blassvioletten Bluse schauten unter den Ärmeln ihres Nadelstreifenkostüms hervor. »Mr Henderson hat seinen Bruder nicht umgebracht, die Beweise gegen ihn waren gefälscht. Das sind verbürgte Tatsachen. Der Berufungsrichter ...«

»Ich spreche nicht vom Mord an seinem Bruder. Ich spreche hiervon.« Altringham nahm ein Blatt Papier, das vor ihm auf dem Tisch lag, und schwenkte es. »In den vergangenen achtzehn Monaten hat er *siebzehn* andere Gefangene angegriffen und ernsthaft verletzt. Jedes Mal, wenn seine Entlassung auch nur im Entferntesten zum Thema wird, schlägt er wieder jemanden zusammen.«

»Das haben wir doch alles schon diskutiert, es ...«

»Gestern hat er einem Mann die Nase gebrochen, und ein anderer hat einen Jochbeinbruch davongetragen!« Altringham klopfte wieder auf den Sargdeckel. »Hört sich das nach dem Verhalten eines Mannes an, den wir auf eine ahnungslose Bevölkerung loslassen sollten?«

Genau: Ich hatte ein, zwei saubere Treffer landen können, ehe sie mich dann in eine Ecke gedrängt hatten. Sie hatten gegrinst und höhnisch gelacht. Hatten meine Schläge eingesteckt, damit es besser aussah, wenn sie sich über mich beschwerten. Aber was hätte ich denn tun sollen, einfach dastehen und alles über mich ergehen lassen?

Selbst nach so langer Zeit noch ...

Alice schüttelte den Kopf. »Es ist ja wohl kaum Mr Hendersons Schuld, dass er immer wieder angegriffen wird. Wenn die Gefängnisleitung bei der Kontrolle der Interaktionen zwischen den Insassen bessere Arbeit leisten würde, dann müsste er sich nicht andauernd verteidigen.«

Die stellvertretende Direktorin kniff die Augen zusammen. »Wenn Sie andeuten wollen, dass diese Einrichtung ihre Pflichten vernachlässigt, wenn es um die Sicherheit der Inhaftierten geht, dann muss ich das *entschieden* zurückweisen.«

Altringham seufzte theatralisch. »Bei Mr Henderson kann sich niemand sicher fühlen. Er ist krankhaft unfähig, sich...«

»Das ist ganz und gar nicht der Fall, die Angriffe *gegen* Mr Henderson weisen ein eindeutiges Muster auf, das...«

»Ja, und dieses Muster ist seine selbstzerstörerische Persönlichkeit! Es geht hier um nichts weiter als um das simple Bedürfnis, sich selbst zu bestrafen, ausgelöst durch das Überlebenden-Syndrom. Es ist keine Verschwörung, es ist schlichte Psychologie, und wenn Sie über den Tellerrand Ihrer persönlichen Befangenheit in diesem Fall hinaussehen könnten, wüssten Sie das selbst.«

Alice bohrte Altringham den Finger in die Schulter. »Ich muss doch *sehr* bitten! Wollen Sie etwa andeuten, ich sei nicht in der Lage...«

Die stellvertretende Direktorin knallte ihre Aktenmappe auf den Tisch. »So, das reicht jetzt!« Sie funkelte Alice an, dann drehte sie sich um und bedachte auch Altringham mit einem bösen Blick. »Wir sind hier, um nach bestem Wissen und Gewissen über Mr Hendersons Entlassung oder die Fortsetzung seiner Haftstrafe zu diskutieren, und *nicht*, um uns zu zanken und zu streiten wie die kleinen Kinder. Also, damit wir endlich weiterkommen...« Sie streckte eine Hand aus. »Dr. McDonald, Sie haben Ihr Gutachten da?«

Alice nahm das oberste Blatt aus der Ledermappe, die sie vor sich liegen hatte, und reichte es ihr.

Die stellvertretende Direktorin überflog es mit gerunzelter Stirn, dann drehte sie es um und las die Rückseite, ehe sie das Blatt wieder auf den Tisch legte. »Und Dr. Altringham?«

Er schob ihr sein Gutachten zu, das sie ebenfalls eine Weile konzentriert studierte.

Officer Babs lehnte sich zu mir hin, sie sprach immer noch im Flüsterton. »Was macht die Arthritis?«

Ich beugte die Finger meiner rechten Hand. Die Knöchel waren ganz geschwollen und blau angelaufen von dem Schlag, der Ex-DI Graham Lumley das Jochbein gebrochen hatte. »Das war es wert.«

»Was sag ich Ihnen denn immer wieder? Gehen Sie mit den Ellbogen rein, oder zielen Sie nur auf die Weichteile.«

»Tja, nun...«

Die stellvertretende Direktorin legte Altringhams Gutachten auf das von Alice und setzte sich gerade auf. »Mr Henderson, nach sorgfältiger Abwägung...«

»Sparen Sie sich die Mühe.« Ich schob den Hintern auf meinem Plastikstuhl noch ein Stückchen weiter vor. »Wir wissen doch alle, worauf das hier hinausläuft. Warum kommen wir dann nicht gleich zu der Stelle, wo Sie mich wieder in meine Zelle zurückschicken?«

»Nach sorgfältiger Abwägung, Mr Henderson, und nachdem ich die Beweislage und alle Expertengutachten geprüft habe, gelange ich zu der Überzeugung, dass Ihre fortgesetzte Anwendung von Gewalt es erforderlich macht, Sie weiter in dieser Einrichtung zu behalten, so lange, bis eine umfassende Untersuchung der Vorfälle von gestern durchgeführt werden kann.«

Also wieder mal das Übliche.

Ich würde hier so lange sitzen, bis es Mrs Kerrigan irgendwann langweilig würde und sie mich kaltmachen ließ.

**Gegenwart
(Sechs Monate später)
Sonntag**

4

»…*werden wir weiter berichten, sobald es etwas Neues gibt. Und nun nach Edinburgh, wo die Eltern der sechsjährigen Stacey Gourdon an die Entführer appelliert haben, die Leiche des Mädchens herauszugeben*…« Der Fernseher im Gemeinschaftsraum war in seinem eigenen kleinen Käfig eingesperrt, hoch oben an der Wand, als ob die Gefängnisleitung befürchtete, er könne einen Ausbruchsversuch unternehmen.

Ex-Detective Superintendent Len Murray schnappte sich einen Plastikstuhl und pflanzte ihn neben meinen. Er machte es sich darauf bequem, und ein Grinsen verzog sein graues Robin-Hood-Ziegenbärtchen. Der kahle Schädel und die kleine runde Brille funkelten im Schein der Neonröhren. Ein großer, kräftiger Mann mit grollender Stimme. »Du wirst sie umbringen müssen. Das weißt du doch, oder?«

Die Frau in der Einzelzelle des Fernsehers nickte grimmig. »*Stacey Gourdons blutbeflecktes Kleid und ihre Turnschuhe wurden von einem Suchtrupp der Polizei in einem Waldstück bei Corstorphine gefunden*…«

Ich starrte ihn an. »Hast du nichts Besseres zu tun?«

»Ash, diese irische Schlampe wird dafür sorgen, dass du hier drin bleibst, bis du dir die Kugel gibst oder sie jemanden schickt, der es für sie erledigt. Wird Zeit, dass du die Initiative ergreifst.«

»Ich meine, du hast schließlich noch wie viele Jahre abzusitzen – vier? Du solltest dir ein Hobby zulegen. Schreinern vielleicht oder Spanisch lernen.«

Der Fernseher zeigte jetzt ein heruntergekommenes kleines Reihenhaus in einer schäbigen Sozialsiedlung. Ein Rudel Reporter balgte sich um die besten Plätze, als die Haustür aufging und eine hohlwangige Frau erschien. Ihre Finger zitterten, als sie mit leerem Blick in die Kameras starrte. Hinter ihr war gerade so ein dicker Mann mit blutunterlaufenen Augen zu erkennen, der schniefte und auf seiner Unterlippe herumkaute.

Die Frau räusperte sich. Sah auf ihre zitternden Hände hinunter. »*Wir ...*« Neuer Versuch. »*Wir wollen sie doch nur wiederhaben. Damit wir sie begraben können. Damit wir Abschied nehmen können ...*«

Len lehnte sich zurück und ließ eine Hand auf meine Schulter fallen. Drückte zu. »Ich kenne da zwei Typen, die würden den Job für zwei Riesen übernehmen.«

Ich zog eine Braue hoch. »Für mickrige zweitausend Pfund würden die sich mit Andy Inglis anlegen? Sind die wahnsinnig oder was?«

»Sie sind nicht von hier. Und sie müssen sowieso das Land verlassen. Außerdem: Wer würde es je erfahren?«

»*... bitte, sie ist unser kleines Mädchen ... Stacey war doch das Ein und Alles für ihren Dad und mich ...*«

»Ich zum Beispiel.«

Den Job auf zwei hergelaufene Idioten abschieben? Kam überhaupt nicht infrage. Wenn Mrs Kerrigan sterben würde, dann mit meinen Händen um ihren Hals. Die sie würgten und ...

Vorausgesetzt, ich käme je so weit.

Ich wandte mich wieder dem Bildschirm zu, wo Staceys Mutter gerade zusammenbrach, jeder Schluchzer im Blitzlichtgewitter eingefangen.

Zurück ins Studio. »*... sachdienliche Hinweise haben, rufen Sie bitte die unten eingeblendete Nummer an.*« Die Nachrichtensprecherin ordnete ihre Notizen. »*Die Polizei von Oldcastle* *hat bestätigt, dass es sich bei der Toten, die gestern in den frühen Morgenstunden auf einem brachliegenden Grundstück im Stadtteil Blackwall Hill gefunden wurde, um Claire Young handelt, die als Kinderkrankenschwester im Castle Hill Infirmary arbeitete...«*

Len schüttelte den Kopf. »Dein Problem ist, dass du glaubst, du müsstest selbst Hand anlegen, damit die Rache persönlich ist. Du hast nie richtig delegieren gelernt.«

»Ich delegiere nicht, wenn es darum geht, dieses Miststück...«

»Was spielt es für eine Rolle, wer es macht, solange sie am Ende tot ist?« Er schüttelte den Kopf und seufzte. »Du kannst sie nicht selbst umbringen, solange du noch hier einsitzt. Ein klassisches Dilemma. Und für zwei Riesen kannst du dir das ganze Problem vom Hals schaffen.« Len lud eine imaginäre Pumpgun durch und schoss der Nachrichtensprecherin ins Gesicht. »Denk drüber nach.«

»Ja, weil ich ja auch zweitausend Pfund in der Hosentasche habe, die ich unbedingt loswerden muss.«

»... appellierten an das Gewissen der Journalisten, den Wunsch der Familie nach Privatsphäre zu respektieren...«

Na, dann mal viel Glück.

»Könntest es dir ja leihen?«

»So bin ich doch überhaupt erst in diesen Schlamassel geraten.«

Die Tür des Gemeinschaftsraums wurde aufgestoßen, und eine schneidende Stimme übertönte den Fernseher. »Henderson!«

Ich drehte mich um und erblickte Officer Babs. Sie wies mit dem Daumen hinter sich. »Sie haben Besuch.«

Ein Mann in einer braunen Lederjacke schlenderte ins Zimmer, die Hände in den Hosentaschen. Er war mindestens einen Kopf kleiner als Babs, stark behaart, mit dichten Koteletten.

Er ging quer durch den Raum, bis er zwischen mir und dem Fernseher stand.

»Und nun der Sport mit Bobby Thompson...«

Der behaarte Knabe lächelte. »Soso, Sie sind also der Ex-DC Henderson, von dem ich schon so viel gehört habe?« Sein Akzent war eindeutig schottisch, aber irgendwie undefinierbar, als ob er eigentlich von nirgendwo stammte. »Also... Dann erzählen Sie mir doch mal von Graham Lumley und Jamie Smith.«

»Kein Kommentar.«

Officer Babs trat neben ihn und ließ ihn damit gleich noch kleiner wirken. »Detective Superintendent Jacobson will sich darüber schlaumachen, was da vor vierzehn Tagen vor der Wäscherei passiert ist. Also stellen Sie sich nicht quer und kooperieren Sie mit ihm.«

Ja, klar. »Ein ausgewachsener Detective Superintendent? Und Sie sollen eine Schlägerei auf einem Gefängnisflur untersuchen? Sind Sie da nicht ein klein wenig überqualifiziert?«

Jacobson legte den Kopf schief und starrte mich an. Beäugte mich von Kopf bis Fuß, als ob er überlegte, mich zum Tanzen aufzufordern. »Im offiziellen Bericht heißt es, Sie hätten die beiden angegriffen. Sie hätten geschrien und geflucht und geheult wie ein... Augenblick, dass ich nichts Falsches sage.« Er zog ein kleines schwarzes Polizei-Notizbuch aus der Tasche und schlug es auf. »›Wie eine aus der Klapse entlaufene Heulsuse.‹ Dieser Graham Lumley versteht es, sich auszudrücken, nicht wahr?«

Len verschränkte die Arme vor seinem mächtigen Brustkasten. »Lumley und Smith sind dreckige Lügner.«

Jacobson wandte sich zu Len um und schenkte ihm ein strahlendes Lächeln. »Lennox Murray, nicht wahr? Ehemals Chef des Oldcastle CID. Achtzehn Jahre wegen Entführung, Folter und Mord, begangen an einem gewissen Philip Skinner.

Vielen Dank für Ihren Beitrag, aber ich würde gerne hören, was Mr Henderson zu sagen hat, okay? Wunderbar.«

Ich imitierte Len, verschränkte die Arme und legte die Beine übereinander. »Sie sind dreckige Lügner.«

Jacobson zog einen Stuhl heran und ließ sich darauf nieder. Er rückte ihn ein Stück vor, bis seine Knie fast meine berührten. Eine chemische Duftwolke umwaberte ihn – Rasierwasser Marke Old Spice. »Ash... Ich darf Sie doch Ash nennen, nicht wahr? Ash, der Gefängnispsychiater sagt mir, dass Sie eine selbstzerstörerische Persönlichkeit hätten. Dass Sie sich selbst sabotieren, indem Sie jedes Mal, wenn die Entscheidung über Ihre vorzeitige Haftentlassung ansteht, eine Schlägerei anzetteln.«

Nichts sagen. Einfach nur schweigen.

Jacobson zuckte mit den Achseln. »Dr. Altringham scheint mir zwar ein ziemlicher Idiot zu sein, aber was will man machen?« Er hob einen Finger, dann wies er über seine Schulter in die Richtung, wo der Fernseher hing. »Haben Sie den Bericht über die Krankenschwester gesehen, die hinter Blackwall Hill tot aufgefunden wurde?«

»Was soll mit der sein?«

»Eine tote Krankenschwester. Die Leiche irgendwo in der Pampa abgelegt. Kommt Ihnen das nicht bekannt vor?«

Ich sah ihn stirnrunzelnd an. »Haben Sie eine Vorstellung, wie viele Krankenschwestern jedes Jahr in Oldcastle verschwinden? Die Ärmsten müssten eigentlich eine Gefahrenzulage kriegen.«

»Smith und Lumley haben Sie ganz schön zugerichtet, was? Okay, da sind die Blutergüsse auf der Wange und die schiefe Nase, aber ich nehme mal an, dass die richtig schweren Prellungen sich alle auf die Oberschenkel und den Rumpf beschränken, hab ich recht? Wo man sie nicht sehen kann?« Wieder ein Schulterzucken. »Außer wenn Sie sich ausziehen, natürlich.«

»Ich fühle mich geschmeichelt, aber Sie sind nicht mein Typ.«

»Claire Young: vierundzwanzig, brünett, eins einundsiebzig, zweiundsiebzig Kilo. Nicht unattraktiv, wenn man auf den stämmigen, grobknochigen Typ steht.« Er breitete die Hände aus und hielt sie links und rechts von seinen Hüften. »Gebärfreudiges Becken, wenn Sie wissen, was ich meine?«

Ich sah zu Babs hinüber. »Haben Sie nicht mal über eine Karriere im Gesundheitswesen nachgedacht? Ich wette, niemand würde sich trauen, *Sie* zu überfallen.«

Sie lächelte mich an. »Vielleicht muss ich das sogar – wegen der Sparmaßnahmen. Es wird einem schon nahegelegt, freiwillig zu kündigen.«

Jacobson stand auf. »Ich glaube, ich würde jetzt gerne Mr Hendersons Zelle sehen.«

Es war alles andere als ein geräumiges Zimmer – die zwei Stockbetten passten gerade so hinein. Wenn man sich ein bisschen streckte, konnte man die anstaltsgrau gestrichenen Wände links und rechts gleichzeitig berühren. Ein kleiner Tisch am hinteren Ende, ein Stuhl, ein Waschbecken und eine abgetrennte Ecke für die Toilette. Offiziell groß genug als gemeinsame Unterkunft für zwei ausgewachsene Männer für die Dauer von vier Jahren bis lebenslänglich.

Oder für *einen* ausgewachsenen Mann, der *definitiv* keinen Zellengenossen wollte. Komisch, dass sie alle immer so zu Unfällen neigten. Dauernd fielen sie hin und brachen sich irgendwas. Arme, Beine, Nasen, Hoden ...

Officer Babs stand breitbeinig in der Tür, die Arme verschränkt, das Gesicht wie eine Granitplatte, während Jacobson in die Mitte der Zelle trat, die Hände vor sich ausgestreckt, als ob er sie segnen wollte.

»*Home, sweet home.*« Dann drehte er sich um und schob sich ganz dicht an den Tisch heran, beugte sich vor und betrachtete das einzelne Foto, das darüber mit Blu-Tack an die Wand geheftet war: Rebecca und Katie am Strand von Aberdeen. Sie grinsten in die Kamera, im Hintergrund die düstere Nordsee. Schulpullover über den orangefarbenen Badeanzügen. Eimer und Schaufeln. Katie war vier, Rebecca neun.

Elf Jahre und zwei Leben war das her.

Er senkte den Kopf um ein paar Zentimeter. »Das mit Ihren Töchtern tut mir sehr leid.«

Tja, allen tat es immer leid.

»War sicher nicht einfach – um sie trauern zu müssen, während Sie hier eingesperrt waren. Weil man Ihnen den Mord an Ihrem Bruder angehängt hatte. Und dann auch noch regelmäßig verprügelt zu werden ...«

»Kommen Sie vielleicht mal auf den Punkt?«

Er griff in seine Lederjacke und zog eine Ausgabe der *Castle News and Post* hervor, die er auf die untere Koje warf. »Von letzter Woche.«

Ein Foto nahm den größten Teil der Titelseite ein: eine Nahaufnahme eines grobschlächtigen Frauengesichts, gerahmt von roten Locken, mit einem dicken Streifen Sommersprossen über der Nase wie eine Art schottische Kriegsbemalung. Zwei Fotografen spiegelten sich in den Gläsern ihrer Sonnenbrille, man sah ihre Blitzlichter aufflackern. Sie hatte eine Hand erhoben, als ob sie ihr Gesicht vor den Kameras abschirmen wollte, es aber nicht rechtzeitig geschafft hatte.

Die Schlagzeile zog sich in großen Blockbuchstaben über das Bild: »›Weihnachtswunder!‹ Opfer von Inside Man erwartet Babyfreuden.«

Du liebe Zeit, da holte mich die Vergangenheit aber schlagartig wieder ein.

Ich hängte meinen Krückstock ans Bettgestell, setzte mich auf die Matratze und griff nach der Zeitung.

EXKLUSIV

Laura Strachan (37), das fünfte Opfer des als Inside Man bekannten Täters und die erste Frau, die das Martyrium überlebte, wartet mit einer fantastischen Neuigkeit auf. Acht Jahre, nachdem sie von dem kranken Triebtäter überfallen wurde, der vier Frauen ermordete und drei weitere verstümmelte, erwartet die tapfere Laura ihr erstes Kind.

Die Ärzte waren sicher, dass sie nach den erlittenen Verletzungen nie mehr Kinder bekommen könnte – der Inside Man hatte sie aufgeschnitten und ihr eine Spielzeugpuppe in den Unterleib eingenäht. Eine Quelle im Castle Hill Infirmary sagte: »Es ist ein Wunder. Es galt als undenkbar, dass sie je ein Kind würde austragen können. Ich freue mich so für sie.«

Und es kommt noch besser: Wie es aussieht, wird der kleine Wonneproppen ein ganz besonderes Weihnachtsgeschenk für Laura und ihren Ehemann Christopher Irvine (32) sein.

Ausführlicher Bericht auf Seite 4

Ich blätterte weiter auf Seite 4. »Ich dachte, bei ihr wäre innen drin alles kaputt.«

»Sie waren an der ursprünglichen Ermittlung beteiligt.«

Ich überflog den Rest des Artikels. Der Schreiber kompensierte die dürftige Faktenlage mit jeder Menge Zitaten von Laura Strachans Freunden und einem Wettbewerb, bei dem man den Namen des Babys erraten sollte. Nichts von Laura oder dem werdenden Vater. »Die haben nicht mal mit der Familie geredet?«

Jacobson lehnte sich an den Tisch. »Lauras Mann hat dem Fotografen eine gescheuert und dann gedroht, dem Reporter die Kamera hinten reinzuschieben.«

Ich faltete die Zeitung zusammen und legte sie neben mich auf die Matratze. »Bravo.«

»Es hat zwei Jahre gedauert, mit mehreren Operationen und einer massiven Fertilitätsbehandlung, aber jetzt ist sie tatsächlich im achten Monat. Der Geburtstermin ist in der letzten Dezemberwoche. Irgendeiner von diesen untadeligen und aufrechten Journalisten hat ihre Krankenakte in die Finger bekommen.«

»Abgesehen davon, dass das eine rührende Geschichte vom Triumph einer Frau über alle Widrigkeiten ist, wüsste ich nicht, was das Ganze mit mir zu tun hat.«

»Sie haben ihn entkommen lassen – den Inside Man.«

Mein Rücken wurde steif, meine Hände ballten sich zu Fäusten, die Knöchel schmerzten. Ich spie die Worte zwischen zusammengebissenen Zähnen hervor. »Sagen Sie das noch einmal.«

Officer Babs schüttelte den Kopf und zischte mit warnendem Unterton: »Schön ruhig bleiben ...«

»Sie waren der Letzte, der ihn gesehen hat. Sie waren ihm auf den Fersen, und er ist Ihnen entkommen.«

»Ich hatte ja wohl keine Wahl.«

Jacobsons Mundwinkel zuckten nach oben. »Das nagt immer noch an Ihnen, was?«

Laura Strachan starrte mich von der Titelseite der Zeitung an.

Ich sah weg. »Nicht mehr als all die anderen, die uns entwischt sind.«

»Er hat vier Frauen umgebracht. Dann überlebt Laura Strachan. Dann Marie Jordan. Und wenn Sie ihn geschnappt hätten, als Sie die Chance hatten ... Na ja, Sie können von Glück sagen, dass er nur eine weitere Frau verstümmelt hat, bevor er verschwand.«

Ja, klar, ich war ja so ein Glückspilz.

Jacobson steckte die Hände unter die Achseln und wippte auf den Fußballen. »Haben Sie sich je gefragt, was der Dreckskerl so treibt? Acht Jahre, und man hat keinen Mucks mehr von ihm gehört. Wo hat er die ganze Zeit gesteckt?«

»Im Ausland oder im Knast, oder er ist tot.« Ich lockerte die Fäuste und legte die Hände in den Schoß. Die Gelenke brannten. »Also, sind wir jetzt fertig? Ich hab nämlich noch zu tun.«

»Oh, Sie haben ja keine Ahnung.« Jacobson wandte sich an Officer Babs. »Ich nehme ihn mit. Lassen Sie ihm eine elektronische Fußfessel anlegen und seine Sachen packen. Draußen wartet ein Wagen auf uns.«

»Was?«

»Wir haben es noch nicht offiziell bekannt gegeben, aber bei der Kinderkrankenschwester, die gestern tot aufgefunden wurde, war eine ›My-First-Baby‹-Puppe in den Unterleib eingenäht. Er ist wieder da.«

Meine Hände ballten sich wieder zu Fäusten.

5

Ein kalter Windstoß erfasste eine Handvoll leerer Chipstüten und ließ sie über den dunklen Parkplatz tanzen. Pickled Onion, Prawn Cocktail und Co. führten fünfzehn Zentimeter über dem Asphalt einen Ringelreihen auf und verschwanden dann in der Nacht.

Jacobson ging durch die Autoreihen voran zu einem großen schwarzen Range Rover mit getönten Scheiben. Er öffnete die hintere Tür und deutete eine Verbeugung an. »Ihre Kutsche wartet.«

Das Radio lief, und eine Stimme mit akzentfreier BBC-Aussprache driftete hinaus in die kalte Nachtluft. »*... dauert die Geiselnahme in der Iglesia de la Azohía im spanischen La Azohía nun schon den vierten Tag an. Die Polizei von Cartagena bestätigt, dass eine der Geiseln ermordet wurde...*«

Ich stieg ein und verstaute den schwarzen Müllsack, der praktisch meine gesamten Habseligkeiten enthielt, im Fußraum. Bevor ich mich wieder aufrichtete, kratzte ich mich noch schnell am linken Knöchel, an dem die schwere elektronische Fußfessel hing.

»*... durch drei bewaffnete Männer, während die Gemeinde einen Bittgottesdienst abhielt...*«

Ein uniformierter Constable saß am Steuer. Sein Blick zuckte zum Innenspiegel, und er musterte mich kritisch, während Jacobson auf den Beifahrersitz kletterte.

»*... womit die Zahl der Opfer auf sechs steigt...*«

Jacobson schaltete das Radio aus. »Ash, das ist Constable

Cooper. Er ist einer von Ihrer Truppe. Hamish, sagen Sie hallo zu Mr Henderson.«

Der Constable drehte sich auf seinem Sitz um. Dürr, mit langer Hakennase, die Haare so kurz geschoren, dass sie wie ein Dreitagebart wirkten. Er nickte. »Sir.«

So hatte mich schon lange niemand mehr angeredet. Und wenn es auch nur so ein miesepetriges Würstchen wie Cooper war.

Jacobson schnallte sich an. »So, Ash, ich sage Ihnen jetzt, was ich Hamish gesagt habe, als er zu uns versetzt wurde. Es ist mir egal, wie lange Sie Ihre Kumpels von der Oldcastle Police schon kennen, Sie erstatten *mir* Rapport und niemandem sonst. Wenn ich auch nur ein Mal Wind davon bekomme, dass Sie sich bei einem von denen verplappern, wandern Sie schnurstracks dorthin zurück, wo ich Sie gefunden habe. Das hier ist keine Vergnügungsreise und auch keine Gelegenheit, Sabotage zu üben oder persönlichen Ruhm einzuheimsen, das hier ist eine Teamaufgabe, und Sie werden den Job verdammt noch mal ernst nehmen.« Er lächelte. »Willkommen bei der Operation Tigerbalsam.« Er lehnte sich zu Cooper und klopfte ihm auf die Schulter. »Fahren Sie. Und wenn ich nicht pünktlich um acht Uhr dort bin, können Sie sich auf was gefasst machen.«

Der Constable lenkte den Range Rover vom Gefängnisparkplatz auf die Straße. Ich schwenkte auf meinem Sitz herum, um durch die Heckscheibe zuzusehen, wie das Gebäude im Dunkel verschwand. Draußen. Frei. Keine Entlassungsprüfungen mehr. Keine willkürlich angezettelten Schlägereien.

Keine Gitter.

So viel zu Lens »klassischem Dilemma«.

Meine Hände an ihrem Hals. Zudrücken …

Ich fing das Grinsen ein, ehe es sich noch weiter ausbreiten konnte, und lehnte mich in meinem Sitz zurück. »Also, werde ich jetzt wieder eingestellt, oder was?«

Jacobson ließ eine Mischung aus Lachen und Schnauben hören. »Bei Ihrem Vorstrafenregister? Keine Chance – es gibt in ganz Schottland keine Polizeidivision, die Sie auch nur mit der Kneifzange anfassen würde. Sie sind draußen, weil Sie für mich nützlich sind. Wenn Sie Ihre Sache gut machen und mir helfen, den Inside Man zu fassen, sorge ich dafür, dass Sie auf Dauer draußen bleiben. Aber wenn Sie Mist bauen, wenn Sie sich blöd anstellen, wenn ich auch nur den Hauch eines Verdachts habe, dass Sie nicht hundert*zehn* Prozent geben, dann lasse ich Sie fallen wie einen radioaktiven Hundehaufen.«

Wunderbar.

Er klappte das Handschuhfach auf und nahm einen braunen Umschlag heraus, den er mir nach hinten reichte, während Cooper den Wagen um den Kreisverkehr lenkte. Er bog in eine ruhige Landstraße ein, mit Straßenlaternen am Ende, die in der Dunkelheit glitzerten.

»Die Entlassungsbedingungen?«

»Die Akte Claire Young. Lesen Sie sie. Ich will, dass Sie auf dem Laufenden sind, wenn wir in Oldcastle ankommen.«

Na, warum nicht. Wenn ich mitspielte, würde ich vielleicht lange genug draußen bleiben, um Mrs Kerrigan in die Finger zu bekommen ...

Ich schlug die Mappe auf und fand eine Liste von Zeugenaussagen sowie einige Tatortfotos. »Wo ist der Obduktionsbericht? Und der Kram von der Kriminaltechnik – Faserspuren, Fingerabdrücke, DNS und so weiter?«

»Ah. Das ist ein bisschen ...« Er beschrieb eine kreisende Geste mit der Hand. »Kompliziert. Um die Ermittlung nicht unzulässig zu beeinflussen, greifen wir auf diese Unterlagen nicht zu.«

»Nicht? Wieso denn das? Sind wir zu blöd?«

»Lesen Sie einfach nur die Akte.« Er richtete den Blick wieder nach vorne, rieb die Schultern an der Lehne hin und her und stellte sie dann ein Stück zurück. »Und seien Sie leise dabei. Ich muss zu einer Pressekonferenz, wenn wir wieder zurück sind – einer Ihrer idiotischen Kumpels in Oldcastle hat beim *Daily Record* geplaudert. Ich brauche meinen Schönheitsschlaf.«

Die A90 dröhnte unter den Reifen des Range Rover, während Jacobson mit offenem Mund auf dem Beifahrersitz schnarchte. Ein kleiner Spuckefaden glitzerte im Schein der Armaturenbeleuchtung. Cooper hielt den Blick starr geradeaus gerichtet, die Hände in Zehn-vor-zwei-Stellung am Lenkrad. Rückspiegel, Schulterblick, Blinker setzen.

Die hellen Lichter von Dundee hinter uns wurden mit jedem Kilometer schwächer.

Die Tatortfotos waren alle gestochen scharf, vom Blitzlicht grell ausgeleuchtet. Claire Young lag auf dem Rücken auf einem zerknitterten Laken, in das ihre Beine und ihr Rumpf eingeschlagen waren. Ein Arm war um den Kopf gelegt, als ob sie nur schliefe – doch ihre Augen waren offen und starrten mit leerem Ausdruck in die Kamera. Um den linken Mundwinkel herum war eine Schwellung zu erkennen, und ein Bluterguss von der Größe einer Untertasse hatte sich auf ihrer linken Wange ausgebreitet.

Auf der linken Seite war das Laken zusammengeschoben, sodass das helle Nachthemd darunter zu sehen war. Zwei gekreuzte Reihen von Flecken zogen sich über den Stoff wie ein kleines »t«. Ein Kruzifix ohne den Jesus. Schwarz, mit einem Saum aus Blutrot und Gelb. Das Nachthemd wölbte sich unter den Flecken, angeschwollen und verzerrt durch das, was darunter eingenäht war. Eine Nahaufnahme ihrer Handfläche ließ in der Mitte Bissspuren erkennen – ein Bogen aus dunkellila Flecken, der sich vom Mittelfinger zum Ansatz des Daumens zog. Kein Blut.

Ich wandte mich wieder der Zeugenaussage zu.

Eine Frau parkt ihren Wagen am Rand eines Waldgebiets namens Hunter's Thicket, lässt ihren Labrador aus dem Laderaum und geht mit ihm spazieren. Sie leidet an Schlaflosigkeit, weshalb es nicht so ungewöhnlich ist, dass sie um drei Uhr früh mit Franklin Gassi geht. Deswegen hat sie sich ja den Hund zugelegt. Weil sie nicht von irgendwelchen perversen Triebtätern überfallen werden will. Aber Franklin rennt weg, verschwindet bellend im Gebüsch und kommt nicht mehr zurück. Sie stapft hinterher und findet ihn, wie er gerade an Claire Youngs ausgestreckter Hand zerrt.

Sie gerät in Panik, fängt sich aber wieder und alarmiert die Polizei.

Claire Youngs Mutter ist auch keine große Hilfe. Claire war ein wunderbares Mädchen, alle haben sie geliebt, sie war ihr Ein und Alles, wo sie hinkam, ging die Sonne auf... Mehr oder weniger das Gleiche, was alle trauernden Eltern sagten, wenn ihr Kind tot aufgefunden wurde. Nie hörte man irgendwen sich beklagen, was für eine Nervensäge sie doch gewesen war oder dass sie nie getan hatte, was man ihr sagte. Dass sie mit einem Arschloch namens Noah ins Bett gegangen war, obwohl sie noch nicht mal dreizehn war. Dass man sie nie wirklich gekannt hatte...

Ich blinzelte. Ließ einen langgezogenen, flatternden Seufzer entweichen.

Legte die Zeugenaussagen weg.

Und schob dann alles wieder in die Aktenmappe.

Es sah ganz nach ihm aus. Die kreuzförmige Narbe, die eingenähte Puppe, der Leichenfundort...

»Cooper, wie kommt es, dass hier nichts über den Entführungsort steht?«

Im Innenspiegel sah ich, wie die Augen des Constables sich weiteten. »Schsch!«

»Ach, nun machen Sie sich doch nicht ins Hemd. Wieso steht hier nichts darüber, wo er sie in seine Gewalt gebracht hat?«

Coopers Stimme war nur ein Zischen, als ob jemand ihm die Luft rauslassen würde. »Ich wecke den Super nicht auf. Jetzt bleiben Sie still sitzen, und geben Sie Ruhe, ehe Sie uns noch beide in Schwierigkeiten bringen.«

Herrgott noch mal! »Seien Sie nicht so ein Weichei.«

»Meinen Sie, ich wüsste nicht, wer Sie sind? Bloß weil Sie Ihre Karriere in den Sand gesetzt haben, muss ich noch lange nicht...«

»Na schön.« Ich nahm meinen Krückstock, drückte den Gummifuß gegen Jacobsons Schulter und stieß ihn ein paarmal an. »Hallo, aufwachen!«

»Gnnnffff...?«

Ich stupste ihn noch ein, zwei Mal. »Wieso steht da nichts über den Entführungsort?«

Cooper fand seine Stimme wieder, allerdings war sie eine ganze Oktave höher als sonst. »Ich habe versucht, ihn daran zu hindern, Sir, ich habe ihm gesagt, dass er Sie nicht stören soll.«

»Nnnggh...« Jacobson rieb sich mit beiden Händen das Gesicht. »Wie spät ist es?«

Ich stieß ihn wieder mit dem Gummifuß an und wiederholte die Frage.

Er spähte zwischen den Sitzen hindurch zu mir nach hinten, das Gesicht gerötet und angeschwollen. »Weil sie ihn noch nicht gefunden haben, deswegen. Kann ich jetzt vielleicht...«

»Eine Frage noch: Wer verfolgt uns?«

Im ersten Moment blieb ihm der Mund offen stehen. Dann kniff er die blutunterlaufenen Augen zusammen und legte den Kopf schief. »Verfolgt uns?«

»Drei Autos hinter uns. Ein schwarzer BMW-Geländewagen. Hängt schon seit Perth an uns dran.«

Er sah Cooper an. »Tatsächlich?«

»Ich ... Äh ...«

»Biegen Sie bei der nächsten Abzweigung rechts ab. Die da: Happas Road.«

Rückspiegel, Schulterblick, Spurwechsel. Cooper lenkte den Range Rover auf den Rechtsabbiegerstreifen und ließ ihn ausrollen. Er wartete, bis sich im Verkehr in Richtung Dundee eine Lücke auftat, dann überquerte er in einem Zug die Gegenfahrbahn und bog in die Landstraße ein. Bäume ragten zu beiden Seiten der von Schlaglöchern übersäten Fahrbahn auf, gezackte Silhouetten vor dem Nachthimmel.

Jacobson spähte wieder durch die Heckscheibe. Dann lächelte er. »Das macht das Gefängnis mit einem. Verfolgungswahn gehört zu ...« Das Lächeln schwand, und er drehte sich wieder nach vorne um. »Fahren Sie weiter.«

Durch ein Waldstück, wo die Kiefern starr und stumm standen, dann weiter durch kahle Felder, grau und schwarz im Schein des wolkenverhangenen Mondes. Sterne funkelten in den Lücken, und zu beiden Seiten der Straße glommen die Fenster von Bauernhöfen wie Katzenaugen.

Cooper räusperte sich. »Er ist immer noch hinter uns.«

Ich gab Jacobson die Akte zurück. »Natürlich ist er immer noch hinter uns. Wo sollte er auch sonst hinfahren? Bis jetzt sind wir noch an keiner Abzweigung vorbeigekommen.«

Ein schmaler Riegel aus Bäumen tauchte wie eine Wand vor uns auf, dahinter kamen wieder Felder. Wir fuhren durch Ackerland, gesäumt von einer Reihe Kiefern, dann bog Cooper links ab. Die Scheinwerfer hinter uns schwenkten auch nach links. Dann wieder scharf rechts.

Weiter durch einen winzigen Weiler zur Abzweigung. An der Grundschule links. Und dann waren wir auf dem Weg zurück zur A90. Sobald wir das Ende der Geschwindigkeitsbeschränkung erreicht hatten, trat Cooper das Gaspedal durch, der Motor des Range Rover röhrte, und die verschwommenen Felder rauschten an den Fenstern vorbei.

Der Wagen hinter uns beschleunigte ebenfalls. Hielt das Tempo, als die Nadel sich der 130-km/h-Marke näherte.

Ich schnallte mich an. Ohne Cooper zu nahe treten zu wollen, aber er sah aus, als wäre er gerade mal zwölf Jahre alt. »Entweder ist unser Verfolger wirklich ein absolut blutiger Anfänger, oder es ist ihm scheißegal, ob wir ihn sehen oder nicht.«

»Hmmm...« Jacobson rieb wieder seine Schultern an der Sitzlehne, während er es sich bequem zu machen versuchte. »In dem Fall sind es entweder diese Arschlöcher von der Specialist Crime Division oder Ihre trotteligen Kollegen aus Oldcastle. Wollen wohl die Konkurrenz im Auge behalten.«

Ich sah hinter mich, als wir unter der Brücke hindurchrasten und dann links abbogen. Die Reifen kreischten, das Heck brach kurz aus, dann rauschten wir die Auffahrt hinauf und wieder auf die Schnellstraße in Richtung Norden.

Eins. Zwei. Drei. Vier. Fünf. Sechs...

Die Scheinwerfer des Verfolgers tauchten wieder hinter uns auf, als er sich drei Autos hinter uns einreihte.

Diese Specialist-Crime-Typen, die Kollegen vom CID Oldcastle – oder etwas sehr viel Schlimmeres.

Cooper hielt am Straßenrand gegenüber einem mit Brettern vernagelten Pub am östlichen Rand von Cowskillin, wo der Ort mit Castle Hill verschmolz.

Von dem schwarzen BMW war weit und breit nichts zu sehen.

»Okay.« Jacobson drehte sich auf seinem Sitz um und zeigte mit einem haarigen Finger auf mich. »Sie gehen da rein und warten, bis ich von dieser blöden Pressekonferenz zurück bin. Und vergessen Sie nicht – Sie gehören jetzt zu einem Ermittlungsteam und teilen nicht mehr die Dusche mit einem primitiven Vergewaltigerschwein aus Dunkeld. Also schlagen Sie niemanden zusammen, wenn's geht.«

Ich stieß die Autotür auf und stieg vorsichtig aus. Mein verdammter rechter Fuß tat weh, als ob die Spitze einer rotglühenden Messerklinge ganz langsam durch den Knochen getrieben würde. Das hatte ich davon, dass ich fast zwei Stunden lang in derselben Haltung in einem warmen Auto gesessen hatte. Der Krückstock musste ein bisschen mehr Gewicht tragen als sonst.

»Wieso sind Sie eigentlich so sicher, dass ich nicht einfach abhaue?«

Er ließ sein Fenster herunter und zwinkerte mir zu. »Ehrlichkeit, Anstand und die Tatsache, dass in Ihre Fußfessel ein GPS-Ortungsgerät eingebaut ist.« Er klappte das Handschuhfach wieder auf, holte ein kleines Plastikkästchen mit einer Antenne hervor und drückte einen Knopf auf der mattschwarzen Oberfläche. Es piepste. »So, das war's schon – Verknüpfung hergestellt. Also, wenn Sie sich an dem Ding zu schaffen machen oder wenn es einen Abstand von mehr als hundert Metern zu dem Gerät registriert, das Ihr Bürge trägt, ist sofort die Hölle los.«

»Mein Bürge?«

Er legte das Kontrollgerät wieder ins Handschuhfach. »Gehen Sie rein, dann wird Ihnen alles klar.«

Ich schlug die Wagentür zu und humpelte ein paar Schritte. Cooper setzte den Blinker, legte den Gang ein und fuhr in die Nacht davon. Ich blieb ganz allein mit meinem Gepäck-Müllsack zurück. Und mit meiner elektronischen Fußfessel.

Hundert Meter.

Was sollte mich also davon abhalten hineinzugehen, meinen »Bürgen« bewusstlos zu schlagen, ein Auto kurzzuschließen, ihn in den Kofferraum zu schmeißen und loszufahren, um Mrs Kerrigan einen spätabendlichen Besuch von der Sorte abzustatten, die selbst einem Jeffrey Dahmer Alpträume verursachen würde? Danach konnten sie mich wieder wegschließen, so lange sie wollten. Wen würde es jucken?

War ja nicht so, als ob mich draußen noch irgendwas halten würde...

Ich bückte mich mit knarzenden Gelenken, hob den Müllsack auf und warf ihn mir über die Schulter.

Das *Postman's Head* war eingezwängt zwischen einem geschlossenen Teppichgeschäft und einem leerstehenden Buchladen, der laut dem Schild im Fenster »ZU VERKAUFEN ODER VERMIETEN« war. Dahinter ragte der schroffe Granitfelsen des Castle Hill in den dunkel-orangeroten Himmel auf – die verschlungenen viktorianischen Gässchen von historischen Laternen beleuchtet, die Burgruine auf dem Gipfel in grellweißes Scheinwerferlicht gebadet. Von hier unten sah das Gemäuer aus wie ein vom Schädel abgerissener Unterkiefer.

Über dem Eingang des Pubs hing ein altmodisches Holzschild, das einen abgetrennten Kopf mit einer blauen Postboten-Mütze zeigte. Alle Fenster waren mit Sperrholzplatten vernagelt. Von der Tür blätterte die Farbe ab.

Die Baustelle gegenüber war offensichtlich stillgelegt; die Absperrung aus Spanplatten war mit Graffiti und Warnhinweisen bedeckt, und ein Schild mit einer verblassten künstlerischen Darstellung eines Wohnblocks verkündete: »LEAFYBROOK BETREUTES WOHNEN: ERÖFFNUNG 2008!« Von dem Vorhängeschloss und der Kette zogen sich Rostschlieren über die lackierten Holzpfosten. Wahrscheinlich war es seit Jahren nicht geöffnet worden.

Ein Wasserpünktchen landete auf meinem Handrücken. Dann noch eins. Keine großen Tropfen, nur winzige Tupfen. Das Vorspiel zu einem Nieselregen. Ich konnte mich nicht erinnern, wann ich zuletzt den Regen so richtig auf meinem Gesicht gespürt hatte... Ich starrte zum Himmel auf. Schwere, dunkle Wolken reflektierten den Schein der Natriumdampflampen, und mit jeder Sekunde wurde der leichte Regenschleier dichter und dichter.

Der Wind frischte auch auf, er fegte durch die Straße, rüttelte an dem Wellblechzaun, der parallel dazu verlief, und zerrte an den daran befestigten Schildern mit der Aufschrift »BETRETEN VERBOTEN – LEBENSGEFAHR!« Der abgetrennte Kopf des Postboten schwang quietschend hin und her.

Das wurde mir doch zu blöd.

Ich humpelte über die Straße, ächzend bei jedem Schritt, und drückte die Pubtür auf. Dahinter kam ein kleiner Windfang zum Vorschein. Licht fiel durch die zwei Milchglasscheiben in der inneren Tür. Ich ging durch.

Weiß der Himmel, wann ich zuletzt im Postman's Head gewesen war. Wahrscheinlich damals, als wir die Tür aufbrechen mussten, um Stanley-Knife Spencer zu verhaften. Wir waren mit fünfzehn Mann angerückt, von denen sechs den Rest der Nacht in der Notaufnahme verbringen mussten, um sich das Gesicht wieder zusammenflicken zu lassen.

Damals war das Lokal eine Bruchbude gewesen, und jetzt sah es noch übler aus. Zwei Wände bestanden nur noch aus dem nackten Mauerwerk, mit Holzlatten, aus denen rostige Nägel ragten – an manchen hingen noch kleine Fetzen Gipskarton. Der zerkratzte Tresen, der sich über die ganze Länge des Raums zog, war übersät mit Papierstapeln, die Hebel der Zapfanlage ragten kreuz und quer in die Luft. Ein kleines Häufchen Werkzeug – Schraubendreher, Schraubenschlüssel, ein Hammer – lag neben einem Teebecher aus feinem Porzellan mit dem Logo der Glasgow Rangers.

Jemand hatte den größten Teil der alten Holzmöbel in der Ecke vor einem ausgedienten Glücksspielautomaten gestapelt und nur eine Handvoll Stühle stehen lassen, im Halbkreis um zwei Staffeleien herum arrangiert. Die eine trug ein Whiteboard, die andere ein Flipchart, beide Flächen mit Aufzählungspunkten und Pfeilen übersät.

Portraitaufnahmen der sieben ursprünglichen Opfer waren neben den Toilettentüren aufgehängt. Über sechs davon hing je eine verwaschene Kopie eines handgeschriebenen Briefs. Kein bisschen Weiß auf dem Papier, nur Grau und körniges Schwarz. Sie waren so oft kopiert worden, dass die Schrift unscharf geworden war und die Buchstaben ineinanderflossen. Über dem Zigarettenautomaten hing ein nagelneuer Flachbildfernseher, darunter lagen auf dem Boden kleine Häufchen von Gipsstaub.

Weit und breit kein Mensch zu sehen.

Ich warf meinen Müllsack auf den nächstbesten Tisch.

»KUNDSCHAFT!«

Von irgendwo hinter dem Tresen antwortete eine tiefe, sonore Stimme. »Ah, perfektes Timing. Seien Sie doch so lieb und reichen Sie mir den Engländer, ja?«

Lieb?

Ich trat an den Tresen und nahm den verstellbaren Schraubenschlüssel von dem Werkzeughaufen. Ich wog ihn in der Hand und ließ ihn in meine linke Handfläche klatschen. Ganz brauchbar, um jemandem eine Gehirnerschütterung zu verpassen. Dazu musste ich aber erst mal an ihn rankommen.

Ich stellte meinen heilen Fuß auf die Metallstange und stemmte mich hoch, um über die Theke in die Lücke dahinter zu spähen.

Ein groß gewachsener Mann lag auf dem Rücken am Boden, die Ärmel des frisch gebügelten weißen Hemds hochgekrempelt, die rosa Krawatte zwischen zwei Hemdknöpfen eingesteckt. Staub hing an seiner schwarzen Nadelstreifenhose und nahm den ledernen Halbschuhen etwas von ihrem Glanz. Er sah mich und hob eine buschige blaugraue Augenbraue, die farblich zu dem Fassonschnitt und dem militärischen Schnauzbart passte. »Sie müssen der Ex-Detective-Inspector sein, von dem wir so viel gehört haben.« Er setzte sich auf und klopfte sich den Staub von den Händen, dann hielt er mir die rechte hin. »Wenn ich mich nicht irre, sind Sie der Bursche, der den Inside Man hat entkommen lassen.«

Frecher Kerl. Ich verweigerte ihm den Handschlag, stattdessen reckte ich das Kinn und straffte die Schultern. »Ich habe schon seit Tagen niemanden mehr zum Krüppel geschlagen – wollen Sie sich freiwillig melden?«

»Interessant...« Er lächelte. »Man hat mir nie gesagt, dass Sie so empfindlich sind. Sagen Sie, waren Sie schon immer so oder erst, seit Sie Ihre Tochter an den Gratulator verloren haben? Sind Sie jedes Mal, wenn wieder eine Karte in Ihrem Briefkasten gelandet ist, noch ein bisschen schlimmer geworden? Weil Sie zusehen mussten, wie er sie zu Tode gefoltert hat, Foto für Foto? Liegt es daran?«

Ich packte den Schraubenschlüssel fester. Presste die Worte heraus, die Zähne so fest zusammengebissen, dass die Sehnen in meinem Hals sich straff spannten. »Sind Sie mein Bürge?«

Bitte, sag ja. Es würde mir ein Vergnügen sein, ihm den Schädel einzuschlagen.

6

»Ihr Bürge?« Er gluckste amüsiert. »O du lieber Gott, nein. Sagen Sie, Ex-Detective-Inspector, verstehen Sie zufällig etwas von Zapfanlagen?«

»Und wer ist es dann?«

»Wissen Sie, ich hatte bisher eher weniger mit diesen Apparaten zu tun – stehe persönlich mehr auf Gin Tonic –, aber ich bilde mir ein, dass ich eigentlich ein ziemlicher Universal-Heimwerker bin. Also, haben Sie ihn absichtlich laufen lassen, oder war es nur ein Fall von gewöhnlicher Inkompetenz?«

Okay, das reichte jetzt.

Und dann eine Stimme hinter mir: »Ash?«

Alice. Sie hatte das Kostüm gegen ein grau-schwarz gestreiftes Top und eine hautenge schwarze Jeans getauscht, aus der unten ein Paar knallrote Converse-Sneakers herausschauten. Eine Ledertasche, schräg umgehängt, lag an ihrer Hüfte. Ihr lockiges braunes Haar, aus dem Pferdeschwanz befreit, wippte, als sie quer durch das Lokal stürmte und sich auf mich stürzte. Sie schlang die Arme um meinen Hals, schmiegte ihr Gesicht an meine Wange und drückte mich. »O Gott, du hast mir so *gefehlt*!« Ich spürte, wie meine Haut von ihren Tränen feucht wurde.

Ihre Haare rochen nach Mandarinen. Genau wie die von Katie früher ...

Etwas klickte tief in meiner Brust. Ich schloss die Augen und erwiderte ihre Umarmung. Und was immer da geklickt hatte, breitete sich in meinem Brustkorb aus und ließ ihn anschwellen.

Der Arsch in Hemd und Krawatte schnalzte mit der Zunge. »Also, wenn ihr unbedingt Unzucht treiben müsst, macht es doch bitte nicht hier. Geht nach oben, dann hole ich schon mal die Videokamera.«

Alice zog den Kopf zurück und grinste mich an. »Ignorier ihn, er versucht nur, eine Reaktion zu provozieren. Am besten lässt man ihn einfach gewähren, bis es ihm irgendwann langweilig wird.« Sie drückte mir einen dicken Kuss auf die Wange. »Du siehst dünner aus. Willst du etwas essen, ich meine, ich könnte was besorgen, was zum Mitnehmen von irgendwo, oder wir könnten in ein Restaurant gehen, ach nein, können wir nicht, Bear will ja, dass wir hier warten, bis er von der Pressekonferenz zurück ist, ich bin so froh, dass du draußen bist!« Das alles, ohne ein Mal Luft zu holen.

Sie drückte mich noch ein letztes Mal, ließ dann los und deutete auf den Typen hinter dem Tresen. »Ash, das ist Professor Bernard Huntly, er ist unser Spurensicherungs-Experte.«

Huntly straffte sich. »Spurensicherungs-*Guru*, wenn ich bitten darf.«

Ihre Hand war warm an meiner Wange. »Geht es dir gut?«

Ich warf Huntly einen vernichtenden Blick zu. »Geht schon.«

Er lehnte sich an den Tresen. »Mr Henderson und ich haben uns gerade eine knallharte philosophische Diskussion über seine Töchter und den Gratulator geliefert.«

Alice' Augen weiteten sich. Ihr Blick ging von Huntly zu dem Schraubenschlüssel, den meine Finger immer noch umklammerten, und wieder zurück. »Oh... Nein. Das ist wirklich *keine* gute Idee. Glaub mir, es gibt...«

»Sie haben meine Frage noch nicht beantwortet, Mr Henderson.« Die Fältchen in seinen Augenwinkeln wurden tiefer. »Warum *haben* Sie denn nun den Inside Man entkommen lassen?«

Alice entwand mir den Schraubenschlüssel und legte ihn

auf den Tresen. »Professor Huntly glaubt, indem man grob zu Leuten ist, könnte man sie dazu bringen, ihr wahres Selbst zu enthüllen, ich meine, das ist natürlich Unsinn, aber er weigert sich zu akzeptieren, dass Reaktionen unter Stress keine Rückschlüsse auf unsere innere kognitive ...«

»Bla, bla, bla.« Huntly verschwand wieder hinter der Zapfanlage. »Wie denken Sie über Psychologie, Mr Henderson? Abgehobener Nonsens oder schlicht und einfach kompletter Humbug?«

Humbug?

Alice kletterte auf einen wackligen Barhocker. Dann zog sie das linke Bein ihrer Jeans eine Handbreit hoch. Ein dickes graues Band umschloss den Knöchel und verschwand in einem klobigen grauen Quader, ungefähr so groß wie ein Kartenspiel. Meine Bürgin. »Du wohnst natürlich bei mir, ich meine, es würde gar nicht funktionieren, wenn du am anderen Ende der Stadt wohnen müsstest, wegen der hundert Meter und so. Ich habe uns eine Wohnung besorgt, und sie ist zwar nicht toll, aber ganz okay, und ich bin sicher, wir können uns da wohnlich einrichten ...«

Das machte die Sache ein bisschen komplizierter. *Ihr* würde ich ganz bestimmt nicht mit einem Schraubenschlüssel den Schädel einschlagen. Warum konnte es nicht Huntly sein?

Die Luft entwich zischend aus meiner Lunge, und mein Kinn sackte ein paar Zentimeter nach unten.

War wahrscheinlich besser so. Bloß nicht auffallen. Den Teamplayer geben. Wenigstens so lange, bis Mrs Kerrigan in ihrem Blut lag und alle viere von sich streckte.

Alice klopfte mit der flachen Hand auf den Hocker neben ihrem. »Hat Bear dich über die Details informiert?«

»Wer zum Teufel ist ›Bear‹?«

Sie sah mich fragend an. »Detective Superintendent Jacobson. Ich dachte, das weißt du.«

Bear? Im Ernst?

Alles Spinner und Idioten.

Ich setzte mich. »Er hat mir die Fotos vom Leichenfundort und ein paar Zeugenaussagen gezeigt. Er meinte, mit den Ergebnissen der Obduktion und der Spurensicherung würden wir uns erst gar nicht aufhalten.«

Hinter dem Tresen tat es einen dumpfen Schlag. »So, jetzt müsste es funktionieren.« Huntly stand auf und stellte einen Eimer unter den mittleren Zapfhahn. »Jetzt heißt es Daumen drücken.« Er zog am Griff, und Luft zischte aus dem Hahn. »Die Pressekonferenz müsste jeden Moment anfangen. Die Fernbedienung liegt auf dem Tisch – wenn Sie so nett wären?«

Ich schnappte mir das Teil, richtete es auf den Fernseher und drückte mit dem Daumen auf den Einschaltknopf.

Der Bildschirm flackerte, leuchtete für einen Moment blau und zeigte dann eine ernst dreinschauende Frau in einem engen blauen Kostüm. »*...kurz nachdem der Unterricht begonnen hatte. Die Zahl der Opfer beläuft sich auf sechs Tote und dreizehn Verletzte. Scharfschützen der Polizei feuerten auf den bewaffneten Täter, der sich dem Vernehmen nach in einem kritischen Zustand befindet und im Parkland Memorial Hospital behandelt wird...*«

Huntly betätigte noch einmal den Zapfhebel, und Wasser sprudelte in den Eimer. »Hurra! Jetzt müssen wir nur noch die Leitungen reinigen und ein Fass anschließen.«

»*...am Mittwoch eine Mahnwache abhalten. Glasgow: Die Polizei fahndet nach drei Männern, die wegen der Entführung und Vergewaltigung des Paralympics-Teilnehmers Colin...*«

Alice schwenkte ihren Hocker hin und her. »Ich verstehe immer noch nicht, warum die Sie nicht mitgenommen haben.«

Er versteifte sich einen Moment. Dann zog er seine Krawatte aus dem Hemdschlitz. »Mr Henderson, es gibt einen sehr triftigen Grund, warum wir die forensischen und rechtsmedizinischen Ergebnisse nicht verwenden: Es würde die Ermittlungen beeinflussen. Unser Job ist es, objektiv zu bleiben, unabhängig und unbefleckt von vorgefassten Meinungen über die Ermittlungsrichtung. Ich hätte gedacht, dass das offensichtlich ist.«

Ich schenkte ihm ein Lächeln. »Darf ich raten? Man lässt Sie nicht vor die Presse aus Angst, dass Sie als aufgeblasenes, arrogantes und besserwisserisches Arschloch rüberkommen?«

»... *einen Zeugenaufruf gestartet.*«

»Es gibt drei Ermittlungsteams, die an dem Inside-Man-Problem arbeiten. Eins von der Division Oldcastle, eins von der Specialist Crime Division. Und wir« – er machte eine ausladende Geste, die das ganze eingemottete Pub einschloss – »sind die Nebengeordnete Ermittlungs- und Revisionseinheit.«

»... *heute in Oldcastle. Ross Amey ist jetzt für uns vor Ort. Ross?*«

Ein kräftiger Mann mit langen Haaren und einem Mikrofon in der Hand erschien auf dem Bildschirm; hinter ihm war etwas unscharf das Schild vor dem Präsidium der Oldcastle Police zu erkennen. »*Danke, Jennifer. Sie nennen ihn den ›Inside Man‹...*«

»Ernsthaft? Drei separate Ermittlungen?«

»Au contraire, Mr Henderson. Es hat sich einiges geändert, seit Sie sich von Ihrer Majestät aushalten lassen – es gibt keine Oldcastle Police mehr, es gibt nur noch Police Scotland. Theoretisch sollen alle Ermittlungsteams zusammenarbeiten, aber im wirklichen Leben ist die Operation Tigerbalsam ein einziger großer Schwanzvergleich zwischen Oldcastle und der Specialist Crime Division. Sehen Sie's positiv: Wir sind jetzt alle eine große, glückliche Familie.«

»... *nachdem gestern Abend die Besatzung eines Krankenwagens eine Frauenleiche gefunden hatte.*«

»Und Ihr Team?«

»Nein, nicht ›Ihr Team‹, Mr Henderson – ›unser Team‹. ›Wir.‹ Sie gehören jetzt zum Team.«

»Ob es mir passt oder nicht.«

Ein schiefes Schulterzucken. Dann deutete Huntly auf den Fernseher. »Obacht – die Märchenstunde fängt an.«

Die Kamera zeigte jetzt einen langen Tisch. Dahinter saß stocksteif eine ganze Latte von Polizeibeamten. Die einzige Person, die noch alle eigenen Haare hatte, war eine Frau: blonde Locken, aus der Stirn nach hinten geharkt, ein mürrischer Gesichtsausdruck, der wie eingebrannt wirkte. Unter ihrem Kinn flimmerte der eingeblendete Schriftzug: »Detective Superintendent Elizabeth Ness, Oldcastle CID.«

Sie räusperte sich. »*Zunächst muss ich sagen, dass unsere Gedanken und Gebete in dieser schweren Stunde bei Claire Youngs Familie sind. Ihre Eltern haben mich gebeten, das folgende Statement zu verlesen: ›Claire war eine junge Frau, die vor Leben sprühte, und wir werden ihren Verlust niemals verwinden...‹*«

Alice schlang sich einen Arm um den Oberkörper, während sie mit der anderen Hand in ihren Haaren herumspielte, den Blick starr auf den Fernsehbildschirm gerichtet. »Hast du schon mal mit Detective Superintendent Ness zusammengearbeitet, ich meine, können wir davon ausgehen, dass sie offen für Anregungen von anderen...«

»Keine Ahnung. Muss neu sein.«

»*...Sie bitten, uns Zeit und Raum zu gewähren, damit wir um unsere wunderbare Claire trauern können...*«

Die innere Eingangstür des Pubs wurde aufgestoßen, und eine untersetzte Frau in einer weiten, dick gefütterten Jacke kam hereingewankt, schwer beladen mit Pizzakartons. Sie hatte eine Wollmütze stramm über die Ohren gezogen, und die untere Hälfte ihres Gesichts war von einem gestrickten Schal verdeckt. Eine Einkaufstüte aus Plastik baumelte an ihrer einen Hand, als sie die Tür mit dem Absatz hinter sich zustieß. »Hab ich's verpasst?«

Huntly nahm sein Nadelstreifen-Jackett von der Rückenlehne eines Stuhls und zog es über, womit sein Anzug komplettiert war. »Das war gerade das Statement der Familie.«

Im Fernseher tauschte Ness das eine vorbereitete Statement gegen ein anderes aus. »*Gestern Morgen um drei Uhr dreiundzwanzig folgte die Besatzung eines Krankenwagens einem eingegangenen Notruf nach Blackwall Hill ...*«

Die Frau in der gefütterten Jacke torkelte durch die Kneipe, wobei der Inhalt der Einkaufstüte ihr gegen das Bein schlug. »Ist schon okay, ich brauch keine Hilfe ...«

»Sheila, meine Beste, darf ich dir behilflich sein?« Huntly nahm den obersten Karton vom Stapel und ging damit zum Tresen. Er klappte den Deckel auf, worauf ein betörender Duft nach Knoblauch, Zwiebeln und Tomaten entwich und durch die Luft flatterte wie ein Schwarm gefangener Sperlinge. Seine Schultern sackten ein paar Zentimeter ab. »Oh. Die ist ja vegetarisch.« Sprach's und klappte den Deckel wieder zu.

»*...an Ort und Stelle für tot erklärt. Das ist alles, was ich zum gegenwärtigen Zeitpunkt sagen kann. Bei unseren Ermittlungen werden uns sowohl die Kollegen von der Specialist Crime Division als auch ein Team von unabhängigen Experten unterstützen.*«

Alice griff nach dem Karton und zog ihn über den Tresen zu sich hin. »Danke, Doktor.«

Sheila parkte die übrigen Pizzakartons auf einem der Tische und zog ihre Handschuhe aus. Sie schob die Hände zwischen zwei der Kartons. »Mann, es ist schweinekalt da draußen.« Sie schüttelte sich. Der Schal rutschte herunter und gab den Blick auf zwei glänzende runde Bäckchen und eine kleine Stupsnase frei. Dann streckte sie mir die Hand hin. »Sheila Constantine, Rechtsmedizinerin. Sie müssen Henderson sein. Willkommen an Bord. Sie schulden mir zwölf Pfund dreiundsechzig.« Sie schickte einen bösen Blick in Huntlys Richtung. »*Jeder* schuldet mir zwölf Pfund dreiundsechzig.«

»… *werden jetzt Ihre Fragen beantworten.*« Ness deutete auf jemanden außerhalb des Bildausschnitts. »*Ja?*«

Eine Männerstimme. »*Gehen Sie davon aus, dass es sich um das Werk eines Nachahmungstäters handelt, oder ist der Inside Man wieder da?*«

Huntly öffnete den nächsten Karton auf dem Stapel. »Sind die etwa *alle* vegetarisch? Ich hatte doch ausdrücklich eine Fleischorgie bestellt.«

Sheila kämpfte sich aus ihrer dicken Jacke. »Verschon uns mit Details zu deinem Privatleben, Bernard. Wir wollen gleich essen. Und bevor du fragst: Nein, diesmal akzeptiere ich keinen Schuldschein.«

»*… uns nicht zu Spekulationen über den oder die Täter verleiten, solange unsere Ermittlungen noch …*«

Ich steckte die Hand in die Tasche. Sah die Kartons an, dann Alice, dann wieder die Kartons.

Eine kleine Falte erschien zwischen ihren Augenbrauen. Sie nickte. »Ich zahle für Ash, weil ich ja seine Bürgin bin, oder vielleicht könnten wir ja alle zusammenlegen als eine Art Willkommensgruß des Teams und …«

»Aber ja, natürlich.« Huntly schlug sich mit der flachen Hand an die Stirn. »Mr Henderson kommt ja gerade aus dem Gefängnis. Er ist finanziell in Verlegenheit. Wie ausgesprochen *taktlos* von dir, Sheila. Wir sollten doch in einem Moment wie diesem nicht über Geld reden!«

»*Detective Superintendent, wer leitet hier die Ermittlungen – Sie oder Superintendent Knight? Traut der Polizeichef von Schottland Oldcastle nicht zu, die …*«

»*Es ist eine durchaus übliche und bewährte Praxis, dass bei Fällen wie diesem mehrere Sonderermittlungsteams zusammenarbeiten, und ich kann nur sagen, dass mir jede angebotene Unterstützung willkommen ist, wenn das Leben junger Frauen auf dem Spiel steht. Finden Sie etwa, dass wir aus irgendeinem falsch verstandenen Stolz heraus die Hilfe der SCD ausschlagen sollten?«*

»*Ich... Also, nein, aber...*«

»*Ich werde jede Möglichkeit ergreifen und nutzen, von der ich glaube, dass sie uns helfen könnte, denjenigen zu fassen, der für Claire Youngs Tod verantwortlich ist. Nächste Frage.*«

Huntly inspizierte die nächste Pizza. »Ah, *endlich*. Eine mit Salami drauf.« Er stellte den Karton auf einen der Pubtische und pflanzte sich auf einen Stuhl. Dann pfriemelte er einen Keil Pizzaboden mit Käse und fettigem Fleisch aus dem Karton und deutete damit auf Ness. »Die ist gut, nicht wahr? Befördert und von Tayside nach Oldcastle versetzt. Mischt die Landeier ganz schön auf, nach allem, was man so hört.« Er biss in seine Pizza und kaute, ohne den Blick vom Fernseher zu wenden. Dann betupfte er seine Mundwinkel mit einem Taschentuch. »Ich hab mal einen Fall mit ihr bearbeitet, als sie noch DS war. Serienvergewaltiger, ganz unschöne Sache... Man sollte es nicht meinen, aber sie ist eine richtige *Femme fatale*, wenn sie nicht gerade ihr Pokerface zur Schau trägt.«

»*Hat der Inside Man wieder einen Brief geschickt?*«

»*Ich darf wiederholen: Wir lassen uns auf keine Spekulationen über den Täter ein. Nächste Frage.*«

»*Ja, aber haben Sie nun einen Brief...*«

»*Nächste Frage.*«

Dr. Constantine zog sich einen Stuhl heraus und sank darauf nieder. »Ich hab bei Ness und Knight nachgefragt – wir kriegen gleich morgen früh Zugang zum Fundort, und die Leiche können wir ab zwei Uhr haben.«

»*Was für eine Puppe ist es?*«

»*Diese Information wird vertraulich behandelt. Nächste Frage.*«

Huntly biss noch ein Stück ab. »Wann bekomme ich das Beweismaterial?«

Sheila bedachte ihn mit einem bösen Blick. »Erst wenn du für die Pizza bezahlt hast.«

»Ach, Herrgott noch mal...«

»*Ist es eine Tiny Tears oder eine Baby-Bunty-Puppe?*«

»*Die Frage habe ich bereits beantwortet. Nächste?*«

»*Diese unabhängigen Experten, unterstehen die Ihnen oder der SCD?*«

Ness wandte den Kopf zur Seite. »*Detective Superintendent Jacobson?*«

»Ah.« Huntly nahm mir die Fernbedienung aus der Hand. »Jetzt kommt's.« Er stellte den Ton lauter.

Das Konferenzzimmer wischte verschwommen über den Bildschirm, als die Kamera zu Jacobson schwenkte. Er stand an der Seite und starrte aus dem Apparat heraus ins Pub. Er hatte sich eine braune Krawatte umgebunden, aber auf das Jackett verzichtet, stattdessen hatte er die hellbraune Lederjacke anbehalten. »*Mein Team besteht nur aus handverlesenen Experten, den Besten auf ihren jeweiligen Fachgebieten. Sie verfügen alle über jahrzehntelange Erfahrung und können jeden Fall aus ihrem eigenen, ganz einmaligen Blickwinkel betrachten.*«

Es war einen Moment still. Dann versuchte es der ursprüngliche Fragesteller noch einmal: »*Ja, aber unterstehen Sie nun dem Oldcastle CID oder der Specialist Crime Division?*«

»*Eine ausgezeichnete Frage.*«

Wieder Stille.

»*Äh... Und könnten Sie sie vielleicht beantworten?*«

»*Die Nebengeordnete Ermittlungs- und Revisionseinheit wird ihre Ergebnisse über mich an dasjenige Sonderermittlungsteam weiterleiten, das am besten geeignet ist, die notwendigen Schritte einzuleiten.*«

Alice leckte sich das Fett von den Fingern. »Und jetzt denken alle, wir haben das Kommando.«

Sheila nickte. »Sie hatten recht. Guter Vorschlag.« Die Kamera schwenkte zurück, um die Reaktionen der hohen Herrschaften zu zeigen, die in allerhand Hüsteln und Räuspern bestand.

Dann setzte Ness ein hartes Lächeln auf. »*Ich habe mit Detective Superintendent Jacobson schon bei diversen Ermittlungen zusammengearbeitet und freue mich, seine NER-Einheit an Bord begrüßen zu können.*«

Der Superintendent, der neben ihr saß, wölbte die Brust. Sie war mit silbernen Knöpfen gespickt, und über seiner linken Brusttasche prangte eine Reihe bunter Bändchen: die Golden Jubilee Medal, die Diamond Jubilee Medal und die Long Service and Good Conduct Medal. Alles Auszeichnungen, die er allein für die Heldentat bekommen hatte, lange genug im Dienst ausgeharrt zu haben, ohne allzu großen Mist zu bauen. Dennoch trug er sie voller Stolz. Das musste dann wohl Superintendent Knight sein. Sein kahler Schädel reflektierte die Deckenbeleuchtung, als er das Kinn in die Höhe reckte. »*Die Specialist Crime Division freut sich ebenfalls darauf, mit Detective Superintendent Jacobsons Team zusammenzuarbeiten.*«

Ness klopfte auf den Tisch und übernahm wieder die Regie bei der Pressekonferenz. »*Nächste Frage?*«

Huntly zielte mit der Fernbedienung auf den Apparat, und die Lautstärke nahm kontinuierlich ab, bis nur noch ein Murmeln zu hören war. »Hervorragend. Das wird jede Menge Unruhe stiften. Darauf sollten wir anstoßen, findest du nicht, Sheila?«

Ein Seufzer. Dann griff sie in die Einkaufstüte und zog eine Flasche Rotwein und eine Flasche Weißen heraus. »Das sind dann noch mal fünf Pfund pro Nase.«

Huntly sprang auf und holte hinter dem Tresen ein halbes Dutzend staubige Gläser hervor. Er hauchte in jedes hinein und polierte es anschließend mit seiner rosa Krawatte. Dann stellte er sie in einer Reihe auf dem Tresen auf.

Sheila reichte mir meinen Pizzakarton, mit dunklen Fettflecken auf dem *Tyrannosaurus rex* des Logos von DinoPizza. »Machen Sie sich keine Gedanken wegen des Gelds. Ich hole mir Ihren Anteil von Bear. Also, möchten Sie auch ein Glas Wein?«

»Darf nicht – Tabletten. Aber trotzdem danke.« Ich öffnete den Karton. Champignons, Schinken, Mais und Ananas. Na ja, hätte schlimmer kommen können.

Huntly klatschte in die Hände. »Prima, dann bleibt mehr für uns übrig!«

Winzige weiße Pünktchen wirbelten in den Windfang des Pubs, als ich vor die Tür trat und die Nummer von Detective Inspector Dave Morrow in Alice' Handy eintippte. Ich drückte die grüne Taste und lauschte auf das Läuten, während mein Atem als hellgraue Wolke im Schein der Straßenlaterne waberte. Man kann über den Knast sagen, was man will, aber wenigstens halten sie die Bude einigermaßen warm...

Eine raue Stimme tönte aus dem Lautsprecher, leicht hauchig und abgehackt. »*Alice, es... ist gerade ziemlich ungünstig.*«

»Shifty, ich bin's. Alles okay bei dir?«

Eine Pause. »*Ja, leck mich doch, sie hat's tatsächlich gemacht. Wann bist du rausgekommen?*«

»Vor ein paar Stunden. Du musst mir einen Gefallen tun.«

Er schniefte. »*Du weißt, dass ich Mrs Kerrigan erledigt hätte, wenn ich gekonnt hätte, nicht wahr?*«

»Ich weiß.«

»*Das fehlt mir gerade noch, dass ich Andy Inglis im Nacken habe. Ausgerechnet jetzt, wo die Jungs von der Schlapphut-Abteilung so übereifrig sind. Sonst würde sie schon längst irgendwo die Würmer füttern...*«

Ich trat hinaus in die kalte Abendluft, entfernte mich ein paar schwerfällige Schritte weit von der Pubtür und vergewisserte mich mit einem Blick über die Schulter, dass niemand mithörte.

»Heute Abend: Du, ich, eine Pistole und sie. Und bring am besten gleich einen Kanister Benzin und zwei Schaufeln mit.«

Eine Pause. »*Ash, du weißt, ich würde...*«

»Kneifst du etwa?«

»*Ach was. Aber du weißt schon, was Andy Inglis tun wird, wenn er erfährt, dass du sie umgelegt hast?*«

»Er wird es nicht erfahren.«

»*Ich bitte dich, Ash. Sie lassen dich aus dem Knast raus, und just am selben Abend fängt sie sich eine Kugel? Wie lange wird es wohl dauern, bis er eins und eins zusammengezählt hat?*«

Auch wieder wahr.

Ich ging noch ein paar Schritte und blickte zu der Plakatwand auf der anderen Straßenseite mit dem Altenheim, das nie gebaut werden würde. »Dann mach ich mich eben anschließend gleich aus dem Staub. Ich knall sie ab, wir verbrennen die Leiche, und ich verschwinde aus Oldcastle. Nehm die Fähre nach Norwegen. Bist du noch mit diesem Typen mit dem Fischerboot in Fraserburgh befreundet?«

»*Dein Pass ist noch gültig, oder? Weil ich so das unbestimmte Gefühl habe, dass die Jungs von der Border Agency nach dir Ausschau halten werden.*«

Hinter mir hörte ich die Tür ins Schloss fallen. Ich drehte mich um, und da war Dr. Constantine, fest in ihre gefütterte Jacke gehüllt, eine Zigarette zwischen die Lippen geklemmt. Sie zündete sie mit einem Feuerzeug an und winkte mir zu.

Ich winkte zurück, deutete auf das Telefon an meinem Ohr und wandte mich wieder ab. »Was ist mit Biro-Billy?«

Ein Seufzer am anderen Ende. »*Ich seh mal, was sich machen lässt.*«

Detective Superintendent Jacobson schälte sich aus seiner Lederjacke. Die Schultern der Jacke und sein Kopf hatten einen feinen Überzug aus weißen Flöckchen, die in der Wärme des ausgedienten Pubs schnell dahinschmolzen. Er hängte die Jacke über eine Stuhllehne. »Und?«

Huntly breitete die Arme weit aus, als ob er ihn umarmen wollte. »Sie waren *fantastisch*!«

»Treiben Sie's nicht zu weit, Bernard. Nach der Geschichte heute Morgen bin ich immer noch ein bisschen sauer auf Sie.«

»Oh...« Huntly ließ die Arme sinken.

»Ist noch Pizza da?« Jacobson ging zum Tresen und klappte einen fettgesprenkelten Kartondeckel nach dem anderen auf und zu. »Krusten, Krusten, Krusten...«

Sheila deutete auf die in der Ecke gestapelten Stühle und Tische. »Ich hab Ihre da drüben versteckt, damit unser zweibeiniger Müllschlucker sie nicht in die Finger kriegt. Dürfte aber inzwischen kalt sein.«

Er zog den Karton heraus, klappte ihn auf, fischte einen Keil heraus, schob sich das spitze Ende in den Mund und kaute mit geschlossenen Augen. »Ahh... Das hab ich jetzt gebraucht. Bei diesen Pressekonferenzen stellen sie einem ja nichts Anständiges mehr hin. Bloß noch Mineralwasser und labbrigen Kaffee. Was ist denn so verkehrt an einem Teller Sandwiches?«

Huntly goss Rotwein in ein krawattenpoliertes Glas. »Apropos Pressekonferenz...« Er räusperte sich. »War Donald da?«

Sheila lehnte sich auf ihrem Stuhl zurück und stöhnte. »Nicht schon wieder.«

Er versteifte sich. »Muss das jetzt sein?«

Sie setzte einen affektierten Upperclass-Akzent auf. »War Donald da? Hat er nach mir gefragt? Hat er ausgesehen, als ob er geweint hätte? Hat er zugenommen? Ist er mit jemandem zusammen?«

»Lass bitte diese homophoben Bemerkungen.«

»Ich bin nicht homophob, ich bin *erwachsene-Männer-die-sich-wie-liebeskranke-Teenager-aufführen*-phob. Und du schuldest mir immer noch siebzehn Pfund dreiundsechzig.«

Jacobson nahm das Glas Rotwein und kippte die Hälfte in einem Zug in sich hinein. »Donald war nicht da. Superintendent Knight hat ihn damit beauftragt herauszufinden, wer von Ashs Ex-Kollegen der Presse gesteckt hat, dass der Inside Man hinter dem Mord an Claire Young stecken könnte.«

Na, das war sicher ganz toll angekommen. Irgendein Wichser von einer anderen Division, der Dienstvergehen beim Oldcastle CID aufdecken sollte? Die waren bestimmt so schnell zusammengerückt, dass man den Überschallknall bis Dundee gehört hatte.

Jacobson goss sich den Rest des Weins hinter die Binde und hielt Huntly das Glas hin, um sich nachschenken zu lassen. »Ich habe mich mit zwei von unseren uniformierten Kollegen unterhalten. Offenbar hat Claire am Donnerstagabend um Viertel nach sieben das Haus verlassen, um zur Arbeit zu gehen, wo sie aber nie ankam. Nachdem sie am Freitagnachmittag nicht nach Hause gekommen war, meldeten ihre Mitbewohnerinnen sie als vermisst. Die Schlauberger von der Division Oldcastle haben die Sache nicht ernst genommen, bis Claires Leiche gestern Morgen gefunden wurde.« Er nahm einen Schluck, zog den Rotwein ein paarmal durch die Zähne und nickte dann in meine Richtung. »Das wird einen *super* Eindruck machen, wenn die Presse dahinterkommt.«

Ich verschränkte die Arme und starrte ihn an. »Warum ich?«

»Wie, warum Sie?«

»Wenn das Oldcastle CID ein einziger Haufen korrupter Idioten ist, warum bin ich dann hier?«

Er lächelte. »Also, das ist eine *sehr* gute Frage.«

Aber beantworten wollte er sie ums Verrecken nicht.

7

An dem 24-Stunden-Tesco in Logansferry legten wir einen Zwischenstopp ein. Alice tauchte gleich zwischen den Regalen ab, um etwas fürs Frühstück zu besorgen, während ich auf die Elektronikabteilung zusteuerte. Ein spottbilliges Handy und drei Guthabenkarten. Alles von den hundert Pfund Vorschuss bezahlt, die ich von Jacobson bekommen hatte.

Auf der anderen Seite der Kassen warf ich die Verpackung des Handys in den Abfallbehälter und befreite eine der Guthabenkarten aus ihrem Pappe-und-Plastik-Gefängnis. Ich setzte sie ein, ließ die Abdeckung einrasten, schaltete das Ding ein und tippte Shiftys Nummer ein.

Dann lauschte ich dem Tuten, während ich hinaus auf den Parkplatz humpelte.

Von dem Schnee war nur eine dünne Eisschicht auf den Frontscheiben und ein feucht glänzender Überzug auf dem gesalzten Asphalt geblieben.

Am anderen Ende meldete sich eine argwöhnische Stimme: »*Hallo? Wer ist da?*«

»Wie kommst du mit der Pistole voran?«

»*Herrgott noch mal, Ash, ich kümmer mich drum, ja? Gib mir halt eine Chance – ist ja nicht so, als könnte ich mal eben in den nächstbesten ASDA spazieren und eine kaufen, oder?*«

»Wir werden auch ein Auto brauchen. Etwas, was gut brennt.«

Schweigen.

»Shifty? Hallo?« Verdammt – gerade erst gekauft, das verdammte Teil, und schon ...

»*Was glaubst du, was ich gemacht habe, während du mit deinen neuen Kumpels rumgehangen hast? Hab uns einen Mondeo besorgt. Aus erster Hand, scheckheftgepflegt – und der Besitzer weiß noch gar nicht, dass er verschwunden ist.*«

Ach so. »Tut mir leid. Es ist ...« Ich rieb mir mit der freien Hand über das stopplige Kinn. »Ist 'ne Weile her, weißt du?«

»*Ich mach das ja nicht zum ersten Mal, Ash. Es wird schon schiefgehen. Vertrau mir.*«

Alice wuchtete ein halbes Dutzend Einkaufstüten vom Rücksitz des winzig kleinen roten Suzuki Allrad. Die Kiste hatte eine große Delle in der Beifahrertür und ähnelte eher einer Kinderzeichnung eines Autos als einem richtigen Pkw. Und fuhr sich auch so. Sie hatte ihn unter einer der drei funktionierenden Straßenlaternen geparkt, zwischen einem rostigen weißen Transit und einem altersschwachen Volvo. »Gnnsdmllhllfn?« Die Schlüssel baumelten an dem Plastikanhänger, den sie zwischen den Zähnen hielt, als sie mit dem Kinn auf den Suzuki deutete.

»Ja, kein Problem.« Ich raffte den Rest der Einkäufe zusammen und schnappte meinen Müllsack, dann nahm ich ihr die Schlüssel aus dem Mund und drückte auf den Knopf der Zentralverriegelung.

»Danke.« Ihr Atem bildete eine dünne Nebelschwade. »Wir sind gleich da drüben.« Sie wies zu einer Tür im letzten Drittel der Häuserreihe.

Ich nahm die Taschen von einer Hand in die andere und stützte mich auf meinen Krückstock.

Die Ladburn Street war wahrscheinlich irgendwann einmal ganz attraktiv gewesen – eine gepflasterte Straße mit hohen Bäumen und schmiedeeisernen Zäunen. Eine geschwungene

Reihe von stolzen Stadthäusern aus Sandstein mit säulengestützten Vordächern und Erkerfenstern...

Jetzt waren von den Bäumen nur noch verkohlte Stümpfe übrig, belagert von Abfall und getrockneter Hundescheiße. Und die Einfamilienhäuser waren alle zu Etagenwohnungen umgebaut.

Drei Häuser auf unserer Seite waren mit Brettern vernagelt, auf der anderen vier, alle Vorgärten mit Unkraut überwuchert. Aus irgendeinem Fenster dröhnte Rockmusik, ein paar Türen weiter wurde in höchster Lautstärke gestritten. Der Sandstein hatte die Farbe von geronnenem Blut angenommen, die Eisenzäune waren mit Rostflecken gesprenkelt.

Alice trat von einem Fuß auf den anderen. »Ich weiß, es ist enttäuschend, ich meine, seien wir ehrlich, es ist nicht weit davon entfernt, ein Slum zu sein, aber es war billig, und es ist relativ anonym, und wir können nicht bei Tante Jan wohnen, weil da gerade die ganzen Leitungen rausgerissen werden, und...«

»Ist schon in Ordnung.«

Ihre Nase färbte sich rot. »Es tut mir leid. Ich weiß, Kingsmeath ist nicht gerade toll, aber es ist ja nur vorübergehend, und ich dachte mir, du willst sicher nicht im Hotel wohnen, zusammen mit Professor Huntly und Bear und Dr. Constantine und Dr. Docherty, und...«

»Im Ernst, es ist okay.« Etwas knirschte unter meinen Sohlen, als ich über den Gartenweg auf das Haus zuhumpelte. Glasscherben, Kinderzähne, kleine Tierknochen... In dieser Gegend war alles möglich.

»Alles klar. Ja.« Sie stapfte neben mir her, beladen mit den Einkaufstüten, die ihr gegen die Beine schlugen. »Weißt du, viele Leute denken, Kingsmeath wäre in den Siebzigern aus dem Boden gestampft worden, praktisch eine einzige riesige Sozialsiedlung, aber es gibt hier tatsächlich Ecken, die stammen noch aus dem neunzehnten Jahrhundert, also, bis zu der Cholera-Epidemie von 1826 haben hier wahrscheinlich die Zuckerbarone gewohnt, wobei natürlich die ganze Industrie auf Plantagen in der Karibik basierte, die mit Sklaven betrieben wurden, und könntest du vielleicht aufschließen, es ist der Zylinderschlüssel.«

Ich lehnte meinen Krückstock an die Wand und ging die Schlüssel durch. »Der hier?«

»Nein, der mit dem roten Plastikding. Genau, der. Wir sind im obersten Stock.«

Ich öffnete die Tür und trat in ein düsteres Treppenhaus, in dem es stank wie in einem Hafenkneipen-Pissoir. Ein kleiner Haufen Flyer, Spenden-Bettelbriefe und Wurfsendungen hatte sich auf den rissigen Fliesen hinter der Tür verteilt. »CAMMY IST EIN ASCHLOCH!!!« hatte jemand mit Filzstift an die Wand geschrieben, unter deren abblätterndem Anstrich der Schimmel blühte.

Nicht weit davon entfernt, ein Slum zu sein?

Die Stufen knarrten unter meinen Schritten, als wir die Treppen bis zum dritten Obergeschoss erklommen, und mein Krückstock schlug dumpf auf den zerschlissenen Läufer.

Alice stellte ihre Einkaufstaschen ab und nahm die Schlüssel wieder an sich. Sie ließ sie durch ihre Finger gleiten wie die Perlen eines Rosenkranzes, und dann schloss sie nacheinander die vier Sicherheitsschlösser an der Wohnungstür auf. Die Messingverkleidungen waren alle blitzblank, ohne einen einzigen Kratzer. Ganz neu angebracht.

Sie lächelte verlegen. »Wie gesagt, es ist nicht gerade umwerfend...«

»Es ist mit Sicherheit besser als das, wo ich die letzten zwei Jahre untergebracht war.«

Schließlich öffnete sie die Tür und schaltete das Licht ein.

Blanke Bodendielen zogen sich über die Länge einer kleinen Diele, gesäumt von Sockelleisten, mit kleinen Büscheln von blauem Nylon – Reste des herausgerissenen Teppichbodens, unter dem ein dunkelroter Fleck zum Vorschein gekommen war, ungefähr so groß wie acht zusammengeschobene Pintgläser. Eine einzelne nackte Glühbirne baumelte an einem Kabel von der Decke, umringt von kaffeebraunen Klecksen. Es roch fleischig wie in einer Metzgerei.

Alice bat mich herein, dann machte sie die Tür hinter uns zu, schloss ab und schob sämtliche Riegel vor. »So, jetzt führ ich dich erst mal rum...«

In der Küche war nicht genug Platz für uns beide, also blieb ich auf der Schwelle stehen, während Alice uns unter viel Klappern und Klirren eine Kanne Tee zubereitete. Neben dem Mülleimer türmte sich ein wackliger Stapel aus Pappkartons – in einem war der Toaster, im zweiten der Wasserkocher, im dritten die Teekanne, dann das Besteck...

Sie packte zwei Becher aus und wusch sie im Spülbecken aus. »Also, möchtest du heute Abend irgendwas machen, ich meine, wir könnten ins Pub gehen oder ins Kino, allerdings ist es schon ein bisschen spät fürs Kino, es sei denn, es gibt eine Spätvorstellung oder so, oder da wären auch ein paar DVDs, die könnten wir uns auf dem Laptop anschauen, oder wir könnten einfach nur lesen?«

Nach zwei Jahren Zwangsaufenthalt in einer kleinen Betonkammer, mit nur dann und wann einem zu Unfällen neigenden Zellengenossen als Gesellschaft, hätte sich die Frage normalerweise erübrigen sollen. »Also eigentlich... würde ich lieber zu Hause bleiben. Wenn das okay ist?«

Das Wohnzimmer war nicht gerade riesig, aber es war sauber. Zwei Klappstühle – die Sorte, die man in Campinggeschäften bekommt – standen links und rechts von einem Umzugskarton vor dem Kamin. Sie hatte das Preisschild am Läufer drangelassen, und es flatterte im Luftzug eines kleinen Heizlüfters wie ein verletztes Vögelchen.

Die Vorhänge waren von einem verwaschenen Blau, und man konnte noch das Gittermuster der Falten von der Verpackung sehen. Ich zog die eine Seite auf.

Kingsmeath. Schon wieder. Als hätte das letzte Mal nicht schon gereicht.

Obwohl, in der Dunkelheit sah es gar nicht *so* übel aus. Nur eine langgezogene Kette aus Straßenlaternen und erleuchteten Fenstern, die sich hinunter bis zum Kings River erstreckte, und am anderen Ufer der Bahnhof, schimmernd wie eine riesige Nacktschnecke aus Glas. Sogar das Industriegebiet in Logansferry strahlte etwas Märchenhaft-Mysteriöses aus. Das Flutlicht, die beleuchteten Schilder. Maschendrahtzäune und Wachhunde.

Um ehrlich zu sein, fast alles in Oldcastle sah bei Nacht besser aus.

Und dann schoss ein goldgelbes Etwas in den Himmel auf. Eins ... zwei ... drei ... PENG – eine Kugel aus rot glühenden Punkten stob in alle Richtungen davon. Ihr Schein ließ die Konturen von zwei grabsteinförmigen Wohntürmen scharf hervortreten, als wären sie in Blut gebadet.

Das Blut versickerte langsam, bis alles wieder in Dunkel gehüllt war.

Alice stand plötzlich neben mir. »Die ballern jetzt schon seit zwei Wochen so rum. Ich meine, versteh mich nicht falsch, ich mag Feuerwerk genauso gern wie jeder andere, aber die Bonfire Night ist jetzt eine volle Woche her, und kaum geht die Sonne unter, geht's da draußen zu wie in Beirut.«

Die nächste Rakete explodierte in einem Regen aus Blau und Grün. Der Wechsel der Farben machte es auch nicht besser.

Sie gab mir meinen Tee. »Weißt du, es würde vielleicht helfen, wenn du darüber reden könntest, was mit Katie und Parker passiert ist, jetzt, wo du nicht mehr im Gefängnis bist, denn hier bist du schließlich in Sicherheit und musst nicht befürchten, dass du abgehört wirst oder dass jemand...«

»Erzähl mir von Claire Young.«

Alice klappte den Mund zu. Presste die Lippen zusammen. Und ließ sich auf einen der Klappstühle sinken. »Ihre Mutter gibt sich die Schuld. Wir geben das nicht an die Öffentlichkeit, aber sie steht wegen Selbstmordgefährdung unter Beobachtung. Hat es anscheinend schon zweimal versucht, und...«

»Nein, nicht ihre Mutter – Claire.«

»Okay. Claire.« Alice schlug die Beine übereinander. »Also, sie passt eindeutig zum Profil der früheren Opfer des Inside Man – Krankenschwester, Mitte zwanzig, sehr... gebärfreudige Erscheinung.«

Der Tee war heiß und süß, als ob Alice glaubte, dass ich unter Schock stünde. »Das heißt, wenn er es wirklich ist, sucht er sich seine Opfer immer noch im Krankenhaus. Gibt es Überwachungsvideos?«

»Claire war nicht an ihrem Arbeitsplatz, als sie verschwand. Soweit wir wissen, ist sie nur bis zur Horton Road gekommen. Mit etwas Glück werden sie uns morgen die Aufnahmen der dortigen Überwachungskameras überlassen.«

Ich drehte mich wieder zum Fenster um. Ein weiteres teuflisch rotes Auge explodierte über den Hochhäusern. »Ist er es?«

»Also...« Pause. »Na ja, das hängt wirklich davon ab, was morgen passiert. Detective Superintendent Ness glaubt, dass er es nicht ist. Superintendent Knight glaubt, er ist es. Bear will sich nicht festlegen, solange wir keine Gelegenheit hatten, uns die Leiche und das Beweismaterial anzuschauen.«

»Deswegen sind wir hier – um zu entscheiden, ob er wieder da ist oder nicht?«

»Nein, wir sind hier, weil Detective Superintendent Jacobson seine Machtsphäre ausweiten will. Er will die Nebengeordnete Ermittlungs- und Revisionseinheit zu einer Vollzeit-Geschichte machen. Das hier ist sein Testfall.«

Ich zog den Vorhang zu. Kehrte der Welt den Rücken zu.

»Also... was hast du denn so an DVDs da?«

»*Nein, jetzt hörst du mir zu: Wir werden uns dagegen zur Wehr setzen!*« Sie bleibt stehen, packt ihre Sporttasche fester und starrt zu der dunkelgrauen Decke hinauf. Ihre Haare sind wie poliertes Kupfer, Wangen und Nase mit Sommersprossen gesprenkelt. Hübsch.

Über ihrem Kopf klickt und knackst eine Leuchtstoffröhre, die einfach nicht richtig in Gang kommt, und wirft stroboskopartige Schatten, die in der Tiefgarage tanzen und zucken.

Kein Ort, an dem eine Frau mitten in der Nacht allein unterwegs sein sollte. Wer weiß, was für Monster da in den dunklen Ecken lauern?

Ihr Atem hüllt ihren Kopf in eine weiße Wolke. »*Wir werden nicht zulassen, dass sie die Versorgung der Patienten gefährden, nur um ein paar schäbige Pfund zu sparen.*«

Ja, klar. So läuft das ganz bestimmt.

Die Person am anderen Ende der Leitung sagt etwas, und sie hält einen Moment inne, inmitten von klapprigen Vehikeln, eine traurige Aneinanderreihung von Dellen und abgeplatztem Lack. Sie reckt das Kinn. »*Nein, das ist vollkommen inakzeptabel.*«

In diesem Moment setzt die Musik ein – Geigen, leise und bedächtig, im Takt mit ihren Schritten, als sie auf ihren Wagen zugeht, einen uralten Renault Clio mit verschiedenfarbigen Kotflügeln. »*Keine Bange, wir werden schon dafür sorgen, dass diese Leute noch den Tag bereuen, an dem sie entschieden haben, dass die Menschenwürde nichts wert ist. Wir...*«

Eine Falte bildet sich zwischen ihren sorgfältig gezupften

Augenbrauen. Ihre Augen sind strahlende Saphire, eingefasst in meerblaue Ringe.

Da stimmt etwas nicht mit dem Beifahrerfenster ihres Autos. Statt einer matten Fläche mit Flecken von getrocknetem Spritzwasser ist da nur ein gähnendes schwarzes Loch, gesäumt von kleinen Würfeln zerbrochenen Sicherheitsglases.

Sie wirft einen Blick hinein. Vom Autoradio ist nur noch ein gähnendes Loch übrig, aus dem bunte Drähte ragen.

»*Verflucht noch mal!*« Das Handy wird mit einem Klacken zusammengeschoben und in ihre Tasche gesteckt. Dann stapft sie zum Kofferraum des Renault und wirft ihre Sporttasche hinein.

Irgendwo hinter ihr hallen Schritte durch das Parkhaus, während sie schäumend vor Wut dasteht. Sicher noch so ein unterbezahlter Nobody, der zu seinem beschissenen Auto geht, um damit nach einem beschissenen Tag in seinem beschissenen Job in seine beschissene Wohnung zurückzufahren.

Der Geigenklang wird düsterer, begleitet von einem Mollakkord auf dem Klavier.

Sie kramt in ihrer Handtasche und fischt schließlich einen klirrenden Schlüsselbund heraus, der eher zu einem Gefängnisaufseher als zu einer Krankenschwester zu passen scheint. Die Schlüssel flutschen ihr durch die Finger und fallen auf den feuchten Beton, um dann klirrend und scheppernd unter dem Auto zu verschwinden.

Die Schritte werden lauter.

Sie knallt ihre Handtasche auf die Motorhaube und geht in die Hocke, greift in die ölige Schwärze unter dem gescheckten Clio, tastet und sucht…

Die Schritte halten an, direkt hinter ihr.

Ein dramatischer Akkord auf dem Klavier.

Sie erstarrt, die Finger Zentimeter von den Schlüsseln entfernt.

Der Unbekannte räuspert sich.

Sie schnappt nach den Schlüsseln, packt sie fest, hält sie zwischen die Finger geklemmt wie einen Schlagring und wirbelt herum, mit dem Rücken an der Fahrertür.

Ein Mann sieht stirnrunzelnd auf sie herab, mit seinem großen rechteckigen Gesicht und seinem Dreitagebart. »*Alles in Ordnung?*« Er trägt einen hellblauen OP-Anzug mit einer ganzen Kollektion von Kugelschreibern in der Brusttasche. Das Namensschild des Castle Hill Infirmary hängt schief darunter. Er ist breitschultrig, mit blonden, zu Stacheln gegelten Haaren, in denen das flackernde Neonlicht spielt. Wie aus *Baywatch* entsprungen.

Der wutverzerrte Ausdruck schwindet aus ihrem Gesicht, ersetzt durch ein zaghaftes Lächeln. Sie verdreht die Augen, dann streckt sie die Hand aus, damit er ihr aufhelfen kann. »*Steve, du hast mich zu Tode erschreckt.*«

»*Das tut mir leid.*« Er wendet sich ab, starrt in das Halbdunkel der schäbigen Betonhöhle und zieht die Stirn in Falten. »*Hör mal, wegen dieser Besprechung morgen – Qualitätsmanagement Schottland.*«

»*Mein Entschluss steht fest.*« Laura sucht einen Schlüssel heraus und schließt die Autotür auf.

Bisschen umständlich, oder? Wo sie doch einfach durch das eingeschlagene Beifahrerfenster reinlangen und die Tür aufmachen könnte. Aber was soll's.

»*Du sollst wissen, dass wir alle zu hundert Prozent hinter dir stehen.*« Er sieht nicht nur aus wie aus Baywatch entsprungen, er hört sich auch so an.

»*Danke, Steve, das weiß ich zu schätzen.*« Sie wischt die Glassplitter vom Fahrersitz und steigt ein.

Steve strafft die Schultern und wölbt die Brust. »*Wenn du irgendetwas brauchst – ich bin immer für dich da, Laura.*«

Herrgott noch mal, wer *redet* denn so im wirklichen Leben?

»Sie müssen uns mehr Personal zur Verfügung stellen. Und vernünftige Geräte. Und Reinigungskräfte, die die Zimmer wirklich reinigen und nicht nur den Dreck hin und her schieben. Und ich werde nicht lockerlassen, bis sie das alles tun.«

Er nickt. Und posiert noch ein bisschen. *»Ich muss jetzt wieder rein. Die Kranken heilen sich schließlich nicht selbst.«* Er macht kehrt und stolziert in die Dunkelheit davon, mit schwingenden Schultern wie John Travolta.

Spitzenmäßig. Geradezu oscarverdächtig.

Laura fummelt den Zündschlüssel ins Schloss und wirft den Motor des Renault an. Sie schnallt sich an, schaut in den Rückspiegel und ...

Schreit.

Ein dunkles Augenpaar funkelt ihr vom Rücksitz entgegen. *Starrt sie an.*

Es ist ein riesiger blauer Teddybär mit einer roten Schleife um den Hals und einer überdimensionalen Karte in den Tatzen, auf der steht: »ALLES GUTE ZUM 6. GEBURTSTAG!«

Die Luft entweicht zischend aus ihrer Lunge, als sie auf ihrem Sitz zusammensackt, die Arme schlaff in den Schoß gelegt.

Es ist nur ein alberner Teddybär, nicht Jack the Ripper – und sie zuckt zusammen wie ein verängstigtes Schulmädchen.

Idiotin.

Dann klopft jemand auf das Autodach, und das Blassblau eines Kasacks füllt das Fahrerfenster aus. Wahrscheinlich Steve, der zurückgekommen ist, um noch ein paar Dialoge zu vermurksen.

Sie drückt auf den Knopf und lässt ihr Fenster herunter. *»Kann ich etwas für ...«*

Eine Faust kracht in die Kamera, und der Bildschirm wird dunkel.

Alice drückte die Pausentaste. »Ich mach noch eine Kanne

Tee, magst du auch welchen, oder es ist auch Saft da, und ich hab auch Kekse, magst du lieber Custard Creams oder Jammie Dodgers, aber blöde Frage eigentlich, Jammie Dodgers mag doch je...«

»Ich lass mich überraschen.«

Sie nickte, nahm die Teekanne und verschwand in der Küche.

Die DVD-Hülle lag auf dem provisorischen Couchtisch neben ihrem Laptop: »Von Finsternis umfangen – Eine Frau überlebt die Hölle auf Erden!« Der Untertitel war ungefähr so melodramatisch wie die Rekonstruktion.

Offensichtlich hatte der Regisseur unbedingt einen abendfüllenden Film aus der Geschichte machen wollen, aber weder über das Budget noch über das nötige Talent verfügt, um seinen Plan umzusetzen.

Gut, die Grundidee hatte er mehr oder weniger richtig getroffen, aber die Details? Wenn Laura Strachan und ihr Freund Steve wirklich so geredet hatten an dem Tag, an dem sie verschwand, würde ich meinen Stuhl aufessen.

Während der Wasserkocher in der Küche bollerte, übersprang ich im Schnelldurchlauf eine Szene mit einem bärtigen Typen, der vor einem Whiteboard dozierte. Trau nie einem Mann mit Bart – das sind alles ganz zwielichtige, verschlagene Mistkerle.

Ein Trupp Wanderameisen marschierte am Saum meiner linken Socke entlang.

Scheißteil. Ich zog das Hosenbein hoch und kratzte mit den Fingernägeln an der Kante der elektronischen Fußfessel entlang, versuchte die Fingerspitzen unter den Plastikwulst zu schieben. Ah, welche Erleichterung.

Alice kam mit der Teekanne und einem Teller mit gemischten Keksen aus der Küche. »Du solltest nicht kratzen, ich meine, was ist, wenn du die Haut aufkratzt, dann entzündet sich alles und...«

»Es juckt.« Ich drückte wieder auf PLAY.

Laura Strachan – die echte, nicht die Schauspielerin, die sie in der Rekonstruktion spielt – hat die Hände tief in die Taschen geschoben. Der Wind peitscht ihr lockiges kastanienbraunes Haar nach hinten und zerrt an ihrem knöchellangen Mantel, als sie an den Festungsmauern des Castle entlangstapft. Sie bleibt stehen und blickt den Steilhang hinunter, über den Kings River auf den Montgomery Park und Blackwall Hill am jenseitigen Ufer. Die breite geschwungene Wasserfläche glitzert im Sonnenlicht, das die feuerwerksbunten Bäume in Explosionen von Bernsteingelb und Scharlachrot verwandelt.

Ihre Stimme legt sich über die Hintergrundmusik, obwohl ihre Lippen sich nicht bewegen.

»Von dem Moment, als ich überfallen wurde, bis zu dem Moment, als ich auf der Intensivstation aufwachte, ist in meiner Erinnerung alles verschwommen. Manche Bruchstücke sehe ich klarer als andere, manche sind nur … Es war, als ob man in einen tiefen Brunnenschacht schaut und unten am Boden etwas Scharfes aufblitzen sieht. Scharf und gefährlich.«

Sie lehnt sich an die Brüstung und schaut hinunter. Schnitt, und jetzt schaut die Kamera zu ihr hinauf.

Wieder ein Schnitt, und wir finden uns in einem blendend weißen Raum, der aussieht, als wäre er mit transparenter Plastikfolie ausgekleidet. Es ist schwer zu erkennen – sie haben irgendwie am Bild herummanipuliert, sodass die Glanzlichter vertikal über die ganze Höhe des Bildschirms gedehnt werden. Als ob alles gerade im Begriff wäre, nach oben gebeamt zu werden. Der Raum pulsiert rhythmisch, dehnt sich und zieht sich zusammen und dreht sich dann ruckartig zur Seite, bis die Kamera auf einem großen Rollwagen aus Edelstahl verharrt, auf dem eine jüngere, hübschere, von einer Schauspielerin verkörperte Version von Laura liegt. Ihre Hände und Füße sind an die Beine des Rollwagens gefesselt, zwei weitere Stricke – einer über die Brust und unter den Achseln hindurchgezogen, der andere über die Oberschenkel – fixieren sie. Sie ist nackt, bis auf zwei strategisch platzierte Handtücher.

»*An den Geruch erinnere ich mich deutlicher als an alles andere. Es roch wie Waschmittel und Bleiche und noch etwas ... ein bisschen wie heißes Plastik? Und es lief klassische Musik.*«

Beethovens Mondscheinsonate wird eingeblendet.

»*Und er ...*« Ihre Stimme versagt. Pause. »*Er trug eine weiße Schürze über ... über ... Es könnte ein OP-Anzug gewesen sein. Ich kann es nicht ... Es war alles so verschwommen.*«

Ein Mann tritt ins Bild, exakt so gekleidet, wie Laura ihn beschrieben hat. Sein Mund ist hinter einer Atemschutzmaske verborgen, der Rest seines Gesichts verschwommen – durch den Videoeffekt bis zur Unkenntlichkeit verpixelt.

Dann eine Nahaufnahme einer Spritze – die riesengroße Nadel bewegt sich auf die Kamera zu. Schwarzblende. Und dann sind wir plötzlich in einem Einzelzimmer im Krankenhaus.

»*Als ich wieder zu mir komme, sind vier Tage vergangen, und ich liege in einem Bett auf der Intensivstation. Ich hänge am Beatmungsgerät und ringe nach Luft, ich bin an ein halbes Dutzend Monitore angeschlossen, und da ist eine Schwester, die läuft herum und schreit, dass ich aufgewacht sei.*«

Alice schenkte den Tee ein.

»*Mein ganzes Leben, seit ich ein kleines Mädchen war, habe ich mir Kinder gewünscht. Eine eigene Familie, der ich die Liebe und Wertschätzung schenken könnte, die ich von meinem Vater nie erfahren habe.*«

Ich nahm mir ein Custard Cream.

»*Aber die Ärzte sagten, es sei nicht mehr möglich. Der Inside Man hat es mir weggenommen, als er ... Als er mich aufgeschlitzt hat.*«

Schnitt, und wir sehen ein schickes Büro mit Holztäfelung und massenhaft gerahmten Diplomen an der Wand. Ein dünner Mann mit schütteren Haaren sitzt hinter einem großen Eichenholzschreibtisch. Er trägt einen dunkelblauen Anzug und eine knallrote Krawatte. Am unteren Bildschirmrand wird ein Schriftzug eingeblendet: »Charles Dallas-MacAlpine, Chefarzt der Chirurgie am Castle Hill Infirmary.«

Seine Stimme klingt nach Privatschul-Arroganz und kaum verhohlenem Spott. »*Als Laura zu mir kam, sah es in ihr drin natürlich ziemlich übel aus. Es ist ein Wunder, dass sie nicht im Krankenwagen an Exsanguination gestorben ist.*« Ein schmallippiges Lächeln. »*Das bedeutet ›Verbluten‹.*«

Was du nicht sagst. Wow, was der Upperclass-Sprössling für schwierige Fremdwörter draufhat.

»*Aber sie hatte das große Glück, auf meinem OP-Tisch zu landen. Denn sonst...*«

Ein dreimaliges Klopfen platzte in den Monolog von Dr. Hochnäsig hinein.

Die Wohnungstür.

Alice zuckte zusammen. »Erwartest du jemanden, weil ich nämlich...«

»Ich geh schon hin.«

»*...wage ich mir gar nicht auszumalen. Ihr Uterus war nämlich...*«

Ich machte die Wohnzimmertür hinter mir zu und humpelte über die fleckigen Dielen, begleitet vom *Klonk* meines Krückstocks bei jedem zweiten Schritt. Ich spähte durch den Spion.

Ein kahler Schädel füllte das Guckloch aus, dazu ein Streifen Rosa und Grau.

Ich schloss die vier Sicherheitsschlösser auf und öffnete die Tür. »Shifty.«

Er hatte sich offenbar schon länger nicht mehr den Schädel rasiert – ein Saum von dunkelgrauen Stoppeln spross über seinen Ohren. Weitere Stoppeln verschatteten seine Sammlung von Kinnen. Hautfalten unter den wässrigen, blutunterlaufenen Augen, ein blauer Fleck auf dem linken Jochbein. Er strömte einen Geruch nach Aftershave aus, vermischt mit dem gammligen Zwiebelgestank vom Schweiß eines langen Tages.

Am Boden neben seinen Füßen standen zwei orangefarbene Einkaufstüten.

Shifty blinzelte mich ein paarmal an, dann breitete sich ein strahlendes Grinsen auf seinem Gesicht aus, und er stürzte sich auf mich, nahm mich in die Mangel und quetschte mir die Arme an den Leib. Er lachte. »Wurde aber auch höchste Zeit!« Er lehnte sich nach hinten und hob mich in die Luft. »Wie geht's dir denn so? Kann man hier vielleicht was zu trinken kriegen? Ich bin am Verdursten!«

Ich musste unwillkürlich lächeln. »Lass mich los, du Riesen-Softie.«

»Ach, nun sei mal nicht so verklemmt.« Er drückte noch einmal zu und ließ dann von mir ab. »Ich dachte schon, wir kriegen dich nie da raus. Du siehst übrigens scheiße aus.«

»Hast du sie besorgt?«

Er griff in sein zerknittertes Jackett und holte einen Umschlag hervor, den er mir in die Hand drückte.

Okay. Damit hatte ich nicht gerechnet.

Ich versuchte es noch einmal, schön langsam und deutlich. »Hast – du – die – Pistole – besorgt?«

8

Shifty harkte sich mit einer Hand übers Gesicht und verformte es dabei. »Alec wollte sie mir nicht verkaufen. Er meinte, das würde schlechtes Karma bedeuten.«

Ich öffnete den Umschlag. Er war mit zerknitterten Zehnern und Zwanzigern vollgestopft. Alles in allem bestimmt drei-, vierhundert Pfund. Gar nicht übel. Shiftys Schulter schwabbelte, als ich sie tätschelte. »Das ist ein Haufen Taschengeld. Du bist...«

»Sei kein Eumel. Das ist für die Knarre. Alec will sie mir nicht verkaufen, aber dir verkauft er sie. Er ist total komisch drauf, seit er sich mit Buddhismus infiziert hat.« Shifty schob eine Patschhand in die Jackentasche und holte einen gelben Haftzettel hervor, den er mir an die Brust pappte. Darauf war mit Kuli eine Handynummer gekritzelt. »Aber es muss morgen sein. Also, trinken wir jetzt einen oder was?«

»Morgen? Ich wollte...«

»Ich weiß. Es ist nicht so leicht, jemanden zu finden, der bereit ist, einem Bullen eine Pistole zu verkaufen, okay? Alec nervt gewaltig, aber er ist diskret.« Shifty zog die Schultern bis zu den Ohren hoch. Und ließ sie wieder fallen. »Morgen erledigen wir sie. *Versprochen.*«

Na ja, nach zwei Jahren kam es auf eine Nacht und einen Tag mehr oder weniger auch nicht mehr an, oder? Dann waren ihr eben noch mal vierundzwanzig Stunden vergönnt – na und? Am Ende des Tages würde sie trotzdem tot sein.

Nein, schon in Ordnung.

Ich deutete mit dem Kopf auf die Wohnung hinter mir. »Tee?«

»Du machst Witze, stimmt's? Tee? Wo du gerade aus dem Knast raus bist?« Er kniff ein Auge zu. Dann griff er in eine der Plastiktüten zu seinen Füßen und zog zwei Flaschen heraus. »Champagner!«

Er folgte mir in die Wohnung und wartete in der Diele, während ich die ganzen Riegel wieder vorschob. Dann führte ich ihn ins Wohnzimmer.

Alice hatte sich von ihrem Stuhl erhoben und stand steif und kerzengerade da. Sie lächelte. »David, wie schön, dich wiederzusehen. Geht es Andrew gut?«

»Ich weiß, wir hatten morgen ausgemacht, aber ich konnte nicht länger warten.« Er trat zu ihr, beugte sich herab und gab ihr ein Küsschen auf die Wange. Dann stellte er eine der Champagnerflaschen neben den Laptop und machte sich daran, die Alufolie vom Korken abzuziehen. »Ihr habt nicht zufällig richtige Sektgläser da, oder?«

»Ach ja, richtig, ich schau mal, was ich finden kann, sicher ist da irgendwo in den Schränken noch was versteckt ...« Sie wies zur Küche, dann verschwand sie durch die Tür.

Shifty fummelte das Drahtgestell vom Korken herunter, während er im Zimmer auf und ab ging. Immer in Bewegung. Die Dielen knarrten und ächzten unter seinen Schritten.

Stille.

Er starrte auf den Monitor des Laptops, mit dem Standbild von Laura Strachan, wie sie eine Steintreppe hinunterstieg, das Pausensymbol über ihren Füßen eingeblendet. »Ich ... hab bei Michelle vorbeigeschaut.«

»Ach ja?« Zwei Jahre und nicht ein einziger Besuch von ihr. Noch nicht mal ein Brief.

»Sie kam an die Tür, und sie war ganz ...« Er hob eine Hand und wackelte damit hin und her. »Du weißt schon – die Haare ganz wirr, total blass und dünn, Ringe unter den Augen. Sie hatte getrunken.«

Ich sank auf meinen Campingstuhl. Verschränkte die Arme. »Und?«

»Sie verkauft das Haus. Großes Schild im Vorgarten. Will nach England ziehen, um bei ihrer Schwester zu sein.«

Tja. Nun... sie war eine erwachsene Frau. Wir waren ja schließlich nicht mehr verheiratet, nicht wahr? Sie konnte tun und lassen, was sie wollte. Musste mich nicht informieren. »Gibt es einen bestimmten Grund, warum du mir das erzählst?«

»Ich dachte bloß, du... Ich weiß nicht.« Er starrte auf die Flasche in seiner Hand herab. »Andrew hat mich rausgeschmissen. *Angeblich* liegt es an mir, nicht an ihm. Er sagt, ich nehme ihm die Luft zum Atmen.« Die Wurstfinger umklammerten den Flaschenhals, würgten ihn, bis die Gelenke weiß wie Knochen waren. »Na warte, ich nehm *dir* gleich die Luft zum Atmen...«

Alice erschien in der Küchentür mit drei gewöhnlichen Weingläsern. »Von wem redest du?«

»Shiftys Freund hat ihn rausgeschmissen.«

Er schob die Unterlippe zwei Zentimeter vor und schüttelte den Kopf.

»Oh, David, das tut mir ja so leid.« Sie schlug mit der flachen Hand auf einen Campingstuhl. »Komm, setz dich hin und erzähl mir alles.«

Oje, das konnte ja heiter werden.

»Vielleicht später.« Er drehte den Korken in seiner fleischigen Pranke, zog daran und – *Fffumpf*, flutschte der Korken heraus, gefolgt von einem bleichen Gaswölkchen. Er füllte zwei der Weingläser, dann griff er noch einmal in seine Plastiktüte und reichte mir eine Dose Irn-Bru.

Auch recht. Ich riss den Verschluss auf und füllte mein Glas mit der neonorangefarbenen Brause.

Shifty hob sein Glas. »Auf Ash, auf die Freundschaft und auf die Freiheit.«

Auf die Rache...

Wir stießen an.

Er trank einen großen Schluck. Zog die Luft durch die Zähne ein. Schüttelte sich ein wenig. Sank auf den Stuhl nieder und sackte in sich zusammen. »Scheiß auf Andrew. Zwei Jahre. Zwei verdammte Jahre. Wegen ihm hab ich mich geoutet.«

»Nein... Nein, dasssissscho... das p-p-passsschon.« Shifty kniff erst das eine, dann das andere Auge zu, ging schwankend in die Hocke und kippte nach vorne, bis er auf Händen und Knien war, den Hintern in die Luft gereckt. Mit nichts am Leib außer einer schwarzen Calvin-Klein-Unterhose. Er schwankte noch ein wenig hin und her, dann ließ er sich langsam auf die Seite fallen. Es war nur ein Laken, das ich über den neuen Läufer gebreitet hatte, aber es musste reichen. Wenigstens hatte er ein Kopfkissen. Noch zwei Badetücher als Decken, und...

Na ja, es war nicht gerade luxuriös, aber bei den Unmengen Alkohol, die die beiden in sich reingeschüttet hatten, würde er es wohl kaum merken.

Aus dem Bad kamen Würgegeräusche, verstärkt durch die Toilettenschüssel.

Shifty zuckte ein-, zweimal und ließ dann ein langgezogenes, tiefes Stöhnen hören. Gefolgt von einer Pause. Und einem Schnauben.

Ich breitete noch ein Handtuch über ihn, dann hob ich die zwei leeren Champagnerflaschen und den Rest des Supermarkt-Whiskys auf, trug alles in die Küche und stellte es neben dem Wasserkocher ab. Ich nahm die Spülschüssel aus dem Becken und ging zurück ins Wohnzimmer.

Er lag jetzt flach auf dem Rücken und schnarchte so laut,

dass die Luft vibrierte. Seine Handtuch-Bettdecken waren auf einer Seite ganz zusammengeschoben, sodass eine große Fläche bleiche, haarige Bauchhaut freilag. Das dumpfe Dröhnen brach für ein paar Takte ab... Dann brummte er etwas, das wie ein Name klang, und schnarchte weiter.

»Du Kindskopf.« Ich zupfte die Handtücher zurecht. »Versuch doch bitte, nicht mitten in der Nacht an deinem eigenen Erbrochenen zu ersticken, ja?« Ich schaltete das Licht aus, schloss die Tür und überließ ihn seinem Schicksal.

Die Toilettenspülung rauschte. Dann Gurgeln, Spucken – und endlich kam Alice in den Flur gewankt.

Sie hatte ihren karierten Pyjama falsch zugeknöpft – die linke Seite hinkte einen Knopf hinter der rechten her. Ihre Haare standen wirr vom Kopf ab. »Urghh...«

»Na komm, ab ins Bett mit dir.«

Sie hielt sich eine Hand an die Wange. »Mir geht's nicht so gut...«

»Na, wessen Schuld ist das denn?«

Ihr Schlafzimmer erwies sich als eine winzige Kammer mit einem Einzelbett, einem billigen Selbstbau-Kleiderschrank und einem kleinen Nachttisch. Ein Monet-Poster dominierte das Zimmer, das ganze Bild ein Meer von Grün und Blau und Lila.

Sie stieg ins Bett und zog sich die Decke bis unters Kinn. »Urrgh...«

»Hast du einen halben Liter Wasser getrunken?« Ich stellte die Spülschüssel neben ihrem Kopf auf den Boden. Mit ein bisschen Glück würde sie am Morgen nicht den ganzen Boden vollkotzen.

»Ash...« Sie machte ein paar schmatzende Geräusche, als ob sie etwas Bitteres im Mund hätte. »Erzähl mir eine Geschichte.«

»Du machst doch Witze, oder?«

»Ich will eine *Geschichte*.«

»Du bist eine erwachsene Frau, ich werde dir *keine* Geschichte vor...«

»Ach, bütteeee!«

Im Ernst?

Sie blinzelte mich an, mit grauen Ringen unter ihren blutunterlaufenen Augen.

Ich seufzte. »Na schön.« Ich setzte mich auf die Bettkante und nahm das Gewicht von meinem rechten Fuß. »Es war einmal ein Serienmörder, der wurde der Inside Man genannt, und er nähte gerne Puppen in die Bäuche von Krankenschwestern ein. Aber was er nicht wusste, war, dass ein tapferer Polizist hinter ihm her war.«

Sie lächelte. »Hieß der Polizist Ash? So hieß er doch, nicht wahr?«

»Wer erzählt hier die Geschichte – du oder ich?«

Acht Jahre zuvor

Ich warf mich mit voller Wucht gegen die Tür und brach sie auf. Wich einem Grüppchen alter Knacker in Morgenmänteln und Pantoffeln aus, die in ihrer selbst erzeugten Nebelbank aus Zigarettenrauch herumstanden.

Wo zum Teufel war er...

Da – auf der anderen Seite der niedrigen Mauer, die das Castle Hill Infirmary vom Parkplatz trennte. Eine schwangere Frau hämmerte fluchend und schimpfend auf das Fenster eines altersschwachen Ford Fiesta ein, der mit röhrendem Motor vom Bordstein wegfuhr.

Noch mehr Gefluche drang von hinten an meine Ohren, als PC O'Neil sich taumelnd und mit schweißnassem Gesicht durch die rauchenden Rentner schob. »Haben Sie ihn erwischt?«

»Seh ich vielleicht so aus, als ob ich ihn erwischt hätte? Holen Sie den Wagen. SCHNELL!«

»O Gott...« Er stieg schwerfällig über das Mäuerchen und trabte auf unseren rostigen Vauxhall zu, der dort im Halteverbot parkte.

Die schwangere Frau stand mitten auf der Straße und zeigte dem Fiesta den Stinkefinger, als der Wagen schlingernd durch die Krankenhauseinfahrt hinaus auf die Nelson Street bretterte. »ICH HOFFE, DU KRIEGST AIDS UND VERRECKST, DU MIESES DIEBISCHES SCHWEIN!«

Ich rannte zu ihr hin. »Haben Sie sein Gesicht sehen können?«

»Er hat mein Scheißauto geklaut! Haben Sie das gesehen?«

»Würden Sie ihn wiedererkennen?«

»Mein Hund ist im Kofferraum!« Sie legte die Hände trichterförmig um den Mund. »KOMM SOFORT ZURÜCK, DU ARSCHLOCH!«

Der Einsatzwagen fuhr röhrend vom Bordstein los und kam mit quietschenden Bremsen auf der falschen Straßenseite zum Stehen, direkt gegenüber von uns. O'Neil ließ das Fenster herunter. »Er entkommt!«

Ich sah die Frau an und wies auf den Krankenhauseingang. »Sie bleiben schön da, bis jemand Ihre Aussage aufgenommen hat, verstanden?« Dann lief ich um den Wagen herum zur Beifahrerseite, sprang hinein, knallte die Tür zu und schlug O'Neil auf die Schulter. »Los, drücken Sie auf die Tube!«

Das tat er. Der Vauxhall machte einen Satz nach vorne und wirbelte eine Wolke von verbranntem Gummi auf.

Nach links auf die Nelson Street, haarscharf an einem Mini vorbei, dessen Fahrer wild hupte und uns entsetzt anstarrte.

O'Neil bekam das schlingernde Auto wieder in die Spur, das Lenkrad mit beiden Händen fest umklammert, die Unterlippe zwischen die Zähne geklemmt, während wir den Berg hinaufrasten. Zeitungsgeschäfte, Teppichläden und Friseursalons flogen am Fenster vorbei.

Ich zerrte an meinem Gurt, steckte ihn ein und legte dann den Schalter für die Sound-and-Light-Show um.

Das Heulen der Sirene übertönte das Röhren des Motors und bahnte uns eine Schneise durch den Mittagsverkehr.

Wir bretterten weiter den Berg hinauf, während ich mein Airwave-Mobiltelefon aus der Tasche zog und den Fall meldete. »Charlie Hotel Sieben an Leitstelle, wir verfolgen den Inside Man. Nelson Street in östlicher Richtung. Lassen Sie die Straße sperren. Er fährt einen braunen Ford Fiesta.«

Eine Pause, dann meldete sich eine Stimme mit hartem Dundee-Akzent: »*Haben Sie getrunken?*«

»Schicken Sie die Verstärkung los, aber plötzlich!«

Der Vauxhall schoss über die Kuppe hinweg, flog mindestens drei Meter durch die Luft und landete unsanft wieder auf dem Asphalt. O'Neil hatte die Schultern eingezogen und die Arme steif nach vorne gestreckt, als ob er das Auto schneller machen könnte, indem er gegen das Lenkrad drückte.

»Da ist er!« Ich tippte mit dem Finger auf die Frontscheibe. Der Fiesta verschwand in der Unterführung.

Keine dreißig Sekunden später waren wir auch da. Über uns rauschte der Verkehr auf der Schnellstraße, während O'Neil weiter das Gaspedal durchdrückte. Das Sirenengeheul hallte von den Betonwänden wider. Und dann wieder raus ans Tageslicht. »Gleich haben wir ihn...«

Jetzt konnten höchstens noch vier Sekunden zwischen ihm und uns sein.

Der Fiesta raste bei Rot über die Kreuzung Nelson Street und Canard Street, verfehlte knapp eine Frau auf einem Fahrrad und fuhr direkt vor einen Gelenkbus. Der Bus rauschte voll in den Fiesta, erwischte ihn vorne an der Beifahrerseite und schleuderte ihn einen Meter hoch in die Luft. Der Wagen drehte sich einmal um die eigene Achse und krachte in einen Laternenpfahl.

»Scheiße!« O'Neil stieg auf die Bremse und riss das Steuer nach links. Das Heck schlitterte quietschend über das Kopfsteinpflaster, und dann ging alles wie in Zeitlupe. Alle Farben und Konturen klar und überdeutlich im fahlen Dezemberlicht. Eine Frau mit einem Kinderwagen, die Kinnlade heruntergeklappt. Ein Mann auf einer Leiter vor dem Waterstones-Buchladen, der gerade Graffiti übermalte. Ein kleines Mädchen, das aus der Greggs-Bäckerei kam, beim Biss in seine Pastete erstarrt. Ein Transit, dessen Fahrer auf die Hupe drückte, als wir in ihn hineinrauschten.

Ein Knall wie von einem Gewehrschuss – Bröckchen von

Sicherheitsglas flogen durch den Innenraum des Vauxhall. Der Wagen bäumte sich auf meiner Seite auf und warf mich in den Gurt, während die Airbags explodierten und alles plötzlich weiß wurde und nach Feuerwerk stank. Der Wagen schlug auf, wippte noch einmal kurz, und Sicherheitsglas prasselte wie Hagel auf meine Haut. Es roch nach Staub und schlaffem Airbag und Benzin.

Dann, als ob jemand einen Schalter umgelegt hätte, lief alles in normalem Tempo weiter.

O'Neil hing in seinem Gurt, die Arme schlaff an den Seiten baumelnd. Blut floss aus der Platzwunde in der Stirn über sein Gesicht und die gebrochene Nase. Der Kühler des Transit blockierte sein Fenster.

Ich kämpfte mit der Gurtschnalle, mein Schädel erfüllt von einem schrillen Pfeifen.

Raus... Ich stieß die Tür auf und taumelte auf die Straße hinaus, hielt mich am Autodach fest, um nicht das Gleichgewicht zu verlieren.

Irgendjemand schrie.

Der Fiesta war um den Laternenpfahl gewickelt, die Beifahrerseite ganz eingedrückt. Der Straßenlaterne war es nicht viel besser ergangen – der Mast war verbogen und verdreht, die gläserne Leuchte baumelte nur noch an ein paar Drähten.

Gelbe und schwarze Punkte tanzten um mich herum und tauchten die Straße in Dämmerlicht.

Ich blinzelte. Schüttelte den Kopf. Ließ meine Kiefergelenke knacken. Jetzt war das Pfeifen nicht mehr ohrenbetäubend, sondern nur noch unangenehm. O Mann, was für ein Schlamassel...

Glas knirschte unter meinen Sohlen, als ich über die Straße tappte.

Aus dem Fond des Fiesta drang Winseln – ein braunes Augenpaar starrte mich an, und eine feuchte Nase drückte sich von innen gegen die gesprungene Heckscheibe. Dann wurde die Fahrertür aufgestoßen, und der Dreckskerl kippte heraus auf die Straße. Ausgebeulter blauer Trainingsanzug, Turnschuhe, die dicke Wollmütze bis über die Ohren heruntergezogen. Sein Gesicht konnte ich nicht sehen, nur seinen Hinterkopf.

»Sie da! Sie sind verhaftet!«

Und das war's. Er sprang blitzschnell auf, als ob er Federn unter den Füßen hätte, und sprintete, ohne sich umzudrehen, mit fliegenden Armen und Beinen davon, auf den blau-weißen Klotz des Travelodge-Hotels an der Greenwood Street zu.

O nein, Freundchen, so nicht.

Ich stürzte ihm nach und zog mein Mobiltelefon wieder heraus. »Ich brauche einen Krankenwagen an der Kreuzung Canard, Nelson und Greenwood. Ein Beamter verletzt. Und schicken Sie auch die Feuerwehr – in dem Wrack ist ein Hund eingeklemmt.«

Ich rannte schneller, bis der Puls in meinem Hals hämmerte und mein Brustkorb schier platzen wollte.

Um die Ecke in die Greenwood. Vor mir tauchte der Bahnhof auf, ein großer viktorianischer Klotz in Form eines umgedrehten Boots aus Eisen und Glas, an das man in den 1970ern ein klobiges Beton-Vordach drangeklatscht hatte, unter dem die Taxis halten und die Raucher herumlungern konnten.

Ich schob mich durch den Haupteingang hinein in ein Tohuwabohu von lauten Stimmen und stampfender Musik. Der Innenraum war eine große, offene Halle mit Fußgängerbrücken, die die Gleise überspannten und ein halbes Dutzend Bahnsteige miteinander verbanden. Durch das schmutzige Glasdach sickerte Licht herein.

Vor dem Reisezentrum hatten sie eine Art großes Bühnenzelt aufgebaut, mit dem Logo von Castlewave FM links und rechts und dem Schriftzug »MEILEN, DIE HEILEN!!!« in der Mitte. Vorne stand ein mit schwarzem Stoff behängter Tisch, dahinter zwei Idioten, die mit hoch erhobenen Armen im Takt der Musik in die Hände klatschten, jeder mit einem Mikrofon in der einen Hand.

Die Menge klatschte mit, ein Meer von Leibern, Schulter an Schulter in die Bahnhofshalle gepfercht.

»*Ha, excelente mi amigos!*« Die Musik wurde ausgeblendet. »*Wie ist der Gesamtstand, Colin?*«

»*Tja, Steve, wir sind jetzt schon in Calais drüben in Frankreich angekommen – wie cool ist das denn?*«

»*Megahypersupercool, Mann!*« Das schrille Quäken einer altmodischen Hupe untermalte die Worte.

Wo zum Teufel steckte er?

Weit und breit kein Flüchtender zu sehen, und auch niemand, der sich gerade fluchend aufrappelte und die Fäuste schwang, weil ihn gerade jemand umgerannt hatte.

»*Sie hören Sensational Steve und Crrrrrrrazy Colin. Es ist fünf nach eins, und wir senden live, live,* live *aus dem Bahnhof Oldcastle in Logansferry!*«

Die Menge johlte.

Irgendwo musste er doch sein...

»*Recht hast du, Steve, und wir wollen heute von hier bis runter zu den Philippinen radeln, um Geld für die Opfer des Taifuns Nanmadol zu sammeln! Sechstausendsechshundertvierundziebzig Meilen!*«

Ich schob mich in die Menge. Da – ein blauer Trainingsanzug. »Sie da! Laufen Sie ja nicht weg!«

»*Das sind ganz schön viele Meilen, Colin.*«

»*Allerdings, Steve, ganz schön viele Meilen!*«

Die Leute schimpften, als ich sie aus dem Weg schubste und den Kerl am Arm packte. Ich riss ihn herum... Aber es war gar kein Er, es war eine Sie. Eine pummelige Frau mit Kurzhaarfrisur.

Sie wand ihren Arm aus meinem Griff und funkelte mich

böse an. »Was fällt Ihnen ein, Mann? Lassen Sie die Finger von mir, Sie Perversling!« Sie wich einen Schritt zurück und bleckte die Zähne. »Mein Gott, was ist denn mit Ihrem *Gesicht* passiert?«

Verdammter Mist. Da stand noch eine Frau in einem blauen Trainingsanzug drüben bei den Fahrkartenautomaten. Und auch zwei Männer – alle trugen sie blaue Trainingsanzüge mit dem aufgestickten Logo der Oldcastle Warriors auf der linken Brust. Die Farben des gottverdammten Fußballvereins von Oldcastle.

»*Also, wenn Sie uns zu Hause zuhören, wie wär's, wenn Sie sich einfach auf den Weg zum Bahnhof machen und hier ein paar Runden auf einem unserer Fahrradergometer drehen? Helfen Sie uns, Meilen zu machen, um diesen armen Menschen auf den Philippinen wieder ein Lächeln ins Gesicht zu zaubern!*«

»Chef?«

Ich drehte mich um.

Constable Rhona Massie hatte die Hände in den Taschen. Blaue Trainingsjacke über einem schweißfleckigen roten T-Shirt und einer Stonewashed-Jeans. Die Ringe unter ihren Augen glänzten vor Schweiß, ihre Wangen glühten rot in ihrem langen blassen Gesicht. »Sind Sie okay? Mein Gott, was ist denn passiert? Sie bluten ja ...«

Was? Ich fasste mir mit der Hand an die Stirn. Da war tatsächlich Blut dran. In diesem Moment fing es an zu brennen. Und nicht nur mein Kopf, eine Welle von heftigen Schmerzen spülte über meine ganze rechte Seite hinweg und brach sich an meinem Halsansatz. Etwas Scharfes pulsierte tief in meinem linken Handgelenk. »Wo ist er?«

»*Okay, und jetzt ist es Zeit für den nächsten phänomenalen Soooooooooong. Ich will euch alle grooven sehen zu Four Mechanical Mice mit ihrem ›Anthem for a Shining Girl‹!*« Ein fetter, vibrierender Keyboard-Akkord dröhnte aus den Lautsprechern.

Rhona verzog das Gesicht und ließ eine Reihe makelloser weißer Zähne sehen. »Sie sehen aus, als hätten Sie eine Autobombe abgekriegt oder so!«

»Ein Mann – ist vor einer Minute hier vorbeigelaufen. Wollmütze, weiße Turnschuhe, blauer Trainingsanzug.«

Sie trat näher und wischte mir eine Handvoll Sicherheitsglas von der Schulter. »Sie brauchen einen Arzt.« Sie wandte sich um. »ICH BRAUCHE HIER EINEN ARZT! HIER IST JEMAND VERLETZT!« Dann wieder zu mir: »Sie stehen wahrscheinlich unter Schock.« Sie hielt eine Hand hoch und spreizte die Finger. »Wie viele Finger halte ich...«

»Nehmen Sie die Flosse aus meinem Gesicht!« Ich schlug sie weg. »Ich will, dass sämtliche Ausgänge gesperrt werden. Niemand darf rein oder raus. Lassen Sie alle Personen mit blauen Trainingsanzügen festhalten. Und wieso sind Sie nicht in Uniform?«

She's incandescent, she's all ablaze...

Rhona starrte mich an. »Ich habe heute frei. Ich bin nur hier, um Geld für die Taifunopfer zu sammeln.«

She is the sound of a million glass grenades...

»Nicht irgendwann morgen, Constable, *jetzt*!«

»Ja, Chef.« Sie machte kehrt, rannte zum Vordereingang und schwenkte die Arme über dem Kopf, um zwei Typen in gelben Warnwesten mit dem Schriftzug »SECURITY« auf der Brust auf sich aufmerksam zu machen.

She is the shattered dawn, tearing round the world...

Scharfkantige Betonbrocken wälzten sich durch meine Wirbelsäule, und spitze rostige Eisenstangen bohrten sich in mein Genick. Meine Knie weigerten sich, mein Gewicht zu tragen.

Verdammte Rhona. Bevor sie anfing, davon zu faseln, wie ramponiert ich aussähe, war's mir eigentlich ganz gut gegangen.

»*She's dark and light and home tonight, cos she's the Shining Girl...*«

Ich sank zusammen, bis mein Hintern den kalten Fliesenboden berührte, das pochende Handgelenk an meine Brust gedrückt.

Gott, alles tat so *weh*...

Um mich herum bildete sich ein Kreis von Menschen, die mich anstarrten. Ein paar hatten ihre Handys in der Hand und filmten mich, wie ich dasaß, über und über mit Glassplittern und Blut bedeckt. Dann drängte jemand sich durch den Kordon zu mir durch.

»Na los, lassen Sie dem Mann ein bisschen Luft zum Atmen. Zurück!«

»Was haben Sie denn hier zu kommandieren?«

»Ich bin Krankenschwester, du Idiot, und jetzt mach Platz, ehe ich dich vor deinen ganzen Kumpels aus den Latschen haue!«

Ich sah blinzelnd zu ihr auf. Das Gesicht kam mir bekannt vor: breite Stirn, kleine Augen, Haare zum Pferdeschwanz gebunden – verirrte blonde Strähnen im glänzenden Gesicht. Ein T-Shirt mit Schweißflecken unter den Armen und zwischen den Brüsten, weiße Shorts und Turnschuhe. Breite Hüften und stämmige Beine. Ein »MEILEN, DIE HEILEN!!!«-Schal um den Hals.

Sie blinzelte zurück. »Inspector Hutcheson? Meine Güte... Was ist passiert?«

»Henderson. Nicht Hutcheson.«

»Natürlich, ja. Tut mir leid.« Sie kniete sich neben mir auf den Boden, nahm meinen Kopf in die Hände und starrte mir in die Augen. »Leiden Sie unter Übelkeit? Oder Schwindel? Pfeifen in den Ohren? Kopfschmerzen? Verwirrtheit?«

Ich fasste ihre Hand. »Wer sind Sie?«

»Okay, damit wäre die Frage nach der Verwirrtheit mit Ja

beantwortet. Ich bin Ruth. Ruth Laughlin. Laura Strachans Freundin. Sie waren bei mir in der Wohnung, nachdem sie gefunden wurde, erinnern Sie sich? Sie haben mit allen Krankenschwestern gesprochen.«

»Sie lebt noch.«

»Natürlich lebt sie noch. Sie wurde vor zwei Wochen aus dem Krankenhaus entlassen.« Ruth kniete sich an meine Seite, legte mir eine Hand in den Nacken und drückte die andere auf meine Brust. »Kommen Sie, jetzt wollen wir Sie mal hinlegen... So, das hätten wir. Sie können wirklich von Glück sagen, dass ich gerade in der Nähe bin. So eine Gehirnerschütterung kann sehr ernste Folgen haben.«

Eine verzerrte Stimme brabbelte aus den Lautsprechern in der Bahnhofshalle. Die Worte hallten hin und her, bis fast nur noch ein Silbensalat übrig war, der gegen den Song ankämpfte: »...*von Gleis 6 fährt jetzt ab der 13:17 nach Edinburgh Waverley...*«

Herrgott noch mal – wieso hatte Rhona denen nicht gesagt, dass sie die Züge stoppen sollten? Jetzt könnte der Kerl in fünfzehn Minuten in Arbroath sein. Und in fünfundzwanzig in Dundee.

Es war noch nicht zu spät – ich musste nur die Leitstelle anrufen und ein paar Streifen zum nächsten Bahnhof schicken. Dann könnten sie den Mistkerl einfach aus dem Zug holen...

»Inspector Henderson?«

Die verfluchten Finger wollten mir nicht gehorchen. Das Airwave-Telefon war ganz glitschig...

Das Heulen von Sirenen übertönte die letzten Worte der Durchsage. Das musste die Verstärkung sein, die ich angefordert hatte. Zu spät. Wie üblich.

»Hallo?«

Gelbe und schwarze Punkte tanzten vor meinen Augen, während das Sirengeheul verhallte, schoben sich immer dichter vor die Glasdecke hinter Ruth Laughlins Kopf, als sie sich mit besorgter Miene über mich beugte. Ein Heiligenschein aus Dunkelheit.

»Inspector Henderson? Können Sie mich hören? Ich möchte, dass Sie meine Hand drücken, so fest Sie können… Inspector Henderson? Hallo?«

Montag

9

Ich schloss geräuschlos Alice' Tür und schlich über den Flur zu meinem eigenen Zimmer. Es war klein, aber zweckmäßig eingerichtet, gerade mal groß genug für das Doppelbett an der Wand, eine Kommode und einen Kleiderschrank. Ein dunkelblauer Vorhang vor dem Fenster, mit den gleichen Verpackungsfalten wie der im Wohnzimmer. Auf dem Boden neben dem Bett ein billig aussehender Radiowecker, von dem mir die Ziffern 00:15 entgegenleuchteten.

Meine Zelle war größer als das hier.

Auf der Bettdecke lag ein altmodischer Messingschlüssel, an dem mit einem roten Bändchen ein Pappschildchen befestigt war. Eine krakelige Handschrift: »Dachte mir, dass du den vielleicht gebrauchen kannst.«

Aha …

Ich drehte mich um. An der Zimmertür war ein Schloss angebracht, der Boden darunter mit einer dünnen Schuppenschicht aus Sägemehl bedeckt, mit ein paar gekringelten Hobelspänen dazwischen. Der Schlüssel glitt beim ersten Versuch ins Schloss, und als ich ihn umdrehte, rastete der Riegel mit einem Klacken ein.

Nach zwei Jahren im Knast war es merkwürdig, dass das Geräusch so beruhigend klang. Vor allem in Kombination mit dem gedämpften Rasseln von Shiftys Schnarchen nebenan.

Ich parkte den Laptop auf dem Bett, während ich mich auszog, alle meine Kleider zusammenfaltete und sie in die Kommode legte. Alte Gewohnheiten.

Ich nahm mein nagelneues Handy aus der Tasche und tippte die Nummer von Shiftys Klebezettel ein. Es läutete und läutete und läutete…

Ich trat ans Fenster und schob die eine Vorhangbahn ein paar Zentimeter zur Seite. Nur Beton, Dunkelheit und Straßenlaternen. Jemand schlich mit einer Taschenlampe durch den Garten des Grundstücks gegenüber. Na, viel Glück auch. Das würde er brauchen, wenn er hier in der Gegend irgendetwas Klauenswertes finden wollte.

Dann ein Klicken, und eine benommene Stimme drang aus dem Hörer. »*Hallo? Hallo, wer ist da?*«

»Sind Sie Alec?«

Rascheln, ein zischendes Geräusch, dann ein dumpfer Schlag. »*Wissen Sie eigentlich, wie spät es ist?*«

»Ich brauche eine Knarre. Morgen. Eine Halbautomatik…«

»*Das muss ein Irrtum sein. Ich biete spirituelle Orientierung für verirrte Seelen. Sind Sie eine verirrte Seele, die spirituelle Orientierung benötigt?*«

Aha. Ein ganz Vorsichtiger. Wahrscheinlich eine nützliche Eigenschaft für einen Waffenhändler. »Was glauben Sie denn?«

»*Ich glaube… Ich glaube, dass Sie sich auf einem gefährlichen Weg befinden. Dass Ihr Leben sich nicht so entwickelt hat, wie Sie es sich vorgestellt haben. Dass Sie von Dunkelheit umfangen sind.*«

Warum sollte ich sonst eine Pistole brauchen? »Und wie geht's jetzt weiter?«

»*Ich denke, Sie sollten mich aufsuchen. Wir können über Ihre unglückliche Lage meditieren. Und dazu Kräutertee trinken. Den Frieden im Innersten Ihrer Seele finden.*« Ein unterdrücktes Gähnen. »*Also, haben Sie etwas zum Schreiben da?*«

Ich klebte Shiftys Haftnotiz an die Fensterscheibe, ging zum Kleiderschrank und nahm einen Kuli aus meiner Jackentasche. »Ich höre.«

»*Nummer 13 Slater Crescent, Blackwall Hill, OC12 3PX.*«
»Wann?«
»*Ich stehe morgen von neun bis siebzehn Uhr für spirituelle Orientierung zur Verfügung. Na ja, vielleicht bin ich mittags mal kurz beim Einkaufen, aber abgesehen davon...*«
»Okay, also morgen.«
»*Friede sei mit Ihnen.*« Und dann war er weg.

Zwei Straßen weiter schoss eine verirrte Rakete kreischend in den Himmel auf und explodierte in einem knatternden Regen von blutroten Tropfen.

Friede war nicht gerade das, was ich im Sinn hatte.

Ich ließ den Vorhang zurückfallen, schlüpfte unter die Decke, schaltete den Laptop ein und parkte ihn auf meiner Brust. Dann lehnte ich mich zurück, um mir den Rest von *Von Finsternis umfangen* anzuschauen.

Laura Strachan geht mit zögerlichen Schritten die High Street entlang. Sie ignoriert den pittoresken Charme der alten Gebäude, in denen jetzt Sozialläden, Wettbüros und Pfandleihen untergebracht sind, wo man einen Überbrückungskredit bis zum nächsten Zahltag bekommen kann. »*Was in jener Nacht mit mir geschehen ist und in den Tagen darauf... es entgleitet mir, ich kann es nicht festhalten. Es ist, als... als ob es mir nie wirklich passiert wäre. Als ob es einer anderen Frau passiert wäre, in einem Film. Alles überlebensgroß und glänzend und irgendwie unecht. Ergibt das irgendeinen Sinn?*«

Nein, aber es erklärt vielleicht Baywatch Steve und die kitschigen Dialoge.

»*Manchmal wache ich morgens auf und kann den Operationssaal beinahe schmecken. Das Desinfektionsmittel, das Metall... Und dann verblasst es, und da ist nur noch dieses Gefühl, als ob irgendetwas mir den Brustkorb zerquetscht.*«

Dann wechselt der Schauplatz zum Besprechungsraum im Polizeipräsidium von Oldcastle – dem alten mit der durchhängenden Deckenverkleidung und dem klebrigen Teppichboden. Vor der Renovierung. Alle Plätze sind mit Journalisten besetzt, ein Wald von Kameras, Mikrofonen und Diktiergeräten reckt sich den vier Männern entgegen, die hinter dem Tisch an der Stirnseite des Raums Platz genommen haben. Len – schon damals kahlköpfig – sitzt in seinem alten schwarzen Zweireiher ganz außen. Neben ihm der Leiter der Pressestelle, stocksteif und schwitzend. Und daneben ...

Etwas knackte tief drin in meinem Brustkorb, und ich stöhnte gequält auf.

Dr. Henry Forrester starrt mich aus dem Laptopmonitor an. Er hat mehr Haare, als er am Schluss noch hatte. Mehr Leben in sich. Das war, bevor seine Wangen eingefallen waren und er mit seinen Falten nicht mehr distinguiert, sondern nur noch ausgezehrt ausgesehen hatte. Bevor die Schuldgefühle und der Kummer und der Whisky ihn ausgehöhlt hatten.

»Henry, Henry, du alter Kindskopf ...«

Der Mann, der neben Henry sitzt – der Letzte am Tisch –, dürfte kaum älter als vierundzwanzig sein. Hängende Schultern, eine Matte aus lockigen braunen Haaren, die ihm über die Augen fallen, einen fluffigen Heiligenschein um seinen Schädel bilden und über seine Schultern wallen. Dazu trägt er einen grauen Anzug, Hemd und Krawatte. Man müsste ihm nur einen anständigen Haarschnitt verpassen, und er wäre unsichtbar.

Eine Stimme aus dem Off übertönt das gedämpfte Gebrabbel von Fragen und Antworten. »*Aber während Laura sich nach Kräften müht, die schrecklichen Ereignisse zu bewältigen, die sie in ihren Alpträumen verfolgen und sichtbare Spuren in Form von Narben hinterlassen haben, müssen die Ermittler, die nach dem Inside Man fahnden, ihre eigenen Kämpfe ausfechten.*«

Abgedroschen, aber korrekt.

Ein Reporter hebt die Hand. »*Detective Superintendent Murray, ist es wahr, dass Sie einen Hellseher einschalten wollen, um die Ermittlung wieder in Gang zu bringen?*«

Eine andere Stimme schaltet sich ein, ehe Len antworten kann: »*Meinen Sie, er könnte Kontakt mit Ihrer Karriere herstellen?*«

Gelächter, das abrupt wieder verstummt, als Len mit der Faust auf den Tisch haut. »*Vier Frauen sind tot. Drei andere sind bis an ihr Lebensende gezeichnet. Was genau finden Sie daran so witzig?*«

Schweigen.

Len zeigt mit dem Finger auf die versammelten Journalisten. »*Noch so eine Bemerkung, und ich lasse nicht nur den Saal räumen, sondern sorge auch dafür, dass Sie alle hier Hausverbot kriegen. Haben wir uns verstanden?*«

Niemand sagt etwas.

Der Film überspringt ein Stück, und dann wagt ein anderer Kollege einen Versuch: »*Stimmt es, dass Sie ihn fast schon hatten, ihn aber entwischen ließen?*«

Lens Miene verfinstert sich. »*Niemand hat ihn ›entwischen lassen‹. Ein Beamter war aufgrund der ernsthaften Verletzungen, die er bei der Jagd nach dem Verdächtigen erlitten hatte, gezwungen, die Verfolgung abzubrechen. Wenn ich in der Presse irgendeine Andeutung in der Richtung lese, wir hätten den Inside Man ›entwischen lassen‹, dann bekommen Sie die volle Wucht meines Zorns zu spüren!*«

Schnitt, und wir sehen eine verwackelte Handyaufnahme eines kräftigen Mannes, der zusammengesunken auf einem gefliesten Boden kniet, umringt von einem Kordon aus Beinen und Mobiltelefonen. Seine linke Gesichtshälfte ist mit Blut verschmiert, das aus klaffenden Wunden in Kopfhaut und Stirn fließt und seinen Hemdkragen und sein Jackett dunkel verfärbt. Dann tritt eine Frau ins Bild und nimmt sein Gesicht in die Hände. Sie bringt ihn behutsam in Rückenlage und schiebt ihm eine zusammengefaltete Trainingsjacke unter den Kopf, damit er es bequem hat.

Die Off-Stimme sagt irgendetwas, aber es ist nur ein Rauschen ...

Habe ich wirklich so fürchterlich ausgesehen? Kein Wunder, dass Rhona einen Krankenwagen rufen wollte.

Ich spulte ein Stück zurück.

»... *Sie die volle Wucht meines Zorns zu spüren!*«

Es ist nicht verwunderlich, dass ich mich nicht auf den Beinen halten konnte – es sieht aus, als ob jemand meinen Kopf mit einem mit Glasscherben gespickten Baseballschläger bearbeitet hätte. Und dann taucht Ruth Laughlin in Shorts und T-Shirt auf und bringt mich dazu, mich hinzulegen, bevor ich hin*falle*.

Scheiße, die arme Frau. Wenn ich ihn nicht hätte entkommen lassen ...

»*Die Details über das, was an diesem Tag in Oldcastle tatsächlich geschah, sind äußerst dünn gesät, aber was wir wissen, ist, dass eine halsbrecherische Verfolgungsjagd in einen Unfall mit beinahe tödlichem Ausgang mündete. Detective Inspector Ash Henderson verfolgte den Inside Man bis in das Bahnhofsgebäude, wo er jedoch aufgrund seiner Verletzungen zusammenbrach und mit einer Gehirnerschütterung, zwei angebrochenen Rippen, einem gebrochenen Handgelenk und einem Schleudertrauma ins Castle Hill Infirmary eingeliefert werden musste. Es ist eine bittere Ironie, dass es sich bei der Frau, die in den Aufnahmen zu sehen ist, wie sie Henderson Erste Hilfe leistet, um Ruth Laughlin handelt, die später zum letzten Opfer des Inside Man wurde.*«

Weil ich ihn nicht aufgehalten hatte.

Die Handyaufnahmen werden durch ein etwas professionelleres Video ersetzt, mit dem Logo der Feuerwehr von Oldcastle in der oberen linken Ecke. Ein Team schneidet die Fahrertür vom Wrack des zivilen Einsatzwagens auf, während das andere einen Wasserstrahl auf den brennenden Fiesta richtet. »*Der Fahrer des zivilen Einsatzwagens, Police Constable O'Neil, erlitt einen Armbruch und eine Schädelfraktur.*«

Was aus dem Hund im Kofferraum des Fiesta wurde, erfährt man nicht.

Ein weiterer Sprung, und wir sind wieder bei der Pressekonferenz. Noch eine Frage. Noch eine ungehaltene Antwort von Len.

Und dann sülzt die Off-Stimme darüber hinweg: »*Die Ermittlungen waren in eine Sackgasse geraten, und so beschlossen die Beamten, mit ihrem psychologischen Profil an die Öffentlichkeit zu gehen…*«

Der Typ mit dem grauen Anzug und der Dauerwellenfrisur sieht Henry an. Henry nickt.

Am unteren Bildrand wird ein Schriftzug eingeblendet: »Dr. Fred Docherty, forensischer Psychologe.«

Dr. Docherty räuspert sich. »*Vielen Dank.*« Er gibt sich offensichtlich große Mühe, vornehm zu klingen, aber schon diese zwei Worte sind wie in den Sandstein einer Glasgower Sozialsiedlung eingemeißelt. »*Wir glauben, dass die Person, die für diese Verbrechen verantwortlich ist, Ende zwanzig ist, wahrscheinlich ein ungelernter Arbeiter, der Schwierigkeiten hat, sich über längere Zeit in irgendeinem Job zu halten. Er stand seiner Mutter sehr nahe, die vermutlich vor Kurzem gestorben ist. Sein Hass auf Frauen rührt von ihrem erstickenden Einfluss her. Sein Äußeres ist vermutlich ungepflegt, und er hat höchstwahrscheinlich eine Vorgeschichte psychischer Erkrankungen, weshalb wir davon ausgehen, dass er im Lauf seines Lebens schon mindestens einmal in Polizeigewahrsam war.*«

Was den Kreis der Verdächtigen nicht unbedingt sehr viel kleiner machte. Nicht in Oldcastle.

Der Rest der DVD war ein bisschen enttäuschend. Die Polizei kann den Inside Man nicht fassen, bla, bla, bla. Die Staatsanwaltschaft verweigert die Herausgabe der Leichen der ersten vier Opfer, sodass die Angehörigen sich mit einem symbolischen Begräbnis begnügen und auf den Abschluss der Ermittlungen warten müssen.

Die armen Schweine warteten wahrscheinlich immer noch.

Dann taucht Dr. Docherty noch einmal auf und sagt etwas zu Laura Strachan. Er rutscht nervös in einem großen Ledersessel herum, und seine Augen zucken zu einem Punkt knapp links von der Kamera, als ob er die Zustimmung von jemandem sucht, der dort steht. Sein breiiger Glasgower Akzent ist einen Tick weniger ausgeprägt als bei der Pressekonferenz. Offenbar hat er geübt. *»Für Laura war es natürlich ein zutiefst traumatisches Erlebnis. Wir machen wöchentliche Therapiesitzungen mit ihr, um ihre Gefühle zu analysieren und ihr zu helfen, das Geschehene zu verarbeiten. Es ist ein langer Weg bis zur Heilung, aber sie macht Fortschritte.«*

Eine Stimme aus dem Off: *»Und glauben Sie, dass sie je wieder normal sein wird?«*

Dr. Fred Docherty versteift sich in seinem Sessel. *»Normalität ist ein relatives Konzept, das in der Psychologie keinen Wert besitzt. Wir sind alle Individuen – so etwas wie ›normal‹ gibt es nicht. Wir wollen Laura lediglich dabei helfen, wieder einen Zustand zu erlangen, der* für sie *normal ist.«*

»Und was ist mit Marie Jordan?«

Seine Finger zupfen an der Naht seiner Hose herum. *»Bedauerlicherweise spricht Marie nicht so gut auf die Behandlung an. Wie ich schon sagte, wir sind alle verschieden, wir haben unterschiedliche Bewältigungsstrategien.«*

»Sie ist in eine geschlossene psychiatrische Einrichtung eingewiesen worden, nicht wahr? Sie steht unter Beobachtung wegen Selbstmordgefährdung.«

»*Die menschliche Psyche ist ein kompliziertes Wesen, Sie können nicht einfach...*« Er sieht auf seinen Schoß hinunter. Zwingt sich, die Hände stillzuhalten. »*Sie bekommt die Betreuung, die sie braucht. Wie auch Ruth Laughlin.*«

Schnitt zur Überwachungskamera eines Supermarkts, die zeigt, wie eine Frau in der Obst- und Gemüseabteilung zusammenbricht. Sie schlägt die Arme über den Kopf und schaukelt mit dem Oberkörper vor und zurück, während die Kunden mit ihren Einkaufswagen um sie herumkurven und jeden Blickkontakt vermeiden.

Die Stimme aus dem Off sagt: »*Unfähig, mit den Alpträumen und den Panikattacken fertigzuwerden, die sie seit ihrer Entführung verfolgen, erleidet Ruth Laughlin im Asda in Castleview einen Nervenzusammenbruch. Sie wird derzeit in derselben Einrichtung wie Marie behandelt.*«

Und der Inside Man ist immer noch auf freiem Fuß.

Nicht gerade ein optimistischer Schluss.

Willkommen in der wirklichen Welt.

10

»...*und das war Mister Bones mit* ›Snow Loves A Winter‹. *Ich bin Jane Forbes, und ich halte hier die Stellung, bis Sensational Steve um sieben mit seinem fetzigen Frühstücks-Quiz loslegt. Bleiben Sie dran – ich verspreche Ihnen, das wird einfach... umwerfend!*«

Ich blinzelte zur Decke hinauf. Sie hatte nicht die richtige Form, und mit dem Licht stimmte auch etwas nicht. Wieso war eigentlich...

Der angehaltene Atem entwich flatternd aus meiner Brust, und das Hämmern in meinen Ohren wurde leiser, langsamer. Noch einmal durchatmen.

Richtig. Ich war ja gar nicht mehr in einer Zelle.

»*Gleich gibt's die Nachrichten und das Wetter – ich verrate nicht zu viel, wenn ich sage, dass es nass wird – aber hier kommen zunächst Halfhead mit ihrer Weihnachts-Single* ›Sex, Violence, Lies, and Darkness‹...« Die Klänge eines verzerrten Klaviers und düsterer Gitarren drangen aus dem Lautsprecher des Radioweckers. Die Stimme des Leadsängers klang wie in Sirup getauchter Stacheldraht. »*Bones in the Garden, they sing like an angel...*«

Ich wälzte mich auf die Seite und sah auf die Uhr: Viertel nach sechs. Was hatte es für einen Zweck, draußen zu sein, wenn man nicht mal ausschlafen durfte? Dieser blöde Jacobson.

»*The shadows are sharp and they burn deep inside...*«

Morgengebet im Präsidium. Das würde ein Spaß werden.

Vielleicht hatte ich ja Glück und würde niemandem den Kiefer brechen müssen ...?

Schön ruhig bleiben heute. Nichts Unbesonnenes tun. Nicht handgreiflich werden. Nichts tun, was mich wieder hinter Gitter bringen könnte, bevor Mrs Kerrigan diesen bedauernswerten Unfall hat.

»*Her body is cold, her voice hard and painful ...*«

Niemanden schlagen. Immer das Ziel vor Augen.

Na los doch, Ash. Auf.

Gleich.

Ich streckte mich unter der Decke aus, nutzte die ganze Breite des Doppelbetts aus. Einfach nur, weil ich es konnte.

»*A knife-blade of bitterness, spite, and hurt pride ...*«

Und dann musste der Druck auf meiner verdammten Blase mir alles verderben. Stöhnend stemmte ich mich hoch, schwang die Beine aus dem Bett und seufzte. Ließ den rechten Fuß vorsichtig aus dem Gelenk heraus kreisen. Erst in die eine Richtung, dann in die andere. Beugte und streckte die Zehen. Und schon begannen die kleinen Klingen aus glühendem Eisen munter an den Knochen zu schaben, direkt unter dem schrumpeligen Knäuel aus Narbengewebe, das die Kugel hinterlassen hatte. Eine Metapher für mein ganzes beschissenes Leben, direkt vor meinen Augen.

»*Sex, lies, and violence, a love filled with sharpness ...*«

Hatte doch keinen Sinn, es noch länger aufzuschieben. Auf. Ich humpelte zur Kommode.

»*Stoking the fires to stave off the darkness ...*«

Eine kurze Suche förderte in der dritten Schublade zwei große Handtücher zutage. Ich wickelte mir eines um die Taille, nahm meinen Krückstock und schloss die Schlafzimmertür auf, während das Instrumentalsolo des Songs einsetzte. Ein einziges Schwelgen in Mollakkorden und Depressionen.

Eine unterirdische Coverversion einer alten Stereophonics-

Nummer schepperte über den Flur, untermalt vom Brodeln des Wasserkochers. Shifty steckte den Kopf aus der Wohnzimmertür und grinste mich an. Seine Augen glänzten hellwach, ungeachtet der Tatsache, dass er gestern Abend so viel Champagner und Whisky in sich hineingeschüttet hatte, dass es für ein Vollbad gereicht hätte. Er hatte sich sogar rasiert. »Ich hoffe, du hast Hunger – wir haben genug da, um eine sechsköpfige Familie satt zu kriegen. Das Frühstück steht in fünf Minuten auf dem Tisch, ob du da bist oder nicht.« Und dann war er wieder verschwunden.

»Morgen, Shifty.« Ich drückte die Klinke der Badezimmertür – verschlossen.

Von drinnen kam Alice' Stimme, gedämpft und vernuschelt, als ob sie den Mund voll hätte. »Augenblick...« Dann Spuckgeräusche und das Rauschen des Wasserhahns. Die Badtür ging auf, und da stand sie, in einen flauschigen Bademantel gehüllt, ein Handtuch um den Kopf gewickelt. Eine nach Orangen duftende Dampfwolke waberte um sie herum. »Bist du noch nicht angezogen, ich meine nur, weil wir um sieben Teambesprechung haben, und es ist...«

»Was ist denn aus deinem Kater geworden?«

»Kaffee. Kaffee ist echt super, weißt du, und es ist einfach, *zack*, gleich als Erstes nach dem Aufstehen, und ich glaube, ich bin mitten in der Nacht aufgestanden, um Wasser zu trinken, und ich hatte so einen ganz merkwürdigen Traum, ich hatte einen Autounfall, und da war ein Hund, und ich war hinter jemandem her, der sich in eine Bahnhofshalle geflüchtet hat, nur dass es auf einmal ein Rockkonzert war, und da war eine Frau in einem blauen Trainingsanzug, und alle haben geschwitzt, ist das nicht komisch?« Sie schob sich an mir vorbei und öffnete die Tür zu ihrem Zimmer. Blieb abrupt auf der Schwelle stehen. Eine Falte bildete sich zwischen ihren Augenbrauen. »Vielleicht war es die Pizza – ist wahrscheinlich keine gute Idee, so kurz vor dem Schlafengehen noch eine *Quattro Formaggio* zu essen, aber es war ja eigentlich gar nicht kurz vor dem Schlafengehen, oder, es war nur ein etwas verspätetes Abendessen, und ich *mag* Käse, du doch auch, oder, es...«

»Okay.« Ich hob eine Hand. »Kein Kaffee mehr für dich.«

»Aber ich mag Kaffee, das ist das Beste, und Dave hat so ein kleines Metallkännchen mitgebracht, das stellt man auf die Herdplatte, und oben kommt der Kaffee rein und unten das Wasser, und das gibt einen prima Espresso...«

»Shifty sagt, in fünf Minuten gibt's Frühstück.«

»Ah, okay, dann sollte ich mich besser mal anziehen, und du solltest wirklich diesen Espresso probieren, der ist fantastisch, er...«

Ich verzog mich in das dampfige Badezimmer und schloss die Tür hinter mir ab.

Alice beugte sich zu mir herüber und fuhr ihre Stimme zu einem Flüstern herunter. »Es war also kein Traum?«

Offenbar hatten sie dem Besprechungsraum vor Kurzem einen neuen Anstrich verpasst – die Wände strömten immer noch einen widerlich süßen chemischen Geruch aus. Uniformierte und Zivilbeamte hatten sich auf klapprigen Plastikstühlen in einem Halbkreis um den Tisch an der Stirnseite versammelt, mit gebührendem Abstand zwischen den einzelnen Stämmen. Vorne links: die Männer und Frauen, die gleich zum Streifendienst ausrücken mussten. Vorne rechts: die Jungs und Mädels von der Specialist Crime Division, die mit gereizten Mienen aus ihren schicken Anzügen guckten. Dahinter: meine Ex-Kollegen vom Oldcastle CID, die aussahen, als hätten sie gerade einen Secondhandladen geplündert. Alle hatten ihre Notizbücher vor sich und die Stifte schon gezückt.

Und am hinteren Ende des Raums: Jacobsons Nebengeordnete Ermittlungs- und Revisionseinheit, alle in einer Reihe:

Jacobson, PC Cooper, Professor Huntly, Dr. Constantine und Alice. Ich hatte mir den Platz neben ihr gesichert, ganz außen. Das rechte Bein ausgestreckt, den Krückstock über den Stuhl vor mir gehängt, saß ich da und lauschte dem monotonen Vortrag des diensthabenden Sergeants, der den Einsatzplan für den Tag herunterratterte.

»... haben die Autodiebstähle in diesem Viertel um fünfzehn Prozent zugenommen, also halten Sie die Augen offen. Nächstes Thema: Ladendiebstähle ...«

Ich richtete mich auf meinem Stuhl auf. »Natürlich war es kein Traum – du wolltest eine Gutenachtgeschichte, also habe ich dir eine erzählt.«

Alice blickte zu mir auf. »Wirklich? Das ist ja total süß von dir.«

»Die Geschichte, wie der Inside Man entkommen ist.«

»Oh.« Ihr Lächeln verrutschte ein wenig. »Na, egal, es ist die gute Absicht, die zählt, nicht wahr? Also habt ihr wirklich alle Personen in blauen Trainingsanzügen zusammengetrieben?«

Ich nickte. »Rhona hat sie alle neun erwischt. Zwei Stunden früher wären es noch Dutzende gewesen – der komplette Fußballverein war angerückt, um in die Pedale zu treten. Der Super hat sämtliche Aussagen und Alibis überprüft. Nichts.«

Sie blickte nach vorne, wo der Diensthabende immer noch den Einsatzplan herunterbetete: »... Einbruch im Studentenwohnheim in der Hudson Street ...«

»Was war mit dem Zug nach Edinburgh?«

»In Arbroath haben sie ihn knapp verpasst, aber in Carnoustie haben sie dann schon auf ihn gewartet. Niemand in einem blauen Trainingsanzug. *Aber*: Die Überwachungskamera im Zug hatte einen Mann, auf den die Beschreibung passte, dabei erfasst, wie er am ersten Zwischenhalt ausstieg.«

»... daran erinnern, dass die bloße Tatsache, dass es sich

um Studenten handelt, uns nicht das Recht gibt, sie wie – ich zitiere – ›arbeitsscheue, schnorrende Faulpelze‹ zu behandeln. Fitzgerald, ich schaue *Sie* an...«

»Das war er, nicht wahr?«

»Wir haben einen Zeugenaufruf gestartet, seine Identität ermittelt und sein Haus im Morgengrauen gestürmt. Es stellte sich heraus, dass er ein Religionslehrer war, der in die Stadt gekommen war, um an dem Wohltätigkeits-Radmarathon teilzunehmen.«

»Oh.«

Professor Huntly beugte sich vor, schoss böse Blicke an Dr. Constantine vorbei in unsere Richtung und zischte mit gebleckten Zähnen: »Könnt ihr zwei vielleicht mal Ruhe geben?«

»...ist Charlie irgendwann zwischen halb zwölf gestern Abend und sechs Uhr heute Morgen verschwunden. Er ist erst fünf, also halten Sie alle die Augen offen. Er ist schon zweimal von zu Hause weggelaufen, aber seine Mum ist trotzdem außer sich vor Sorge. Wir müssen alles daransetzen, ihn zu finden, Leute.«

Ich hielt Huntlys Blick stand, bis er sich mit der Zungenspitze über die Lippen fuhr und wegschaute. Dann lehnte er sich wieder zurück.

Na also, das finde ich doch auch.

Ich lehnte mich wieder zu Alice hinüber. »Aber wir haben trotzdem sein Haus durchsucht. Und einen Stapel Kinderpornografie und eine Schusswaffe gefunden, für die er keine Lizenz besaß. Soviel ich weiß, hängt er noch auf der Intensivstation an Apparaten – jemand hat ihn in der Gefängniswäscherei mit dem Kopf gegen eine Waschmaschine geknallt.«

»...und zum Schluss noch ein Fahndungsaufruf: Eddie Barron, vorbestraft wegen schwerer Körperverletzung und Angriffs mit einer tödlichen Waffe – es soll also niemand sagen, ich hätte ihn nicht gewarnt...«

Dr. Constantine, die auf der anderen Seite von Alice saß, richtete sich abrupt auf ihrem Stuhl auf. »Oho, jetzt geht's los.«

Vorne war der Diensthabende mit seinem Programm durch. »Okay, alle, die nicht zur Operation Tigerbalsam gehören, können jetzt gehen.« Er hielt ein Blatt Papier hoch. »HABEN SIE CHARLIE GESEHEN?« stand da in großer Schrift über dem Foto eines kleinen dunkelhaarigen Jungen – abstehende Ohren, schiefes Grinsen und ein Gesicht voller Sommersprossen. »Nehmt euch eins von denen mit, und dann seht zu, dass ihr verschwindet und ein paar Bösewichte fangt.«

Die Hälfte der Anwesenden – Uniformierte und CID-Leute – schlurfte zum Ausgang. Die einen beschwerten sich darüber, dass sie rausgeschmissen wurden, andere brüsteten sich mit ihren Heldentaten vom Wochenende oder stießen üble Verwünschungen aus, weil sie jetzt, nachdem die Warriors nicht mehr dabei waren, entweder für Aberdeen oder für Dundee sein mussten. Der diensthabende Sergeant marschierte hinterdrein, schwer beladen mit Papieren.

Detective Superintendent Ness ergriff das Wort. »Kann mal jemand das Licht ausmachen?«

Es klickte ein paarmal, und Dunkelheit legte sich über den Raum. Dann richtete Ness eine Fernbedienung auf den Projektor unter der Decke, und auf der Leinwand hinter ihr erschienen zwei Fotos. Das linke zeigte eine erschreckend dürre Frau mit grünem Bikini und Gänsehaut, die am Strand von Aberdeen in die Kamera grinste. Auf dem anderen war dieselbe Frau zu sehen, wie sie zusammengekrümmt auf der Seite in einem Brombeergestrüpp lag. Ihr weißes Nachthemd hatte sich im Stacheldrahtverhau des Strauchs verfangen und war hochgerutscht, sodass die dunkelrote Schnittwunde in ihrem aufgeblähten Bauch deutlich zu sehen war. Die Wundränder waren mit schwarzem Garn grob zusammengenäht.

»Doreen Appleton, zweiundzwanzig, das erste Opfer des Inside Man. Krankenschwester am Castle Hill Infirmary.«

Ness drückte noch einmal auf die Fernbedienung. Doreen Appletons Bild wich dem einer fröhlichen Brünetten im Hochzeitskleid und einem Foto derselben Frau, das sie flach auf dem Rücken liegend in einer Parkbucht zeigte. Sie trug ein ähnliches weißes Nachthemd wie das erste Opfer, der Stoff über dem angeschwollenen Unterleib mit Blut befleckt. »Tara McNab, vierundzwanzig. Opfer Nummer zwei. Krankenschwester am Castle Hill Infirmary. Jemand rief von einer Telefonzelle aus die Notrufzentrale an, eine Meile vom Fundort der Leiche entfernt...«

Klick, dann ein Rauschen wie von einem alten Tonbandgerät, und eine Männerstimme erfüllte den Raum, präzise und professionell. »*Notrufzentrale, welchen Dienst wünschen Sie?*«

Die Frau, die antwortete, hörte sich an, als hätte sie eine zweitägige Sauftour hinter sich, so lallend und undeutlich war ihre Aussprache. Und irgendwie verzerrt. »*Eine Frau wurde... in einer Parkbucht abgelegt, eins... eins Komma drei Meilen südlich vom Shortstaine-Gartencenter an der Straße nach Brechin. Sie...*« Ein leichtes Stocken in ihrer Stimme, als ob sie ein Schluchzen unterdrücken müsste. »*Sie bewegt sich nicht. Wenn Sie... sich beeilen, können Sie sie vielleicht noch retten. Sie ist... sehr geschwächt, möglicherweise innere Blutungen... O Gott... Blutgruppe B positiv. Beeilen Sie sich, bitte...*«

»*Hallo? Können Sie mir Ihren Namen nennen? Hallo?*«

Schweigen.

»*Verdammte Scheiße.*« Ein knirschendes Geräusch, als ob der Diensthabende eine Hand über das Mikrofon seines Headsets gelegt hätte, dann seine gedämpfte Stimme: »*Garry? Du glaubst nicht, was ich gerade...*«

Ness hielt die Fernbedienung hoch. »Der Krankenwagen traf fünfzehn Minuten später ein, aber da war sie schon tot. Die

Stimmanalyse ergab, dass es sich bei der Frau, die den Notruf abgesetzt hatte, um das Opfer handelte.«

Jemand aus dem SCD-Team hob die Hand. »Sie hat selbst angerufen?«

Eine Pause trat ein, dann zog Ness die Brauen nach unten, presste die Lippen zusammen und schloss einen Moment lang die Augen. »Möchte jemand darauf antworten?«

Professor Huntly lachte. »Wie stellen Sie sich das eigentlich *genau* vor? Eine Frau mit erheblichem Blutverlust und schweren inneren Verletzungen soll es fertiggebracht haben, einen Anruf aus einer öffentlichen Telefonzelle zu machen und dann eine Meile zu Fuß zu der Bushaltestelle zu laufen, wo sie gefunden wurde? Es ist doch offensichtlich, dass der Anruf auf Band aufgenommen wurde, bevor sie dort abgelegt wurde. Er verabreicht ihnen ein Betäubungsmittel und zwingt sie dann, ihren eigenen Notruf auf Band zu sprechen, bevor er sie aufschneidet.«

Der Typ von der Specialist Crime Division ließ die Hand sinken. Er räusperte sich und rutschte auf seinem Stuhl hin und her. »War doch eine durchaus berechtigte Frage…«

Ness deutete auf das Foto von Taras Leiche. »Bei der ursprünglichen Ermittlung konnte die Herkunft der Nachthemden zurückverfolgt werden. Sie stammten alle von einem Stand auf dem Heading Hollows Market. Drei Stück für fünf Pfund. Der Standinhaber konnte keine Angaben dazu machen, wem er sie verkauft hatte oder wann.«

Sie drückte die Fernbedienung, und Opfer Nummer zwei wurde durch das Foto eines linierten Papiers von einem gelben Notizblock ersetzt, beschrieben mit blauem Kugelschreiber in einer kaum leserlichen Handschrift. »Zwei Tage nach der Auffindung von Tara McNabs Leiche wurde dieser Brief dem Journalisten Michael Slosser von der *Castle News and Post* zugestellt. Darin beklagt der Schreiber sich darüber, dass die Presse ihn als den ›Schottischen Ripper‹ bezeichnet, kündigt an, dass es noch mehr Leichen geben werde, behauptet, dass die Polizei ihn nicht aufhalten könne, und unterschreibt als ›der Inside Man‹.« Sie hob wieder die Fernbedienung. »Nächster Fall.«

Opfer Nummer drei erschien auf der Leinwand. Die karamellfarbene Haut war auf einer Seite dicht mit Blutergüssen übersät, das Gesicht mit den erschlafften Zügen starrte aus einem Graben herauf, beide Arme waren über den Kopf gestreckt, ein Bein zur Seite gebogen. Auch sie war mit einem weißen Nachthemd bekleidet, auf der einen Seite aufgerissen und so mit Blut getränkt, dass es fast schwarz wirkte. Das andere Foto war ein Schnappschuss, offenbar bei einer Geburtstagsparty aufgenommen. Sie lachte und schwang beim Tanzen ihr rotes Seidenkleid. »Holly Drummond, sechsundzwanzig. Krankenschwester am Castle Hill Infirmary. Der aufgezeichnete Notruf ging in der Zentrale nachts um halb drei Uhr ein. Die Stimme war die des Opfers. Sie wurde an Ort und Stelle für tot erklärt.«

Holly Drummond wurde auf der Leinwand durch ein weiteres Foto eines Blatts von einem Zettelblock ersetzt. »Dieser Brief traf bei der Zeitung am gleichen Tag ein, an dem wir ihre Leiche fanden. Er kommt jetzt richtig in Fahrt, erzählt uns, wie ungeheuer mächtig und schlau er ist und dass wir ihn nie erwischen werden. Von da an gleichen sich alle Briefe mehr oder weniger.«

Opfer Nummer vier war eine kräftige Frau, die ein schulterfreies Kleid trug und ein Barett auf dem Kopf hatte. Auf dem nächsten Bild lag sie mit dem Gesicht nach unten in einem Durchlass unter einer Bahnlinie, das Nachthemd über der Taille zusammengeknüllt, sodass die bleichen Pobacken freilagen. Die Haut war mit grünen und schwarzen Flecken gesprenkelt. »Natalie May, zweiundzwanzig. Krankenschwester am Castle Hill Infirmary. Kein Anruf diesmal. Sie wurde von einem Eisenbahn-Wartungstrupp gefunden, der die Kabel an der Strecke erneuern sollte.«

Klick, und ein weiterer Brief füllte die Leinwand aus. »Hier beklagt er sich darüber, dass sie, ich zitiere: ›nicht rein genug war, um seine Großzügigkeit zu verdienen‹.«

Pause.

Die Leinwand wurde schwarz. »Und dann hatten wir ein Mal Glück.«

Laura Strachans breites, lächelndes Gesicht erschien, Nase und Wangen mit Sommersprossen gesprenkelt, ein Riesenrad im Hintergrund. Das andere Foto zeigte, wie sie auf einer Trage in einen Krankenwagen geschoben wurde, das Gesicht schlaff und wächsern, die Sommersprossen teilweise von einer Sauerstoffmaske verdeckt.

Ness wies auf das Foto. »Unsere erste Überlebende. Der Anruf kam von einem öffentlichen Fernsprecher in Blackwall Hill. Auf dem Weg ins Krankenhaus mussten die Sanitäter ihr Herz zweimal wieder in Gang bringen, und sie war *so* dicht davor« – Ness hielt Daumen und Zeigefinger aneinander – »zu verbluten, aber sie haben sie gerettet.«

Ness drückte wieder die Fernbedienung, und Marie Jordans Gesicht füllte die eine Hälfte der Leinwand aus. Auf der anderen Seite sah man sie in einem Krankenhausbett liegen, mit Drähten und Schläuchen an ungefähr ein halbes Dutzend Apparate angeschlossen. »Marie Jordan, dreiundzwanzig, Krankenschwester. Auch hier gab es einen vorher aufgezeichneten Anruf. Wurde in Moncuir Wood in ein Laken gehüllt am Straßenrand gefunden. Durch den Sauerstoffmangel und den Blutverlust war das Gehirn ein wenig geschädigt, aber sie hat überlebt. Der Brief lobt sie, weil sie so ein ›braves Mädchen‹ gewesen sei.«

Pause.

»Das letzte Opfer.« *Klick*, und da war Ruth Laughlin. In

ihren Shorts und ihrem verschwitzten T-Shirt saß sie auf einem Fahrradergometer und riss beide Arme in die Luft, als ob sie gerade die Ziellinie überquerte. Im Hintergrund standen applaudierende Zuschauer im Halbkreis unter einem Transparent mit der Aufschrift »Meilen, die heilen!!!« Das Foto musste an dem Tag entstanden sein, als sie mich versorgt hatte.

An dem Tag, an dem der Inside Man entkam.

»Ruth Laughlin, fünfundzwanzig, Kinderkrankenschwester. Kein Anruf diesmal, weil er nach den vorbereitenden Bauchschnitten nicht weitermachen konnte. Soweit wir wissen, wurde er während des Eingriffs gestört, worauf er flüchtete und die schwerverletzte Frau zurückließ.«

Und alles nur, weil sie stehen geblieben war, um mir zu helfen.

11

»Ruhe, bitte.« Ness sah ihren Sitznachbarn an. »Dr. Docherty?«

»Danke, Detective Superintendent.« Fred Docherty hatte sein Aussehen seit der ursprünglichen Ermittlung ein wenig verändert. Der betongraue Anzug war verschwunden, ebenso der Lockenschopf. Jetzt trug er ein schickes schwarzes Armani-Teil zu rotem Hemd und weißer Krawatte, seine Haare waren glatt, kurz geschnitten und aus der Stirn zurückgekämmt. Die jungenhafte Erscheinung und die nervöse Stimme waren durch einen kantigen Kiefer und einen stahlharten Blick ersetzt worden. Keine Spur mehr von einem Glasgower Akzent.

Er machte eine Pause und gab allen ausgiebig Gelegenheit, ihn zu bewundern.

Alice packte meine Hand und drückte sie. »Das ist so aufregend...«

»Meine Damen und Herren, lassen Sie uns über UT-15 sprechen. Er ist eindeutig... Ja, bitte, Inspector?«

Shifty hatte die Hand gehoben. »Wer ist denn UT-15, wenn ich fragen darf?«

»Eine sehr gute Frage. ›UT‹ steht für ›Unbekannter Täter‹, und ›15‹ unterscheidet ihn von den vierzehn anderen laufenden Mordermittlungen, die derzeit in Oldcastle im Gange sind. Ich halte es für unklug, dem Objekt einer Ermittlung wie dieser einen mehr oder weniger« – Docherty malte mit den Fingern Gänsefüßchen in die Luft – »›coolen Spitznamen‹ zu verpassen. Das kann den Betreffenden in seiner Selbstwahrnehmung als außerhalb und *über* der Norm stehend bestärken. Als eine

Art Vorbild, wenn Sie so wollen. Und da wir bislang noch keine Belege dafür haben, dass es zwischen UT-15 und dem Täter, der als der Inside Man bekannt ist, irgendeine Verbindung gibt, möchte ich, dass Sie sich von allen vorgefassten Meinungen über das, was hier geschieht, freimachen.« Ein strahlendes Lächeln, das aber weder einschmeichelnd noch sarkastisch wirkte. »Ist das hilfreich?«

Shifty zuckte mit den Achseln.

»Gut. Nun, nachdem ich mich eingehend mit dem Beweismaterial befasst habe, würde ich mich darauf festlegen, dass UT-15 ein Mann von Mitte bis Ende dreißig ist. Es ist wahrscheinlich, dass er schon einer ganzen Reihe von niederen Tätigkeiten nachgegangen ist und sich nie in irgendetwas besonders hervorgetan hat. Sie können davon ausgehen, dass Sie ihn schon früher in Gewahrsam hatten, wahrscheinlich sogar mehr als ein Mal und wahrscheinlich wegen Bagatelldelikten. Vielleicht wegen Brandstiftung oder Vandalismus. *Möglicherweise* Tierquälerei. Auf jeden Fall sollten wir alle Straftäter überprüfen, die eine Vorgeschichte mit psychischen Erkrankungen haben.«

Docherty verschränkte die Arme, neigte den Kopf zur Seite und kniff die Augen zusammen. Als ob ihm das alles erst jetzt einfiele, während er redete. »Er kommt aus einer Familie mit engen Bindungen – das ist eindeutig –, aber es kann gut sein, dass er inzwischen ganz allein dasteht. Seine Mutter hat ihn wohl eher emotional als körperlich misshandelt; sie hat ihn herabgesetzt, ihn kritisiert und jeden Aspekt seines Lebens kontrolliert. Das ist die Quelle seiner rasenden Wut auf Frauen. Wenn wir ihn finden, werden alle überrascht sein zu erfahren, dass er zu solch abscheulichen Taten fähig war. Und sie werden ihn als introvertiert beschreiben, als jemanden, der zurückgezogen lebte und nie viel Aufhebens um sich machte.«

Docherty deutete mit einem Kopfnicken auf einen kleinen

Papierstapel, der vor ihm auf dem Tisch lag. »Ich habe eine Liste der Warnzeichen zusammengestellt, auf die Sie achten sollten, und dazu ein paar Anschlussfragen, die Sie den Verdächtigen stellen können, um das Feld einzugrenzen.« Das Lächeln war wieder da. »Apropos Fragen: Hat jemand welche?«

Vorne tauchte eine Hand über den Reihen von Köpfen auf. Die dazugehörige Stimme war monoton, nasal und absolut unverwechselbar: Rhona. »Wie erklären Sie sich, dass er nach dem Mord an Doreen Appleton keinen Brief geschickt hat?«

»Nun, das betrifft eigentlich eher den Täter, der als der ›Inside Man‹ bekannt ist, und weniger UT-15, aber es ist dennoch eine berechtigte Frage. Er hat keinen Brief geschickt, weil sie sein Probelauf war, seine Aufwärmübung. Sie zählt nicht. Er ist sich noch nicht *ganz* sicher, was er eigentlich will. Also entledigt er sich der Leiche, benutzt nicht den Notruf, den er sie auf Band zu sprechen gezwungen hat, und macht mit Tara McNab weiter. Und das ist erst der eigentliche Anfang.« Dr. Docherty bedachte seine eigenen Ausführungen mit einem zustimmenden Nicken. »Noch Fragen? Trauen Sie sich ruhig.«

Alice reckte die Hand in die Höhe, die Finger gespreizt, und winkte hektisch. »Hier, hier!«

»Ja ...? Tut mir leid, ich weiß Ihren Namen nicht.«

»Alice McDonald. Also erst mal – ich bin ein Riesenfan von Ihnen, ich fand Sie total *super* in dieser Dokumentation über den Tayside Butcher.« Sie hatte die Hand immer noch oben.

Docherty warf sich in die Brust. »Oh, das haben Sie gesehen? Prima. Vielen Dank. Also, wie lautet Ihre Frage ... ähm ... Alice?«

»Sie sagen, dass seine Überfälle auf Frauen eine sublimierte Rache an einer emotional manipulativen Mutterfigur sind, aber das erklärt nicht die Bedeutung der Puppen, oder?«

»Nun, das ist wiederum eine gute Frage, wissen Sie ...«

»Indem er ihnen die Puppen in die Bauchhöhle einnäht,

schwängert der Inside Man sie, nicht wahr? Er macht ihnen im wahrsten Sinn des Wortes ein Baby in den Bauch...« Sie schlang einen Arm um den Leib, ließ die Hand sinken und spielte mit den Fingern in ihren Haaren herum. »Natürlich stiftet er Verwirrung, indem er ihnen weiße Nachthemden anzieht, die *eindeutig* Symbole für Unschuld und Jungfräulichkeit sind, aber wenn das die Rache an einer lieblosen Mutter ist, wieso versucht er sie dann zu schwängern? Ich meine, ich sage nicht, dass so etwas nicht vorkommt, ich habe der Northern Constabulary geholfen, jemanden zu fassen, der genau das mit seiner Mutter getan hatte, und anschließend hat er vierundsechzigmal auf ihren Hals eingestochen, ihr Kopf wäre beinahe abgefallen, als sie sie in den Leichensack packen wollten, die Fotos waren wirklich extrem verstörend.«

»Verstehe.« Dochertys Lächeln wurde gute fünf Grad kälter. »Sie sind also *der Meinung*, dass mein Profil falsch ist?«

Alice legte den Kopf schief, ein Spiegelbild seiner Geste. »Ich habe nicht behauptet, es sei falsch. Ich finde einfach nur, dass es nicht ganz richtig ist.«

Auf Alice' anderer Seite zischte Dr. Constantine halblaut: »Ja, mach ihn fertig...«

Dochertys Unterkiefer mahlte hin und her, als ob er auf etwas Bitterem herumkaute.

»Nichts für ungut.« Alice legte die flache Hand auf ihre Brust. »Wie gesagt, ich bin ein großer Fan von Ihnen. Ein *Riesen*fan.«

Ness stand auf. »Vielleicht wäre es zielführender, wenn Dr. Docherty und...« – sie konsultierte ihre Notizen – »Dr. McDonald diese Diskussion unter vier Augen weiterführen und ihren jeweiligen Teamleitern das Ergebnis melden könnten. Zu einem anderen Thema: Ich muss Sie leider alle daran erinnern, dass eine *strikte* Nachrichtensperre in Kraft ist. Die Herrschaften da oben sind *nicht* sehr glücklich darüber, dass jemand gegen die Sperre verstoßen und bei der Presse über Claire Young geplaudert hat. Es ist mir egal, wer Sie sind oder wem Sie unterstellt sind, aber die einzigen Informationen, die von dieser Ermittlung nach außen dringen, sind diejenigen, die in den offiziellen Pressekonferenzen bekanntgegeben werden. Ist das allen absolut klar?«

Betretene Blicke und Füßescharren im Saal.

Superintendent Knight stand auf. Es war halb acht Uhr morgens, und er trug seine Ausgehuniform – als ob er irgendjemanden damit beeindrucken könnte. »Daran anknüpfend möchte ich bekanntgeben, dass ein Mitglied meines SCD-Teams, DI Foot, einige von Ihnen einladen wird, ihm bei der Klärung der Frage behilflich zu sein, wer für die gestrige Weitergabe von Details an den *Daily Record* verantwortlich ist. Ich erwarte Ehrlichkeit und Integrität. Und wenn ich die Antwort nicht bekomme, *gibt – es – Ärger.*«

Ness nickte. »Also, das wäre alles, Leute. Die individuellen Teambesprechungen beginnen in fünf Minuten. Gehen Sie eine rauchen oder holen Sie sich einen Kaffee, wenn Sie können. Es wird ein langer Tag werden.«

»...gut siehst du aus, alter Junge.« DS Brigstock klopfte mir auf den Rücken und grinste mit offenem Mund. Seine Wangen und seine Stirn waren mit mondkraterähnlichen Aknenarben übersät. »Sieht er nicht gut aus, Rhona?«

Rhona lächelte mich an und ließ einen Mund voller dicker grauer Zähne sehen. »Schön, Sie wieder bei uns zu haben, Chef.«

Die Hälfte von Ness' Sonderermittlungsteam war dageblieben, während ihre Rivalen von der SCD hinausgeeilt waren, um eine schnelle Zigarette zu rauchen oder sich etwas aus den Automaten zu holen.

Jacobsons Team hatte sich zerstreut: PC Cooper war losgezogen, um eine Besorgung zu machen, Dr. Constantine stand telefonierend in der Ecke, während Huntly eine offenbar sehr hitzige Diskussion mit einem großen dünnen Mann in einem grauen Anzug hatte – einer aus Superintendent Knights SCD-Truppe. Es wurde wild gestikuliert und mit zusammengebissenen Zähnen gezischelt.

Rhona steckte die Hände in die Hosentaschen und zog die Schultern hoch. »Übrigens, Chef, ich hab mir gedacht, wir könnten eine kleine Party schmeißen. Das muss doch gebührend gefeiert werden, nicht wahr? Und …«

»Ich weiß nicht, ob wir die Zeit dafür haben, was meinst du, Ash?« Alice trat näher, hängte sich bei mir ein und lächelte Rhona an. »Ich bin echt froh, dass es mir gelungen ist, seine Entlassung durchzuboxen, ich meine, Sie glauben ja nicht, was sie mir im Gefängnis für Steine in den Weg gelegt haben, aber es kam für mich einfach nicht infrage, ihn dort vor die Hunde gehen zu lassen.« Das Lächeln wurde schneidender. »Das wäre doch furchtbar gewesen, oder?«

Rhona straffte die Schultern. »Wir haben unser Bestes getan.«

»Ja, ich weiß. Ist ja auch egal, Hauptsache, er ist jetzt draußen.«

Nicht schon wieder *die* Nummer …

»Ich habe nicht mitbekommen, dass *Sie* ihn jede Woche besucht hätten.«

Alice zog die Brauen hoch. »Nicht? Nun ja, die Öffentlichkeit hat schließlich keinen Einblick in die offiziellen …«

Ein scharfkantiger Aberdeener Akzent tönte durch den Saal. »DS Massie, Brigstock – Sie haben gehört, was der Super gesagt hat. Die Teambesprechung fängt um *Punkt* acht Uhr an.« Es hatte nicht den Anschein, als ob Smiths soziale Kompetenz sich in den vergangenen zwei Jahren erkennbar verbessert hätte. Jetzt schob er demonstrativ den Ärmel seines grauen Marks-&-Spencer-Anzugs zurück und sah auf die Uhr. Seine

Stirn war von tiefen parallelen Furchen durchzogen, und seine große Nase zuckte. Kurz geschorene Haare und ein verschwindend kleines Kinn komplettierten das Erscheinungsbild.

Brigstock zog ein saures Gesicht, dann senkte er die Stimme zu einem Flüstern. »Warum mussten sie diesen Aberdeener Provinzarsch unbedingt zum DI befördern?« Und dann mit lauterer Stimme: »Ja, Chef.«

»*Jetzt*, Sergeants.«

Rhona rührte sich nicht von der Stelle. Sie stand nur da und starrte Alice an. »Ja, Chef.« Dann wandte sie uns den Rücken zu. »Auf geht's, Brigstock. Und ihr anderen auch – seht zu, dass ihr in die Gänge kommt. Ihr habt DI Smith gehört!« Sie scheuchte den Rest des Teams nach vorne, wo Ness wieder mit der Fernbedienung hantierte.

Smith starrte uns an, dann marschierte er auf uns zu, den Rücken durchgedrückt, die Schultern gestrafft. »Muss ich Sie daran erinnern, *Mr* Henderson, dass Sie nicht mehr im aktiven Polizeidienst sind? Sie haben in Oldcastle nichts zu bestimmen und auch sonst nirgendwo. Und wenn ich mitkriege, dass Sie den starken Mann markieren, dann mache ich Sie so zur Schnecke, dass Ihnen Hören und Sehen vergeht. Haben wir uns verstanden?«

Ich trat einen Schritt auf ihn zu, schloss die Lücke, bis wir uns fast berührten. »Sie halten sich wohl für ein großes Tier, weil Sie zum DI befördert wurden, hm? Sie denken, das macht Sie unverwundbar. Aber ich sage Ihnen: Dieser riesige Zinken in Ihrem Gesicht bricht genauso leicht wie der von einem Detective Sergeant.«

Er wich einen Schritt zurück. »Die Bedrohung eines Polizeibeamten ist eine Straftat, und …«

»DI Smith?«, kam Ness' Stimme vom Ende des Saals. »Wir sind jetzt so weit.« Sie drückte einen Knopf, und auf der Leinwand hinter ihr erschien ein Stadtplan von Oldcastle, mit einem roten Kreis um ein Stück Land hinter Blackwall Hill. Sie nickte Jacobson zu. »Simon, Ihr Team darf uns gerne Gesellschaft leisten, wenn Sie möchten?«

»Ich weiß das Angebot zu schätzen, Elizabeth, aber es gibt da ein paar Dinge, um die wir uns dringend kümmern müssen.« Er hob schwungvoll den Arm und sah auf seine Uhr. »Und wenn wir uns nicht sputen, kommen wir zu spät.«

»Ich kann meine Zehen nicht spüren…« Dr. Constantine stampfte mit den Füßen auf. Sie hatte ihren Schal um Hals und Mund gewickelt und die Wollmütze über die Ohren gezogen. Der dicke Parka war bis unters Kinn zugezogen.

Jacobson lehnte an der hüfthohen Mauer, die Hände in den Taschen seiner braunen Lederjacke, und stieß eine weiße Atemfahne aus. »Das schadet gar nichts. Ist gut für den Charakter.«

Der Kings Park erstreckte sich zu beiden Seiten von uns, das Gras starr vom Frost. Der Granitkeil des Castle Hill warf blaue Schatten ins Tal, die Ruinen der Festungsmauern reckten sich wie abgebrochene Zähne gen Himmel. Eine Lanze aus Sonnenlicht bohrte sich durch das Dämmerlicht, zerfranst an den Rändern, wo die Bäume sie durchbrachen, und ließ den Kings River glitzern.

Der Geruch nach in Fett gebratenen Zwiebeln zog durch die kalte Luft, zäh und süßlich und dunkel. Er kam von der Burgerbude am Rand des Parkplatzes. PC Cooper war schon ziemlich weit vorne in der Schlange.

Huntly stand mit dem Rücken zu uns und starrte über den Fluss hinaus, die Arme verschränkt, fest in seinen Kamelhaarmantel gehüllt, die hochglanzpolierten Brogues in Zehn-vor-zwei-Stellung. Er schmollte.

Jacobson wandte sich zu Alice um. »Und? Was halten Sie von unserem Dr. Docherty?«

»Er ist viel kleiner, als er im Fernsehen wirkt.« Sie legte einen dick gepolsterten Arm um ihre dick gepolsterte Taille und pulte mit der anderen Hand in den Haaren herum, die aus der Kapuze ihres gefütterten Parkas hervorschauten. »Auf der Basis dessen, was wir bis jetzt wissen, ist es vernünftig, vorsichtig zu sein und zu sagen, dass es *möglicherweise* nicht der Inside Man ist. Die Zeitungen sind voll von Laura Strachans bevorstehender ›Wundergeburt‹ – vielleicht hat jemand das gelesen, und es hat ein Feuer in ihm entfacht, ich meine, wenn man zu Hause sitzt, bis obenhin voll mit ohnmächtiger Wut, und verzweifelt nach einem Weg sucht, sie an einer Welt auszulassen, die einen hasst, dann liest man diese ganzen Geschichten über den Inside Man und denkt sich vielleicht: Das mache ich auch, ich werde genauso sein wie er, nur besser, und dann werden die zornigen Wesen in meinem Kopf mich endlich eine Zeitlang in Ruhe lassen...«

Sie wandte sich ab, die Augen zusammengekniffen, die Lippen gespitzt. »Aber es wird nicht funktionieren, denn das ist nicht *meine* Fantasie, es ist die eines anderen, aber erst wenn ich es versucht habe, werde ich wissen, was ich wirklich will, und vielleicht ist etwas an dieser Sache dran, was mir ein Gefühl von Macht und Überlegenheit gibt und mich zum ersten Mal seit Jahren erregt, und ich nehme mir diese eine Sache und durchlebe sie im Geist immer wieder und wieder, bis sie scharf geschliffen ist, und ich gehe raus und tue es wieder, aber diesmal *richtig*.« Sie ließ von ihren Haaren ab und blickte zu mir auf. »Ich meine, wenn ich es wäre, würde ich genau das tun.«

Ich nickte. »Du willst also sagen, dass er es nicht ist.«

»Das hängt von der nächsten Leiche ab. Wenn es jemand anders ist, wird der Modus operandi abweichen, weil er noch experimentiert und nach seiner persönlichen Linie sucht. Wenn der MO gleich bleibt, dann ist es *wahrscheinlich* er.« Sie wandte sich an Jacobson. »Bei der Pressekonferenz wollte Detective Superintendent Ness die Frage nicht beantworten: *Hat* er nach Claire Young einen Brief geschrieben?«

»Nun ja... gestern war Sonntag, wenn er ihn also eingeworfen hat, nachdem er sie ermordet hat, würde er erst heute verschickt und frühestens morgen zugestellt werden. Wenn wir Glück haben, finden wir es noch heraus, bevor die Zeitungen es bringen.«

Alice machte ein paar Trippelschritte auf ihn zu. »Superintendent, kann ich mit den überlebenden Opfern der ersten Serie sprechen und die Viktimologie-Berichte lesen? Ich will mir auch die Inside-Man-Briefe ansehen. Die Kopien in der Fallakte sind kaum lesbar. Ich muss auf die Originale zugreifen können.«

Er tätschelte ihre Schulter. »Für Sie tu ich doch alles. Und bitte nennen Sie mich Bear.«

Okay, wahrscheinlich hätte ich nicht lachen sollen. »Im Ernst? Ich dachte, das sollte ein Witz sein. Sie wollen wirklich, dass wir Sie ›Bear‹ nennen?«

»Es hat mir gefallen, wie Dr. McDonald heute Morgen diese aufgeblasene, publicitygeile Fernsehnutte vorgeführt hat. Bernard?«

Professor Huntly hielt den Blick aufs Wasser gerichtet, er schmollte immer noch.

»Sie haben den Typen von der SCD, der nach dem Anruf in der Notrufzentrale gefragt hat, wie den letzten Idioten aussehen lassen. Deshalb ist Ihnen wegen gestern verziehen.«

Huntly hob eine Schulter und starrte auf seine Schuhe. »Danke, Bear.«

Jacobson tippte mir mit dem Finger auf die Brust. »Sie dagegen haben bis jetzt nichts getan als herumzuhumpeln, Platz wegzunehmen und Sheilas Pizza zu essen. *Sie* dürfen mich ›Sir‹, ›Chef‹ oder ›Super‹ nennen.«

Ein Schritt auf ihn zu, und ich war nur noch Zentimeter von seiner Nase entfernt und starrte ihn drohend an. »Wie wär's, wenn ich Sie dafür...«

»Ash...« Alice zupfte an meinem Ärmel. »Weißt du noch, wovon wir geredet haben? Dass wir uns den Ablageort anschauen wollten? Ich denke, wir sollten jetzt dorthin fahren, meinst du nicht, ich meine, wir haben heute noch einiges zu erledigen, und wir wollen doch alle unser Bestes für die Ermittlung tun, damit wir nicht wieder ins Gefängnis müssen, nicht wahr? Bitte?«

Und uns die Chance entgehen lassen, diesem Arschloch das Gesicht zu Brei zu schlagen und...

Sei nicht so ein verdammter *Idiot*.

Ich blinzelte. Trat einen Schritt zurück. Atmete tief durch.

»Okay.« Ich wuchtete mir ein Lächeln ins Gesicht und klopfte Jacobson auf die Schulter. »Tut mir leid, muss mich immer noch dran gewöhnen, dass ich nicht mehr sitze. Sie verstehen.«

Jacobson legte den Kopf in den Nacken und sah grinsend zu mir auf. »Und Sie können Bernard mitnehmen. Er fährt nicht.«

Huntly räusperte sich. »Können wir wenigstens noch auf meinen Hotdog warten?«

»...doch total lächerlich. Es ist ja wohl nicht zu viel verlangt, eine angemessene Trauerzeit einzuhalten.« Auf dem Rücksitz des Suzuki biss Huntly noch einmal von seinem Hotdog ab. Der Ketchup quoll aus dem Brötchen und lief ihm über die Finger. Er kaute mit heruntergezogenen Mundwinkeln, als ob er den Mund voller Asche hätte. »Bin *ich* vielleicht mit dem Ersten, der mir über den Weg lief, ins Bett gehüpft? Ein zivilisierter Mensch tut so etwas einfach nicht.«

Alice schaltete das Autoradio ein. »Vielleicht kann ein bisschen Musik Sie aufmuntern?«

»...*bestätigt, dass die vierköpfige Familie, die am Mittwoch in den Trümmern ihres ausgebrannten Hauses in Cardiff tot aufgefunden wurde, einer brutalen Hammerattacke zum Opfer gefallen ist. Und nun die Lokalmeldungen: Die Suche nach dem vermissten fünfjährigen Charlie Pearce dauert an, wie die Polizei...«*

Sie schaltete es wieder aus. »Oder vielleicht doch nicht. Wir könnten ja ›Ich seh etwas, was du nicht siehst‹ spielen?«

Rings um uns herum quälte sich Oldcastle durch den Berufsverkehr. Pkws, Transporter und Busse krochen im Zeitlupentempo als blecherne Polonaise durch die Straßen, begleitet vom lieblichen Morgenkonzert der Hupen.

Huntly ließ einen tiefen, theatralischen Seufzer vernehmen. »Ich seh etwas, was du nicht siehst, und das ist düster, trostlos, einsam und *tödlich* kalt. Geben Sie auf? Es ist der Rest meines Lebens.«

Ich bohrte die Spitze meines Krückstocks in die Fußmatte vor dem Beifahrersitz. Knirschte mit den Zähnen. »Wie wär's, wenn wir alle einfach still dasitzen, bis wir dort sind?«

Alice schielte vom Fahrersitz zu mir herüber, schnitt eine Grimasse und zog beide Augenbrauen hoch.

Huntly rutschte vor und steckte den Kopf zwischen die Vordersitzen durch. Sein Würstchenatem umwaberte uns, als er sagte: »Haben Sie jemals einen Menschen geliebt, Henderson? Ich meine, wirklich, wirklich geliebt? Und dann... dann ist dieser Mensch einfach weg, und nichts, was Sie tun, kann ihn wieder zurückbringen?« Er packte meine Schulter und drückte zu. »O Gott, der *Schmerz*!«

Alice starrte mich mit offenem Mund an. »Ähm... Also, vielleicht sollten wir...«

Ich schlug mit der flachen Hand aufs Armaturenbrett. »Bus!«

Alice kreischte schrill, stieg auf die Bremse, riss das Steuer nach rechts und wäre fast in ein entgegenkommendes Taxi gerauscht. Mit quietschenden Reifen kamen wir mitten auf der Straße zum Stehen.

Ein altes Mütterchen mit einem Schottenkaro-Einkaufstrolley blieb auf dem Gehsteig stehen, um zu gaffen, während ihr Westie-Terrier mit steif in die Höhe gerecktem Schwanz das Auto ankläffte.

Der Taxifahrer drehte sein Fenster herunter und ließ eine Schimpfkanonade los, ehe er uns den Mittelfinger zeigte und davonfuhr.

Alice schnaufte durch. »Okay. Neuer Versuch.« Sie manövrierte den Suzuki an dem Bus vorbei und zurück auf die linke Fahrbahn. »Tut mir leid.«

Huntly drückte meine Schulter noch einmal. »Frau am Steuer, was?«

»Wenn Sie nicht *sofort* die Finger von mir lassen, reiße ich sie Ihnen einzeln aus und ramme sie Ihnen in den Hals, bis Sie daran ersticken.«

Er ließ los, fuhr sich mit der Zungenspitze über die Lippen und lehnte sich zurück. »Das sollte doch ein Witz sein.«

»Und ich will kein Wort mehr hören.«

Schweigen.

Los doch, sag was. *Irgendwas.*

Aber er tat mir den Gefallen nicht. Doch nicht so blöd, wie er aussah.

12

Ein Stück blau-weißes »Polizei«-Absperrband drehte sich im Wind, mit einem knatternden Geräusch wie von einem Fingernagel, der über die Zähne eines Kamms fährt. Der Ablageort war auf drei Seiten von Buschland umgeben, auf der vierten bildete ein Waldstück eine Art dunkelgrüne Wand. Der Himmel war eine massive Granitfläche. Ein eisiger Wind peitschte das lange Gras.

Ich kehrte den Böen den Rücken zu und steckte mir einen Finger ins Ohr. »Nein, nicht… Hören Sie: Alles, was ich will, ist Zugriff auf die Inside-Man-Briefe. Wie schwer kann das denn sein?«

Am anderen Ende war ein lauter Seufzer zu hören. »*Ist das Ihr Ernst? Kommen Sie doch einfach her und schauen Sie sich um – hier sieht es aus wie in einem Zentrallager für Umzugskisten. Kennen Sie diese Szene am Ende von Jäger des verlorenen Schatzes? Genau so.*« Wieder ein Seufzer. »*Haben Sie mal bei den Sonderermittlungsteams nachgefragt?*«

»Ich bitte Sie, Williamson, was glauben Sie denn, wer mich an Sie verwiesen hat? Die haben sie auch nicht zu Gesicht bekommen.«

Ein verbeulter und zerkratzter Streifenwagen aus dem Fuhrpark von Oldcastle blockierte den Fußweg zur Fundstelle. Zwei Uniformierte schoben Wache, indem sie im Auto auf ihren Hintern hockten, schön vor dem Wind geschützt.

»*Also, ich weiß nicht, was ich da machen soll. Ich bin doch nicht der Weihnachtsmann. Ich kann nicht einfach die Briefe aus dem Sack ziehen, wenn ich selber keinen Schimmer hab, wo die verdammten Dinger sind.«*

»Dann fragen Sie halt Simpson. Der weiß es mit Sicherheit.«

»Hören Sie, wenn ich's Ihnen doch sage, es ist ...«

»Sekunde.« Ich hielt das Handy an meine Brust und klopfte an das Fahrerfenster.

Der Typ hinter dem Steuer blies die Backen auf, dann drehte er die Scheibe herunter. Er sah aus, als sei er nicht mal alt genug zum Wählen, geschweige denn, um jemanden zu verhaften – mit einem flaumigen Oberlippenbärtchen und einem schorfigen Pickel auf der Stirn. Gelangweilter Blick und hängende Mundwinkel. Seine Stichschutzweste war mit Krümeln und Bröseln übersät. Er biss in die Quelle der Krümel, die in einer Papiertüte von der Bäckerei Greggs steckte, und sagte mit vollem Mund: »Tut mir leid, Kumpel, aber hier ist gesperrt. Da müssen Sie 'nen anderen Weg nehmen.«

Ich lehnte mich ans Dach und starrte auf ihn hinunter. »Erstens, *Constable*, bin ich nicht Ihr ›Kumpel‹.«

Offenbar kannte er den Tonfall von früheren Anschissen, denn er setzte sich kerzengerade auf und ließ die Papiertüte in den Fußraum fallen. Sein Gesicht lief rot an, er bekam entzückende Apfelbäckchen, und seine Ohrläppchen glühten. »Tut mir leid, Sir, ich wollte nicht ...«

»Name?«

»Hill, Sir. Äh ... Ronald. Ich wollte nicht ...«

»Zweitens: Es ist mir egal, wie lange Sie schon hier sitzen, Sie sind verdammt noch mal Polizist, also versuchen Sie auch, wie einer auszusehen. Sie sind eine Schande. Und drittens« – ich deutete auf Alice und Huntly – »heben Sie jetzt Ihren Arsch aus dem Polster und zeigen Sie diesen Leuten den Ablageort. *Jetzt*, Constable.«

»Ja, Sir, tut mir leid, Sir.« Er kletterte aus dem Wagen und stülpte sich seine Schirmmütze auf den Kopf. »Hier entlang, und...«

»Lassen Sie sich erst die Ausweise zeigen, Mann!«

Alice sah sich um. »Das hast du genossen, nicht wahr?«

Ich drehte mich ebenfalls um. Constable Hill stand in Habachtstellung mit dem Rücken zu uns und bewachte den Fußweg zum Ablageort, als ob sein Leben davon abhinge.

»Kann schon sein.« Ich mochte kein Polizeibeamter mehr sein, aber das hieß noch lange nicht, dass ich mich nicht ein bisschen damit amüsieren konnte, faule Constables das Fürchten zu lehren.

Die Spurensicherung hatte einen Zugangsweg abgesteckt, markiert mit blau-weißem Band. Das vergilbte Gras war spröde vom Frost und von vielen Füßen niedergetrampelt. Der Weg führte im Bogen um den Ablageort herum und endete an einem inneren Kordon aus gelb-schwarzem Band mit der Aufschrift »TATORT – BETRETEN VERBOTEN«. Eine Handvoll gelber dreieckiger Fähnchen ragte aus dem Unterholz, jedes mit einem Buchstaben und einer Zahl versehen.

Huntly stand mit gereckter Brust und gestrafften Schultern da und schwenkte die Nase hin und her, als ob er eine Witterung aufnehmen wollte. »Aha...« Dann setzte er sich in Bewegung, marschierte den Trampelpfad entlang und schnupperte im Gehen in die Luft.

Ich schob die Hände in die Taschen. »Im Archiv haben sie Probleme damit, die Originale der Inside-Man-Briefe zu finden. Da herrschen offenbar chaotische Zustände. Niemand weiß, was in welcher Kiste ist. Bist du sicher, dass du nicht mit den Kopien zurechtkommst, die Jacobson dir gegeben hat?«

Sie kräuselte die Oberlippe. »Sie sind so oft kopiert worden, dass man sie kaum noch lesen kann. Ich *muss* die Originale sehen. Ich will die Tinte auf dem Papier fühlen, ich will das Gewicht sehen, das er hinter die Worte gelegt hat, das Kratzen des Stifts auf dem Blatt, ich will etwas *berühren*, was er berührt hat. Etwas, was danach nicht tot oder kaputt war.« Sie wandte sich ab, und ihr Blick folgte Huntly, als er unter der inneren Absperrung hindurchschlüpfte. »Habt ihr vor acht Jahren irgendwelche Spuren daran finden können?«

»Wir haben die Briefe *und* die Umschläge allen denkbaren Analysen unterzogen, aber da war nichts. Alle sechs waren in Oldcastle abgestempelt. Die einzigen Fingerabdrücke, die wir finden konnten, stammten von dem Journalisten, dem er sie geschickt hatte. Bleibt nur noch der Text selbst.«

Einen Moment lang sah es so aus, als ob sie etwas sagen wollte, aber dann griff sie stattdessen in ihre lederne Umhängetasche und zog einen braunen Umschlag und eine Plastiktüte hervor. Sie schüttelte den Umschlag. »Fotos.« Dann hielt sie die Tüte hoch. »Und das ist deine Ermittlerausstattung. Dr. Constantine hat für jeden eine zusammengestellt.«

Ich nahm die Tüte und durchstöberte den Inhalt. Eine ganz passabel aussehende Kamera – klein, aber mit hoher Auflösung und einer großen Speicherkarte. Fünf oder sechs Paar blaue Nitrilhandschuhe, paarweise steril verpackt. Eine Handvoll Beweismittelbeutel. Ein Lineal. Ein Notizblock. Ein Blatt mit Anweisungen. Und ein Smartphone. Ich zog es heraus und betrachtete es von allen Seiten. »Lass mich raten: Es ist verwanzt und mit einem GPS-Sender versehen, sodass sie immer wissen, wo ich gerade bin und was ich treibe?«

Alice sah mich nur an. Dann sagte sie: »Nein, es ist nur ein Telefon. Du kannst damit telefonieren und Sachen auf den Server des NER-Teams hochladen. Siehst du, da ist ein Schlitz an der Seite, wo die Speicherkarte von der Kamera reinpasst. Wenn sie dich finden wollen, haben sie ja die elektronische Fußfessel.«

Auch wieder wahr. Ich verteilte die Ermittlerausstattung auf meine Taschen.

Huntlys dröhnende Stimme kam von der anderen Seite des Absperrbands. »Ich finde, es geht nichts über einen guten Ablageort. Aber der hier gehört nicht dazu. Ich meine, schaut euch das doch mal an, also wirklich...« Er breitete die Arme aus. »Hier sind doch schon ganze Völkerscharen drüber weggelatscht und haben überall ihre fetten Fußabdrücke hinterlassen. Und warum, warum, o *warum* nur haben sie keinen Steg aus Trittstufen gelegt? Es ist alles verdorben. Wie soll ich denn so arbeiten?« Er drehte sich langsam um hundertachtzig Grad, dann stapfte er wütend davon. Die Zweige knackten unter seinen Schritten, als er in dem Waldstück verschwand.

So viel zu Jacobsons handverlesenen Spitzen-Fachleuten mit jahrzehntelanger Erfahrung.

Ich schlüpfte unter dem Absperrband hindurch, das den Zugangsweg markierte, und stampfte durch das kniehohe Gras auf den inneren Kordon zu. Dann blieb ich stehen und blickte mich zu Alice um, die mit verschränkten Armen dastand. »Kommst du?«

»Sollten wir uns nicht an den offiziellen Zugangsweg halten?«

»Du hast doch Huntly gehört. Die Operation Tigerbalsam hat alles mit ihren Quadratlatschen zertrampelt. Da gibt es nichts mehr zu kontaminieren.« Ich watete weiter durch das gefrostete Gras. An der Absperrung blieb ich stehen und zog die Fotos aus dem Umschlag.

Es waren die gleichen, die Jacobson mir im Range Rover gegeben hatte, nur dass die Farben bei Tageslicht viel lebhafter waren.

Ich musste ein paarmal hin und her gehen, aber schließlich fand ich die Stelle, wo der Fotograf bei den beiden ersten Aufnahmen gestanden haben musste. Ich platzierte mich genau dort und hielt die Fotos vor mich.

Claire Young lag mit dem Kopf in Richtung des Wegs, über

den wir gekommen waren, ihre Haut bleich und geädert wie Marmor.

»Sie ist woanders gestorben...«

Alice hatte sich nicht von der Stelle gerührt, sie hielt sich noch immer hinter der blau-weißen Linie versteckt. »Was?«

»Ich sagte, sie ist... Kommst du jetzt vielleicht mal her?«

Ich deutete auf die Fundstelle, während Alice sich ihren Weg dorthin bahnte. »Da ist nicht genug Blut. Er hat sie aufgeschlitzt, hat ihr eine Puppe in den Bauch eingepflanzt und sie dann wieder zusammengenäht. Die Erde müsste davon getränkt sein. Und die Lage ist auch falsch.«

»Aber wir wissen, dass der Inside Man über einen Operationssaal verfügt, das war auf der DVD, und...«

»Wir sollen doch unvoreingenommen an die Sache herangehen, schon vergessen? Und UT-15 hat sie auch nicht vom Parkplatz hierher geschleift, er hat sie getragen. Sonst wären da Schleifspuren auf dem Weg.« Ich stellte mich breitbeinig hin und wuchtete mir die imaginäre Leiche von Claire Young über die Schultern. »So: Du hast sie im Gamstragegriff. Du wankst den Weg entlang, bis du findest, dass du weit genug gegangen bist, um vom Parkplatz aus nicht mehr gesehen zu werden. Du legst sie nicht am Wegrand ab, oder? Nein, du machst einen Schwenk um neunzig Grad, bringst einen gewissen Abstand zwischen dich und den Weg. Dann lädst du sie ab.« Ich mimte die Aktion, ließ die Leiche von meiner Schulter aufs Gras fallen. »Ihr Kopf würde in diese Richtung zeigen, zum Wald hin, und nicht andersherum.«

»Na ja... vielleicht hat er sich ja umgedreht und *dann* die Leiche abgelegt?«

Möglich.

Andererseits hatten wir ja schon geklärt, dass Professor Huntly nicht so blöd sein konnte, wie er aussah.

Er trampelte immer noch dort drüben herum, brach Äste ab

und trällerte etwas vor sich hin, was annähernd wie Opernarien klang.

Alice fingerte an ihrer Tasche herum. »Ash, diese große Verfolgungsjagd... Du warst über und über mit Glassplittern bedeckt und voller Blut, du hast dir das Handgelenk und die Rippen gebrochen – ich hab's in der Fallakte nachgelesen –, aber da steht nicht, warum der Inside Man bei dem Unfall nicht schwerer verletzt wurde.«

»Glück? Der Aufprallwinkel? Die Tatsache, dass kein Idiot wie O'Neil am Steuer saß? Woher soll ich das wissen?« Ich steckte die Fotos in den Umschlag zurück. »Hör zu, wenn wir unseren Rain Man hier wieder im Postman's Head abgeliefert haben, muss ich noch rasch was erledigen.«

Alice interessierte sich plötzlich brennend für den Weg. »Oh.«

»Nichts Wichtiges. Ich will nur bei einem alten Freund vorbeischauen.«

»Okay...«

»Du kannst im Auto bleiben, wenn du willst, es dauert wahrscheinlich nicht lange.«

»Ash, meinst du, wir könnten vielleicht darüber reden, was mit dir und Mrs Kerrigan war, ich meine, ich weiß, du bist nicht...«

»Da gibt es nichts zu reden. Was passiert ist, ist passiert; nichts, was ich tue, kann Parker wieder zum Leben erwecken.«

»Ash, es ist ganz normal, dass man...«

»Sie hat ihm zweimal in den Kopf geschossen und dann mir die Tat angehängt. Was ist daran normal?«

Nichts.

Schweigen.

Und dann war Huntly wieder da. Ungefähr zwanzig Meter von der Stelle entfernt, wo er in den Wald hineingegangen war, kam er wieder heraus. »Seht her!« Er hielt eine kleine Digitalkamera hoch. »Der mächtige Bernard Huntly ist zurückgekehrt!«

Oh, wir Glücklichen.

Er drehte sich noch einmal zum Wald um. Dann erstarrte er. Sah mich über die Schulter an. »Was ist? Stehen Sie da nicht rum – kommen Sie und werden Sie Zeugen meiner Genialität!«

»Uaah...« Alice stolperte, taumelte ein paar Schritte vorwärts und knallte gegen einen Baum. »Das ist doch albern.«

Der Waldboden war uneben, voll mit Wurzeln und übersät mit abgebrochenen Ästen und Zweigen. Dunkel von verrottenden Kiefernnadeln und den spröden Gerippen sterbender Farne. Ein betäubender Geruch nach Erde und Fäulnis hing in der Luft, und es war so kalt, dass unser Atem in Wolken aufstieg, als wir uns tiefer in den Wald vorkämpften.

Huntly stapfte unverdrossen weiter und duckte sich unter dem Stacheldrahtverhau der Zweige hindurch. »Im Gegenteil, es ist höchst vernünftig.«

Sie senkte die Stimme zu einem Murmeln. »Höchst bescheuert wohl eher.« Dann fuhr sie in voller Lautstärke fort: »Der Mörder kann unmöglich hier entlanggekommen sein – hier gibt es keinen Weg. Wie soll das denn gehen, eine Leiche durch dieses Dickicht zu schleppen? Da würde man sich in den Zweigen verfangen, man würde die Leiche fallen lassen, man würde eine breite Spur von geknicktem Zeugs hinterlassen, und außerdem bleiben meine Haare ständig in diesen schrecklichen Zweigen hängen. Bääh!«

Huntly blickte sich lächelnd zu ihr um. »Sie haben natürlich vollkommen recht. Wir stapfen hier durch das Dickicht, gerade *weil* UT-15 es nicht getan hat. Drei Meter zu unserer Rechten verläuft ein Weg, und wir gehen parallel dazu. Ich will nicht, dass Sie beide mir irgendwelche Spuren zertrampeln.«

Er schob sich in ein dichtes Ginstergebüsch und verschwand. Die Lücke schnappte wieder zu, die dunkelgrünen Ranken zitterten hinter ihm, begleitet vom wütenden Klappern der Samenhülsen.

Alice blieb stehen. Sie starrte die Büsche an, dann mich. »Ich bin kein gewalttätiger Mensch. Aber wenn ich wegschaue, könntest du ihm dann für mich die Beine brechen?«

Ich packte eine Handvoll Ginsterzweige und zog sie zurück, um eine Schneise zu öffnen. »Zieh deine Kapuze über den Kopf, dann geht's schon.«

Sie tat es, seufzte und schob sich mit gesenktem Kopf ins Gebüsch, begleitet vom Klappern der Samenkapseln.

Drei, zwei, eins. Die Zweige krallten nach meinen Haaren und Schultern, als ich ihr nachging und mich gebückt durch das Dickicht schlängelte, immer den Flüchen nach.

Noch mehr Geklapper, dann brach ich aus dem Gebüsch hervor und fand mich in einem Straßengraben. Die feuchte Erde schmatzte unter meinen Sohlen, und ich wäre fast ausgerutscht, als ich die Böschung zu einem Grünstreifen hinaufkraxelte.

Eine Straße erstreckte sich vor uns, die in einiger Entfernung im Wald verschwand. Rund zehn Meter von der Stelle entfernt, wo ich aus dem Gebüsch getreten war, stand ein klappriges Buswartehäuschen, das unter den ausladenden Ästen der Kiefern wie ein Fremdkörper wirkte. Die Telefonzelle daneben war mit Graffiti tätowiert – ein ramponiertes, windschiefes Ding mit verbogener Tür, bei dem die Hälfte der Plexiglaseinsätze fehlte. An den verbliebenen Scheiben schlängelten sich Rußspuren empor, das Plastik war von der Hitze verzogen und körnig.

Huntly stand mitten auf der Straße, die Hände in die Hüften gestemmt, mit einem Grinsen im Gesicht, das seinen albernen kleinen Schnauzbart in die Breite zog. »Na? Was hab ich Ihnen gesagt?«

Alice zog sich ein paar Kiefernnadeln aus den Haaren. »…hab ich mir erst heute Morgen gewaschen…«

Ich blieb auf halbem Weg zu der Bushaltestelle stehen. »Sie sagen also, der Mörder ist mit dem Bus hergekommen, hat sich das tote Mädchen über die Schulter geworfen und ist in den Wald davongestapft? Müssen Leichen eigentlich den vollen Fahrpreis entrichten, oder zählen die als Gepäck?«

Ein Seufzer. »Spotten Sie ruhig, aber was ist hiermit…?« Er trat hinter das Wartehäuschen, wobei er einen weiten Bogen um die Seitenwand machte. »Sehen Sie?«

Ich folgte ihm und trat in seine Fußstapfen, um möglichst wenig Spuren zu vernichten. An der Unterkante der Wand, direkt über dem Gras, zog sich ein fünfzehn Zentimeter langer rotbrauner Schmierfleck entlang.

»Sehen Sie? Was wollen wir wetten, dass die DNS-Analyse eine Übereinstimmung mit unserem Opfer ergibt?« Er ging ein Stück nach links und betrachtete eingehend eine Stelle, wo das Gras plattgedrückt und dunkel verfärbt war. »Sie ist wahrscheinlich hier gestorben. Für ein vollständiges Ausbluten ist es nicht genug, aber ich kann mir vorstellen, dass ein großer Teil schon in den Körperhöhlen geronnen war, als sie hier ankam. Daher die relative Sauberkeit.«

Alice war am Straßenrand stehen geblieben. »Aber warum sollte er sich die Mühe machen?« Sie schlang einen Arm um ihre Mitte, während die andere Hand wieder mit ihren Haaren spielte. »Ich meine, er hätte sie doch einfach hier liegen lassen können, hinter dem Buswartehäuschen, wieso sollte er sie wieder aufheben und sie durch den ganzen Wald bis zu dem Stück Ödland schleppen, wo sie gefunden wurde, das scheint doch eine ziemliche Zeitverschwendung zu sein, oder nicht?«

Ich fischte ein Paar Handschuhe aus Dr. Constantines Ermittlerausstattung aus der Tasche, riss sie aus der sterilen Verpackung und zog sie an. Dann schlurfte ich durch das Unkraut und das Gras, um auf die andere Seite der plattgedrückten Stelle zu gelangen, wobei ich einen großen Bogen schlug, um nicht auf irgendwelche Spuren zu trampeln. »Haben Sie ein Foto hiervon gemacht?«

Huntly schniefte. »Wovon?«

»Von der Spritze.« Sie lag inmitten eines Büschels von Ampferpflanzen und war mit Reif überzogen. Ungefähr dreißig Zentimeter daneben entdeckte ich die gelbe Kappe.

»Ah…« Er folgte in meinen Fußstapfen, die Digitalkamera im Anschlag. »Bitte recht freundlich.«

Alice hatte sich immer noch nicht von der Stelle gerührt. »UT-15 hat versucht, sie zu retten. Er ist mit Claire hier rausgefahren, dann nimmt er den Hilferuf, den er sie auf Band hat sprechen lassen, und geht los, um einen Krankenwagen zu rufen, aber sie bricht zusammen. Sie atmet nicht mehr. Also spritzt er ihr… vielleicht so was wie Adrenalin? Um ihr Herz wieder in Gang zu bringen. Er will nicht, dass die Frauen sterben, er will, dass wir sie rechtzeitig finden wie Laura Strachan, Marie Jordan und Ruth Laughlin. Claire sollte am Leben bleiben. Das hier war ein Fehlschlag.«

Huntly machte noch ein paar Aufnahmen. »Und er wollte nicht, dass wir die Leiche mit diesem Ort in Verbindung bringen, für den Fall, dass er etwas hinterlassen hätte, was uns zu ihm führen könnte. Also hat er die Leiche weggebracht.« Die Digitalkamera verschwand wieder in Huntlys Tasche. »Natürlich hat er nicht damit gerechnet, dass er es mit jemandem von *meinem* Kaliber zu tun bekommen würde. Damit rechnen sie nie.« Er grinste. »Interessantes Detail am Rande: Einer der Sanitäter, die Laura Strachan gerettet haben, ist später das allerletzte Opfer eines anderen Serienmörders geworden – des Nightmare Man. Also, wenn ich in Oldcastle wohnen würde, ich würde wegziehen.«

Feuchtes Gras schlurfte um meine Knöchel, als ich auf die

Telefonzelle zuging. Die Tür quietschte, als ich sie aufzog. Der an fabrikneue Autos erinnernde Geruch von verbranntem Plastik schlug mir entgegen, unterlegt mit etwas Scharfem wie Bleichmittel. Das Telefon selbst sah noch einigermaßen unversehrt aus, unter all den mit schwarzem Filzer gekritzelten Obszönitäten und den ins Metall gekratzten Schwänzen. Ich nahm den Hörer ab und hielt ihn so, dass die Sprechmuschel reichlich Abstand zu meinen Lippen hatte. Das Amtszeichen summte in meinem Ohr.

Es funktionierte noch. Ich tippte die 1471 ein, um mir die letzte gewählte Nummer anzeigen zu lassen, doch die LCD-Anzeige meldete »GESPERRTE NUMMER«. Ich hängte den Hörer wieder ein und trat hinaus in die unverbrannte Luft. Dort zog ich mein neues offizielles Telefon aus der Tasche und schaltete es ein. Ein halbes Dutzend Nummern waren vorprogrammiert: »DER BOSS!« stand ganz oben auf der Liste, gefolgt von »ALICE«, »BERNARD«, »HAMISH«, »SHEILA« und »X – DOMINO'S PIZZA«. Mein Finger verharrte über der ersten Nummer. Klar, eigentlich hätte ich als Erstes die Leitstelle anrufen sollen, nicht Jacobson. Andererseits – die Leitstelle konnte mich nicht ins Gefängnis zurückschicken.

Und das würde ich auf keinen Fall riskieren. Nicht jetzt, wo ich so dicht dran war...

Es läutete eine Weile, dann hob Jacobson ab und hörte sich meinen Bericht an. Schließlich sagte er: »*Hervorragend. Bernard mag gewaltig nerven, aber er ist es wert. Machen Sie so viele Fotos, wie Sie können, dann rufen Sie Ness an – sie soll ein Spurensicherungsteam rausschicken. Ich will, dass die Stelle abgesperrt und mit einem Elektronenmikroskop abgesucht wird. Sagen Sie ihnen, dass Bernard das Kommando hat, und wenn sie ihm Stress machen, kriegen sie es mit mir zu tun. Okay?*«

13

Alice blickte sich um, als ich in die Slater Crescent einbog. »Bist du sicher, dass es in Ordnung ist, Professor Huntly dort zurückzulassen, ich meine, was ist, wenn er die Leute so nervt, dass...«

»Er ist ein erwachsener Mann.« Und außerdem wäre es vielleicht gar nicht so schlecht, wenn er von einem der Kriminaltechniker eins auf die Nase bekäme – wenn wir Glück hätten, würde ihn das ein bisschen zurechtstutzen.

Der Suzuki ruckelte und hoppelte, als mein rechter Fuß vom Gaspedal rutschte. Verdammter Idiot! O nein, diesmal fahre *ich*. Es war viel zu lange her. Mir fehlte die Übung...

Dir fehlen eher ein paar Tassen im Schrank, Mann.

Mit zusammengebissenen Zähnen setzte ich den schmerzenden Fuß auf das Bremspedal. Ich ließ Alice' Auto am Bordstein ausrollen, stellte den Motor ab, ließ den Oberkörper nach vorne kippen und legte die Stirn aufs Lenkrad. Atmete zischend aus.

»Ash? Ist alles in Ordnung?«

»Doch, doch. Alles bestens.« Mann, tat das *weh*. »Ist bloß... eine ganze Weile her.«

Ich richtete mich auf, fischte eine Packung Paracetamol aus der Jackentasche und schluckte drei Tabletten trocken runter. Dann atmete ich ein paarmal tief durch und drückte die Fahrertür auf. »Es dauert nur ein paar Minuten.«

Sie starrte mich an. »Und das ist ein alter Freund von dir, ja?«

»Ich komm schon zurecht.« Ich nahm meinen Krückstock, wuchtete mich aus dem Sitz und schlug die Tür hinter mir zu.

Die Slater Crescent wand sich den Blackwall Hill hinunter. Von hier hatte man einen ganz schönen Blick über das Tal hinweg auf den Stadtteil The Wynd. Dort drüben waren die Sandsteinhäuser aufgereiht wie Soldaten bei einer Parade. Teure Häuser, jedes mit seinem eigenen kleinen Park. Pittoresk und historisch lagen sie da unter dem drückenden grauen Himmel.

Und waren wesentlich hübscher anzusehen als das aus den Siebzigerjahren stammende Labyrinth von Straßen und Sackgassen, in dem wir uns befanden. Blackwall Hill – ein verworrener Haufen grau verputzter Bungalows mit Ziegeldächern. Argwöhnisch bewachte Gärten hinter Festungsmauern aus Leyland-Zypressen. Kniehohe schmiedeeiserne Tore, an denen Namensschilder angeschraubt waren: »Dunoramin«, »Lindisfarne«, »Sunnyside« und ein halbes Dutzend Kombinationen mit den Elementen *Rose*, *Wald* und *Blick*.

Nummer dreizehn – die Adresse, die mir der mysteriöse Alec genannt hatte – wartete mit einem Bogen aus Heckenkirschen über einem albernen kleinen Gartentor auf wie ein sprödes Geflecht aus beigem Stacheldraht. Auf dem Namensschild stand in goldenen Lettern »Vajrasana«. Ein gewundener Kiespfad führte zwischen Sträuchern und verwelkten Blumen hindurch, die links und rechts des Weges ihre Köpfe mit den schweren Samenkapseln hängen ließen. Ein Buddha aus Beton saß am Wegrand, die graue Haut mit Flechten gesprenkelt.

Ein kleines Mädchen kniete vor der Statue und rollte einen knallgelben Spielzeug-Muldenkipper hin und her, beladen mit Kies, den sie zu Füßen des Buddhas ablud. Jedes Mal, wenn der Laster zurücksetzte, um eine neue Ladung zu holen, machte sie die entsprechenden Piepsgeräusche dazu.

Ich öffnete das quietschende Tor, humpelte hindurch und

schob es mit meinem Krückstock hinter mir zu. Dann setzte ich ein Lächeln auf. »Hallo. Ist dein Daddy zu Hause?«

Sie sprang auf und drückte sich den Laster an den Bauch. Sie war höchstens fünf oder sechs, aber sie hatte eine durchgehende dicke Augenbraue, die sich über einem Gesicht mit einem Teint wie grobe Leberwurst spannte. Als sie lächelte, zeigte sie eine klaffende Lücke, wo zwei untere Schneidezähne fehlten. »Ja, er itht thu Hauthe.«

»Kannst du ihn mal rasch holen gehen?«

Sie nickte. »Aber du mutht tho lange auf meinen Tiger aufpathen.« Sie deutete auf eine Stelle auf dem Rasen und senkte die Stimme zu einem Flüstern. »Er hat Angtht vor Clownth.«

»Okay. Wenn irgendwelche Clowns vorbeikommen, werde ich ihn beschützen.«

»Verthprochen?«

»Klar doch.«

»Okay.« Sie tätschelte den imaginären Tiger. »Thei schön brav, Mithter Thtripy, und frith den Mann nicht auf.« Und dann sprang sie über den Gartenpfad davon und verschwand im Haus.

Ich humpelte zu dem Buddha hinüber und stützte mich auf seinen Betonkopf.

Zwei Minuten später war das Mädchen wieder da und zog einen kleinen Mann mittleren Alters an der Hand hinter sich her. Plumpe Figur, Mittelscheitel, Chinohose und Strickjacke. Er fummelte eine Brille aus der Jackentasche und setzte sie auf. Blinzelte mich eine Weile an und strahlte dann. »Ah, Sie müssen Mr Smith sein. Freut mich sehr, Sie kennenzulernen, Mr Smith.« Er wandte sich dem kleinen Mädchen zu. »Herzchen, wie wär's, wenn du mit Mr Stripy nach hinten in den Garten gehst, damit ich mich mit Mr Smith unterhalten kann?«

Sie starrte ihn mit todernster Miene an. »Thind da auch keine Clownth?«

»Die sind alle davongelaufen, als sie gehört haben, dass Mr Smith kommt.«

Ein Nicken, dann schlang sie einen Arm um den nicht vorhandenen Tiger und zog ihn in Richtung Hausecke. »Komm, Mithter Thtripy...«

Der Mann sah ihr nach, den Kopf zur Seite geneigt, ein breites Grinsen im Gesicht. Dann seufzte er und wandte sich wieder zu mir um. »Nun, Mr Smith, Alec nimmt an, dass Sie auf der Suche nach spiritueller Orientierung sind?«

»Wo ist er?«

Er legte eine Hand auf seine Brust und deutete eine Verbeugung an. »Dieser hier hat die zweifelhafte Ehre, Alec zu sein.«

»Okay...« Shifty hatte recht – der Mann hatte sie nicht alle. »Wenn das so ist: Ich brauche eine Halbautomatik, sauber, Magazin mit mindestens dreizehn Schuss, und eine Schachtel Munition. Hohlspitz, wenn's geht.«

»Hmm, das ist eine ganze Menge spirituelle Erleuchtung.« Er trat zu mir an den Buddha und lehnte sich gegen die Statue. »Sagen Sie, Mr Smith, haben Sie wirklich gründlich über die Konsequenzen dessen nachgedacht, was Sie heute hier tun? Denn das Karma schläft nicht, und es ist nie zu spät, noch einen anderen Weg einzuschlagen.«

»Haben Sie, was ich brauche, oder haben Sie's nicht?«

Er legte beide Hände an seine Brust, die Fingerspitzen gespreizt. »Nehmen Sie zum Beispiel Alec. Sein Leben hat sich schlagartig verändert, als er beschloss, den Buddha darin aufzunehmen. Alec war ein Sünder, das ist wahr, und sein Leben war hart und finster... Nun, das war es so lange, bis Alec diesen kleinen *Zwischenfall* hatte und beschloss, die Lehren des Buddha in sein kaltes, kaltes Herz einzulassen.«

Ich stieß mich von der Statue ab und stützte mich mit dem größten Teil meines Gewichts auf den Krückstock. »Sie werden noch mal einen ›kleinen Zwischenfall‹ haben, wenn Sie nicht in den nächsten fünfzehn Sekunden eine Knarre rüberwachsen lassen. Und wehe, sie ist nicht sauber – wenn ich rauskriege, dass sie für einen Auftragsmord oder einen Banküberfall benutzt wurde oder für irgendeine Ballerei zwischen rivalisierenden Banden, dann komme ich wieder und mache Sie persönlich mit Ihrem Gott bekannt.«

»Ah, Mr Smith, es gibt keinen ›Gott‹. Der Buddha lehrt uns, dass Maha Brahma nicht alle Dinge erschaffen hat. Vielmehr verdanken wir unsere Entstehung dem Wirken von *paticcasamuppada*, und ...«

»Haben Sie nun die verdammte Knarre oder nicht?«

Das Lächeln war keinen Millimeter verrutscht. »Geduld, Mr Smith, Geduld. Bevor wir fortfahren können, muss Alec wissen, warum Sie sie brauchen. Was Ihre Absichten sind.«

»Das geht Alec einen Scheißdreck an.«

»Ah, aber es ist ein *dreckiges* Geschäft, nicht wahr?« Er richtete sich ebenfalls auf und ging über den knirschenden Kies zwischen den welken Pflanzen hindurch, immer im Kreis herum. »Alec hat lange und zäh mit dem grundlegenden Zwiespalt gerungen, ob er angesichts dessen, woran er glaubt, weiterhin seinem gewählten Beruf nachgehen könne. Alec hat meditiert. Er hat den Buddha um Rat angerufen. Und schließlich gelangte er zu der Erkenntnis, dass sein Platz im karmischen Kreislauf darin besteht, Menschen wie Ihnen zu helfen, eine moralische Entscheidung zu treffen. Und so hat er einen weiteren Schritt auf dem Weg zur Erleuchtung zurückgelegt.«

»Na schön. Vergessen Sie's.« Ich ging auf das Gartentor zu.

»Alec kann Ihnen geben, was Sie haben wollen, aber zuerst muss er hören, dass Ihnen bewusst ist, dass Sie *in diesem Moment* die Wahl haben, ganz einfach die Finsternis hinter sich zu lassen, die Sie umfängt. Ihr Karmakonto aufzufüllen und ein besserer Mensch zu werden.«

»Tja, aber ich hab's nun mal mehr mit dem Alten Testament. Auge um Auge, Kugel um Kugel.«

»Ah, Rache…« Alec blieb stehen und senkte den Kopf. Dann nickte er. »Warten Sie hier.« Er ging zurück ins Haus, und als er wieder herauskam, hatte er eine Bob-der-Baumeister-Plüschfigur in der Hand – ungefähr so groß wie ein Rugbyball, ein breites aufgesticktes Grinsen im Gesicht, einen überdimensionalen gelben Schraubenschlüssel in einer Hand. »Bitte sehr.«

»Wollen Sie unbedingt einen Tritt in den…« Da war etwas Hartes in Bob drin. Etwas L-förmiges. Und noch etwas in seinen Beinen – sie fühlten sich an, als wären sie mit Fingerknochen vollgestopft.

»Mr Smith, sind Sie sicher, dass Alec Sie nicht davon überzeugen kann, von Ihrem Vorhaben abzulassen?«

Da waren mindestens ein Dutzend Kugeln drin, wenn nicht mehr. Ich würde es erst herausfinden, wenn ich ihn aufschlitzte.

Jetzt musste ich nur noch versuchen, nicht aufzufallen bis heute Nacht, wenn ich Bob mit Mrs Kerrigan bekanntmachen würde. Zwei Mal. Ins Gesicht.

»Mr Smith?«

Ich blickte auf, im gleichen Moment, als die ersten Tropfen aus den Wolken fielen. Sie trafen den Buddha, färbten den Beton um seine Augen dunkel, und es wurden mehr und mehr, als der Wind auffrischte. Jetzt rannen sie schon über seine fetten Wangen.

»Wie traurig.« Alec schüttelte den Kopf und seufzte. Er ließ die Schultern sacken. »Sie haben Ihren Entschluss gefasst, und die Welt weint um Sie.«

Das war doch wirklich die Krönung des Tages – von einem Waffenhändler bemitleidet zu werden, der von sich selbst in der dritten Person redete.

Ich drückte ihm Shiftys Umschlag voller Banknoten in die

Hand und humpelte zum Auto zurück, Bob den Baumeister fest unter den Arm geklemmt.

Können wir das schaffen? Yo, verdammt, wir schaffen das.

»... seit drei Tagen vermisst wurde, ist in einem stillgelegten Steinbruch in Renfrewshire gefunden worden. Die Polizei sucht nach Zeugen, die die Sechsjährige nach ihrem Verschwinden am Donnerstagabend gesehen haben...«

Der Regen prasselte auf den Asphalt, und die zerplatzenden Tropfen bildeten einen feinen, kniehohen Sprühnebel, als Alice in den Parkplatz einbog. Der Suzuki holperte und schlingerte durch die mit Wasser gefüllten Schlaglöcher, dass Bob der Baumeister auf dem Rücksitz nur so hin und her kullerte.

»... wollte weder bestätigen noch dementieren, dass es Parallelen zu drei anderen Kindesentführungen seit Halloween gibt...«

Sie parkte den Wagen so nahe wie möglich am Eingang und blieb sitzen, während die Scheibenwischer über das vernarbte Glas kratzten. »Sieht nicht sehr vielversprechend aus...«

»Es ist die Nebenstelle einer Leichenhalle – was hast du da erwartet? Palmen und Marmor?«

»... einen Appell der Mutter des vermissten fünfjährigen Charlie Pearce...«

Alice stellte den Motor ab.

Die Nebenstelle war ein niedriger Betonbunker in einem heruntergekommenen Industriegebiet am Stadtrand von Shortstaine – eine Reihe schäbiger grauer und schwarzer Fassaden hinter Maschendrahtzäunen mit Schildern, die vor Wachhunden, Überwachungskameras und Stacheldraht warnten. Eine Verladerampe an einem Ende, der Empfang am anderen. Abgeschirmt von der Straße durch eine Barrikade aus grünen Sträuchern.

Eine Tür ging auf, und ein Pärchen kam aus der Leichenhalle

gewankt. Das Gesicht des Mannes war von Kummer entstellt und tränennass, die Frau an seiner Seite ging, als ob ihre Knie sich nicht mehr beugen ließen. Als hätte das, was sie da drin gesehen hatte, sie versteinert.

Der Regen trommelte auf meine Schultern.

Alice stand da mit den Schlüsseln in der Hand und sah den beiden nach, als sie sich auf den Parkplatz schleppten. Der Mann ließ sich gegen einen alten Renault Clio sinken, während sie mit steifen Trippelschritten um den Wagen herumging.

»Vielleicht sollten wir etwas tun?«

Ein paar Sekunden darauf platzte eine uniformierte Polizistin hinaus in den Regen und blieb schlitternd auf der obersten Stufe stehen. Ihr Gesicht war gerötet, ein feuchter Fleck mit Bröckchen drin zog sich vom Saum ihrer Stichschutzweste über das eine Hosenbein. Der scharfe, bittere Geruch von Erbrochenem hüllte sie ein wie ein Leichentuch. »Tut mir leid...« Sie schenkte mir ein gequältes Lächeln, dann ging sie hinüber zu dem schluchzenden Mann und der mechanischen Frau.

Wir gingen hinein.

Dr. Constantine stand vor einem Heizlüfter, hielt ihren Parka mit beiden Händen geöffnet und badete sich in der warmen Luft.

Der Raum war klein, gesichtslos und funktional: ein gedrungener Empfangstresen aus Edelstahl, leicht zu reinigender Linoleumboden, die Wände mit Postern zur Gesundheitsvorsorge und Infoblättern bedeckt. Ein Ständer mit Broschüren zu Bestattungsdienstleistungen, zwei Überwachungskameras – eine auf den Eingang gerichtet, die andere auf die Tür zur eigentlichen Leichenhalle, und etwa ein Dutzend Visitenkarten eines Beerdigungsinstituts, geschickt so platziert, dass die trauernden Angehörigen sie nicht übersehen konnten: »BESTATTUNGEN UNWIN & MCNULTY, GEGR. 1965 – DISKRET UND PROFESSIONELL IM DIENSTE IHRER LIEBEN VERSTORBENEN«. Ein Gummibaum kümmerte in der Ecke vor sich hin, die fleischigen, wachsartigen Blätter mit einer Staubschicht bedeckt. Die Luft war schwer von einer Überdosis Raumspray mit Blumenduft, das nichtsdestotrotz die dunklen Schlieren der Verwesung nicht ganz zu überdecken vermochte.

Die Tür fiel mit einem elektronischen Piepsen ins Schloss, und Dr. Constantine sah sich zu uns um. Sie verdrehte die Augen. »Stellen Sie sich vor, die haben die Leiche verloren.«

Alice schüttelte sich das Wasser von den Schultern. »Wie können die eine Leiche verlieren, ich meine, das hier ist schließlich eine bedeutende Mordermittlung, und die ganze Welt wird...«

»Wissen Sie, was ich denke?« Constantine stellte sich wieder vor den Heizlüfter. »Die Eingeborenen hier machen Mätzchen, weil sie fürchten, dass wir sie alt aussehen lassen.«

Ich drückte die Klingel am Empfangstresen, woraufhin irgendwo hinter der Doppeltür, die ins Innere des Gebäudes führte, ein Läuten ertönte. »Na ja, ich glaube nicht, dass da so finstere Motive dahinterstecken.«

Niemand reagierte auf mein Klingeln, also versuchte ich es noch einmal.

Sie schüttelte den Kopf. »Ich glaube auch nicht an finstere Motive. Ich denke eher, es ist schiere kleinkarierte Dickköpfigkeit.«

Ich klingelte ein drittes Mal.

Immer noch nichts.

Alice drehte sich um und starrte die Tür an, durch die wir hereingekommen waren. »Sag mal, meinst du, es ist okay, wenn ich...« Sie deutete in Richtung Parkplatz. »Die beiden sahen wirklich ziemlich fertig aus.«

»Na, dann geh.«

Letzte Chance. Ich pflanzte meinen Daumen auf den Knopf und ließ ihn dort, während Alice wieder hinauseilte. Es klingelte und klingelte und klingelte ... Und immer noch kam niemand.

Ich ging hinüber zu der Doppeltür. Durch die Milchglasscheiben konnte man nichts erkennen. Ich schlug mit der flachen Hand auf das Holz.

BAMM! BAMM! BAMM!

»DOUGAL, SIE ALTE TRANTÜTE, KOMMEN SIE ENDLICH RAUS AUS IHREM LOCH!« Dann ging ich wieder zum Tresen und drückte noch einmal auf die Klingel. »Es ist keine Verschwörung – das sind einfach Trottel hier. So ist es *jedes Mal.*«

BAMM! BAMM! BAMM!

»DOUGAL, VERDAMMT NOCH EINS, ICH WARNE SIE!«

Ein Türflügel wurde vorsichtig aufgedrückt, und ein runzliges Gesicht spähte hervor, die Brauen über den dunklen, glitzernden Augen hochgezogen. Silbergraues Haar, an den Spitzen vergilbt. »Ähm ... ja ...?« Ein Lächeln, das hauptsächlich aus grau angelaufenen dritten Zähnen bestand. »Nein, so was – Detective Inspector Henderson, wie schön, Sie wiederzusehen. Ich dachte, Sie wären ... *verreist.*«

»Was haben Sie mit Claire Youngs Leiche angestellt?«

Seine Brauen sackten ab. »Ich war ja *so* erschüttert, als ich das mit Ihrer Tochter hörte. Ich kann mir nur zu gut vorstellen – *urgs!*«

Ich streckte den Arm durch den Türspalt, bekam eine Handvoll weißen Laborkittel zu fassen und zerrte den Kerl raus in den Empfangsbereich. »Wo ist sie?«

»Ach ja, Claire Young ...« Sein Blick zuckte zu Dr. Constantine und dann wieder zu mir. »Also, das ist eine komische Geschichte – na ja, nicht in *dem* Sinn komisch, aber es ...«

Ich schüttelte ihn. »Zum letzten Mal, Dougal.«

»Wir suchen ja, wir suchen! Es ist nicht meine Schuld, es ...«

Ich schüttelte ihn noch mal. »Holen Sie das Buch. *Los!*«

Er wich wankend zurück, strich seinen Laborkittel glatt und knipste die Druckknöpfe wieder zu. »Ja, das Buch, ich hole das Buch...« Dann duckte er sich hinter den Empfangstresen und tauchte mit einer dicken Kladde wieder auf. Er schlug sie an einer Stelle im hinteren Drittel auf, die mit einem ledernen Lesezeichen markiert war. Dann setzte er eine Brille mit großen runden Gläsern auf, die seine dunklen, rattenartigen Augen vergrößerten, und fuhr mit einem Finger die Spalte mit den Namen hinunter. »Young, Young, Young... Ah, da hätten wir sie, ja, genau: Claire Young. Sie müsste in 53A liegen, aber wir haben nachgeschaut, und da ist niemand...« Er räusperte sich. »Aber wir haben alle Hebel in Bewegung gesetzt, wir durchsuchen alle Schubfächer in *sämtlichen* Schränken, und ich bin sicher, dass sie irgendwann auftauchen wird. Nicht wahr?«

Ich schwenkte das Buch um hundertachtzig Grad, bis es für mich richtig herum lag, und überflog die Reihen und Spalten. »Hier steht, dass sie gestern Morgen obduziert wurde. Haben Sie nachgeschaut, ob sie nicht noch im Sektionssaal liegt?«

Dougal reckte die Nase in die Luft und zog dabei die losen Hautlappen an seinem Hals straff. »Wir sind ja keine Idioten.«

»Aber Sie spielen die Rolle ziemlich überzeugend. Was ist mit 35A, haben Sie da schon mal nachgeschaut?«

»Natürlich haben wir...« Er hielt inne, die Kinnlade heruntergeklappt. Dann zogen sich seine Lippen zusammen, bis sie ein faltiges »O« formten. »Entschuldigen Sie mich einen Moment...« Und weg war er.

Die Eingangstür piepste wieder, und Alice schlurfte herein. Ihr Gesicht war gerötet, ihre Haare triefnass, und sie wischte sich mit einem Ärmel ihres gestreiften Tops die Augen. Sie sagte kein Wort, schlich nur auf mich zu, schlang mir die Arme um den Rumpf und drückte schniefend ihr Gesicht an meine Brust.

Ich nahm sie in den Arm. Sie war klatschnass. »Alles okay?«

Sie schniefte wieder und atmete dann tief durch. Noch einmal meinen Brustkorb zusammengequetscht, und sie trat zurück. Wischte sich wieder die Augen. »Tut mir leid.«

»Detective Inspector?« Dougal war zurück und ließ wieder sein Zahnersatz-Lächeln aufblitzen. »Ich freue mich, Ihnen mitteilen zu können, dass es uns gelungen ist, Claire Young ausfindig zu machen. Geben Sie mir noch ein paar Minuten, dann liegt sie im Sektionssaal für Sie bereit.«

»Jemand hat die Zahlen verdreht, hab ich recht?«

»Nun, das Wichtigste ist, dass Miss Young noch hier ist, heil und unversehrt.« Er schob die Tür ganz auf und hielt sie, während er uns mit einer Geste aufforderte einzutreten. »Ich hatte schon befürchtet, unser nekrophiler Freund wäre wieder da...«

14

»Also, sind Sie sicher, dass ich Ihnen keinen Tee bringen darf? Oder einen Kaffee?« Dougal legte den Kopf schief und verschränkte die Finger vor der Brust, während Dr. Constantine langsam um die sterblichen Überreste von Claire Young herumging. »Ich habe auch Feigenplätzchen da, wenn Sie mögen?«

Alice schüttelte den Kopf. »Danke, aber... so während der Obduktion, ich weiß nicht...«

»Ah ja, in Ordnung. Detective Inspector?«

Ich nickte. »Tee. Mit Milch. Zwei Plätzchen. Und eine richtige Tasse – *kein* Styropor!«

Er wieselte davon und ließ uns im Sektionssaal allein. Der Raum war mindestens sechsmal so groß wie die Leichenhalle im Castle Hill Infirmary. Ein Dutzend Edelstahltische waren in zwei Sechserreihen angeordnet, alle mit Ablauf und Schläuchen, Waagen und Hydraulik ausgestattet. Und über jedem war eine Überwachungskamera angebracht – schwarze Kugeln, die von der Decke herabhingen wie Fruchtkörper.

Eine lange Glaswand zog sich an einer Seite des Raums entlang, darunter eine Reihe von Waschbecken. Die andere Wand wurde von Arbeitsplatten eingenommen, über denen Anatomie-Poster und Arbeitsschutzanweisungen hingen.

Alice erschauderte. »Warum stellen die in Leichenhallen immer so gruselige Typen ein? Hast du seine Augen gesehen? Ganz dunkel und glänzig...«

»Er sieht aus wie eine überdimensionale Ratte in einem

Laborkittel, nicht wahr? Er hat die Forscher überwältigt, und jetzt sind sie es, die Experimente über sich ergehen lassen müssen.« Ich lehnte mich an den Obduktionstisch neben dem mit Claire Youngs Leiche. »In einem Sommer, als die Mädchen noch klein waren, da herrschte eine solche Bruthitze – eine Woche lang war es in Oldcastle wie in einem Backofen, also haben wir die Fenster die ganze Zeit offen gelassen, damit ein bisschen kühle Luft reinkommt. Eines Nachts bin ich nach den Mädchen schauen gegangen – sie haben beide fest geschlafen –, und da sah ich plötzlich diese riesige braune Ratte über die Bettdecke krabbeln, auf Rebeccas Gesicht zu. Und genau so sieht Dougal aus.«

»Du hast vergessen zu sagen: ›Es war einmal...‹«

»'tschuldigung.«

Alice machte Trippelschritte in ihren kleinen roten Converse-Trainers und drehte sich um die eigene Achse, während sie den Blick über die Obduktionstische und Waschbecken schweifen ließ. »Es ist sehr groß.«

»Ganz praktisch, wenn mal eine Busladung Schulkinder reinkommt, oder wenn es einen unangenehmen Zwischenfall in einem Pflegeheim gibt, oder wenn die städtischen Arbeiter ein Massengrab ausbuddeln...« Ich verknotete die Finger, bis die Gelenke brannten, und wandte den Blick ab. »Ist sehr praktisch.«

Dr. Constantine schob einen stählernen Rollwagen heran und stellte eine geräumige Gucci-Handtasche darauf ab. Sie griff tief hinein, holte eine zusammengerollte Stoffbahn hervor und entfaltete sie. Ein Sortiment glänzender Messer, Pinzetten, Zangen und Scheren kam zum Vorschein. Ihr Handwerkszeug. »Tja, in der guten alten Zeit, da durfte ich noch als Erste an die Leichen ran.«

Sie zog einen Laborkittel an und ging zu einem Spender, der über den Waschbecken angebracht war, um eine grüne Plastikschürze von einer Rolle abzureißen. Sie zog sie sich über den Kopf und band sie im Rücken zusammen. Dann streifte sie sich lila OP-Handschuhe über. »Wäre vielleicht jemand so nett, mein Diktiergerät einzuschalten? Es ist in der Tasche.«

Ich nahm es heraus und drückte den roten Knopf, dann hängte ich es an seinem Riemen an die Lampe über dem Tisch.

Dr. Constantine betastete Claire Youngs Bauch.

Verschiedene Nähte zogen sich durch die wachsbleiche Haut des Rumpfs, die einen durch kleine schwarze Stiche markiert, die anderen mit dem unter Rechtsmedizinern so beliebten dicken Nylonfaden genäht. Die kleinen schwarzen Stiche hielten die kreuzförmig aufgeschlitzte Bauchhaut zusammen, die dickeren schlossen den Y-Schnitt, der von Claires Schlüsselbeinen bis zu ihrer Scham reichte.

Constantine gab hinter ihrer Maske summende Laute von sich. »Na ja, immerhin waren sie so schlau, das chirurgische Werk des Inside Man unangetastet zu lassen.« Sie nahm eine Spitzschere und begann den dicken Faden aufzuschneiden. Dann schlug sie die bereits abgelöste Haut zurück und legte die Rippen frei. »Also, ich gebe zu, es ist ganz angenehm, wenn einem die ganze schweißtreibende Plackerei erspart bleibt.« Sie packte die beiden Enden des Brustbeins und hob den Brustkorb heraus, den sie auf dem Rollwagen neben ihren Instrumenten ablegte. »Wogegen *das* hier natürlich nicht so toll ist.«

Claires Brust- und Bauchhöhle war mit transparenten Plastikbeuteln angefüllt, jeder mit einem dunkel glitzernden Organ darin. Constantine kramte darin herum und zog dann einen Beutel heraus, der das Herz zu enthalten schien. »Ein Griff in den Glückstopf – oder eher Unglückstopf...« Sie ließ den Inhalt in eine Metallschüssel gleiten. »Mr Henderson, würden Sie sich Ihren trotteligen Freund mit den vielen Falten schnappen und ihn fragen, ob er die ursprünglichen Opfer noch irgendwo gelagert hat? Wo wir schon mal hier sind...«

Ich fand Dougal im Pausenraum, wo er die Füße auf einen Beistelltisch gelegt hatte und sich einen alten Miss-Marple-Film im Fernsehen ansah, während er an einer Lucozade-Flasche nuckelte.

»Die Rechtsmedizinerin braucht die Leichen der ursprünglichen Opfer.«

Er verzog das Gesicht und nahm noch einen Schluck von seinem Energy-Drink. »Könnte ein *klitzekleines* Problem geben. Wir haben nur noch eine übrig. Eine ist… verschwunden, und zwei mussten wir den Angehörigen zur Beisetzung aushändigen. Ich kann Nummer vier raussuchen und auftauen, wenn Sie möchten? Wird allerdings ein Weilchen dauern, bis sie temperiert ist.«

»Natalie May ist immer noch eingefroren? Die Operation Tigerbalsam war nicht hier, um sie sich anzuschauen?«

Er hob die Schultern und trank einen Schluck. »Die Wege von Police Scotland sind unergründlich. Und außerdem hatte sie keine Angehörigen, deshalb ist auch niemand gekommen, um sie abzuholen. Und so liegt sie seit acht Jahren mutterseelenallein im Dunkeln und friert…«

»Holen Sie sie raus.«

»Vielleicht kann ich noch ein paar Gewebeproben und Röntgenaufnahmen von den anderen auftreiben. Hängt davon ab, ob sie den Winter 2010 überstanden haben.« Er sah weg. »Das mit Ihrer Tochter tut mir wirklich sehr leid. Und das mit Ihrem Bruder.«

Auf dem Fernsehbildschirm brachte Margaret Rutherford einen jungen Mann in einem Wohnzimmer durch einen Trick dazu, einen Mord zu gestehen. Dann schlürfte sie eine Tasse Tee, während die Polizei den Typen zum Galgen abführte. Alles ganz gemütlich und entspannt.

Dougal drückte die Lucozade-Flasche zusammen, bis sie quietschte. »Als die Leukämie unsere Shona dahingerafft hat…

Nun ja...« Noch ein Schluck. »Wollte nur sagen, ich weiß, wie das ist.«

Ja, klar, weil es ja auch *genau* das Gleiche war, ob man ein Kind an den Krebs oder an einen Serienmörder verlor.

Ich sagte nichts, drehte mich nur um und ging hinaus.

Er hatte sich wenigstens noch verabschieden können.

Der Boden des Flurs quietschte unter meinen Sohlen, als ich zum Sektionssaal zurückging und dabei mit dem Krückstock einen Sklavengaleeren-Rhythmus auf dem grauen Terrazzo schlug, das Handy ans Ohr gepresst. »Wie lange?«

Shiftys keuchende Stimme drang aus dem Lautsprecher. »*Na ja, weißt schon, nur so lange, bis ich mich wieder berappelt habe... Ich würde ja nicht fragen, aber... du weißt schon.*«

»Führt Andrew sich immer noch so scheiße auf?«

»*Ihr werdet gar nicht merken, dass ich da bin. Versprochen. Ich besorg mir eine Luftmatratze und eine Decke und alles. Ihr müsst euch um nichts kümmern.*«

»Ich will die überlebenden Opfer des Inside Man befragen – du schickst mir ihre Adressen aufs Handy, und ich kläre mit Alice, dass du im Wohnzimmer pennen kannst. Abgemacht?«

»*Abgemacht.*«

»Und mach's unauffällig. Ich will nicht, dass Ness erfährt, dass wir mit ihnen reden.« Ich blieb stehen, die Klinke der Tür zum Sektionssaal schon in der Hand. »Ich war bei deinem Kumpel, um mir spirituelle Orientierung zu holen.«

»*Oh.*« Pause. »*Und bist du jetzt ganz erleuchtet?*«

»Was sagst du zu heute Nacht?«

Das Keuchen wurde zu einem Flüstern. »*Überfall im Morgengrauen?*«

»Ich will alles über das Anwesen wissen – Alarmanlage, Hunde, Eingänge, wann sie da ist – das Übliche.«

»*Und die Entsorgung?*«

»Ich denke, die Klassiker sind immer noch die Besten, meinst du nicht auch?« Ich legte auf und wählte eine andere Nummer.

Es läutete und läutete, und dann klickte es. »*Sie haben den Anschluss von Gareth und Brett erreicht. Wir können Ihren Anruf zurzeit nicht entgegennehmen, aber Sie können nach dem Piepton eine Nachricht hinterlassen.*«

»Brett? Ich bin's, Ash. Dein Bruder. Brett, bist du da?«

Schweigen. Filterte er seine Anrufe, oder war er wirklich nicht da? Wie auch immer, es spielte keine Rolle.

»Ich ...« Was? Würde irgendetwas, was ich sagte, irgendeinen Unterschied machen? »Ich wollte nur sagen, dass ich ... dass ich mich darum kümmere. Und ihr vertragt euch schön, ja?« Eine verlegene Pause. »Tja, das war's auch schon. Tschüss.«

Ich steckte das Handy wieder ein.

Atmete tief durch.

Und trat wieder in den Sektionssaal.

Dr. Constantines Rollwagen war mit transparenten Plastikbeuteln bedeckt, alle nach Größe sortiert. Sie wühlte gerade in einem herum, der einen dunkelvioletten Fleischlappen enthielt, und summte dabei die Titelmelodie der *Archers*.

Alice saß auf dem Obduktionstisch, der am weitesten vom Geschehen entfernt war. Ihre roten Schuhe baumelten einen halben Meter über dem Boden, sie hatte einen Arm um die Brust gelegt und fingerte mit der anderen Hand in ihren Haaren herum. Dabei blickte sie zu der Überwachungskamera auf, die über ihrem Kopf hing.

»Hier sind eine Menge Kameras.«

»Das ganze Gebäude ist überwacht. Vor ungefähr sechs Jahren haben sie festgestellt, dass Leichen aus der Langzeitlagerung verschwunden waren. Es wurde nie geklärt, wer es war oder was der Täter mit ihnen gemacht hat.« Ich zuckte mit den Schultern. »Willkommen in Oldcastle.«

»Hmm ...« Alice spielte wieder mit ihren Haaren. »Ich habe

über Dr. Dochertys Profil nachgedacht, ich meine, ich kann verstehen, warum er die Theorie vertritt, dass es sich bei UT-15 um einen allein lebenden Mann handelt, der auf der Suche...«

»Es ist das gleiche Profil, das er vor acht Jahren mit Henry erstellt hat. Er hat die Formulierungen ein bisschen umgemodelt, aber das Einzige, was er wirklich geändert hat, ist das Alter des Typen. Damals war er ›Ende zwanzig‹, jetzt ist er ›Mitte bis Ende dreißig‹.« Ein schrilles elektronisches Klingelgeräusch durchschnitt die muffige Luft wie ein rostiges Skalpell: Es war das Telefon, das neben dem Kühlschrank mit den Gewebeproben an der Wand hing. Es klingelte und klingelte und klingelte, dann verstummte es wieder. Ich starrte es an. »Docherty glaubt offenbar, dass UT-15 der Inside Man ist.«

Telefone... Ich starrte das neben dem Kühlschrank an. Woher wusste er es? Woher wusste er, dass sie funktionieren würden?

Alice baumelte mit den Beinen. »Ich würde gerne mit den Überlebenden reden, das können wir doch machen, oder nicht, Bear hat gesagt, wir können, und...«

»Sobald Shifty mir ihre Adressen geschickt hat.« Ich schwenkte meinen Krückstock in Dr. Constantines Richtung. »He, Doc. Wird das noch länger dauern?«

Sie griff nach einem Tranchiermesser mit langer Klinge und zerteilte damit die Leber. »*Bitte* nennen Sie mich nicht ›Doc‹. Da komme ich mir vor wie einer von den Sieben Zwergen.« Sie nahm einen Leberlappen und schnitt ihn in mundgerechte Happen. »Und ich brauche noch mindestens drei Stunden. Vielleicht auch länger. Das hängt davon ab, ob Ihr faltiger Freund diese anderen Opfer findet.«

»Wer ist Ihr Computerexperte?«

Sie warf einen der speckig glänzenden purpurroten Würfel in einen Probenbehälter. »Wir haben keinen.«

»Ich dachte, Sie sind so ein Spitzenteam.« Ich nahm mein

Team-Handy aus der Tasche und tippte auf den Eintrag »DER BOSS«.

Jacobson meldete sich beim fünften Läuten. »*Ash?*«

»Warum haben Sie keinen Experten für Computerforensik im Team?«

»*Wieso – brauchen wir einen?*«

»Detective Sergeant Sabir Akhtar – hat früher für die Met gearbeitet, keine Ahnung, ob er das immer noch tut, aber er ist der Beste.«

»*Ich höre.*«

»Sagen Sie ihm, er soll sich die Anruflisten von der Telefonzelle besorgen, die wir heute Morgen gefunden haben – die an der Stelle, wo er Claire Young zuerst ablegen wollte. Der Inside Man sucht sich die Ablageorte nicht zufällig aus – er braucht eine funktionierende Telefonzelle in der Nähe, damit er einen Krankenwagen rufen kann. Also...?«

»*Also muss er sie vorher auskundschaften und Testanrufe machen.*«

»Sabir soll sich sämtliche Anrufe der letzten sechs Wochen vornehmen. Vielleicht gibt es ein Muster. Und geben Sie ihm auch die Notrufe der ursprünglichen Opfer. Ich will, dass er die Hintergrundgeräusche herausfiltert – wo sie abgespielt wurden, interessiert uns dabei nicht, aber wenn wir etwas über den Ort erfahren könnten, wo er sie *aufgenommen* hat... Es wäre einen Versuch wert.«

Schweigen am anderen Ende.

»Sind Sie noch dran?«

»*Vielleicht sind Sie ja doch nicht so nutzlos. Sie hören von mir.*«

Und dann war er weg.

Ungefähr drei Sekunden später summte mein Telefon. Eine SMS von Shifty.

Marie Jordan: Sunnydale-Trakt, Castle Hill Infirmary
Ruth Laughlin: Nr. 16B, First Church Road 35, Cowskillin
Übrigens, Lust auf'n Curry zum Abendessen?

Marie Jordan und Ruth Laughlin. Nichts zu Laura Strachan. Ich schrieb eine Antwort und steckte das Handy wieder ein. Dann hielt ich Alice die Hand hin, um ihr vom Obduktionstisch herunterzuhelfen. »Constantine ist alt genug, um ein paar Stunden auf sich selbst aufzupassen. Wir schauen jetzt bei diesen überlebenden Opfern vorbei.«

Als wir die Tür zum Empfangsbereich aufstießen, stieß Dougal einen kleinen Quiekser aus. Er schnappte das Totenbuch und drückte es an seine Brust. »Sie haben mich zu Tode erschreckt...«

Ich blieb stehen, eine Hand an der Tür zur Außenwelt, und zeigte mit der anderen auf ihn. »Finden Sie diese Proben und Natalie Mays Leiche, sonst liegen Sie nächstes Mal selber auf dem Obduktionstisch. Verstanden?«

Er packte das Buch fester. »Ja, natürlich, ich geh sie gleich suchen, kein Problem.«

»Das will ich hoffen.« Ich zog die Tür auf und folgte Alice hinaus in den grauen Morgen.

Der Regen prasselte auf den Asphalt und spritzte gegen die Betonwände der Leichenhalle. Vor der Verladerampe hatte sich ein kleiner See gebildet, gespeist aus einem überlaufenden Gully.

Das kleine Vordach bot nicht viel Schutz vor dem Wolkenbruch, aber es war besser als nichts.

Alice setzte ihre Kapuze auf. »Du wartest hier, ich hole das Auto.« Im Storchenschritt, die Schultern hochgezogen, bahnte sie sich einen Weg zwischen den Pfützen hindurch. Schloss auf und warf sich hinters Steuer. Die Scheinwerfer des Suzuki leuchteten auf, dann sprang der Motor an, und das Auto rollte stotternd zum Eingang der Leichenhalle, zuckend und zitternd, als ob es Schüttelfrost hätte.

Ich humpelte hinüber und stieg ein.

Nebel legte sich über die Fenster und schluckte das Tageslicht, bis nur noch verschwommene Konturen und undeutliche Schatten zu sehen waren. Alice drehte das Gebläse voll auf. Das Dröhnen übertönte das Trommeln des Regens auf dem Dach. »Sorry ... Dauert nur eine Minute.«

Ein Klopfen am Fahrerfenster ließ sie zusammenzucken. Hinter der beschlagenen Scheibe konnte man mit Mühe die Brustpartie eines Mannes ausmachen – Jackett, Hemd und Krawatte.

Sie ließ die Scheibe herunter. »Kann ich Ihnen helfen?«

Eine hohe Stimme schleimte sich in den Wagen. »Meinen Glückwunsch, die Dame. Dürfte man erfahren, wohin Sie unseren guten Freund Mr Henderson an diesem schönen Morgen bringen?«

Scheiße.

Ich kletterte aus dem Auto, die Hände zu Fäusten geballt. »Joseph.«

Er sah mich über die Motorhaube hinweg an und lächelte. Große, abstehende Ohren, Neandertaler-Stirn, vorspringendes Kinn und ein Bürstenhaarschnitt, der das Labyrinth von Narben auf seiner Kopfhaut nur unzureichend verdecken konnte. Der Regen spielte ein Trommelsolo auf seinem großen schwarzen Schirm. »Mr Henderson, wirklich famos zu sehen, dass Sie nicht mehr inhaftiert sind. Wir haben Sie wirklich vermisst. Geht es Ihnen gut?«

Der Regen klatschte mir die Haare an den Kopf, und ein eiskaltes Rinnsal lief mir den Nacken hinunter. »Was wollen Sie?«

»*Moi?*« Er legte eine Hand auf seine Brust – das Handgelenk war mit einem selbst gemachten blassblauen Tattoo in Form einer Schwalbe verziert. »Ich wollte mich nur vergewissern, dass Sie Ihre Haftzeit mit ungebrochenem Kampfgeist überstanden haben und bereit sind, der Welt aufs Neue die Stirn zu bieten mit Ihrer legendären *Vitalität*.«

Ich bog meinen steifen Hals nach links, dann nach rechts, und die Sehnen am Ansatz meiner Wirbelsäule knackten. »Gibt's etwa ein Problem?«

»Oh, das will ich doch nicht hoffen, Mr Henderson. Es würde mir *unendlich* leidtun, wenn es zwischen uns zu einem Zerwürfnis käme, wo wir doch immer die besten Freunde waren.« Er sah über meine Schulter. »Nicht wahr, Francis?«

Zwei Jahre im Gefängnis. Man sollte doch meinen, dass ich da gelernt hätte, die Augen offen zu halten und zu merken, wenn jemand sich von hinten an mich ranschleicht.

Francis tauchte an meiner Schulter auf, und sein Spiegelbild im Beifahrerfenster sah durch seine John-Lennon-Brille lächelnd auf mich herab. Lockiges rotes Haar, zum Pferdeschwanz gebunden, großer Wildwest-Schnauzbart und kleiner Soul Patch unter der Unterlippe. »'nspector.«

Sein Schirm schnitt den Regen ab und spannte sich über meinen Kopf wie die Schwingen einer riesigen Fledermaus.

Ich rührte mich nicht von der Stelle. »Francis.«

Sein Mund bewegte sich kaum merklich. »Wir sollen Ihnen was ausrichten.«

»In der Tat, Mr Henderson. Unsere gemeinsame Freundin ist entzückt zu hören, dass Sie wieder im Land der Freien weilen, in der Heimat des Braveheart, und sie freut sich darauf, die Bekanntschaft mit Ihnen aufzufrischen, sobald es sich irgendwie einrichten lässt.«

Das konnte ich mir lebhaft vorstellen. »Woher habt ihr gewusst, dass ich hier bin?«

Josephs Hand malte träge eine Acht in die Luft. »Sagen

wir einfach, dass wir die Nutznießer eines glücklichen Zufalls waren.«

Mein Blick ging zurück zum Eingang der Leichenhalle, und da war Dougal. Seine Augen weiteten sich, dann zog er sich blitzschnell zurück. Dieser falsche kleine Mistkerl. »Sagt ihr, wenn wir uns das nächste Mal sehen, werden wir uns ausführlich darüber unterhalten, was sie mit Parker gemacht hat. Und dann werde ich ihren verkommenen Arsch irgendwo im Moncuir Wood verscharren.«

Francis beugte sich vor, und ich spürte seinen Pfefferminzatem an meiner Wange. »Was ist mit dem Rest von ihr?«

»Ach je.« Josephs Lächeln verrutschte ein wenig. »Ich fürchte, Mrs Kerrigan wird ein bisschen ... *enttäuscht* sein von Ihrer alles andere als wohlwollenden Reaktion auf ihre gütige Einladung.«

Das Gebläse hatte die beschlagenen Scheiben inzwischen teilweise freibekommen, und ich konnte Bob den Baumeister vom Rücksitz zu mir heraufgrinsen sehen. Typisch für dieses Handwerkerpack – nie waren sie da, wenn man sie brauchte. »Sie wird mehr als nur enttäuscht sein, wenn ich sie in die Finger bekomme.«

»Verstehe.« Er nickte. »Dann lassen wir Sie jetzt Ihre Freiheit genießen. Solange sie währt. Francis ...?«

Etwas explodierte in meinem Kreuz, spitze Nadeln bohrten sich durch meine linke Niere. Der Atem entwich zischend durch meine zusammengebissenen Zähne. Meine Knie knickten ein ... aber ich bekam sie wieder sortiert und stand kerzengerade da. Die Schultern gestrafft, das Kinn gereckt. Ich knirschte mit den Zähnen. »Sie sind ein richtiger Held, was?«

Francis machte ein schmatzendes Geräusch. »Ist nicht persönlich gemeint, Mann.«

Nein, rein geschäftlich.

Joseph hob seinen Schirm, als ob er einen imaginären Hut

lüftete. »Wenn Sie es sich noch einmal anders überlegen sollten, können Sie sich ja jederzeit melden.« Dann beugte er sich hinunter und sah lächelnd durch das offene Fahrerfenster. »Es war mir ein Vergnügen, werte Dame. Ich bin sicher, unsere Wege werden sich wieder kreuzen.«

Das wollte ich verdammt noch mal nicht hoffen.

Ich blieb, wo ich war, bis sie in ihren großen schwarzen Allrad-BMW gestiegen waren und mit schnurrendem Motor vom Parkplatz gefahren waren. Dann öffnete ich die Tür des Suzuki und pflanzte mich ganz vorsichtig auf den Beifahrersitz. Atmete zischend aus, als meine Rippen die Rückenlehne berührten. Meine verdammten Innereien waren mit Eiswürfeln und Stacheldraht vollgepackt.

Zwei gegen einen wie jedes Mal im Gefängnis. Jedes gottverdammte Mal.

Ich ballte die Faust und ließ sie auf das Armaturenbrett krachen. »DRECKSCHWEINE!«

Der Lärm übertönte für einen Moment das Gebläse, ehe dessen Rauschen wieder den Innenraum erfüllte. Jetzt bohrte sich der Stacheldraht durch meine Fingerknöchel, jede Bewegung riss Fleisch und Knorpel in Fetzen. Als ich die Hand ausstreckte, wollte sie nicht stillhalten. Die Finger schlotterten und zitterten im Takt mit dem Wummern des Bluts in meinen Ohren.

»Ash? Geht's dir gut, ich meine, du siehst nämlich nicht so...«

»Ach was...« Ich schaltete das Radio ein. »Fahr einfach los.«

15

»Sieh mal, Marie, du hast Besuch.«

Marie Jordan stand nicht auf. Sie blieb einfach auf ihrem Stuhl mit hoher Rückenlehne sitzen und starrte durch das regengesprenkelte Fenster hinaus auf den Ärzteparkplatz und den Haupttrakt des Krankenhauses, einen Klotz aus Beton und Glas. Ihre Haare waren so kurz geschnitten, dass hier und da die Kopfhaut durchschien. Über dem Ohr standen ein paar vergessene Büschel ab, und an den dünneren Stellen waren ein paar dunkelrote Narben zu erkennen. Erschlaffte Gesichtszüge, leichenblasser Teint, mit eingesunkenen, rot geränderten Augen und einem dünnen, nahezu lippenlosen Mund. Sie trug eine graue Strickjacke und eine Jogginghose. Die nackten Füße standen nicht flach auf dem Boden, sondern ruhten auf den Außenkanten, die Zehen einwärts gekrümmt wie Krallen.

Alice warf mir einen Blick zu, dann zog sie sich einen orangefarbenen Plastikstuhl heran, in den jemand die Worte »TRAU IHNEN NICHT!!!« eingeritzt hatte. Sie setzte sich mit geschlossenen Knien hin, die Hände in den Schoß gelegt. »Hallo, Marie. Ich bin Dr. McDonald, aber Sie dürfen Alice zu mir sagen. Marie?«

Der Raum war groß genug für ein halbes Dutzend große Polsterstühle, eine Handvoll billiger Plastikstühle, einen Beistelltisch mit einem Haufen *National-Geographic*-Heften und einen Fernseher, der so hoch oben an der Wand befestigt war, dass niemand drankam. Noch ungemütlicher als der Freizeitraum im Gefängnis, falls das überhaupt möglich war.

Es waren keine anderen Patienten da, nur Alice, Marie Jordan, ein Pfleger und ich und jede Menge antiseptische Stille.

Ich lehnte mich mit dem Hintern gegen die Fensterbank und versperrte Marie den Blick auf den Parkplatz. Es schien ihr egal zu sein, sie starrte einfach durch mich hindurch, während ich die Finger meiner rechten Hand abwechselnd streckte und beugte. Knochen und Knorpel knirschten und knacksten.

Meine eigene Blödheit – was musste ich auch einem Auto einen Fausthieb versetzen ...

Alice versuchte es noch einmal. »Marie?«

Der Pfleger seufzte. Laut dem Schildchen an seiner Brusttasche hieß er »TONY« und half gerne. Ein großer, kräftiger Bursche mit runden Backen und einer tätowierten Schottlandfahne, die aus dem Halsausschnitt seines Kasacks hervorschaute. »Sie hat gute und leider auch schlechte Tage. Gestern war *keiner* von den guten.«

»Marie, können Sie mich hören?«

Sie drehte den Kopf. Er war zur Seite geneigt, als ob er nicht richtig befestigt wäre. Ein Blinzeln.

»Marie, wir müssen uns mit Ihnen über das unterhalten, was vor acht Jahren passiert ist. Meinen Sie, dass Sie das schaffen?«

Wieder ein Blinzeln.

Tony der Pfleger zuckte mit den Achseln. »Sie hat gestern Abend in den Nachrichten diesen Bericht gesehen über Sie-wissen-schon-wen, wo es hieß, dass er wieder da ist, und da ist sie auf einen Mitpatienten losgegangen. Einfach so, aus heiterem Himmel. Hat dem armen Kerl die Nase gebrochen und das halbe Ohr abgebissen.«

»Es ist in Ordnung, Marie, wir sind hier, um Ihnen zu helfen.«

»Es waren vier von uns nötig, um sie von ihm wegzuzerren. Wir mussten ihre Dosis ein bisschen raufsetzen. Und heute Morgen hat sie sich dann von Gott weiß wo eine Schere besorgt und sich einen Fassonschnitt verpasst. Ein Glück, dass sie sich nicht wieder die Pulsadern aufgeschlitzt hat...«

»Sagen Sie...« Alice blickte sich zu ihm um. »Ich glaube, es würde ein bisschen leichter gehen, wenn wir etwas Wasser dahätten. Könnten Sie uns vielleicht welches holen gehen?«

Er spitzte die Lippen und blies die Backen auf. »Also, eigentlich darf ich ja die Patienten nicht unbeaufsichtigt mit...«

Ein strahlendes, sonniges Lächeln. »Keine Sorge, ich bin sicher, dass wir da keine Probleme bekommen. Mein Freund Mr Henderson ist schließlich Polizist.«

»Na ja... Wenn Sie meinen. Wäre ein Krug Leitungswasser okay?«

Alice wartete, bis die Tür hinter ihm zugefallen war. »Marie, ich weiß, dass es schlimm für Sie sein muss zu denken, dass der Mann, der Ihnen wehgetan hat, wieder da ist, aber hier drin kann er Ihnen nichts anhaben. Hier sind Sie sicher.«

Marie blinzelte ein paarmal, und ihre blassen Lippen zuckten. Und als sie dann ihre Stimme fand, war es ein Flüstern, brüchig wie Glas. »Es ist alles meine Schuld...«

»Nein, das ist es nicht. Es ist einzig und allein seine Schuld.«

»Es lag an mir. Ich hätte ihn nicht... wütend machen dürfen.« Ihre Finger endeten in rissigen, abgekauten Nägeln, die Haut ringsum bis auf das wunde, rosafarbene Nagelbett abgeknabbert. Die Hände strichen fahrig über ihren Bauch. »Er hat es in mich reingetan, aber es ist nicht gewachsen...«

»Marie, sind Sie schon einmal hypnotisiert worden?«

»Es ist nicht gewachsen, weil sie es rausgenommen haben.«

Alice versuchte zu lächeln. »Ich glaube, es würde Ihnen helfen, wenn wir es versuchen würden. Sind Sie damit einverstanden?«

»Sie haben es rausgenommen, und es ist gestorben, und es war alles meine Schuld, weil ich es nicht habe wachsen lassen.«

Alice ergriff Maries rechte Hand und hob sie aus ihrem

Schoß. Sie legte sie auf ihre eigene, Handfläche gegen Handfläche. »Ich möchte, dass Sie sich auf Ihrem Stuhl zurücklehnen. Ist das nicht bequemer?« Alice' Stimme wurde leiser – ein bisschen tiefer, ein bisschen ruhiger. »Können Sie spüren, wie alle Ihre Muskeln sich entspannen?« Noch tiefer und dazu langsamer. »Können Sie spüren, wie warm und bequem es ist?«

»Nein.« Marie wandte mir ihr Gesicht zu. Ihre Augen waren wie dunkle Seen, von Blut umflossen. »Er war da. Er hat zugeschaut...«

»Ich war an der Ermittlung beteiligt. Ich habe den Mann zu fassen versucht, der Ihnen das angetan hat.«

Maries Blick zuckte für einen Moment zu Alice zurück. »Ich mag ihn nicht. Er soll weggehen.«

Noel Maxwell blickte sich um und vergewisserte sich, dass wir allein im Flur waren. Dann zog er eine Packung Tabletten aus der Tasche seines blauen OP-Anzugs und drückte sie mir in die Hand. »Das bleibt aber unter uns, ja?« Seine breite Stirn zog sich in Falten. In der Mitte hielt sich noch ein Büschel schwarzer Haare, der Rest hatte sich schon weit zurückgezogen. Abstehende Ohren, spitzes Kinn, dichte Brauen über den wasserblauen Augen. »Sind Sie sicher, dass Sie sonst nichts brauchen?«

Ich drückte zwei der kleinen runden Prednisolon-Pillen aus der Blisterfolie und warf sie ein. Dann griff ich nach meiner Brieftasche, doch er winkte ab.

»Nee, lassen Sie mal stecken – sagen wir, es ist um der alten Zeiten willen.« Er räusperte sich. »Übrigens, mein Beileid wegen Ihrer Tochter. Scheiße, wenn einem so was passiert. Echt Scheiße.«

Ich beugte und streckte meine Finger noch ein paarmal. Fühlte sich immer noch an, als ob da was drin wäre, das an den Gelenken nagte.

Er zuckte mit den Achseln. »Müssen ein paar Minuten warten, bis sie wirken.« Dann blickte er wieder den Korridor hinunter. »Brauchen Sie sonst noch irgendwas? So medikamentenmäßig, mein ich?«

»Nein, das wäre alles. Danke.«

»Keine Ursache. Weil wir doch Freunde sind, ja?« Ein schmieriges kleines Lächeln. Dann drehte er sich um und spazierte pfeifend dorthin zurück, woher er gekommen war.

Hinter mir ging eine Tür, und Alice schlüpfte aus dem Freizeitraum. »Vielleicht sollten wir ihr eine Viertelstunde oder so Zeit lassen.«

In der Mitte der Tür war eine kleine Glasscheibe eingelassen. Auf der anderen Seite kauerte zusammengekrümmt Marie Jordan, die Füße auf dem Stuhl, die Knie an der Brust, schluchzend.

Alice legte die Fingerspitzen an das Glas. »Sie muss das erst mal verarbeiten, aber ich denke, wir haben echte Fortschritte gemacht, ich meine, sie hat das Geschehene noch nie Revue passieren lassen, wobei das jetzt doof klingt, weil eine Revue ja eigentlich...«

Eine Stimme hallte durch den Flur. »Was erlauben Sie sich hier eigentlich?«

Ein hochgewachsener, dünner Mann in einem Tweed-Dreiteiler kam auf uns zumarschiert. Seine Glatze und seine große schwarze Hornbrille funkelten im Licht der Neonröhren. »Sie!« Er zielte mit dem Zeigefinger auf Alice. »Wer hat Ihnen erlaubt, sich in die Behandlung meiner Patienten einzumischen? Wie können Sie es wagen?«

Tony der Pfleger eilte hinter ihm drein. »Ich schwör's, Professor Bartlett, sie haben kein Wort davon gesagt, dass sie irgendwas mit ihr machen wollen! Ich wollte doch nur helfen, und...«

»*Sie* knöpfe ich mir später noch vor!« Bartlett blieb mit einem stampfenden Schritt vor Alice stehen und starrte drohend auf sie herab. »Ich weiß nicht, für wen Sie sich halten, aber ich kann Ihnen versichern...«

Sie streckte die Hand aus. Er ergriff sie nicht. Ihr Lächeln verrutschte nicht einen Millimeter. »Sie müssen Professor Bartlett sein, ich habe *so* viel von Ihnen gehört, freut mich wirklich sehr, nette geschlossene Abteilung haben Sie hier, ich meine, die Einrichtung ist natürlich ein bisschen deprimierend, aber bei diesen alten viktorianischen Irrenanstalten sind die Gestaltungsmöglichkeiten nun mal begrenzt, nicht wahr?«

»Miss Jordan ist extrem anfällig, und ich lasse *nicht* zu, dass Leute wie Sie hier einfach hereinspazieren und meine Patienten...«

»Marie braucht Zeit, um das Geschehene zu verarbeiten. Da hilft es nicht, sie bis obenhin mit Medikamenten vollzupumpen und sie in eine Gummizelle zu stecken.«

»Das ist einfach nicht...«

»Es ist acht Jahre her. Ich glaube, es wird Zeit, mal etwas Neues zu probieren, meinen Sie nicht?« Alice zog eine Visitenkarte hervor und steckte sie in die Brusttasche seines Jacketts. »Ich kann sie mittwochnachmittags und freitagvormittags besuchen. Sorgen Sie dafür, dass sie mindestens vier Stunden vorher medikamentenfrei ist. Ach ja, und in Aberdeen läuft gerade eine klinische Studie zur Behandlung von Posttraumatischen Belastungsstörungen mit MDMA, das sieht ganz vielversprechend aus, Sie sollten versuchen, Marie in die Studie reinzubekommen.«

»Aber...«

»Und wenn Sie ihr *wirklich* helfen wollen, zwingen Sie sie nicht länger, diese scheußliche Strickjacke zu tragen.«

»Strickjacke?« Ich beugte mich auf meinem Sitz vor und kratzte mich an der elektronischen Fußfessel, während wir über den Ptarmigan-Kreisverkehr nach Cowskillin hineinfuhren.

»Die war einfach furchtbar, wie kann so etwas gut für die psychische Gesundheit sein?«

Der Wolkenbruch war in einen feinen Nieselregen übergegangen, der die Scheinwerfer der entgegenkommenden Autos in goldschimmernde Sonnenscheiben verwandelte. »An der nächsten Kreuzung links.«

Das City-Stadion ragte auf der anderen Seite der Straße in den Himmel, mit seinen freiliegenden Eisenträgern und kantigen Glasplatten, eingehüllt in dunkelblaues Metall und bemalten Beton. Dahinter erhob sich Castle Hill, die Hänge verdunkelt von Gebäuden mit schiefergrauen Dächern. Die Burg war im Regen verschwunden.

Alice sah vom Fahrersitz zu mir herüber. »Willst du darüber reden? Ich meine, bevor wir sie treffen?«

Dieser Teil von Cowskillin war von städtischem Wohnungsbau aus der Nachkriegszeit beherrscht: kastenförmige Doppelhäuser, erbaut für ein strahlenderes Morgen, aber im Lauf der Jahre unansehnlich und baufällig geworden. Bröckelnder Rauputz und durchhängende Dachrinnen.

»Ash?«

»Da gibt es nichts zu reden. Er hat sie aufgeschnitten, etwas ist dazwischengekommen, und er hat von ihr abgelassen. Er hat nicht den Krankenwagen gerufen und hat sie einfach ihrem Schicksal überlassen.«

»Ich meinte, reden über deine Beziehung zu ihr.«

»Sie kam auf einer Brachfläche zu sich, als die Wirkung des Anästhetikums nachließ, und hatte keine Ahnung, wie sie dort hingekommen war. Sie war voller Blut, es war mitten in der Nacht, es regnete in Strömen. Und irgendwie hat sie es geschafft, sich bis zur Hauptstraße zu schleppen. Ein betrunkener Fahrer hat angehalten und sie ins Krankenhaus gefahren.«

»Sie muss sehr tapfer sein.«

Ein großes Gebäude mit Wellblechfassade glitt auf der Fahrerseite vorbei, mit zwei Meter hohen Lettern, die den Namen »THE WESTING« formten, und der Silhouette eines Windhunds daneben. Dort hauste Mrs Kerrigan…

Ich wandte mich ab. »Tja nun, das ist lange her.«

»Ich weiß, dass du dir immer noch Vorwürfe machst, aber…«

»Sie hat mir geholfen, und er hat sie gesehen. Wenn sie das nicht getan hätte…«

»Wenn sie das nicht getan hätte, dann hätte er sich einfach eine andere ausgesucht. Vielleicht eine, die nicht so tapfer gewesen wäre. Eine, die es nicht überlebt hätte.«

Das machte meine Schuld auch nicht gerade kleiner.

Ich deutete auf die Kreuzung vor uns. »Hier rechts und dann noch mal rechts am Ende der Straße.«

Kleine Reihenhäuschen säumten die Straße: grau melierter Rauputz, gespickt mit Satellitenschüsseln; adrette Vorgärten, eingefasst von kniehohen Backsteinmäuerchen. In der Mitte eine Mini-Einkaufszeile – Metzger, Lebensmittelladen, Tierarzt –, die Fenster vernagelt und mit Plakaten für einen Zirkus beklebt, der vor sechs Wochen in der Stadt gewesen war. Die Ladenschilder über den Sperrholzplatten waren kaum noch zu lesen, verwittert und verdreckt, die Farbe halb abgeblättert.

Alice bog am Ende der Straße rechts ab. Hier waren die Gärten nicht ganz so gepflegt, und die Fenster- und Türrahmen hätten einen neuen Anstrich gebrauchen können.

»Und da unten dann links.«

Sie bog in die First Church Road ein.

Noch mehr Nachkriegs-Kästen. Ganze Placken von Putz waren um die Fenster herum abgefallen. Das Unkraut wucherte über die Gartenmauern hinaus. Schwarze Plastiksäcke stapelten sich neben den Mülleimern. Am Straßenrand stand ein Renault Fuego auf Backsteinen aufgebockt. Die Karosserie war mehr Rost als Blech. Ein Terrier schnüffelte an den Bremsscheiben herum.

Im unteren Drittel der Straße waren offenbar vier oder fünf Häuser abgerissen und durch einen viergeschossigen Wohnblock ersetzt worden. Orangefarbener Backstein, rußverschmiert und mit Tags von Straßengangs besprüht: »Kingz Posse massiv FTW!«, »Banzi Boyz rule« und »MickyD sux cox!«

Dahinter, am Ende der Straße, wo die Fahrbahn von Betonpollern versperrt war, erhob sich der blutrote Turm der First National Celtic Church. Gespickt mit Wasserspeiern und dornenartigen Auswüchsen, gedeckt mit gebogenen schwarzen Schindeln wie die Schuppen am Schwanz eines Drachens.

Ein halbes Dutzend Kids kurvten mit ihren BMX-Rädern gemächlich um die Poller herum, alle mit Baggy-Jeans und Kapuzenpullis und Zigaretten zwischen den Zähnen, die kringelige Kondensstreifen hinter sich herzogen. Halb eins am Montag – die kleinen Scheißer hätten eigentlich in der Schule sein sollen.

Ich las noch einmal die SMS auf meinem Handy.

Ruth Laughlin: Nr. 16B, First Church Road 35, Cowskillin

Danke, Shifty. Apropos…

»Das da ist es. Die drittletzte Tür in der Reihe.« Ich steckte das Telefon ein. »Äh… du weißt doch, dass Shiftys Freund ihn rausgeschmissen hat? Wäre es okay, wenn er ein paar Nächte bei uns auf dem Sofa schlafen würde?«

Alice biss sich einen Atemzug lang auf die Oberlippe, dann blinzelte sie ein paarmal und setzte ihr Lächeln wieder auf. »Aber klar doch. Wir mögen David, nicht wahr, ich meine, er war immer da für dich und hat versucht, dich rauszubekommen, warum sollte ich ein Problem damit haben, das ist überhaupt kein Problem.«

»Bist du sicher? Weil…«

»Nein, er ist dein Freund, und er braucht deine Hilfe, und ist es das da?«

Ich nickte, und sie hielt gegenüber dem Wohnblock an. Dann saß sie da und trommelte mit den Fingern auf dem Lenkrad herum, die Stirn in Falten gezogen.

»Also, wenn du ihn nicht in der Wohnung haben willst, ist das okay, ich kann...«

»Es ist in Ordnung. Ich hab doch gesagt, es ist in Ordnung, oder nicht? Es ist in Ordnung.« Sie schnallte sich ab und kletterte hinaus in den Nieselregen. »Kommst du?«

Einer der Jungs löste sich von seinen Kumpels und kam auf das Auto zugeradelt.

Ich griff nach meinem Krückstock.

Die Regentröpfchen wuschen mir die Wärme von Gesicht und Händen und färbten meine Jacke grau, als ich um den Suzuki herumging und auf die Straße trat.

Alice wartete nicht auf mich. Sie marschierte direkt auf das Haus zu, stieg die Stufen zur Haustür hinauf und studierte die Klingelschilder.

Der Junge radelte grinsend vorbei, das Lattenzaun-Gebiss auf der einen Seite gebleckt, eine Zigarette in die andere Mundhälfte geklemmt. Ein blonder Pony lugte unter einer roten Kapuze hervor, auf die mit schwarzem Filzstift »BANZI BOYZ« geschrieben stand. Ein Gesicht voller Sommersprossen. Er konnte nicht älter als sieben oder acht sein. Jetzt fuhr er im Kreis um mich herum. »He, Opa!«

Ich ging weiter.

»He, Hinkebein, ich red mit dir. Haste Kippen?« Er fuhr so langsam vorbei, dass er ins Trudeln geriet. »Komm schon, du alter Sack, haste 'n paar Pfund?«

»Verpiss dich, du kleiner Scheißer.«

Der Junge fuhr einen größeren Kreis und zog dabei an seiner Zigarette, bis die Spitze grellorange glühte. »Du kriegst doch Rente, oder nicht? Willst doch kein Geizkragen sein, oder?«

»Ich sag's dir nicht noch einmal.«

Er hüpfte mit seinem BMX-Rad auf den Gehsteig, rollte auf mich zu und stellte sich aufrecht auf die Pedale, sodass er fast auf gleicher Augenhöhe mit mir war. »Der Sozialstaat ist für alle da, stimmt's? Also komm schon, rück's raus.« Er sah grinsend zu seinen Freunden rüber, die immer noch langsam um die Poller herumkurvten. »Oder bist du eher so ein Werthers-Echte-Pädo, hm?«

Alice hatte sich zur Gegensprechanlage heruntergebeugt. Sie hörte zu oder sprach – es war auch egal, Hauptsache, sie sah nicht in meine Richtung...

Das BMX-Rad umkreiste mich wieder. »Pääääääädo, Pääääääädo...«

Ich packte den kleinen Mistkerl an der Kehle und stieß ihn von seinem Rad. Dann beugte ich mich über ihn, griff eine Handvoll Blondhaar und knallte ihn mit dem Hinterkopf auf den Gehsteig. Nicht fest genug, um bleibende Schäden zu hinterlassen, aber gerade so, dass ihm ordentlich der Schädel dröhnte. »Jetzt hör mal zu, du kleiner Scheißer. Ich geb dir fünf Sekunden, um dich wieder in das Drecksloch zu verkriechen, aus dem du gekommen bist, sonst mach ich dich fertig.« Ich ging ganz nahe an sein Gesicht heran. »Haben wir uns verstanden?«

Er blinzelte mich mit offenem Mund an.

Ich ließ seinen Kopf wieder Bekanntschaft mit dem Gehsteig machen. »Ich sagte, haben wir uns verstanden?«

»Lammichlos!« Er rappelte sich auf, schnappte sein Rad und rannte los. Schwang sich drauf, wuppte das BMX vom Gehsteig runter und radelte freihändig davon, eine Hand an seinem Hinterkopf, während die andere Wichsgesten vollführte.

Mit ein bisschen Sicherheitsabstand markierte er gleich wieder den großen Macker.

Er gesellte sich zu seinen Kumpels am Ende der Straße, und sie drehten sich alle zu mir um und zeigten mir den Stinkefinger. Schwenkten die Hände hin und her und radelten lachend davon.

Ihre Eltern mussten ja *so* stolz auf sie sein.

Alice' Stimme drang durch den Nieselregen. »Ash?«

»Komme.« Ich wandte der Kirche den Rücken zu und humpelte die Stufen hinauf zum Rendezvous mit meiner Vergangenheit.

16

Ruth Laughlins Wohnzimmer machte nicht den Eindruck, als ob dort viel gewohnt würde. An einer Wand glühte und knackste ein elektrischer Heizstrahler vor sich hin und machte die Luft kratzig und trocken. Es war so warm, dass mir der Schweiß im Nacken ausbrach. Ein kleiner tragbarer Fernseher stand auf einem ramponierten Tischsatz. Der Stecker war gezogen, der Bildschirm mit einer dicken Staubschicht bedeckt. Über das braune Cordsofa waren karierte Wolldecken drapiert, ein paar verblasste Familienfotos steckten in Wechselrahmen. Eine Stehlampe mit Troddeln am Schirm. Es war, als ob jemand das Haus einer alten Dame in einen seelenlosen Wohnblock versetzt hätte.

Ruth saß in dem einzigen Sessel, die Knie geschlossen, die Arme schlaff in den Schoß gelegt. Ihr linkes Handgelenk war in einen schmutzig grauen Verband gehüllt. Ihre breite Stirn war von tiefen Falten durchzogen, das Haar hing ihr in mausbraunen Strähnen über die Schultern. Tiefe dunkelrote Ringe unter den kleinen Augen, eingefallene Wangen. Sie hatte keinerlei Ähnlichkeit mit der Frau, die mich versorgt hatte, bis der Krankenwagen gekommen war.

Erst dreiunddreißig, und sie sah aus wie sechzig – als ob jemand tief in sie hineingegriffen und etwas herausgerissen hätte, um sie dann leer und gebrochen zurückzulassen.

Alice rutschte auf dem Sofa hin und her und arrangierte ihre Arme und Beine so, dass sie Ruths Haltung spiegelten. Sie lächelte. »Wie geht es Ihnen?«

Ruth verharrte reglos. Ihre Stimme war leise und brüchig. »Manchmal spucken sie mich an. Wenn ich einkaufen gehe.«

»Wer tut das?«

»Die Kinder. Sie sind richtige Barbaren. Sie spucken die Leute an und brechen in Häuser ein. Stehlen Sachen. Schlagen alles kurz und klein.« Ihr Blick senkte sich auf den Verband an ihrem Handgelenk. »Ich musste aufhören, in der Tierarztpraxis auszuhelfen.«

»Ist etwas passiert?«

»Es... Ich dachte, es wäre schön, wieder hinzugehen – nach meiner Entlassung, nicht wahr? Aber es...« Sie kniff das Gesicht zusammen. »Wir mussten an einem Tag sechs Hunde einschläfern. Ich habe eine Woche lang geweint.« Sie hob die Hand und wischte sich mit dem dreckigen Verband die Augen. »Ich bin so dumm.«

»Sie sind nicht dumm, Ruth.« Alice ließ den Satz eine Weile in der Luft hängen, dann fuhr sie fort: »Haben Sie letzte Woche das Feuerwerk gesehen? Ich bin in den Montgomery Park gegangen und habe mir das städtische Feuerwerk auf der anderen Flussseite angeschaut. Es war wunderschön, die roten und blauen und grünen Lichter und die goldene Kaskade, die sich über den Burgfelsen ergoss.«

Aus der unteren Wohnung dröhnte Heavy Metal, der Sound verzerrt durch zu weit aufgedrehte billige Lautsprecher – so laut, dass der Fußboden vibrierte.

Ruth hielt den Blick auf das Fenster gerichtet. »Sie hätten mich sterben lassen sollen.«

Ich räusperte mich. »Es tut mir leid.«

Sie sah mich verwirrt an.

»Sie erinnern sich nicht an mich? Ash Henderson? Ich war hinter dem Inside Man her, in der Bahnhofshalle. Es hatte einen Autounfall gegeben.«

»Oh.« Sie sah wieder aus dem Fenster. »Ich bin müde.«

»Es tut mir leid, dass er entkommen ist. Wenn er… Wenn ich kräftiger gewesen wäre, hätte ich ihn erwischen können.«

Ein langer, flatternder Seufzer entwich aus ihrer Brust. »Sie haben geblutet.«

Das hieß noch lange nicht, dass es nicht meine Schuld war.

Alice beugte sich vor und legte ihr eine Hand aufs Knie. »Sie waren sehr mutig, Ruth, Sie haben ihm geholfen.«

»Ich war Krankenschwester. Wir…« Ein Stirnrunzeln. »Es waren viele von uns dort, auf den Fahrrädern, wir haben Geld für die Opfer von diesem Wirbelsturm gesammelt. Wir haben es für Laura getan.«

Schweigen.

»Wir würden Ihnen gerne einige Fragen stellen über das, was Ihnen passiert ist, Ruth, ist das okay? Meinen Sie, Sie schaffen das?«

Sie zog ihren Pullover hoch, dann das graue Unterhemd darunter und entblößte ihren Bauch. Eine runzlige Narbe zog sich bis zum Saum ihrer Jeans, wo sie verschwand. Eine zweite Narbe verlief direkt unter dem Unterrand ihres BHs. »Seit ich ein kleines Mädchen war, wollte ich immer Mutter sein. Zwei Jungen und ein Mädchen. Und wir würden in Urlaub fahren, und ich würde ihnen bei den Hausaufgaben helfen, und wir wären die glücklichste Familie der Welt… Das war immer mein einziger Wunsch.« Der Pulli rutschte wieder herunter. »Jetzt ist alles ruiniert. Sie hätten mich sterben lassen sollen.«

»Also, man soll die Hoffnung nie aufgeben. Erinnern Sie sich an Laura Strachan?« Alice griff in ihre lederne Umhängetasche, holte eine Ausgabe der *Castle News and Post* hervor und hielt sie hoch. Es war die von letzter Woche: »›Weihnachtswunder!‹ Opfer von Inside Man erwartet Babyfreuden.« Sie legte Ruth die Zeitung in den Schoß. »Die Ärzte hatten gesagt, sie könne nie Kinder bekommen, und jetzt schauen Sie sie an: im achten Monat schwanger.«

Ruth blinzelte die Zeitung ein paar Atemzüge lang an. Dann war ein leises Klatschen zu hören – wie ein ganz leichter Faustschlag –, und ein Tropfen breitete sich als unregelmäßiger grauer Kreis auf dem Zeitungspapier aus. Und dann noch einer. Sie schniefte, nahm die Zeitung und drückte sie an ihre Brust, als ob sie die Worte durch den Pulli in ihre vernarbte Haut aufsaugen könnte.

Alice legte Ruth wieder die Hand aufs Knie. »Sie haben seit dem Überfall nicht mehr mit Laura gesprochen, oder?«

Sie schüttelte den Kopf. Ihre Wangen schimmerten feucht, und eine silbrige Bahn glitzerte auf ihrer Oberlippe.

»Nun, was würden Sie dazu sagen, wenn ich ein Treffen zwischen Ihnen beiden arrangieren würde? Würde Ihnen das gefallen? Und vielleicht könnten wir danach für Sie einen Termin in der Fruchtbarkeitsklinik machen – nur um mal zu hören, was die so sagen?«

»Ich kann es nicht glauben...« Ruth wischte sich mit dem Handrücken über die zitternden Lippen.

Alice griff noch einmal in ihre Tasche und fischte ein paar Kosmetiktücher heraus, die sie Ruth hinhielt. »Und jetzt würde ich gerne über das sprechen, was vor acht Jahren passiert ist. Wäre das möglich?«

Ruth nahm die Papiertücher in eine Hand, während die andere noch die Zeitung umklammert hielt. Sie knüllte sie zusammen und betupfte ihre Augen. Dann nickte sie.

»Okay, dann lehnen Sie sich jetzt einfach zurück und entspannen sich. Und...«

»Was ist, wenn ich mich nicht erinnern kann?«

»Nun, da habe ich eine Technik, die dabei helfen kann, wenn das für Sie in Ordnung ist? Sind Sie einverstanden?«

Wieder ein Nicken.

»Wunderbar. Also, ich möchte, dass Sie es sich jetzt ganz bequem machen und schön langsam und tief durchatmen, und dann gehen Sie mit mir zu diesem Tag zurück.« Alice senkte die Stimme, wie sie es am Morgen in der geschlossenen Abteilung getan hatte. »Stellen Sie sich die Gerüche vor. Die Geräusche. Was Sie gehört haben, als Sie an dem Morgen aufwachten.« Tiefer und langsamer. »Sie liegen im Bett, es ist schön warm und gemütlich, Sie sind noch ganz schläfrig, Ihre Muskeln sind alle entspannt und warm, und Sie liegen so bequem und warm, und Sie sind geborgen in Ihrem Bett, nichts kann Ihnen passieren...«

...und dann stehe ich in der Ecke und weine, während sie die Frau aus dem Zimmer fahren, um sie nach unten in die Leichenhalle zu bringen. Sie ist neunundvierzig, aber sie besteht nur noch aus Tumoren und gelber Haut, die sich über spitzen Knochen spannt.

»Herrgott noch mal, Ruth! Reiß dich zusammen, ja? So was passiert nun mal.« Andrea hockt vor dem Nachtschränkchen und leert den Inhalt in einen Pappkarton. Parfum, ein Plüschaffe, ein Toilettenbeutel, Feuchtigkeitscreme aus dem Supermarkt. Das Ende eines Lebens. »Willst du mir jetzt mal helfen, oder was?«

Also helfe ich ihr. Ich sage kein Wort. Versuche nicht zu schniefen, um sie nicht wieder in Rage zu bringen. Und dann ziehen wir die Laken vom Bett ab, die Kissenbezüge, sprühen Desinfektionsmittel auf die in Plastik gehüllte Matratze und wischen sie sauber.

Sie ist die vierte Frau, die heute Abend gestorben ist. Zweimal Krebs, einmal Sepsis und eine Lungenentzündung. Ausgemergelt, mit rasselndem Atem, allein.

Der Aufzug ruckelt und zittert, als ob er weint, als ich nach unten in die Umkleide fahre. Namen und Obszönitäten sind in die Metallwände geritzt.

Es ist das Ende der Nachtschicht, aber ich bin die Einzige,

die noch hier ist. Alle anderen haben pünktlich Feierabend gemacht und sich ins Severed Leg in Logansferry verdrückt, wo Janette ihren Ausstand feiert. Ein Dutzend abgehärmte, hohläugige Frauen, die sich um fünf Uhr morgens Cocktails reinpfeifen.

Aber Janette hat mich nie leiden können, also bin ich jetzt hier. Allein.

Über mir – in der dreieckigen Lücke zwischen dem Hauptgebäude, dem Verwaltungstrakt und dem alten viktorianischen Flügel, wo die Psychiatriepatienten untergebracht sind – ist der Himmel trüb und von einem tiefen Purpurrot wie ein Finger, den man sich in der Tür eingeklemmt hat.

Der Ärzteparkplatz ist mit BMWs und Porsches vollgestellt, alle mit einer frischen weißen Reifschicht überzogen, die im grellen Schein der Außenbeleuchtung glitzert, aber der Eingang zur Tiefgarage, die wir benutzen müssen, liegt im Dunkeln. Obwohl jetzt schon vier Krankenschwestern tot sind und zwei auf der Intensivstation liegen, haben sie *immer* noch keine Beleuchtung angebracht. Nur ein Schild, auf dem in dicken roten Lettern steht: »ACHTUNG: FRAUEN SOLLTEN DIE PARKGARAGE NICHT OHNE BEGLEITUNG BETRETEN!«

Als ob *das* helfen würde.

Aber darüber muss ich mir keine Gedanken machen – ich bin nämlich gar nicht mit meinem Auto da. Irgendein Arschloch hat es am Silvesterabend geklaut und an einer Bushaltestelle bei Camburn Woods abgefackelt. Das macht es etwas mühsam, zum 24-Stunden-Asda zu gelangen, aber ich habe nichts im Kühlschrank außer ein paar Flaschen Bacardi Breezer und Oliven. Also wende ich mich nach links, gehe durch die defekte Sicherheitsschleuse, unter dem toten Blick einer Überwachungskamera hindurch, aus deren rußgeschwärztem Gehäuse lose Drähte hängen, und trete hinaus auf die St. Jasper's Lane.

Die Hälfte der Straßenlaternen brennen nicht. Die kalte Luft riecht nach Pfeffer und Zitronen.

Das Pflaster knirscht unter meinen Sohlen. Kleine Häufchen von Splitt bilden Gänsehaut-Muster auf den Gehsteigplatten und lassen das Eis schmutzig aussehen. Ich schiebe die Hände in die Manteltaschen.

Mein Atem bildet weiße Wolken, die der Wind wie Gespenster von meinen Lippen wegreißt.

Ich überquere die Straße.

Eigentlich sollte ich lieber den Umweg gehen: an St. Jasper's vorbei zur Cupar Road und hinunter zur Bushaltestelle, aber die Abkürzung durch die Trembler's Alley ist viel schneller.

Als ich in der Schule war – ich war vielleicht sechs oder höchstens sieben –, haben sie uns erzählt, der Earl of Montrose hätte den Stadtrat dort in eine Falle getrieben, gefangen in dem engen Durchgang zwischen der Granitmauer der Kirche und der Apotheke. Seine Männer schlachteten sie ab wie die Schweine und beschmierten die Mauern mit ihrem Blut. Hängten ihre Köpfe über den Eingang von St. Jasper's auf, wo die ganze Stadt sie sehen konnte ... Ich hatte monatelang Alpträume ...

Ich ... Sie haben ... Die Stadt hat in dem Durchgang nicht gestreut. Vielleicht ist er zu eng für die Maschine, oder vielleicht war es ihnen einfach zu viel Arbeit? Der Weg ist vereist, es ist glatt. Haufen von verharschtem Schnee, zwischen denen man sich seinen Weg bahnen muss, vorsichtig, um nicht auf dem Hintern zu landen.

Und es ist *dunkel*. Nur zwei Laternen für die ganze Strecke, und die sind auch nur schwache Funzeln.

Und ... Und ich habe den halben Weg geschafft ...

Bitte ...

»Es ist alles gut, Ruth, Sie sind in Sicherheit, erinnern Sie sich? Sie liegen im Bett, und Sie haben es warm und gemütlich. So wunderbar behaglich und sicher und warm, und es kann Ihnen nichts passieren, weil Sie in Sicherheit sind.«

Und da ist ein Geräusch. Hinter mir. Ein Knirschen. Wie von Schritten.
O Gott, jemand verfolgt mich. Da ist jemand.
Schneller. Nur weg von hier.
O Gott, o Gott…

»Ruth, es ist alles gut. Atmen Sie tief durch. Wir sind hier. Es kann Ihnen nichts passieren, Sie sind in Sicherheit, und…«

Das ist er! Er ist direkt hinter mir, und ich versuche zu rennen, aber der Boden ist wie Glas unter meinen Füßen, und ich rutsche aus und schlittere und versuche mich auf den Beinen zu halten. Weg hier, lauf weg! LAUF WEG!

»Okay, Ruth, Sie müssen jetzt zu uns zurückkommen. Es ist alles gut, wir sind hier, Sie sind…«

Und das Pflaster schnellt hoch und kracht gegen meine Knie, und mein Arm fährt aus, aber ich kann den Sturz nicht bremsen, und mein Kopf knallt auf das Eis, und alles riecht nach alten Kupferpennys und Fleisch, und ich weine, und ich kann nicht aufstehen, und dann ist er auf mir und drückt mich in den Schnee, und da ist etwas auf meinem Mund. Heißer Atem in meinem Ohr, säuerlich wie Erbrochenes. Stoppeln kratzen an meiner Wange. Seine Hand packt meinen Gürtel, schnallt ihn auf… Finger bohren sich in den Reißverschluss meiner Jeans. Ziehen sie runter. Grunzen.
Bitte nicht. Nein. Hilft mir denn niemand?
HILFE!

»Ash, schlag sie. Nicht zu fest! Nur ein leichter...«
»Schlag *du* sie. Ich werde nicht...«

HILFE!

Alice sprang vom Sofa auf und wischte mit der flachen Hand über Ruths Wange, so fest, dass ihr Kopf zur Seite flog. So fest, dass sie zu schreien aufhörte. So fest, dass ein perfekter Abdruck aller fünf Finger auf ihrem tränenfeuchten Gesicht zurückblieb.

Und dann fiel Alice auf die Knie und nahm Ruth in den Arm. »Es ist gut, es ist alles gut. Schsch... Es ist alles okay. Wir sind hier. Niemand kann Ihnen wehtun.«

Ruths Schultern bebten, vibrierten im Takt ihres lauten Schluchzens.

»Es ist gut, es ist alles gut...«

Ich wich zurück. Meine Ohrläppchen glühten. Ich wandte mich ab, sah aus dem Fenster auf die Straße hinunter. Auf Alice' klapprigen Suzuki. Auf den dreibeinigen Hund, der den Gehsteig entlanghoppelte, einen Skinhead im T-Shirt im Schlepptau. Auf zwei geiergroße Möwen, die einen Berg schwarzer Müllsäcke attackierten. Hinauf zu dem blutverschmierten Turm der First National Celtic Church. Auf alles, was nicht Ruth war.

Alles, was nicht Schmerz und Leiden und meine verdammte Schuld war.

Ein harsches Summen ertönte in meiner Tasche, einen Moment darauf gefolgt von einem hohen Klingelton. Ich zog das Smartphone heraus, das zu meiner Ermittler-Ausrüstung gehörte, und drückte den grünen Knopf. Schluckte. »Henderson.«

Shiftys Stimme schnarrte in mein Ohr. »*Ash? Sieh zu, dass du deinen Arsch...*«

»Sekunde.« Ich hielt eine Hand über das Mikrofon. »Tut

mir leid, das muss ich annehmen.« Ja, es war feige, aber wenigstens würde ich nicht hier herumstehen und mich in Ruth Laughlins Schmerz suhlen...

Ja, weil es nämlich *ihre* Schuld war, dass ich den Inside Man hatte entkommen lassen. Es war ihre Schuld, dass er sich sie geschnappt hatte. Du kannst ein richtiges Arschloch sein, Ash. Saubere Arbeit, wirklich.

Ich verdrückte mich auf den Flur.

Es musste gerade ein Uhr sein, denn die Kirchenglocken schlugen zuerst ihr Aufwärm-Geläut und dann einen einzelnen, dröhnenden Ton. Dunkel und hohl.

»*Ash? Bist du noch dran?*«

»Hast du inzwischen die Adresse von Laura Strachan?«

»*Ganz egal, wo du gerade bist oder was du tust – fahr sofort in die... Moment...*« Seine Stimme klang plötzlich gedämpft. »*Wo sind wir?*« Dann wieder in normaler Lautstärke. »*In die Wishart Avenue. Das ist hinter dem...*«

»Ich weiß, wo das ist. Warum?«

»*Der Inside Man hat wieder zugeschlagen.*«

17

Die Wishart Avenue bildete einen Bogen aus roten Backsteinfassaden zwischen der baufälligen Bingohalle in der Mark Lane und dem leerstehenden Geschäftszentrum in der Downes Street. Es war einmal eine Wohnstraße gewesen, dann kamen Läden, und heute war die Straße eine Galerie für Graffiti mit mangelhafter Rechtschreibung.

Die meisten Türen und Fenster waren mit dicken Sperrholzplatten vernagelt, vollgesogen mit Regenwasser und aufgequollen unter Schichten von Sprayfarbe. Die Handvoll Häuser, die noch bewohnt waren, hatten Haustüren aus Stahl und vergitterte Fenster. Der Asphalt war mit Schlaglöchern übersät, in denen Pfützen standen.

Alice drängte sich dicht an mich und hielt ihren kleinen Taschenschirm über uns beide. »Hast du gewusst, dass Ruth vergewaltigt wurde, ich habe nicht gewusst, dass sie vergewaltigt wurde, wieso stand in der Akte nichts darüber, dass er seine Opfer vergewaltigt?«

»Wir haben es nicht gewusst.« Ich wich einer öligen Lache aus, deren vom Regen gekräuselte Oberfläche in Regenbogenfarben schimmerte. »Ruth hat nichts dergleichen erwähnt, als wir sie vor acht Jahren befragten. Laura und Marie übrigens auch nicht ... Wobei man zugeben muss, dass wir von Marie auch sonst nicht sehr viel Brauchbares erfahren haben. Nicht bei dem Hirnschaden.« Ich stieß Alice mit der Schulter an. »Du bist die Einzige, der es gelungen ist, die Wahrheit aus Ruth herauszubekommen.«

Dafür erntete ich ein verschämtes Lächeln.

Auf etwas mehr als halbem Weg die Straße hinunter stand ein weißes Spurensicherungs-Zelt, direkt vor der Einmündung eines Durchgangs zur Henson Row. Zwei übereinander angebrachte blau-weiße »POLIZEI«-Absperrbänder teilten die Straße in der Mitte, ein weißer Transporter und zwei Streifenwagen blockierten die Zufahrt von beiden Seiten.

Zwei Gestalten standen vor der Absperrung: Shifty in seinem billigen schwarzen Anzug starrte finster unter einem rotgrünen Golfschirm hervor, neben ihm ein kleiner Mann in Wachsjacke und Turnschuhen. Baseballkappe auf dem Kopf, die Hände tief in die Taschen geschoben, die Schultern gegen den Regen hochgezogen.

Er musterte uns mit zusammengekniffenen Augen, als Shifty das Band hochzog, damit Alice und ich darunter durchschlüpfen konnten.

»Ash *Henderson?* Du lieber Gott, wann haben sie dich denn rausgelassen?« Der kleine Mann grinste, streckte die Hand aus… und als ich sie nicht ergriff, rückte er stattdessen seine Baseballkappe zurecht. »Schön, dich zu sehen. Und mein Beileid wegen deiner Tochter.« Er zeigte auf Alice. »Wer ist denn dieses entzückende Geschöpf?« Er deutete eine Verbeugung an. »Russell Kirkpatrick, *Castle News and Post*, ein alter Freund von Ash. Ihr seid also wegen des Mordes hier?«

Alice machte den Mund auf, doch ich kam ihr zuvor. »Sag nichts, er klopft bloß auf den Busch. Kein Kommentar, Russell.«

Er zog ein Gesicht. »Komm schon, Ash, sei ein Kumpel. Bis jetzt hat niemand sonst Wind davon bekommen – eine Flasche Glenfiddich, wenn du mir hilfst, ja?«

»Wir haben eine Nachrichtensperre, Russell. Niemand redet.«

»Es ist nicht die Leiche von Charlie Pearce, oder? Ich werde dich auch nicht zitieren.«

»Wiedersehen, Russell.«

Shifty ließ das Absperrband herunterschnellen und eilte uns nach. »Und, hättet ihr zwei Lust auf ein Curry heute Abend? Ich hol uns was vom Inder, wenn ihr das Bier besorgt.«

Russells Stimme ertönte hinter uns. »Eine Flasche Whisky *und* eine Eintrittskarte für Aberdeen gegen Dundee. VIP-Box!«

Vergiss es.

Sobald wir außer Hörweite waren, begann Shifty demonstrativ seine Taschen abzuklopfen. »Verdammt! Alice, könnte ich Ash wohl mal kurz entführen?«

Eine kleine Falte erschien zwischen ihren Augenbrauen. Dann nickte sie.

Er gab Alice den Schirm. »Dauert nicht lange.«

Wir blieben im Regen stehen, während sie in Richtung Spurensicherungs-Zelt davonging.

Shifty wartete noch einen Moment, dann raunte er mir mit seinem Knoblauchatem ins Ohr: »Ich hab mit meinem Kumpel in Fraserburgh geredet – der mit dem Boot. Vielleicht musst du dich für ein paar Tage dort verkriechen, aber spätestens am Wochenende bist du auf jeden Fall in Norwegen. Und Biro-Billy sagt, er kann deinen Pass morgen fertig haben, aber er braucht ein Passbild. Ein Handyfoto genügt nicht, es muss eins von diesen vorschriftsmäßigen aus dem Fotoautomaten sein.«

»Was sollte denn das Theater mit den Taschen?«

Shifty zuckte mit den Schultern. »Ich dachte, es würde überzeugender aussehen, wenn ich so tue, als ob ich was verloren hätte.« Er deutete mit dem Kinn auf Alice, die gerade das Zelt erreicht hatte. »Nimmst du sie mit?«

Ich stand eine Weile mit offenem Mund dort im Regen. Darüber hatte ich noch gar nicht nachgedacht. Wenn ich mich allein nach Norwegen verpisste, würden Mrs Kerrigans Gorillas sich früher oder später Alice schnappen. Und es würde sie nicht interessieren, ob sie irgendetwas mit ihrem Tod zu tun hatte oder nicht – irgendjemand würde dafür büßen müssen.

Shifty konnte schon auf sich selbst aufpassen, aber Alice? Das würde ich auf keinen Fall zulassen.

Ich räusperte mich. »Bei mir wäre sie sicherer.«

Er verzog eine Gesichtshälfte und kniff die Augen zusammen. »Könnte schwierig werden. Ich meine, sie müsste schließlich ihre Karriere aufgeben und alles.«

Verdammter Mist. »Es wäre nur für ein, zwei Jahre.«

Sie würde das doch verstehen, oder?

Einer von Superintendent Knights Team steckte den Kopf aus dem Schutzzelt. Er sah um sich und heftete dann seinen strengen Blick auf Alice. Runzelte die Stirn. Schließlich trat er hinaus auf die Straße. Er war mittelgroß, mit einem kleinen Schmerbauch, der das karierte Hemd über seiner Anzughose ausbeulte. Er bleckte die oberen Zähne und fuhr sich mit einer Hand über seine Mönchstonsur. »DI Morrow, was, bitte, tut diese *Zivilistin* hier?«

Ich steuerte auf ihn zu. »Was glauben Sie denn, Sie glatzköpfiger kleiner...«

»Also, ich finde...«, Alice packte ihr strahlendstes Lächeln aus, »wir sitzen doch alle im selben Boot, nicht wahr, ich meine, hier geht es nicht um Zuständigkeiten oder darum, sich zu profilieren, oder, sondern es geht darum, diesen Kerl zu schnappen, bevor er noch jemandem etwas antun kann, und ich heiße übrigens Dr. McDonald, aber Sie können Alice zu mir sagen, wenn Sie mögen, und wie heißen Sie?«

Er wich ein paar Schritte zurück, bis er mit dem Rücken zum Zelt stand. »Ähm... Nigel... Nein, ich meine... Detective Constable Terry.«

»Nigel Terry, wow, das ist super, fanden Sie es als Kind eigentlich merkwürdig, dass Sie zwei Vornamen haben, oder hat Sie das nicht gestört, ich weiß, es kann ganz schön am Selbstbewusstsein nagen, wenn die Leute einen ständig mit dem falschen Namen anreden, ich meine, ich kann mir vorstellen, dass die meisten das verwirrend finden und Sie am Ende mit Terry anreden, nicht wahr, und das müssen Sie doch als grob unhöflich empfinden, und wer hat hier übrigens das Kommando?«

»Es ... Wir ... Äh ... Ich?«

»Das ist ja wunderbar, also, wenn Sie uns dann eintragen würden, dann können wir in Ruhe alles durchsprechen, ist das okay, Nigel?«

»Aber ... Ja?«

»Prima.«

Wir schrieben unsere Namen ins Protokoll und betraten das Zelt. Drinnen war es stickig und gut zehn Grad wärmer als draußen, und in der Luft hing der vertraute Tatortzelt-Geruch – eine Mischung aus Instant-Nudeln, Kaffee und den Ausdünstungen des gestrigen Pub-Abends, alles in einen weißen Tyvek-Anzug hineingeschwitzt und ein paar Stunden lang schmoren gelassen, während sie den Tatort bearbeiteten, jeder in seiner eigenen kleinen Privatsauna.

Zwei Kriminaltechnikerinnen standen an einem Klapptisch, die Schutzanzüge bis zur Hüfte heruntergezogen, und tranken gierig aus Wasserflaschen. Dampf stieg in öligen Schlieren von ihren Schultern auf.

Die eine drehte sich zu uns um und blies die Backen auf. »Ich hoffe, Sie erwarten nicht zu viel.« Sie wies auf einen Schlitz in der Rückwand des Zelts. »Wir haben eine Gasse und eine Handtasche. Ist nicht gerade großes Kino.«

»Ist das alles?« Alice stellte sich auf die Zehenspitzen und starrte den Zeltausgang an. »Wieso gibt es keine Leiche, ich dachte, es gäbe eine Leiche, wenn es keine Leiche gibt, woher wollen Sie dann wissen, dass es der Inside Man ist?«

Die Kriminaltechnikerin zog eine Braue hoch. »Sie machen Witze, oder?«

Ich nahm mir zwei verpackte Tyvek-Anzüge und reichte einen an Alice weiter, ehe ich meinen aus seiner Schutzhülle riss. »Er hinterlässt eine Visitenkarte. Die ersten zwei Male haben wir sie übersehen, aber sie ist immer da.«

»Eine Visitenkarte? Warum stand das nicht...«

»Zieh das an. Du wirst schon sehen.« Ich stützte mich auf Shifty, um meine Schuhe durch die Beine des Schutzanzugs zu fummeln. »Haben Sie eine DNS-Probe genommen?«

Die Technikerin nickte. »Na ja, wir haben den Boden um die Tasche und das Baby herum abgeklebt.«

Ich schlüpfte in die Ärmel und zog den Overall über meine Schultern, dann zog ich den Reißverschluss zu. »Spermaspuren?«

Sie schnaubte. »Noch so ein Scherzbold, wie? Die Wishart Avenue ist ein *Mekka* für junge Liebende. Zumindest für jeden, der genug Bares oder ein Tütchen Braunes mitbringt.«

Ich setzte meine Kapuze auf und nahm mir einen extragroßen Beweismittelbeutel. »Gehen Sie einfach noch mal hin und schauen Sie nach, ja?« Ich steckte den Krückstock in den Plastikbeutel und fixierte ihn mit ein paar Streifen Klebeband. Dann noch ein Streifen, um einen blauen Plastik-Überschuh über dem Gummifuß festzukleben. Bisschen behelfsmäßig, aber es würde gehen.

Alice hüpfte auf einem Bein, mit dem anderen hatte sie sich in ihrem Schutzanzug verheddert. »Wir haben gerade herausgefunden, dass er Ruth Laughlin vergewaltigt hat, bevor er sie entführte, also hat er es wahrscheinlich mit den anderen Opfern genauso gemacht.«

»Tatsächlich?« Die Mundwinkel der Technikerin gingen auf Talfahrt. »Na toll. *Vielen* Dank auch.« Sie drehte sich um und schlug die Zeltklappe zurück. »HE, RONNIE! SUCH NOCH MAL ALLES NACH SCHAMHAAREN UND SPERMA AB! UNSER FREUND IST EIN VERGEWALTIGER!«

Alice schlüpfte in den Overall und zog den Reißverschluss hoch. »Es ist unwahrscheinlich, dass er ein Kondom benutzt, angesichts der Tatsache, dass sich alles darum dreht, den Opfern ein Baby in den Bauch zu tun, und wieso steht das mit der Visitenkarte eigentlich nicht in den Fallakten, wie soll ich eine solide evidenzbasierte Verhaltensanalyse machen, wenn ich nicht alle Fakten habe, es ist...«

»Es steht nicht in den Akten wegen Sarah Creegan. Jetzt zieh deine Handschuhe und Überschuhe an, und dann gehen wir uns die Sache mal anschauen.«

Sie tat es und folgte mir durch den hinteren Zeltausgang, während Shifty zurückblieb. Zwei Kriminaltechniker in Schutzanzügen knieten in dem Durchgang am Boden. Der eine betupfte den Asphalt mit einem Wattebausch, der andere drückte einen breiten Streifen Klebeband auf den Boden.

Eine dritte Gestalt stand im Hintergrund, mit verschränkten Armen an die Backsteinmauer gelehnt.

Alice vollführte eine rasche 360-Grad-Drehung. »Er hat sie hier hineingetrieben, ich meine, es liegt nicht auf dem Weg von oder zu irgendetwas, und es ist ja nicht so, als ob eine junge Krankenschwester sich mal eben zum Pinkeln in eine versiffte Gasse verdrücken würde, und wer ist eigentlich Sarah Creegan?«

»Es war einmal ein kleiner Junge namens Bob Richards, der war ein sehr ungezogener kleiner Junge, und seine Mama und sein Papa mochten ihn nicht besonders. Also haben sie ihn mit einem dicken Ledergürtel verprügelt, sie haben ihm die Finger und die Rippen gebrochen, haben ihre Zigaretten auf seinem nackten Rücken ausgedrückt, und einmal haben sie ihm auch aus Spaß kochendes Wasser über die Genitalien gekippt. Sarah Creegan war beim Jugendamt für den kleinen Bob zuständig.«

»Also hat sie seine Eltern angezeigt?«

»Von wegen. Sie hat ihn aus seinem Elend erlöst, indem sie

ihm ein Kissen aufs Gesicht gedrückt hat. Dann hat sie seine Mami und seinen Papi betrunken gemacht und ihnen beiden eine Überdosis Heroin verabreicht. Das sie vorher mit Schneckenkorn und Ätznatron gestreckt hatte, nur um auf Nummer sicher zu gehen.«

Der Kriminaltechniker mit dem Klebeband übertrug den Streifen, den er auf den Boden gedrückt hatte, auf eine Acetatfolie und beschriftete ihn, ehe er noch ein Stück abriss.

»Als das nächste Rabenelternpaar mit einem toten Kind und vergifteten Drogen in den Adern auftauchte, wussten wir, dass wir ein Problem hatten. Und als es zum dritten Mal passierte, entdeckten wir die Visitenkarte. Sarah Creegan ließ kleine Teddybären an den Tatorten zurück – ganz winzige, vielleicht drei Zentimeter groß, mit einer Sicherheitsnadel am Rücken. Sie waren uns zuerst nicht aufgefallen, weil die Krebshilfe sie an jeden verteilte, der ein Pfund in die Spendenbüchse für Kinder mit Leukämie warf.«

Dicht vor der Gassenwand stand ein gelbes Schildchen mit dem Buchstaben A. Ein anderes mit der Nummer 8 stand auf der anderen Seite. Ich ging hinüber. »Also kam es in den Bericht: ›Täter hinterlässt Krebshilfe-Teddybären am Tatort.‹ Und am nächsten Morgen stand es in allen Zeitungen. Danach war jeder Tatort in der Stadt mit den verdammten Dingern übersät.«

Das Schild mit der 8 stand neben einem Haufen zusammengeknülltem Zeitungspapier. Ich ging in die Hocke und sah mich zu dem Klebeband-Menschen um. »Sind Sie das hier schon durchgegangen?«

Ein anonymes Gesicht erwiderte meinen Blick, die untere Hälfte von der Maske verdeckt, die obere von der Schutzbrille. »Der Chef wollte es an Ort und Stelle sehen. Aber wir haben alles fotografiert.«

»Gut.« Ich hob das Papier an einer Ecke ein bisschen an.

Und da war er: ein Schlüsselring aus Plastik. Mit einem kleinen rosa Baby dran. Die Kette kam aus seinem Kopf, und an dem Ring am anderen Ende hing ein einzelner Sicherheitsschlüssel. »*Das* verrät uns, dass der Inside Man jemanden entführt hat.«

Ich richtete mich auf, während Alice den Schlüsselring betrachtete.

»Die große Frage ist: Wie haben wir das hier überhaupt gefunden?« Der Schuhüberzieher am unteren Ende meines Krückstocks schlurfte über den Asphalt, als ich zu der Gestalt hinüberhumpelte, die an der Wand lehnte. »Na?«

Detective Superintendent Ness' Stimme drang durch die Gesichtsmaske. »Es gab einen anonymen Anruf bei der Crimestoppers-Hotline.« Sie deutete auf die mit A markierte Stelle. »Eine Prostituierte sah die Handtasche hier liegen, nachdem sie einen Freier bedient hatte. Sie sagt, sie habe geglaubt, dass ein Handtaschendieb sie wohl hier weggeworfen hatte, aber sie dachte sich, dass vielleicht trotzdem noch etwas Brauchbares drin wäre. Da hat sie den Ausweis gefunden und die Panik gekriegt.«

Ness hielt einen Beweismittelbeutel hoch. Er enthielt einen Mitarbeiterausweis des Castle Hill Infirmary samt dem dazugehörigen grünen Umhängeband: »Entbindungsstation – Hebammendienst.« Das Foto zeigte eine Frau von Mitte bis Ende zwanzig, die kirschroten Lippenstift trug, aber sonst kein Make-up. Ihr straßenköterblondes Haar war, wie es aussah, zum Pferdeschwanz zurückgebunden. Auffallende blaugraue Augen und sauber gezupfte Brauen.

Es war der Name, der mich stutzen ließ. Ich blinzelte ungläubig. »Jessica McFee? Doch nicht *die* Jessica McFee? Der Dreckskerl hat sich Wee Free McFees Tochter geschnappt?«

»Deswegen hat unsere anonyme Prostituierte es gemeldet. Sie wollte nicht, dass Wee Free herausfindet, dass sie die Handtasche gefunden und nichts unternommen hatte.«

Wee Free McFees Tochter. Herrgott noch mal …

Als ob nicht alles schon schlimm genug wäre.

»Ich wette, er war *begeistert*. Sein kleines Mädchen, auf der Straße entführt, vergewaltigt, aufgeschlitzt …« Ich hielt inne. »Was?«

»Er weiß es nicht. Noch nicht.«

Alice richtete sich auf und klopfte sich den imaginären Staub von den Knien ihres Schutzanzugs. »Wer ist Wee Free McFee?«

»Na, viel Glück auch. Er wird total am Rad drehen.«

Ness räusperte sich. »Witzig, dass Sie das ansprechen. Als ich versucht habe, jemanden vom Opferschutz zu bekommen, um ihm die Nachricht zu überbringen, haben sie auf einmal alle mit Magen-Darm-Grippe flachgelegen. Vom CID war weit und breit niemand zu finden, und die Uniformierten haben ihren Gewerkschaftsvertreter geholt.«

»Tja nun, die sind ja alle nicht blöd.«

»Normalerweise würde ich die faulen Säcke dazu *zwingen* – ich würde auch ein bewaffnetes Einsatzteam hinschicken, um ihm die Nachricht zu überbringen, wenn er wirklich so schlimm ist, wie alle sagen –, aber die hohen Herrschaften wollen, dass der Fall diskret behandelt wird. Und deshalb habe ich DI Morrow aufgetragen, Sie anzurufen.«

Ich wich einen Schritt zurück und packte den Krückstock fester. »O nein, nicht mit mir.«

»Angeblich sind Sie mit ihm bekannt.«

»Keine Chance – ich bin ja nicht mal mehr Polizist, ich muss nicht …«

»Ich habe mit Bear gesprochen, und er findet, es wäre angemessen, wenn Sie uns helfen würden, die betroffenen Angehörigen zu kontaktieren und sie zu Jessicas Aktivitäten während der letzten Tage zu befragen.«

»Also, Detective Superintendent Jacobson kann mich mal …«

»*Und* ich soll Ihnen von ihm ausrichten, dass Sie die Wahl

haben: Sie können entweder hinfahren und die Nachricht überbringen, oder ich kann Sie gleich wieder ins Gefängnis zurückbringen lassen.« Ihr Schutzanzug knisterte, als sie die Schultern hob. »Es liegt bei Ihnen.«

Alice zupfte an meinem Ärmel. »Warum haben alle Angst vor diesem Wee Free McFee?«

Shifty wich mit jedem Schritt, den ich auf ihn zuging, einen zurück. »Ich sag dir, ich kann nichts dafür, okay? Sie hat mich gezwungen...«

»Ich bin *stinksauer* auf dich.«

»Ach, komm schon, Ash, es...«

»Wee Free McFee. Ja, doch, vielen Dank, *Dave*. Du hat mich da reingeritten!« Ich blieb stehen, zog mein offizielles Handy aus der Tasche und rief Jacobson an.

»*Was gibt's?*«

»Haben Sie mich an Ness ausgeliehen?«

»*Ah...*« Eine kleine Pause. »*Mir wurde zu verstehen gegeben, Sie stünden sich ganz gut mit dem Mann...*«

»Ich habe ihn ein, zwei Mal verhaftet – wir hatten nicht vor zusammenzuziehen!«

»*Sie müssen doch nichts weiter tun als hinfahren, ihm sagen, dass seine Tochter entführt wurde, und ihn dazu bringen, ein paar Fragen zu beantworten. Das kann doch nicht so schwer sein.*«

»Nicht so schwer?« Ich ließ das Telefon sinken und humpelte ein paar Schritte hin und wieder zurück. »Er ist ein Psychopath. Ich brauche schlagkräftige Verstärkung.«

»*Ash, Ash, Ash...*« Ein Seufzer. »*Das ist Ihr Job. Ihre Gefängnisakte ist eine einzige Aneinanderreihung von Schlägereien und gebrochenen Knochen. Was glauben Sie, warum ich Sie rausgeholt habe?*«

»Na, das ist ja wunderbar. Gratuliere. Der Typ mit der

Arthritis und dem Krückstock ist der Schläger des Teams. Welch brillante Planung!«

»*Ich bin sicher, dass es gar nicht so schlimm wird, Sie müssen nur...*«

»Und es kommt überhaupt nicht infrage, dass ich Alice dorthin mitnehme. Keine Verstärkung, kein Besuch.«

Ein langer, rasselnder Seufzer. »*Na schön, Sie können Verstärkung haben. Constable Cooper wird sich gleich auf den Weg...*«

»Der Knabe könnte doch nicht mal eine feuchte Windel zusammenschlagen.«

»*Wen hätten Sie denn gern? Ich will aber schwer hoffen, dass es nicht einer von Ihren alten Kumpels aus Oldcastle ist.*«

Ich sagte es ihm.

18

Bad Bill's Burger Bar war ein rostiger Ford Transit, mattschwarz angestrichen, die Speisekarte mit Kreide auf die Karosserie neben der offenen Verkaufsluke geschrieben. Er stand auf dem Parkplatz des Baumarkts in der hintersten Ecke, und die Luft ringsum war schwer vom Geruch der Zwiebeln, die im ausgelassenen Fett von Burgern und Würstchen brutzelten.

Alice schlenderte langsam zum Auto zurück, die Schultern hochgezogen, die Wollmütze über die Ohren gezogen, aus der das lockige Haar hervorquoll und sich über die Schultern ihrer Daunenjacke ergoss. Der Nebel ihres Atems mischte sich mit Dampf, der von dem Double Bastard Bacon Murder Burger in ihren Händen aufstieg. Sie sperrte den Mund auf und biss noch einmal hinein.

Ich öffnete den Kofferraum des Suzuki und verstaute den Inhalt des Einkaufswagens darin. Schaufel, Spitzhacke, Teppichmesser und ein Brecheisen, einen Meter lang.

Alice kaute. Ketchup, Cocktailsauce und HP-Sauce vereinten sich zu einem Grinsen, das fast bis zu ihren Ohren reichte und an den Joker aus *Batman* erinnerte. Mit dem Mund voller Brötchen und Fleisch und Salat und Chips war ihr Genuschel kaum zu verstehen: »Bist du sicher, dass du nicht mal probieren willst? Is' lecker.«

Klebeband, Bolzenschneider, Kompostbeschleuniger, extrafeste Müllsäcke, Feueranzünder, Fäustel, Fünf-Liter-Kanister Brennspiritus.

»Hab keinen Hunger.«

Abdeckplane, Plastikwäscheleine, Zange.

»Ich hab noch nie Maisflips auf einem Burger gehabt.« Sie kaute noch ein wenig, dann betrachtete sie stirnrunzelnd den Kofferraum voller Werkzeug und Materialien. Sie trat von einem Fuß auf den anderen. »Ich versteh immer noch nicht, warum ich dir all die Sachen kaufen musste, wo wir doch bloß Mr McFee einen Besuch abstatten.«

»Weil es nun mal so läuft vor Gericht: Wenn du jemanden mit einem Brecheisen zusammenschlägst, ist das Körperverletzung mit einer tödlichen Waffe. Wieso hatten Sie ein Brecheisen dabei? Sie müssen es mitgenommen haben, um damit das Opfer anzugreifen. Sie kommen ins Gefängnis.« Ich schlug den Kofferraumdeckel zu. »Aber wenn du das Auto voll mit Heimwerkerbedarf hast, weil du deine neue Wohnung in Kingsmeath renovieren willst, kannst du die gleiche Person zu Tode prügeln und dich auf Notwehr rausreden. Der Kontext ist alles. Und keine Sorge, du *kriegst* dein Geld zurück.«

Alice, die gerade in ihren Burger beißen wollte, erstarrte. »Haben wir das vor? Ihn umzubringen?«

Nicht unbedingt *ihn*... Aber Mrs Kerrigan würde ich damit einen Abend bescheren, an den sie sich bis an ihr Lebensende erinnern würde. Das nach ungefähr zwei Stunden eintreten würde, wenn es mir gelänge, den Blutverlust auf ein Minimum zu reduzieren.

Ich drehte den Einkaufswagen um und versetzte ihm einen Schubs in Richtung des wackligen orangefarbenen Metallverhaus, in dem schon ein paar seiner Kollegen eingepfercht waren. Sollte er doch selbst den Weg finden. »Es ist mir egal, was Jacobson sagt, Verstärkung hin oder her, aber es kommt nicht infrage, dass wir ohne jegliche Ausrüstung bei Wee Free McFee klingeln.«

Und wenn das Brecheisen nicht genügte, gab es ja immer noch Bob den Baumeister. Er lächelte vom Rücksitz zu mir herauf, mit seinem knallgelben Schraubenschlüssel in der einen Hand.

»Ash...« Sie leckte sich einen Soßenklecks vom Mundwinkel. »Du warst so still, als wir bei Ruth Laughlin waren, und ich finde, es wäre eine gute Idee, wenn wir darüber reden würden, wie es dir damit geht, dass...«

»Kannst du mir einen Gefallen tun?« Ich drehte mich zu Bad Bills Bude um, wo der Inhaber gerade mit einem Hackmesser ein Hähnchen zerstückelte. »Ich weiß, ich habe gesagt, ich hätte keinen Hunger, aber wenn ich's mir so überlege, könnte ich vielleicht doch eine Portion Stovies vertragen. Aber mein Fuß bringt mich gerade mal wieder um, und, na ja... wärst du so lieb?«

Sie seufzte. Biss noch einmal ab, kaute, schluckte. »Tee?«

»Ja, bitte.«

Aber Alice blieb stehen. Sie legte den Kopf schief. »Als du mit Bear telefoniert hast, warum hast du ihm da nicht gesagt, dass Ruth vergewaltigt wurde?«

Warum? Weil Wissen Macht ist. Warum eine solche Information einfach ohne Gegenleistung herschenken?

Ich deutete auf den Transit. »Und pass auf, dass Bill nicht mit der Roten Bete knausert.«

Wieder ein Seufzer. Dann schlug sie die Zähne in ihren Burger und ging kauend zu Bills Bude zurück.

Als sie am Tresen angelangt war, tauchte ich in den Suzuki ab und griff mir Bob den Baumeister. Ein prüfender Blick über den Parkplatz – keine Überwachungskameras, die in meine Richtung schauten, aber ich ging lieber auf Nummer sicher. Ich setzte mich auf den Beifahrersitz, hielt Bob unter das Armaturenbrett und drehte ihn mit dem Gesicht nach unten. In der Mitte seines Rückens verlief eine Naht, aber die Stoffbahnen waren fest vernäht. Ich drehte ihn mit dem Kopf nach unten.

Ein Klettband klebte über der Innennaht seiner Latzhose. Ich riss es auf, und die Kapokfüllung quoll mir entgegen. Das

Zeug verfing sich an meinen Nägeln, als ich die Finger in Bob hineinschob, die Pistole zu fassen bekam und sie herauszog.

Schwarz und so klein, dass, wenn ich den Griff umfasste und meinen Zeigefinger ausstreckte, die Kuppe über die Mündung hinausragte. Leicht war sie auch. Ich klinkte das Magazin aus und ließ es in meine offene Handfläche gleiten. Leer.

Ein rascher Blick über die Schulter – Alice stand am Tresen der Burgerbude und redete auf die dunkle, massige Gestalt von Bad Bill ein, der gerade etwas in einen Styroporbehälter schöpfte.

Ich griff noch einmal in Bob hinein und unterzog ihn so ziemlich der gröbsten Leibesvisitation aller Zeiten – wühlte in seinen Eingeweiden herum, bis ich dreizehn Projektile im Schoß liegen hatte. Sie waren winzig – nicht mal so lang wie das letzte Glied meines Daumens. Stahlmantel mit Kupferspitze wie ein kleiner metallischer Lippenstift.

Es war schon mühsam, die erste ins Magazin zu fummeln, und es wurde noch schwieriger, nachdem die Feder im Inneren zusammengedrückt war. Als die letzte eingerastet war, schob ich das Magazin wieder in den Handgriff, zog den Schlitten zurück und lud eine Patrone in die Kammer. Ich vergewisserte mich, dass die Waffe gesichert war.

Dann verpasste ich Bob ein Zäpfchen in Form einer geladenen Pistole und legte ihn wieder auf seinen Platz auf dem Rücksitz.

Ein Klopfen am Fenster, und da stand Alice, ihr Gesicht von den Soßenflecken befreit, einen Styroporbehälter in der einen Hand, zwei Pappbecher in der anderen.

Mahlzeit.

Stovies. Ich konnte mich nicht erinnern, wann ich zuletzt anständige Stovies gegessen hatte, mit Lamm zubereitet und nicht mit der Knorpel-Brühwürfel-Pampe, die man im Gefängnis vorgesetzt bekam. Die Rote Bete lag in einer Ecke des Kartons und färbte die Kartoffeln wie vergossenes Blut. Ich lud mir noch einen Bissen auf die Gabel und schob ihn mir in den Mund, während Alice mit dem Handy am Ohr neben mir saß.

»M-hm... Nein, ich glaube nicht...« Ihre Umhängetasche lag auf ihrem Schoß als improvisierte Unterlage für die Inside-Man-Briefe. Die krakelige Handschrift auf der körnigen Fotokopie war mit gelbem Textmarker und rotem Kuli angestrichen. Die restlichen Briefe waren auf dem Armaturenbrett ausgebreitet, wo sie warteten, bis sie an der Reihe waren.

Der Blick von der Parkbucht, in der wir standen, hätte schlechter sein können: über einen Graben und ein paar Wiesen hinweg auf ein Gartencenter, einen Wohnwagenpark und ein Waldstück, das an die wuchernden Ausläufer von Shortstaine grenzte. Von hier aus betrachtet, war der Vorort eine seelenlose Ansammlung von Pfefferkuchenhäuschen, dicht gedrängt in verschlungenen Sackgassen. Vor acht Jahren war hier noch überall Weideland gewesen.

»Ja... M-hm... Ich frag mal.« Sie legte eine Hand über das Mikrofon. »Bear möchte wissen, wo wir sind.«

Ich hob meinen rechten Fuß hoch und wackelte damit. Die elektronische Fußfessel schlackerte auf meiner Haut hin und her. »Ich dachte, das wäre der Sinn und Zweck von dem GPS-Sender.«

Alice' Mundwinkel bogen sich nach unten. »Aber er...«

»Tara McNab.« Ich lutschte meine Plastikgabel sauber und deutete damit auf Abfalleimer am Rand des Parkplatzes, die vor McDonald's-Tüten und leeren Getränkedosen überquollen. »Das zweite Opfer des Inside Man wurde genau hier gefunden. Flach auf dem Rücken liegend, den starren Blick in den Morgenhimmel gerichtet.«

»Ah...« Sie sprach wieder ins Telefon. »Wir sehen uns noch

einmal die Ablageorte der ursprünglichen Ermittlung an… Ja… Nein, ich habe mich noch nicht mit Dr. Docherty getroffen…«

Ein Stück Rote Bete brach unter dem Druck der Gabel ab, wurde aufgespießt und mit grauem Kartoffelbrei und einem Klümpchen Fleisch beladen. Man konnte über Bad Bills schmierige Bude sagen, was man wollte, über seine haarigen Arme und seine Sammlung von Tattoos – aber er machte saugute Stovies. Jede Menge Fleisch, null Knorpel und tröstlich wie die Umarmung einer Geliebten. Ich kaute, während ich redete. »Frag ihn, was jetzt mit Sabir ist.«

»Ja… Ich weiß, aber wir waren… Nein, Chief Superintendent Jacobson…«

Chief Superintendent Jacobson. Hörte sich an, als hätte sie ihr Privileg eingebüßt, ihn »Bear« zu nennen.

»Hat er schon die Telefonnummern von Sabir?«

»Was… Nein… Ähm, Ash fragt, ob Sie schon etwas von Detective Sergeant Akhtar gehört haben?… In Ordnung…«

Das Styropor quietschte, als ich die letzten Krümel mit der Gabel abkratzte. »Und wo du ihn schon dran hast – was ist mit unserer Verstärkung?«

»Ja, das verstehe ich, Chief Super–… Nein, es ist… Ja. So schnell wir können. Und dann wollte ich noch fragen, ob jetzt jemand mit uns zu Mr McFee… Ach so, ja…«

»Und?« Die letzten Reste Kartoffelbrei mit Soße wurden mit einem Finger aufgewischt.

»Nein, ich verstehe… Ja.«

Ich knüllte den Karton zusammen und öffnete die Autotür. »Sag ihm, er soll ein bisschen Dampf machen, wir sind hier schließlich hinter einem Mörder her.«

»Was? Ja… Es…«

Wenigstens hatte der Nieselregen aufgehört. Ich stieg aus und hinkte zwischen den Schlaglochpfützen hindurch zu den

Abfalleimern, um den Styroporbehälter zwischen die Überreste längst verdauter Happy Meals zu stopfen.

Hatte es damals geregnet, in der Nacht, als wir Taras Leiche fanden? Ich konnte mich nicht genau erinnern. Wahrscheinlich schon. Wir hatten alle herumgestanden in unseren weißen Tatortanzügen, schimmernd im Licht der Scheinwerfer wie Gespenster bei einer Party für die Toten. Und in der Mitte lag der Ehrengast, die Vorderseite ihres Nachthemds mit dunklem Blut getränkt...

Tara McNabs Mutter war nie über den Tod ihres kleinen Mädchens hinweggekommen. Sie hatte zur Flasche gegriffen. Dann fing sie an, vor dem Polizeipräsidium Posten zu beziehen, mit einer Thermoskanne voll Tee und einem Plakat, auf dem in dicken schwarzen Lettern stand: »POLIZEI = VERSAGER. WANN FASST IHR ENDLICH DEN MÖRDER MEINER TOCHTER?« Drei Wochen später sprang sie von der Dundas Bridge.

Irgendwie verständlich.

Es war schlimm, ein Kind zu verlieren, aber noch schlimmer war es, den Rest seines Lebens Tag für Tag damit leben zu müssen. Alles andere war dagegen ein verdammtes Kinderspiel.

»Ash?«

Ich blinzelte. Drehte den Kopf.

Alice war halb aus dem Auto ausgestiegen; sie hielt mit einer Hand ihre Tasche auf dem Schoß, während sie mit der anderen das Handy ans Ohr drückte. »Detective Superintendent Jacobson möchte mit dir sprechen.«

Ich humpelte zurück und nahm das Telefon. »Was hat die Überprüfung der Telefonzellen ergeben?«

»*Wieso zum Teufel treiben Sie sich an alten Leichenablageorten herum? Es...*«

»Dr. Fred Docherty ist ein Idiot. Wir sind dabei, ein unabhängiges Profil zu erstellen: Der Inside Man hat diese Ablageorte aus einem bestimmten Grund ausgewählt. Alice muss sie sehen, wenn sie herausfinden will, was dieser Grund ist.«

»*Es gefällt mir gar nicht, dass sie...*«

»Und wo wir gerade beim Thema sind – ich will, dass man sie so weit wie möglich mit Docherty in Ruhe lässt. Er verfolgt seine eigenen Ziele – deshalb ist sein Profil von UT-15 mehr oder weniger identisch mit dem, das er vor acht Jahren erstellt hat. Er ist nicht an der Wahrheit interessiert – er will nur recht behalten.«

Ein Sattelschlepper donnerte an der Parkbucht vorbei. Schmutziges Spritzwasser stob von den Reifen auf.

»*Aha.*«

»Wenn Professor Huntly in der Nähe ist, sagen Sie ihm, er soll dem Labor ein bisschen Dampf machen wegen der Proben aus der Wishart Avenue. Ist wahrscheinlich Zeitverschwendung nachzufragen, ob bei den überlebenden Opfern damals im Castle Hill Infirmary eine gynäkologische Spurensicherung gemacht wurde, aber man kann ja nie wissen.«

Schweigen.

»Jacobson?«

»*Normalerweise bin ich derjenige, der hier die Anweisungen gibt...*«

»Tut mir leid, wenn Sie sich auf die Zehen getreten fühlen, aber wir suchen nach jemandem, der fünf Frauen ermordet und drei weitere verstümmelt hat, und in diesem Moment wartet Jessica McFee irgendwo da draußen darauf, aufgeschlitzt zu werden wie ein Räucherfisch. Wir haben nicht die Zeit, uns mit Details aufzuhalten. Wir machen unseren Job, und Sie müssen bitte dafür sorgen, dass alle anderen auch ihren machen.«

Ein bisschen dick aufgetragen, aber das war mir egal. Seht mich an, ich bin ein Teamplayer.

Schick mich nicht zurück ins Gefängnis.

»*Also gut, aber ich erwarte, dass Sie Resultate liefern.*« Er legte auf.

Ich schaltete das Handy aus und gab es Alice zurück. Dann stieg ich ein und schnallte mich an.

Sie nahm den fotokopierten Brief von ihrem Schoß und hielt ihn hoch. Einige der verwaschenen, krakeligen Wörter waren mit rotem Kuli eingekringelt. Sie zeigte auf eine Zeile, die sie gelb markiert hatte. »Heißt das ›Falsche‹ oder ›Flasche‹?«

Ich konnte nur körnige graue Schnörkel erkennen. »Sieht aus wie ... ›Fascho‹ vielleicht? Ich dachte, die wären schon vor Jahren transkribiert worden. Die Abschriften müssten in der Akte sein.«

»Man muss sich immer das Quellenmaterial vornehmen. Es geht nicht nur um die Worte, es geht darum, wie sie sich auf der Seite zusammenfügen – was in den Zeilen darüber und darunter passiert.« Alice betrachtete das Blatt eine Weile mit zusammengekniffenen Augen. »Vielleicht ist das ja ein T und kein F. ›Tasche‹?«

»Wenn wir das nächste Mal im Präsidium sind, schauen wir bei Simpson vorbei. Der Mann ist wie ein Leichensuchhund – wenn die Originalbriefe im Archiv sind, wird er sie finden.«

Wieder donnerte ein Sattelschlepper vorbei.

Sie ließ den Motor an und schaltete die Scheibenwischer ein, die sich ächzend über die Dreckspritzer auf dem Glas quälten. »Ich soll mit Dr. Docherty das Profil besprechen.«

»Der kann uns mal. Wir schauen uns jetzt an, wo Doreen Appleton abgelegt wurde.«

Das wuchernde Brombeergestrüpp, in dem wir Doreen Appleton vor acht Jahren gefunden hatten, war nicht mehr da. Stattdessen stand da ein Trafohäuschen, gesichert durch einen Maschendrahtzaun mit knallgelben Warnschildern dran: »Achtung, Lebensgefahr!«

Kam ein bisschen spät, die Warnung.

Alice spähte durch die Frontscheibe. »Meinst du, wir könnten für Ruth ein Treffen mit Laura Strachan organisieren? Ich glaube, das wäre gut für sie.«

»Wüsste nicht, was dagegen spricht. Aber dazu müssen wir erst mal Laura finden – sie ist untergetaucht, hält sich irgendwo vor den Medien versteckt.«

»Ash?«

»Was?«

»Wenn Doreen sein erstes Opfer war, warum sind wir dann nicht als Erstes hierhergekommen?«

»Weil ich beim Essen nicht auf ein Trafohäuschen gucken wollte.«

»Ah...« Sie ließ den Motor wieder an.

Holly Drummonds Graben war noch da. Er verlief entlang einer kurvigen Landstraße, die von The Wynd nach Nordosten führte. Die regelmäßigen Reihenhäuser aus dem frühen zwanzigsten Jahrhundert leuchteten wie ein Gebiss aus Sandstein, und die kleinen Privatparks davor schimmerten grün im Nachmittagslicht.

Wenn man hier am Straßenrand stand, sah man Oldcastle vor sich ausgebreitet wie eine 3-D-Karte. Blackwall Hill erhob sich zur Linken, der Hang zugebaut mit grauen Wohngebieten und trendigen Läden. Jenseits davon Kingsmeath mit seinen grabsteinartigen Wohntürmen und bröckelnden Sozialbauten. Dann ging der Blick über den Kings River nach Logansferry: Industriegebiete, das große Glasdach des Bahnhofs und die unvollendeten Bauprojekte am Flussufer. Castle Hill in der Mitte: gewundene viktorianische Sträßchen, die sich um den von Ruinen gekrönten Granitkeil rankten. Dahinter konnte man gerade eben ein Stück von Shortstaine ausmachen. Dann Cowskillin zur Rechten: lauter Häuser aus den Siebzigern und ein

Fußballstadion, in dem nicht mehr gespielt wurde. Und dann wieder auf die andere Flussseite nach Castleview, wo der Turm der St Bartholomew's Episcopal Cathedral wie ein rostiger Nagel aus den umliegenden Straßen emporragte und die letzten Strahlen einer sterbenden Sonne einfing.

Hübscher Platz, um eine Leiche abzulegen. Du wuchtest dein Opfer in den Graben und bleibst dann noch ein bisschen stehen, um die Aussicht zu genießen, ehe du in die Stadt fährst, um dir die nächste arme Sau auszugucken.

Ich stieg wieder ein. »Über den Fluss und dann links abbiegen.«

Der Blick von der Stelle, wo er Natalie May abgelegt hatte, war längst nicht so beeindruckend. Ein Durchlass unter der Eisenbahn – nur ein kleiner gemauerter Bogen unter der eingleisigen Strecke in Richtung Norden, durch den ein Bächlein floss. Der Bahndamm stieg links und rechts davon an, parallel zu den Gleisen, aber der Bach durchschnitt ihn im rechten Winkel wie ein Kreuz.

Alice trat zu mir auf den Grünstreifen am Straßenrand, legte eine Hand auf den Stacheldrahtzaun und sah nach unten ins Halbdunkel. Zum Wasser ging es vier oder fünf Meter steil nach unten. Sie stellte sich auf die Zehenspitzen. »Das hier ist nicht wie die anderen.«

»Es gibt im Umkreis von acht oder neun Meilen keine einzige Telefonzelle.« Ich hob einen Stein auf und warf ihn über den Zaun in den Bach. »Alle anderen wurden an Stellen abgelegt, wo ein Rettungswagen in zehn oder fünfzehn Minuten bei ihnen sein konnte, klare Wegbeschreibung, ganz leicht zu finden. Natalie wird irgendwo mitten in der Pampa liegen gelassen. Wenn dieser Wartungstrupp nicht zufällig rausgefahren wäre, um die Leitungen zu reparieren, wäre sie vielleicht erst nach Jahren gefunden worden.«

»Kein Notruf.«

»Das hätte auch wenig Sinn gehabt – sie war ja schon tot. Mit Doreen Appleton und Claire Young ist es das Gleiche. Abgelegt, wo man sie nicht so schnell finden würde. Fehlschläge. Wenn er glaubt, dass sie eine Chance haben, macht er den Anruf…«

Alice zog mit der Schuhspitze einen Strich in den Matsch. »Mit Ausnahme von Ruth.«

»Mit Ausnahme von Ruth.«

»Es ist nicht deine Schuld. Sie war Krankenschwester, sie wohnte im selben Wohnheim wie die anderen Opfer, es war einfach… Pech.«

Ich warf einen zweiten Stein hinter dem ersten her. Er klatschte in das dunkle Wasser und verschwand. »Es sind vielleicht dreißig Krankenschwestern in jedem Gebäude, bei insgesamt drei Wohnheimen. Macht neunzig Frauen, aus denen er sich eine aussuchen konnte, und er nimmt sich ausgerechnet die, die mir geholfen hat. Pech?« Mein Krückstock schmatzte im feuchten Gras, als ich zum Auto zurückhumpelte. »Natürlich ist es meine Schuld.«

19

»...*von Gleis 6 fährt jetzt ab der verspätete Zug nach Aberdeen, planmäßige Abfahrt fünfzehn Uhr fünfundvierzig*...«

Ich steckte mir einen Finger ins andere Ohr und lehnte mich an die Wand der Fotokabine. »Was?« Das Wort wurde von einer weißen Atemwolke begleitet.

Aus dem Telefon drang Sabirs Stimme, sein Liverpooler Akzent wie haariger Sirup. »*Ich sagte, du traust dich ganz schön was. Mein Chef war nicht grad begeistert, als ich plötzlich von der Operation Midnight Frost abgezogen wurde.*« Kaugeräusche waren zu hören, und Sabirs Akzent wurde noch ausgeprägter. »*Was kann ich'n dafür, dass ihr da oben in Schrottland nicht mit Computern umgehen könnt?*«

Das Grün-Gold der schmiedeeisernen Verzierungen des Bahnhofs war zu Rost-Grau verblasst, die Netze zur Taubenabwehr hingen in Fetzen herunter, gesprenkelt mit Federn. Unter den dickeren Trägern war der Boden mit Vogelscheiße bekleckert. Das große gläserne Kuppeldach war mit dicken Schmutzkrusten überzogen und schimmerte orangerot im Schein der untergehenden Sonne. Scharen von Menschen schoben sich durch die automatischen Sperren, mit grimmigen Mienen und Rollkoffern im Schlepptau.

»Hast du irgendwas gefunden?«

»*Klar doch, wozu ist man schließlich ein Genie?*« Am anderen Ende war das Geklapper von dicken Fingern auf einer Tastatur zu hören. »*Wir haben dreißig Anrufe in den letzten vier Wochen. Zehn davon gingen an private Anschlüsse in der*

Region, zwei an die Zeitansage und achtzehn an ein Unternehmen in Castle Hill – Erotophonic Communications Limited. Hab da mal angerufen und mit 'nem Mädel geredet, das sich ›Sexy Sadie‹ nennt. Gebührenpflichtige Telefonsex-Nummer. Hab schön ausgiebig mit ihr geplaudert und mir hinterher 'ne Ziggi angesteckt.«

»Ich hoffe, das hast du nicht auf die Spesenrechnung gesetzt.«

»*Hast du 'ne Mailadresse, wo du doch jetzt nicht mehr im Knast bist? Ich schick dir die Nummern, Namen, Adressen und alles.«*

»Sekunde…« Ich nahm das Infoblatt heraus, das zu Dr. Constantines Ermittlerausrüstung gehörte, und las die Adresse ab. Die Anzeigentafel flackerte, während sie sich aktualisierte. Der verdammte Zug aus Perth würde *noch* mal zehn Minuten später eintreffen. »Tu mir einen Gefallen und gleich die Privatanschlüsse mit dem Sexualstraftäter-Register ab. Ich bezweifle, dass was dabei rauskommt, aber wir sollten lieber auf Nummer sicher gehen. Und wie wär's, wenn du dann mal die HOLMES-Datenbankeinträge der ursprünglichen Ermittlung durchgehst? Vielleicht landest du da ja einen Treffer.«

»*Himmel, Arsch und sonst noch was, du verlangst nicht gerade viel, was? Wie wär's mit 'ner Fußmassage, wo ich schon mal dabei bin? Ich hab…«*

»Wie kommst du mit den Hintergrundgeräuschen auf diesen aufgezeichneten Notrufen voran?«

»*Gib mir halt 'ne Chance! Ich hab die doch grad erst…«*

»Und ich will auch eine Adresse: Laura Strachan. Wohnt noch in Oldcastle, aber möglicherweise unter einem anderen Namen. Die hiesige Bullerei kann sie offenbar nicht finden.«

Am anderen Ende waren wieder Mampfgeräusche zu hören.

»Sabir? Hallo?«

»*Ach, bist du fertig? Dachte, du willst vielleicht auch noch ein Pony. Eins, das Regenbögen furzt und Glitzer kotzt.«*

»Wär gut, wenn du's irgendwann heute noch schaffst.«

»*Weißt du, was das Problem mit euch Jocks ist? Ihr seid alle ein Haufen ...*«

Ich legte auf und steckte das Handy wieder in die Tasche.

Die Fotokabine surrte, und ein Streifen Hochglanzfotos fiel in den Ausgabeschacht. Ein lebender Leichnam, der eine gewisse Ähnlichkeit mit mir hatte, starrte direkt in die Kamera. Ein fürchterliches Foto, aber genau richtig für einen gefälschten Pass.

Ich ließ es eine Minute trocknen und steckte es rasch in die Jackentasche, als Alice mit einem Karton Milch und einer Packung extrastarker Pfefferminzbonbons aus dem WHSmith kam.

Sie warf zwei Bonbons ein, zerkaute sie und spülte sie mit einem großen Schluck Milch herunter. »Magentabletten waren aus.«

»Die Stovies waren wohl ein Fehler.« Ich nahm meinen Krückstock, den ich am Rand der Fotokabine aufgehängt hatte. »Schönen Gruß von Sabir.«

Alice legte die flache Hand auf ihren Oberbauch und rieb auf dem gestreiften Pulli herum. »Kommt er her, weil wenn er kommt, sollten wir alle zusammen mal essen gehen oder so, na ja, nicht alle, ich meine, Sabir wird sich mit Professor Huntly nicht so gut verstehen, aber das gilt, glaube ich, für die meisten Menschen, er ist nun mal gewöhnungsbedürftig, und ...«

»Sabir wird versuchen, Laura Strachans Adresse zu ermitteln. Ist auch besser so – Shifty ist ja nicht zu gebrauchen.«

Die verzerrte Stimme tönte wieder aus der Lautsprecheranlage des Bahnhofs: »*Auf Gleis 1 fährt jetzt ein der sechzehn Uhr siebzehn aus Edinburgh.*«

Sie trat von einem rotbeschuhten Fuß auf den anderen. »Bist du dir auch wirklich sicher, dass ...«

»Ganz sicher. Komm.« Ich schleppte mich zu den automatischen Bahnsteigsperren, wo schon ein grimmig dreinschauender Typ im Anzug und ein Teenie mit voluminöser Fönfrisur warteten. Das Mädchen hatte ein selbst gemaltes Transparent dabei, auf dem »Willkommen ♥ zu Hause ♥ Billy!!!« stand.

Ich lehnte mich an die Absperrung zwischen den Bahnsteigen und der Bahnhofshalle. »Alice...«

Sie starrte mich an, während sie auf dem nächsten Pfefferminzbonbon herumkaute.

»Alice, was würdest du sagen, wenn ich dir erzählen würde, dass ich für eine Weile weggehen muss?«

»Ich lass nicht zu, dass sie dich wieder ins Gefängnis zurückschicken. Wir werden den Inside Man fassen, und...«

»Ich meine nicht ins Gefängnis, ich meine... weg. Vielleicht nach Spanien oder Australien.«

Ihre Augenbrauen zogen sich zusammen. »Du willst mich verlassen?«

Ich räusperte mich. Wandte mich ab und blickte die Gleise entlang, die nach Süden führten. »Du könntest mitkommen, wenn du möchtest.«

»Nach Australien?«

»Nur... Nur bis ein bisschen Gras über die Sache gewachsen ist. Mit Mrs Kerrigan, meine ich.«

Alice trat auf mich zu, stellte sich auf die Zehenspitzen und drückte mir einen Kuss auf die Wange. »Könnten wir ein Haus mit Swimmingpool haben? Und einen Hund? Und einen Grill im Garten?«

»Wüsste nicht, was dagegen spricht. Das Geld könnte ein bisschen...« Ein melodisches Dudeln – das offizielle Handy, das in meiner Tasche vibrierte. Ich zog es heraus und sah ein Briefumschlag-Symbol auf dem Display blinken, über der Meldung »Sie haben 1 neue E-Mail«. Wahrscheinlich von Sabir. Ich tippte auf das Icon und las die Nachricht... Zehn Namen mitsamt Telefonnummern und Adressen. Er hatte sogar die Ergebnisse einer Recherche im Zentralregister beigefügt. Man konnte über Sabir sagen, was man wollte, aber er machte keine halben Sachen.

Alice spähte über meinen Arm hinweg auf das Display. »Irgendwas Brauchbares?«

»Das sind sämtliche Anrufe, die in den letzten vier Wochen von der Telefonzelle aus gemacht wurden, wo Claire Young gestorben ist. Zwei der Nummern gehören Personen mit Vorstrafen: einmal Einbruch und Körperverletzung, das andere ist ein Treffer im Sexualstraftäter-Register.«

»Weswegen?«

»Steht da nicht.«

Ein fernes Grollen steigerte sich zum ohrenbetäubenden Dröhnen der schmuddligen Diesellok des Zugs aus Edinburgh, die ihre blau-weiß-pinkfarbenen Waggons in den Bahnhof schleppte.

Das Mädchen mit dem Transparent hüpfte auf Zehenspitzen auf und ab. Der Typ in Anzug und Krawatte sah auf seine Uhr.

Alice zog die Schultern hoch. »Was sagt Detective Superintendent Jacobson dazu?«

»Keine Ahnung – ich hab's ihm nicht gesagt.«

»Ash...«

»Wir statten unserem Sextäter-Treffer einen Besuch ab, sobald wir Wee Free McFee die Nachricht überbracht haben. Hab keine Lust, dass Jacobson oder sonst irgendwer uns alles vermasselt, ehe wir dort ankommen.«

Es piepste, die Zugtüren öffneten sich zischend, und ein Dutzend Leute stapften hinaus auf den Bahnsteig. Und da war sie – unsere Verstärkung.

Officer Barbara Crawford hatte ihre schwarz-weiße Gefängnisuniform gegen Jeans und ein Raith-Rovers-Fußballtrikot getauscht, das freie Sicht auf ihre Tattoos gewährte. Die Lederjacke unter einen Arm geklemmt, einen großen Rucksack über die andere Schulter geworfen.

Sie ließ sich zurückfallen und wartete, bis alle anderen durch die Schranken gegangen waren.

Der Typ im Anzug zog grummelnd mit einer nervös wirkenden Frau in einem beigefarbenen Twinset ab. Doch das junge Mädchen stand nur da, suchte den leeren Bahnsteig ab und ließ das Transparent sinken, bis die eine Ecke den Boden berührte. Dann drehte sie sich um und schlappte davon, das Stück Stoff hinter sich herschleifend.

Babs blieb, wo sie war. Sie nickte. »Haben wohl einflussreiche Freunde, was, Mr Henderson?«

»Ash, bitte. Wir sind nicht mehr im Gefängnis.« Ich deutete mit dem Kopf nach links. »Sie kennen Dr. McDonald.«

»Alice, bitte – schön, Sie mal ohne Uniform zu sehen, Officer Crawford, oh, das sollte jetzt nicht anzüglich klingen, es heißt nicht, dass ich Sie mir nackt vorgestellt habe oder so, obwohl ich sicher bin, dass Sie ganz toll aussehen, ich meine bloß, es ist schön, jemanden auch mal außerhalb seiner normalen Arbeitsumgebung zu erleben, nicht wahr?«

Babs' rechte Augenbraue kletterte drei Zentimeter in die Höhe. »Sie ist wesentlich gesprächiger, als ich sie von drinnen kenne.«

»Sie fängt an zu plappern, wenn sie nervös ist, Babs. Muss die Vorstellung von Ihnen im Evakostüm sein. Sind Sie so weit?«

»Haben Sie mein Geld?«

»Nein. Was auch immer Ihr Deal ist, es ist eine Sache zwischen Ihnen und Detective Superintendent Jacobson.«

»Na schön.« Sie zog ihren Fahrschein aus der Tasche und zwängte sich durch die Schranke. »Ich will vorn sitzen.«

Alice parkte den Suzuki am Bordstein und warf den Oberkörper nach vorne, den Brustkorb ans Lenkrad gepresst, um zu dem zweieinhalb Meter hohen Zaun aus rostfleckigem Wellblech aufzuschauen, der weit hinten in der Dunkelheit verschwand. Er war mit Stacheldrahtrollen gekrönt und mit verblichenen gelben Schildern behängt: »WARNUNG: DIESES GRUNDSTÜCK WIRD VON GROSSEN, BISSIGEN HUNDEN BEWACHT!« und: »BETET UM ERLÖSUNG, DENN ER WIRD KOMMEN!«

Babs füllte die linke Seite des Autos aus wie ein Tonne Zement und Glasscherben. Sie schniefte. »Ein Kollege in Barlinnie hat mich 'nen Blick in seine Knastakte werfen lassen. Netter Kerl. Voll der Familienmensch.«

Der Horizont stand in Flammen: ein breiter, lodernder Streifen Blutrot und Messinggelb, eingeklemmt unter einem Deckel aus kohlschwarzen Wolken. Vor uns lag der Schrottplatz. Ein hohes Tor aus den gleichen Wellblechplatten wie der Zaun, mit Stacheldraht und Metallspitzen obendrauf, bezeichnete den Eingang. Darauf waren die mit weißer Farbe gemalten Worte »FRAZER MCFEE & SOHN, SPEZIALBETRIEB FÜR ALTMETALLVERWERTUNG, GEGR. 1975« im Licht der Scheinwerfer gerade so zu entziffern.

»Große, bissige Hunde...« Babs lehnte sich wieder in ihrem Sitz zurück. Ein Lächeln breitete sich auf ihrem Gesicht aus wie eine Blutlache auf einem Küchenboden. »Cool.« Sie zwinkerte mir im Innenspiegel zu. »Laut meinem Kollegen hat Mr McFee da drin eine Keksdose voll mit abgetrennten Menschenohren.«

Ich schnallte mich ab. »Ohren?«

»Alle getrocknet und geräuchert – ungefähr so wie Dörrfleisch, nicht wahr? Und jedes Mal, wenn er jemanden foltert, nimmt er eins von den Ohren aus der Dose und isst es vor den Augen seines Opfers auf. Damit man weiß, was einem blüht.«

»Hat Ihr Kollege Ihnen auch erzählt, wie Wee Free mal PC Barrocloughs Streifenwagen mit einer Kettensäge attackiert hat? Er hatte schon das halbe Dach abgesäbelt, ehe sie ihn überwältigen konnten. Barroclough kauert im Zwischenraum zwischen Vorder- und Rücksitz, hält sich die Ohren zu und schreit nach seiner Mutter. Ist nie ganz über die Geschichte weggekommen…«

»Ich hab gehört, es gibt sogar *Polizisten*, die Kontaktverbote gegen den Kerl erwirkt haben.«

»Liegt in der Familie. Sie sollten mal seinen Alten sehen – Frazer ›Lötlampe‹ McFee.« Ich sog die Luft zischend zwischen den Zähnen ein. »Eine Ein-Mann-Abbruchkolonne.«

Alice befeuchtete sich die Lippen und rutschte in ihrem Sitz hin und her. Sie räusperte sich. »Und sind wir wirklich sicher, dass das eine gute Idee ist?«

Natürlich war es eine Scheißidee. »Babs, ich denke, es wäre ganz gut, wenn niemand von uns heute Abend in der Notaufnahme landen würde, deshalb würde ich Sie bitten, sich um Fire und Brimstone zu kümmern.«

Sie drehte sich halb auf ihrem Sitz um und sah mich fragend an. »Fire und Brimstone…?«

»Das sind die Schäferhunde. Riesenviecher. Sie können doch gut mit Tieren, oder nicht?«

Das Lächeln war wieder da. »Wunderbar.« Sie stieg aus, ging zum Kofferraum und klappte ihn auf.

Ich zog mein Handy aus der Tasche und rief Shifty an. Ließ es klingeln.

Der Kofferraum wurde zugeschlagen, und Babs erschien am Fahrerfenster. Sie hatte sich eine Stichschutzweste über das Raith-Rovers-Trikot gezogen. Jetzt zog sie noch ein Paar feste Lederhandschuhe an. Unter den einen Arm hatte sie eine abgesägte Schrotflinte geklemmt. »Sind wir so weit?«

Der Suzuki schaukelte, als ich in die kalte Nacht hinauskletterte. Ein leichter Hauch von Diesel und Fisch mischte sich unter den kupferartigen Geruch von rostigem Metall. Ich deutete auf Babs' Kanone. »Wollen Sie später noch 'ne Bank überfallen?«

Sie legte den Hebel um und ließ die Läufe abknicken, sodass sie ihr Inneres preisgaben. »Sie würden sich wundern, wie oft Thatcher sich schon als nützlich erwiesen hat. Sie ist sehr loyal.« Zwei dicke rote Patronen glitten in die Läufe, dann klappte sie die Flinte wieder zu. »Wieso, wollen Sie uns anzeigen?«

Ich blinzelte ein paarmal. »Na schön, aber falls irgendwer fragt: Sie haben sie auf dem Gelände gefunden, verstanden?«

Ein Achselzucken war die Antwort. Dann ließ Babs die Schultern kreisen und stapfte auf das Tor zu. Baute sich breitbeinig vor der Klingel auf und drückte mit dem Daumen drauf.

Nichts.

Alice stieg aus, während ich zum Kofferraum humpelte und das Brecheisen herausnahm. Das Ding war gerade eben lang genug, um als Krückstock zu taugen. So hätte ich wenigstens eine Hand frei. Ich vergewisserte mich, dass das Teppichmesser mit Klingen bestückt war, und ließ es in meine Hosentasche gleiten.

Von irgendwo auf dem weitläufigen Schrottplatz war ein unheimliches Geheul zu hören. Dann Bellen und Knurren, das immer lauter wurde und immer näher kam, begleitet vom Getrappel schneller Füße. Dann ein scheppernder Krachen, als etwas Schweres von der anderen Seite in Brusthöhe gegen das Tor knallte, dass das Wellblech erbebte. Dann nahm das unsichtbare Monster erneut Anlauf: RUMMS.

Alice wich vom Zaun zurück, die Hände flach auf die Brust gelegt, als ob sie wieder Sodbrennen hätte. »Vielleicht wäre es eine gute Idee, Verstärkung anzufordern, ich meine, es ist ja nicht so, als ob wir hier offizielle Befugnisse hätten, oder...?«

Braunes Fell erschien in dem zehn Zentimeter breiten Spalt zwischen den Torflügeln, und man sah Reißzähne aufblitzen. Der zweite Hund warf sich noch einmal gegen das Tor: RUMMS.

Fire und Brimstone.

Nur gut, dass das Tor verriegelt war.

Babs zog die Backen ein und eine Augenbraue hoch. »Kann es sein, dass er nicht da ist?«

RUMMS.

»Er *ist* da.«

»Gut. Wär ja blöd, extra einen auf krank zu machen, um so 'nem Schurkenschwein aufs Dach zu steigen, und dann ist er gar nicht daheim.« Sie schielte skeptisch zu dem Stacheldraht hinauf. »Drüberklettern is' nicht. Also müssen wir hier durch. Ans Werk, Meister der Brechstange.«

RUMMS.

Tja... Vielleicht lieber nicht. »Diese Kette ist das Einzige, was zwischen ihnen und uns steht.«

Babs senkte die Schrotflinte auf Hüfthöhe. »Zerbrechen Sie sich mal nicht Ihr hübsches Köpfchen, Mr Henderson. Ich und Thatcher, wir passen schon auf Sie auf.«

Ich hob das Brecheisen und hakte das gebogene Ende zwischen dem Vorhängeschloss und dem Bügel ein. Atmete zischend aus. Bob der Baumeister saß dort auf dem Rücksitz einfach nur herum. Wahrscheinlich hätte er gerne mit angepackt. Wäre bestimmt wesentlich ungefährlicher mit ihm auf unserer Seite. Aber damit wäre Babs eine Zeugin – *ja, Officer, jetzt, wo Sie es erwähnen, ich habe tatsächlich Mr Henderson mit einer illegalen Handfeuerwaffe gesehen.* Und wenn dann Mrs Kerrigan mit weggeschossenem Gesicht aufgefunden würde...

Tja, vielleicht besser nicht.

Ich deutete auf den Suzuki hinter uns. »Alice, setz dich ins Auto.«

Die Kette rasselte, als ein riesiger pelziger Leib von der anderen Seite gegen das Tor krachte.

»Bist du sicher, dass wir nicht einfach...«

»Ins Auto. Sofort!«

Sie fummelte mit ihren Schlüsseln herum und kletterte hinein. Knallte die Tür zu, drückte die Knöpfe runter und starrte mit großen Augen zu mir auf.

Ich wandte mich wieder zum Tor um. Tief durchgeatmet. »Okay, ich zähle bis drei. Eins. Zwei. Dr...«

Eine raue Stimme hallte durch die Nacht. »FIRE! BRIMSTONE! HALTET DIE SCHNAUZE, IHR KLEINEN SCHEISSER, SONST ZIEH ICH EUCH DAS FELL ÜBER DIE OHREN!«

Durch die Lücke zwischen den Torflügeln konnte ich sehen, wie die zwei Hunde erstarrten – die Mäuler aufgerissen, die Zungen zwischen den spitzen Zähnen raushängend, während die Muskeln in ihren Schenkeln zuckten. Dann drehten sie die Köpfe und blickten zum Schrottplatz zurück.

Ein großer, dürrer Mann, nur mit einer zerrissenen Jeans bekleidet, kam aus dem Halbdunkel getappt, eine Flasche Glenmorangie in der einen Hand, ein Hackmesser in der anderen. Seine Brust und seine Arme waren rot und schwarz verfärbt, auch die Jeans und seine nackten Füße waren mit Blut verschmiert. Narben zogen sich kreuz und quer über seinen Rumpf, manche alt und blass, andere frisch und rötlich-violett, über straff gespannten Muskeln, die Haut zwischen dem Blut und dem Narbengewebe wie gegerbtes Leder. Eine dunkle Mähne spross über seiner gefurchten Stirn empor, und ein grauer Schnauzbart bedeckte seine Oberlippe. Schwere Lider über schmalen Augenschlitzen, die an Stichwunden erinnerten. Ein Gesicht, gemeißelt aus Granit und dem Schmerz anderer Menschen.

Er bleckte die Zähne und pfiff.

Die Hunde kamen stumm und gehorsam auf ihn zugetrottet.

Babs ließ ihre Schrotflinte sinken, und ein Mundwinkel zog sich nach oben. »Er sieht... wesentlich besser aus, als ich ihn mir vorgestellt habe.«

Hätte nie gedacht, dass ich mich mal freuen würde, Wee Free McFee zu sehen.

20

Nachdem wir eingetreten waren, verschloss Wee Free das Tor wieder mit einem Vorhängeschloss.

Alice zupfte an meinem Ärmel, während die Hunde lautlos um uns herumstrichen, und raunte mir zu: »Man kommt sich vor wie in einem Horrorfilm...«

Der Schrottplatz war ein Labyrinth aus zum Teil gepressten Autowracks, die zu massiven Blocks gestapelt waren, Bergen von Altmetall und einer Cheops-Pyramide aus Waschmaschinen, Herden und Gefrierkombinationen.

In der Mitte stand ein Frachtcontainer, umgeben von turmhohen Stapeln. »THE CHAPEL« war in abblätternder weißer Farbe auf die Seite gemalt. Der Container bildete mit zwei Wohnwagen, einem uralten Bus der Verkehrsbetriebe von Oldcastle auf sechs platten Reifen sowie dem kastenförmigen Hinterteil eines Ford Transit ein bizarres Ensemble, zusammengeschraubt mit rostigen Wellblechplatten. Bunte Lichterketten steckten ein zwei Stockwerke hohes Kruzifix ab, das alles überragte. Das Geblinke der roten und gelben Lichtlein wirkte ungefähr so einladend wie eine schwärende Wunde.

Home, sweet home.

Wee Free wuchtete eine Holztür auf, die in die Wand des Containers eingebaut war, und wankte hinein, wobei er das Hackmesser mit grässlichem Kreischen über das rostfleckige Metall zog.

Fire und Brimstone quetschten sich an ihm vorbei. Ihre Tatzen klickerten über den Metallboden, während Wee Free sich zu mir umblickte und die Oberlippe kräuselte, sodass seine kleinen weißen Zähne zu sehen waren. Jetzt schrie er nicht mehr, seine Stimme war ruhig, sein Tonfall höflich, fast vornehm. »Sie haben ja sicher schon Tee getrunken.«

Babs steckte Thatcher durch zwei Klettschlaufen an der Vorderseite ihrer Stichschutzweste und ließ die Waffe an ihrem Bauch ruhen. »Also, ich hätte nichts gegen einen Kaffee, wenn…«

»Nein danke.« Ich ignorierte den finsteren Blick, den ich damit erntete. »Wir müssen mit Ihnen über Jessica sprechen.«

Wee Frees Rücken versteifte sich für einen Moment. Dann brummte er etwas, nahm einen Schluck aus seiner Whiskyflasche und verschwand im Innern des Containers.

Drinnen waren die Wände mit einer gestreiften Tapete beklebt, deren Farben fast gänzlich zu einem einheitlichen Schmutziggrau verblasst waren, zusätzlich verdunkelt von Schimmelflecken. Ein durchgesessenes braunes Sofa stand in der Mitte eines Orientteppichs, der von Taschenbüchern, Zeitungen und Bierdosen überflutet war. Gegenüber thronte ein kleiner Fernsehapparat auf einem Stapel Reifen. Weitere Bücher säumten die Wände, manche in Regalen, die meisten aber einfach nur wild übereinandergestapelt.

Der kupferartige Geruch von rohem Fleisch hing in der Luft, so fett, dass ich es schmecken konnte.

Wee Free marschierte am Sofa vorbei in den hinteren Teil des Containers, wo eine Glühbirne an einem Kabel über einem mit Zeitungspapier bedeckten Holztisch baumelte. Das Papier war mit Blut beschmiert. Ein gewaltiges Stück Fleisch – ungefähr so groß wie ein kleines Kind – lag auf einer dunkelroten, zerknitterten Unterlage. Was immer es war, es war keine Haut dran, nur dicke Adern von weißem Fett. Wee Free setzte noch einmal die Whiskyflasche an, dann ließ er das Messer auf das Fleisch niedersausen und hackte ein Stück vom Ende ab.

Fire und Brimstone tappten um seine nackten Füße herum, die Augen auf den Tisch gerichtet, die Mäuler aufgesperrt.

Der Metallboden des Containers war ein Flickenteppich aus Rost und abgestoßener Farbe. Jedes Mal, wenn mein Brecheisen-Krückstock darauf schlug, hallte es von den Blechwänden wider wie das Läuten eines Totenglöckchens.

Alice verschränkte die Hände vor dem Bauch. »Ihre Wohnung ist sehr ... originell.«

Wee Free schenkte ihr ein Grabstein-Lächeln. Er zog die Schneide des Messers an dem Klumpen rohen Fleischs entlang und säbelte eine dünne Scheibe ab. »Wie heißen Sie, Mädel?«

»Dr. Alice McDonald. Das ist Ash Henderson, und das ist Officer Crawford.«

Er nahm die Scheibe Fleisch und warf sie über die Tischkante.

Die Hunde stürzten sich geifernd darauf und schnappten zu. Der eine erwischte das Fleisch, als es gerade auf den Metallboden klatschte, woraufhin der andere sich damit begnügen musste, den Blutfleck aufzulecken, den es hinterlassen hatte.

Wee Free nahm das Messer in die linke Hand und streckte die rechte aus. Das Lächeln verflog. »William McFee.«

Alice sah auf die blutverschmierten Finger hinunter – scharlachrot und braun, gespickt mit schwarzen Klümpchen. Sie schluckte, dann schüttelte sie ihm die Hand.

Anschließend hielt er sie mir hin.

Die Handfläche war klebrig, die Finger kalt und glitschig, sie hinterließen rote Schlieren auf meiner Haut. Er drückte so fest zu, dass meine Knöchel aufstöhnten. Ich drückte zurück. Biss die Zähne zusammen und verzog keine Miene, bis er losließ und sich Babs zuwandte.

Ich nahm die polizeiübliche Standardhaltung für das Überbringen schlechter Nachrichten ein: die Füße schulterbreit, die Hände hinter dem Rücken. »Mr McFee, wir haben Grund zu der Annahme, dass Ihre Tochter Jessica von ...«

»Sie ist eine Hure.« Seine Mundwinkel bogen sich nach unten. »Treibt Unzucht mit diesem gottlosen Kerl aus... *Dundee*.« Das Messer fuhr wieder auf das Fleisch nieder. »Bringt Schande über ihren Vater am Ende seiner Tage und wendet sich ab vom Herrn.« Er starrte die Flasche an und bleckte die Zähne, als ob er sie warnen wollte, ihm nur ja nicht zu widersprechen. »Die Schlampe ist nicht meine Tochter.«

»Ist Ihnen der Inside Man ein Begriff?«

Wee Free starrte mich ein paar Sekunden lang an, dann schnitt er noch eine Scheibe Fleisch ab. Diesmal warf er sie aber nicht den Hunden zu, sondern biss sie in zwei Teile. Kaute und spülte mit einem Schluck Whisky nach. »Dann ist es die Strafe Gottes. Er hat sie für ihre Sünden bestraft. Er bestraft uns *alle*, wenn die Zeit gekommen ist.«

Etwas Nasses streifte meine rechte Hand, und ich zuckte unwillkürlich zusammen. Einer der Schäferhunde stand direkt neben mir und schnupperte an meinen verschmierten Fingern. Keine Ahnung, ob es Fire oder Brimstone war, aber er war ein Mordsapparat. Sein keilförmiger Kopf bewegte sich vor und zurück, und ich sah das Muskelspiel in seinem breiten, haarigen Rücken, als er sich nervös hin und her bewegte, die Ohren nach vorn geklappt.

»Die Schlampe hat es verdient zu sterben.« Er drehte das Hackmesser um, drückte die Klinge an seine Brust, zwischen all die anderen Narben, und zog sie langsam von links nach rechts. Einen Herzschlag lang passierte nichts, dann trat das Blut entlang der Linie hervor, quoll über den Rand des Schnitts und formte sich zu kleinen Rinnsalen auf seiner Haut. Er ließ einen bebenden Seufzer entweichen.

Alice machte den Mund ein paar Zentimeter weit auf und klappte ihn gleich wieder zu. Sie sah mich an, dann wieder die scharlachrote Linie, die auf seiner nackten Brust zerlief. »Übrigens, sie ist gar nicht tot, also jedenfalls wahrscheinlich nicht, ich meine, es könnte sein, aber die anderen Frauen, die der Inside Man entführt hat, wurden mindestens drei Tage lang am Leben gehalten, ehe er sie irgendwo ablegte, es gibt also allen Grund zu der Annahme, dass sie noch am Leben ist...«

»Sie ist nicht tot? Wie kann sie nicht tot sein? Natürlich ist sie tot, es ist die Strafe *Gottes*!«

Die Zunge des Schäferhunds raspelte über meinen Handrücken, warm und glitschig. Er probierte mich...

Ganz still halten.

Alice räusperte sich. »Nun ja, es *könnte* sein, dass sie tot ist, aber es besteht eine sehr reelle Chance, dass sie noch...«

»Sie sagen, sie ist vor der Strafe Gottes gefeit? Wollen Sie das sagen?« Er schnitt noch eine Scheibe Fleisch ab, die Knöchel der Hand, die das Messer hielt, schimmerten weiß. Seine Stimme war leise und kalt. »Sie sagen, sie steht über Gott?«

»Ich habe nicht...«

»Niemand steht über Gott. Niemand!« Das Hackmesser krachte in das Fleisch.

Alice quietschte und wich einen Schritt zurück.

Der Hund hörte auf, meine Hand abzulecken, und knurrte, die Nackenhaare gesträubt, die Zähne gefletscht.

Babs legte eine Hand auf Thatchers Schaft. »Kein Stress, ja?«

Ich rückte zentimeterweise von dem Schäferhund ab. »Also, jetzt wollen wir uns doch alle mal beruhigen. Dr. McDonald hat nichts über Gott gesagt, sie sagte lediglich...«

»Niemand steht über Gottes Urteil. NIEMAND!«

Knurren und Fauchen.

Babs zog Thatcher aus der Schlaufe und richtete den Lauf auf Wee Frees Gesicht. »Zeit, das Messer hinzulegen, Mr McFee.«

Ich nickte. »Wir wollen uns jetzt alle beruhigen, ja? Wir können doch darüber reden.«

Babs entsicherte die Waffe. »Wer wird denn gleich so uncool sein? Wir sind ganz cool, nicht wahr, Mr McFee. Cool?«

»›Gott, mein Ruhm, schweige nicht! Denn sie haben ihr *gottloses* und *falsches* Maul wider mich aufgetan und reden wider mich mit falscher Zunge.‹« Mit jedem Wort wurde er lauter.

»Das ist *nicht* cool, Mr McFee. Das ist nur eine andere Art zu sagen: ›Schießen Sie mir bitte in den Kopf.‹«

Er riss ein Stück Zeitung vom Tisch und hielt es hoch. Die Titelseite des *Telegraph* war halb mit Blut bedeckt, doch die Schlagzeile »SERIENMÖRDER SCHLÄGT WIEDER ZU« über einem großen Foto eines Spurensicherungs-Zelts im Gebüsch hinter Blackwall Hill war deutlich zu erkennen, genau wie das eingefügte Handyfoto, das Claire Young bei irgendeiner Weihnachtsfeier zeigte. Breites Grinsen, glitzerndes grünes Partyhütchen schief auf dem Kopf, Schneemann-Ohrringe mit Blinklichtern drin. »›Und sie reden *giftig* wider mich allenthalben und *streiten* wider mich ohne Ursache. Dafür, dass ich sie liebe, sind sie wider mich; *ich* aber *bete*.‹«

Der Hund kam einen Schritt näher, sein Speichel tropfte auf den Metallboden. Der andere kroch unter dem Tisch hervor.

Ich packte das Brecheisen fester. »Kommen Sie, Mr McFee, legen Sie das Messer weg.«

»Immer schön cool bleiben, Mr McFee. Seien Sie vernünftig.«

Er kam hinter dem Tisch hervorgewankt. Warf die Zeitung vor sich auf den Boden. »Sie beweisen mir *Böses* um *Gutes* und Hass um Liebe. Setze Gottlose über ihn; und der Satan müsse stehen zu seiner Rechten.‹« Wee Frees Gesicht war angeschwollen und gerötet, die Sehnen in seinem Hals zeichneten sich ab wie Taue, während er das Hackmesser schwenkte und die Klinge im Licht der nackten Glühbirne funkelte.

Babs stellte sich breitbeinig hin. »Mr Henderson, Dr. McDonald? Wenn Sie vielleicht ein wenig zurücktreten würden...?«

»Niemand steht über dem Urteil Gottes!«

Ich ließ das Brecheisen auf den Tisch niederfahren. »So, das reicht jetzt!«

Und jetzt begnügten Fire und Brimstone sich nicht mehr mit Knurren – sie stürzten sich auf mich.

Eine Sekunde lang bestand die Welt nur aus Fell und Zähnen, und in der nächsten – *BUMM!* Die Schrotflinte bäumte sich in Babs' Händen auf und spie eine Rauchwolke aus. Einer der Hunde acht gegen meine Brust. Ich fiel mitsamt dem Monster hinterrücks auf den Boden, und eine Tonne jaulender Schäferhund drückte mich auf den kalten Metallboden nieder. Meine Rippen brannten, meine ganze rechte Körperseite pochte. O Gott, sie hatte mich erschossen...

Alice schrie.

Der andere Hund machte einen Satz, und Thatcher blaffte noch einmal.

Der Krach in dem Container war ohrenbetäubend, als das Geräusch des Schusses von den Metallwänden hin und her geworfen wurde. Ein Vorschlaghammer drosch auf meinen Schädel ein, während das Viech seitwärts gegen den Tisch krachte und heulend und winselnd liegen blieb.

Scheiße, sie hatte mich erschossen!

Alice kam herbeigestolpert und schob den Schäferhund von meiner Brust. Dann nahm sie mein Gesicht in beide Hände. »Ash? O Gott, Ash, bist du okay?«

Das war's: aus nächster Nähe niedergeschossen. Um hier auf dem Metallboden dieser schäbigen, zusammengestoppelten Slum-Hütte eines gefährlichen Irren zu verbluten, mitten auf einem Schrottplatz...

Neben mir wand sich der Hund hin und her, und dann rappelten er und sein Kollege sich auf und schleppten sich winselnd davon, die Schwänze zwischen die Beine geklemmt.

»Ash?« Alice' Gesicht verschwamm vor meinen Augen. »Nein, bitte, komm schon, du stehst das durch, nicht wahr, bitte sag, dass du durchkommst.« Sie drehte sich zu Babs um und funkelte sie wütend an. »Sie haben ihn getroffen!«

Die richtigen Schmerzen würden jetzt jeden Moment einsetzen, sobald der anfängliche Schock nachließ. All die Scheiße, all die Toten und all die Qualen, und so endete es nun. Das war nicht *fair*. Nicht so. Nicht, solange Mrs Kerrigan noch atmete …

Wee Free starrte Babs mit offenem Mund an, als sie Thatcher aufklappte und die leeren Patronenhülsen ausgeworfen wurden. Sie schob zwei neue hinein.

»Sie haben auf meine Hunde geschossen!«

Klack, und die Flinte war wieder schussbereit.

Flach auf dem Rücken liegend versuchte ich das klaffende Loch zu lokalisieren, aus dem ich auf den rostigen Boden ausblutete. Mit zitternden Fingern nestelte ich an meiner Jacke herum … Vielleicht könnten sie die Wunde abbinden? Einen Druckverband machen, die Blutung stoppen, mich ins Krankenhaus fahren?

Wo war das ganze Blut?

»Ash? Kannst du mich hören?«

Undenkbar, dass Babs mich auf diese Entfernung verfehlt hatte – nicht mit einer abgesägten Schrotflinte.

Ein bohrender Schmerz krallte sich an meiner Seite hinauf und hinunter, wo die Schrotkugeln durch mein Fleisch gefetzt waren und meine Lunge zerrissen hatten wie …

Augenblick mal.

Wie konnte es sein, dass kein Blut zu sehen war? Nicht mal ein Tropfen. Nicht das kleinste Loch in meiner Jacke. Wie zum Teufel …?

Wee Free zitterte am ganzen Leib, Spucketröpfchen flogen von seinen Lippen. »Sie haben auf meine Hunde geschossen! Niemand schießt auf meine Hunde außer mir!«

Babs hob die Schrotflinte, bis sie wieder auf Wee Frees Gesicht zielte. »Lassen Sie das Messer fallen, Mr McFee, sonst werden Sie gleich rausfinden, wie Ihre Hunde sich fühlen.«

Ich schlug Alice' Hände weg und hievte mich an einem Tischbein hoch, bis ich auf den Füßen stand. »SIND SIE WAHNSINNIG? SIE HÄTTEN MICH UMBRINGEN KÖNNEN!«

»Ich höre noch gut, Mr Henderson.«

»Sie haben auf mich *geschossen*!«

Sie grinste. »Steinsalz und Tampons. Nicht ganz dasselbe wie Gummigeschosse, aber auf kurze Distanz genauso gut. Aber brennen tut es wie die Hölle, das kann ich Ihnen sagen.« Sie fuchtelte mit der Flinte vor Wee Frees Gesicht herum. »Na, wollen Sie's mal ausprobieren? Oder sind wir jetzt cool?«

Er ließ das Hackmesser sinken. Leckte sich die Lippen. »Sie... Vielleicht benutzt Gott diesen Inside Man, um meinem kleinen Mädchen eine zweite Chance zu geben. Es ist eine Prüfung meines Glaubens. Ich werde sie finden und für einen höheren Zweck retten.« Er nickte. »Ja, das ist es. Es ist Gottes Wille.«

Alice kam auf mich zu, schlang die Arme um mich und barg ihr Gesicht an meiner Schulter. »Tu mir doch so was nicht an!«

Messer und Kugeln fetzten durch meine Rippen, als sie mich drückte. »Gott... bitte... lass mich los...«

»Entschuldige.« Sie drückte noch einmal und ließ dann von mir ab.

Wee Free legte das Messer auf den Tisch, direkt neben das Fleisch. Dann griff er nach der Whiskyflasche und nahm einen langen Zug, und dann breitete er die Arme weit aus. »Gott sei gepriesen!«

Babs legte Thatchers Sicherungshebel wieder um und steckte die Waffe weg. »So, jetzt, wo wir alle wieder cool sind, hätte ich gerne meinen Kaffee. Drei Stück Zucker. Und haben Sie auch anständige Kekse da?«

21

Ein einsamer Feuerwerkskörper schoss als Silberstreif in den dunklen Himmel auf und zerplatzte dann knatternd in einem Regen aus Grün und Gelb.

Wee Free zog noch einmal an seinem Zigarillo und ließ ein Rauchfähnchen durch die Lippen entweichen. Die Außenbeleuchtung verwandelte es in ein massives weißes Band. »Sie hat schon immer tierisch genervt. Freches Mundwerk.« Er trat von einem nackten Fuß auf den anderen, mit den Ellbogen auf das Dach eines rostigen VW-Käfers gestützt. Dort, wo er sich geschnitten hatte, war das Blut zu einer schorfigen schwarzen Linie geronnen, die sich quer über seine Brust zog. »Hat nie gemacht, was man ihr gesagt hat.«

Über unseren Köpfen blinkten die durchhängenden Lichterketten, die sich zu diesem riesigen, rostigen Kreuz hinaufschlängelten. Der Rest des Schrottplatzes lag in tiefer Dunkelheit. Ausrangierte Maschinenteile türmten sich ringsum wie die Gerippe von metallenen Dinosauriern.

»›Du sollst deinen Vater und deine Mutter ehren, wie dir der Herr, dein Gott, geboten hat, auf dass du lange lebest und dass dir's wohl gehe in dem Lande, das dir der Herr, dein Gott, geben wird.‹«

Ich nahm einen kleinen Schluck von meinem Tee. »Steht da nicht auch was von wegen ›du sollst nicht töten‹?«

Eine weitere Rauchfahne stieg im grellen Schein der Außenbeleuchtung auf. »Die Anklage wurde vor Gericht abgeschmettert. Ungenügende Beweislage.«

Der Käfer stand auf Backsteinen. Beide Vordertüren waren verschwunden, das ganze Glas ebenfalls, und innen war er komplett ausgeweidet bis auf die Rückbank, auf der Fire und Brimstone lagen. Ihre Ohren zuckten, die Augen funkelten wie polierte Murmeln. Sie starrten mich an.

»Im Krankenhaus sagte man uns, Jessica habe eine geteilte Schicht gearbeitet und um Mitternacht ausgestempelt. Wir haben ihre Handtasche in der Wishart Avenue gefunden. Er ist ihr vermutlich dorthin gefolgt.«

Im Halbdunkel drüben bei dem Frachtcontainer lehnte Babs an der Wellblechwand, eine Hand auf Thatchers Schaft gelegt, den dampfenden Kaffeebecher in der Hand.

Wee Free nahm noch einen Zug. »Ich hab die Zeitungen gelesen. Er schlitzt sie auf, steckt eine Puppe rein, näht sie wieder zu und lässt sie sterbend irgendwo im Straßengraben zurück.«

»Hat Ihre Tochter irgendetwas von fremden Männern erzählt, die sich vor den Schwesternheimen des Krankenhauses herumtreiben? Oder dass sie belästigt wurde?«

»Sie wirken auf mich wie jemand, der die Finsternis in sein Herz gelassen hat.«

Ich? »Und das ausgerechnet von Ihnen.«

Achselzucken. »Wie ich schon sagte – ich lese die Zeitungen. Ich nehme Anteil. Wenn sie noch am Leben ist, will ich meine Tochter wiederhaben.«

»Das versuchen wir ja zu erreichen.«

Das Ende seines Zigarillos glomm wie ein heimtückisches orangefarbenes Auge. »Sie haben's bei Ihrer nicht geschafft, wie kommen Sie dann drauf, dass Sie's bei meiner schaffen können?«

Ich knallte meinen Becher auf das Dach des Käfers. Tee schwappte auf den rostigen Lack. »Arschloch.«

Im Auto setzten Fire und Brimstone sich auf und spitzten die Ohren.

»Endlich – ein Funke Leidenschaft.« Ein Lächeln zuckte um die Enden von Wee Frees Schnauzer. »Jessica hat mir seit Jahren nichts mehr erzählt. Oh, ich gebe mir Mühe, weil ich ein guter Vater bin, aber sie hat ihren eigenen Kopf. Das hat sie von ihrer Mutter – Gott sei ihrer gequälten Seele gnädig.«

Meine Knöchel schmerzten, als ich die Hände fest zu Fäusten ballte. Brannten in Erwartung dessen, was kommen würde. »Wehe, Sie erwähnen noch *ein Mal* meine Töchter.«

»Sie hatte was mit einem Typen. Das weiß ich. Ein gottloser Mann mit einem Tattoo.«

Drüben beim Container hörte man Babs die Luft einziehen.

»Sie haben wohl was gegen Tattoos, wie?«

»3. Buch Mose 19,28: ›Ihr sollt kein Mal um eines Toten willen an eurem Leibe reißen noch Buchstaben in euch ätzen.‹«

»Sagt der Mann mit dem Schnauzer: 3. Buch Mose 19,27. *Und* Sie haben sich geschnitten – wir haben es alle gesehen.«

Er zog eine Braue hoch. »Aber nicht um eines Toten willen.« Dann widmete er sich wieder seinem Zigarillo. »Sie haben keine Ahnung, wohin er sie verschleppt, oder?«

Ich trat zurück. Holte tief Luft. Entspannte meinen Unterkiefer und öffnete die Fäuste. »Wir gehen einer Reihe von Hinweisen nach. Ich sehe mal, ob wir es einrichten können, dass jemand vom Opferschutz Sie auf dem Laufenden hält – als Ihre Kontaktperson zur laufenden Ermittlung.«

»Geben Sie's zu – Sie wissen überhaupt nichts über ihn.«

»Wir *werden* ihn fassen.«

Das Lächeln verschwand. »Nicht, wenn ich ihn zuerst in die Finger kriege.«

Babs streckte die Arme nach vorne aus, bis ihre Fingerspitzen die Windschutzscheibe berührten. Dann ließ sie sich zurückfallen. »Hatte schon befürchtet, dass es reine Zeitverschwendung wäre, aber am Ende ist es ja doch noch ganz nett geworden.«

Alice lenkte den Suzuki die York Street hinunter, vorbei an der Ladenzeile mit Halal-Metzgereien und Reinigungen, auf die Stadtteilgrenze von Castle Hill zu. Der Rushhour-Verkehr wurde immer dichter, je mehr wir uns dem Zentrum näherten.

»Sie sollten vielleicht darüber nachdenken, wegen Ihrer emotionalen Ausdrucksmechanismen professionelle Hilfe in Anspruch zu nehmen. Es ist nicht gesund, sich für die Serotoninausschüttung so offen auf Gewalt zu verlassen.«

»Pah. Jedem das Seine, oder? Manchmal tut es einfach gut, auf irgendwas zu ballern.«

Ich rutschte auf dem Rücksitz hin und her, doch die Schmerzen in meinen Rippen wollten nicht nachlassen. Bei jedem Atemzug rammte mir jemand eine Faust in den Brustkorb.

»Also«, Babs drehte sich um und grinste mich an, »was steht als Nächstes an? Noch jemand, dem wir aufs Dach steigen müssen?«

Alice versteifte sich. »Es ging nicht darum, Mr McFee ›aufs Dach zu steigen‹, wir waren dort, um ihm die Nachricht über seine Tochter zu überbringen, müssen Sie nicht wieder in die Arbeit zurück oder so, ich meine, es war echt nett, Sie wiederzusehen, aber wir wollen Ihnen doch nicht zur Last fallen, nicht wahr, Ash?«

»Ach was, da machen Sie sich mal keine Gedanken. Ich hab denen erzählt, ich hätte mir dieses Norovirus eingefangen – die wollen mich bestimmt nicht wiedersehen, bis alles geklärt ist. Können Sie sich ein Gefängnis vorstellen, wo alle die Kotzerei und die Scheißerei haben? Ein Alptraum.«

Ich veränderte wieder meine Sitzhaltung, aber es half nicht. Also noch mal zwei Prednisolon aus der Blisterfolie gedrückt und trocken runtergeschluckt. Vielleicht hätte ich mir mal durchlesen sollen, was im Beipackzettel über Maximaldosierung und Nebenwirkungen stand, aber dafür war es jetzt zu spät. Und alles tat weh...

Alice' Finger tippten nacheinander aufs Lenkrad wie die Beine eines Tausendfüßers. »Erzähl mir von der Visitenkarte.«

»Der Schlüsselring? Billiges Plastikteil aus China, wird über Cash-&-Carry-Märkte vertrieben, hundert Stück für fünf Pfund oder so. Die nächste Verkaufsstelle ist Colonel Dealtime's in Logansferry. Einzelhandelsverkauf über Ein-Pfund-Läden und Kioske. Wir haben sämtliche Einzelhändler überprüft, aber keiner passte ins Profil.«

»Hmm...« Alice nahm die dritte Ausfahrt vom Keller-Kreisverkehr auf die Dundas Road, wo es nur noch im Schritttempo weiterging. »Was ist mit dem Schlüssel?«

»Normale Sicherheitsschlüssel. Alle für unterschiedliche Schlösser. Wir haben die Schlüsselprofile sämtlichen Schlüsseldiensten in der Stadt vorgelegt, und die haben uns nur ausgelacht. Unmöglich festzustellen, zu welchen Schlössern sie gehören.«

Der Verkehr kam schließlich ganz zum Erliegen. Vor uns erstreckte sich eine lange Reihe roter Rücklichter. Wahrscheinlich staute sich alles bis zur Brücke.

Alice zog die Handbremse und schlang einen Arm um die Brust. Die andere Hand beschäftigte sich wieder mit ihren Haaren. »Die Schlüssel und Schlüsselringe sind Symbole – das kleine Plastik-Baby steht offenkundig für das größere Plastik-Baby, das er in Jessica einnähen wird; es geht um Fruchtbarkeit, um *Fertilität*, was bedeutet, dass er selbst wahrscheinlich unfruchtbar ist, ich meine, wenn er eine Frau auf natürliche Weise schwängern könnte, könnte er sich die ganze Mühe mit der Operation sparen, nicht wahr, er könnte sie einfach am Boden festketten und vergewaltigen.« Sie runzelte die Stirn. »Aber er *hat* Ruth Laughlin vergewaltigt, das heißt, er hat sich vielleicht gedacht, doppelt genäht hält besser, oder er hat gedanklich Sex und Fortpflanzung voneinander abgespalten?«

Babs rollte ihren Kopf hin und her und dehnte die Sehnen in ihrem Hals. »Vielleicht ist er einfach nur durchgeknallt. Vielleicht macht es ihm *Spaß*, Frauen aufzuschneiden?«

»Wenn wir ganz freudianisch an die Sache rangehen, steht der Schlüssel für den Penis, und das Schloss ist die Vagina, es ist eine Metapher für Penetration und das Aufschließen von etwas, das verborgen war, aber eigentlich habe ich Freud schon immer ein bisschen pervers gefunden, diese ganze Geschichte mit dem Wunsch, Sex mit der Mutter zu haben, das ist doch einfach nur gestört.«

Ich tippte ihr auf die Schulter. »Können wir jetzt vielleicht mal zur Sache kommen?«

»Was, wenn es keine Metapher ist, sondern eine Einladung...? Was, wenn er eigentlich sagen will: Wenn du aus dem Krankenhaus kommst und mein Baby zur Welt gebracht hast, dann hast du hier den Schlüssel, damit du zu mir zurückkehren kannst und wir zusammen sein können?«

Vom Beifahrersitz kam ein Schnauben. »Er fordert sie auf, zu ihm zu ziehen? Ach ja, total romantisch.«

»Vielleicht hasst er Frauen gar nicht, vielleicht liebt er sie, und das ist die einzige Art, wie er es ausdrücken kann – indem er ihnen ein Baby schenkt...«

Ich tippte ihr wieder auf die Schulter. »Es geht weiter.«

»Was?«

Hinter uns wurde eine abendliche Symphonie für Autohupen aufgeführt.

»Oh, okay...«

Wir setzten unsere Fahrt fort.

Mein Handy klingelte – Sabirs Nummer. Ich nahm ab. »Was hast du?«

»*Wie, keine Höflichkeiten? Kein ›Sabir, du bist mein Lieblingsbulle, o ja, das bist du, ein Star unter den Männern und ein Löwe bei den Weibern‹?*«

Alice ließ das Auto drei Meter weit rollen, dann war wieder Stillstand.

»Mach schon hin, wir werden alle nicht jünger.«

Eine Pause. Und dann: »*Na schön. Wie du meinst. Ich hab hier eine Adresse für eine gewisse Laura Strachan: Camburn View Crescent Nummer dreizehn, Shortstaine. Und willst du wissen, wie ich da drangekommen bin? Ich bin fast wahnsinnig geworden – sie wohnen nicht im Haus der Familie, wahrscheinlich wegen der ganzen Journaille, also...*«

»Die Kurzversion, Sabir.«

»*Weißt du, ich hab dich mal gemocht.*«

»Nein, hast du nicht.«

»*Ist allerdings verdammt lang her. Sie sind an der Adresse nicht gemeldet, das Haus gehört keinem Verwandten, und sie zahlen die Miete in bar. Machen's einem wirklich nicht leicht, sie zu finden. Aber ihr Macker... Also, ich bin rein zufällig an seine Kreditkartendaten gekommen – frag nicht, wie. Er bestellt Sachen übers Internet. Und als ich rein zufällig auch Zugriff auf seinen Amazon-Account bekam, rate mal, was er da als Lieferadresse angegeben hat?*«

»Siehst du, *das* ist der Grund, weshalb ich zu dir halte, wenn die Leute sich das Maul zerreißen über deinen generellen Mangel an Körperhygiene. Was ist mit den Tonbandaufnahmen?«

»*Körperhygiene? Nun werd mal nicht frech. Du kriegst die Audioanalyse, wenn sie fertig ist. Wenn ich gewusst hätte, dass du so gewaltig nervst, hätte ich mal ein Wörtchen mit deiner Mama geredet, als ich sie letzte Nacht gevögelt hab. Und ihr gesagt, dass sie dir mal eins hinter die Ohren geben soll.*«

»Ciao, Sabir.« Das Telefon verschwand wieder in meiner Tasche.

Wir hatten also endlich eine Adresse für Laura Strachan. Andererseits, wenn bei den Anrufen von der Telefonzelle etwas

Brauchbares dabei wäre, würden wir die arme Frau vielleicht gar nicht belästigen müssen... Trotzdem wäre es schön, wenn Ruth Laughlin mit ihr reden könnte. Das war ich Ruth weiß Gott schuldig.

Ich wies durch die Frontscheibe. »Bieg da vorne links ab. Wir nehmen die Abkürzung durch die Slaine Road. So können wir uns wahrscheinlich das Schlimmste ersparen.«

»... ich verlange ja nicht von dir, dass du jemanden umbringst, George, ich will nur, dass du in deinen Unterlagen nachsiehst: Warum ist Cunningham im Sexualstraftäter-Register?« Ich hielt das Handy an das andere Ohr, während Babs sich aus dem Beifahrersitz des Suzuki hievte und in den Regen hinauskletterte.

Am anderen Ende war es einen Moment still. Dann drang Georges nasale, monotone Stimme aus dem Lautsprecher. »*Wieso willst du das wissen?*«

»Nur so aus Interesse.« Denn ich würde ihm ganz bestimmt nicht erzählen, dass Cunningham von der Telefonzelle aus angerufen worden war, neben der der Inside Man Claire Young hatte ablegen wollen. Das ganze Präsidium würde es wissen, kaum dass ich aufgelegt hätte, und wenn es Jacobson zu Ohren käme... Nun ja, er würde nicht gerade begeistert darüber sein, dass ich ihn im Dunkeln gelassen hatte, nicht wahr? »Eine schnelle Recherche im Computer, das kann doch nicht so schwierig sein, oder?«

»*Es ist nicht mehr wie in der guten alten Zeit, wir haben eine Fürsorgepflicht gegenüber diesen fragwürdigen Gestalten. Wir dürfen nicht einfach so ihre persönlichen Daten heraus...*«

»Hast du vergessen, was in Falkirk passiert ist?«

Seine Stimme schoss eine Oktave in die Höhe. »*Du hast es versprochen!*«

»Dann besorg mir die Angaben zu Cunningham.«

Neben mir auf dem Fahrersitz riss Alice die Augen auf und formte mit den Lippen das Wort: »Falkirk?«

Ich machte eine wegwerfende Handbewegung. »Und zwar jetzt gleich, George, wenn's geht.«

»Ich konnte ja gar nichts dafür…« Im Hintergrund klapperte eine Tastatur. *»Cunningham, Cunningham, Cunningham… okay, da haben wir's ja: Vor elf Jahren verurteilt – hatte neun Gigabyte nackte kleine Jungs auf dem Laptop. Zwei Anzeigen wegen Exhibitionismus etwa einen Monat nach der Entlassung. Drei tätliche Angriffe gegen schwangere Frauen. Und…«* Noch mehr Getippe. *»Und illegaler Sex mit zwei Minderjährigen vor sechs Jahren. Was müssen das für Idioten sein, die so jemandem einen Schwimmclub für Grundschüler anvertrauen? Lebenslanger Eintrag im Register. Kriegt alle zwei Wochen Besuch von McKevitt und Nenova.«*

»Wie viel gab's für die Kinderpornos?«

»Äh… Vier Jahre, nach zweien zur Bewährung entlassen.«

»Danke, George.« Ich steckte das Handy wieder ein. »Interessante Neuigkeiten: Cunningham ist wegen tätlicher Angriffe gegen schwangere Frauen vorbestraft.« Ich stieg aus.

Nach kurzem Zögern tat Alice das Gleiche. Sie schlug die Tür zu und verriegelte den Wagen per Knopfdruck. Dann spannte sie ihren kleinen Taschenschirm auf. »Bist du sicher, dass wir nicht Detective Superintendent Jacobson informieren sollten?«

»Wenn das hier klappt, können wir ihm einen Erfolg präsentieren. Wenn nichts draus wird, muss er es nicht erfahren. Und alle sind zufrieden.«

Carrick Gardens zog sich in einem weiten Bogen den Berg hinunter – zwei Reihen gesichtsloser, gutbürgerlicher Bungalows, manche mit ausgebautem Dachgeschoss, alle mit gepflegten Vorgärten und Familienkutschen in den Einfahrten. Bei Weitem nicht das nobelste Viertel von Castleview, aber unendlich viel besser als die versiffte Wohnung, die Alice in Kingsmeath gemietet hatte. Die Aussicht war auch nicht schlecht: über den Fluss und die Dundas Bridge hinweg zur Burg, mit den Straßenlaternen, die in der Dunkelheit funkelten.

Ich humpelte hinter Babs her, als sie auf die Haustür von Nummer 19 zuging. An den beiden Straßenfenstern waren die Rollos geschlossen, die rot gestrichene Tür hatte einen Einsatz aus halbdurchsichtigem Buntglas. »Cunningham war in den vergangenen elf Jahren immer wieder mal im Gefängnis, aber während der ersten Tatserie des Inside Man *auf jeden Fall* auf freiem Fuß.«

Babs drückte die Klingel.

Alice blieb auf halbem Weg zum Haus stehen. Sie spielte eine Weile mit ihren Haaren herum, während der Regen auf ihren Schirm trommelte. »Ich bin immer noch nicht überzeugt, dass wir so weit vom Profil abweichen sollten.«

»Wir sind nicht hier, weil ich glaube, dass Cunningham der Inside Man ist, wir sind hier, weil jemand diese Nummer von der Telefonzelle aus angerufen hat, bei der Claire Young abgelegt wurde. Das heißt, dass Cunningham ihn möglicherweise kennt. Ziemlich spekulativ, zugegeben, aber wir haben sonst nichts in der Hand. Und außerdem hast du selbst gesagt, das Profil ist falsch und Dr. Docherty ist ein Idiot.«

»Ich habe nicht genau diese Worte verwendet, ich meine, er ist ein sehr angesehener Psychologe, und ich bin nur eine…« Ihr Mund klappte mit einem Klicken zu, als im Haus ein Licht anging. Dann wurde die Haustür geöffnet, und ein verquollenes Gesicht lugte durch den Spalt.

Mitte dreißig, lange blonde Haare, auf der einen Seite zerwühlt, ein kleiner Mund und weiter unten ein Stück Stoff, das nach einem roten Frotteebademantel aussah. »Hören Sie, ich will keine verdammten Solarmodule, meine Einfahrt muss auch nicht neu geteert werden, ich brauche keine unverbindlichen

Kostenvoranschläge für Isolierfenster, keine Beratung zu einer Restschuldversicherung, ich will nicht über Jesus, Tupperware oder Avon reden und auch keine gottverdammte Reizwäsche-Party veranstalten. Zum letzten Mal: Lassen – Sie – mich – in – Ruhe!«

Ich trat näher. »Entschuldigung...«

»Verschwinden Sie. Ich bin nicht zu Hause.«

»Miss Virginia Cunningham?« Ich griff in meine Tasche und zog meinen alten Dienstausweis heraus. Den ich eigentlich gar nicht mehr haben sollte. »Wir würden gerne mit Ihnen darüber sprechen, wo Sie gestern Abend waren.«

Sie warf einen Blick auf den Dienstausweis, und ihr Mund blieb offen stehen – rund und rot wie eine Schusswunde. »Ach du Scheiße...« Sie knallte die Tür zu, bevor ich meinen Krückstock in den Spalt stecken konnte. Ihre gedämpfte Stimme kam von der anderen Seite. »Scheiße, Scheiße, Scheiße...« Der Riegel wurde mit einem Klacken vorgeschoben. »Scheiße, Scheiße, Scheiße...« Durch die Buntglasscheibe war gerade eben zu erkennen, wie sie kehrtmachte und schwerfällig davontrampelte.

Babs klatschte in die Hände. »Soll ich uns gewaltsam Zutritt verschaffen?«

Alice erbleichte. »Aber wir haben keinen richterlichen Beschluss, und wir sind nicht...«

»Machen Sie's.«

22

Babs schlug mit dem Ellbogen in die Buntglasscheibe und verwandelte sie in ein vielfarbiges Spinnennetz aus Sprüngen. Noch einmal, und die Scheibe sprang mit einem Knall nach innen heraus, Scherben prasselten klirrend auf den Boden. Dann schob sie den ganzen Arm durch das Loch und presste das Gesicht fest an die Tür, während sie am Schloss herumhantierte. »Bingo!«

Die Tür sprang auf, und wir stürzten hinein.

Alle bis auf Alice. »Brauchen wir nicht einen Polizeibeamten und einen richterlichen Beschluss und...«

»Bewach die Vorderseite!«

Drinnen machte der Flur einen Knick nach rechts. Die Wohnzimmertür stand offen, und aus dem Fernseher tönte irgendein Kinderprogramm mit dieser typischen aufgesetzten Munterkeit. »*...ui, das ist aber wirklich ein gruseliges Spukhaus, nicht wahr? Aber keine Sorge, wir können ja das ›Lied vom Mut‹ singen!*« Niemand da – nur zwei Sofas, ein Beistelltisch und ein großer Schaffellteppich vor einem elektrischen Kamin. Und eine Videokamera auf einem Stativ neben dem Fernseher.

Ich wies den Flur hinunter. »Sie nehmen die linke Tür, ich die rechte.«

»*Wenn's dunkel ist und gruselig, das ist kein Grund zum Fürchten...*«

Babs straffte die Schultern und stapfte den Flur entlang, um ihre Tür aufzureißen, während ich zu der gegenüber humpelte. Sie steckte den Kopf hinein. »Abstellkammer: Sicher!«

»Denk einfach an was Schönes wie Limo oder Würstchen...«

Hinter meiner Tür kam ein kleines Badezimmer zum Vorschein, in dem es nach Ammoniak stank. Ein mit braunen Streifen verschmiertes Handtuch hing über dem Rand der lachsrosa Wanne, und in einer Ecke lagen zwei kleine Plastikflaschen, daneben eine Schachtel Haarfärbemittel. »Nichts!«

»Boilerraum: Sicher!«

Die letzte Tür führte in die Küche: Einbauschränke, Arbeitsplatte aus rosa Marmorimitat, pfirsichfarbener Fliesenboden. Die Hintertür stand weit offen. Durch das Fenster über der Spüle sah man in einen regennassen Garten, erhellt von den Strahlern des Bewegungsmelders...

»Und wenn du dich mal fürchtest, sing das Lied vom Mut...«

Virginia Cunningham kletterte gerade auf die Gartenmöbel, die am hinteren Zaun gestapelt waren. Ihr roter Frotteebademantel flatterte offen hinter ihr, und darunter kamen ein blasses Beinpaar, eine voluminöse gepunktete Unterhose und ein dicker Babybauch zum Vorschein. Sie musste mindestens im achten Monat sein.

»Dann, du wirst schon sehen, gleich ist alles wieder gut!«

»Babs! Hinten im Garten!«

Babs schob sich an mir vorbei und trampelte durch die Küche. »Kommen Sie sofort zurück!«

»Ihr Kobolde und Geister, wir fürchten uns nicht vor euch...«

»Und immer schön sachte. Keine Gewalt.«

»Denn singen wir das Lied vom Mut, dann trollt ihr euch sogleich!«

Cunningham schwang ein käsiges Bein über den Zaun, doch da bekam Babs schon ihren Bademantel mit beiden Händen zu fassen und zog daran. Cunningham geriet ins Wanken, dann warf sie die Arme nach hinten – der Bademantel glitt herunter, und Babs landete auf dem Hintern im nassen Gras.

»Sing mit mir das Lied vom Mut, das macht dich stark, und dir geht's gut...«

Ich humpelte hinaus auf die Gartentreppe, während Cunningham sich am Zaun hochzog, jetzt nur noch mit BH und nicht dazu passender Unterhose bekleidet. »Ist das Ihr Ernst? Sie wollen in Unterwäsche flüchten? Was glauben Sie, wie lange es dauert, bis Sie erwischt werden?«

Sie erstarrte. »Ich hab nichts getan.«

Babs rappelte sich auf, streckte die Hand aus und bekam das Rückenband des grauen Hochleistungs-BHs zu fassen. »Na los, ziehen Sie den auch noch aus. Wetten, dass Sie sich das nicht trauen?«

Cunningham schloss die Augen. Der Regen klatschte ihr die Haare an den Schädel. »Scheiße...«

Sie stand in der Küche und tropfte auf die pfirsichfarbenen Fliesen, während sie mit beiden Händen den Bademantel vor ihrem Schwangerschaftsbauch zusammenhielt. »Kann ich mir wenigstens was anziehen?«

Ich lehnte mich mit dem Rücken gegen die Gefrierkombination. »Sobald Sie uns gesagt haben, wo Sie gestern Abend waren.«

Ihre Wangen liefen rosarot an, glühende Flecken in ihrem blassen, fleischigen Gesicht. »Ich war zu Hause. Hier. Die ganze Nacht. Bin nicht vor die Tür gegangen.«

»Und Sie können das beweisen, ja? Sie haben einen Zeugen?«

Alice räusperte sich. »Was sagt man denn bei der Straftäter-Übergangsbegleitung dazu, dass Sie schwanger sind?«

Cunningham starrte sie nur an. »Ich will mir was anziehen. Und ich muss pinkeln. Das ist eine Menschenrechtsverletzung.«

»Okay.« Der Kühlschrank war mit Kinderzeichnungen beklebt. Ich riss eine von ihrer Blu-Tack-Verankerung los. Eine fröhliche Strichmännchen-Familie, grinsend unter einer gelben Smiley-Sonne. »Allein zu Hause. Keine Zeugen. Kein Alibi.«

Sie hob das Kinn und zog dabei den Hautwulst darunter mit. »Ich habe nicht gedacht, dass ich eins brauchen würde. Wollen Sie, dass ich auf den Küchenboden pinkle? Fahren Sie darauf ab? Auf pinkelnde schwangere Frauen?«

»Ach, Herrgott noch mal! Na schön, gehen Sie pinkeln.« Ich wies auf den Flur. »Babs, stellen Sie sich vor die Tür, und passen Sie auf, dass sie keine Dummheiten macht.« Nun ja, sie würde sich wohl kaum durchs Badfenster zwängen können.

Cunningham watschelte davon, mit Babs im Schlepptau.

Sobald die Toilettentür ins Schloss gefallen war, verzog Alice das Gesicht. »Die Vorstellung, dass sie ein Kind bekommt, gefällt mir ganz und gar nicht, ich meine, was ist, wenn es ein Junge ist, glauben die, dass sie ihn nicht sexuell missbrauchen wird, nur weil er ihr Kind ist, denn der meiste Missbrauch findet innerhalb der Familie statt, und ich glaube wirklich nicht, dass das Kind vor ihr sicher sein wird, also, außer es ist ein Mädchen, und selbst dann... Wo gehst du hin?«

»Ins Wohnzimmer.«

»Oh. Darf ich mitkommen?«

Die Kindersendung lief immer noch – zwei Idioten in fluoreszierenden Latzhosen tanzten mit einem dritten Idioten, der als Jacob Marley aus Dickens' Weihnachtsgeschichte verkleidet war und mit seinen Ketten rasselte. »*Oh, ich war einmal ein Schreckgespenst, doch viel lieber wäre ich nett. Denn hab ich Freunde, hab ich Spaß...*«

Ich legte die Kinderzeichnung auf den Couchtisch, griff nach der Fernbedienung und drückte auf die Pausentaste. Das Trio erstarrte mitten im Singen.

Auf dem Stativ neben dem Fernseher war ein kleiner Camcorder montiert, die Sorte mit einem kleinen ausklappbaren Bildschirm an der Seite. Er war auf den Schaffellteppich vor dem elektrischen Kamin gerichtet.

Das Rauschen der Toilettenspülung hallte durch den Flur, gefolgt von einem Klacken – vermutlich die Badtür. Dann noch ein Klacken. Schlafzimmer.

Wahrscheinlich hatte sie sich nicht mal die Hände gewaschen.

Alice stand in der Tür und blickte hinter sich, beide Arme um den Körper geschlungen. »Meinst du, wir sollten mal mit ihrer Sozialarbeiterin reden und mit dem Überwachungsteam, weil sie sollte wirklich nicht...«

»Ich glaube, die wissen schon, dass sie ein gerissenes Luder ist.« Ich trat hinter die Kamera und kippte den Monitor ein Stückchen nach oben. Dann schaltete ich das Gerät ein.

»Virginia *Cunning*ham. Ist ein bisschen ironisch, nicht wahr, angesichts ihres Strafregisters: Ihr Name bedeutet doch praktisch ›raffinierte Jungfrau‹.«

Vielleicht doch nicht so raffiniert. Der Monitor leuchtete blau auf, mit einer Reihe von Icons am unteren Bildrand: Zurückspulen, Abspielen, schneller Vorlauf, Aufnahme. Ich drückte auf Abspielen, und auf dem Monitor erschien der Schaffellteppich mit dem Kamin dahinter, offensichtlich von hier aufgenommen.

»Ash? Findest du das nicht ironisch?«

Cunningham kam ins Bild gewatschelt, nur mit einem schwarzen BH und dazu passendem schwarzem Slip bekleidet. Die blasse Haut ihrer Beine mit blauen Adern überzogen, der Bauchnabel nach außen gestülpt. In einem umständlichen Manöver ließ sie sich ächzend auf den Teppich nieder, offensichtlich behindert durch ihren dicken Babybauch. Dann blickte sie mit lasziv vorgeschobener Unterlippe in die Kamera und begann an sich zu reiben, leckte sich die Lippen und streifte langsam ihren BH ab.

Ich drückte auf »Zurückspulen«, und sie sprang auf und torkelte rückwärts aus dem Bild.

Irgendwo im Haus fing jemand an zu singen – keine großartige Stimme, aber auch nicht ganz furchtbar. »*Wenn's dunkel ist und gruselig, das ist kein Grund zum Fürchten. Denk einfach an was Schönes, wie Limo oder Würstchen...*« Das war dann vermutlich Cunningham – irgendwie wirkte Babs nicht wie eine Frau, die es nötig hatte, das »Lied vom Mut« zu singen.

»*Und wenn du dich mal fürchtest, sing das Lied vom Mut. Dann, du wirst schon sehen, gleich ist alles wieder gut...*«

Eine zweite Person trat rückwärts ins Bild – ein kleiner blonder Junge, nur mit einem Unterhemd bekleidet. Rote Striemen an den nackten Armen und Beinen. Er war höchstens vier oder fünf. Ich hielt den Film an, und da starrte er mit großen blauen Augen in die Kamera. Tränen liefen über seine Wangen, und auf seiner Oberlippe glitzerte Rotz.

»*Ihr Kobolde und Geister, wir fürchten uns nicht vor euch...*«

Ich spulte wieder zurück. Cunningham kam rückwärts ins Bild zurück, nackt bis auf ein Paar schwarze Lederhandschuhe.

»*Denn singen wir das Lied vom Mut, dann trollt ihr euch sogleich!*«

Und dann schob sie... Ich schaltete den Camcorder aus und trat einen Schritt zurück.

»Ash? Geht's dir gut? Du bist ja ganz rot im Gesicht.«

»*Sing mit mir das Lied vom Mut, das macht dich stark, und dir geht's gut...*«

Ich wandte mich ab und starrte das geschlossene Rollo an. »Hol sie. Hol das verkommene Miststück her. *Jetzt.*«

»*Sing das Lied die ganze Nacht, bis es alles bunt und fröhlich macht!*«

Die Gipskartonwand wackelte, als ich mit der flachen Hand darauf schlug. »Und sag ihr, sie soll verdammt noch mal DIE KLAPPE HALTEN!«

Stille.

Alice trippelte in ihren kleinen roten Schuhen auf der Stelle, dann eilte sie hinaus. Im Flur war ein gedämpfter Wortwechsel zu hören, dann ertönte Babs' Stentorstimme: »*Okay, das reicht jetzt. Ziehen Sie endlich Ihre verdammten Klamotten an.*«

Zwei Minuten später kam Alice mit Cunningham zurück. Babs bildete die Nachhut und versperrte den Ausgang.

Cunningham hatte den Bademantel gegen ein Umstandskleid getauscht: dunkelblau mit roten Blümchen. Dazu ein Paar Turnschuhe mit Grauschleier und eine weiße Strickjacke. Sie ließ sich aufs Sofa sinken, ballte die Hände zu Fäusten und öffnete sie dann wieder, als ob sie einen Krampf lösen wollte. »Ich hab nichts getan.«

Ich packte den Camcorder samt Stativ und hielt ihn ihr unter die Nase. »WOLLEN SIE DAS VIELLEICHT NOCH MAL UMFORMULIEREN?«

Sie zuckte zurück und drückte sich in die Polster. »Sie haben mir keinen Durchsuchungsbeschluss gezeigt. Sie können das nicht als Beweismittel verwenden.« Sie lächelte. »Ich kenne meine Rechte. Ich will einen Anwalt.«

»Oh, ich weiß, was Sie wollen…« Ich stellte die Kamera neben den Fernseher zurück. »Wer ist es – ein Nachbarsjunge? Ganz bestimmt, da bin ich sicher. Irgendeine nette, arglose Familie, die nicht ahnt, dass Sie gerne an kleinen Jungs herumfummeln. Was glauben Sie, was die machen werden, wenn ich ihnen diesen Film zeige? Glauben Sie, die werden Sie auf ein Glas Wein und Knabberzeug einladen?«

»Ich kenne meine Rechte.«

Ich lächelte auf sie hinab. Es kostete mich einige Mühe, aber es gelang mir, meine Gesichtsmuskeln entsprechend zu arrangieren. Dann ließ ich das Lächeln dort stehen und langsam abkühlen. »Sie scheinen uns mit *Polizisten* zu verwechseln. Die Vorschriften zum Beweisermittlungsverfahren können uns vollkommen wurst sein, weil wir nicht daran gebunden sind.« Ich beugte mich zu ihr hinunter. »Sehen Sie meine Freundin dort in der Tür? Sie hat eine Schrotflinte im Kofferraum ihres Autos. Was glauben Sie, wie viel Spaß es ihr machen wird, Ihnen damit die Kniescheiben wegzuschießen?«

»Sie sind nicht von der Polizei?« Cunningham riss ihren Blick einen Moment lang von mir los, um sich zu Babs umzublicken. »Sie können mir nichts tun. Ich bin schw–«

»Also, wenn ich's mir so überlege...«, Babs ließ ihre Schultern kreisen und ballte die Fäuste, »...spar ich mir lieber die Patronen. Und nehm stattdessen dieses Brecheisen. Mit so 'nem Ding kann man 'ne ganz schöne Schweinerei anrichten.«

»Ich glaube Ihnen nicht.« Sie hob das Kinn. »Sie versuchen mich einzuschüchtern, aber das gelingt Ihnen nicht.« Ein Kettensägen-Lächeln. »Ich bin schwanger. Wollen Sie wirklich einer schwangeren Frau die Kniescheiben zertrümmern? Nee. Hab ich mir doch gedacht. Und jetzt verschwinden Sie aus meinem Haus!«

Alice setzte sich ans andere Ende des Sofas. Sie verschränkte die Finger im Schoß. »Virginia, Sie haben recht. Sie werden Ihnen nicht wehtun. Wie könnten sie? Aber sehen Sie, wir sind hinter einem sehr bösen Menschen her, der Frauen aufschneidet und Sachen in sie einnäht. Und wir glauben, dass Sie vielleicht wissen, wer derjenige ist. Wäre es nicht schön, zur Abwechslung einmal auf der richtigen Seite zu sein?«

»Ich will, dass Sie mein Haus verlassen.«

Alice sah zu mir auf. »Ash, wann war der Anruf?«

Ich rief rasch die E-Mail von Sabir auf. »Letzten Mittwoch – vor fünf Tagen. Nachmittags um halb fünf. Das Gespräch dauerte fünfzehn Minuten.«

Cunningham verschränkte die Arme unter ihren angeschwollenen Brüsten. »Raus hier, oder ich schreie.«

»Virginia, es ist nicht Ihre Schuld, dass die Gesellschaft Ihre Liebe nicht versteht, oder? Sie lieben diese Jungen, und die Jungen lieben Sie, nicht wahr? Aber der Mann, der da draußen sein Unwesen treibt, ist kein lieber Mann. Was da passiert, *ist* seine Schuld. Wir sind nur seinetwegen hier. Durch ihn sind wir auf Sie gekommen.«

»Ich...« Sie klappte den Mund zu. Zog eine Schulter fast bis zum Ohr hoch. »Ich habe nichts getan.«

»Das weiß ich, Virginia, aber jetzt brauchen wir Sie. Sie müssen eine Heldin sein und uns helfen, ihn zu fassen. Sie wollen doch eine Heldin sein, oder nicht? Sie wünschen sich doch, dass die Leute zur Abwechslung einmal zu Ihnen aufschauen? Die haben doch alle ganz verquere Vorstellungen, nicht wahr? Die glauben, dass Sie ein Ungeheuer sind, dabei sind Sie das doch gar nicht. Wäre es nicht schön, wenn Sie ihnen das zeigen könnten? Es wird Ihnen nichts Schlimmes passieren, das verspreche ich Ihnen.«

»Ich...« Ein Seufzer. Dann hob sie den Blick in die Zimmerecke, als ob die Antwort dort geschrieben stünde. »Sie kennen mich nicht. Nicht mein *wahres* Ich.«

»Also, jemand hat Sie letzten Mittwoch um halb fünf angerufen. War es jemand, den Sie kennen?«

»Ich... Ich erinnere mich nicht. Hab eine Menge Anrufe bekommen letzte Woche. Die ganzen Vorbereitungen für die Geburt, wissen Sie? Um sicherzustellen, dass alles in Ordnung ist.«

»Denken Sie an letzten Mittwoch zurück – halb fünf. Was haben Sie da gemacht?«

Diesmal zuckte ihr Blick zu der Kamera auf dem Stativ. »Ich habe... einen Kuchen gebacken. Einen Schokoladenkuchen. Schokolade mag jeder.«

»Und hat da das Telefon geklingelt, Virginia?«

Sie runzelte die Stirn. »Das war so eine Umfrage, glaube ich. Sie wissen schon, so in der Art: ›Auf einer Skala von eins bis fünf, wie würden Sie die für Sie zuständige Hebamme bewerten?‹ Und so weiter und so weiter.«

Alice legte Cunningham eine Hand aufs Knie. »War da noch etwas? Hat sonst noch jemand angerufen?«

Sie schüttelte den Kopf. »Nein, es war nur diese blöde Umfrage, das weiß ich noch, weil ich gerade beschäftigt war mit… Kuchenbacken.«

»Sind Sie sicher?«

»Hab ich doch gerade gesagt, oder nicht?«

»Okay, ich glaube Ihnen.« Alice tätschelte ihr Knie. Dann sah sie zu mir auf. »Das war's.«

»Virginia Cunningham, ich verhafte Sie auf der Grundlage des Schottischen Gewohnheitsrechts wegen der Anfertigung und des Besitzes unsittlicher Aufnahmen von Kindern sowie des sexuellen Missbrauchs eines Kleinkindes durch Penetration wie im Sexual Offences Scotland Act von 2009 definiert.«

Sie fuhr zu Alice herum und funkelte sie an. »Sie haben gesagt, dass mir nichts passieren würde. Ich habe Ihnen *vertraut*!« Dann sammelte sie Spucke und spie einen schaumigen Batzen Schleim aus, der an Alice' Wange klatschte. »Miststück!«

»Okay, Mrs Cunningham.« Babs trat vor, packte sie an den Schultern und zog sie vom Sofa hoch. Sie sah mich an. »Soll ich sie ins Auto schaffen?«

»Lassen Sie mich los!« Die Augen weit aufgerissen, Schaumbläschen um die Mundwinkel. »Ich zeig Sie wegen Körperverletzung an, Sie können nicht…«

»Ach, seien Sie doch still. Das nennt sich ›angemessene körperliche Gewalt‹.« Ich zog mein Handy aus der Tasche. »Bringen Sie sie in die Küche. Wenn wir sie vom Grundstück entfernen, ist es eine Entführung. Wir wollen doch, dass alles einwandfrei abläuft.«

»Ich will meinen Scheißanwalt!«

»Aber sicher doch.« Babs schwang sie herum und bugsierte sie zur Wohnzimmertür hinaus, die sie hinter ihnen zuzog.

Auf dem Couchtisch stand eine Schachtel Kleenex neben einem Stapel vollgekritzelter Malbücher. Ich zog ein paar Papiertaschentücher heraus und drückte sie Alice in die Hand. »Alles okay?«

Sie wischte sich die Wange ab, das Gesicht zu einer Grimasse verzerrt. »Ich glaube, dass Virginia die Wahrheit gesagt hat, was den Anruf betrifft. Das mit dem Kuchen war offensichtlich gelogen.« Sie zerknüllte das Taschentuch, und einen Moment lang schien es, als ob sie es auf den Boden werfen wollte. Dann zog sie einen Beweismittelbeutel aus der Tasche und tütete es stattdessen ein. »Man kann ja nie wissen, ob man nicht mal eine DNS-Probe braucht.«

Ich streckte die Hand aus und half ihr vom Sofa auf. »Aber wer macht denn Telefonumfragen zu Hebammendiensten von einer Telefonzelle irgendwo in der Pampa aus…?«

Alice starrte mich an. »Was ist?«

Ich tippte die Nummer der Leitstelle in das Smartphone.

»*Division Oldcastle, was kann ich…*«

»Ich will das Dezernat Straftäter-Übergangsbegleitung: McKevitt oder Nenova – wer, ist mir egal.«

Alice sah mich stirnrunzelnd an.

»*Sekunde… ich stelle Sie durch.*«

»Komm.« Ich humpelte aus dem Wohnzimmer über den Flur zur Küche, während Vivaldis *Vier Jahreszeiten* aus dem Telefon dudelten.

Babs stand am Kühlschrank, die Arme vor der Brust verschränkt, während Cunningham zusammengesunken an einer winzigen Frühstückstheke hockte, vor sich einen Becher Joghurt.

Ich baute mich vor ihr auf. »Wer hat Sie im CHI betreut?«

Sie bleckte die Zähne. »Sie halten sich wohl für besonders schlau, wie? Aber das sind Sie nicht. Sie sind dumm, und es wird Ihnen noch *leidtun*.«

»Es tut mir jetzt schon verdammt leid, und jetzt beantworten Sie die Frage: Wer ist Ihre Hebamme?«

»Es ist alles Ihre Schuld. Das werde ich denen sagen. Alles – Ihre – Schuld.«

»Na schön.« Ich trat einen Schritt zurück und richtete mich zu voller Größe auf. »Dann lasse ich mir die Information eben vom Krankenhaus geben. Und Sie können von mir aus den Rest Ihres Lebens hinter Gittern verrotten.«

Eine harte Frauenstimme tönte aus dem Telefon. »*Nenova.*«

»Ich habe hier eine Ihrer Kundinnen mit einem Camcorder voll mit selbstgemachten Kinderpornos.«

Eine kleine Pause, dann ein Stöhnen. »*Wer ist es diesmal?*«

Cunningham schoss mir wütende Blicke zu. »Was krieg ich dafür?«

»Ist mir egal, wenn Sie sich selbst keinen Gefallen tun wollen.«

»*Gefallen? Hallo?*«

»Ich meine nicht Sie. Virginia Cunningham.«

»*Herrgott noch mal, wir waren doch erst vor drei Tagen bei ihr!*«

»Dann kennen Sie ja den Weg. Also sehen Sie zu, dass Sie herkommen.«

Ein knirschendes Geräusch und dann eine gedämpfte Stimme, die nicht mehr ganz so hart klang. »*Billy? Wir müssen los... Nein, diese blöde Virginia Cunningham...*«

Der Star der Show hielt meinem Blick zwei Atemzüge lang stand. Dann sah sie weg und tauchte den Löffel in ihren Joghurt. »Meine Hebamme heißt Jessica irgendwas. McNab oder McDougal – so was Ähnliches. Eher unscheinbar, aber sie hat wunderschöne Augen.« Ein Lächeln. »Ich hab mal einen kleinen Jungen gekannt, der hatte solche Augen. So was von strahlend blau.«

Unscheinbar, mit blauen Augen. »Nicht McNab, sondern McFee. Jessica McFee?«

Ein Achselzucken. Dann wurde das Lächeln schärfer. »Vergessen Sie nicht: Es ist alles Ihre Schuld.«

Diesmal nicht.

23

Ich trat zurück und hielt die Haustür auf. »Sie haben sich aber Zeit gelassen.«

Die Detective Constable, die auf der Vortreppe stand, steckte ihren Dienstausweis in ihre geräumige Umhängetasche zurück. DC Nenova reichte mir kaum bis zur Schulter und trug eine säuerliche Miene zur Schau, die Krähenfüße um ihre Augen machte. Jeans und Jeansjacke, dazu ein einfarbiges T-Shirt mit Tiermuster. Lockiges braunes Haar, nicht ganz schulterlang. Live war ihre Stimme sogar noch schneidender. »Wenn wir mehr als zehn Minuten zu spät kommen, dürfen Sie Ihre Sexualstraftäterin gratis behalten.« Sie sah sich um. »Billy, mach hin, ja?«

Sie trat ins Haus, um nicht länger im Regen zu stehen, und senkte die Stimme. »Jetzt mal im Vertrauen – diese Pornos, die Virginia gedreht hat...?«

»Ein kleiner blonder Junge, vier oder fünf Jahre alt.«

»O Gott.« Ein gequälter Ausdruck huschte über ihr Gesicht. »Sie hat doch nicht... Sie wissen schon?«

»Ich dachte, Sie sollten sie *überwachen*?«

»Das tun wir auch. Das haben wir getan.« Sie hob die Schultern. »Nun schauen Sie mich mal nicht so an – Sie wissen doch, wie das ist. Wir haben hier so viele Sextäter pro Kopf der Bevölkerung wie nirgendwo sonst im Land. Wir können sie einfach nicht *alle* rund um die Uhr im Auge haben. Dazu haben wir weder das Personal noch die Mittel. Wir tun, was wir können.«

Ein kleiner dünner Mann kam hinter ihr den Gartenweg entlanggehetzt und bremste kurz vor der Schwelle ab. »Aus dem Weg, Julia, hier draußen schifft's wie aus Kübeln.«

Nenova machte Platz, und er zwängte sich in die Diele. Dann streckte er mir die Hand hin. »Billy McKevitt, Übergangsbegleitung. Danke, dass Sie uns angerufen haben, Mr …?«

Julia boxte ihn. »Das ist Ash Henderson. Erinnerst du dich? Er war DI, bis sie ihn wegen dieser Chakrabarti-Geschichte zum DC degradiert haben. Seine kleine Tochter wurde von diesem Gratulator …« Sie hielt inne. Leckte sich die Lippen. »Ähm … tut mir leid. Ich wollte nur sagen: Er ist einer von uns.«

»Ah, okay.« McKevitt nickte. »Also, was liegt vor?«

Ich gab Nenova den Camcorder. Sie drehte ihn in den Händen, klappte den Monitor aus und machte sich dann auf die Suche nach dem Einschaltknopf. »Sie haben die Kassette nicht angefasst, oder? Ist sicher voll mit Fingerabdrücken …« Ihre Miene wurde wieder ernst. »Hat sie gesagt, wo sie ihn kennengelernt hat? Den Jungen? Ich meine nur – Ah, da ist es.« Der Bildschirm wurde hell, der Ton gedämpft durch ihre Hand, die auf dem Lautsprecher lag. Ächzen, Stöhnen, ein helles Schluchzen.

Alles Leben wich aus Nenovas Gesicht. Sie kniff die Lippen zusammen, ihre Schultern sackten nach unten. »Verdammtes Miststück.«

Sie reichte McKevitt die Kamera. »Was?« Sein Gesicht machte die gleiche Veränderung durch. Dann tippte er auf den Monitor und spulte zurück. Und stand fast eine Minute lang schweigend da. »Da sind mindestens drei Kinder zu sehen.« Er knallte die Haustür zu. Die letzten Reste der Glasscheibe fielen heraus. »Aaaaaaaah! Zwei Jahre haben wir sie überwacht und alles für den Arsch!«

Nenova hielt ihre Handtasche an die Seite gedrückt. »Wo ist sie?«

»In der Küche.«

»Okay.« Das Kinn gereckt, die Schultern gestrafft, marschierte Nenova den Flur entlang. »Virginia Cunningham, was zum Henker haben Sie sich dabei gedacht?«

Ich folgte ihr in die Küche, McKevitt bildete die Nachhut.

Cunningham saß noch immer an der Frühstückstheke, die mit Schokoladenpapierchen und zerdrückten Joghurtbechern übersät war. Vor ihr stand eine halbe Flasche Gordons Gin, von deren Inhalt nicht mehr viel übrig war. Sie nahm noch einen kräftigen Schluck. »Ich will meinen Anwalt.« Sie zeigte mit dem Finger auf mich, dann auf Alice und schließlich auf Babs. »Diese Schweine haben sich als Polizisten ausgegeben und sich gewaltsam Zutritt zu meinem Haus verschafft. Sie haben mich tätlich angegriffen, eine illegale Hausdurchsuchung durchgeführt und mich gegen meinen Willen festgehalten.«

Nenova sah mich mit hochgezogener Braue an.

»Das habe ich anders in Erinnerung. Als wir hier eintrafen, machte Ms Cunningham einen verstörten Eindruck. Besorgt um ihre Sicherheit, verschafften wir uns Zutritt, holten sie aus dem Regen ins Haus und brachten sie durch gutes Zureden dazu, sich trockene Kleider anzuziehen. Dann entdeckten wir, dass im Wohnzimmer der Camcorder lief und kinderpornografische Aufnahmen zeigte. Daraufhin machte ich von meinem Jedermann-Festnahmerecht Gebrauch, um sie an der Flucht zu hindern, und rief Sie an.«

Cunningham stand der Mund offen. »Sie werden diesen Scheiß doch hoffentlich nicht *glauben*? Er hat mir erzählt, er sei Polizist. Er hat mir sogar seinen Ausweis gezeigt!«

»Ms Cunningham irrt. Vielleicht hat sie gehört, wie ich von meiner Partnerin als ›Officer Crawford‹ sprach.« Ich nickte Babs zu. »Und nahm an, dass damit *Police* Officer gemeint sei.«

Babs grinste. »Dabei bin ich in Wirklichkeit Vollzugsbeamtin. Da muss eine Verwechslung vorliegen.«

»Sie lügen!«

Nenova legte den laufenden Camcorder mit ausgeklapptem Monitor auf die Arbeitsplatte.

»*Komm schon, Schätzchen, tu's für Mami …*«

Cunningham sah weg.

»Hab ich mir gedacht.« Nenova klappte den Monitor ein und schaltete das Ding aus. »Virginia Cunningham, ich verhafte Sie wegen des Besitzes unsittlicher Aufnahmen von Kindern …«

Ich wischte ein Guckloch in das beschlagene Fenster des Suzuki. »Ja, sie führen sie gerade ab.«

McKevitt trat aus Cunninghams Haus, schaltete das Licht aus, schloss die Haustür ab und rannte dann mit hochgezogenen Schultern auf den ungekennzeichneten Vauxhall zu, der am Straßenrand parkte. Sobald er auf dem Rücksitz neben Cunningham saß, stieg Nenova aus und kam durch den strömenden Regen auf unser Auto zu. Sie klopfte ans Fenster.

Ich drehte es herunter und hielt das Handy an meine Brust, sodass das Mikrofon abgedeckt war. »Stimmt etwas nicht?«

Sie stützte sich mit einer Hand am Dach ab und steckte den Kopf zum Fenster herein. »Das war alles erstunken und erlogen, nicht wahr? Sie haben sich als Polizist ausgegeben, sich gewaltsam Zutritt verschafft und eine Hausdurchsuchung ohne richterlichen Beschluss durchgeführt.«

»Wir?« Ich setzte eine Unschuldsmiene auf. »Nein, es hat sich alles so abgespielt, wie ich es geschildert habe, nicht wahr, Babs? Alice?«

Alice blickte von einem der Inside-Man-Briefe auf. Der gelbe Textmarker ragte aus ihrem Mundwinkel wie eine Neon-Zigarre. »O ja, ganz bestimmt, ich meine, warum sollten wir über so etwas Lügengeschichten erzählen?«

Babs grinste. »Wort für Wort die reine Wahrheit.«

»Sehen Sie, Detective Constable? Wir sind doch alle auf derselben Seite.«

Nenova schniefte. Blickte sich zum Vauxhall um. »Also, dann achten Sie aber auch drauf, dass Sie bei der Geschichte bleiben, okay? Und hören Sie auf, den Leuten zu erzählen, Sie seien Polizist. Solche Mätzchen sind illegal.«

Der Regen trommelte auf das Autodach, fast laut genug, um das auf vollen Touren laufende Gebläse zu übertönen.

»Na schön.« Sie richtete sich auf und streckte die Hand durchs offene Fenster, um meine zu schütteln. »Danke. Jetzt können wir wenigstens dafür sorgen, dass sie hinter Gitter kommt, wo sie hingehört.« Dann machte Nenova auf dem Absatz kehrt und stapfte zu ihrem eigenen Auto zurück.

Die Scheinwerfer des Vauxhall leuchteten auf, als der Wagen vom Bordstein wegfuhr. Vom Rücksitz schoss Cunningham uns hasserfüllte Blicke zu. Ich nahm das Telefon wieder ans Ohr. »Haben Sie das gehört?«

Jacobsons Stimme klang, als ob er auf etwas herumkaute. »*Was – dass Sie sich als Polizist ausgegeben haben? Nein, kein Wort.*«

»Cunningham sagt, das Krankenhaus habe ihr Jessica McFee als Hebamme zugeteilt. Cunningham wurde von derselben Telefonzelle aus angerufen, neben der drei Tage später Claire Youngs Leiche abgelegt wurde, und man stellte ihr Fragen über Jessica.«

»*Und?*«

»Vielleicht ist Virginia Cunningham nicht die Einzige, die er angerufen hat, um an Informationen zu gelangen. Besorgen Sie Sabir eine Liste sämtlicher Frauen, die Jessica McFee betreut hat. Dann lassen Sie Cooper recherchieren, ob von denen auch welche Anrufe bekommen haben. Und dann machen Sie dasselbe für die Eltern von Claire Youngs kleinen Patienten. Alice glaubt, dass der Inside Man herausfinden will, ob sie gut mit Kindern können – ob sie gute Mütter sind.«

Am anderen Ende war es still.

Alice drehte sich auf ihrem Sitz um. »Sag ihm, dass wir Barbara am Bahnhof absetzen werden.«

Neben ihr schüttelte Babs den Kopf. »O nein, kommt nicht infrage. Ich habe mir eine Nacht in einem Hotel und einen braunen Umschlag voll Cash verdient. Ein Abendessen wär auch nicht übel.«

»Jacobson, sind Sie noch dran?«

»*Würden Sie mir jetzt vielleicht mal erklären, warum Sie es nicht für nötig hielten, mich über Ihre Pläne auf dem Laufenden zu halten?*«

»Wollen Sie von mir Probleme oder Lösungen?«

»*Hat man Ihnen das bei irgendeinem Managementkurs beigebracht?*«

»Eine Quizfrage für Sie: Woher wusste der Inside Man, dass Jessica McFee Cunninghams Hebamme war? Woher hatte er ihre Telefonnummer?«

Wieder eine Pause, dann: »*Ah…*«

»Claire Young war in der Pädiatrie, Jessica McFee ist Hebamme. Wollen wir mal versuchen, die Punkte zu einem Bild zusammenzusetzen?«

»Ist es das?« Babs stand mit dem Rucksack in der Hand auf dem Gehsteig und blickte zu dem Travelodge-Hotel in der Greenwood Street auf. »Im Ernst?«

Ich zuckte mit den Achseln. »Schauen Sie nicht mich an. Ich hab's nicht gebucht.«

»Hätt ich mir irgendwie schicker vorgestellt…«

Hinter uns mischte sich das Dieselgeknatter von Black-Cab-Taxis mit einer Lautsprecherdurchsage, die davor warnte, sein Gepäck unbeaufsichtigt zu lassen, weil es sonst entfernt und vernichtet würde, und dem Getöse eines abfahrenden Zuges.

»Falls Sie Hunger haben – die können Ihnen sicher noch was Deftiges zusammenbrutzeln.«

Sie schwang ihren Rucksack über die Schulter. »Diese Bullen sind doch die letzten Geizkragen...« Dann stapfte sie auf die Automatiktüren zu. »Und wehe, es ist kein Doppelzimmer.«

Ich stieg wieder ein und griff nach dem Telefon, um mich bei Shifty zu melden. »Hast du die Info, nach der ich dich gefragt hatte?«

»*Hast du wirklich bei dieser Kinderschänderin eine illegale Hausdurchsuchung gemacht?*«

»Als Privatmensch brauchst du keinen Durchsuchungsbeschluss, Shifty. Das ist mit Sicherheit kein Grund, den Film nicht als Beweismittel zuzulassen.«

»*Ich kenn da so einen kleinen Hooligan, der schuldet mir den einen oder anderen Gefallen. Ich treff mich in einer Stunde mit ihm, um mir erzählen zu lassen, wie das Grundstück von ihr-deren-Name-nicht-genannt-werden-darf gesichert ist. Ich tippe auf große Hunde und Stacheldraht. Und du?*«

Bob der Baumeister grinste vom Rücksitz zu mir auf, den gelben Schraubenschlüssel in der Hand. »Das schaffen wir schon.«

»*Es gibt nur ein Problem: Heute Nacht geht's nicht. Mein Informant sagt, sie fährt nach Edinburgh zu so einer Wohltätigkeits-Boxveranstaltung. Kommt erst morgen zurück.*«

Verdammter Mist...

Na ja, konnte man eben nichts machen. Wenn sie nicht da war, dann war sie nicht da. »Okay, ich hab sowieso genug von großen Hunden für einen Tag.«

Alice zupfte an meinem Ärmel. »Bleibt es dabei, dass David das Essen vom Inder holt, oder müssen wir das auf dem Nachhauseweg machen?«

»Wir fahren nicht nach Hause.« Dann wieder ins Telefon: »Wir müssen noch ein paar Dinge erledigen. Du hast ja den Schlüssel. Und, Shifty...?«

»*Was?*«

»Ein anständiges Curry, ja? Vom Punjabi Castle, nicht von irgendeiner fragwürdigen Billigbude.«

Es war nach acht, als wir in die Camburn View Crescent einbogen. Die Wohnsiedlung kreiste uns ein wie ein Wirbelsturm aus Backstein – identische Häuser mit identischen Vorgärten und identischen Geländewagen in den identischen Einfahrten, alle erhellt von identischen Straßenlaternen, die den Regen in schimmernde Bernsteintropfen verwandelten. Hinter den Häusern zeichneten sich die Bäume von Camburn Woods als dichte Silhouetten ab. Schwere dunkle Wolken hingen darüber am Nachthimmel.

Ruth beugte sich auf dem Beifahrersitz vor und starrte durch die Bögen der Scheibenwischer nach draußen. »Ich kann das nicht ...«

Alice lächelte sie an. »Stellen Sie sich einfach vor, dass Sie in der strahlenden Sonne stehen, wie wir es geübt haben. Spüren Sie die Wärme, die Ihnen bis in die Knochen dringt. Friedlich, ruhig und entspannt.«

Ruth rutschte in ihrem Sitz hin und her, die zitternden Finger auf dem schwarzen Plastik des Armaturenbretts. »Vielleicht sollten wir einfach nach Hause fahren ...?«

Ich legte ihr eine Hand auf die Schulter, und sie zuckte zusammen. »Es wird bestimmt gut, Sie waren schließlich Freundinnen, nicht wahr?«

»Es ist bloß ... Ich *kenne* sie nicht mehr ...«

»Sie schaffen das schon. Friedlich, ruhig und entspannt.«

Alice kletterte hinaus in die Nacht. Ein paar Sekunden später folgte ihr Ruth und ließ mich allein mit dem Sitz kämpfen.

Endlich fand ich den kleinen Hebel, klappte das Ding nach vorne und kletterte darüber hinweg auf die Straße. Ein Geruch nach Holzrauch und Schwefel hing in der feuchten Luft, versetzt mit einer moschusartigen Note. Feuchte Erde und verrottendes Laub.

Der Regen durchtränkte meine Haare, kalt und feucht rann es mir den Nacken hinunter.

Ruth drückte sich dichter an Alice und tastete fahrig nach ihrer Hand, hielt sie fest wie ein kleines Mädchen, das Angst hat, sich zu verirren.

»Friedlich, ruhig und entspannt.«

»Okay...«

Ich folgte ihnen in die Einfahrt, vorbei an dem klobigen, überdimensionierten Mini zur Haustür und drückte die Klingel.

Nichts rührte sich. Also versuchte ich es noch einmal.

Ruth trat nervös von einem Fuß auf den anderen. Ihr Atem war eine hellgraue Wolke. »Sie hat es sich anders überlegt, sie will nicht mit uns reden...«

»Vertrauen Sie mir.« Noch ein Versuch.

Endlich wurde die Tür eine Handbreit geöffnet, und ein Mann spähte heraus. Kurzes rotbraunes Haar, runde Wangen, helle Brauen über den nervös zuckenden Augen. Er musterte Alice von Kopf bis Fuß, als ob er sich ihr Aussehen einprägen wollte. »Sind Sie...« Sein Blick ging weiter zu Ruth. Und dann stand er nur da und bekam den Mund nicht mehr zu.

»Sie erinnern sich an Miss Laughlin.« Ich deutete auf sie. »Sie war Lauras Mitbewohnerin.«

Seine Augen verengten sich. »Du liebe Zeit... Ruth?«

In ihrem Gesicht blitzte kurz etwas auf, das wohl ein Lächeln darstellen sollte. »Hallo, Christopher.«

»Ich fass es nicht...« Er blinzelte ein paarmal. Dann zog er die Tür ganz auf, trat hinaus in den Regen und umarmte sie.

Sie hielt die Arme steif am Körper.

»Wie geht es dir? Mein Gott, das ist Jahre her.« Er blinzelte wieder. »Du... Komm doch bitte rein, mein Gott, entschuldige bitte, ich lass dich da draußen im Regen stehen. Wir... Laura kann es sicher kaum erwarten, dich zu sehen.«

Er zog Ruth ins Haus, trat zurück, um Alice vorbeizulassen, und schloss dann hinter mir die Tür. »Es tut mir leid, aber wir müssen vorsichtig sein.« Er zuckte mit den Achseln. »Wegen der Journalisten. Entschuldigen Sie mich...« Er zwängte sich an uns dreien vorbei. »Wenn Sie einen Moment hier warten würden... ich muss erst mal nach Laura sehen. Sie ist manchmal ein bisschen... Die Schwangerschaft, wissen Sie?« Christopher eilte über den Flur davon, verschwand in der Küche und machte die Tür hinter sich zu.

Ruths Mundwinkel zuckten nervös. »Was ist, wenn sie uns rauswirft? Wenn sie mich gar nicht sehen...«

»Spüren Sie die warme Sonne auf Ihrem Gesicht. Friedlich, ruhig und entspannt.«

Schweigen.

Der Flur wirkte anonym – schlichter cremefarbener Anstrich, Laminatboden, ein einziges nichtssagendes Landschaftsgemälde an die Wand geschraubt. Man kam sich vor wie in einem Hotelzimmer.

Die Küchentür ging wieder auf. »Kommen Sie doch rein, bitte... Ich habe Wasser aufgesetzt.«

Christopher machte Platz, und Ruth trat zögernd ein. Wir warteten ein paar Takte und folgten ihr dann.

Eine hochschwangere Frau stand am Spülbecken und schälte Kartoffeln. Ihre leuchtend kupferroten Locken waren zu einem wuscheligen Pferdeschwanz gebunden, der bis zur Mitte ihres kittelartigen Oberteils reichte. Laura Strachan blickte sich um. Sie lächelte nicht. »Die verdammte Presse lässt uns keine Ruhe, seit dieses Dreckschwein meine Krankenunterlagen in die Finger gekriegt hat. Was hat diese Leveson-Untersuchungskommission denn überhaupt bewirkt, kann mir das mal jemand sagen?« Sie warf eine nackte Kartoffel in den Topf, und ein

Schwall Wasser spritzte auf die Arbeitsplatte. »Wir können uns nicht mal mehr in unserem eigenen Haus aufhalten, es ist wie eine Belagerung – überall Kameras und Mikrofone und Journalisten.«

Christopher öffnete einen Schrank und nahm ein paar Becher heraus. »Na ja, wir könnten immer noch auf das Angebot von *Hello!* eingehen und…«

Laura Strachans Miene verfinsterte sich. »Dieses Thema ist erledigt.«

»Es kann nicht schaden, darüber *nachzudenken*, mehr sage ich ja gar nicht. Früher oder später wird uns jemand finden, und dann sind die Fotos sowieso in allen Zeitungen. So hätten wir es wenigstens noch einigermaßen in der Hand.«

Ruth wirkte ungefähr zwei Nummern kleiner als vorhin im Auto, so gebeugt stand sie da, die Hände krampfhaft vor der Brust verschränkt. »Laura, ich…« Sie starrte auf ihre Füße. »Es tut mir leid.«

Die nächste Kartoffel landete im Topf. »Ich wollte dich besuchen, als du im Krankenhaus warst, aber es hieß, du seist nicht in der Lage, Besuch zu empfangen. Du hättest in der Klapse einen Selbstmordversuch begangen. Du hättest den Verstand verloren.«

Ruth machte einen Mund wie ein Goldfisch. »Es… Ich…«

Alice legte ihr eine Hand auf den Arm. »Jeder Mensch geht auf seine Weise mit Stress um.«

Sie sah weg. »Ich habe gewusst, dass das ein Fehler war. Es tut mir leid. Ich gehe jetzt.«

»Mein Gott, Schatz, ich bitte dich.« Christopher rieb Lauras Schultern. »Ich wette, es hat Ruth jede Menge Überwindung gekostet herzukommen, nach allem, was sie durchgemacht hat. Da musst du doch nicht gleich…« Er räusperte sich. Drehte sich um und machte den Kühlschrank auf. »Wer nimmt Milch?«

»Was muss ich nicht? Rumzicken? Stress machen? Na los, Christopher, sag's schon – was muss ich nicht?«

Ruth rieb sich mit der Handfläche über die Augen. »Ich hätte nicht kommen sollen.«

Ich trat auf Laura zu. »Das war Ruth sehr wichtig. Sie dachte, Sie seien ihre Freundin.«

Laura funkelte mich an. »Sie wollte sich umbringen und mich im Stich lassen! Haben Sie *irgendeine* Vorstellung, was das für ein Gefühl ist?«

Ich starrte einfach nur zurück.

Sie warf den Kartoffelschäler ins Spülbecken, drehte sich um und zog ihren Kittel hoch, um mir ihren angeschwollenen Bauch zu zeigen. »Schauen Sie mich an!«

Sie hatte vielleicht noch vier Wochen bis zum Termin, allenfalls fünf oder sechs. Ihr Bauch war gigantisch.

Eine runzlige Narbe zog sich von einem Punkt etwa eine Handbreit unter dem Rand ihres verwaschenen BHs nach unten und verschwand unter dem Gummizug ihrer Hose. Eine kürzere Narbe schnitt die erste nach etwa einem Drittel der Länge im rechten Winkel – zwei rosig glänzende Linien, straff gespannt durch das Baby, das in ihr wuchs.

Das Wasser im Kocher brodelte, dann ein Klicken, und es wurde still im Raum.

Ruth knöpfte ihre gefütterte Jacke auf. Sie zog ihr Sweatshirt hoch, dann das blaue T-Shirt darunter und zeigte ihre kreuzförmigen Narben, identisch mit denen von Laura.

Die zwei Frauen nickten, dann bedeckten sie ihre Bäuche wieder. Verbunden durch ein unsichtbares Band, Mitglieder eines exklusiven und entsetzlichen Clubs.

Laura griff wieder nach dem Kartoffelschäler. »Christopher, bring die anderen ins Wohnzimmer. Ruth und ich haben einiges zu bereden.«

24

»Danke, dass du das organisiert hast.« Alice drehte den Zündschlüssel um.

Auf dem Rücksitz zuckte ich mit den Achseln und löschte dann Shiftys SMS, in der er mich daran erinnert hatte, noch Bier zu besorgen. »Ruth hat das alles nicht verdient.« Eine vielversprechende Berufslaufbahn, zerstört von einem miesen Dreckstück mit einem Skalpell, einem privaten OP-Saal und einer Schwäche für das Foltern von Krankenschwestern.

Die Scheibenwischer schwenkten träge quietschend hin und her und schaufelten den Nieselregen weg. Draußen ging die Tür von Nummer 13 auf, und warmes Licht fiel hinaus in die Einfahrt. Ruth und Laura umarmten sich ein wenig unbeholfen, behindert durch Lauras sperrigen Babybauch. Dann lachten sie beide. Küsschen auf die Wange, und Ruth kam zum Auto, nicht ohne sich noch zweimal umzudrehen.

Alice lächelte mir im Innenspiegel zu. »Stell dir vor, die Leute würden auf einmal herausfinden, dass du gar nicht der furchteinflößende, mürrische alte Kotzbrocken bist, für den du dich ausgibst?«

»Sei nicht so frech.«

Ruth öffnete die Beifahrertür und stieg ein. Sie wischte sich die feucht glänzenden Wangen. »Danke.«

Alice fuhr los, am Rand von Camburn Woods vorbei und zurück nach Cowskillin, während Ruth sich darüber ausließ, wie toll es war, Laura wiederzusehen, und dass sie die besten Freundinnen seien, und war das mit dem Baby nicht einfach wunderbar, und eigentlich gab es doch für jeden Hoffnung, wenn man es sich recht überlegte, und war das nicht fantastisch...

Mein Telefon klingelte, als wir gerade durch den Doyle-Kreisverkehr fuhren: Professor Huntly.

»Was gibt's?«

»*Ah, Mr Henderson, verraten Sie mir doch, ob Sie vorhaben, uns heute Abend im Postman's Head mit Ihrer Anwesenheit zu beehren?*«

»Was wollen Sie, Huntly?«

»*Es ist gute Tradition, dass das Team sich trifft, um die Abenteuer des Tages zu besprechen. Auf diese Weise sind alle immer auf dem neuesten Stand.*«

Na toll – noch mal zwei Stunden lang zuhören müssen, wie jeder Einzelne lang und breit darüber berichtete, wie wenig er im Lauf des Tages erreicht hatte. Perfekt.

Und es gab keine Möglichkeit, mich darum zu drücken. Oder?

Einen Versuch war es wert.

»Ist Jacobson da?«

»*Einen Moment.*«

Zu unserer Rechten zog das City-Stadion vorbei. Dunkel und öde. Jemand hatte zwei Bettlaken an den Metallaufbauten angebracht. »Gebt uns die Warries zurück!« stand auf dem einen, »Für Fussball, gegen Kürzungen!« auf dem anderen, beides mit blutroter Farbe geschrieben. Sie hingen offensichtlich schon eine ganze Weile dort – der Stoff schmutzig und zerfleddert, die Ränder vom Wind ausgefranst.

Ruth blickte aus dem Fenster und strahlte vor Rührung übers ganze Gesicht.

Dann war Jacobson wieder da. Er hörte sich an, als ob er auf etwas kaute. »*Ash?*«

»Ja, wegen dieser Teambesprechung – wär's möglich, dass

ich mich da ausklinke? Ich habe bei Wee Free eine Schrotflintenladung Steinsalz in die Rippen gekriegt. Jedes Mal, wenn ich atme, ist es, als ob jemand mit dem Messer auf mich einsticht. Ich muss dringend nach Hause und mich eine Weile in die Badewanne legen, sonst kann ich mich bald überhaupt nicht mehr rühren.«

»*Er hat auf Sie geschossen?*«

»Nicht er – Babs. Aber der Fairness halber muss man sagen, dass Wee Frees Hunde mir gerade an die Kehle gehen wollten.«

»*Verstehe…*« Ein Seufzer. »*Nun ja, wenn es Sie so gebeutelt hat, dann würde ich sagen, dass wir es vermutlich auch ohne Sie über die Bühne bringen werden.*«

»Tut mir leid.« Immer guten Willen demonstrieren. Und ihm ja keinen Grund liefern, dich wieder in den Knast zu schicken. »Also, wollen Sie mir vielleicht kurz berichten? Damit ich weiß, wo wir stehen?«

Jacobsons Stimme hatte plötzlich ganz viel Hall, als ob er sich vom Telefon wegbewegt hätte. »*Bernard? Bringen Sie Mr Henderson auf den neuesten Stand. Er kommt heute Abend nicht zur Besprechung.*«

Ein Rascheln und Klacken, dann war Huntly wieder dran. »*Nun, während Sie wie gewöhnlich Fez gemacht haben, habe ich wieder einmal brilliert. Diese Spritze, die ich gefunden habe, enthielt Labetalolhydrochlorid, das ist ein Betablocker, der oft zur Behandlung von Hypertonie bei schwangeren Frauen eingesetzt wird. Es senkt also den Blutdruck. Genau das Richtige, wenn Sie vorhaben, jemanden aufzuschlitzen, aber nicht unbedingt wollen, dass die Person Ihnen verblutet. Kriegt man nicht gerade in der Drogerie um die Ecke.*«

Er hatte die Spritze gefunden?

»Was sagt Doc Constantine zur Obduktion?«

»*Ich könnte Ihnen die ganzen medizinischen Details refe-*

rieren, aber ich bezweifle, dass Sie sie verstehen würden, also versuchen wir's mal mit der Sesamstraßen-Version. Claire...«

»Sie glauben, ich trau mich nicht, Sie zu vermöbeln, wie? Gleich morgen früh werden wir zwei uns mal ein bisschen unterhalten, Sie aufgeblasenes Arschloch, Sie.« Bloß weil ich es mir mit Jacobson nicht verderben durfte, hieß das noch lange nicht, dass alle anderen ungeschoren davonkamen.

»*Ah... Nun ja, vielleicht habe ich Ihren Sinn für Humor da ein bisschen falsch eingeschätzt.*«

»Die Obduktion.«

»*Sheila sagt, Claire hatte vier angebrochene Rippen sowie Hämatome im Brustbereich, wie sie nach einer ausgedehnten Herzdruckmassage auftreten würden. Tim wollte also wirklich nicht, dass sie stirbt. Ihre letzte Mahlzeit war ein Bacon-Cheeseburger mit Pommes und Gürkchen und so einer Art Maisflips. Mit Schokoladenkuchen als Nachspeise. Verzehrt sechzehn Stunden vor ihrem Tod.*«

Der Turm der First National Celtic Church ragte über die umliegenden Häuser auf und kratzte an dem kohlschwarzorangefarbenen Himmel. Ruth verschränkte die Arme und stieß einen langgezogenen Seufzer aus, als ob sie etwas jahrelang mit sich herumgeschleppt hätte, das sie jetzt endlich loslassen konnte.

All die Schmerzen und Qualen...

Ich betrachtete stirnrunzelnd mein Spiegelbild. »Wer zum Teufel ist Tim?«

»*So nennen wir ihn jetzt. T.I.M. – The Inside Man. Tim. Sechzehn Stunden bedeutet, dass er wahrscheinlich wartet, bis ihr Magen leer ist, damit sie nicht unter der Narkose an ihrem eigenen Erbrochenen ersticken.*«

Ein Bacon-Cheeseburger mit Flips. Nicht schwer zu erraten, wo ihre letzte Mahlzeit hergekommen war. Eine kleine Trumpfkarte, die ich für mich behalten konnte, bis der richtige Zeitpunkt gekommen war, Jacobson etwas zu präsentieren. *Sehen Sie, Detective Superintendent, ich habe sehr wohl gearbeitet und nicht nur so lange die Zeit totgeschlagen, bis ich dasselbe mit Mrs Kerrigan machen konnte.*

»*Sheila hat auch die OP-Nähte bei Claire Young und der jungen Frau verglichen, die sie noch vom ersten Mal auf Eis liegen hatten.*«

»Natalie May.«

»*Sheila ist der Meinung, dass die Ähnlichkeiten groß genug sind, um die Annahme zu rechtfertigen, dass sie von ein und derselben Person gemacht wurden. Der einzige Unterschied ist, dass die neue Naht gröber ist als die, die Natalie zusammenhält. Sheila glaubt, dass derjenige, der die Nadel geführt hat, aus der Übung ist. Und wenngleich Sheila häufig ein Stachel in meinem Fleisch und eine Säge an meinen Nerven ist, muss ich doch widerwillig eingestehen, dass sie eine verdammt gute Rechtsmedizinerin ist.*« Er räusperte sich. »*Erzählen Sie ihr bloß nie, dass ich das gesagt habe.*«

In der ganzen Straße war keine Menschenseele zu sehen, nur parkende Autos und leere Fenster. »Was ist mit den Überwachungsvideos?«

»*Bear hat sich die Aufnahmen sämtlicher Kameras auf Jessica McFees Weg in die Arbeit rausziehen lassen. Cooper ist etwa zur Hälfte durch. Bis jetzt hab ich von ihm nichts als Gejammer gehört. Der Bursche ist zu nichts zu gebrauchen.*«

»Dann sagen Sie ihm mal, dass er ein bisschen Dampf machen soll. Wir sind hier nicht im Kindergarten. Und vergessen Sie nicht, Jacobson zu sagen, dass er Sabir auch die HOLMES-Daten zur Verfügung stellen soll.«

»*Und apropos zu nichts zu gebrauchen – haben Sie Bear tatsächlich gefragt, ob bei den früheren Opfern ein gynäkologischer DNS-Abstrich genommen wurde?*«

Alice bog in die First Church Road ein und bremste für

einen streunenden Schäferhund ab, der über die Straße trabte und mit gesenktem Schwanz zwischen zwei parkenden Autos verschwand.

»Es liegt mir fern, Ihnen die Laune verderben zu wollen, Mr Henderson, aber auch mit den simpelsten Grundkenntnissen in Biologie sollte Ihnen klar sein, dass die Lebensdauer von Spermien im weiblichen Körper begrenzt ist. Diese Frauen werden drei bis fünf Tage lang festgehalten, ehe er sie irgendwo ablegt, sie werden gründlich gewaschen, und die Inzisionsstelle wird vor dem Eingriff mit Chlorhexidin gereinigt. Wenn Sie also nicht unterstellen wollen, dass er sich die ganze Mühe macht, die Operation unter sterilen Bedingungen durchzuführen, um sie dann hinterher noch auf einen kleinen Quickie zu besteigen, ehe er den Krankenwagen ruft, dürfte bei einer gynäkologischen Untersuchung nicht viel herauskommen, oder?«

Huntly mochte ein Kotzbrocken sein, aber wo er recht hatte, hatte er recht.

Was nicht hieß, dass er nicht darum bettelte, eine Faust in die Fresse zu kriegen.

Alice hielt vor Ruths Haus an. »Da wären wir.«

Ruth drehte sich zu ihr um, beugte sich über die Lücke zwischen den Vordersitzen und umarmte sie. »Ich bin Ihnen so dankbar.«

»Mr Henderson?«

»Was ist mit Auskämmen – vielleicht haben sie ja Schamhaare von ihm gesichert?«

»Ah ja – das ist allerdings eine Möglichkeit.«

Ruth drehte sich nach hinten um und winkte mir zu. »Es ist, als ob... als ob in meinem Leben wieder ein Licht angegangen wäre. Es war so lange dunkel...« Sie streckte die Hand aus und legte sie auf mein Knie. »Gott segne Sie.«

»Freut mich, dass wir helfen konnten.«

»Die Sache hat nur einen Haken – es wurden damals über-

haupt keine gynäkologischen Spuren gesichert. Ich habe beim Krankenhauspersonal nachgefragt: Sie waren zu sehr damit beschäftigt, die Frauen wieder zusammenzunähen, da war keine Zeit für irgendetwas anderes.«

Ruth blinzelte. Sie legte eine Hand flach auf ihre Brust, als ob sie ihr Herz wieder an die richtige Stelle rücken wollte. Dann nickte sie und stieg aus.

»In einer idealen Welt könnten wir uns natürlich einfach die Leichen noch einmal vornehmen. Aber wie Sheila mir sagt, wurden zwei von ihnen eingeäschert, eine ist verschwunden, und wenn ich mir die Obduktionsfotos von Natalie May so anschaue, ist es offensichtlich, dass sie im Intimbereich ... na, sagen wir mal, eine ›Yul-Brynner-Frisur‹ bevorzugte.«

Ich klappte den Beifahrersitz vor und kämpfte mich nach vorne. »Was ist mit Claire Young?«

»Ah ja, die Dame war allerdings mit einem üppig behaarten Mons pubis gesegnet. Einen Augenblick.« Ein leises Piepsen, dann Stille am anderen Ende.

Ruth stand an ihrer Haustür. Sie drehte sich noch einmal um und winkte uns zu, ehe sie aufschloss.

Sobald die Haustür ins Schloss gefallen war, wendete Alice in drei Zügen. »Wir müssen noch Wein und Bier besorgen, oder sollen wir nur Bier kaufen, wahrscheinlich nehmen wir besser beides, ich meine, kann ja nicht schaden, und ...«

»Okay, okay, wir holen auch ein paar Flaschen Wein.«

»Hallo, sind Sie noch da? Sheila sagt, der Rechtsmediziner von Tigerbalsam hat eine gynäkologische Spurensicherung durchgeführt. Aber nur für den Fall, dass der Mann ein Idiot ist, hat sie selbst auch eine gemacht und zusammen mit Gewebe- und Blutproben eingeschickt. In ein paar Tagen dürften wir die Ergebnisse haben. Inzwischen werde ich Sheila bitten, sich die alten Obduktionsberichte vorzunehmen.«

Warum konnte es nicht so sein wie im Fernsehen, wo DNS-

Analysen und Laborergebnisse in fünfzehn Minuten da waren? »Okay, sagen Sie mir Bescheid, wenn Sie was hören.« Ich legte auf, bevor er noch etwas sagen konnte, was eine Abreibung verdiente.

Die Neonreklame über der unbesetzten Registrierkasse summte und flackerte, während der Regen an das Fenster des Spirituosengeschäfts trommelte. Flaschen mit grellbunten Alcopops und billigem Starkbier lauerten in ihren an der Wand festgeschraubten Drahtkäfigen auf den zwei Metern zwischen dem Eingang und dem kurzen schwarzen Tresen, der den Laden in zwei Hälften teilte. Hinter der Kasse, dem Zugriff der Eingeborenen entzogen, waren die Regale mit Whisky, Wein, Wodka und Bier.

Alice öffnete ihre Umhängetasche, nahm die Inside-Man-Briefe heraus und legte sie neben der Kasse ab. »Um die Wartezeit zu nutzen.« Dann kramte sie noch den gelben Textmarker hervor.

Sie malte einen fluoreszierenden gelben Streifen quer über fünf Zentimeter krakelige Handschrift.

Ich drehte mich mit dem Rücken zum Tresen und lehnte mich dagegen. »Henry glaubte, dass er sich ›Inside Man‹ nennt, weil er Sachen in die Krankenschwestern einnäht. Aber was, wenn das gar nicht stimmt? Was, wenn es heißen soll, dass er ein Insider ist?«

»Mmm?« Noch mehr Zeilen wurden schonungslos gegelbt.

»Was, wenn er einer von uns ist?«

»Mmmmmm...«

»Was, wenn er *im wahrsten Sinn des Wortes* ›drinnen‹ ist – und Chaos anrichtet, Beweise fälscht, die Wahrheit verschleiert, damit wir ihn nicht fassen können?«

»Hmmm...« Ein Seufzer. Sie tippte mit der Plastikkappe ihres Textmarkers auf das Papier. »Hör dir das an: ›Das panische Aufbranden ihres Atems bringt meine Nerven zum Singen. Eine Symphonie von Macht und Kontrolle...‹« Sie kniff die Augen zusammen. »Ich *glaube* jedenfalls, dass es ›panisches Aufbranden‹ heißt. Könnte alles Mögliche sein.«

»Was sagst du dazu?«

Sie zog die Stirn in Falten. »Weiß nicht recht.«

Wahnsinn – eine Antwort aus drei Wörtern. Das war eine Premiere.

Sie markierte noch eine Zeile mit dem quietschenden gelben Marker. »Findest du das nicht ein bisschen *überladen*, als ob der Schreiber wollte, dass alles möglichst anzüglich klingt, oder als ob es etwas aus einem Buch wäre oder so? Diese ganzen bildhaften Ausdrücke – ›panisches Aufbranden‹, ›Symphonie von Macht und Kontrolle‹, ›singende Nerven‹...«

»Dann ist er also ein aufgeblasener Spinner, der unter literarischem Größenwahn leidet.«

»Hmmmm...« Der Marker hob wieder einen anderen Satz hervor. Dann schob Alice die Zungenspitze zwischen die Zähne. »Hast du mal die Briefe gelesen, die Jack the Ripper angeblich der Polizei geschrieben hat? Manche sind eindeutig Fälschungen, aber der ›Dear-Boss‹- und der ›From-Hell‹-Brief sind die plausibelsten.«

Immer noch nichts zu sehen von dem nichtsnutzigen Kerl. Die Tür im hinteren Teil des Ladens blieb hartnäckig geschlossen. »Das dauert ja ewig.«

»Der ›From-Hell‹-Brief lautet: ›Mr Lusk, Sor, I send you half the Kidne‹ – ›kidney‹ ist ohne Y geschrieben – ›I took from one women prasarved it for you tother piece I fried and ate it was very nise‹ – ›nice‹ mit S geschrieben. ›I may send you the bloody knif that took it out if you only wate a whil longer, Signed Catch me when you can Mishter Liusk.‹ Keine Satzzeichen – weder Kommas noch Apostrophe noch Punkte.«

»Herrgott noch mal!« Ich klopfte mit meinem Krückstock

auf den Tresen und hob die Stimme. »Sind Sie in ein Weinfass gefallen und ersoffen, oder was?«

Die Tür blieb geschlossen.

Alice griff zu ihrem roten Kuli und kreiste ein paar der gelb markierten Adverbien ein. »Jedenfalls hat die Handschrift des ›From-Hell‹-Briefs keinerlei Ähnlichkeit mit derjenigen der ›Dear-Boss‹-Briefe. Bei beiden fehlen die Satzzeichen, aber der ›Dear-Boss‹-Brief ist dreihundert Prozent sauberer geschrieben, und die Orthografie ist wesentlich besser. Viele halten die ›Dear-Boss‹-Briefe für echt – weil sie Ereignisse beschreiben, von denen man nur wissen konnte, wenn man entweder Jack war oder an der Ermittlung beteiligt –, aber dem ›From-Hell‹-Brief war eine in Wein eingelegte halbe menschliche Niere beigelegt.«

»Michelle hat sich ihre immer von Tesco liefern lassen.« Ich schlug noch einmal auf den Tresen. »Wird das heute vielleicht noch was?«

»Sie können nicht *beide* von Jack the Ripper sein, oder? Er wechselt von einer gestochen präzisen Handschrift zu einem wilden Gekrakel voller Rechtschreibfehler, und eine halbe menschliche Niere kann man sich nicht mal eben vom Metzger um die Ecke besorgen, also stammt der Brief eindeutig von einer schwer gestörten Person, die wahrscheinlich jemanden ermordet und verstümmelt hat, aber das heißt noch nicht, dass es sich um ein und dieselbe Person handelt.«

»Willst du auf etwas Bestimmtes hinaus?«

Das Geräusch einer Toilettenspülung drang durch die geschlossene Hintertür.

Sie kringelte zwei weitere Wörter ein. »Was wir uns also fragen müssen, ist Folgendes: War ›Dear Boss‹ der echte Jack the Ripper und ›From Hell‹ ein Nachahmungstäter, oder war es umgekehrt? Oder war keiner der beiden der wahre Jack?«

»Ich verstehe immer noch nicht, wie uns das weiterhelfen soll.«

»Ich denke nur laut nach. ›Eine Symphonie von Macht und *Marter*‹… So würde ich es formulieren. Macht und Marter.«

Die Hintertür ging auf, und der Typ, der den Laden hütete, kam herausgewankt. Sein Gesicht unter der stachligen Kurzhaarfrisur und dem Dreitagebart war bleich. Er hatte eine Hand auf den mittleren Knopf seiner klobigen Strickjacke mit Zopfmuster gepresst und die Backen aufgeblasen. Ein schwarzer Stift ragte aus seinem linken Ohrläppchen. Donalds Namensschild mit dem aufgeklebten goldenen Stern hing schief an seiner Brust. »Tut mir leid… Sie wollten ein Sixpack Cobra und eins mit alkoholfreiem Lager, richtig?« Er trat an die Regale zu seiner Rechten und nahm zwei Sechserpacks heraus, die er neben Alice' Briefe auf den Tresen stellte. »Weiß der Himmel, was ich gegessen habe, aber du lieber Gott…« Er rieb sich den Knopf. »Außerdem noch etwas?«

Sie nickte. »Eine Flasche Shiraz, einen Chardonnay – australisch, wenn's geht – und eine Flasche Gordon's Gin. Und etwas Tonic Water.«

»Gerne. Cool.« Donalds Blick fiel auf die Fotokopie mit den roten Kuli-Kringeln und den gelben Textmarkerstreifen. »Haben Sie die Doku gesehen? Ich hab sie für meine Abschlussarbeit in Medienwissenschaften analysiert. Manche finden ja, dass der Hyperrealismus der nachgestellten Szenen den impliziten Wahrhaftigkeitsvertrag zwischen Regisseur und Zuschauer bricht, aber ich denke, er repräsentiert eine fundamentalere *innere* Wahrheit, indem er Laura Strachans emotionales Narrativ spiegelt.« Er setzte ein kleines Lächeln auf und wackelte mit dem Kopf. »Hab 'ne Zwei gekriegt.«

Ich nahm das Cobra und klemmte es mir unter den Arm. »Freut mich, dass es für Sie so gut läuft.«

Er zuckte mit den Achseln. »Na ja, die Rezession…« Er stellte einen Rotwein und einen Weißwein auf den Tresen, gefolgt von der Flasche Gin. »Die meisten Leute verstehen einfach nicht, dass die Dokumentation auf vielen verschiedenen Ebenen funktioniert. Nehmen Sie zum Beispiel die Figuren: Das sind nicht einfach nur Menschen, sie funktionieren als mythische Archetypen. Laura Strachan ist die gefangene Prinzessin, Detective Superintendent Len Murray ist der bedrängte Ritter, der Psychologe Henry Forrester ist der ehrwürdige Magier, und Dr. Frederic Docherty ist der Zauberlehrling, nicht wahr?« Donald trat einen Schritt auf das Kühlregal zu. »Möchten Sie normales Tonic Water oder Light?«

Alice steckte die Briefe wieder in ihre Tasche. »Normal.«

»Er hat sogar seinen eigenen Erzählbogen, nicht wahr? Vom unbeholfenen Nebendarsteller mit Lockenschopf zu dieser aalglatten Fernsehpersönlichkeit in Anzug und Krawatte, ja? Und wir wissen ja alle, was Nietzsche über das Blicken in einen Abgrund gesagt hat. Wäre es nicht die perfekte transformative Aktualisierung, wenn es ein klassischer Thomas Harris wäre – der Psychologe kämpfte gegen seine inneren Ungeheuer an, aber im wahren Leben ist *er* das Ungeheuer. Möchten Sie Flaschen oder Dosen? Bisschen teurer, aber es wird nicht so schnell schal.«

»Ähm ... okay, Dosen.« Sie legte den Kopf schief und starrte ihn an, während er das Tonic Water aus dem Kühlregal holte. »Sie sind also der Meinung, dass Dr. Frederic Docherty ein Kannibale ist?«

»Metaphorisch gesprochen – er verleibt sich das Wissen und das Vermächtnis seines Mentors ein, um als Medienberühmtheit wiedergeboren zu werden.« Donald kam mit einem Sechserpack kleiner Dosen zurück. »Und der Inside Man, das ist der Drache. Lauert in der Dunkelheit und lässt sich Jungfrauen als Opfer bringen. Ja, ich weiß, es sind eigentlich keine Jungfrauen, aber die Analogie hat dennoch Bestand, weil er sie mit den Puppen schwängert. Würden Sie dann bitte Ihre Karte in das Lesegerät stecken?«

Der nagelneue Mikrowellenherd summte in der Küchenecke monoton vor sich hin, während Shifty den Kronkorken von einer Flasche Holsten abhebelte und sie mir reichte, um dann ein Cobra für sich selbst aufzumachen. Er stieß mit mir an und gluckerte ein paar kräftige Schlucke. »Ahhhh…« Dann deutete er mit einem Nicken auf die Flasche in meiner Hand. »Limo oder Cola ist ja eine Sache, aber alkoholfreies Bier? Bisschen schwul, findest du nicht?«

»Das musst gerade du sagen.«

Die Arbeitsplatte war mit Essensbehältern aus Plastik übersät. Currys, Reis, Dal, Beilagen, eine Silberpapiertüte, aus der Naan-Brote mit Knoblauch herausguckten. Eine Plastiktüte mit Salat, kleine Styroporbehälter mit Dips und Saucen.

Ich nahm einen kleinen Schluck Bier. Malzig, hopfig und bitter. Fünf Jahre trocken, und es war, als wäre ich wieder elf – da hatte ich es zum ersten Mal probiert und mich gefragt, was daran so toll sein sollte. Hätte einfach ein bisschen mehr Irn-Bru kaufen sollen. »Also, wo wohnt *sie* denn nun?«

Shifty schielte in Richtung Wohnzimmer und senkte die Stimme. »Cullerlie Road in Castleview. Viktorianisches Stadthaus mit eigenem Parkplatz und großem Garten. Erinnerst du dich noch an diese Familie, wo der Vater alle im Schlaf erstochen und sich dann im Bad die Kehle aufgeschlitzt hat? Das war nur ein paar Häuser weiter.«

Duftschwaden von Kreuzkümmel und Koriander schlängelten sich in die Küche, als Shifty die Tür der Mikrowelle öffnete, bevor es piepste.

»Wie gesichert?«

»Alarmanlage mit allem Drum und Dran. Fensterriegel und Hart-PVC-Tür mit Dreipunktschloss und Riegel.« Die Behälter in der Mikrowelle wurden gegen andere ausgetauscht. »Laut meinem Mann vor Ort hat sie auch zwei Hunde. Dobermann-Schäferhund-Kreuzungen. Also hab ich gewonnen.«

»Dann brauche ich ein paar Taser.«

Shifty lutschte an seinen Zähnen, während er die Mikrowelle programmierte und wieder einschaltete. »Keine Chance. Seit der Zusammenlegung der Polizeidienste sind sie da viel strenger. Man könnte die Hunde natürlich einfach abknallen, aber ... das macht Krach. Und ist auch ein bisschen schade – was können die schließlich dafür, dass ihr Frauchen ein mieses Miststück ist?«

Alice schaute aus dem Wohnzimmer herein. »Wer ist ein mieses Miststück?«

»Ähm ...« Er setzte eine ernste Miene auf. »Wir haben heute Morgen eine Bondage-Höhle in The Wynd ausgehoben. Die Frau, die den Laden führt, hat wirklich eine schockierende Ausdrucksweise drauf.«

»Können wir bald essen? Ich bin am Verhungern.«

»Muss nur noch den Reis und das Naan warm machen.«

»Prima. Dann deck ich schon mal den Tisch.« Sie zog drei Schubladen auf, bis sie endlich das Besteck gefunden hatte, und ging zurück ins Wohnzimmer.

»Wie wär's dann mit Pfefferspray?«

Er nickte. »Das kann ich dir schon besorgen. Ich horte es seit Monaten – Andrew ...« Shifty räusperte sich. »Der Mistkerl hat mich betrogen. Kam heim und stank nach Paco Rabanne, dabei hat er immer nur Lacoste getragen. Als ob ich den Unterschied nicht merken würde, also wirklich.« Er zuckte mit den Achseln, dann sah er auf seine Hände hinunter. Das Licht der Küchenlampe wurde von seinem kahlen Schädel reflektiert. »Ich wollte sie austauschen – also, sein Aftershave damit präparieren, weißt du? Am Ende hatte ich nicht den Mumm. Wollte ihn auch nicht zur Rede stellen, aus Angst, dass er sich dann für den anderen entscheidet. Ist das nicht erbärmlich?«

Die Mikrowelle signalisierte mit einem Piepsen, dass sie fertig war.

Ich klopfte ihm auf die Schulter. »Er war ein Arschloch. Und du warst zu gut für ihn.«

»Du bist ein mieser Lügner.« Ein kleines Lächeln bog Shiftys Mundwinkel nach oben. »Aber trotzdem danke.«

»Was sagst du dazu – sobald wir mit Mrs K. fertig sind, schauen wir mit einem Baseballschläger bei ihm vorbei?«

Das Lächeln wurde zu einem Grinsen. »Abgemacht.«

Ich tauschte die Behälter in der Mikrowelle gegen den Reis aus. Und hielt inne, einen Finger an den Bedientasten. »Eins noch: Wir werden ein Sedativum brauchen. Damit Alice ... entspannt im Auto warten kann, während wir ...«

»Nee, kommt nicht infrage. Du nimmst sie nicht mit. Ich hab kein Problem damit, dir zu helfen, die alte Schachtel umzulegen, aber Alice? Nein. Das kannst du nicht bringen.«

Ich bückte mich und zog mein linkes Hosenbein hoch, um ihm die elektronische Fußfessel aus grauem Plastik zu zeigen. »Ich habe keine Wahl. Wenn wir beide weiter als hundert Meter voneinander entfernt sind, bricht sofort die geballte Macht der Exekutivorgane über mich herein wie ein Tsunami aus Inkompetenz. Sie kommt mit.«

Shifty schaltete die Mikrowelle wieder ein. »Es ist nicht richtig. Alice ...«

»... wird nichts passieren. Es wird laufen wie am Schnürchen: Wir fahren hin ... Was?«

Shifty zog eine Grimasse und lief rot an. »Es gibt da ein klitzekleines Problem: Ich fürchte, wir brauchen ein anderes Auto.«

»Was ist denn mit dem Mondeo? Ich dachte, du ...«

»Ich hab ihn gestern hier um die Ecke geparkt.«

Oh, das war ja wirklich prächtig. »Du hast ihn in Kingsmeath stehen lassen?«

»Na ja, wie konnte ich das denn ahnen?«

»Wir sind hier in Kingsmeath!«

Er knibbelte am Etikett seiner Bierflasche herum. Und starrte auf den Boden. »Ja.«

Tief durchgeatmet. Okay... Es war kein Weltuntergang. »Wir stehlen ein anderes Auto. Wir fahren hin, deaktivieren die Alarmanlage, betäuben die Hunde, packen das mörderische Miststück, dann raus in den Wald, Leiche verscharrt, Auto verbrannt, ab nach Hause.«

»Aber was ist, wenn...«

»Es geht schon nichts schief. Vertrau mir.«

Dienstag

25

»*... das nicht fantastisch? Und live kann man sie im Dezember im King James Theatre erleben. Sie hören Castle FM, ich bin Jane Forbes, und Sie sind einfach fabelhaft. Um sieben übernimmt hier Sensational Steve, aber zuerst hören wir noch Lucy's Drowning mit ihrer neuen Single ›Lazarus Morning‹.*«

Ich blinzelte zur Decke auf, mein Herz rumpelte wie ein Backstein in einer Waschmaschine. Wo zum Teufel...

Ach so. In der Wohnung in Kingsmeath. Nicht im Gefängnis. Dieser Quatsch musste endlich aufhören.

Ich schloss die Augen und ließ den Kopf aufs Kissen zurückfallen. Tat einen tiefen, flattrigen Atemzug.

Scheppernde Gitarrenklänge tönten aus dem Radiowecker, ein lärmig-beschwingter Rhythmus. Dann eine Männerstimme: »*It's Monday morning, eight a.m., and my head's on fire again, for you. For you.*«

Heute war der Tag. Endlich. Nach so langer Zeit.

»*Another night of cheating death, living with your final breath, for me. You see?*«

Bob der Baumeister grinste mich vom Fußende des Betts an.

»*And all the people on this bus, don't know about the end of us...*«

Mrs Kerrigans letzter Tag auf Erden.

»*Can't see the way I'm torn inside, my hollow heart is all untied...*«

Das Gepolter in meiner Brust ging allmählich in einen dumpfen Schmerz über. Es war eine Sache, davon zu träumen, jemanden umzubringen. Die Tat zu planen und vorzubereiten, war schon etwas anderes – aber es zu tun?

»*Like Lazarus crying, his soul to the stars...*«

Einem Menschen tatsächlich den Lauf einer Pistole an den Hinterkopf zu halten und abzudrücken?

Ich musste unwillkürlich grinsen.

»*Filled up with strangers from desolate bars.*«

Natürlich hatte Mrs Kerrigan ein langsameres und intimeres Ende verdient. Etwas mit Messern und Zangen und Bohrern... Aber würde das Parker wieder zum Leben erwecken? Natürlich nicht.

»*Lazarus morning, all wrapped in decay...*«

Komm jetzt, Ash. Auf.

»*I will rise from this darkness, but just not today...*«

Ich blieb liegen. War so schön warm unter der Decke.

Die Pistole kalt in meiner Hand, die Stichflamme aus dem Lauf, wenn die Kugel durch ihren Kopf fetzte, der Knall des Schusses, vermischt mit dem schmatzenden Geräusch der Explosion, wenn ihr Hinterkopf wegflog und ihr Schädelinhalt sich über den Boden verteilte.

Zuerst die Kniescheiben wegballern.

Und hören, wie sie um Gnade winselt.

Als ob sie die verdient hätte...

Der Song wurde ausgeblendet. Ein anderer setzte ein. Und danach wieder ein anderer.

Wenigstens mussten wir heute Morgen nicht zum Morgengebet antanzen. Zum ersten Mal seit zwei Jahren konnte ich so lange im Bett bleiben, wie ich wollte.

»*...neue Single von* Closed for Refurbishment. *Was halten Sie davon? Also, ich könnte mich daran gewöhnen. So, wir nähern uns wieder mal der halben Stunde, und das heißt, dass jetzt Donald dran ist mit den Nachrichten, dem Verkehrslagebericht und dem Wetter. Donald?*«

Ich setzte mich auf und schwang die Beine über die Bettkante.

»*Danke, Jane. Die Polizei von Oldcastle bittet die Bevölkerung um Mithilfe bei der Suche nach dem vermissten fünfjährigen Charlie Pearce. Der Junge ist seit Sonntagnacht spurlos verschwunden, und die Behörden sind zunehmend besorgt um seine Sicherheit...*«

Mein Fuß kribbelte und brannte, als ich ihn zuerst in die eine, dann in die andere Richtung drehte. Hin und her, bis es nicht mehr *ganz* so schlimm wehtat. Schade, dass das Gleiche nicht für meine Rippen galt. Die Haut war lila, blau und schwarz verfärbt, über die ganze rechte Seite, von der Achselhöhle bis zum Knie. Noch mehr blaue Flecken an Schulter und Arm. Es sah aus, als wäre ich mit einem Kantholz verprügelt worden.

»*...ab acht Uhr heute Morgen auf dem Parkplatz am Moncuir Wood. Weitere Meldungen: Aus dem Umfeld der Operation Tigerbalsam, die im Mordfall Claire Young ermittelt, verlautet, dass der Inside Man ein weiteres Opfer entführt hat. Jessica McFee, Hebamme am Castle Hill Infirmary, wurde gestern auf dem Weg zur Arbeit entführt...*«

»Gute Arbeit, Jungs.« Beim Oldcastle CID ließen sie Informationen nicht einfach nur durchsickern, sie drehten gleich sämtliche Hähne voll auf.

»*...lehnte ein Interview ab, doch Police Scotland gab die folgende Erklärung ab...*«

Bla, bla, bla.

Es kostete mich einige Anstrengung, aber schließlich gelang es mir, mich unter allerhand Ächzen und Zähneknirschen in die Vertikale zu hieven. Jetzt erst mal frühstücken, dann eine schnelle Dusche und dann ab ins Postman's Head, um Jacobson über Claire Youngs letzte Mahlzeit zu informieren. Danach eventuell noch Jessica McFees Kolleginnen vernehmen – fragen, ob sie irgendetwas Verdächtiges beobachtet hatten, etwa jemanden, der sich vor dem Wohnheim herumdrückte.

So wäre ich beschäftigt, bis die Zeit gekommen war, Mrs Kerrigan einen letzten Gruß in Form eines Hohlspitzgeschosses zukommen zu lassen. Genau zwischen die Augen.

Ich kämpfte mich in frische Klamotten, schloss die Schlafzimmertür auf und humpelte auf den Flur hinaus.

Gestern war ich von Gesang und dem Rauschen der Dusche begrüßt worden, heute war alles still.

Im Wohnzimmer saß Shifty zusammengesunken auf der Kante seiner Luftmatratze, die unter seinem Gewicht ganz verbogen war. Er hatte sich die Bettdecke um den Leib geschlungen und zupfte mit seinen Wurstfingern an der Haut seiner geröteten Wangen herum. Ringe unter den Augen.

Er brummte etwas, dann rieb er sich mit beiden Händen das Gesicht.

»Was denn, sind wir heute Morgen keine putzmuntere Kaffeefee?«

»Urnnng…«

Die Küche war überflutet mit leeren Essensbehältern, Flaschen und kleinen zerdrückten Tonic-Water-Dosen. Ich setzte Wasser auf und nahm ein paar Becher aus dem Schrank. »Was sagst du zu drei Uhr morgens?«

»Urnnng…«

»Ich kann mich nicht entscheiden, ob ich kurzen Prozess machen oder es so richtig auskosten will.« Ich steckte den Kopf zur Wohnzimmertür herein. »Hast du schon mal jemanden gefoltert?«

Er hatte sich nicht von der Stelle gerührt. »Wieso habt ihr mich den ganzen Gin trinken lassen?«

»Wird wahrscheinlich eine ziemliche Sauerei, aber ich habe ja die Plane.« Ich runzelte die Stirn. »Andererseits, da müsste man schon ganz schön pervers sein, oder? Es ist was anderes, wenn du Informationen von jemandem brauchst, aber es einfach so aus Spaß an der Freude zu tun...« Vielleicht wären zwei Kugeln in den Kopf doch das Sicherste. War doch nicht nötig, sich auf ihr Niveau herabzubegeben. Hauptsache, sie war hinterher tot.

Und trotzdem...

Shifty gähnte herzhaft, dann schüttelte er sich und sackte noch mehr zusammen als seine Matratze. »Willst du etwa kneifen?«

»Nix da.«

Zurück in die Küche.

Der Kühlschrank war voll mit halb leeren Essenskartons, der unangetasteten Salattüte und den fünf Flaschen alkoholfreien Biers, die ich nicht getrunken hatte. Keine Milch. Und auch sonst nichts, was nicht vom Inder war. Und Lamm Rogan Josh zum Frühstück klang nicht gerade verlockend.

Ich klappte die Kühlschranktür wieder zu. »Shifty, hast du Lust, uns ein bisschen Brot und Milch zu holen?«

»Geht nicht. Muss mich rasieren. Dann duschen. Und dann sterben.« Er ließ sich nach hinten kippen und streckte die nackten, haarigen Beine unter der Bettdecke hervor. »Urgh...«

Na schön.

Alice trippelte neben mir her. Ihre Augen waren zwei blutunterlaufene Schlitze in ihrem wächsernen Gesicht, die Farbe von Nase und Ohren changierte von Rosa zu Rot. »Mir geht's nicht gut.« Die Worte wurden von einer bleichen Atemwolke begleitet, in der sich die Zwiebeln, der Knoblauch und das Chili von gestern Abend mit der eiskalten Luft mischten.

»Dann wird dir ein bisschen Bewegung bestimmt sehr guttun, nicht wahr?«

Die Straße glitzerte in der Dunkelheit – eine feine Reifschicht, die den bedrohlichen Schein der Straßenlaternen reflektierte und die Windschutzscheiben der parkenden Autos mit Glitzer überzog. Der Himmel über uns war ein Flickenteppich aus Schwarz und Schmutzig-Orange, die heraufziehende Dämmerung nur ein blassgrauer Streifen am Horizont.

Sie schob die Hände tiefer in die Taschen. »Kalt...«

»Hast du noch mal drüber nachgedacht? Über Australien, meine ich?«

»Ich glaub, mein Gehirn ist tot.« Sie schniefte. »David hat einen schlechten Einfluss auf mich.«

Vor uns erstrahlte Mr Mujibs Eckladen wie ein schmuddliger Leuchtturm in der dunklen Straße. Es war noch nicht mal halb sieben, und die Außenlampen des Geschäfts leuchteten hell in ihren Drahtkäfigen. Die mit Plakaten vollgeklebten Fenster waren vergittert, doch der metallene Rollladen vor dem Eingang war hochgezogen.

Ich hielt auf der Schwelle inne. »Ich meine nur, weil ich vielleicht früher abreisen muss, als ich dachte.«

Drinnen roch es nach Möbelpolitur und Waschpulver, vermischt mit dem süßlich-erdigen Duft von Zigarettentabak. Der Laden war gesäumt von Regalen voller Dosen und Packungen und Beutel und Flaschen und Gläser. Ein großer Ständer mit Süßigkeiten neben den Lotterielosen, gegenüber den Zeitungen und den Softporno-Herrenmagazinen.

Ein Radio stand auf einem Regal hinter dem Tresen. Irgendein schmieriger Politiker schwadronierte gerade in der Sendung *Today* über die jüngste Runde von Kürzungen.

Alice starrte mich an. »Aber wir haben ihn doch noch nicht gefasst...«

»Es ist kompliziert, okay?« Zwischen dem Brot und den Haushaltswaren brummte ein großer Kühlschrank mit Glastür vor sich hin. Ich zog die Tür auf und nahm eine Packung durchwachsenen Frühstücksspeck, eine kleine Packung Butter und zwei Halbliterkartons Milch heraus. »Du kennst doch

Mrs Kerrigan. Seit zwei Jahren treibt sie jetzt ihr Spiel mit mir – glaubst du, sie ist begeistert, dass ich auf freiem Fuß bin?«

»Aber Jessica McFee...?«

»Was ihre Gorillas gestern auf dem Parkplatz vor der Leichenhalle gemacht haben: Das war eine Drohung.« Eine Packung geschnittenes Weißbrot aus dem Regal neben dem Kühlschrank und eine Packung Kartoffel-Scones. »Wenn ich entkomme, hat sie keinen Spaß mehr.«

Alice packte mich am Ärmel. »Wir können Jessica doch nicht einfach im Stich lassen.«

»Jessica ist...« Ich wich zwei Schritte zurück und ging dann wieder einen auf sie zu. »Es gefällt mir genauso wenig wie dir, aber was soll ich denn tun? Einfach warten, bis sie mich ausfindig gemacht hat?« Ich wandte mich ab. Eine Dose Bohnen, ein Karton Eier.

»Wir können sie finden, ich *weiß* es.«

Ich seufzte. »Wir konnten den Inside Man vor acht Jahren nicht finden – wie kommst du darauf, dass wir es jetzt können?« Ich legte die Einkäufe auf den Tresen neben die Zeitungen.

Auf der Titelseite der *Castle News and Post* prangte die fette Schlagzeile »Hebamme von perversem Serienkiller gekidnappt!« über einem Foto von Jessica McFee.

Ich klopfte ein paarmal mit dem Griff meines Krückstocks auf das Holz. »Kundschaft! Mr Mujib? Hallo?«

Alice zupfte wieder an meinem Ärmel. »Bitte.«

Herrgott noch mal... Ich beugte mich vor, bis ich mit der Stirn auf dem Tresen lag. »Das ist nicht wie im Kino. Manchmal entkommt der Bösewicht eben.«

Eine raue Stimme kam von der anderen Seite des Tresens. »Was?«

Als ich aufblickte, stand ein großer, dünner Mann vor mir. Ein Rest angegrauter Haare klammerte sich noch an seine Schläfen. Ein Teint wie ausgetrockneter Schafskäse, von dem sich ein roter Fleck auf der einen Wange markant abhob. Ein hakenförmiges violettes Mal in einem Augenwinkel – die Anfänge eines prächtigen Veilchens.

»Wo ist Mr Mujib?«

»Krebs. Also, wollen Sie nun die Sachen hier kaufen oder nicht?«

Ich reckte das Kinn. »Haben Sie ein Problem?«

»Ich? Nein. Wieso sollte *ich* ein Problem haben? Ist ja nicht so, als wäre ich wieder mal ausgenommen worden, oder?« Seine Lippen bewegten sich lautlos, während er die Summe ausrechnete. »Und die Bullen sind ja wohl die reinste Lachnummer, oder? Wie soll ich ein Geschäft führen, wenn so ein mieser Gauner hier einfach reinspazieren und Schutzgeld verlangen kann?«

Ich drückte ihm die Scheine in die Hand, und er knallte das Wechselgeld auf den Tresen.

»Diese verdammte Stadt ist eine einzige Schande.«

Da konnte ich ihm kaum widersprechen.

Wir nahmen unsere Einkäufe und traten wieder hinaus in die frühmorgendliche Kälte.

Alice schlurfte schweigend den Gehsteig entlang, im Arm den Speck, die Eier und die Milch.

»Es tut mir leid, okay? Ich weiß, es ist...« Ich blieb stehen. »Sie hat meinen Bruder umgebracht. Sie hat dafür gesorgt, dass ich im Gefängnis bleibe. Sie hat sogar den Auftrag für das hier gegeben.« Ich beschrieb mit der Spitze meines Krückstocks einen Kreis über meinem schmerzenden Fußrücken. »Wenn ich zu lange warte, wird es ihr irgendwann langweilig, und dann hetzt sie mir jemanden an den Hals.«

»Können wir sie nicht – keine Ahnung – festnehmen lassen oder so?«

Ich humpelte um die Ecke, zurück in die Ladburn Street. »Sie hat Andy Inglis hinter sich, da wird sie nicht lange hinter

Gittern bleiben. Und wenn sie rauskommt, wird sie sich uns sofort vorknöpfen, schlimmer als vorher.«

Die Fenster unserer Wohnung waren hell erleuchtet – die einzigen in der ganzen Straße. Offensichtlich musste sonst niemand um sieben Uhr am Dienstagmorgen auf sein.

Alice drückte mir den Speck und die Bohnen in die Hand, um nach ihren Schlüsseln zu kramen. »Dann müssen wir eben etwas finden, wo sie sich nicht rausreden kann. Etwas Schwerwiegendes, mit einer langen Haftstrafe.«

Ach, die Naivität der Jugend.

Ich nickte. »Ja, das ist eine gute Idee.« Und danach könnten wir alle auf unsere Einhörner steigen und in den bonbonrosa Sonnenuntergang davonreiten.

Sie stapfte die Stufen hinauf und blieb am ersten Absatz stehen, um auf mich zu warten. »Ich weiß, es ist moralisch verwerflich, jemandem einen Mord anzuhängen, aber es gibt doch bestimmt einen echten, mit dem wir sie in Verbindung bringen können, einen, den sie wirklich begangen hat?«

Mein Krückstock schlug dumpf auf die Stufen wie das Pochen eines Herzens mit Rhythmusstörungen. »Geh schon mal vor und setz Wasser auf, ich komme nach.«

»Milch und zwei Stück Zucker – sehr wohl, der Herr.« Sie lächelte, drehte sich um und lief los. Ich sah ihren kleinen roten Schuhen nach, als sie die Treppe hinaufsprang. Dann das Klirren der Schlüssel. Die Wohnungstür ging auf und fiel wieder ins Schloss.

Pffffff... Ich schloss die Augen. Lehnte mich mit der Stirn an die Wand.

Okay, sie war also nicht glücklich darüber, den Fall aufzugeben, aber wie zum Teufel konnte ich in Oldcastle bleiben, nachdem ich Mrs Kerrigan im Wald verscharrt hatte?

Es sei denn, ich könnte es jemand anderem in die Schuhe schieben...

Ich machte mich wieder ans Treppensteigen.

Das könnte funktionieren. Irgendeinen Drecksack finden, der es verdient hatte zu sitzen, und dafür sorgen, dass es genug Beweise gab, die auf ihn hindeuteten. Ein Junkie vielleicht oder einer von ihren Dealern?

Oder ein Rivale?

Das war gut. Viel glaubwürdiger.

Noch eine letzte Treppe, und endlich hatte ich den obersten Stock erreicht.

Ich musste mir nur von Shifty ein paar Namen geben lassen und ein paar Beweise fälschen – Fingerabdrücke auf der Pistole, ein bisschen DNS, ein paar Fasern. Noch besser wär's, wenn sie gleich seine Leiche am Tatort fänden.

Ein Grinsen zog meine Wangen straff, als ich in die Wohnung trat und die Tür hinter mir verriegelte.

Es war perfekt.

Ich schälte mich aus meiner Jacke und warf sie in mein Schlafzimmer. Dann nahm ich die Butter, die Kartoffel-Scones und die Bohnen aus meinen Taschen und raffte alles zusammen mit dem Brot auf.

Alice wäre zufrieden, Mrs Kerrigan wäre tot, und ich wäre aus dem Schneider.

Absolut perfekt…

Jemand räusperte sich draußen auf dem Flur, und ich erstarrte. Drehte mich um. Fluchte.

Da stand ein Mann direkt vor meinem Zimmer und starrte mich aus kleinen rosa Augen an. Francis.

Er nickte. »'nspector.«

Verdammt…

»Francis.«

Er wies mit dem Daumen zum Wohnzimmer. »Sie warten schon auf Sie.«

26

Ich trat hinaus auf den Flur, immer noch mit den Einkäufen im Arm, woraufhin Francis einen Schritt zur Seite machte und die Wohnungstür blockierte.

Er war groß und kräftig, das musste man ihm lassen. Breite Schultern. Beeindruckende Muskelpakete unter seiner Lederjacke, dazu Hände, die aussahen, als ob sie einem mühelos den Kopf abreißen könnten. Und einen gewissen Ruf hatte er auch.

Und ich war ihm auf jeden Fall noch etwas schuldig für diesen Nierenhaken gestern.

Das Zischen des Bluts in meinem Hals linderte die Schmerzen in den Rippen und im Brustkorb. Ein ordentlicher Adrenalinstoß, und schon tat alles gar nicht mehr so weh.

»Wo ist Alice?«

Er grinste nur.

Ich trat einen Schritt auf ihn zu …

Da hörte ich hinter mir eine ölige Stimme. Sein Kompagnon – Joseph. »Wenn ich mir die Bemerkung erlauben darf, Mr Henderson, es wäre möglicherweise etwas unklug, diese Konfrontation in einen Boxkampf ausarten zu lassen. Ich würde mich verpflichtet fühlen einzugreifen, und zwei gegen einen wäre doch wohl unfair, nicht wahr?«

Verdammter Mist. Und wo war Bob der Baumeister, wenn man ihn brauchte? Saß auf seinem ausgestopften Hintern am Fußende des Betts.

Ich drehte mich nicht um. »Wie sind Sie reingekommen?«

»Ich möchte es einmal so formulieren: Mein Kollege Francis

ist nicht unerfahren in den edlen Künsten des Schlosserhandwerks. Nun, könnte ich Sie eventuell dazu überreden, sich auf ein Tête-à-tête zu uns ins Wohnzimmer zu verfügen?«

Francis zuckte nicht einmal mit der Wimper.

Mit einem könnte ich es aufnehmen. Aber zwei auf einmal? Eingekeilt zwischen den beiden im Flur?

Es war, als wäre ich wieder im Gefängnis. In der Falle. Eingepfercht. Hilflos den zwei Gorillas von Mrs Kerrigan ausgeliefert, die mir die Scheiße aus dem Leib prügeln würden.

Es… war das Risiko nicht wert. Nicht, solange Alice in der Wohnung war.

Ich bewegte meinen steifen Hals nach links, dann nach rechts. Hielt Francis' Blick zwei Atemzüge lang stand und kehrte ihm dann den Rücken zu.

Joseph nickte. »Eine hervorragende Entscheidung, Mr Henderson. Alsdann, wollen wir…?«

»Eins will ich nur noch klarstellen: Wenn ihr beide ihr auch nur ein Haar gekrümmt habt, brech ich euch sämtliche Knochen im Leib. Und dann hacke ich euch die Finger ab und zwinge euch, sie aufzuessen.«

»*Ihr?*« Er runzelte die Stirn. Dann hellte sich seine Miene wieder auf. »Ah, verstehe! Das gute Fräulein Doktor. Keine Sorge, Mr Henderson, soweit ich informiert bin, ist sie ganz und gar wohlbehalten. Nun ja, vielleicht nicht ganz und gar. Es war bedauerlicherweise erforderlich, sie zu fixieren, nachdem sie sich aufsässig gebärdet hatte.«

Hinter mir zog Francis die Nase hoch. »Musste sie 'n bisschen klatschen. Damit sie kapiert…«

Ich rammte ihm rücklings den Ellbogen in die Brust und ließ dabei die Butter, das Brot und die Scones fallen. Eine schnelle Drehung nach links, und ich rammte ihm die Bohnendose ins Gesicht, legte mein ganzes Gewicht hinter den Schlag. Es knirschte. Sein Kopf flog nach hinten, der Mund offen, Blutstropfen glitzerten wie kleine Juwelen im Licht der nackten Glühbirne.

Zwei.

Drei.

Und dann war Joseph da, mit gesenktem Kopf stürmte er auf mich zu und ruderte mit den Armen wie ein Hundertmeterläufer.

Ausweichen schien sinnlos.

Also warf ich mich stattdessen nach vorne, drehte mich ein Stück nach links und ließ seinen Kopf unter meinem linken Arm durchgehen. Dann umklammerte ich seinen Hals mit dem Arm, während seine Schulter meine Brust rammte. Ich packte fest zu und gab in den Knien nach. Mein Hintern landete auf den blanken Dielen, und Joseph rollte über mich hinweg, sein Kopf immer noch in meinem Klammergriff. Er gab würgende Geräusche von sich, während die Glühbirne über uns von der Erschütterung hin- und herschwang.

Rumms – er krachte gegen Francis, und ich ließ los und rappelte mich auf. Legte das Gewicht auf meinen rechten Fuß. Ein stechender Schmerz – aber so hatte ich den linken frei, um damit auf Josephs Gesicht zu stampfen. Einmal, zweimal, dreimal.

Ächzend vor Anstrengung.

Die zwei lagen ineinander verheddert da. Francis versuchte sich unter Joseph herauszuwinden.

Joseph hob die Hände und hielt sie zitternd vor sein blutverschmiertes Gesicht, also zielte ich stattdessen auf seinen Kehlkopf. Dann erwischte ich das Schlüsselbein. Den Brustkorb. Und dann – Volltreffer.

Seine Augen traten aus den Höhlen, sein Atem ging stoßweise und pfeifend.

Francis warf Joseph ab und schaffte es, sich auf die Knie aufzurichten. Das Blut rann ihm übers Kinn und tropfte vom Ende seines albernen kleinen Unterlippenbärtchens.

Ich griff mit einer Hand in den roten Pferdeschwanz und rammte ihm das Knie in die Nase. Es knirschte, Blut spritzte hervor. Also machte ich es noch einmal, und diesmal traf ich ihn genau ins Auge. Dann ließ ich die Bohnendose wie einen Hammer auf seinen Scheitel krachen und riss einen Fetzen Kopfhaut ab. Noch einmal, weil's so schön war...

Ein Geräusch hinter mir. Ein dunkles, metallisches *Klick*.
Oha.

Und dann krallte sich ein kalter irischer Akzent durch den Flur. »Sind Sie jetzt fertig mit Ihren Fisimatenten, oder wollen Sie lieber eine Kugel in den Hinterausgang?«

Ich ließ Francis' Pferdeschwanz los, und er sackte seitwärts gegen die Wand. Neonrote Bläschen zerplatzten zwischen seinen Lippen, seine Schultern waren schlaff, die Arme baumelten an seinen Seiten, Blut floss aus seiner zerfetzten Kopfhaut. Joseph gurgelte und keuchte, beide Hände um den Hals geschlungen, als ob er die Luft durch die Haut in seine Kehle zwingen wollte.

Ich drehte mich um, die Hände ausgestreckt, sodass sie schön deutlich zu sehen waren.

Mrs Kerrigan lächelte mich mit ihren spitzen kleinen Zähnen an. Schwarzes Kostüm, graue Seidenbluse, bis obenhin zugeknöpft; darüber ein kleines goldenes Kruzifix an einer Kette. Ihr Haar war fast völlig ergraut, nur an den Spitzen, wo sie sich aus dem Knoten am Hinterkopf gelöst hatten, waren noch Reste von Braun zu sehen. Sie hielt eine Halbautomatik in der Hand, das Metall dunkel wie ein Tumor vor dem Hintergrund ihrer gelben Haushaltshandschuhe. Sie ließ die Hand sinken, bis der Lauf genau auf meinen Schritt zielte. »Wollen wir jetzt vielleicht ein braver Junge sein, oder wollen wir in Zukunft beim Sopran mitsingen?«

»Was wollen Sie?«

Ein schiefes Lächeln. »Sie sind ein Glückspilz, Mr Henderson. Ich habe ein Angebot für Sie, das Ihre Schulden bei Mr Inglis um einen beträchtlichen Batzen reduzieren könnte.«

»Ich schulde niemandem irgendetwas.«

Es war mehr ein Bellen als ein Lachen. »Nun werden Sie mal nicht frech. Zweiunddreißigtausend.«

Meine Faust schloss sich um die Bohnendose. »Fahr zur Hölle.«

»Ein gutes katholisches Mädchen wie ich, Mr Henderson? Wohl kaum. Was glauben Sie, warum wir die Beichte erfunden haben?« Die Pistole bewegte sich wieder nach oben, bis sie mitten auf meine Brust zielte. »So, wie wär's, wenn Sie jetzt die Böhnchen fallen lassen und sich zu uns ins Wohnzimmer gesellen? Wir können das doch alles wie zivilisierte Erwachsene ausdiskutieren.«

»Und wenn ich mich weigere?«

Zu meinen Füßen hörte sich Josephs Keuchen inzwischen nicht mehr ganz so an, als ob er eine Bowlingkugel einzuatmen versuchte.

Sie zuckte mit den Achseln. »Auch in Ordnung. Sie lassen die zweiunddreißig Riesen rüberwandern, und dann sind wir weg.«

»Sie haben meinen Bruder umgebracht!« Ich straffte die Schultern. Trat einen Schritt vor.

Sie hob die Pistole noch ein Stück höher. Jetzt zielte sie genau zwischen meine Augen. »Und warum sollte ich dann ein Problem damit haben, Ihnen den Kopf wegzupusten? Und mich dann noch ein wenig mit Ihrem Fräulein Doktor zu vergnügen?«

Nicht bewegen. Nicht mal mit der Wimper zucken. Lass sie nicht merken, dass sie einen wunden Punkt getroffen hat.

»Oder vielleicht lass ich Sie ja noch am Leben? Vielleicht mach ich Ihnen nur ein Loch in den Bauch und schleppe Sie ins Schlafzimmer, damit Sie mir zugucken können, wie ich sie ans

Bett fessle und es ihr besorge, bis ihr Hören und Sehen vergeht? Würde Ihnen das gefallen? Aber klar doch, Sie alter Schweinigel.« Das Lächeln wurde härter. »Allerdings würde ich einen Akkubohrer mit Acht-Zoll-Steinbohrkopf verwenden. Na ja, das Schreien und Sichwinden wären ganz ähnlich, bloß die Schweinerei wäre *wesentlich* größer.«

Ganz still, keine Bewegung.

»Unngh...« Joseph wälzte sich auf den Bauch, hustend und spuckend und stoßweise nach Luft ringend. Blut und Spucke tröpfelten auf die Dielen. »Scheiße...«

Mrs Kerrigan verdrehte die Augen. »Geschieht Ihnen recht, Sie sind träge geworden. Mr Henderson hat Ihnen beiden einen Gefallen getan.«

Er hustete noch ein bisschen und spuckte dann einen schaumigen rosa Batzen aus. »Hätte mich umbringen können...«

»Das hätten Sie wohl gern.« Dann ging sie zurück ins Wohnzimmer und winkte mir mit der Pistole. »Alsdann.«

Ich ließ die Bohnendose auf den Boden fallen und folgte ihr. Blieb stehen. Und fluchte.

Shifty saß auf einem der Klappstühle in der Mitte des Wohnzimmers, inmitten der zerfetzten Überreste seiner Luftmatratze. Er war nackt bis auf die Unterhose und zitterte – aber vermutlich nicht vor Kälte. Seine Arme und Beine waren mehrfach mit Paketband umwickelt, das ihn an den Stuhl fesselte. Ein weiterer breiter Streifen zog sich um seinen Oberkörper. Seine Nase war fast völlig platt, und dunkle Blutschlieren zogen sich über den Klebeband-Knebel darunter. Ein kleiner Schlitz in dem silberfarbenen Band ließ gerade genug Luft durch, um ihn in krampfhaften, zischenden Zügen atmen zu lassen. Aus einer Platzwunde in seiner Stirn rann es dunkelrot. Dicke rote Striemen bildeten parallele Streifen quer über seine Brust. Gesicht, Hals und Schultern waren mit Blutergüssen bedeckt.

Zwei Finger seiner linken Hand waren nach hinten gebogen

und standen ab, als ob sie falsch herum angewachsen wären. Um seine Oberschenkel hatte sich eine Blutlache gebildet.

Dreckstück.

Waffe. Schnapp dir eine Waffe und schlag ihr den Schädel ein. Egal was, es musste nur …

»Na, na. Wir wollen doch diese Folter nicht in einen Massenmord ausarten lassen.« Sie wedelte mit der Pistole in Richtung der offenen Küchentür.

Alice war gerade so zu erkennen. Sie saß an die Schränke gelehnt am Boden, die Hände vor dem Körper, die Handgelenke mit Klebeband umwickelt. Ein weiterer Streifen über ihrem Mund. Die Augen weit aufgerissen und blutunterlaufen, die Wangen tränenüberströmt. Zitternd. Die Sohlen ihrer Converse-Trainers waren schmutzig braun und rot verschmiert, als ob sie durch Blut gegangen wäre …

Mrs Kerrigan grinste. »Das ist ein richtiger Tritt in die Eier, nicht wahr?«

Aus dem Flur war ein rasselnder Husten zu hören, dann kam Joseph hereingewankt und rieb sich den Hals. Sein linkes Auge war schon fast zugeschwollen, sein Mund über und über mit Blut verschmiert, genau wie der Ärmel seines Jacketts. Seine Stimme war ein heiseres Keuchen. »Mr Henderson, es wäre der Sache dienlich, wenn Sie die Hände auf Ihren Kopf legen und sich auf die Knie begeben könnten. Eine Weigerung Ihrerseits hätte *höchst* bedauerliche Folgen für Dr. McDonald und DI Morrow.«

Mrs Kerrigan hob die Pistole, und Alice zuckte zusammen. »Fünf. Vier. Drei. Mir geht das völlig am Arsch vorbei. Zwei …«

Ich legte die Hände auf den Kopf. Ließ mich mit knackenden Gelenken auf die Knie sinken. Und hielt den Mund.

»Na also. Jetzt sind wir alle wieder Freunde.« Sie gab Joseph die Pistole. »Wenn Mr Henderson sich bewegt, schießen Sie ihm ein Loch in den anderen Fuß, und dann perforieren Sie seine Freundin.« Die Holzdielen klackerten unter Mrs Kerrigans Stiefeln, als sie den Raum durchquerte und sich hinter Shifty stellte. Sie legte ihre behandschuhten Hände auf seine Schultern. »Dieses Dummerchen hier hat dagegen gewisse erzieherische Maßnahmen nötig. Hast du wirklich geglaubt, ich würde es nicht merken, wenn jemand Erkundigungen über mich einholt? Über mein Haus und meine Reisepläne? Wie mein Grundstück gesichert ist? Über meine Hunde?« Sie senkte die Lippen an sein Ohr. »Ts-ts-ts.«

Ein dumpfes Stöhnen drang zitternd durch den Schlitz im Knebelband.

»Hatte ein nettes kleines Gespräch mit dem Männlein, das du geschickt hast, um mich auszuspionieren. Nur ich und er und Mr Lötkolben.« Sie drückte Shiftys Schultern und bohrte ihre mit gelbem Gummi umhüllten Fingerspitzen in die zerschrammte Haut. »Du musst geglaubt haben, eine größere Vollidiotin hätte nie ihren Arm durch einen Jackenärmel gesteckt, nicht wahr? Hast du geglaubt, ich würde dir das durchgehen lassen?«

Jetzt bloß nicht zu aufgeregt klingen. Schön ruhig und beherrscht. »Sie haben klargemacht, was Sie wollen. Jetzt lassen Sie die beiden gehen.«

»O nein, ich habe ja noch nicht mal *angefangen*.« Sie richtete sich auf und tätschelte Shifty die blau angelaufene Wange. »Viele Leute würden dir, wenn du schon mal so schön an den Stuhl gefesselt bist, einfach ein Ohr abschneiden und dich mit Benzin übergießen. Ist ein Klassiker. Aber ich, ich hab's irgendwie mit den Augen. Keine Ahnung, warum. Manchmal sind es die Finger, in der nächsten Woche vielleicht die Zehen. Oder ich hab vielleicht Lust, deinen Schniedel ein bisschen mit dem Lötkolben zu bearbeiten. Aber diese Woche sind es die Augen.«

Sie ging um ihn herum und stellte sich vor ihn. Nahm seinen

Kopf in die Hände. »Links oder rechts…?« Sie blickte sich zu mir um. »Was meinen Sie, Mr Henderson?«

Shifty stöhnte. Blutbläschen zerplatzten an seinen plattgedrückten Nasenlöchern. »Nnnnnnnngh!« Er kniff die Augen zu.

»Lassen Sie ihn in Ruhe, oder ich schwöre bei Gott…«

Etwas Kaltes, Hartes bohrte sich in meinen Nacken. Dann kam das subtile metallische Klicken eines Sicherungshebels, der umgelegt wurde. Joseph räusperte sich ein paarmal, aber es machte seine Reibeisenstimme auch nicht besser. »Glauben Sie mir, Mr Henderson, Ihr Schweigen wäre in diesem Moment vermutlich für alle Beteiligten von Vorteil.«

Mrs Kerrigan zwinkerte. »Komisch, dass Sie gerade Gott erwähnen. Wie heißt es noch mal? ›Und wenn dir dein Auge Ärgernis schafft, reiß es aus und wirf's von dir. Es ist dir besser, dass du einäugig zum Leben eingehest, als dass du zwei Augen habest und werdest in das höllische Feuer geworfen.‹« Sie schob ihren linken Daumen über Shiftys Wange. Drückte den gelben Gummi in die Höhle. »Und was gut genug für das kleine Jesuskind ist…«

Hinter seinem Knebel schrie Shifty.

27

Shiftys linkes Bein erzitterte noch einmal und war dann still. Seine Schultern sackten herab, sein Kopf kippte nach vorne.

Mrs Kerrigan ließ etwas auf den Boden fallen und trat darauf. Sie bewegte die Stiefelspitze hin und her, als ob sie eine Zigarette austräte. »Alsdann. Können wir jetzt über dieses Angebot reden, das ich Ihnen machen wollte?«

In der Küche saß Alice stocksteif am Boden, die Augen rund und riesig.

Ich ließ mir Zeit. Räusperte mich. »Wir müssen ihn ins Krankenhaus bringen.«

»Es gibt da einen gewissen Herrn in Mr Inglis' Bekanntenkreis, um den sich jemand kümmern muss. Das ist Ihr Job. Kümmern Sie sich um ihn, und Sie kriegen vier Riesen erlassen.«

»Er hat einen Schock, er könnte sterben.«

»Denken Sie drüber nach: Viertausend erlassen, bleiben nur noch achtundzwanzig. Und dazu noch das wohltuende Gefühl, Mr Inglis einen Gefallen getan zu haben. Sie müssen nichts weiter tun, als die Leiche von diesem diebischen Dreckskerl heute Abend um neun Uhr in dem alten Schiffsausrüster-Lagerhaus in der Belhaven Lane abzuliefern. Wie Sie's machen, ist mir vollkommen wurscht, Hauptsache, es wird erledigt.«

»Jetzt rufen Sie doch einen Krankenwagen und...«

»Ich weiß schon, was Sie wahrscheinlich denken... ›Warum zur Hölle sollte ich jemanden umlegen, den ich gar nicht kenne? Was hat er mir denn getan?‹ Deshalb gebe ich Ihnen einen kleinen Ansporn.« Sie spitzte die Lippen und legte den Kopf schief. »Wie wär's, wenn wir jemanden als Geisel nehmen? Würde Ihnen das taugen, Mr Henderson? Reicht das als Ansporn?«

Ich starrte sie nur an.

»Nun, Ihr Fräulein Doktor kann ich natürlich nicht nehmen, da würde ja Ihre elektronische Fußfessel Alarm schlagen.« Ein Schmunzeln. »Klar könnte ich immer noch Miss McDonald den Fuß abhacken und ihren Sensor bei Ihnen lassen. Würde Ihnen das gefallen? Den Klotz am Bein endlich los zu sein?« Sie dehnte die Pause aus. »Kommen Sie, Mr Henderson, Sie haben doch schon zwei Töchter begraben, was ist da schon ein totes Mädchen mehr? Müssten sich doch inzwischen dran gewöhnt haben.«

Nur ja keine Regung zeigen.

»Nein? Na, wenn das so ist, müssen wir eben Ihren Kumpel Detective Inspector Morrow mitnehmen. Er ist ja schließlich schon ziemlich mitgenommen. Gibt sicher 'ne Riesenschweinerei, aber wir haben Plastikfolie im Kofferraum.«

Sie zog mit ihrem blutigen Daumen eine Schmierspur über Shiftys Hals. »Ach, und nur für den Fall, dass Sie mit dem Gedanken spielen, Ihre beschränkten Kumpels vom Oldcastle CID anzurufen, damit sie uns verhaften – mir *gehört* das Oldcastle CID. Wenn ich auch nur Wind davon bekomme, macht unser Fettsack hier Bekanntschaft mit einer Wurstschneidemaschine. Haben wir uns verstanden?«

»Er braucht einen *Arzt*.«

»Wir brauchen alle irgendetwas, Mr Henderson. Im Moment braucht Dr. McDonald zum Beispiel alle ihre Finger. Aber so was kann sich ändern, nicht wahr?« Mrs Kerrigan sah über meine Schulter. »Joseph, haben Sie die Kneifzange?«

»Wenn ich mich nicht irre, hat mein Kollege den Werkzeugkasten in seiner Obhut. Wünschen Sie, dass ich die Zange hole?«

»Na, Mr Henderson, was meinen Sie? Sollen wir mit einem Daumen oder mit einem kleinen Finger anfangen?«

Alice stöhnte, scharrte mit den Füßen über den Küchenboden und presste den Rücken gegen die Schrankwand, als wollte sie darin verschwinden. Was natürlich nicht ging.

Meine Zunge wurde in meinem Mund zu Sand. Ich brauchte zwei Anläufe, um die Worte herauszubringen. »Wer soll sterben?«

»... haha! Sennnnnnsationellllll! So, gleich im Anschluss an Nachrichten-Nigel und Staumeldungs-Steven haben wir wieder einen saukomischen Scherzanruf für Sie, aber zuerst noch das hier: Der folgende Titel ist all den wunderbaren Menschen gewidmet, die heute da draußen nach dem kleinen Charlie Pearce suchen...« Ein bombastisches Orchester-Intro, gefolgt von einer E-Gitarre.

Ich fuhr mit einer Hand über das Beifahrerfenster des Jaguar und bahnte eine Schneise durch das Kondenswasser. »Müssen wir uns diesen Idioten anhören?«

Die meisten Häuser in der Jura Row waren hinter hohen Steinmauern versteckt. Noble Villen mit gekiesten Auffahrten und hohen, vergitterten Automatiktoren. Und dahinter eingesperrt die Sorte Autos, von denen eines mehr kostete als ein durchschnittliches Einfamilienhaus. Vor fünfzehn Jahren hätte der Jaguar hier noch gut in die Umgebung gepasst, aber heute – in einer Straße voller Ferraris und Aston Martins und Lexus – wirkte er wie ein verwahrloster alter Mann. Abgehalftert, ausgeleiert und anonym. Und genau aus diesem Grund hatte ich ihn geklaut.

Auf antik gemachte Straßenlaternen warfen glitzernde Lichtkreise auf den nassen Asphalt. Der Regen hatte endlich aufgegeben, die Stadt lag still und feucht unter dem zinngrauen Himmel und wartete darauf, dass die Sonne sich zeigte.

Alice rutschte unruhig auf ihrem Sitz hin und her, die Augen auf den Innenspiegel geheftet. Auf Bob, der auf dem Rücksitz saß und sein aufgenähtes Grinsen grinste, den gelben Stoffschraubenschlüssel in der Hand. »Ich verstehe immer noch nicht, warum *er* hier sein muss...« Ihre Aussprache war ein wenig breiig, was an ihrer angeschwollenen Unterlippe lag. Die Haut war aufgeplatzt, und um den mit getrocknetem Blut verklebten Riss verfärbte sie sich bereits dunkel.

Francis konnte froh sein, dass ich ihm nicht den Schädel eingeschlagen hatte. Das nächste Mal würde ich es tun.

Sie klappte den Innenspiegel nach oben, sodass er das Dach spiegelte und nicht mehr Bob. »Ich mag es nicht, wie er mich die ganze Zeit anstarrt. Das ist gruselig. Können wir ihn nicht in den Kofferraum tun?«

»Man legt sein Maskottchen nicht in den Kofferraum.«

Eine schrille, schmetternde Frauenstimme legte sich über die Gitarrenklänge. Ich schaltete das Radio aus und starrte auf das zwei Meter hohe schmiedeeiserne Tor, das Haus Nummer zwölf von der Straße abschirmte.

Alice räusperte sich. »Können wir bitte darüber reden, was Mrs Kerrigan...«

»Da gibt es nichts zu reden. Wenn wir das nicht machen, bringt sie Shifty um. Punkt, aus, Ende.«

»Bitte.« Alice' Hände lagen zitternd in ihrem Schoß. Sie klemmte sie unter die Achseln, um sie still zu halten. »Wir... Ich kann niemanden umbringen.«

»Musst du auch nicht – das ist mein Job.« Das Diensthandy klingelte in meiner Tasche. Ich zog es heraus und drückte die grüne Taste. »Was?«

Jacobson schniefte. »*Wo zum Teufel stecken Sie?*«

Super. Einfach... super.

Zeit, meinen kleinen Trumpf auszuspielen.

»Wir sind verschiedenen Hinweisen nachgegangen. Sie müssen jemanden mit Fotos von Claire Young und Jessica McFee zu Bad Bill's Burger Bar schicken. Sie finden ihn mit seiner Bude wahrscheinlich vor dem Baumarkt in Cowskillin. Claires letzte Mahlzeit stammte von dort.«

»*Sind Sie sicher?*«

»Das Ding nennt sich Double Bastard Bacon Murder Burger, sprich: ein doppelter Cheeseburger mit Maisflips. Niemand sonst ist so verrückt, die zu machen.«

Am anderen Ende war ein knirschendes Geräusch zu hören, und Jacobsons Stimme klang gedämpft. »*Cooper – hierher, aber dalli. Ich hab einen Job für Sie.*« Es folgte Gemurmel – zu leise, um etwas zu verstehen, aber vermutlich bekam Cooper gerade seine Instruktionen.

Alice zupfte an meinem Ärmel. »Wir sollten es ihm sagen.«

»Ist das dein Ernst?«

»Wir brauchen Hilfe!«

Und dann war Jacobson wieder da. »*Gute Arbeit, Ash, ich bin beeindruckt. Eigeninitiative – das gefällt mir.*«

Gut.

»Ich will mit allen Mitbewohnerinnen von Jessica McFee reden. Könnte eine Weile dauern, aber ich denke, es ist den Versuch wert. Und wenn dann noch Zeit ist, nehmen wir uns auch noch ihre Kolleginnen vor.«

»*Da bin ich anderer Meinung. Zeugen vernehmen kann jeder Dorfpolizist. Bei der Nebengeordneten Ermittlungs- und Revisionseinheit sind Verständnis für Zusammenhänge, unkonventionelles Denken und angewandtes Wissen gefragt. Nicht Klinkenputzen.*«

»Nun ja, mein angewandtes Wissen sagt mir, dass wir so Zusammenhänge aufdecken. Wir sammeln Informationen. Wir steigen den Leuten aufs Dach. Helfen ihrem Erinnerungsvermögen auf die Sprünge. Er hat Zugang zu Krankenhausmedikamenten und Patientenunterlagen – er ist irgendwo da drin.«

Schweigen.

Ich wischte wieder mit der Hand über die Scheibe und brachte sie zum Weinen. Tränen aus Kondenswasser rannen auf die Gummidichtung hinab.

Über der Haustür von Nummer zwölf flackerte das Licht auf.

Und dann war am anderen Ende ein Seufzer zu hören. »*Na schön. Aber ich will regelmäßige Zwischenberichte, und ich erwarte, dass Sie um sieben zur Teambesprechung wieder hier sind. Und wo ich Sie gerade dran habe – ich muss mit Dr. McDonald sprechen. Sie ist doch da, oder nicht?*«

Wo sollte sie denn sonst sein? Ich drückte die Lautsprechertaste und hielt ihr das Handy hin. »Er will mit dir sprechen.«

»Dr. McDonald?« Jacobsons Stimme hallte durch den Innenraum des alten Jaguar. »*Ich hatte wieder einen Anruf von Detective Chief Superintendent Knight und DCI Ness. Sie möchten wissen, warum Sie sich immer noch nicht mit Dr. Docherty getroffen haben.*«

Alice leckte sich die aufgesprungene Lippe, die gleich wieder zu bluten begann. Sie räusperte sich. »Es war …«

»*Mag sein, dass er nervt, aber sie haben offiziell um Ihre Mitwirkung gebeten. Sie wollen das Team testen, und ich werde nicht zulassen, dass irgendjemand den ganzen Verein blamiert. Also werden Sie verdammt noch mal kooperieren.*«

Ihre Unterlippe zitterte einen Moment. Dann ließ sie einen flatternden Seufzer entweichen. »Ja, Detective Superintendent.« Ihre Stimme war matt und tonlos.

»*Aber sollten Sie irgendwelche genialen Einsichten haben, dann erfahre ich es als Erster, verstanden? Alles läuft über mich. Nicht alles ausplaudern wie ein betrunkener Teenager.*«

Ich deutete auf das Telefon und ballte die andere Hand zu einer schmerzenden Faust.

Sie schüttelte den Kopf. »Ja, Detective Superintendent.«

Dieser blöde Affenarsch.

Ich stellte die Lautsprecherfunktion ab, ehe er noch irgendetwas sagen konnte, und hielt mir das Handy wieder ans Ohr. »Was tut sich bei Sabir? Ist er schon mit den HOLMES-Daten durch?«

»Rufen Sie ihn doch einfach an und fragen Sie ihn, wie wär's? Ob Sie's glauben oder nicht, Ash, mein Job ist es, das Team zu führen, und nicht, für Sie den Laufburschen zu machen. Ich fange gerade an zu glauben, dass Sie ein halbwegs brauchbarer Polizist sind, also verderben Sie's nicht gleich wieder.« Klick, und er war weg.

Ich schob das Telefon in meine Tasche zurück. »Ignorier ihn einfach, er ist ein Idiot.«

Die Tür von Nummer zwölf ging auf, und ein Hüne von einem Mann kam heraus – groß und kräftig, die Haare nach hinten gekämmt, schwarzer Mantel, dunkelgrauer Anzug, pastellgelbes Hemd und gestreifte Krawatte. Hakennase, hohe Stirn. Distinguierte Erscheinung. Ich verglich ihn noch einmal mit dem Foto, das Mrs Kerrigan auf dem Kaminsims in der Wohnung zurückgelassen hatte. Auf die Rückseite war mit Kugelschreiber in Großbuchstaben der Name PAUL MANSON geschrieben, zusammen mit seiner Privatadresse und einer Handynummer. Das war er, kein Zweifel.

Eine Frau tauchte neben Manson auf und reichte ihm eine Aktentasche. Dann stellte sie sich auf die Zehenspitzen, um ihm einen Kuss auf die Wange zu geben. Als Nächstes erschien ein kleiner Junge, der den blau-goldenen Blazer der Marshal School trug. Manson beugte sich herab und zerzauste dem Jungen die Haare. Dann drehte er sich um, stieg die Stufen hinunter und marschierte auf den Porsche zu, der in der gekiesten Auffahrt stand.

»Schau sie dir an. Wie aus einer verdammten Zahnpastareklame entsprungen.«

Manson stieg in den Wagen und ließ den Motor an, der knurrte wie ein wütender Rottweiler. Er musste da drin eine Fernbedienung haben, denn prompt schwang das Tor auf.

Alice befeuchtete ihre Lippen. »Ich... Ich glaube nicht, dass ich es fertigbringe...«

»Du hast doch gehört, was Mrs Kerrigan gesagt hat: Er ist ein Mafia-Buchhalter. Alles, was du hier siehst – das Haus, die Klamotten, das Auto, die Privatschule –, ist mit Drogen und Prostitution und Erpressung und Gewalt und Mord bezahlt. Dieses Schwein dort drüben ist die Schmiere, die die ganze Maschine am Laufen hält.«

»Das heißt noch nicht, dass er sterben muss.«

»Er oder Shifty, so einfach ist das. Und jetzt fahr los.«

»Okay, jetzt mach mal ein bisschen langsamer und lass noch ein Auto zwischen uns und ihn.«

Alice ließ den Jaguar am Kreisverkehr ausrollen, wartete einen Moment und reihte sich dann in den Verkehrsfluss ein.

»Na bitte. Du bist ein Naturtalent.«

Der Fluss war ein Betonband, das rechts parallel zur Straße verlief. Links eine Reihe viktorianischer Sandsteinbauten, nach einem streng geometrischen Grundriss errichtet. Noble Büros mit Doppelnamen, Seite an Seite mit Oldcastles einzigem Fünfsternehotel.

Vor uns bog Manson links ab, in die Straßen des Wynd.

Alice folgte ihm. Sie fuhr nicht zu schnell, hielt sich ans Tempolimit und vermied es, das Zielobjekt zu bedrängen. Machte sich richtig gut.

Sie leckte sich die Lippen. »Ash, wir *müssen* darüber reden...«

»Konzentrier dich aufs Fahren. Da, die nächste rechts.«

Sie bog in eine mit Bäumen bestandene Nebenstraße ein, auch diese gesäumt von Sandsteinbauten, nur dass hier die Säulen nach Marmor und Granit aussahen. Der Porsche fuhr auf einen markierten Parkplatz am Straßenrand und hielt an.

»Okay, fahr einfach vorbei und bieg da vorne links ab.«

»Aber...«

»Du fährst. Lass Manson meine Sorge sein.« Ich packte den Innenspiegel und drehte ihn so, dass ich Manson immer im Auge hatte, während er ausstieg und auf das Haus gegenüber zuging. Er hatte gerade begonnen, die Stufen hinaufzusteigen, als wir um die Ecke bogen und er aus meinem Blickfeld verschwand.

Ich klopfte aufs Armaturenbrett. »Halt hier an.«

Sie parkte vorwärts unter einer kahlen Eberesche ein. Dann atmete sie tief durch, schloss die Augen und sank über dem Lenkrad zusammen.

»Das hast du gut gemacht.« Ich tätschelte ihr den Rücken. »Ich bin stolz auf dich.«

»Mir geht es nicht gut. Mein Puls ist erhöht. Mir ist schwindlig, und ich habe Kopfschmerzen. Mein Magen dreht sich.« Alice schloss wieder die Augen. »Ich sehe ihn vor mir, er windet sich und zittert am ganzen Leib und blutet, und sie drückt ihren Daumen...«

»Es gab nichts, was du hättest tun können.«

»Sein Auge...« Sie schauderte und wischte sich mit der Hand übers Gesicht. »Dreißig Prozent der Menschen, die Zeugen eines traumatischen Ereignisses werden, entwickeln später ein posttraumatisches Belastungssyndrom.«

Ich schnallte mich ab und streckte mein Bein im Fußraum aus. »Du bist forensische Psychologin, du hast doch schon viel Schlimmeres gesehen als...«

»Nicht im wirklichen Leben! Auf Fotos, bei Obduktionen, an Tatorten. Aber ich habe nie... mit eigenen Augen zugesehen, wie es *passiert*.« Sie holte tief Luft und schüttelte sich. »Du brauchst eine Ersatzhandlung, Alice, irgendetwas, was dich beschäftigt hält. Du hilfst doch ständig anderen Menschen, solche Situationen durchzustehen, dann behandle dich doch einfach selbst wie irgendeine andere Patientin. Wenn es noch zu frisch ist, um es noch einmal zu durchleben, dann bring einen gewissen Abstand zwischen dich und das Ereignis, und lass es von deinem Unterbewusstsein in einen Bezugsrahmen stellen.« Sie runzelte die Stirn. »Oder vielleicht könntest du versuchen, brutale Videospiele zu spielen. Oder funktioniert das nur, wenn man es vor dem Ereignis macht? Ich weiß es nicht, Alice, du solltest es im Internet recherchieren...« Sie sah mich blinzelnd an. »Was?«

»Du redest mit dir selbst.«

Sie starrte auf ihre Finger, die sich in ihrem Schoß verknoteten. »Ich will nicht in die Wohnung zurückgehen. Ich kann dort nicht länger bleiben. Nicht, nachdem...« Tränen glitzerten in ihren Augenwinkeln.

Ich tätschelte ihr wieder den Rücken. »Es ist okay. Ich werde etwas organisieren. Wir mieten uns in einem Hotel oder einem B&B ein.«

Ein kleines, schwaches Lächeln. »Erzähl mir etwas über den Inside Man.«

»Offenbar sollen wir ihn jetzt ›Tim‹ nennen.«

»Nein, etwas von der ursprünglichen Ermittlung.«

»In Ordnung.« Ich stieg aus und lehnte mich im morgendlichen Zwielicht auf meinen Krückstock. »Es war einmal ein junger Mann namens Gareth Martin. Gareth hatte nicht gerade die beste Kindheit gehabt, und er verbrachte immer mal wieder Zeit in der hiesigen Psychiatrie. Einmal zündete er in Logansferry einen Laden an.« Die Autotür fiel ins Schloss. »Ich glaube, es war ein Fotogeschäft.«

Alice stieg auf der anderen Seite aus und schloss den Wagen ab. »Was ist, wenn jemand das Nummernschild erkennt?«

Ein Lichtbalken brach durch die tief hängenden Wolken, als

die Sonne endlich über den Horizont klomm und eine blutrotgoldene Wunde in das Grau riss.

»Was glaubst du, warum ich das Auto vor einem Altenheim geklaut habe? Es wird Wochen dauern, bis jemand es bemerkt. Und selbst dann werden sie wahrscheinlich annehmen, dass der Besitzer einfach vergessen hat, wo er es geparkt hat.« Ich humpelte am Auto vorbei zurück zu der Straße, von der wir abgebogen waren. »Vier Wochen nachdem Ruth Laughlin gefunden worden war, betrat Gareth blutüberströmt das Polizeirevier in der Grigson Lane, legte eine Babypuppe aus Plastik auf den Tresen und bedrohte den diensthabenden Sergeant mit einem Tranchiermesser.«

Wir bogen in die Aaronovitch Lane ein. Die Häuser zu beiden Seiten waren mit Messingschildern gepflastert. Rechtsanwalt. Steuerberater. Börsenmakler. Rechtsanwalt. Rechtsanwalt. PR-Agentur. Rechtsanwalt. Und dann das Gebäude, in dem Manson verschwunden war: Nummer siebenunddreißig. »DAVIS, WELLMAN & MANSON – KONZESSIONIERTE WIRTSCHAFTSPRÜFER UND STEUERBERATER.«

Eine Marmortreppe schimmerte im frühen Morgenlicht. Sie führte hinauf zu einer schwarzen Holztür mit einem Messingklopfer genau in der Mitte.

Verbrechen zahlte sich eindeutig aus.

»Gareth gestand alle vier Morde und auch die drei Entführungen. Er sagte, er habe es getan, weil seine Großmutter seine Genitalien immer mit Bleichmittel und Ätznatron gewaschen habe, als er fünf Jahre alt war.«

Alice blieb am Fuß der Treppe stehen. »Der arme Junge...«

»Alles Unsinn natürlich – er hatte es in einem Krimi gelesen.«

»Oh.« Sie starrte zu den Fenstern des Gebäudes hinauf. »Manson umzubringen, ist dumm.«

»Was bleibt uns für eine Wahl? Es...«

»Das habe ich nicht gemeint.« Sie sah mich an. »Wenn wir ihn jetzt umbringen, was machen wir dann mit ihm? Sollen wir mit seiner Leiche im Kofferraum in der Gegend herumfahren, bis es Zeit ist, ihn zu übergeben, ich meine, wir sind mit einem gestohlenen Auto unterwegs, das wird doch irgendwann auffallen, was ist, wenn wir angehalten werden und sie uns durchsuchen und ihn finden?«

»Wer sagt denn, dass wir in der Gegend herum–…«

»Wir können uns nicht einfach irgendwo verkriechen, wir tragen beide GPS-Ortungsgeräte am Fußgelenk, wenn wir nicht Jessica McFees Kolleginnen befragen, wie wir es Detective Superintendent Jacobson gesagt haben, wird er es *wissen*. Und er wird kommen, um uns zu holen, und wir haben eine Leiche im Kofferraum, und wir werden verhaftet, und ich verbringe den Rest meines Lebens im Gefängnis…«

»Deswegen machen wir es ja nicht jetzt gleich.« Ich ging weiter, an der Wirtschaftsprüfungs-Sozietät vorbei. »Wenn wir hier zu lange rumstehen, *wird* es irgendwann jemandem auffallen.« Ich bog scharf links ab und humpelte über die Straße.

»Oh, okay, tut mir leid…« Sie beeilte sich, zu mir aufzuschließen, und schlurfte an meiner Seite mit ihren kleinen roten Schuhen über das nasse Pflaster. »Aber wenn wir…«

»Wir werden *nicht* erwischt. Okay, dann müssen wir eben so tun, als ob nichts wäre – mit Jessica McFees Mitbewohnerinnen reden, uns mit diesem Idioten Fred Docherty treffen, alles tun, was von uns erwartet wird. Schön – das kriegen wir hin. Wir können zum Geschäftsschluss wiederkommen und uns Manson auf dem Nachhauseweg schnappen.« Ich blieb neben dem Porsche stehen und kniete mich ächzend hin, als ob ich mir die Schuhe binden wollte.

An dem kleinen dreieckigen Fenster hinter der Fahrertür war ein knallgelber Aufkleber: »Dieses Fahrzeug wird rund um die Uhr GPS-fernüberwacht.« Ich notierte mir den Namen der Firma – Sparanet Vehicle Security – zusammen mit der Telefonnummer und dem Autokennzeichen.

Jetzt aber weiter.

Ich streckte eine Hand aus, und Alice half mir auf. Dann lief sie neben mir her den Gehsteig entlang.

Sie drehte sich zu der Kanzlei um. »Und was ist dann passiert?«

»Was meinst du – mit Gareth? Es stellte sich heraus, dass er in den Streichelzoo im Montgomery Park eingebrochen war und einem Lamm den Bauch aufgeschlitzt hatte, um die Puppe reinzustecken. Deswegen war er voller Blut. Sein Geständnis war genauso erfunden wie die Geschichte mit dem Bleichmittel.«

Am Ende der Straße bogen wir rechts ab.

»Jedes Jahr sind bei uns im Präsidium zwei oder drei Leute aufgetaucht, die behaupteten, der Inside Man zu sein. Und ein Jahr drauf waren sie dann wieder da und behaupteten, DIY-Dave oder der Blackwell-Vergewaltiger oder Johnny Fingerbones zu sein.«

»Gesteht er immer noch Taten, die er nicht begangen hat?«

»Sein Schwanengesang war, dass er behauptete, eine Frau vergewaltigt und ermordet zu haben. Der Ehemann des Opfers fand heraus, wo Gareth wohnte, fuhr zu ihm hin, vollgepumpt mit Antidepressiva, und prügelte ihn mit einem Kricketschläger zu Tode. Bekam acht Jahre – verminderte Schuldfähigkeit.«

Wieder rechts um, zurück zu dem gestohlenen Jaguar.

Alice hängte sich bei mir ein. Klammerte sich fest, als ob sie Angst hätte, von der Strömung davongetragen zu werden. »Glaubst du, dass David davonkommen wird?«

Nein. Aber ich setzte dennoch ein Lächeln auf und drückte ihren Arm. »Er wird es überstehen. Glaub mir. Shifty ist zäher, als er aussieht. Wir werden ihn wiederbekommen.«

Oder das, was von ihm übrig war.

28

Alice zog die Schultern bis zu den Ohren hoch und stellte sich mit dem Rücken zum Wind. Die braunen Locken wanden sich peitschend um ihren Kopf wie wütende Schlangen. »Aber ich *hab* keinen Hunger...«

Das Old-Castle-Besucherzentrum war geschlossen, aber Manky Ralphs Frittenbude – ein verdreckter Imbisswagen mit vier platten Reifen – stand in der Ecke des Parkplatzes. Besser als gar nichts. Und außerdem war das Essen nicht der Grund, warum die meisten Leute ihr Geld dort über den Tresen reichten.

»Ist mir egal.« Ich hielt ihr zwei in Papierservietten gewickelte Butties und einen Styroporbecher mit heißem, süßem Tee hin. »Iss die und trink das.«

»Aber...«

»Das ist keine Diskussion. Na los, du brauchst was im Magen. Danach wirst du dich besser fühlen.«

Sie blies die Backen auf und nahm eines der Sandwiches. Wickelte es aus. Verzog das Gesicht. Und biss hinein. Ein kleines Lächeln. »Pommes.«

»Na, siehst du.« Ich schlug die Zähne in meinen Hotdog und kaute, während wir zwischen den Ruinen umherspazierten.

Dieser Teil der Burg bestand aus einer Ansammlung von hüfthohem, verfallenem Mauerwerk. Weiter innen waren Feuerstellen, ein Eiskeller und eine Treppe, die nirgendwo hinführte. Und ganz hinten dann die Überreste eines drei Stockwerke hohen

Turmes. Alles in den goldenen Glanz des frühen Morgenlichts getaucht, schimmernd vor dem Hintergrund des kohlschwarzen Himmels.

Wir zogen uns auf die windabgewandte Seite eines Stücks Festungsmauer zurück, wo eine schmale Schießscharte den Blick nach draußen freigab, den Steilhang hinunter, vorbei am Dundas House, über den Fluss und hinüber zum Wynd, wo Paul Manson seinen letzten Tag auf Erden mit Arbeiten verbrachte.

Alice hatte ihr Pommes-Buttie verputzt und hebelte den Deckel von ihrem Tee ab. Der Dampf wurde vom Wind weggeweht, als sie daran nippte und sich mit dem Rücken gegen die Mauer lehnte, den Blick auf ihre kleinen roten Schuhe gesenkt. »Ich habe Angst…«

Die kleine transparente Plastiktüte, die Manky Ralph mir verkauft hatte, wog fast gar nichts. Sie lag in meiner Hand, als ob sie gar nicht da wäre. Ich hielt sie ihr hin. »Da.«

Sie betrachtete sie mit zusammengekniffenen Augen. »Tabletten?«

»Du hast doch dem dussligen Doktor im Krankenhaus gesagt, dass er Marie Jordan für so eine MDMA-Klinikstudie in Aberdeen anmelden soll.«

Alice nahm mir die kleine Tüte aus der Hand und hielt sie hoch. Ein halbes Dutzend rosafarbene, herzförmige Tabletten lagen in einem Häufchen am Boden. »Du hast mir Ecstasy gekauft?«

»Na ja, um… deine Amygdala ein bisschen zu dämpfen.«

Ein Lächeln. Sie drückte meinen Arm. »Das ist das erste Mal, dass mir jemand Pommes und Drogen kauft.« Alice ließ die Pillen in ihre Tasche gleiten. Dann wurde ihre Miene ernst. »Aber wir müssen über David reden.«

»Ich hab's dir doch gesagt: Er kommt da wieder raus.«

Sie wickelte ihr zweites Buttie aus der Serviette – mit Bacon diesmal. »Ich meine, es bringt doch gar nichts, Paul Manson umzubringen, wenn wir ...«

»Du bringst gar niemanden um. Du bist nicht verantwortlich für das, was passiert. Und wenn diese blöden Fußfesseln nicht wären, würde ich verdammt noch mal dafür sorgen, dass du überhaupt nichts damit zu tun hast.« Möwen stiegen über den Bellows auf, kreisten und taumelten über den Ruinen des alten Sanatoriums, die verloren auf ihrer Insel in der Mitte des Flusses standen. »Aber daran können wir jetzt auch nichts ändern.«

Sie schauderte. »Wenn die Fußfesseln nicht wären, hätte Mrs Kerrigan *mich* als Geisel genommen und nicht David.«

Vielleicht waren die Dinger ja doch nicht so schlecht.

Alice sah forschend zu mir auf. »Du hast die ganze Zeit gewusst, dass es so kommen würde, nicht wahr? Deswegen hast du davon gesprochen, nach Australien abzuhauen...« Sie senkte den Blick. »Ich hätte es mir denken können, oder? Ich meine, was hätte denn sonst passieren sollen?«

»Es tut mir leid.«

Der Wind wehte ihr eine Haarsträhne ins Gesicht, und sie schob sie zurück, drehte sie mit einer Hand zu einem Strick. »Können wir nicht... Ich weiß nicht. Können wir denn nicht irgendetwas *tun*?«

»Damit am Ende alle glücklich und zufrieden sind?«

»Bitte?«

In einiger Entfernung kraxelte ein kleines Mädchen über einen Haufen Mauertrümmer. Eine junge Frau in einem dicken Wollpulli stolperte hinterher. »Nicht so weit, Catherine, tu Mummy den Gefallen!«

Ich lehnte mich mit dem Rücken an die Festungsmauer und schloss die Augen. »Sie will Mansons Leiche, und wenn ich nicht liefere, wird sie Shifty umbringen. Und was dann? Was, wenn sie dir etwas anzutun versucht?«

»Es spielt keine Rolle, ob er ein Mafia-Buchhalter ist oder nicht, wir können nicht...«

»Ich weiß, okay? Ich weiß.« Ein Gewicht machte sich in meiner Brust breit und drückte mich unerbittlich zu Boden. »Wenn ich es mache, kann sie mich mit einem Mord in Verbindung bringen. Egal, wie viel Geld ich zurückzahle, sie wird mich immer in der Hand haben. Dann gehöre ich ihr.«

»Aber was sollen wir denn...«

»Iss dein Buttie.«

»Bin gleich wieder da...« Alice schnallte sich ab, kletterte hinaus in den windigen Morgen und ließ mich auf dem Beifahrersitz zurück. Der Suzuki stand mit eingeschaltetem Warnblinker am Straßenrand, zwei Räder auf dem Gehsteig, die anderen auf der doppelten Halteverbotslinie vor dem kleinen Lebensmittelgeschäft in der John's Lane: »Justins 24-Stunden-Laden. Alles für den täglichen Bedarf – rund um die Uhr!«

Der gestohlene Jaguar war in dem alten Parkhaus in der Floyd Street versteckt, hinter dem Tollgate-Shoppingcenter. Wo es keine Überwachungskameras gab. Dort konnte er bleiben, bis es Zeit war, Paul Manson abzuholen.

Ich schaltete das Autoradio ein, und Kate Bushs Stimme tönte aus den Lautsprechern. Sie sang irgendetwas von einem Deal mit Gott.

Ja, wenn es nur so einfach wäre.

Auf dem Gehsteig vor dem Laden stand ein Plakatständer mit Zeitungsschlagzeilen: »Suche nach vermisstem 5-Jährigem dauert an.« Eine andere verkündete: »Lotto-Jackpot diesen Freitag bei 89 Millionen Pfund!« Und eine dritte: »Inside Man entführt Hebamme – EXKLUSIV!« Auf Handzetteln im Fenster wurde für Französischunterricht geworben, entlaufene Katzen wurden gesucht und Fahrräder zum Verkauf angeboten.

Überall Normalität.

Niemand wurde an einen Stuhl gefesselt und gefoltert, niemand bekam ein Auge ausgerissen.

Niemand wurde in den Kofferraum eines gestohlenen Jaguar gepackt, in den Wald hinausgefahren und ermordet.

Bob der Baumeister grinste mich vom Rücksitz an.

Was hatte ich für eine Wahl?

»Und das war die kleine Katey Buuuuuuuush mit ›Running up that Hill‹. So, es ist ein paar Minütchen nach halb neun, und Sie wissen, was das heißt...« Nebelhörner, Autohupen, ein Halleluja-Chor im Hintergrund. *»Hier kommt wieder unser Super-Schenkelklopfer-Scherzanruf!«*

Idiot.

Ich stellte »Sensational« Steve leise und griff stattdessen nach dem Telefon, um Sabir anzurufen. Es läutete. Und läutete und läutete.

Als er endlich abhob, hörte er sich an, als wäre er gerade einen Marathon gelaufen – keuchend und schnaufend, völlig außer Atem. *»Was zum verfickten Henker willst du?«*

»Was ist jetzt mit den HOLMES-Daten?«

»Es ist noch nicht mal neun Uhr! Ich war im Bett.«

»Im Bett? Und wieso atmest du dann so schwer...?« Oh. »Na, egal. Was ist jetzt mit HOLMES?«

»Willst du mich veräppeln? Ich bin grad mitten in...«

»Wenn es so wichtig wäre, wärst du nicht ans Telefon gegangen. Was hast du rausgefunden?«

»Du warst nicht immer so ein Arsch, das weißt du schon, oder?« Geraschel, dann ein Stöhnen. Ein Geräusch wie von einer Hand, die sich über die Sprechmuschel legte, und dann seine gedämpfte Stimme. *»Sorry, das ist wichtig.«* Noch mehr Geraschel. Ein dumpfes Klacken, und dann war er wieder da. *»Deine Mam lässt dich übrigens grüßen.«*

»Sie ist immer noch tot, Sabir.«

»Hab mich schon gewundert, warum sie sich so wenig bewegt.« Wieder ein Klacken. *»Diese HOLMES-Daten sind das reinste Chaos – wer das verbrochen hat, gehört mal ordentlich übers Knie gelegt. Ich muss das Ganze von vorne bis hinten durchgehen und neu indexieren. Hast du einen blassen Schimmer, was das für eine Schweinearbeit ist?«*

»Hast du die Telefonnummern damit abgeglichen?«

»Klar. Musste mich dafür in die Datenbank hacken, aber ich hab's gemacht.«

Schweigen.

»Und?«

»Da hast du bessere Chancen auf 'nen Dreier in 'nem Pinguinhaus. Nichts – null Treffer. Wenn ich die Daten sortiert hab, gleich ich auch noch die Namen und Adressen ab. Wundert mich nicht, dass ihr den Kerl vor acht Jahren nicht erwischt habt – der Dödel, der das hier zusammengestoppelt hat, hätte gar keine größere Scheiße bauen können. Wer Mist eingibt, wird auch Mist ernten.«

Die Ladentür ging auf, und Alice wankte heraus in den Wind, eine Einkaufstüte in der einen Hand, eine Tafel Schokolade in der anderen.

»Glaubst du, das war Absicht?«

Sabir machte eine Weile schmatzende Geräusche. *»Keine Ahnung. Es ist jedenfalls unter aller Sau.«*

»Versuch doch mal rauszufinden, wer es war.«

Alice kletterte hinters Steuer und brachte einen Schwall kalte Luft mit. »Tut mir leid, hat ein bisschen länger gedauert, als ich dachte.« Sie drehte sich um und stellte ihre Einkaufstüte vor dem Rücksitz auf den Boden. Es klirrte.

Ich spähte nach hinten. Das Etikett einer halben Flasche Famous Grouse schimmerte durch die dünne Plastiktüte hindurch.

»Wie hast du es geschafft, um halb neun morgens Schnaps zu kaufen? Das ist doch gar nicht erlaubt!«

Alice ließ den Motor an. »Ich kann sehr überzeugend sein, wenn es nötig ist.«

Am anderen Ende der Leitung hustete Sabir. »*Also, wenn du nichts dagegen hast – ich muss deine Mam noch fertig durchbumsen.*«

Auf dem Schild vor dem Polizeipräsidium stand nicht mehr »Oldcastle Police« – jetzt hieß es »Police Scotland – Division Oldcastle«. Sie hatten sogar das Wappen abgeschafft und durch ein nichtssagendes Schottlandfahnen-Logo ersetzt.

Schade, dass sie das Gebäude nicht gleich mit abgeschafft hatten. Die große viktorianische Backstein-Warze verunstaltete die Sandsteinhaut der Straße – die schmalen Fenster dunkel und vergittert, als ob sie sich auf eine Belagerung vorbereiteten. Keinen Moment zu früh – denn die Belagerer waren schon da.

Ein Haufen Reporter und Kamerateams lungerte vor dem Eingang herum. Rauchend und scherzend warteten sie nur darauf, sich auf ihr unglückliches Opfer zu stürzen und es in Stücke zu reißen, um sein Fleisch bis auf die Knochen abzunagen.

Einer aus der Meute blickte auf, als wir die Treppe hinaufstiegen. Er hatte eine schwere Nikon um den Hals hängen und einen kleinen braunen Zigarillo zwischen zwei Finger geklemmt. »He! Habt ihr zwei vielleicht was mit dem Inside Man zu tun?«

Ich hob übertrieben die Schultern. »Jemand ist in unseren Schuppen eingebrochen und hat den Rasenmäher mitgehen lassen.«

»Schade...« Er machte trotzdem ein paar Fotos und verlegte sich dann wieder aufs Warten.

Ich hielt die Tür auf, und Alice schlüpfte an mir vorbei in

den Empfangsbereich, in der Hand die Einkaufstüte, die klirrend gegen ihren Oberschenkel schlug.

Die schwarz-weißen Fliesen erinnerten eher an ein Bahnhofsklo als an einen Ort, wo man Verbrechen anzeigen konnte. Dafür ließen sich die Kotze und das Blut leicht mit einem Schlauch wegspülen...

Ein geierdünner Mann saß hinter dem Tresen und einer kugelsicheren Glasscheibe. Die Haare auf seinem Kopf waren grau und kurz geschoren – ungefähr halb so kurz wie seine buschigen schwarzen Augenbrauen. Sergeant Peters schürzte die Lippen und kniff die Augen zusammen. »Wieso sind Sie nicht durch den Hintereingang gekommen?«

»Die wollten mir den neuen Zugangscode nicht geben.«

»Hmpf. Wichser.« Er nickte Alice zu. »Nichts für ungut, die Dame.« Dann wieder zu mir. »Soll ich jemanden anrufen?«

»Also...«, Alice trat vor, »... ich wollte eigentlich zu Dr. Frederic Docherty, der Name ist Dr. McDonald, also ich meine, *ich* bin Dr. McDonald, nicht er, mir war klar, dass es ein bisschen verwirrend klingt, in dem Moment, als ich es sagte, aber Sie können Alice zu mir sagen.«

Peters zog eine dicke Braue hoch. »In Ordnung – mach ich doch glatt. Was ist mit Ihnen, Chef?«

»Ich will ins Archiv.«

Er knallte das Besucherverzeichnis auf den Tresen. »In Ordnung, tragen Sie sich ein, ich mach Ihnen einen Besucherausweis fertig, der Zugangscode ist drei-sieben-neun-neun-eins. Und Sie können den Wichsern da oben sagen, sie können ihren verdammten Job hinschmeißen, wenn sie keinen Bock drauf haben.« Er ging grummelnd zum Computer und hackte mit zwei Fingern hasserfüllt auf die Tastatur ein. »Als ob *ich* was dafür könnte, dass ich nicht nachts arbeiten kann. Sollen *die* doch erst mal eine bettlägerige, krebskranke sechzigjährige Frau pflegen...«

»Ah, Dr.... McDonald, nicht wahr?« Frederic Docherty erhob sich halb von seinem Stuhl und wies auf die andere Seite des Konferenztischs. Er trug wieder einen schicken Anzug, diesmal mit leuchtend blauem Hemd und weißer Krawatte. »Bitte, nehmen Sie doch Platz. Und wird Ihr Freund uns Gesellschaft leisten?« Er sah mich an.

Ich rührte mich nicht von der Stelle. »Hab Besseres zu tun.«

»Verstehe.«

Alice stellte ihre Einkaufstüte auf den Tisch und setzte sich. Sie nahm die halbe Flasche Grouse heraus und drehte den Verschluss ab. »Möchten Sie einen?«

»Ah...« Er ließ sich wieder auf seinen Stuhl nieder. »Lassen Sie mich raten: Sie haben mit Henry Forrester gearbeitet, nicht wahr? Er war ja sehr überzeugt von der empathie- beziehungsweise erkenntnisfördernden Wirkung von Koffein und Whisky.«

Sie gab einen Schuss in ihren Becher. »Vor zwei Jahren waren wir hinter einem Serienmörder her. Ich... habe damals Henrys Leiche in dem Hotel gefunden.«

Docherty kniff das Gesicht zusammen, als ob sich gerade etwas Spitzes unter seine Haut gebohrt hätte. »Er war ein guter Mann. Ein guter Mentor. Als ich hörte, dass er gestorben war...« Ein Seufzer. »Das muss für Sie furchtbar gewesen sein.«

Alice nahm einen kräftigen Schluck Kaffee mit Schuss, dann griff sie in ihre Tasche und fischte die Inside-Man-Briefe heraus, alle sechs mit Textmarker-Strichen und roten Kugelschreiberkringeln übersät. Sie breitete sie auf dem Tisch aus. »Ich habe Form und Inhalt analysiert, und ich glaube, wir müssen das Profil revidieren. Der Inside Man...«

»Wenn Sie darüber reden möchten – ich habe reichlich Erfahrung in der Arbeit mit trauernden Angehörigen.«

Sie gab noch einen Schuss Grouse in ihren Kaffee. »Die

Sprache, die er verwendet, die Bilder, das ist alles übersteigert, anzüglich, als ob er wollte, dass wir ihm dabei über die Schulter sehen. Das passt nicht zu jemandem...«

»Es ist nichts, wofür man sich schämen muss. Als Henry starb, brauchte ich Monate, um in der Therapie meine Gefühle aufzuarbeiten. Wir standen uns sehr nahe. Es ist...«

»... familiären Hintergrund, wie er im Profil beschrieben ist, also müssen wir noch einmal zurückgehen und...«

»... wäre Ihrer emotionalen Gesundheit mit Sicherheit ausgesprochen zuträglich...«

Ich überließ die beiden ihrem Schicksal.

29

Und noch eine Box. Diese hier war mit schwarzem Filzstift bekritzelt, die Fallnummer dreimal durchgestrichen und neu eingetragen. Kein Wunder, dass es nahezu unmöglich war, irgendetwas zu finden.

Ich stellte sie zu den anderen auf den Boden und griff nach der Reihe dahinter. Die Regale waren zerkratzt, die Farbe blätterte ab, Rost breitete sich von den Schweißstellen aus. Und alles war mit einem dichten Staubpelz überzogen, von dem jedes Mal kleine Wölkchen aufstoben, wenn man irgendetwas bewegte. Die Körnchen schimmerten im Halbdunkel, wenn das armselige, flackernde Licht der Neonröhren darauf fiel.

PC Simpson kratzte sich so heftig, dass sein ganzer Bauchspeck ins Schwabbeln geriet. Plump und mit schütterem Haar dümpelte er im Zeitlupentempo auf die Pensionierung zu. »Aber das eigentliche Problem ist natürlich das Abstimmungsverfahren, nicht wahr?«

Die nächste Reihe war auch nicht viel besser. Lauter unleserliche Nummern und Korrekturen – und wieso war niemand in der Lage, die Sachen richtig einzuordnen? »Sind Sie sicher, dass das hier die richtige Abteilung ist?«

»Nehmen Sie nur diese Marilyn – kann ums Verrecken nicht singen, aber trotzdem ist sie Woche für Woche dabei, weil die Leute das irgendwie witzig finden. Ich dachte, es ginge um eine *Talent*show?«

»Simpson, ich zähle jetzt bis fünf, und dann nehme ich diesen Krückstock und ramme ihn Ihnen so tief in den Arsch, dass Sie als Einhorn zum Kostümball gehen können!«

Er ließ das Kratzen sein und wuchtete den nächsten Karton aus dem Regal. »Es müsste *irgendwo* hier sein. Diese Idioten von der SCD und vom CID haben hier alles durchstöbert, als sie mit der Ermittlung angefangen haben. Aber da mangelt's an der systematischen Vorgehensweise, nicht wahr? Sind hier rumgetrampelt wie eine Herde Ochsen.«

Ich stellte noch eine Box auf den Boden. Zwei vollkommen verschiedene Fallnummern waren auf die graue Pappe gekritzelt. »Wie konnten Sie das hier in ein solches Chaos ausarten lassen?«

»Nix da – mein System hat einwandfrei funktioniert, danke der Nachfrage! Da bin ich mal zwei Monate krankgeschrieben, und irgendein Idiot gibt den Job diesem Wichser Williamson. Als ich wiederkomme, geht hier alles drunter und drüber.« Er hob den Deckel von einer Box ab und wühlte darin herum. »Wenn man die Leute ein Mal im Archiv Amok laufen lässt, gewöhnen sie sich dran. Nutzen es aus. Wie oft bin ich schon hier runtergekommen und hab diesen Trottel Brigstock dabei erwischt, wie er Sachen aus den Boxen geholt hat, oder Rutledge oder diesen Psychologen-Heini oder diesen Detective Superintendent ›Können Sie hier nicht mal Ordnung schaffen?‹-Knight. Und keiner hält es für nötig, für irgendwas zu unterschreiben.« Seine Stimme schnellte eine halbe Oktave in die Höhe, und er setzte einen schnöseligen Glasgower Akzent auf. »›Oh, ich muss nur mal eben was nachschauen, ich stell's auch gleich wieder zurück.‹ Sieht das hier etwa aus wie 'ne verdammte Leihbibliothek?«

In der nächsten Box lagen ein Messer und eine Axt, beide in ihren transparenten Plastikbeuteln, mit Krümeln von getrocknetem Blut unten drin.

»Und wieso sind es immer nur Coverversionen? Wer unbedingt berühmt werden will, kann doch gefälligst seine eigenen Lieder schreiben. Sonst ist es doch nichts weiter als eine aufgeblasene Karaoke-Session.«

Noch eine Box, diesmal ganz ohne Fallnummer.

»Aber das interessiert keinen, nicht wahr? Ah, da haben wir's.« Er knallte mir einen Karton vor die Füße – »Inside Man, K bis N.« Er holte tief Luft und blies keuchend auf den Deckel, womit er einen kleinen Staubsturm auslöste. »Hab Ihnen doch gesagt, dass es irgendwo hier hinten sein muss.«

Ich hustete und wedelte mir mit der Hand vor dem Gesicht herum. »Herrgott noch mal ...«

»Klar, ich *könnte* es in Ordnung bringen. An einem Ende anfangen und alles neu katalogisieren, bis es wieder stimmt, aber wozu die Mühe? Es würde Jahre dauern. Nächsten Mai geh ich in Pension und zieh mich ins sonnige Perth zurück, um Golf zu spielen und Bier zu trinken. Dann soll die arme Sau, die meinen Platz einnimmt, sich darum kümmern.«

Ich hob den Deckel ab. Der Karton war randvoll mit Beweismittelbeuteln, Papieren und Notizbüchern. »Haben Sie einen Tisch, den ich benutzen kann?«

»Simpson hat gesagt, Sie wären hier unten.«

»Hmm?« Ich blickte auf, und da stand Rhona, an das Metallregal gelehnt, die Hände in den Taschen ihres Hosenanzugs. Ihre Bluse war bis zum BH-Ansatz aufgeknöpft, die Innenseite des Kragens mit orange-grauem Schmutz verschmiert, der grüne Stoff von einem Fettfleck verdunkelt.

Sie zuckte mit den Achseln. »Suchen Sie was Bestimmtes?«

»Die Inside-Man-Briefe. Müssten hier drin sein.«

Rhona setzte sich auf die Tischkante und griff in den Karton. Sie zog einen Beweismittelbeutel heraus, der ein zusammengeknülltes Papiertaschentuch enthielt, übersät mit dunkelbraunen Sprenkeln von vertrocknetem Blut. Sie legte ihn auf den Tisch, griff wieder in den Karton und suchte weiter. »Übrigens, wegen dieser Party – es ist nicht so wichtig. Ich war... na ja, ich dachte, es wäre nett, wenn wir Ihre Entlassung ein bisschen feiern würden.«

»Ich bin den kompletten Inhalt dieser Box zweimal hintereinander durchgegangen – keine Spur von den Briefen. In der Asservatenliste sind sie zwar aufgeführt, aber sie sind einfach nicht hier...«

»Wir könnten einfach nur was trinken gehen, was meinen Sie? Vielleicht im Monk and Casket? Wie früher. Oder wir machen's einfach in der Hotelbar?«

»Hotel?«

»Das Pinemantle. Wohnen Sie nicht mit den NER- und SCD-Leuten zusammen?«

Ich lehnte mich auf meinem Stuhl zurück und streckte das rechte Bein aus. »Warum könnten die Briefe aus den Asservaten verschwunden sein?«

Sie lutschte an ihren Zähnen. »Vielleicht ist Ihnen eins der anderen Teams zuvorgekommen?«

»Nein. Die hätten sie ordnungsgemäß ausgeliehen.« Ich hielt das Blatt mit der Liste des Kartoninhalts hoch. »Und Simpson und ich haben eine halbe Stunde gebraucht, um das verdammte Ding überhaupt zu finden. Es war total verstaubt – er meint, das hat seit Jahren kein Mensch angerührt. Und ein Skalpell fehlt auch.«

Ich schwenkte meinen Stuhl ganz herum, bis ich auf die lange, düstere Regalreihe blickte. »Die Briefe sind verschwunden, und die HOLMES-Daten sind ein einziges Chaos. Was ist, wenn da jemand seine Spuren verwischt hat?«

Rhonas Augenbrauen schnellten in die Höhe. »Sie glauben, der Inside Man ist einer von uns?«

Auf eine verquere Art und Weise schien es logisch.

Sie stieß einen Pfiff aus. »Ich wette, es ist dieser Arsch DI

Smith. Trau niemals einem Aberdonian, das hat mein Dad immer gesagt.«

»Er ist noch nicht lange genug hier. Tun Sie mir einen Gefallen: Finden Sie heraus, wer vor acht Jahren zum HOLMES-Team für den Inside-Man-Fall gehörte. Könnte vielleicht jemand sein, der vorübergehend zu einer anderen Einheit versetzt war. Das würde erklären, warum wir acht Jahre lang nichts vom Inside Man gehört haben.«

»Apropos Leute, die vom Radarschirm verschwinden – ist Ihnen zufällig Shifty Dave über den Weg gelaufen? Ihre Hoheit ist nicht sehr erfreut darüber, dass er das Morgengebet geschwänzt hat.«

Verdammt.

Ich hob den Stapel Notizbücher auf und versenkte ihn wieder im Karton. »Er ist krank. Sagt, es sei wahrscheinlich dieses Norovirus oder so was in der Art.« Na ja, wenn Officer Babs sich mit dieser Lüge um die Arbeit drücken konnte, war sie auch gut genug für Shifty. »Erbrechen, Durchfall, Gelenkschmerzen, das volle Programm. Hörte sich schrecklich an. Er meint, er wird wahrscheinlich noch ein paar Tage ausfallen.«

»Shifty hat die Scheißerei? Wundert mich nicht, bei den Unmengen Kebab, die er verdrückt. Aber er hätte der Super Bescheid sagen sollen, die ist so schon übel genug drauf. Haben Sie den Artikel über Jessica McFee heute in der *News and Post* gesehen? Ich sag's Ihnen, die Hälfte vom CID könnte nicht mal dann die Klappe halten, wenn man sie ihnen mit Sekundenkleber zupappen würde.«

Ich legte alles wieder ordentlich in die Box zurück und setzte den Deckel drauf. »Ich sag ihm Bescheid, wenn ich ihn das nächste Mal sehe.«

»Ja, und wegen dieses Umtrunks – nach Feierabend, habe ich mir gedacht?«

Ich hatte nicht genug Hände für die Box und den Krückstock, also musste ich zum Regal zurückhumpeln. Glühende Nadeln bohrten sich bei jedem schlurfenden Schritt durch meinen rechten Fuß.

»Chef?«

»Heute Abend geht's nicht. Ich habe ... was vor.«

»Oh.«

Ich schob die Box durch den Staub ganz nach hinten ins Regal. Dann drehte ich mich zu Rhona um. »Wie wär's mit morgen?«

Sie ließ den Kopf sinken. Ein dünnes Lächeln auf den Lippen wie ein schlechter Geschmack. »Okay. Vielleicht morgen.«

Die Kantine im vierten Stock war von einem leisen Summen erfüllt. Ein Constable stand vor der erleuchteten Mikrowelle und wiegte sich langsam hin und her, als ob er mit dem Fertiggericht, das er da drin aufwärmte, einen Stehblues tanzte.

Bis auf ihn und einen zivilen Hilfspolizisten, der Instant-Nudeln aus dem Becher löffelte, war weit und breit niemand zu sehen. Nur Reihen von schmuddligen Tischen und klapprigen Stühlen. Ein Gemeinschaftskühlschrank, ein Spülbecken. Kaffeemaschine und Wasserkocher. Ein Verkaufsautomat, dessen Inhalt zur Hälfte aus Schokolade und zur Hälfte aus Chips bestand.

An der Durchreiche zur Küche war das Rollo heruntergelassen. Keine Pommes bis Mittag.

Ich warf einen Teebeutel in einen Becher und schaltete den Kocher ein.

Dann zog ich mein Telefon aus der Tasche und rief Jacobson an.

Er ging nicht dran. Auch bei Huntly hatte ich kein Glück. Bei Dr. Constantine ebenso wenig.

Typisch.

Könnte versuchen, Sabir zu erreichen. Aber der würde mir doch wieder nur die Ohren volljammern.

Der Wasserkocher rumpelte und schaltete sich mit einem Klicken ab.

Was ich brauchte, war natürlich ein bisschen schlagkräftige Verstärkung an meiner Seite, wenn ich Bob den Baumeister mit Mrs Kerrigan bekannt machte – in einer heruntergekommenen Ecke eines Industriegebiets, mit einem toten Mafia-Buchhalter im Kofferraum eines gestohlenen Autos. Vielleicht würde Babs sich gerne etwas dazuverdienen, indem sie Joseph und Francis diskret für eine Weile aus dem Verkehr zog?

Doch, das würde bestimmt gut ankommen.

He, Babs, hätten Sie nicht Lust, zwei brutale Schläger ein bisschen abzulenken, während ich der Chefin von den beiden zweimal ins Gesicht schieße? Wie bitte? Sie rufen die Polizei?

Dann würden Francis und Joseph es eben auch auf ein Duell mit Bob dem Baumeister ankommen lassen müssen.

Zu dumm, dass Shifty nicht hier war ...

Teebeutel. Heißes Wasser. Schuss Milch obendrauf.

Durch die offene Kantinentür waren in der Ferne laute Stimmen zu hören. Gedämpfte Flüche und nicht ganz so gedämpfte Schmerzensschreie.

Drüben an der Mikrowelle sah sich der Constable kurz zum Flur um und setzte dann seinen Tanz mit dem Herd fort. Kein Schwein kümmerte sich mehr um irgendwas.

Ich parkte meinen Tee auf dem Tisch und humpelte hinaus. Mein Krückstock klackerte über den rissigen Terrazzoboden, als ich auf den Flur trat und hörte, dass das Geschrei von links kam, aus dem Treppenhaus herauf. Es waren vier oder fünf, die sich da unten die Lunge aus dem Leib brüllten.

»*Aua, Scheiße!*«

»*Steh nicht rum, du Pflaume, schnapp ihn dir!*«

»*Nix da, nimm du ihn!*«

»*Aaaargh! O Mann, das tut sauweh!*«
»*Komm her, du Dreckskerl, versuch doch* – umpf...«
»*Scheiße, Scheiße, Scheiße...*«

Als ich endlich am Fuß der Treppe ankam, erblickte ich ein halbes Dutzend von Oldcastles Ordnungshütern, die sich an die Wand des Flurs schmiegten. Uniformierte und CID-Leute, alle drückten sie sich in die stahlgraue Farbe. Ein Beamter vom städtischen Ordnungsdienst hockte auf seinem Hintern, ein Bein ausgestreckt, ein blutiges Taschentuch an die Nase gedrückt.

Die Übrigen starrten auf die Tür des Familienraums.

Von drinnen kam noch mehr Gefluche.

»*Hilfe! Bitte, Sie können doch nicht einfach – AAAAGH!*«

Ich schob mich vorbei. »Verdammt, was ist denn los mit euch allen?« Ich riss die Tür auf.

Die bequemen Sofas waren umgekippt, der Beistelltisch zu Kleinholz geschlagen, tiefe Dellen in der Gipskartonwand, die Lampenfassung aus der Decke gerissen. Bilderrahmen waren zerbrochen, der schmutzige Teppichboden mit Glassplittern übersät. Die Vorhänge hingen an der zerbrochenen Stange – dahinter war gar kein Fenster. Das ganze Zimmer war eine Attrappe.

Eine Uniformierte lehnte zusammengesunken an der hinteren Wand, Mund und Kinn blutverschmiert. Das Bein eines Kollegen ragte hinter einem der Sofas hervor. Zwei CID-Leute lagen bäuchlings auf dem Teppich.

Wee Free McFee stand in den Trümmern des Couchtischs, sein blauer Pullover mit V-Ausschnitt an der Schulter zerrissen, der weiße Hemdkragen mit Blut verschmiert. Er hatte die Hände zu Fäusten geballt und atmete schwer.

Zwei weitere Uniformierte stürzten sich mit gezückten Schlagstöcken auf ihn.

Der Erste bekam einen Faustschlag ins Gesicht, der ihn glatt von den Füßen hob. Der zweite Mann krachte in Wee Frees

Brust und warf ihn ein paar Schritte nach hinten. Er holte mit dem Schlagstock aus, um Wee Free die Knie unter dem Hintern wegzuhauen …

Aber Wee Free war schnell. Er packte den Arm, drehte ihn nach hinten, zog den Officer mit einem Ruck auf sich zu und ließ seine Stirn auf dessen Nase krachen.

Ein feuchtes Knacken, ein Grunzlaut, und die Beine des Uniformierten knickten weg. Wee Free bremste seinen Fall, indem er ihn an seiner Stichschutzweste packte, und rammte ihm das Knie in die Weichteile.

Dann ließ er los.

Das arme Schwein sackte zu Boden.

Wee Free hob den Kopf und funkelte mich an. Seine Wangen und sein Schnauzbart waren mit kleinen roten Pünktchen gesprenkelt, sein Brustkorb hob und senkte sich. »Sie … haben gesagt … Sie würden … sie finden.«

Ich hob abwehrend die Hand. »Okay, jetzt beruhigen Sie sich erst mal. Können Sie mir den Gefallen tun, Mr McFee?«

»Es … steht in allen … Zeitungen … aber … aber die Heinis hier … haben … mir kein Wort gesagt.« Und dann rotzte er einem der am Boden liegenden CID-Leute auf den Rücken. »Schweine.«

»Es ist schon jemand von der Waffenkammer auf dem Weg hier runter.« Ich blickte mich zu den feigen Säcken um, die ich durch die offene Tür gerade eben sehen konnte. »Nicht wahr?«

Einer der Kollegen machte ganz große Augen und rannte hastig davon.

Idioten.

»Ist es das, was Sie wollen, Mr McFee? Den Rest des Tages mit einem Loch im Bauch rumlaufen?«

Er atmete jetzt etwas ruhiger, nicht mehr so krampfhaft. »So was … nennt sich … Opferschutzbeamtin. Wollte … nicht mal … mit mir reden.«

Die Uniformierte, die an der Wand lehnte, zuckte. Wee Free machte zwei schnelle Schritte auf sie zu und trat ihr in den Bauch. »IST WEGGERANNT, ALS OB ICH DER LETZTE DRECK WÄR!«

»Das ist nicht sehr hilfreich, Mr McFee. Im Gegenteil, Sie machen alles nur noch schlimmer.« Ich hinkte auf ihn zu. »Kommen Sie, wir beide setzen uns jetzt mal in aller Ruhe zusammen und...«

Ein kreischender Heulton erfüllte den Raum, schrill und ohrenbetäubend wie eine kaputte Auto-Alarmanlage. Ich erstarrte. Verdammter Mist – die elektronische Fußfessel. Der Familienraum lag vom Konferenzzimmer aus gesehen am anderen Ende des Gebäudes, mit vier Stockwerken dazwischen. Um mich noch weiter zu entfernen, ohne das Gebäude zu verlassen, hätte ich schon in den Zellentrakt im Keller gehen müssen.

Zwei humpelnde Schritte zurück in Richtung Tür... und der Lärm hörte nicht auf.

Na wunderbar.

»MR MCFEE, JETZT HÖREN SIE MIR MAL GENAU ZU. ICH WILL, DASS SIE SICH MIT DEM GESICHT NACH UNTEN AUF DEN BODEN LEGEN, DIE HÄNDE HINTER DEM KOPF!«

»MEINE JESSICA VERDIENT...«

»DIE ERSCHIESSEN SIE, MANN!«

Er wölbte die Brust. »ICH SCHLAG SIE ALLE ZU BREI!«

»SEIEN SIE KEIN IDIOT!« Zurückweichen war zwecklos, der Alarm wurde keinen Deut leiser. »UND JETZT RUNTER MIT IHNEN! AUF DEN BODEN! NA LOS!«

Hinter mir knallte die Tür gegen die Wand, und zwei bewaffnete Polizisten stürmten ins Zimmer, beide in ihrer SAS-Montur, mit Schutzhelmen und schwarzen Schals vor dem Gesicht.

Sie hatten ihre Taser im Anschlag – die Dinger sahen aus wie Spielzeugpistolen: knallgelbes Plastikgehäuse, neonblaue Patrone am Ende des Laufs.

Wurde aber auch Zeit.

Ich hob eine Hand. »ALLES O.K., ICH HABE DIE SACHE IM GRIFF, WENN ICH SIE NUR ALLE BITTEN DÜRFTE...« Und dann schossen die Vollidioten mich ab.

30

»Was zum Teufel haben Sie sich dabei gedacht?« DI Smith marschierte im Büro auf und ab, offenbar entschlossen, eine Schneise in die schäbigen Teppichfliesen zu trampeln. »Den Vater eines Opfers in einem Polizeirevier tätlich angreifen – haben Sie auch nur einen *blassen* Schimmer, was die Presse daraus machen wird?«

Der Polizeiarzt schwenkte die Mini-Taschenlampe von meinem linken Auge weg und richtete sie dann wieder darauf. Seine leberfleckige Hand zitterte, als er sie ausschaltete und in seine Tasche legte. »Auf einer Skala von eins bis zehn, wie sind die Schmerzen?«

»Als ob ich einen Krampf hätte und gleichzeitig ein Kribbeln wie in einem eingeschlafenen Bein.«

Smith machte am Aktenschrank kehrt und marschierte wieder zurück. »Sobald Sie mit ihm fertig sind, will ich, dass er abgefertigt und in eine Zelle gesteckt wird. Tätlicher Angriff, Zerstörung von Polizeieigentum...«

»Sie werden's überleben.« Der Arzt lächelte und ließ dabei seine teerfleckigen Zähne sehen. »Ich bin selbst noch nie getasert worden. Hielt es immer für das Beste, dem aus dem Weg zu gehen.«

»Ich hatte ja keine große Wahl.«

Smith zeigte mit dem Finger auf mich. »Sie können froh sein, dass das Einsatzteam Sie vor einer Anklage wegen Mordes bewahrt hat!«

So, jetzt reichte es mir aber.

Ich wuchtete mich vom Schreibtisch herunter. »Ich kann sie hier nirgends sehen, Ihre Ninjas, Sie vielleicht? Keiner da, der mich daran hindern kann, Ihnen den Kopf abzureißen, Sie kinnloser Haufen...«

Eine Stimme schnitt mir das Wort ab. Weiblich. Streng. »Okay, Mr Henderson, das reicht.« Detective Superintendent Ness stand in der offenen Tür, die Arme verschränkt.

Jacobson erschien hinter ihr im Flur, die Lippen zu einem kleinen Schmunzeln verzogen.

Ness wies in die Richtung der Arrestzellen im Untergeschoss. »Wäre vielleicht jemand so freundlich, mir zu erklären, wieso wir hier einen kurz und klein geschlagenen Familienraum, sechs Polizisten und einen Mann vom Ordnungsdienst auf dem Weg in die Notaufnahme und Jessica McFees Vater in Gewahrsam haben?«

Smith straffte den Rücken und reckte sein kaum vorhandenes Kinn. »Genau das habe ich eben auch gefragt, Superintendent. Mr Henderson hat hier randaliert, gegen seine Entlassungsauflagen verstoßen, sich eines tätlichen Angriffs auf...«

»Ich habe niemandem ein Haar gekrümmt, Sie Arsch mit Ohren.« Ich wandte mich Ness zu. »Wee Free wollte nur wissen, was wegen seiner Tochter unternommen wird. Er wacht heute Morgen auf und sieht, dass die Zeitungen voll davon sind, aber Ihre Idioten wollen nicht mit ihm reden. Da hat er sich eben... aufgeregt.«

»*Aufgeregt?*« Ness' rechte Augenbraue kletterte zwei Zentimeter in die Höhe. »Er hat da unten getobt wie ein Berserker.«

»Seine Tochter ist gerade von einem Serienmörder entführt worden. Es ist nicht...« Ich biss die Zähne zusammen. Atmete tief ein. Schloss die Augen. Atmete zischend aus. »Ihre Leute hatten kein Recht, ihn wie ein Ungeheuer zu behandeln. Auch wenn er eins ist.«

»Und dann ist da noch die Sache mit meinem bewaffneten Einsatzteam, das dringend aufgefordert wurde, Sie festzunehmen, in einem *eklatanten* Verstoß gegen die üblichen Verfahrensregeln und die vorgeschriebene Befehlskette.«

Na toll, also doch kein »Friendly Fire«. War wohl doch keine so gute Idee gewesen, jemanden in die Waffenkammer zu schicken. Ich war wohl zu optimistisch gewesen, wenn ich gehofft hatte, irgendjemand im Präsidium wäre schon helle genug, um Wee Free auf eigene Faust unschädlich zu machen. Nein, die Mistkerle in Schwarz hatten es auf mich abgesehen.

Hinter ihr hob Jacobson eine Hand. »Das geschah auf meine Anweisung.«

Ich bedachte ihn mit einem finsteren Blick. Dann wandte ich mich wieder an Ness. »Setzen Sie Wee Free auf freien Fuß, lassen Sie die Anklage fallen, und weisen Sie ihm einen Opferbetreuer zu, der nicht vor seinem eigenen Schatten davonrennt.«

Smith zog die Nase hoch. »Es steht Ihnen nicht zu zu entscheiden, welche Schritte wir einleiten oder nicht, Mr Henderson. Sie können Ihre Sachen packen, Doktor, er wird...«

»Ach, hören Sie doch auf.«

»Ash Henderson, ich verhafte Sie wegen des tätlichen Angriffs auf einen gewissen William McFee, und...«

»DI Smith!« Ness schloss die Augen und kniff sich in die Nasenwurzel. »Das reicht. Gehen Sie und haken Sie beim Videoüberwachungsteam nach. Ich kümmere mich um Mr Henderson.«

Sein Unterkiefer mahlte ein paarmal hin und her, dann machte er kehrt und marschierte zur Tür hinaus, wobei er den Rücken ganz steif und gerade hielt. Vermutlich wegen des Stocks in seinem Arsch.

Ness nickte dem Polizeiarzt zu. »Danke, Dr. Mullen. Wir kommen dann alleine zurecht.«

Sobald er sich getrollt hatte, winkte Ness Jacobson herein und schloss die Tür.

»Ich mag es nicht, wenn Leute hinter meinem Rücken agieren und über meine Beamten verfügen. Ein bewaffnetes Einsatzteam ist kein Spielzeug.«

»Klar, weil *ich* ja auch derjenige bin, der es angefordert hat. Ich habe gesagt: ›Kommt doch mal runter in den Familienraum und schießt mir mit einem Taser in die Brust. Das ist bestimmt lustig.‹ Suchen Sie einen Schuldigen?« Ich deutete auf den feixenden Idioten in der Lederjacke. »Da steht er.«

Jacobson schüttelte den Kopf. »Diesmal nicht, Ash. Sie kannten die Bedingungen Ihrer Entlassung – Sie dürfen sich nicht weiter als hundert Meter von Dr. McDonald entfernen. Was passiert ist, ist allein Ihre Schuld, weil Sie gegen diese Auflage verstoßen haben.«

»Ich habe nicht versucht *wegzulaufen*. Ich habe Ness' Trotteltruppe daran gehindert, sich abmurksen zu lassen!«

Ness brauste auf. »Meine Beamten sind keine Trottel!«

»Wirklich nicht?« Ich packte meinen Krückstock. »Also, wenn sie so schlau gewesen wären, Wee Free wie ein Opfer zu behandeln und nicht wie einen Schurken, dann wäre ich nicht gezwungen gewesen, meinen Hundert-Meter-Radius zu überschreiten. Die haben da auf dem Flur gekauert wie kleine verängstigte Kinder, anstatt ihm gut zuzureden.«

Sie ließ die Schultern kreisen. Dann seufzte sie. »Ich gebe zu, dass ich vom Verhalten einiger Mitarbeiter ein wenig enttäuscht bin. Vielleicht sollten *Sie* ja den Opferschutz übernehmen, da Sie ja einen gewissen Draht zu Mr McFee haben?«

»Keine Chance.«

»Aha. Es ist also in Ordnung, auf die Pauke zu hauen, wenn es um mein Team geht, aber …«

»Erstens: Ich bin kein Polizist mehr. Zweitens: Ich bin nicht an der Hauptermittlung beteiligt und daher nicht im Besitz sämtlicher Fakten. Drittens: Ich bin nicht qualifiziert. Es geht ja nicht nur darum, Tee zu kochen und Schokokekse zu verteilen, es...«

»Ich kann Ihnen versichern, dass mir die Pflichten eines Opferschutzbeamten durchaus bekannt sind.« Sie sah mich stirnrunzelnd an. »Wie ich höre, sind Sie der Meinung, dass der Inside Man jemand aus unseren Reihen sein könnte.«

Hatte Rhona geplaudert? Das sah ihr gar nicht ähnlich. »Ach ja?«

»Sie sollen den Verdacht geäußert haben, dass er Beweismittel manipuliert und die HOLMES-Daten durcheinandergebracht hat, um nicht entlarvt zu werden.«

Das Lächeln verschwand aus Jacobsons Gesicht, und er starrte mich aus zusammengekniffenen Augen an. »Das ist eine Möglichkeit, der das NER-Team nachgeht.«

Ness ignorierte ihn. Sie legte den Kopf schief. »Nach allem, was ich so höre, waren Sie früher hier im Haus der Leierkastenmann. War eines Ihrer Äffchen der Inside Man?«

»Die sind jetzt Ihre Äffchen, schon vergessen?« Ich streckte mein rechtes Bein, belastete es vorsichtig. »Ist sonst noch irgendetwas verschwunden?«

Jacobson verschränkte die Arme und lehnte sich an die Wand. »Na?«

Sie zog ihr Notizbuch aus der Tasche und schlug es an der markierten Stelle auf. »Der Spitzenbesatz vom Saum des Nachthemds, in dem Laura Strachan gefunden wurde. Ein herzförmiges Medaillon aus dem Besitz von Holly Drummond. Ein Probenbehälter mit dem Nahtmaterial, das im OP aus Marie Jordans Körper entfernt wurde. Der kleine Schlüsselanhänger in Form eines Babys, der am Tatort der Entführung von Natalie May gefunden wurde.« Ness legte das Notizbuch hin. »Tatsächlich ist von jedem Opfer des Inside Man etwas verschwunden. Haben Sie dazu irgendetwas zu sagen?«

Ich sah Jacobson an und hielt den Mund.

Er bleckte die Zähne. »Na los, Mr Henderson. Wir stehen alle auf derselben Seite.«

Okay. »Er hat Zugang, und er nimmt sich Trophäen.«

Ness steckte das Notizbuch wieder ein. »Mr McFee hat heute acht Personen tätlich angegriffen, darunter sechs Polizeibeamte. Wenn die Angegriffenen bereit sind, auf eine Anzeige zu verzichten, werde ich ihn gegen Kaution auf freien Fuß setzen. Andernfalls wird er morgen dem Amtsrichter vorgeführt.« Sie machte auf dem Absatz kehrt. »So, wenn Sie mich jetzt entschuldigen würden, ich habe eine Menge Papierkram zu erledigen.«

Sobald sie weg war, stellte Jacobson sich vor die Tür, als ob er mir den Weg versperren wollte. Er knibbelte einen Moment lang an seinen Fingernägeln herum und sagte dann: »War ich etwa geistig umnachtet, als ich Sie vor ein paar Tagen mit dem Auto abgeholt habe, Ash? Habe ich mich unklar oder missverständlich ausgedrückt?«

Aha, jetzt war es also so weit.

»Sehen Sie, ich erinnere mich ganz deutlich, Ihnen gesagt zu haben, dass Sie mir Rapport erstatten. Nicht Oldcastle, nicht der Specialist Crime Division, nicht dem gottverdammten Weihnachtsmann oder dem Osterhasen und auch nicht der Zahnfee!« Er schlug mit der Hand auf den Schreibtisch. »Was zum Teufel haben Sie ...«

»Ich habe niemandem Rapport erstattet, okay? Ich habe mich durch das Archiv gewühlt, ich habe herauszufinden versucht, wer zu dem ursprünglichen HOLMES-Team gehörte. Irgendjemand muss das mitbekommen und Ness informiert haben.«

Er funkelte mich schweigend an.

»Hören Sie, glauben Sie vielleicht, ich *will* wieder ins Gefängnis wandern? Der einzige Grund, warum ich Ihnen nicht von den verschwundenen Sachen erzählt habe, ist, dass dafür keine Zeit war. Ich musste mich beeilen, um Ness' Idioten vor Wee Free McFee zu retten. Und dann haben *Ihre* Idioten mich getasert!«

Schweigen.

Jacobson trat von der Tür weg. »Es hat einen Grund, dass Sie sich nicht weiter als hundert Meter von Dr. McDonald entfernen dürfen, Ash. Sie verhindert, dass Sie sich in Schwierigkeiten bringen. Sie ist Ihr Schutzengel.« Er machte eine träge kreisende Handbewegung. »Wissen Sie, es wäre vielleicht keine schlechte Idee, wenn Sie sich für eine Weile etwas rar machen würden. Bis die Dinge hier sich beruhigt haben. Und vielleicht könnten Sie auch damit aufhören, die Leute reihenweise gegen sich aufzubringen?«

Ich rieb mir das Gesicht. Ließ den Kopf in den Nacken fallen, bis ich zur Zimmerdecke aufblickte. »Wir müssen von Sabir überprüfen lassen, wer Zugang zu Krankenhausunterlagen *und* polizeilichen Asservaten haben könnte.«

Das kleine Lächeln war wieder da. »Hat es übrigens Spaß gemacht, getasert zu werden?«

»Saukomisch. Ich lache immer noch, hören Sie es nicht? Die Mistkerle haben mich nicht mal gewarnt.«

»Betrachten Sie es als eine Lehre, Ash: Das blüht Ihnen, wenn Sie sich von Ihrer Leine losreißen.«

Ich steckte den Kopf zur Tür herein – niemand da. Gut. Dann musste ich auch niemandem erklären, was ich hier vorhatte.

Das Verkehrsbüro war ein kleiner Raum im dritten Stock, vollgestellt mit Schreibtischen und Aktenschränken, Plakate an den Wänden: »Rasen tötet!« oder »Motorradfahren – aber sicher!« Die »Krimskramskiste« stand an ihrem gewohnten Platz, in der Ecke neben dem großen Stahlschrank, in dem die Warndreiecke und ein Vorrat an Leichensäcken aufbewahrt wurden.

Ich wühlte eine Weile in dem Sammelsurium von Gegenständen herum, die zwischen den Einsatzfahrzeugen und den Motorrädern der Verkehrspolizei herumgereicht wurden. Schließlich nahm ich mir zwei Aufkleber und ein Paar Motorradhandschuhe und ging dann nach oben in den Konferenzraum.

Dort roch es wie in einer Whiskybrennerei. Alice saß am Ende des Tisches, zusammengesunken über ihren Inside-Man-Briefen.

Von Dr. Docherty keine Spur.

Ich klopfte auf den Tisch, und Alice fuhr hoch. Sie blinzelte mich an.

Sie sprach ganz langsam und vorsichtig, als ob sie ihren eigenen Worten nicht recht traute. »Warum hast du versucht wegzulaufen?« Nicht völlig betrunken, aber auch nicht weit davon entfernt. »Ich will nicht allein zurückbleiben.«

»Wie viel Whisky hast du getrunken?«

»Hab ein bisschen was verschüttet, als der Alarm losging. Das war laut, nicht wahr? Ich fand es richtig, richtig laut, und dann war alles voll mit Whisky, und es hat einfach nicht aufgehört, und dann ist die Tür aufgeflogen, und da waren diese Typen, und die hatten Gewehre und so, und die haben nur gefragt: ›Wo ist Ash Henderson?‹ Und ich wusste es nicht...« Sie machte schmatzende Geräusche mit der Zunge und den Lippen und runzelte die Stirn. »Bin ich jetzt hungrig, oder ist mir ein bisschen schlecht?«

Ich musste zugeben, wer auch immer für Jacobson die elektronischen Fußfesseln überwachte, war wirklich auf Zack. Und schnell. Und das war nicht gut.

Sicherlich war der schnelle Zugriff auch der Tatsache zu verdanken, dass wir uns in einem Polizeirevier befunden hatten, als es passiert war. Aber dennoch...

»Wie lange hat es gedauert? Von dem Moment, als der Alarm losging, bis zu ihrem Eintreffen?«

Alice kniff die Augen zusammen. »Ich glaube, es ist von beidem etwas.«

»Alice – wie lange?«

»Vier, fünf Minuten?«

Verdammte Scheiße, das war schnell. Sie mussten schon fertig gerüstet gewesen sein, im Begriff auszurücken, um irgendwem einen unvergesslichen Tag zu bereiten. Kein Wunder, dass Ness über die plötzliche Änderung ihres Einsatzplans nicht glücklich war.

Aber dennoch – solange Alice und ich uns nicht weiter als hundert Meter voneinander entfernten, konnte uns nichts passieren. Es sei denn, sie zeichneten die ganzen GPS-Daten auf – und das taten sie vermutlich –, was die Entführung und Ermordung eines Mafia-Buchhalters einen Tick riskanter machte. Aber es war zu spät, sich darüber den Kopf zu zerbrechen.

»Ash?«

Ich blinzelte. Drehte mich um. »Entschuldige, war gerade ganz woanders.«

Sie deutete auf ihre Fotokopien. »Ich sagte, die kann man vergessen. Hast du die Originale bekommen?«

»Nein. Aber ich weiß, wer etwas hat, was beinahe so gut ist.«

Das lebensgroße Portrait eines alten Mannes blickte streng von der Wand der Nachrichtenredaktion herab auf die Reihen von Arbeitskabinen und deren Insassen. Die Worte »*Castle News and Post*« prangten in großen silbernen und bronzenen Lettern an der gegenüberliegenden Wand, über einer Reihe von Uhren, die alle verschiedene Zeitzonen anzeigten.

Micky Slosser sah nicht von seinem Bildschirm auf, und nach einer kaum merklichen Unterbrechung klickerten und klapperten seine Finger weiter über die Tastatur. Er war ein kräftiger Mann mit breiten Schultern, dichten Koteletten und einer randlosen Brille. Die Dundas-Grammar-School-Krawatte auf Halbmast, die beiden obersten Knöpfe offen, sodass das Ende einer dicken rosafarbenen Narbe zu sehen war. »Verpiss dich.«

Ich hockte mich auf die Schreibtischkante und schnaufte ein paarmal durch. Schweiß rann zwischen meinen Schulterblättern herab, und jemand hämmerte rostige Nägel durch Fleisch und Knochen meines Fußes. Dann zog dieser Jemand sie mit einer Zange wieder heraus und schlug sie aufs Neue ein.

Tja, ich konnte Alice schließlich nicht ans Steuer lassen, oder? Nicht, solange sie nicht ein bisschen ausgenüchtert war.

Es kostete mich einige Anstrengung, aber endlich brachte ich ein falsches Lächeln zustande. »Komm schon, Micky, so springt man doch nicht mit einem alten Freund um, oder?«

»Darauf erwartest du doch hoffentlich keine Antwort.«

»Weigerst du dich etwa, an einer polizeilichen Ermittlung mitzuwirken? Willst du wirklich die Jagd nach einem Serienmörder behindern? Ist das dein Ernst?«

Er hackte extrafest auf die Returntaste ein und rollte seinen Stuhl zwei Handbreit zurück. »Nach allem, was *du* mir angetan hast?«

Ah. Ich fuhr mir mit der Hand über den Nacken und erwischte eine Pfütze von kaltem Schweiß. »Len hat geglaubt, dass du...«

»Es ist mir egal, was dein Detective Superintendent Lennox Murray geglaubt hat. Ich war damals nicht der Inside Man, und ich bin es verdammt noch mal auch jetzt nicht!« Micky schnappte sich einen leeren Becher mit braunen Rändern an der Innenseite und stand auf. »Tut immer noch weh, wenn's draußen kalt ist.«

»Er war...« Neuer Versuch. »Len ist oft zu weit gegangen. Aber nur, weil er Leben retten wollte.«

Micky bleckte die Zähne. »Oh, wie *edel* von ihm.«

»Ja, und ich weiß, dass er sich geirrt hat, aber er ist nicht hier, oder? Sie haben ihn dafür eingelocht. Und ich bitte dich jetzt, mir zu helfen, einen Mörder zu fassen.«

»Hmm...« Micky humpelte davon, auf die Nische in der Seitenwand des Raumes zu, wo der Kühlschrank und der Boiler untergebracht waren.

Ich eilte ihm schwerfällig nach und biss jedes Mal die Zähne zusammen, wenn ich mit dem rechten Fuß auftrat. Der Krückstock zitterte in meiner Hand.

Dieses Prednisolon war doch für den Arsch. Die vier, die ich auf dem Weg hierher trocken geschluckt hatte, zeigten null Wirkung. »Du hast doch Kopien von den Originalen gemacht, nicht wahr?«

Alice tauchte an meiner Schulter auf und ließ ihr weißestes Lächeln aufblitzen. »Alice McDonald, es ist mir eine Ehre, Sie kennenzulernen, Mr Slosser, ich muss sagen, ich bin ein *Riesenfan* Ihrer wöchentlichen Kolumne. *Slossers Samstags-Solo* ist Pflichtlektüre bei mir zu Hause. Und Ihre Beiträge zum Inside Man waren höchst erhellend, nicht wahr, Ash?«

Erhellend? Ich starrte sie an.

Sie atmete durch. »Also jedenfalls, wenn Sie uns diese Kopien der Briefe und der Umschläge überlassen könnten, wäre das fantastisch. Eine große Hilfe.« Alice breitete die Hände aus, als ob sie einen unsichtbaren Strandball hielte. »Eine *Riesen*hilfe.«

Micky schürzte die Lippen und lehnte sich gegen die Arbeitsplatte. »Haben Sie gewusst, dass er ›der Schottische Ripper‹ genannt wurde, bevor *ich* den ersten Brief abgedruckt habe?«

Sie machte große Augen. »Tatsächlich?« Dabei stand das in den Memoranden, die sie selbst geschrieben hatte.

»O ja. Die *News of the World* verpasste ihm diesen Spitznamen, kurz nachdem Doreen Appletons Leiche gefunden worden war. Tja, es war doch ziemlich offensichtlich, dass ein Typ, der eine Frau aufschneidet und eine Plastikpuppe in ihren Bauch einnäht, sich nicht mit diesem einen Mal begnügen würde, oder? Ein Mann wie der braucht einen guten Spitznamen, damit die Leute wissen, von wem wir reden, wenn die nächste Leiche auftaucht.«

»Wow.«

»Und dann bekomme ich eines Tages einen Brief von einem Kerl, der behauptet, der Mörder von Doreen Appleton zu sein. Er schreibt, die Zeitungen sollten aufhören zu lügen und ihn als pervers und böse zu bezeichnen, denn er tue doch nur, was getan werden müsse. Und es sei respektlos und unhöflich, ihn den ›Schottischen Ripper‹ zu nennen. Und er unterschrieb mit ›Der Inside Man‹.«

»Donnerwetter.« Sie trat näher. »Das heißt, wenn Sie nicht gewesen wären, hätten wir nie seinen richtigen Namen erfahren, also, ich meine natürlich nicht den Namen, den er bei seiner Geburt bekommen hat, es ist klar, dass wir den nicht kennen, ich meine den wichtigeren – den, den er sich selbst ausgesucht hat.«

Micky nickte. »Genau. Wie wär's mit einem Kaffee?«

Ich nickte. »Tee wäre...«

»Dich hab ich nicht gefragt.« Er knallte zwei Becher hin und schnappte sich ein Glas koffeinfreien Instantkaffee von der Arbeitsplatte. »Ich konnte zwei Jahre lang nicht laufen, das weißt du schon, oder? Zwei verdammte Jahre.«

Ich lehnte meinen pochenden Schädel an die Wand. »Wem sagst du das.«

Er löffelte das grobkörnige Kaffeepulver in die beiden Becher. »Nehmen Sie Zucker, Alice, oder sind Sie so schon süß genug?«

Sie kicherte doch tatsächlich. »Zwei Löffel, bitte.«

Micky gab zwei gehäufte Teelöffel in ihre Tasse. Dann runzelte er die Stirn. »Ihr glaubt, dass er es wieder ist, nicht wahr?

Auch wenn ihr bei den Pressekonferenzen noch so oft betont, dass ihr keine voreiligen Schlüsse ziehen wollt – ihr *wisst*, dass er es ist. Sonst wärt ihr jetzt nicht hier und würdet um Kopien seiner alten Liebesbriefe betteln...«

Ich versuchte gleichgültig zu wirken. »Wir wollen nur ein paar Details abschließend klären.«

Er stellte die Milch hin. »Was ist denn mit den Originalen? Die habt ihr doch in den Akten, oder? Müssten irgendwo im Archiv in einer Kiste liegen.«

Ich seufzte. Und zuckte zur Sicherheit auch noch mit den Schultern. »Du kennst die Burschen doch. Da geht's inzwischen nur noch um Zuständigkeiten und interne Machtkämpfe – eine einzige große unglückliche Familie, die an ihrer eigenen Bürokratie erstickt.« Wahrscheinlich.

»Und was springt für mich dabei raus?«

Alice legte ihm eine Hand auf den Arm. »Es ist wichtig.«

»Hmmm...« Er füllte heißes Wasser aus dem Boiler in die Becher und rührte um. »Wie wär's denn mit einer kleinen Gegenleistung? Meine Hand ist *sehr* schmutzig.«

»Nun ja...« Sie sah mich an und dann wieder Micky. »Wie wär's, wenn ich Ihnen sage, wo Claire Youngs letzte Mahlzeit herkam?«

Okay, Jacobson würde darüber nicht glücklich sein, aber er konnte mich mal. Das war es allemal wert. Und wenn es morgen früh groß und fett auf der Titelseite der *Castle News and Post* stand, konnten wir einfach PC Cooper die Schuld in die Schuhe schieben. Jeder musste schließlich Opfer für das Team bringen.

Micky gab ihr einen Becher. »Was ist es denn nun – McDonalds? KFC?«

Ich schüttelte den Kopf. »Nein. Eine hiesige Traditionsgaststätte.«

Er kaute ein wenig auf der Innenseite seiner Wange herum

und trank dann einen Schluck Kaffee. »Ich denke, wir könnten etwas um das Thema ›Letzter Wunsch einer zum Tode Verurteilen‹ herum aufziehen. ›Was wäre Ihre letzte Mahlzeit auf Erden?‹ Könnten ein paar lokale Berühmtheiten einspannen...«
Er humpelte zu seinem Schreibtisch zurück. »Was noch?«

»Werd nicht gierig.«

»Ihr seid aus einem bestimmten Grund hinter den Briefen her. Alles, was an offiziellen Ergebnissen dabei rauskommt, kriege ich als Erster auf den Tisch, mit zwölf Stunden Vorsprung.«

»Vielleicht. Und jetzt wollen wir die Briefe sehen.«

31

Am anderen Ende der Leitung machte Jacobson schmatzende Geräusche. »*Und Ness und Knight sind begeistert von Alice' Arbeit am Profil mit Dr. Docherty. Dann habe ich also immerhin ein Mitglied in meinem Team, das tut, was von ihm verlangt wird.*«

Ich sah hinüber zum Beifahrersitz, wo Alice mit zusammengekniffenen Augen eines der Fotos anstarrte, die Micky für uns kopiert hatte. Sechs im Originalformat, sechs in zweifacher Vergrößerung – eine enge schwarze Handschrift, die sich an den Linien des gelben Notizpapiers entlanghangelte. Und dann noch ein Satz Aufnahmen der Umschläge. Die Zungenspitze im Mundwinkel, eine Falte zwischen den Augenbrauen, fuhr sie mit der Fingerspitze an den Wörtern entlang und wieder zurück.

Draußen peitschte der Regen auf den Parkplatz herab und prasselte auf das viergeschossige Wohnheim aus rotem Backstein. »SAXON HALLS – HAUS C« stand auf dem zentralen Treppenhaus aus Beton. Die beiden anderen Häuser verbargen sich schräg dahinter, sodass die drei Gebäude eine diagonale Linie am Waldrand von Camburn Woods bildeten.

Eine Handvoll Autos parkten vor dem Eingang, alle besetzt, die Fenster heruntergelassen, um den Zigarettenrauch in den Regen hinausdriften zu lassen. Teleobjektive, Diktiergeräte und Scheckbücher griffbereit. Ein Außenposten der Belagerung vor dem Polizeipräsidium.

»Ich sag's ihr.« Ich legte eine Hand über das Mikrofon.

»Sie sagen, du hast hervorragende Arbeit geleistet mit dem Profil.«

Sie kräuselte die Oberlippe und blickte von ihrem Brief auf. »Das hat nichts mit mir zu tun – Dr. Docherty hat fast alle meine Anregungen ignoriert.«

»Oh... Tja, er scheint das Verdienst aber trotzdem dir anzurechnen.«

»Ach ja?« Ihr Mund bekam einen harten Zug. Sie stach mit dem Textmarker auf das Papier ein und zog ihn quer über einen Satz. »Wie *freundlich* von ihm.«

Ich sprach wieder ins Telefon. »Was wird jetzt mit Wee Free?«

»*Vier der Beamten, die er vermöbelt hat, haben auf eine Anzeige verzichtet, von den drei anderen haben wir noch nicht gehört. Und ich habe Sabir angewiesen, die Journaleinträge für die HOLMES-Daten durchzugehen. Er glaubt, dass er aus dem Durcheinander eine Benutzerkennung ermitteln kann.*«

»Ich hab Ihnen doch gesagt, er ist der Beste.«

»*Und wo wir gerade beim Thema sind – vergessen Sie nicht, dass wir heute Abend um sieben eine Teambesprechung haben. Diesmal gibt's keine Ausreden: Sie werden da sein.*«

Sieben Uhr.

Wenn Huntly seinen Redeschwall einigermaßen bremsen könnte, bliebe immer noch genug Zeit, um Paul Mansons Leiche um neun abliefern zu können. Es musste nur alles entsprechend vorbereitet sein.

»Das lasse ich mir doch um keinen Preis entgehen.«

Ich steckte das Handy wieder ein. »Bist du so weit?«

»Hmm...? Gleich.« Sie fuhr mit dem Finger zum Ende der Seite und lehnte sich dann zurück. Starrte eine Weile das Dach des Suzuki an. Und runzelte die Stirn. »Je mehr ich lese, desto mehr bin ich davon überzeugt, dass mit diesen Briefen irgendetwas... nicht ganz stimmt.«

»Du meinst, abgesehen von der Tatsache, dass sie von einem Irren geschrieben wurden, dem es Spaß macht, Krankenschwestern mit Plastikpuppen zu schwängern?«

Sie rührte sich nicht, saß nur da und starrte an die Decke.

»Alice?«

»Macht und Kontrolle.« Sie steckte die Kopien in den großen braunen Umschlag, drehte sich um und legte sie in den Fußraum vor dem Rücksitz. »›Eine Symphonie von Macht und Kontrolle‹, das ergibt keinen Sinn. Ich meine, Kontrolle *ist* doch Macht, oder nicht?«

Ich öffnete die Tür und musste den Griff festhalten, weil der Wind sofort das ganze Ding aus der Verankerung zu reißen versuchte. Mühsam hievte ich mich hinaus in den Regen, stellte mich auf den gesunden Fuß und angelte meinen Krückstock aus dem Wagen. »Versuch, wie eine Journalistin auszusehen.«

Wir eilten an den parkenden Autos vorbei, nur unzureichend geschützt von Alice' kleinem Schirm. Der Regen prasselte und trommelte auf den schwarzen Stoff.

Die Überwachungskamera über der Doppeltür des Eingangs war auf das Tastenfeld gerichtet, aber jemand hatte einen gelben Smiley-Aufkleber über das Objektiv gepappt. Kein Wunder, dass es nie Videoaufnahmen gab, wenn jemand überfallen wurde.

Ich klingelte bei Wohnung Nummer acht. Die Namen McFee, Thornton, Kerr und Gillespie standen auf einem Plastikschildchen neben dem Klingelknopf. Claire Youngs Name war nirgends zu sehen, also musste ihre Wohnung in Haus A oder B sein.

Eine Weile passierte nichts, außer dass es regnete.

Ein paar Plakate und Zettel waren mit Tesa an die Glasscheibe geklebt – »Rettet unsere Wohnheime!«, »Wohltätigkeitsbasar für Somalia« und »Wer hat Timmy gesehen?« über dem Foto eines roten Katers mit weißem Lätzchen.

Alice stand neben mir und trat nervös von einem Fuß auf den anderen, während ihr Schirm im Wind bockte und zappelte. Sie blickte sich zu den Hyänen um, die in ihren Autos lauerten. »Vor acht Jahren, hat Henry da irgendetwas über die Briefe gesagt? Hat er irgendjemanden verdächtigt? Jemanden, der am Rande mit der Ermittlung zu tun hatte und in seinen Berichten oder auch beim Reden besonders schwülstige Bilder verwendete?«

»Um ehrlich zu sein, Henry war eigentlich keine große Hilfe.« Ich klingelte noch einmal. »Ellie hatte gerade die Diagnose bekommen. Die meiste Zeit war er hackedicht. Und wenn er mal nüchtern war, hat er mit ihrem Onkologen telefoniert. Bei den Pressekonferenzen spielten er und Docherty Mentor und Student, aber in Wirklichkeit hat der Zauberlehrling die ganze Arbeit gemacht.«

Die Gegensprechanlage piepste, und eine tiefe Stimme mit abgehackt klingendem schottischem Akzent tönte aus dem Lautsprecher, untermalt von statischem Rauschen. »*Sie will dich nicht sehen, Jimmy, kapier das endlich.*«

Ich beugte mich herunter. »Hier ist die Polizei. Wir müssen mit Ihnen über Jessica McFee sprechen.«

»*Schon wieder?*« Es klang wie ein Seufzen. Und dann: »*Augenblick, der Scheißsummer ist kaputt...*«

Alice packte ihren Schirm fester, als der Wind ihn wieder erfasste. »Ich dachte, wir sollten den Leuten nicht mehr erzählen, dass wir von der Polizei sind?«

»Es hört sich einfach besser an als: ›Hallo, wir sind eigentlich gar keine Polizisten, aber wir gehören zu einem Team von abgehalfterten Spezialisten, die *irgendwie* den offiziellen Ermittlern helfen, nur dass wir denen leider nichts sagen dürfen, weil unser Boss irgendwelche intriganten Machtspielchen spielt.‹«

»Das stimmt allerdings.«

Das Knallen einer Tür hallte durchs Treppenhaus.

Alice stieß mich mit der Schulter an. »Dann stammt die evidenzbasierte Verhaltensanalyse also gar nicht von Henry?«

»Er konnte doch die Hälfte der Zeit nicht mal geradeaus gehen. Allerdings hat er alles durchgesehen, was Docherty geschrieben hat... Behauptete er jedenfalls.«

Sie biss sich auf die Unterlippe und scharrte mit den Füßen. Dann begann sie mit ihren Haaren zu spielen. »Ich glaube, wir müssen das Profil verwerfen und wieder ganz von vorne anfangen.«

Drinnen tauchte am oberen Ende der Treppe ein Paar Schuhe auf.

»Ich meine, wenn Dr. Docherty das ursprüngliche Profil abgefasst hat und Henry es abgesegnet hat, ohne es überhaupt *gelesen* zu haben, dann ist es nicht verwunderlich, dass Docherty es für UT-15 einfach nur wiedergekäut hat. Er klammert sich an die Ideen, die er vor acht Jahren hatte, weil er glaubt, dass Henry damit konform ging, aber sie sind nie wirklich eingehend überprüft worden.«

Die Füße stiegen die Treppe herunter und brachten eine Jeans mit, dann ein rotes Spaghettiträger-Top mit einem Pailletten-Schmetterling und einem wabernden Dekolleté. Schließlich der Kopf: sonnengebräunt, kirschroter Lippenstift, Lidschatten, die blonden Haare zu einem langen Bob mit Pony frisiert, Halskette aus glitzernden Glasperlen. Bisschen zu aufgedonnert für zwanzig vor zwölf an einem Dienstagvormittag.

Alice ließ die Hände sinken. »Wir müssen mehr Whisky kaufen.«

Die Frau blieb auf der anderen Seite der Glastür stehen und musterte uns mit zusammengekniffenen Augen. Ihre Stimme war durch die Scheibe gedämpft. »Können Sie sich bitte ausweisen?«

Ich fischte meinen abgelaufenen Dienstausweis aus der

Tasche und hielt ihn an die Scheibe, worauf sie nickte und auf den Knopf neben der Tür drückte. Ein schrilles Summen. Wir schoben die Tür auf und traten ein. Dann standen wir da und tropften auf die Fußmatte.

Hinter uns flackerte das Glas im Blitzlichtgewitter, als den Hyänen endlich dämmerte, dass wir vielleicht doch fotografierenswert waren.

Die Frau verschränkte die Arme, was ihr Dekolleté noch mehr betonte. »Sie haben sie gefunden, stimmt's? Sie haben Jessica gefunden, und sie ist tot.«

Schwester Thornton öffnete die Schlafzimmertür und machte eine wedelnde Handbewegung. »Das ist Jessicas Zimmer.«

Es sah aus, als ob eine Bombe eingeschlagen hätte: die Schubladen herausgezogen, der Inhalt über den Boden verstreut, der Kleiderschrank leer, Berge von Jacken und Kleidern, Hosen und Blusen auf dem Bett, die Decke zusammengeknüllt in einer Ecke, mit den Kopfkissen obendrauf. Von dem regenbogenfarbenen Bettvorleger war kaum etwas zu sehen.

Sie seufzte. »Ich hatte aufgeräumt, nachdem sie gestern das Zimmer zum ersten Mal durchsucht hatten, aber ich habe nicht die Zeit, es noch mal zu machen. Das Taxi kommt um zwölf.«

Ich trat über die Schwelle. Drehte mich langsam um die eigene Achse. Dann deutete ich auf ein blankes Rechteck an der Wand, das sich im Staub abzeichnete. »Waren das die Kollegen?«

»Nein, das war Jessica. Sie hat den Rahmen in tausend Stücke geschlagen, das Foto zerrissen und die Fetzen verbrannt.«

Hmmm... Ich bahnte mir einen Weg durch die Haufen von Unterwäsche zum Fenster. Gleich dahinter fing Camburn Woods an. Dicht und düster, die Bäume im Regen glänzend. Zwei Wege führten hinein und verloren sich im Dunkel des

Waldes. »Miss Thornton, hat Jessica mal erwähnt, dass sich jemand vor dem Wohnheim herumtrieb? Vielleicht jemand, bei dem sie ein ungutes Gefühl hatte?«

»Ich heiße Liz. Und Ihre Kollegen haben mich das alles schon gefragt. Beide Male.« Sie machte auf dem Absatz kehrt und ging klackernd den Flur entlang, im Takt der Musik, die aus dem Wohnzimmer drang.

Alice schniefte und stieß den Leichnam eines grünen Pullis mit der Schuhspitze an. Ihre Stimme war kaum hörbar, als sie stirnrunzelnd das Durcheinander betrachtete. »Zurück zum Anfang. Was wissen wir über den Inside Man …«

Ich folgte Liz Thornton in die Küche, in der ein Elektroherd, eine Gefrierkombination, ein kleiner Tisch, eine Spüle und eine Waschmaschine Platz hatten. Sie öffnete die Kühlschranktür und nahm eine kleine gelbe Dose Tonic Water heraus. Dann griff sie ins Gefrierfach und fischte einen Beutel Fertig-Eiswürfel und eine Flasche Wodka heraus. »Möchten Sie auch einen?«

»Darf nicht – Tabletten.«

»Irgendwas Gutes?« Sie nahm ein Glas aus dem Schrank und füllte es zur Hälfte mit klirrenden Eiswürfeln.

»Arthritis und eine Schusswunde.«

»Mein aufrichtiges Beileid.« Ein Schuss Wodka, verlängert mit Tonic Water. »Und wenn Sie der Meinung sind, dass es noch zu früh für Alkohol ist – ich habe seit zwei Wochen Nachtschicht. Für mich ist es acht Uhr abends, also ist das hier streng genommen ein Dämmerschoppen.« Sie deutete auf den Schrank, an dem ich lehnte. »Da drin ist eine Tüte Cashews.«

Ich nahm sie heraus, riss sie auf und schüttete den Inhalt in die Schüssel, die sie mir hinhielt. »Sie ist Ihre Freundin?«

Liz' nackte Schultern sackten ein paar Zentimeter nach unten. »Warum stellt ihr Bullen immer dieselben Fragen?«

»Weil sie wichtig sind und weil wir Jessica retten wollen.«

Ein Seufzer. Sie trank einen kleinen Schluck und schloss

die Augen. »Herzlichen Glückwunsch zum Geburtstag, Liz.« Die Nüsse klickerten in der Schüssel, als sie hineingriff. »Wir wollten eigentlich über Weihnachten nach Florida fliegen. Sie, Bethany und ich. Eine Villa mieten.« Liz ergriff das Glas mit den Fingerspitzen und hielt es mit der Handfläche nach unten, während sie ins Wohnzimmer stakste.

Es war recht geräumig. Poster und gerahmte Fotos an den Wänden, ein Stapel DVDs neben dem Fernseher, Bücher in einem Regal neben dem Fenster zum Parkplatz, zwei Sofas mit Schottenkaro-Decken, dazwischen ein mit Zeitschriften und einem Haufen Krimskrams übersäter Couchtisch. Aus der Stereoanlage kam die Schmachtstimme von Rod Stewart, der gestand, dass er keinen Schimmer von Geschichte, Biologie, Naturwissenschaften und Französisch hatte.

Der Fernseher lief ohne Ton. Dr. Fred Docherty stand in der Mitte des Bildschirms und sprach mit einer ernst dreinschauenden Frau in einem grünen Kostüm. Unter ihnen lief ein Nachrichtenticker durch: »JAGD NACH SERIENMÖRDER IN OLDCASTLE DAUERT AN · BESTÄTIGT: JESSICA MCFEE IST JÜNGSTES OPFER · FORENSISCHER PSYCHOLOGE: MÖRDER ÜBT RACHE AN SEINER MUTTER ·...«

Dieser kleine Mistkerl. Von wegen, außerhalb der offiziellen Pressekonferenzen gehen keine Informationen nach draußen.

Liz ließ sich aufs Sofa sinken, griff nach der Fernbedienung und schaltete den Fernseher aus. »Sie haben nie auch nur eine gerettet, oder? Ich erinnere mich noch, wie eine von den armen Frauen eingeliefert wurde – ich hatte gerade erst im CHI angefangen, war gerade mal eine Woche in der Notaufnahme, als...« Sie runzelte die Stirn. »Wie hieß sie noch mal, Mary Jordan?«

»Marie.«

»Sie haben sie reingebracht, und es war alles voller Blut. Ich habe ihre Hand gehalten, als sie auf dem schnellsten Weg in den OP gefahren wurde... So wird es Jessica auch ergehen, nicht wahr?«

»Nicht, wenn es uns gelingt, sie rechtzeitig zu finden. *Hat* sie irgendjemanden erwähnt?«

»Pfff. Sie meinen den ›Camburn Creeper‹?« Liz nahm noch einen Schluck von ihrem vormittäglichen Feierabenddrink und ließ eine Handvoll Cashews verschwinden. »Der dreckige Mistkerl hat sich *wochenlang* hier rumgetrieben und Fotos gemacht. Einmal hab ich ihn erwischt, wie er die Mülltonnen durchwühlt hat – wahrscheinlich hat er nach alten Unterhosen und gebrauchten Tampons gesucht. Musste ihn mit Altglas bombardieren, um ihn zu verjagen.« Sie grinste. »Wein-, Gin- und Wodkaflaschen. Hätten mal hören sollen, wie er *geschrien* hat. Die Hände über dem Kopf, so ist er davongerannt, während links und rechts von ihm die Flaschen zerplatzt sind.«

»Gut gemacht. Was hat er sonst noch getan, außer im Abfall zu wühlen?«

»Ach, das Übliche. Welcher gottverdammte Idiot hatte eigentlich die glorreiche Idee, die Schwesternwohnheime direkt an einen Waldrand zu bauen? Wie oft hab ich schon den Sicherheitsdienst rufen müssen, weil wieder irgendein Perverser mit einem Teleobjektiv oder einem Fernglas im Baum gehockt hat, während wir uns umzogen.«

Sie griff unter den Couchtisch und zog eine große Lederhandtasche hervor. Dann fischte sie einen Lippenstift und ein BlackBerry aus dem Haufen auf dem Tisch und versenkte beides in der Tasche. Es folgten ein Kamm, eine Geldbörse, Schlüssel, Kuli... »Die Security ist natürlich immer sofort zur Stelle, um die Perversen zu verjagen.«

»Na, immerhin.«

Sie lachte. »Von wegen! Wenn Sie Glück haben, schmeißen die einem am nächsten Tag einen Vordruck in den Briefkasten, wo nach den ›Einzelheiten des mutmaßlichen Übergriffs‹ gefragt wird.«

Alice erschien in der Tür. Sie schüttelte den Kopf.

Ich ließ mich schwerfällig auf dem Sofa gegenüber nieder. »Haben Sie ihnen eine Beschreibung geliefert?«

Ein Kartenetui, ein Taschenschirm und ein zweiter Lippenstift verschwanden in der Tasche.

»Ich habe noch was viel Besseres gemacht – ich habe das perverse Schwein fotografiert, als er sich eines Nachts auf dem Parkplatz rumgetrieben hat.« Liz griff noch einmal in ihre Handtasche und kramte das BlackBerry wieder hervor. Sie tippte eine Weile darauf herum und hielt es mir hin.

Ein Mann – an die eins fünfundachtzig groß, nach dem Fiat 500 zu urteilen, neben dem er stand – in einer schwarzen Bomberjacke, schwarzer Wollmütze, schwarzer Jeans und schwarzen Handschuhen. Sein Gesicht war verschwommen, weil er sich im Moment der Aufnahme bewegt hatte. Die Handykamera war in dem schwachen Licht nicht schnell genug gewesen.

Ich kniff die Augen zusammen, hielt das Gerät weiter weg und dann wieder dichter vors Gesicht. Trug er eine Brille? Hatte er vielleicht einen Schnurrbart? Aber das konnte auch nur ein Schatten sein, den der Laternenpfahl zwischen der Kamera und dem Fiat warf. So gut wie unmöglich zu sagen.

Auf dem CD-Player stürzte Rod sich jetzt in »If You Don't Know Me by Now«.

»Haben Sie das den anderen Polizisten gezeigt?«

Ihr Hals verfärbte sich rosarot. »Die von der ersten Abordnung haben mir die ganze Zeit auf den Busen gestarrt. Ich hatte mich gerade für die Arbeit fertig gemacht und hatte nur ein Handtuch um, und ich war so *stinksauer* auf die Typen ... Und die Zweiten haben sich aufgeführt, als wären sie James Bond oder so. Ich ...« Sie wandte den Blick ab und stopfte weiter

Sachen in ihre Handtasche. »Ich hatte bis vorhin ganz vergessen, dass ich es auf meinem Handy habe.«

Ich gab ihr das BlackBerry zurück. »Machen Sie sich keine Gedanken, es hat wahrscheinlich sowieso nichts zu bedeuten. Könnten Sie mir das Foto vielleicht auf mein Handy schicken?«

Ich gab ihr die Nummer, und sie tippte sie ein, immer noch, ohne mich anzuschauen. »Jessica sagte, er sei ihr ein paarmal in die Arbeit gefolgt. Und auch nach Hause. Aber so ungefähr seit einer Woche ist er nicht mehr aufgetaucht.« Das Telefon in ihrer Hand piepste. »Oder vielleicht hat er nur gelernt, sich besser zu verstecken.«

Alice setzte sich neben mich aufs Sofa. Sie nahm zwei DVDs vom Stapel und drehte sie in den Händen. »Ich mag *Die Bourne Identität*, aber *Verblendung* fand ich nicht so toll, finden Sie nicht, dass Daniel Craig ein bisschen wie ein Affe aussieht, nicht dass ich das irgendwie verurteilen würde, aber ich finde es ein bisschen abtörnend...«

»Mag sein.«

Das Handy in meiner Tasche vibrierte – das musste Liz' SMS sein. Ich zog es heraus und leitete das Foto gleich an Sabir weiter:

Du musst mir das bearbeiten und schärfer machen
Brauche möglichst schnell eine Identifizierung – check das Sextäter-Register
Und kannst du was wegen dieser verdammten Fußfesseln unternehmen?

Alice legte die DVDs wieder hin. »Das Foto, das Jessica zerfetzt hat, war das der Jimmy, den Sie vorhin an der Gegensprechanlage erwähnt haben?«

Liz zog eine Grimasse und kippte einen Schluck Wodka. »Nein. Jimmy ist Bethanys Exmann. Er scheint nicht zu begreifen, dass sie nicht mehr sein emotionaler Sandsack ist.« Sie sah mich an. »Sagen Sie, Sie können ihm nicht vielleicht ein bisschen auf die Pelle rücken, oder? Ihm Pädophilie anhängen oder so was in der Art?«

Mein Handy vibrierte abermals:

Mann, du bist gar nicht schüchtern, wie? Woran ist dein letzter Sklave gestorben?

»Hat er ihr etwas angetan? Hat er sie geschlagen? Irgendetwas, wofür wir ihn drankriegen könnten?«

Liz seufzte resigniert. »Vergessen Sie's.«

»Also...« Alice rutschte vor. »Was war jetzt mit dem Foto?«

»Jessica war mit diesem Typen zusammen – na ja, besser gesagt mit diesem *Jungen* aus der Personalabteilung. Darren Wilkinson. Total klettig und ausgehungert. Hat dauernd an ihr geklebt, als ob er Angst hätte, dass sie sich in Luft auflösen würde, wenn er sie auch nur eine Sekunde losließ.« Sie schüttelte den Kopf und verdrehte die Augen. »Und dann schreibt er ihr eines Tages eine SMS, dass er sie nicht mehr sehen will und dass er ein neues Kapitel in seinem Leben aufschlagen will. Macht per SMS Schluss mit ihr. Wie erbärmlich ist das denn?«

Ich steckte das Handy wieder ein. Sabir war ein alter Quengler, aber er würde sich der Sache annehmen. »Wann war das?«

Eine kleine Falte erschien zwischen Liz' penibel gezupften Augenbrauen. »Letzten Donnerstag? Nein, Freitag – das weiß ich noch, weil sie vorhatte, mit ihm ins Kino zu gehen, in diesen neuen französischen Film, und sie hatte Karten besorgt und einen Tisch im Restaurant reserviert, und sie war gerade dabei, sich für den Abend aufzubrezeln, als die SMS kam. Da steht sie im BH und ihrem neuen Rock und den zehn Zentimeter hohen High Heels und flucht wie ein Bierkutscher.«

Und zwei Tage darauf verschwindet sie.

Liz lachte – nicht laut, nur ein kleines, leicht rauchiges Glucksen. »Wissen Sie, ihr Vater ist so eine Art Laienprediger, aber ich sag's Ihnen, diese Frau konnte fluchen, dass einem die Ohren wegflogen.« Sie war einen Moment still. »Ich meine, sie *kann* fluchen. Nicht konnte. *Kann*.«

Alice nickte. »Muss doch irgendwie komisch sein, hier mit allen Kolleginnen auf einem Haufen zu wohnen. Kannten Sie Claire Young?«

»Nicht so richtig. Na ja, man ist sich mal in der Arbeit begegnet oder auf dem Parkplatz. Vielleicht ein oder zwei Mal bei einer Geburtstagsparty oder einer Einweihungsfete.« Sie wies aus dem Fenster, wo der Regen gegen die beiden anderen Gebäude peitschte. »Ich weiß, es ist altmodisch – aber dass wir hier wohnen können, ist so ziemlich die einzige Vergünstigung, die wir haben – man zahlt wenig Miete und hat ein bisschen Gesellschaft. Aber diese Schweine wollen natürlich alles an die Baulöwen verhökern. Sparmaßnahmen, dass ich nicht lache. Das ist reine Geschäftemacherei.« Sie kramte in ihrer Handtasche und angelte ein zerknittertes Blatt Papier heraus, das halb mit Unterschriften bedeckt war. »Sie hätten nicht zufällig Lust, unsere Petition für den Erhalt der Wohnheime zu unterschreiben, oder...«

Ihr BlackBerry gab einen schrillen Klingelton von sich, und sie schnappte es sich vom Tisch. »Hallo?... Wie, jetzt gleich?... Nein, nein, ich komme sofort runter... Ja.« Sie drückte eine Taste, dann saß sie da und starrte das leere Display an. »Es ist das Taxi. Ein paar von uns gehen ins King's Hussars auf ein Curry. Wir wollten meinen Geburtstag feiern.« Sie blickte zu Alice auf, blinzelte ein paarmal und wischte sich mit dem Handballen über die Augen. Ein Mascarafleck blieb auf ihrer Wange zurück. »Ohne Jessica mag ich gar nicht hingehen...«

Alice beugte sich über den Couchtisch mit den Stapeln von Klatsch- und Autozeitschriften hinweg und nahm ihre Hand.

»Sie müssen nicht gehen, wenn Sie es nicht wollen. Wozu würde Jessica Ihnen denn raten?«

Ein kleines, sprödes Lächeln. »Dass ich mir Papadam, Lamm Jalfrezi und Sauvignon Blanc reinziehe, bis es mir zu den Ohren rauskommt. ›Man wird nicht alle Tage dreißig, Liz‹, würde sie sagen. ›Also lass es richtig krachen.‹«

»Dann sollten Sie genau das tun.«

Sie stand auf und lachte. »Mein Gott, schauen Sie mich an – ich sollte besser mein Make-up richten, sonst kriegt der Taxifahrer noch einen Schreck.«

Ich wuchtete mich von der Couch hoch. »Bevor Sie gehen, geben Sie mir doch Jimmys Namen und Adresse. Betrachten Sie's als ein Geburtstagsgeschenk von Police Scotland.«

32

Die Kälte der Flurwand drang durch die feuchte Jacke in meinen ohnehin schon unterkühlten Rücken. »Nein, Mackay. M.A.C.K.A.Y. Jimmy Mackay, letzte bekannte Adresse: Appartement 50, Willcox Towers, Cowskillin.«

Rhona wiederholte die Angaben ganz langsam, als ob sie gleichzeitig mitschriebe. »*Okay, hab ich notiert. Keine Sorge, wenn wir mit ihm fertig sind, wird Jimmy sich nicht mehr näher als eine Million Meilen an seine Ex ranwagen.*«

»Danke, Rhona.«

»*Ash?*« Sie hüstelte. »*Hören Sie, es tut mir ehrlich leid, dass ich Ness von Ihrem Verdacht erzählt habe, der Inside Man könnte ein Polizist sein. Ich wusste nicht, dass es ein Geheimnis sein sollte. Ehrlich.*«

»Na ja … Sorgen Sie einfach dafür, dass Jimmy Mackay den Schreck seines Lebens bekommt.«

»*Abgemacht.*«

Ein Stück den Flur hinunter ging eine Tür auf, und Alice trat rückwärts aus der Wohnung. Sie sprach so leise, dass ich von dort, wo ich stand, nur das eine oder andere Wort verstehen konnte. Dann beugte sie sich vor und umarmte die Person, die in der Tür stand.

Alice zog sich wieder zurück, und die Tür wurde geschlossen. Sie blieb einen Moment stehen, dann schien sie in sich zusammenzusacken. Schließlich atmete sie ein paarmal tief durch, straffte den Rücken, drehte sich zu mir um und lächelte matt. Winkte mir zu.

Ich hinkte zu ihr hin. »Und?«

Sie rieb sich das Gesicht. »Claire Youngs Mitbewohnerinnen stecken in Phase drei des Kübler-Ross-Modells fest – die ganze Wohnung ist wie ein Mausoleum.« Alice schüttelte sich. »Tut mir leid, dass du rausgehen musstest, es ist...«

»Schon in Ordnung, ich kann das verstehen. Sie können es gerade nicht gebrauchen, dass ein Polizist sie in ihrer Trauer stört.«

»Pfff...« Sie trat näher und legte ihre Stirn an meine Brust. »Wir haben ein bisschen NLP und Gesprächstherapie gemacht, und jetzt fühle ich mich, als ob ich mit einer Waschmaschine auf dem Rücken einen Marathon gelaufen wäre...«

Ich rieb ihre Schulter. »Sind wir dann durch?«

Sie nickte. »Können wir uns was zu essen holen?«

Ich drehte mich um und führte sie zur Treppe. »Die Krankenhauskantine kannst du vergessen, aber normalerweise steht ein Imbisswagen draußen vor dem Gebäude.«

Das Treppenhaus von Haus A war mit Glas anstelle von Beton verkleidet, mit Blick auf die dunklen Baumkronen von Camburn Woods nach der einen Seite und auf den Parkplatz nach der anderen. Wenigstens lauerten hier keine Journalisten vor dem Eingang.

Alice trottete mit gesenktem Kopf neben mir her. Ich humpelte voraus und hielt die Tür auf. Sie blieb unter dem Vordach stehen und kämpfte mit ihrem Taschenschirm. »Können wir zu Fuß gehen? Von hier zum Krankenhaus?«

Draußen hatte der Wind sich gelegt, jetzt schüttete es nur noch senkrecht vom Himmel. Die dicken Tropfen zerplatzten auf den Gehwegplatten und dem Asphalt zu einer Art Bodennebel. Bäume und Sträucher bogen sich unter dem Bombardement.

»Bist du sicher?«

»Die letzten zwei Stunden haben wir nichts anderes getan,

als Tee zu trinken und mit Menschen zu reden, die leiden, jeder Atemzug schmeckt nach Verlust und Panik, und ja, ich weiß, das klingt melodramatisch, aber ich versuche, so zu denken, wie er denkt, wenn er Krankenschwestern anschaut, und jetzt bin ich müde und will einfach nur durch den Regen gehen und mich nicht in Angst und Schmerz suhlen müssen.«

»Okay...«

Sie hielt ihren Schirm hoch, damit ich mich darunterstellen konnte. Dann hängte sie sich bei mir ein, sodass er uns beide schützte, und trat unter dem Vordach heraus in den strömenden Regen. »Eine Symphonie von Macht und Marter.«

Wir folgten dem Fußweg, der um das Gebäude herum zur Rückseite führte und sich dort dreiteilte: Rechts ging es zurück zu den düsteren Backsteinklötzen von Haus B und C, geradeaus in den Wald hinein, und links am Rand des Unterholzes entlang, wo tote Laternenpfähle sich wie Knochen in den granitfarbenen Himmel reckten.

Ein Wegweiser an der Kreuzung zeigte nach links: »→ Fussweg zum Castle Hill Infirmary – 20 min.«

Alice drängte sich dichter an mich, als wir auf den von kleinen Bächen durchzogenen Weg traten. Das Regenwasser, das von den Gebäuden ablief, schwappte gegen ihre roten All-Stars. »Niemand vertraut auf den Wachdienst – die tun offenbar erst dann etwas, wenn man sie dazu zwingt. Ich habe gesagt, sie sollen mal offiziell Beschwerde einlegen, ich meine, was nützt denn ein Sicherheitsdienst, wenn er nicht dafür sorgt, dass man sich sicher fühlt?«

»Hat irgendwer einen Typen erwähnt, der hier rumgelungert und sich nach Claire erkundigt hat?«

»Niemand Bestimmtes. Na ja, mit Spannern hat man es hier immer zu tun, zumal, wenn man ein Zimmer zum Wald hat. Du weißt ja, wie die Männer sind.« Sie schniefte. »Nichts für ungut.«

Die Schwesternwohnheime verschwanden hinter uns im Regen. Vor uns versperrten hohe Mauern den Blick auf die Gärten eines Wohnblocks aus Sandstein. Die Türme von St Stephen's, St Jasper's und der Kathedrale erhoben sich über die Schieferdächer. Und in der Ferne konnte man gerade eben den Doppelschornstein der Verbrennungsanlage des Krankenhauses ausmachen, mit den zwei weißen Rauch- und Dampffahnen, die sich wie parallele Narben über den Himmel zogen.

Die einzigen Geräusche waren das Rauschen der Blätter und das Trommeln der Regentropfen auf der schwarzen Haut des Schirms.

»Haben sie irgendjemanden erwähnt, der Fotos macht? Oder ihren Müll durchwühlt?«

Sie schüttelte den Kopf.

Zwei Stunden lang waren wir von Wohnung zu Wohnung gezogen, von einer verängstigten und besorgten Krankenschwester zur nächsten, und die einzige Spur, die wir hatten, hing davon ab, dass Detective Sergeant Sabir Akhtar tatsächlich das technische Genie war, als das er sich immer ausgab.

Alice spähte an mir vorbei in den Wald. »Es ist wie in einem Märchen der Brüder Grimm.«

»Komisch, dass du das sagst. Es war einmal eine junge Frau namens Deborah Hill, und sie ...«

»Bitte.« Alice wandte sich ab. »Nicht diesmal. Lass uns einfach nur ... gehen.«

Die Krankenschwester schniefte, dann rubbelte sie mit einem zusammengeknüllten Papiertaschentuch über ihre Nasenlöcher und bog dabei ihre Knubbelnase hin und her. »Nein. Na ja, ich meine ...« Sie hob die Schultern und seufzte. Sie war klein, mit dicken dunkelroten Ringen unter den Augen, das runde Gesicht beschattet von der Kapuze ihrer Steppjacke. Der Reißverschluss war offen, trotz des Regens. Auf dem Namensschild an dem blauen OP-Kittel darunter stand »Bethany Gillespie«.

Jessicas Mitbewohnerin. Die mit dem Stalker-Exmann.

Sie schob sich noch eine Fritte in den Mund, kaute, beugte sich vor und senkte die Stimme. »Mit Spinnern hat man's ja immer wieder zu tun, nicht wahr? Ich meine nicht Leute mit Lernschwierigkeiten oder psychischen Problemen, ich meine die Sorte Spinner, die einem an den Fingern schnuppern wollen, wenn man aus der Damentoilette kommt. Ich hatte mal einen Typen hier, der hat immer geschrien, dass er Bauchschmerzen hätte, und wenn man dann die Bettdecke zurückgeschlagen hat, hat er einen angepinkelt.« Wieder zog sie die Nase hoch. »Sie wissen schon – Spinner halt.«

Die Schlange an der Pommesbude hatte sich auf eine einzige Schwester verkürzt, nach ihr war Alice dran. Zu viert standen wir unter der Markise des Imbisswagens. Die Luft war schwer von den Gerüchen nach Backteig, heißen Kartoffeln und Essig.

Der größte Teil des Krankenhauses war von dieser Ecke des Parkplatzes aus nicht zu sehen, verdeckt von dem Mausoleum aus viktorianischem Sandstein, in dem Leute wie Marie Jordan verwahrt wurden. Vollgestopft mit Medikamenten und in ein Zimmer mit vergitterten Fenstern eingesperrt. Dahinter erhob sich das Hochhaus, von dem aber nur die beiden obersten Stockwerke zu sehen waren. Licht brannte in den Fenstern – grau und spärlich unten, warm und golden in der Penthouse-Etage, wo die Privatpatienten untergebracht waren.

Bethany brach ein Stück Fisch ab und biss durch den knusprigen Backteig.

Ich deutete auf das Krankenhaus. »Was ist mit den Patienten, hat sich da mal jemand beschwert?«

Sie schluckte. »Über Jessica? Gott, nein. Sie war absolut super mit den Eltern. Ein Vollprofi in jeder Hinsicht.«

Hinter uns hörte man Papier rascheln, und eine andere Schwester kam auf uns zu, ihr Gesicht in Falten gezogen, als sie sich ein paar Pommes in den Mund schob. Ein kleiner, runzliger Mund voller kleiner spitzer Zähne – sie kaute mit offenem Mund. Nachdem sie mich von Kopf bis Fuß beäugt hatte, wandte sie sich an Bethany. »Wer ist denn dein Freund da?«

Bethany verzog kurz das Gesicht und setzte dann rasch ein Lächeln auf. »Ich habe dem netten Polizisten gerade erzählt, wie professionell Jessica ist.«

»Jessica? Professionell?« Sie schnaubte, biss in ihr Würstchen in Backteig und redete kauend weiter. »Erinnerst du dich an Mrs Gisbourne?«

»Jean MacGruther, so redet man *nicht* über…«

»Du meinst Tote. Man soll nicht schlecht von Toten reden. Jessica ist nicht tot.« Schwester MacGruther wandte sich an mich. »Oder?«

Ich machte den Mund auf, doch Bethany kam mir zuvor. »Du hast doch gesehen, was heute Morgen in der Zeitung stand. Es…«

»Unsinn. Die Polizei versucht, ihre Arbeit zu machen. Meinst du, das wird einfacher, wenn wir alle hier rumstehen wie die Kartoffelsäcke und ihnen erzählen, dass alle Welt sie geliebt hätte?« Wieder verschwanden ein paar Pommes in ihrem Mund. »Haben Sie schon mit Jessicas Freund geredet?«

»Gibt es einen Grund, warum ich das tun sollte?«

Bethany reckte das Kinn in die Höhe. »Das war alles nur ein Missverständnis.«

»Darren Wilkinson.« Schwester MacGruthers Augen funkelten, während sie kaute. »In der ersten Schicht nach dem Valentinstag kreuzte Jessica mit einem tellergroßen Veilchen im Gesicht auf. Richtig schön lila und gelb. So konnten sie sie natürlich nicht auf die werdenden Mütter loslassen, nicht wahr? Also musste sie die ganze Woche Ablage und Statistiken und solches Zeug machen.«

Ein tiefer, theatralischer Seufzer. »Das hat sie doch *erklärt*. Sie haben auf Darrens Wii Tennis gespielt, und sie waren ein bisschen betrunken, und es war einfach nur ein blöder Unfall.«

»Und die gebrochenen Rippen? Waren die auch ein Unfall?«

»Du weißt, dass sie ...«

»Und was war, als er ihr mal einen Zahn ausgeschlagen hat? Einen Backenzahn, ganz hinten. Das muss man erst mal fertigbringen – sie konnte froh sein, dass er ihr nicht den Kiefer gebrochen hat.«

Bethany biss noch ein Stück Fisch ab. »Sie wurde vom Inside Man entführt, *nicht* von ihrem Freund. Er ist kein Serienmörder, er arbeitet in der Personalabteilung!«

»Jeder Kerl, der seine Freundin verprügelt ...«

»Sie wollte es nicht an die große Glocke hängen, es ...«

»... dieser rothaarige Mistkerl. Wie kann das ...«

»So, das reicht jetzt.« Ich hob die Hände und schaltete auf den autoritären Polizeikommissars-Ton um, der den beiden Idioten gestern in dem Streifenwagen einen solchen Schrecken eingejagt hatte. »Ich habe verstanden. Er hat sie geschlagen. Sie hat es nicht angezeigt.«

Sie wichen beide zurück und beäugten mich argwöhnisch.

Bethany schniefte. »Sie müssen uns ja nicht gleich so anschnauzen, wir versuchen doch nur zu helfen.«

Alice lehnte sich mit dem Rücken an die zweifarbige Wand – die untere Hälfte anstaltsgrün, darüber zerschrammtes Eierschalenweiß. »Ich hätte nicht so viele Pommes essen sollen.« Sie schnaufte und ließ die Schultern hängen. »Eine Stunde lang Hebammen mit Magenverstimmung befragt ... Also, natürlich nicht die Hebammen, ich meine, *ich* war diejenige mit Magenverstimmung, obwohl es natürlich sein kann, dass sie auch

Magenverstimmung hatten, nur dass niemand es erwähnt hat. Was ist mit dir?«

Laute Rufe und Flüche hallten über den Flur, hier und da unterbrochen von einem langgezogenen Schrei. Das Wunder der Geburt.

»Ich war nicht dabei, als Rebecca zur Welt kam. Ein kleiner Junge war vom Hund eines Drogendealers angefallen worden. Ich habe den ganzen Tag damit zugebracht, den Dreckskerl zu jagen. Aber bei Katie habe ich's geschafft. Sie war ... winzig. Ganz purpurrot angelaufen, und geschrien hat sie. Über und über mit Schleim und Blut verschmiert.« Ein kleines Lachen versuchte sich loszureißen, doch es starb, ehe es selbstständig atmen konnte. »Mein Gott, es war wie eine nicht jugendfreie Version von *Alien*.« Damals, als noch alles möglich war und niemand sterben musste.

Ein kleiner Riss tat sich mitten in meiner Brust auf und machte, dass jeder Atemzug wehtat. Ich räusperte mich. »Und ist bei deiner Stunde mit Magenverstimmung irgendetwas herausgekommen?«

»Alle, mit denen ich geredet habe, haben Angst vor dem Inside Man. Sie gehen nur noch in Dreier- oder Vierergruppen zum Wohnheim zurück. Sie benutzen den Parkplatz hier nicht mehr, weil es immer noch keine Überwachungskameras gibt.« Sie schlang sich einen Arm um den Leib. »Er wird allmählich zu einer Art mythologischem Ungeheuer – eine Mischung aus Freddy Krueger, Jimmy Savile und Margaret Thatcher ...« Sie sah auf ihre Uhr. »Reden wir noch mit Jessica McFees Freund, weil ich finde, wir sollten mit ihm reden, ich meine, wenn er sie geschlagen hat, hat er offensichtlich Probleme mit der Aggressionsbewältigung, und ...«

»Wie viel Uhr ist es?«

Sie sah noch einmal nach. »Zwanzig vor vier.«

»Okay, wir befragen noch die restlichen Kolleginnen von

Jessica, und dann nehmen wir den Freund ein bisschen in die Mangel. Aber ich will spätestens um Viertel nach hier raus sein, damit wir rechtzeitig zu unserem Mafia-Freund kommen.«

Alice ließ den Kopf sinken, bis sie auf die Spitzen ihrer kleinen roten Schuhe schaute. »Mir wäre es lieber, wenn wir ihn nicht unseren ›Freund‹ nennen würden, es…«

»Wir haben das doch schon durchgesprochen. Er oder Shifty, schon vergessen?« Ich legte ihr eine Hand auf die Schulter. »Ich weiß, es ist schwer, aber – Mist.« Das Telefon in meiner Tasche tirilierte. Na ja, wurde auch Zeit, dass Sabir sich wegen der Identifizierung meldete. Ich zog das Handy aus der Tasche und drückte die Verbindungstaste. »Was hat denn so lange gedauert?«

»*Bist du das, Henderson?*« Wer immer es war, es war jedenfalls nicht Sabir. Kein sirupdicker Liverpooler Akzent, stattdessen ein gerolltes Oldcastle-R.

Ich nahm das Telefon vom Ohr und sah aufs Display: »Rufnummer unterdrückt.«

»Wer ist da?«

»*Du bist mir ein schöner Detektiv: Micky Slosser. Du warst heute Morgen bei mir in der Redaktion, schon vergessen?*« Eine Pause. Geraschel, dann war er wieder da. »*Da ist gerade etwas gekommen, das dich interessieren könnte.*«

Schweigen.

»Ich bin wirklich gerade nicht in der Stimmung für irgendwelche Spielchen, Micky.«

»*Ein Brief. Gelbes Notizpapier. Unterschrieben mit: ›Der Inside Man‹.*«

33

Der Himmel war von anthrazitfarbenen Schlieren überzogen. Blut sickerte aus dem Horizont, als die Sonne den Tag seinem Schicksal überließ und glitzernde Spritzmuster auf die nassen Straßen malte.

»Was?« Ich steckte einen Finger ins andere Ohr und kehrte dem Krankenhauseingang den Rücken zu, als ein Rettungswagen mit kreischender Sirene vorbeiraste.

Am anderen Ende setzte Jacobson noch mal an. »*Ness hat alle dazu gebracht, auf eine Anzeige zu verzichten. Mr McFee ist wieder ein freier Mann.*«

»Schön für ihn. Was sagt Cooper – hat Bad Bill sich an Claire Young oder Jessica McFee erinnert?«

»*Dieser Brief – sind Sie sicher, dass Ihr Journalist vertrauenswürdig ist?*«

»Er ist Journalist.«

»*Auch wieder wahr. Ich lasse den Brief abholen.*« Seine Stimme wurde leise, als ob er sich vom Telefon abgewandt hätte. »*Cooper, sagen Sie ihm, was Sie mir berichtet haben.*«

Ein knirschendes Geräusch, dann räusperte PC Cooper sich in mein Ohr. »*Hallo? Ja, also, wegen Bad Bill alias William Moore. Ich habe ihm beide Fotos gezeigt, und er glaubt, dass er Jessica McFee zusammen mit einem großen, rothaarigen Mann von nordeuropäischem Erscheinungsbild gesehen hat. Er sagt, bei Claire Young ist er sich nicht sicher. Sie kommt ihm bekannt vor, aber das könnte auch daran liegen, dass ihr Bild in allen Zeitungen und im Fernsehen war.*«

So viel zu dem Thema. »Und er hat nicht zufällig eine Überwachungskamera oder so was in der Art?«

»*Er meinte, das sei die Mühe nicht wert. Er sagt, wer riskiert schon, ein Hackmesser in den Kopf zu kriegen, nur um einen Beutel Burgerbrötchen und ein paar gebratene Zwiebeln zu klauen? Professor Huntly hält es ohnehin für unwahrscheinlich, dass Tim Claire Young mitgenommen hat, als er ihr ihre letzte Mahlzeit kaufte. Er hat sie am Donnerstagabend entführt, gefunden wurde sie am Samstag in den frühen Morgenstunden. Huntly sagt, Tim würde sie wohl kaum vergewaltigen und in seinem Versteck festhalten, um sie dann am Freitag zum Lunch auszuführen.*«

Ein zweiter Rettungswagen röhrte vorüber, diesmal in die andere Richtung.

Ich sah auf meine Uhr: zehn vor vier. Wurde allmählich Zeit aufzubrechen.

»Haben Sie...«

»*Also hab ich ihn gefragt, wie viele, ähm...*« Pause. »*...›Double Bastard Bacon Murder Burger‹ er zwischen elf Uhr vormittags und drei Uhr nachmittags an dem Freitag verkauft hat, und da wurde er ziemlich unverschämt.*«

Trottel.

»Das ist ein Imbisswagen, kein Dreisternerestaurant. Barzahlung, keine Kassenbons. Wo hat er am Freitag geparkt?«

Schweigen.

»Cooper?«

»*Also, ähm...*«

Ich dotzte mit dem Kopf leicht gegen die Wand. »Sie haben vergessen zu fragen, stimmt's?«

»*Na ja, Sie haben gesagt, ich würde ihn vor dem Baumarkt finden, und da war er auch, und da dachte ich... na ja, dass das sicher sein Stammplatz ist.*« Er hüstelte. »*Oder so.*«

»Das verdammte Ding heißt Imbiss*wagen*, weil es Räder

hat, Mann. Sie fahren jetzt noch mal hin und finden raus, wo er am Freitagmittag war.«

»*Tut mir leid, Chef...*«

Ah, jetzt war ich also der »Chef«. Na, das war doch schon ein Fortschritt. »Sie haben das gut gemacht. Müssen nur noch ein bisschen mehr auf die Details achten.«

»*Ja, Chef.*«

»Und rufen Sie die Leitstelle an, ich will eine Personenüberprüfung für einen gewissen Darren Wilkinson – arbeitet in der Personalabteilung des Castle Hill Infirmary.«

»*Ja, Chef.*«

»Also, ab mit Ihnen.«

Jemand tippte mir auf die Schulter, und als ich mich umdrehte, stand Noel Maxwell vor mir. Er hatte einen orangefarbenen Parka über seinen OP-Kittel gezogen und scharrte mit seinen strahlend weißen Nikes auf dem nassen Gehsteig herum. Sein kleines Unterlippenbärtchen zuckte, als er mich angrinste. »Wie hat das Prednisolon gewirkt, war's gut?«

Jacobsons Stimme drang wieder aus dem Telefon: »*Na los doch, Sie haben schließlich darauf bestanden, dass Klinkenputzen der beste Weg ist, Verbindungen aufzudecken. Was haben Sie herausgefunden?*«

»Sekunde.« Ich nahm das Handy vom Ohr und stellte es stumm. »Haben Sie's besorgt?«

Noel sah sich um, dann senkte er die Stimme, bis er kaum noch zu verstehen war. »Das ist absolut nicht für den Hausgebrauch, okay? Ich meine, das Zeug ist...«

»Haben Sie es, oder haben Sie es nicht?«

Wieder sah er sich um – als ob er sich nicht schon verdächtig genug aufführte. Er schob die Hand in die Jackentasche und zog die Ecke eines braunen Umschlags hervor. »Haben Sie das Geld?«

Ich zählte sechzig Pfund vom Rest der hundert ab, die Jacobson mir vorgestreckt hatte, und drückte sie ihm in die Hand. Jetzt hatte ich noch einen Fünfpfundschein und ein paar Münzen.

Er sah sich abermals um und steckte mir dann den Umschlag zu. Erstaunlich leicht. Ich riss die Lasche auf.

Seine Augen weiteten sich. »Machen Sie das bitte nicht hier!«

»Na klar. Vertrauen steht heute auf meiner Tagesordnung nicht sehr weit oben.« Zwei Spritzen lagen unten in dem Umschlag: transparent, mit orangefarbenen Kappen auf den Nadeln. Daneben ein zusammengefaltetes Blatt Papier, bedeckt mit Kleingedrucktem.

»Aber lesen Sie auf jeden Fall die Anleitung, okay? Das Zeug ist gefährlich...«

Das war ja der Sinn der Sache.

»Wie lange dauert es?«

Achselzucken. Wieder ein verstohlener Blick. »Hängt von der Körpermasse ab. Bei einem großen, fetten Kerl so drei bis vier Stunden. Aber geben Sie 'nem kleinen Kind eine volle Dosis, und es wacht *nie* mehr auf.« Er lief rot an. »Sie wissen schon – *falls* Sie so drauf wären.«

Ich steckte den Umschlag ein. Dann hielt ich inne und runzelte die Stirn. »An wen haben Sie sonst noch Medizinbedarf vertickt?«

Noel klappte den Mund ein paarmal auf und zu. »Ich... Keine Ahnung, wovon Sie reden – Medizinbedarf verkaufen, warum sollte ich das machen? Ich tu Ihnen bloß einen Gefallen, weil ich Sie noch von früher kenne.«

»Anästhetika, Blutdrucksenker, Desinfektionsmittel, Nahtmaterial, dieser chirurgische Kleber?« Was man eben so braucht, wenn man eine Frau aufschlitzen und ihr eine Plastikpuppe in den Bauch einnähen will.

Er schüttelte den Kopf. »Nee, Sie denken da an jemand anders, ich *verkaufe* kein Krankenhausmaterial, ich bin doch nicht irgendein Dealer, ich bin bloß ein gutmütiger Kerl, der einem alten Kumpel aus der Patsche hilft.«

»Noel, ich schwöre bei Gott, ich werde Ihren zappligen Arsch an den Eiern von hier bis Dundee schleifen.«

Er wich zurück, steckte die Hände in die Hosentaschen und zog die Schultern vor, als ob er sich kleiner machen wollte. »Ich mach das nicht mehr, *ehrlich*, kann sein, dass ich's vor ein paar Jahren gemacht hab, aber dann haben Sie mir ja die Leviten gelesen, und danach hab ich mich zusammengerissen, und jetzt bin ich sauber. Nicht nur sauber, sondern rein.«

Ich starrte ihn nur an.

Er scharrte ein wenig mit den Füßen. Machte wieder einen Buckel. »Okay, na ja, kann sein, dass ich mal jemandem bei der Schmerztherapie ein bisschen unter die Arme gegriffen hab. Ein, zwei Dosen Morphium und ein paar Packungen Amitriptylin, vielleicht ein bisschen Temazepam, aber der hatte auch Multiple Sklerose und alles. Ehrlich.«

Schweigen.

»Ich versuch einfach nur, ein guter Staatsbürger zu sein, wissen Sie? Meinen Mitmenschen zu helfen?«

»Was ist mit Blutdrucksenkern?«

Er lutschte an seinen Zähnen, beulte mit der Zunge seine Lippen von innen aus. »Sind nicht besonders gefragt. Opioide und Barbiturate sind die angesagten Drogen bei den jungen Dingern hier in der Stadt... Nicht dass ich jemals – Sie wissen schon: guter Staatsbürger, den Mitmenschen helfen...«

Ich rückte ihm so dicht auf die Pelle, dass ich den Zigarettengestank und den bitteren Aftershave-Duft riechen konnte, den er ausströmte. »Sie wollen doch, dass wir Freunde bleiben, nicht wahr, Noel?«

Er wiegte sich hin und her und duckte sich noch mehr, während er zu mir aufblickte wie eine nervöse orangefarbene

Krähe. »Wir sind Freunde, klar doch... Warum sollten wir nicht Freunde sein?«

»Wenn Sie wollen, dass es so bleibt, dann müssen Sie Folgendes tun: Sie werden mit all den anderen guten Staatsbürgern hier reden, und Sie werden herausfinden, wer OP-Bedarf aus dem Lager hat mitgehen lassen. Und dann erzählen Sie es mir.« Ich schenkte ihm ein unterkühltes Lächeln. »Und Sie werden es bis morgen um diese Zeit tun.«

Er wurde noch kleiner. »Und wenn ich es nicht kann? Ich meine, klar, ich werde mein Bestes versuchen, aber was ist, wenn ich es versuche und versuche, aber niemand sagt mir irgendwas?«

Als meine Hand auf seiner Schulter landete, zuckte er zusammen und blinzelte mich an.

Ich drückte seine Schulter. »Das wollen wir mal lieber nicht rausfinden, hm?«

Die Frau von der Personalabteilung bedachte uns mit einem Lächeln, das nicht weiter als bis zu den Wangen reichte. Sie sah von oben auf Alice herab, als sie uns zu zwei Kunstledersesseln führte. Ihre Haut war bleich wie Milch, ihr dunkles Haar an den Seiten lang und vorne zu einem strengen Pony abgesäbelt. »Darren wird in Kürze zu uns stoßen, er hat noch einen Termin.« Sie verschränkte die Hände vor der Brust. »Worum geht es denn nun eigentlich?«

Die Uhr an der Wand hinter ihr zeigte zwanzig nach vier. Sollte immer noch reichen, wenn wir das hier schnell hinter uns brachten.

Ich nahm in einem der Sessel Platz und streckte das rechte Bein aus. »Ich fürchte, das ist eine Sache zwischen uns und Mr Wilkinson.«

Ein Schild, das in der Mitte der offenen Tür angeschraubt war, verriet, dass wir uns im »BESPRECHUNGSRAUM 3« befanden. Zitronengelbe Wände, zwei gerahmte Drucke, ein Whiteboard an einer Wand und ein Flipchart auf einem Ständer neben der Tür. Sechs niedrige Kunstledersessel und ein mit Kaffeering-Akne übersäter Couchtisch. Es roch nach Schweiß und Verzweiflung.

»Ah…« Ihr Lächeln wurde noch ein bisschen dünner, und um ihre Augen bildeten sich Falten. »Ich fürchte, das kommt nicht infrage. Die Richtlinien des Krankenhauses schreiben vor, dass alle Mitarbeiterinnen und Mitarbeiter während Gesprächen mit den Medien, mit trauernden Angehörigen sowie mit der Polizei von einem Vertreter oder einer Vertreterin der Personalabteilung unterstützt werden müssen, falls das Gespräch auf dem Gelände des CHI stattfindet.« Sie wies zur Tür. »Wenn Sie ihn allerdings festnehmen und vom Gelände des Castle Hill Infirmary entfernen möchten, so bleibt Ihnen das natürlich unbenommen. *Möchten* Sie ihn festnehmen?«

»Ich habe mich noch nicht entschieden.«

Die Augen über dem dünnen Lächeln wurden kälter. »Ich kann Ihnen versichern, dass Darren ein geschätztes Mitglied meines Teams ist, Detective Constable Henderson. Am Tag nach seinem Unfall war er um neun Uhr im Büro. Das beweist Engagement.« Sie verschränkte die Arme. »Was soll er denn angestellt haben?«

Ich starrte sie nur an.

Sie schüttelte den Kopf. »Er war drei Mal Angestellter des Monats. Und zwar für das gesamte Krankenhaus, nicht nur für meine Abteilung. Er ist gewissenhaft und arbeitsam, und er *identifiziert* sich wirklich mit unseren Prozessen und Arbeitsabläufen.«

Alice zog die Ärmel ihres gestreiften Tops bis über ihre Fingerspitzen. »Er hatte einen Unfall?«

»Er wurde auf einem Zebrastreifen angefahren, und der Schuldige beging auch noch Fahrerflucht. Aber *trotzdem* hat er am Freitagmorgen pünktlich seinen Dienst angetreten.« Sie klatschte ein Mal in die Hände, hart und laut. »Also, möchte jemand eine Tasse Tee?«

Sobald sie draußen war, lehnte Alice sich zu mir herüber und sagte mit gesenkter Stimme: »Glauben wir wirklich, dass Darren Wilkinson der Inside Man ist?«

»Wieso flüsterst du?«

Ihre Wangen verfärbten sich rosa. »Ich meine, ich weiß, dass er im Krankenhaus arbeitet und deshalb Zugang zu Medikamenten haben könnte, und er dürfte in der Lage sein, sich über Operationsmethoden zu informieren – wahrscheinlich kann er sogar den Chirurgen bei der Arbeit zuschauen, wenn er möchte –, und alle Opfer waren Krankenschwestern, und wenn er in der Personalabteilung arbeitet, hat er Zugriff auf ihre Personalakten, ganz zu schweigen davon, wessen Hebamme Jessica McFee war, aber...« Kleine Fältchen erschienen zwischen ihren Augenbrauen. »Oh, ich verstehe. Wenn man es so betrachtet...«

»Und er ist rein *zufällig* mit einem der Opfer liiert? Bisschen unwahrscheinlich.«

»Na ja, vielleicht...«

»Laut Zentralregistereintrag ist er siebenundzwanzig. Dann wäre er neunzehn gewesen, als Tim zum ersten Mal zuschlug. Passt nicht so ganz ins Profil, oder?«

Die Zeiger der Uhr rückten auf fünf vor halb vor.

Alice schlang einen Arm um sich und fummelte in ihren Haaren herum. »Wenn er Jessica McFee angegriffen hat, dann heißt das, dass er ein Kontrollproblem hat – sowohl intern als auch extern. Jessica ist sein Eigentum, und wenn sie nicht tut, was man ihr sagt, verletzt ihn das, es ist respektlos... Er hat keine Wahl, er muss sie bestrafen, ich meine, es ist nicht seine Schuld, oder, er *hilft* ihr, ein besserer Mensch zu sein, will sie *wirklich* weiter so eine Versagerin sein, sie sollte ihm *danken*. Sie kann froh sein, dass sie ihn hat.«

Alice klemmte die Knie zusammen und spreizte die Fersen auf den abgetretenen Teppichfliesen ab. »Aber es ist immer dasselbe, nicht wahr, die Frauen raffen es einfach nicht, sie brauchen eine starke Hand, die sie in die richtige Richtung führt. Das gefällt ihnen – sie wollen einen Mann, der in der Lage ist, die Führung zu übernehmen, sie *brauchen* es, dass einer ihnen zeigt, wer der Boss ist, wie sein Vater es seiner Mutter gezeigt hat...« Alice blinzelte ein paarmal und starrte dann an die Decke. Die Falten auf der Stirn waren wieder da. »Aber die Entführung, das Aufschneiden, die Puppen – das Schwängern – ja, das hat mit Kontrolle zu tun, aber Tim tut es, weil er impotent ist und machtlos in seinen alltäglichen Beziehungen.«

Ich zog mein Handy aus der Tasche und las noch einmal die SMS von Cooper:

Eintrag zu Darren Wilkinson (27) – 14 Fyne Lane. Keine Verurteilungen, eine Verwarnung wegen Vandalismus mit 11, hat gerade einen Waffenschein für Schrotflinten und Handfeuerwaffen beantragt.

Na, den Waffenschein konnte er sich abschminken. Da müsste er sich schon was ganz Besonderes einfallen lassen, damit der Antrag jetzt noch durchging.

»Ash?« Alice klappte die Fersen zusammen und rieb die quietschenden Gummisohlen gegeneinander. »Wir haben nicht bei Claire Youngs Mitbewohnerinnen nachgefragt – was ist, wenn Darren auch *ihr* Freund ist? Was, wenn er mit seinen Opfern zuerst eine Romanze anfängt, ehe er sie entführt?«

Ich zuckte mit den Achseln. »Möglich.«

Sie ließ sich in ihren Sessel zurückfallen, die Arme über die Lehnen gehängt, und baumelte mit den gestreiften Ärmeln hin und her. »Aber indem er Jessica körperlich dominiert, indem er sie schlägt, demonstriert er *aktiv* seine Macht...«

Ich schloss Coopers SMS und rief Sabir an.

»*Herrgott noch mal, was ist denn jetzt schon wieder? Ich arbeite dran, okay? Mach dir mal nicht ins Hemd, so was dauert eben!*«

»Sagt dir der Name Darren Wilkinson irgendwas?«

Pause. »*Wer zum Teufel ist Darren Wilkinson?*«

»Ich muss wissen, ob er in den HOLMES-Daten der ursprünglichen Inside-Man-Ermittlung auftaucht.«

»*Okay...*« Ein langer, sprudelnder Seufzer. »*Such dir was aus.*«

»Was soll ich mir aussuchen?«

»*Von dem ganzen Zeug, mit dem du mich zugemüllt hast – such dir was aus, und das fliegt dann raus, damit ich das hier machen kann.*«

»Sabir, ich...«

»*Nein. Ihr da oben scheint zu glauben, dass ich ein Team von fünfzig Mann unter mir habe, aber ich bin hier der Alleinunterhalter, kapiert? Ich kämpfe ganz allein mit dem ganzen Mist, mit dem ihr Jocks mich andauernd zuschüttet.*« Ein lautes Geräusch drang aus dem Telefon – es hörte sich an wie statisches Rauschen, das in ein geräuschvolles Kauen überging – eine Handvoll Chips? »*Also, such dir was aus.*«

»Nun stell dich nicht so an. Es...«

Die Tür ging auf, und die Leiterin der Personalabteilung kam zurück, in der Hand einen Getränketräger aus Plastik. In den Öffnungen steckten drei dampfende Plastikbecher.

»Sabir, tu's einfach. Ich ruf dich zurück.« Ich legte auf, während sie den Träger auf dem kleinen Couchtisch abstellte.

Alice setzte ein strahlendes Lächeln auf, die Augen weit aufgerissen. »Wie versteht Darren sich mit den weiblichen Mitgliedern des Teams? Ist er beliebt?«

Die Leiterin der Personalabteilung überlegte einen Moment. »Ich würde sagen, ja. Er ist sympathisch, eine gepflegte Erscheinung, bringt immer Kuchen mit, wenn jemand Geburtstag hat.«

»Also keiner von den Männern, die... na ja, Sie wissen schon... anzügliche Witze reißen, die persönliche Distanzzone überschreiten, vielleicht sogar ein bisschen einschüchternd wirken?«

»Darren?« Ihre Wangen zuckten, und dann entschlüpfte ihr ein kleines Lachen, das schnell in ein Hüsteln überging. »Er ist vor sechs Jahren zu meinem Team gestoßen. Da war er erst einundzwanzig. Ich habe ihn *persönlich* ausgebildet. Er ist nicht irgendein frauenfeindlicher Primitivling.«

»Hmm...« Alice spielte wieder mit ihren Haaren und schlug mit einem Absatz auf den Teppich.

Der Plastikbecher war glühend heiß, als ich ihn aus der Halterung hob. »Wie sieht es mit seiner Anwesenheit aus? Irgendwelche Fehlzeiten in den letzten drei Wochen?«

»Nicht einmal nach seinem Unfall – wegen dem Ihre Kollegen übrigens *nichts* unternommen haben. Darren ist ein vorbildlicher Mitarbeiter. Und...«

Es klopfte, und ein ramponiertes Gesicht erschien in der Tür. Ein Auge war zugeschwollen, die Haut dunkel und mit Blutergüssen marmoriert, die auf der einen Seite von der Kinnspitze bis hinauf zur Stirn reichten. Ein Streifen rosa Heftpflaster zog sich quer über seinen Nasenrücken. Er ging auf Krücken und benutzte eine davon, um die Tür aufzustoßen. Zerknittertes weißes Hemd, hellblaue Krawatte. Sein rechtes Hosenbein war abgeschnitten, darunter war ein Kunststoffgips zu sehen, der mit Filzstift-Unterschriften bedeckt war.

Was immer ihn angefahren hatte, es musste ein gutes Stück größer gewesen sein als ein Mini.

Seine Stimme war leise und zischend, als ob ihm ein paar Zähne fehlten, aber der Dundee-Akzent war dennoch mit Händen zu greifen. »Du wolltest mich sprechen, Sarah?«

Sie drehte sich in ihrem Sessel um und nickte. »Ah, Darren, du kommst genau richtig. Ich habe gerade den Herrschaften von der Polizei erzählt, was für ein geschätztes Mitglied unseres Teams... Darren, fehlt dir etwas?«

Sein heiles Auge hatte sich bei dem Wort »Polizei« geweitet, der Mund stand ihm offen und gab den Blick auf vier oder fünf klaffende, blutige Lücken frei, wo einmal Zähne gewesen waren. Er wich zurück.

»Darren?«

Er blickte nach links und nach rechts, als ob er mit dem Gedanken spielte, einfach davonzuhumpeln. Dann ließ er sich schwer auf seine Krücken fallen, schloss die Augen und fluchte.

34

Darren blinzelte mich über den Tisch hinweg an. »Ich...« Er zupfte am Futter des Gipsverbands an seinem linken Arm herum. »So ist es nicht.« Ein Schniefen. »So ist es nicht *gewesen*.«

Zwanzig vor fünf, und wir hockten immer noch hier, während der Minutenzeiger der Uhr immer weiter auf unseren Termin mit Paul Manson vorrückte.

Alice beugte sich vor, die Ellbogen auf die Knie gestützt. »Es ist absolut verständlich. Sie passen doch nur auf sie auf, nicht wahr? Sie macht dauernd so dumme Sachen, und Sie sind derjenige, der hinterher alles wieder ins Lot bringen muss. Sie muss lernen, nicht wahr? Sie muss tun, was man ihr sagt, *wenn* man es ihr sagt.«

Er hielt den Kopf gesenkt.

Sarah, die Personalchefin, kniff die Augen zusammen. »Mir gefällt die Richtung nicht, die Ihre Fragen nehmen. Darren hat Ihnen bereits gesagt, dass er Jessica McFee nicht angegriffen hat. Ich verstehe nicht, warum Sie sich darauf so fixieren.« Sie schien die Rolle der Anwältin zu spielen.

Alice legte beide Hände auf den Tisch, die Handflächen nach oben. »Und wenn sie dauernd ausschert, ist es doch nur verständlich, dass Sie ihr ab und zu einen Klaps geben. Es ist doch nur zu ihrem Besten. Bei Hunden funktioniert es doch auch, oder nicht? Warum sollte es bei Frauen anders sein?«

»Ich kann Ihnen *versichern*, dass Darren nicht nur bei unserer Anti-Diskriminierungs-Schulung hervorragend abgeschnitten hat, nein, er gehört auch der Gleichstellungsinitiative des Krankenhauses an. Ihr Vorgehen ist absolut unangemessen und...«

»Na los doch, Darren.« Ich nahm meinen Krückstock und setzte ihm das Ende mit dem Gummifuß auf die Brust. »Erzählen Sie mir von diesem Unfall mit Fahrerflucht.«

Er drückte sich ängstlich in seinen Sessel. »Es war dunkel. Ich überquerte die Straße, und da tauchte plötzlich aus dem Nichts ein Auto auf und erfasste mich. Ich hatte es nicht gesehen.«

Ich stieß noch einmal zu. »Wo?«

Zupf, zupf, zupf. »In der Nähe von dem Fish-and-Chips-Lokal in der Oxford Street.«

»Wann?«

Keine Antwort.

Also stupste ich ihn noch mal. »Wann – ist – es – passiert?«

»Au!... Ich weiß es nicht.«

»Bitte, hören Sie auf, ihn zu stupsen.«

Keine Chance. »Ich habe im Polizeicomputer nachgeschaut – da steht nichts davon, dass Sie in der Oxford Street oder irgendwo sonst von einem Auto angefahren wurden. Was denn – haben Sie sich gedacht, es lohnt sich nicht, den Fall anzuzeigen? Weil Unfälle nun mal passieren?«

Er hielt den Blick gesenkt. »Ich dachte mir, es ist sinnlos. Weil – na ja, ich hatte das Auto ja gar nicht gesehen...«

»Ah ja.« Noch ein Stupser, weil's so schön war. »Sie werden von einem Auto über den Haufen gefahren. Ihr Bein ist gebrochen, der Arm auch. Sie sehen aus, als ob Sie eine Stunde lang von Skinheads als Trampolin missbraucht worden wären, und Sie halten es nicht für nötig, Anzeige zu erstatten?«

»Detective Constable Henderson, wenn Darren sagt...«

»Sehen Sie, Darren, Sie haben Ihrer Chefin hier erzählt, Sie seien auf einem Zebrastreifen angefahren worden, aber in der

Oxford Street gibt es gar keinen Zebrastreifen, oder?« Diesmal zielte ich mit dem Gummifuß auf seine Rippen, und er zuckte zusammen. Wich auf seinem Sessel zurück und hielt sich die Stelle, wo ich ihn getroffen hatte. Also machte ich es noch einmal, nur auf der anderen Seite. Gleiches Resultat. »Der einzige Beteiligte bei einem Unfall mit Fahrerflucht, der *nicht* zur Polizei geht, ist der Fahrer. Ziehen Sie Ihr Hemd aus.«

Sarah versteifte sich. »So, ich glaube, wir haben genug Geduld bewiesen. Das ist vollkommen...«

»Es gab gar kein Auto, habe ich recht? Ziehen Sie das verdammte Hemd aus!«

Sie stand auf. »Ich muss Sie jetzt bitten zu gehen. Wenn Sie vorhaben, ihn einer Leibesvisitation zu unterziehen, können Sie das im Rahmen einer offiziellen Vernehmung auf dem Revier tun. Aber bis dahin – Was machen Sie da?«

Ich warf mich über den Couchtisch, packte sein Hemd mit beiden Händen und riss dran. Die Knöpfe schossen weg wie kleine Projektile, die Hemdschöße wurden aus der Hose gerissen. Seine Krawatte baumelte über der nackten, mit lila, dunkelroten und gelben Flecken übersäten Brust. Ein Bluterguss am anderen, auf beiden Seiten – nicht klar begrenzt wie nach einer Begegnung mit einer Motorhaube oder einer Stoßstange, sondern wild durcheinander wie ein Flickenteppich. Und genau in der Mitte seines Bauchs waren deutlich die Umrisse einer Stiefelsohle zu erkennen.

»Komische Reifen hatte dieses Auto. Sieht eher nach Schuhgröße 43 aus als nach einem Dunlop-Gürtelreifen.«

Sarah zeigte mit dem Finger auf mich. »Ich werde bei Ihren Vorgesetzten Dienstaufsichtsbeschwerde einlegen. Wie können Sie es wagen, einen meiner Mitarbeiter auf diese demütigende Weise...«

»Ach, seien Sie doch nicht kindisch. Er wurde nicht von einem Auto angefahren, er wurde nach Strich und Faden verprügelt.« Ich stellte meinen Krückstock weg. »Warum haben Sie gelogen, Darren? Wer hat Ihnen so viel Angst eingejagt, dass er Ihnen *das* antun kann, ohne dass Sie auch nur Anzeige erstatten?«

Er biss sich auf die Unterlippe. Sein unverletztes Auge schimmerte feucht. »Es ist nichts passiert...«

»Wirklich nicht?« Ich schlug mit dem Stock gegen den Couchtisch, und er zuckte zurück. »Haben Sie deswegen einen Waffenschein beantragt? Um sich ein bisschen zu rächen?«

Sie zog ihr Handy aus der Tasche. »Ich rufe den Sicherheitsdienst an. Sie sind beide...«

»Nein!« Darren fiel ihr in den Arm. »Bitte nicht. Ich... Ich will kein Aufhebens machen. Bitte.«

Sie starrte ihn einen Moment lang an. »Bist du sicher, dass das dein Wunsch ist?«

Er senkte den Blick und begann wieder an seinem Armgips zu zupfen. »Kann ich vielleicht ein Glas Wasser haben?«

Sarah legte ihm die Hand auf die Schulter. »Aber natürlich.« Mich bedachte sie mit einem finsteren Blick. »Und *keine* weiteren Fragen.«

Darren Wilkinson leckte sich die Lippen und blinzelte, als die Tür hinter seiner Chefin ins Schloss fiel. Dann stieß er einen kleinen flatternden Seufzer aus. »Ich... hatte nie die Absicht, ihr wehzutun.«

Alice tätschelte seinen Arm. »Sie müssen...«

»Es war...« Er räusperte sich und starrte wieder auf den Couchtisch. »Entschuldigung – Sie zuerst.«

»Nein, was wollten Sie sagen?«

»Jessica... Sie war nicht wie...« Wieder ein Seufzer. »Sie *wollte*, dass ich sie schlage.« Er bohrte den Daumennagel in das Futter seines Gipses und grub ein kleines weißes Klümpchen heraus. »Das soll jetzt keine frauenfeindliche Umschreibung sein im Sinne von ›sie hat es ja so gewollt‹, ich meine das wörtlich. Sie hat mich *im wahrsten Sinn des Wortes* gebeten, sie zu schlagen. Ich wollte, dass wir ein ganz normales Paar sind, Händchen halten, im Park spazieren gehen, aber...« Er atmete hörbar aus. Kratzte noch ein Gipsbröckchen heraus.

Ich starrte ihn an. »Ja, *sehr* glaubwürdig.«

Schweigen.

»Es ist in Ordnung, Darren. Was ist passiert?«

»Das erste Mal dachte ich, sie wollte, dass ich ihr den Hintern versohle. Wissen Sie, einfach so zum Spaß? Und ich weiß, dass es die stereotypen Geschlechterrollen und die patriarchalische Dominanz zementiert, aber sie sagte, ich soll nicht so ein Weichei sein. Sie wollte keinen Klaps auf den Hintern, sie wollte richtig *geschlagen* werden.«

»Und haben Sie sie geschlagen?«

Er blickte mit aufgerissenem Auge zu mir auf. »Nein! Natürlich nicht. Ich halte nichts von der physischen Unterwerfung von Frauen und all dem anderen überholten sexistischen Scheiß... Aber sie hat nicht lockergelassen, sie hat mir einfach keine Ruhe gelassen, und dann hat sie auf mich eingeschlagen und mir ins Gesicht geschrien...« Darren wandte sich ab. »Und ich hab es getan. Ich habe sie geschlagen, ich wollte es nicht, aber... Und das war's – sie war...« Er hüstelte. »Sie wissen schon.«

Alice trommelte mit den Fingern auf den Couchtisch. »Es hat sie sexuell erregt.«

»Manchmal denke ich, dass sie... Gewalt mit Liebe verwechselt hat. Als ob es ein und dasselbe wäre. Und so ist es gewesen. Sie... *brauchte* das Gefühl, begehrt und geschätzt zu werden, und ich...« Er bleckte sein lückenhaftes Gebiss. »Ich habe mich *gehasst*.«

Es gibt Tausende von Ausreden – Dinge, die prügelnde Partner sich einreden, um ihre Gewaltexzesse in der Beziehung zu rechtfertigen –, aber die hier war neu.

Während er sich die Tränen aus dem lädierten Gesicht rubbelte, nahm ich mein Handy heraus und klickte mich durch bis zu dem Foto, das Jessicas Mitbewohnerin Liz Thornton mir geschickt hatte. Ich hielt es Darren hin. »Kennen Sie diesen Mann?«

Er sah es eine Weile blinzelnd an, dann schniefte er. »Das ist der Perversling, der in ihren Mülltonnen gewühlt hat, nicht wahr? Ich habe ihn einmal gejagt. Jessica und ich sind runter zum Parkplatz gegangen – irgendjemand hat an dem Abend seinen Ausstand gefeiert –, und da haben wir gesehen, wie er sich an den Briefkästen zu schaffen machte. Es sah aus, als wollte er die Schlösser knacken. Ich habe ihn angeschrien, er ist davongerannt und ich hinterher.«

»Haben Sie sein Gesicht gesehen?«

Darren schüttelte den Kopf. »Es war dunkel. Er ist in den Wald davongelaufen, und nie und nimmer wäre ich ihm dorthin gefolgt – hatte keine Lust, ein Messer in den Bauch zu kriegen oder so.«

Ich steckte das Handy wieder ein. »Wer hat Sie denn nun verprügelt?«

»Ich kann es nicht...« Er holte tief Luft. »Ich bin die Treppe runtergefallen.«

»Und haben es irgendwie geschafft, sich im Fallen selbst in den Bauch zu treten?« Ich lehnte mich zurück und starrte ihn an, bis er die Augen niederschlug und wieder das Futter aus seinem Gips zu knibbeln begann. »Sie werden am Donnerstagabend zusammengeschlagen. Und am Freitag teilen Sie Jessica McFee per SMS mit, dass Sie sie nie wiedersehen wollen.«

War eigentlich ziemlich offensichtlich.

Er hielt den Kopf gesenkt.

»Es war ihr Vater, stimmt's? Wee Free McFee hat es nicht gefallen, dass so ein gottloser Dundonian es seiner Tochter besorgt.«

Darrens Kopf schnellte hoch, das eine heile Auge weit aufgerissen. »Nein! Das war ganz anders er hat mich nicht angerührt es war ein Unfall. *Ich erstatte keine Anzeige!*«

»Es tut mir leid...« In der Dunkelheit zwischen unserem gestohlenen Jaguar und dem schäbigen Renault, der daneben parkte, hantierte Alice mit ihren Schlüsseln herum. Sie drückte noch einmal auf den Knopf am Anhänger. »Vorhin hat es doch noch funktioniert...«

»Gib her.« Ich streckte die Hand aus, und sie reichte mir die Schlüssel.

Im Parkhaus roch es nach verrottendem Unkraut, vermischt mit einem üblen Ammoniakgestank. Eine Pfütze bedeckte den größten Teil des Betonbodens, knöcheltief bei den Aufzügen, mit einem Spülsaum aus Plastikflaschen, Chipstüten und anderem Müll. Hier drüben an der rückwärtigen Wand war es immerhin einigermaßen trocken. Auch wenn das Treppenhaus offensichtlich als Pissoir zweckentfremdet worden war.

Alice rümpfte die Nase. »Vielleicht ist die Batterie leer, oder wir könnten...«

»Oder wir könnten einfach das hier machen.« Ich steckte den Schlüssel ins Türschloss.

»Ui, das hatte ich ganz vergessen...«

Die Jugend von heute...

Der Kofferraumdeckel quietschte, als ich ihn öffnete. Leer bis auf eine karierte Wolldecke und einen zerfledderten, zwanzig Jahre alten Straßenatlas von Schottland. Ich zog die Decke heraus und warf sie auf den Rücksitz.

»Ash, es tut mir leid, ich habe nicht gedacht, dass es so lange dauern würde, und...«

»Lässt sich jetzt nicht mehr ändern.«

Die Geräte, die wir im Baumarkt gekauft hatten, klirrten und polterten, als ich sie in den Kofferraum warf. Als Letztes breitete ich die Plane über alles andere, sodass sie eine kleine wasserdichte Kuhle bildete.

»Wenn wir uns beeilen, ist der Verkehr vielleicht noch nicht allzu schlimm. Ash?«

Ich schlug den Kofferraumdeckel zu.

»Ash?«

»Kann sein.« Ich hinkte zur Beifahrertür und bugsierte meinen Hintern vorsichtig auf den Sitz. Laut der Uhr am Armaturenbrett war es fast Viertel nach fünf. Hätten wir uns mal besser auf die Socken gemacht, als wir die Chance dazu hatten.

Die Scheibenwischer des Jaguar schabten quietschend über das Glas und verschmierten den Regen zu Bögen, die im Schein der Rücklichter des Stop-and-Go-Verkehrs auf der Dundas Bridge blutrot glitzerten. Die Straßenlaternen verwandelten sich in schimmernde Kugeln von kränklichem Gelb, der Himmel darüber war dunkel wie ein Tumor.

Am anderen Ende der Leitung schwieg Chief Superintendent Ness eine Weile. Dann sagte sie: »*Verstehe... Und sollen wir ihn nun wegen häuslicher Gewalt vor Gericht stellen?*«

Es ging wieder einen halben Meter vorwärts.

»Jacobson meinte, das sollten Sie entscheiden. Darren hat ein Alibi für den Zeitpunkt von Claire Youngs Verschwinden, und Alice sagt, er passt nicht ins Profil. Das heißt, er ist wahrscheinlich nicht der Inside Man.«

Alice' Stimme wurde von den Verkehrsgeräuschen fast übertönt. »Frag sie nach dem Brief.«

»Was ist mit dem Brief? Was haben Sie Wee Free gesagt?«

Aus dem Hörer kam ein schmatzendes Zischen. »*Mr McFee wurde darüber informiert, dass wir einen weiteren Brief von einer Person erhalten haben, die behauptet, der Inside Man zu sein. Ich wollte die* News and Post *dazu bewegen, ihn nicht zu bringen, aber Dr. Docherty meint, wenn Tim seinen Brief nicht abgedruckt sähe, würde er glauben, wir nähmen ihn nicht ernst. Jessica McFee schwebt ohnehin schon in großer Gefahr.«*

»Geben Sie Wee Free ein Vorausexemplar?«

»*Warum nicht? Er wird es morgen früh ohnehin erfahren.*«

Alice gab mir ein Zeichen.

Na gut. »Wir brauchen auch eines.«

»*Kommen Sie ins Präsidium, dann können Sie sich eine Pressemappe abholen.*«

»Mailen Sie sie mir. Ich bin gerade an etwas dran.«

Es war kurz still. »*Woran?*«

»Fragen Sie Jacobson. Meine Tage als Leierkastenmann sind Vergangenheit, schon vergessen?« Wieder rollten wir ein Stück weiter. Wieder eine Pause, untermalt vom Ächzen des Gummis auf verschmiertem Glas.

»*Aha.*«

Wir krochen wieder einen halben Meter weiter.

»*Mr Henderson, lassen Sie uns eines ganz glasklar festhalten: Wie Sie neulich so unmissverständlich deutlich gemacht haben, sind Sie kein Polizist mehr. Glauben Sie im Ernst, dass Sie ein persönliches Briefing von der Leiterin einer Großermittlung verdient haben? Wenn Sie wissen wollen, was läuft, können Sie einfach Ihren Hintern in Bewegung setzen und zu den Teambesprechungen erscheinen.*«

Alle eine große, glückliche Familie.

Vor uns begann der Verkehr wieder zu fließen, nachdem der Engpass der Brücke mit den Kreisverkehren an beiden Enden überwunden war.

»*Es interessiert mich nicht, was für ein großes Tier Sie im Oldcastle CID waren – das bedeutet mir nichts. Wenn Sie etwas von mir wollen, verdienen Sie es sich gefälligst.*«

Ein Klacken, und die Verbindung brach ab.

Ich atmete durch. »Ich glaube, sie mag mich.«

Der Regen trommelte auf das Dach des Jaguar und zerplatzte auf der Motorhaube.

Alice' Knöchel schimmerten weiß am Lenkrad. »Was ist, wenn wir es nicht rechtzeitig schaffen?«

»Dann gehen wir nach Plan B vor.«

35

Sie sah mich an. »Wir haben einen Plan B?«

Ich hebelte die Abdeckung von dem Handy ab, das ich gekauft hatte, fummelte die SIM-Karte heraus und ersetzte sie durch eine neue. Dann wählte ich die Mobilnummer, die auf der Rückseite von Paul Mansons Foto notiert war, und schlug mein Notizbuch auf.

»Wie lautet Plan B?«

»Pssst...« Ich deutete auf das Telefon.

Eine affektierte Stimme meldete sich. »*Paul Manson, was kann ich für Sie tun?*«

Jetzt kam der Glasgower Akzent zum Einsatz, den Michelle immer so gehasst hatte. »*Aye*, hallo, Greg hier von Sparanet Vehicle Security. Mr Manson, es tut mir leid, aber unser System hat einen automatischen Alarm für Ihren Porsche 911 ausgelöst. Kein Grund zur Sorge, reine Routine.«

»*Wie bitte?*«

»Könnten Sie uns bitte die momentane Position des Fahrzeugs bestätigen? Wir bekommen hier den Leith Walk in Edinburgh angezeigt.«

»*Was?*« Knirschen und Rascheln, dann ein Geräusch wie das Zuschlagen einer Autotür. Und dann war er wieder da. »*Es steht genau vor meinem Büro, Sie Idiot. Nicht in Edinburgh, in Oldcastle.*«

»Sind Sie sicher?«

»*Natürlich bin ich sicher, Mann – ich sitze nämlich drin!*«

»Oje... Also, dann entschuldigen Sie bitte die Störung,

Mr Manson. Gute Fahrt weiterhin.« Ich legte auf und stellte den Akzent wieder ab. »Er fährt gerade los.«

Wir rollten im Schneckentempo weiter, bis wir nur noch zwei Autolängen vom Barnett-Kreisverkehr entfernt waren.

»Was ist, wenn er uns entwischt?«

Ich hielt einen Finger hoch. »Plan C: Wir fahren mit leeren Händen zum Treffpunkt, geben vor, ihn umgebracht zu haben, und bringen dann alle anderen um, ehe sie Shifty umbringen können.«

Sie sah aus, als hätte sie gerade etwas Bitteres verschluckt. »Ich weiß nicht...«

»Okay.« Der nächste Finger. »Plan D: Wir schnappen uns Mrs Kerrigan, und wir bringen *sie* um, bevor sie uns umbringen kann. Wir retten Shifty. Dann verschwinden wir in der Nacht, bevor irgendjemand uns suchen kommt. Und kaufen uns dieses Haus in Australien mit Hund und Pool.«

Alice rutschte auf ihrem Sitz vor und reckte den Hals, um an dem Van vorbeizusehen, der am Kreisverkehr rechts abbog. Dann trat sie das Gaspedal durch und reihte sich schwungvoll in den fließenden Verkehr ein. »Warum kommt in allen deinen Plänen das Wort ›umbringen‹ vor?«

»Weil ich bezweifle, dass es allzu viel bringen würde, Mrs Kerrigan einen Kuchen zu backen. Du hast gesehen, was sie mit Shifty gemacht hat.«

Sie nahm die zweite Ausfahrt zur Darwin Street. »Es muss doch eine Möglichkeit geben, dass niemand sterben muss... Wie wär's mit Plan E: Wir trommeln alle Freunde von David in der Division Oldcastle zusammen und rücken mit einem massiven Aufgebot zu dem Treffen an. Ich meine, Mrs Kerrigan wird es doch wohl nicht wagen, ihm etwas anzutun, wenn so viele Polizisten dabei sind, oder, wir könnten sie festnehmen, und wir müssten Paul Manson nicht umbringen, und es wäre wie...« Alice sah mich fragend an. »Was?«

Ich gab mir wirklich Mühe, nicht zu lachen. »Du hast sie doch gehört – wer weiß, wie viele vom CID schon auf Mrs Kerrigans Gehaltsliste stehen? Vor zwei Jahren hätte ich noch sagen können, wer es ist, aber jetzt?«

»Aber...«

»Der Einzige, dem wir *sicher* vertrauen können, ist Shifty.«

Alice fuhr dicht auf den Volvo vor uns auf. »Aber... Manson ist ein Mafia-Buchhalter, ja? Und wenn wir ihn nun dazu bringen, als Kronzeuge auszusagen, und er in ein Zeugenschutzprogramm kommt oder so?«

»Und Andy Inglis verpfeift? Er wäre tot, ehe die Woche um ist. Jetzt geh mal ein bisschen vom Gas, sonst fahren wir dem da noch hinten rein.«

Weiter die Darwin hinunter und auf die Fitzroy Road. Vorbei an dem polnischen Lebensmittelgeschäft, dem Tesco-Supermarkt und dem Italiener, wo sie Marco Mancini in der Kühlkammer die Kehle aufgeschlitzt hatten. Dann rechts ab in die Sullivan Street. Mit jeder Abzweigung wurde der Regen heftiger.

Alice nahm eine Hand vom Lenkrad, fasste meine Hand und drückte sie. »Er kommt da wieder raus, nicht wahr?«

Bob der Baumeister grinste mich vom Rücksitz an.

Eher nicht.

Ich drückte sie auch. »Aber sicher.«

Zeit für einen weiteren Anruf. Ich drückte die Wiederholungstaste.

Diesmal war das dunkle Grollen des Porschemotors im Hintergrund zu hören, als Manson abhob. »*Paul Manson, was kann ich für Sie tun?*«

Ich schaltete wieder auf Glasgow-Akzent. »*Aye*, hier ist noch mal Greg von Sparanet Vehicle Security, Mr Manson. Äh... tut mir leid, dass ich Sie schon wieder belästigen muss, aber bei uns wird Ihr 911er immer noch in Edinburgh angezeigt –

biegt gerade in die Easter Road ein, nahe dem Friedhof. Sind Sie sicher...«

»*Soweit mir bekannt ist, gehört Teleportation nicht zu den Extras dieses Modells – und deshalb lautet die Antwort: Nein, er ist verdammt noch mal nicht in Edinburgh.*«

»Ah. Okay. Und wo ist er nun genau?«

»*In der Begby Street.*«

Ich schaltete das Mikrofon aus und wies auf die Kreuzung vor uns. »Da vorn rechts abbiegen. Dann die Erste links.« Alice folgte meinen Anweisungen, und ich sprach wieder ins Telefon. »Sind Sie wirklich sicher? Laut GPS sind Sie *eindeutig* in Edinburgh, und...«

»*Ich werde doch wohl den Unterschied zwischen Oldcastle und Edinburgh kennen, Sie Schwachkopf. Ihr System spinnt!*«

»Oh...« Eine kleine Pause – seht nur, wie zerknirscht und inkompetent ich bin. »Sie sind also nicht gerade eben nach rechts in die Albion Road abgebogen?«

»*Albion... Sagen Sie, haben Sie eine Schraube locker? Ich hab's Ihnen doch gerade gesagt – ich bin auf der Begby und biege gerade in die Larbert Avenue ein. So. Jetzt bin ich auf der Larbert.*«

Mikro aus.

»Hinter dem Getränkeladen links abbiegen.«

Alice tat es, und der Jaguar schwenkte in die Larbert Avenue ein.

»Es tut mir wirklich leid, Mr Manson, aber wir nehmen die Sicherheit Ihres Fahrzeugs *sehr* ernst. Können Sie sich noch einen Moment gedulden? Ich versuche das Problem zu klären. Sind Sie immer noch auf der Larbert?«

»*Natürlich, was denn sonst?*«

»Fahren Sie in nördlicher oder in südlicher Richtung?«

»*Südlich. Ich bin jetzt an der Ampelkreuzung mit der... Blackford Street?*«

Ich setzte mich auf. Und da kam uns aus der anderen Richtung auch schon ein silberfarbener Porsche entgegen. Er hielt an der Ampel, um einen Fußgänger über die Straße humpeln zu lassen. Der Rücken des alten Mannes war so gebeugt, dass er fast zwischen seinen eigenen Beinen durchschaute. Die Straße war verlassen, bis auf diese einsame bucklige Gestalt. Der Regen hämmerte auf den Rücken und die Schultern des Alten und troff vom Schirm seiner Schiebermütze, als wollte er ihn dafür bestrafen, weil er sich hinausgewagt hatte, während alle anderen in ihren vier Wänden blieben.

Von hier aus war es unmöglich zu erkennen, wer am Steuer des Porsche saß – die Windschutzscheibe spiegelte die Neonbeleuchtung einer Dönerbude, sodass vom Innenraum nichts zu sehen war. Aber das Kennzeichen stimmte. »Ah, wunderbar – jetzt hab ich Sie. Vielen Dank, Mr Manson, und gute Fahrt!«

»*Idiot.*« Er legte auf.

Die Ampel sprang auf Grün, und der Porsche beschleunigte auf uns zu.

Alice fluchte und schüttelte heftig den Kopf. »Wir müssen umkehren...«

Der Porsche kam immer näher.

Jetzt oder nie.

Ich griff ins Lenkrad und riss es nach rechts. Der Jaguar fuhr über die gestrichelte Linie, dann krachte er mit der vorderen rechten Ecke in die Fahrertür von Mansons Porsche. Mit metallischem Kreischen pflügte er eine Schneise in das Blech, ehe er mit einem Ruck stehen blieb. Der Motor ging aus.

»O Gott...« Alice drehte sich auf ihrem Sitz um und starrte mich mit großen, geröteten Augen an. »Warum hast du das *getan*? Du hast mich einen Unfall bauen lassen, wie konntest du nur...«

»Es ist nicht dein Auto, schon vergessen?«

In seinem Porsche umklammerte Manson das Lenkrad, die Zähne gebleckt, die Lippen nervös zuckend, als ob er auf etwas Bitteres gebissen hätte. Sein Gesicht nahm einen bedenklichen Pinkton an.

Hinter uns drückte jemand auf die Hupe.

»Dreh dein Fenster runter und entschuldige dich bei dem netten Mann.«

Sie starrte mich noch einen Herzschlag lang an. »Aber ich bin doch gar nicht...«

»Wann immer du so weit bist.«

Sie zog eine Grimasse, dann ließ sie die Scheibe herunter. Das tosende Rauschen des Regens brach in den Wagen ein und brachte einen kalten Nebel mit sich. Alice schlug sich mit der Faust aufs Brustbein. »O Gott, es tut mir so leid, ich weiß nicht, was in mich gefahren ist, sind Sie verletzt?«

Noch eine Hupe plärrte durch die Abendluft. Und dann noch eine...

Manson starrte sie an. »WAS ZUM HENKER FÄLLT IHNEN EIGENTLICH EIN?« Spucketröpfchen spritzten von seinen Lippen und glitzerten im Scheinwerferlicht der anderen Autos.

Alice hielt die Hände hoch. »Es tut mir leid, es tut mir wirklich total leid, ich habe nicht...«

»DUMME KUH!« Er zielte mit dem Finger auf sie. »FRAU AM STEUER, TYPISCH! EINE VERDAMMTE LANDPLAGE SEID IHR!«

Weitere Hupen stimmten in das Konzert ein.

»Es tut mir leid, es war keine Absicht, ich...«

»BLEIBEN SIE WENIGSTENS NICHT MITTEN AUF DER VERDAMMTEN STRASSE STEHEN! FAHREN SIE LINKS RAN – NA LOS, MACHEN SIE SCHON!«

Ich legte ihr eine Hand auf den Arm. »Tu, was der nette Mann sagt.«

»O Gott, o Gott...« Sie brauchte drei Versuche, um den

Motor wieder zu starten, dann schlug sie das Lenkrad nach links ein. Der Jaguar machte einen Satz nach vorne, und die aufgerissene Flanke des Porsche gab erneut ein gequältes Kreischen von Metall auf Metall von sich.

»SIE MACHEN ES JA NUR NOCH SCHLIMMER, SIE DUMME TUSSE!«

Ein Klicken, dann ein Scheppern, und der Jaguar riss sich los. Alice fuhr an den Bordstein und hielt vor einem geschlossenen Möbelgeschäft. Sie stellte den Motor ab und sackte über dem Steuer zusammen. »Warum hast du das *getan*?«

Scheinwerferlicht blitzte in den dunklen Schaufenstern auf, als der Verkehr wieder in Gang kam.

Ich klinkte ihren Gurt aus. »Du musst aussteigen.«

»Ash, er ist... Oje.«

Manson kam durch den strömenden Regen über die Straße gestapft, beide Hände zu Fäusten geballt, die Zähne gefletscht. Sein schwarzer Mantel wehte hinter ihm her wie ein Cape. Er baute sich vor Alice' Tür auf, nahm einen Schritt Anlauf – und dann gab es einen dumpfen metallischen Schlag, als sein Fuß in die Tür krachte.

Alice kreischte.

»Es ist okay, er wird dir nichts tun. Große Klappe, nichts dahinter.« Ich zog ein Paar Nitrilhandschuhe aus meiner Ermittlerausrüstung und streifte sie über. »Raus mit dir.«

»O Gott...« Sie hantierte am Türgriff herum, holte tief Luft und stieg dann aus. Blickte durch den Regen zu ihm auf, die Hände schützend ausgestreckt. »Hören Sie, ich weiß, Sie sind wütend, aber...«

»WÜTEND?« Manson baute sich drohend vor ihr auf und wies mit einer ungehaltenen Geste auf seinen Porsche. »DAS IST EIN FABRIKNEUER NEUNHUNDERTELFER! HABEN SIE EINEN BLASSEN SCHIMMER, WAS ICH DAFÜR BEZAHLT HABE?«

»Es war ein Unfall, ich habe es wirklich nicht…«

»SIE SIND EIN SCHWACHKOPF!«

Ich schnallte mich ab und stieg aus. Es war, als träte man unter eine kalte Dusche – der Regen klatschte mir die Haare an den Kopf und durchtränkte sofort meine Jacke.

Aber das Gute war, dass wir den Gehsteig für uns hatten.

Die vorbeifahrenden Autos verlangsamten die Fahrt, weil alle den ramponierten Sportwagen angaffen mussten. Die Fahrertür hatte eine gewaltige Delle, und eine tiefe Schramme zog sich über die ganze Seite bis zum Heckspoiler.

Für die zerknautschte Schnauze des alten Jaguar schien sich niemand zu interessieren.

»WISSEN SIE, WAS SIE SIND? SIE SIND EIN SCHWACHKOPF!«

»Bitte, ich habe es nicht…«

»EIN SCHWACHKOPF!«

Ein Transit kroch im Schritttempo vorüber, dann ein kleiner Fiat.

Ich trat von der Bordsteinkante herunter. Ging um die Motorhaube des Jaguar herum.

»LEUTE WIE SIE SOLLTE MAN GAR NICHT ANS STEUER LASSEN!«

Der braune Umschlag knisterte, als ich eine der Spritzen herausfischte.

Alice wich zurück auf den Gehsteig. »Ich glaube wirklich, es wäre besser, wenn wir uns alle erst mal beruhigen…«

»ERZÄHLEN SIE MIR NICHT, DASS ICH MICH BERUHIGEN SOLL, SIE BLÖDES MISTSTÜCK!« Er ging ihr nach, schrie ihr ins Gesicht und wedelte mit den Armen. Wasser tropfte vom Saum seines Mantels und glänzte auf seinem Gesicht. »SIE HABEN MEIN AUTO RUINIERT!«

Ich nahm die orangefarbene Plastikkappe zwischen die Zähne und zog sie mit einem *Plopp* ab.

»DAFÜR WERDEN SIE VERDAMMT NOCH MAL BEZAHLEN, HABEN SIE MICH VERSTANDEN?«

Ein kurzer Druck auf den Kolben, und ein kleiner Strahl einer klaren Flüssigkeit spritzte im Bogen durch die Nachtluft.

»Bitte, es war ein Unfall, ich habe nicht...«

»EIN FABRIKNEUER PORSCHE NEUN-ELFER, UND SIE – gllp...«

Ich schlang ihm den Arm um den Hals und rammte ihm die Nadel seitlich in den Hals, dicht unterhalb des Ohrs. Und drückte den Kolben durch. Dann stieß ich ihm das rechte Knie ins Kreuz und zog ihn rückwärts zu mir hin, während ich mich an den Jaguar lehnte. So hielt ich ihn, während er wild mit den Händen wedelte und nach der Spritze krallte.

Seine Bewegungen wurden schwächer.

Und schwächer.

Und dann fielen seine Arme schlaff herab, seine Knie knickten ein, und sein Kopf fiel nach vorne.

»Mach die hintere Tür auf.«

Alice schlang sich die Arme um den Leib. »Ash, das ist nicht...«

»Du musst nur die Tür aufmachen, niemand wird dich sehen.« Nicht, solange wir vom Auto verdeckt waren.

Sie sprang vor und riss die Hintertür des Jaguar auf.

Ich drehte mich um und ließ Manson hineinfallen, sodass er im Fußraum vor dem Rücksitz zu liegen kam, und schob seine Knie hoch, damit seine Füße nicht rausguckten. Dann nahm ich die Wolldecke vom Rücksitz und breitete sie über ihn, ehe ich die Tür zuschlug.

»Sauber verstaut.« Selbst wenn man direkt vor dem Auto stand und in den Zwischenraum zwischen Vorder- und Rücksitz starrte, würde man nie erkennen, dass da jemand lag.

Ich wartete auf eine Lücke im Verkehr, dann humpelte ich über die Straße zum Porsche, zog den Aufkleber aus der

Tasche, den ich aus dem Verkehrsbüro hatte mitgehen lassen, und pappte ihn auf die Windschutzscheibe: »Wagen wird abgeschleppt.« So, jetzt konnte er wochenlang hier herumstehen, und außer dass die Leute darüber lästern würden, was die Polizei von Oldcastle doch für ein Haufen Schnarchsäcke war, würde rein gar nichts passieren.

Plan A war wieder in Kraft.

36

Alice trat von einem Fuß auf den anderen und sah sich nervös zum Jaguar um. Ihre Stimme war kaum mehr als ein Zischen. »Ist er tot?«

Ich schob den Bolzenschneider durch die nächste Raute im Zaun und zwickte den Draht durch. »Trink deinen Tee.«

Regen trommelte auf den Stoff ihres Schirms. Die Tropfen fingen den Schein der Straßenlaterne ein und funkelten wie Feuerwerk. Auf der anderen Seite des Parkplatzes hockte Parsons Abholmarkt in all seiner Wellblech-Pracht. Zwei der Neonbuchstaben des Schriftzugs flackerten in den letzten Zügen, drei weitere waren schon über den Jordan gegangen. Zwei überdimensionale Einkaufswagen standen verloren auf dem nassen Asphalt herum, neben dem Imbisswagen, wo wir uns zwei Becher Tee, ein Kit-Kat und eine Cremewaffel geholt hatten.

Allerhand Müll hatte sich im Zaun verfangen. Vom Wind verwehte Einkaufsbeutel, Chipstüten, zerfetzte Zeitungen, die wie feuchte graue Flügel in den Maschen hingen.

Sie nahm einen Schluck aus dem Styroporbecher und verzog das Gesicht. »Bist du sicher, dass das eine...«

»Ganz sicher.« *Klick.* »Und er ist nicht tot, er ruht sich nur aus. Laut Noel wird unser Freund Mr Manson noch ungefähr drei Stunden lang bewusstlos sein.« Und selbst wenn er vorher aufwachte, würde er uns nicht weglaufen.

Klick.

Und fertig.

Ziemlich saubere Arbeit, das musste ich selbst zugeben – eine Fluchtluke, in den Maschendrahtzaun geschnitten, gerade so groß, dass eine zierliche Person sich hindurchzwängen konnte. Alles noch ein bisschen zurechtgebogen, und die Lücke war kaum noch zu erkennen.

Ein Flachdachbau stand auf der anderen Seite des Zauns. Durch die Stacheldrahtrollen, die ihn oben abschlossen, war das Schild zu erkennen: »Lumley & Son – Schiffsausrüstung. Gegr. 1946«. Der Hof war leer, die Fassade mit Rostschlieren überzogen, alle Erdgeschossfenster mit Sperrholzplatten vernagelt. Nirgends ein Licht, nur Silhouetten und Schatten.

Alice stellte sich auf die Zehenspitzen und spähte hinüber. »Es gefällt mir nicht. Sieht unheimlich aus.«

»Deswegen hat Mrs Kerrigan es ja ausgesucht. Ein nettes Plätzchen mit dem richtigen Ambiente für die Übergabe eines toten Mafia-Buchhalters.« Ich zog zwei Plastiktüten aus der Tasche und knotete sie in der Mitte des Durchschlupfs in die Maschen. Als Markierung.

Dann richtete ich mich auf und öffnete den Kofferraumdeckel.

Paul Manson lag auf der Seite in einem kleinen Nest aus blauer Zeltplane. Ich hatte eine ganze Rolle silberfarbenes Isolierband geopfert, um seine Fußgelenke zusammenzubinden, dann die Knie und schließlich noch die Handgelenke hinter dem Rücken. Die Wäscheleine war um seinen Hals geschlungen, das andere Ende um die gefesselten Knöchel gebunden – wenn er zu sehr zappelte, würde er sich selbst strangulieren.

Gut, der Knebel stellte ein gewisses Risiko dar. Wenn er das Betäubungsmittel nicht vertrug, könnte er an seinem eigenen Erbrochenen ersticken, aber... sein Pech. Wenn er nicht so enden wollte, hätte er sich ein anderes Metier aussuchen sollen als ausgerechnet Geldwäsche für das organisierte Verbrechen.

Die Plane knisterte und raschelte, als ich die eine Ecke zurückschlug und den Bolzenschneider zu den anderen Sachen legte, die wir im Baumarkt gekauft hatten – es bestand schließlich keine Gefahr, dass Manson ihn in die Finger bekam. Dann griff ich nach dem Fäustel. Kurzer Holzgriff. Schwerer Kopf. Schön kompakt.

Ideal, um damit jemandem den Schädel einzuschlagen.

Der Kofferraumdeckel klappte wieder zu.

Ich öffnete Alice' Umhängetasche und steckte den Fäustel hinein. »Okay, hier sind die Regeln. Erstens: Wenn jemand hinter dir her ist, ziehst du ihm eins über die Birne. Aber *nur*, wenn er dich erwischt, okay? Die Stellung halten oder in die Offensive gehen ist nicht. Wenn sie dich jagen, lauf einfach immer weiter.«

»Aber...«

»Kein Aber. Regel Nummer zwei: Du bleibst nicht stehen.« Ich deutete auf den Durchschlupf im Zaun. »Du kriechst da durch und läufst weiter. Denn sobald du hundert Meter zurückgelegt hast, schlagen unsere Fußfesseln Alarm, und Jacobsons Spezialkommando rückt mit Pauken und Trompeten an. Das ist unser Sicherheitsnetz.«

Sie zog ein Gesicht, dann machte sie einen Satz nach vorn, als ob sie gerade von einem Geist einen Klaps auf den Hintern bekommen hätte. Sie zog ihr Handy aus der Gesäßtasche. Es summte in ihrer Hand.

Meines tat das Gleiche in meiner Hosentasche. Als ich es hervorzog, leuchteten die Worte »UPDATE WIRD HERUNTERGELADEN – 20 % ABGESCHLOSSEN« auf dem Display auf. Dreißig Prozent, vierzig Prozent...

»Regel Nummer drei: Mrs Kerrigan ist gefährlich. Sie wird Shifty umbringen, sie wird dich umbringen, sie wird mich umbringen, und sie wird dabei nicht mal mit der Wimper zucken. Es interessiert mich nicht, was sie sagt und was sie verspricht. Du traust ihr nicht. Du läufst weg.«

Als die hundert Prozent erreicht waren, piepste mein Handy – eine SMS.

1 app für fußfesseln, 1 gefiltertes foto (3x). Suche noch nach treffer f foto im system.
Dein neuer freund ist nicht in der HOMLES-Db.

Das musste man Sabir lassen: Er jammerte, aber er lieferte auch.

»Regel Nummer vier: Paul Manson ist der letzte Abschaum. Er verdankt seinen Reichtum Drogen, Prostitution, Gewalt, Raub und Mord. Du machst dir keine Gedanken um ihn, du hast keine Schuldgefühle. Mrs Kerrigan wird ihn sowieso umbringen, ob wir ihn bei ihr abliefern oder nicht. Er ist schon so gut wie tot.«

Ich sah mir die angehängten Fotos an. Es waren alles Versionen der Aufnahme, die Liz Thornton mir aufs Handy geschickt hatte, als wir sie am Morgen besucht hatten – der Camburn Creeper, eingefangen auf dem Parkplatz vor den Schwesternwohnheimen. Sabir hatte den Fiat abgeschnitten, neben dem der Mann stand, und sein Gesicht herangezoomt.

Auf dem ersten Foto wirkten die Züge ein bisschen künstlich, mit einer Hautfarbe, die mehr auf Algorithmen und intelligenten Vermutungen als auf der Natur beruhte. Breite Stirn, rundliche Nase, Ringe unter den Augen, das Kinn von einem scharfen Schatten gespalten. Foto Nummer zwei zeigte einen anderen Ansatz. Die Schatten unter der Wollmütze hatten sich in eine Hipster-Brille mit dickem Gestell verwandelt, die Nase war dünner und hatte leichte Schlagseite, als ob sie ein paarmal gebrochen worden wäre. Foto Nummer drei verzichtete auf die Brille, ersetzte dafür aber den Schatten, der von der Nasenspitze zur Kinnspitze verlief, durch ein merkwürdiges, vertikales Kinnbärtchen…

Zurück zu Nummer zwei. Dann noch mal drei. Dann wieder zwei. Wenn man sie alle zusammensetzte und… Ein Lächeln breitete sich auf meinem Gesicht aus.

Alice kam herbeigeschlurft und starrte mein Handy an. »Was?«

Das Lächeln wurde zu einem Grinsen, und ich daumte eine Antwort:

Sabir, ganz egal, was irgendjemand sagt, du bist ein verdammtes GENIE!

»Was? Was ist so lustig?«

Ich rief meine Kontakte auf und wählte Jacobsons Nummer. Er meldete sich mit einem Seufzen. »*Wenn Sie anrufen, weil Sie sich um die Teambesprechung drücken wollen, können Sie…*«

»Hätten Sie Lust, jemanden festzunehmen?«

Alice zupfte an meinem Ärmel. »Wen nehmen wir fest?«

»Jessica McFee wurde von einem Stalker verfolgt, und ich weiß, wer es ist.«

»*Ach ja…?*«

»Also, wir können jetzt alle rumsitzen und über die Ermittlung *reden*, oder wir können unseren Hintern in Bewegung setzen und etwas *tun*.« Ich humpelte zu dem gestohlenen Jaguar zurück. »Interessiert?«

Dr. Dochertys Stimme triefte aus dem Autoradio: »*…eine ausgezeichnete Frage, Kirsty. Sehen Sie, der Mann, der diese Taten begeht, sieht sich nicht als Racheengel oder die Hand Gottes, er ist vielmehr von Wut und Einsamkeit getrieben…*«

Der Patterson Drive wand sich um den Fuß der Felswand herum. Oben zeichneten sich die alten Wehrgänge vor dem schweren Himmel ab, das verfallene Gemäuer von farbigen Scheinwerfern erhellt. Die viktorianischen Gebäude von Castle Hill klammerten sich an die Kante – wie Kinder, die mit großen Augen in die Tiefe starren und sich nicht zu springen trauen, blickten sie auf die schmutzigen Sandstein-Wohnblocks hinab.

Das nasse Kopfsteinpflaster surrte unter den Reifen des Jaguar. Die Scheibenwischer zogen ächzend und seufzend ihre schmierigen Bogenbahnen durch den Regen wie ein laufender Kommentar zu Dochertys Interview.

»...*natürlich. Aber sehen Sie, Kirsty, eine Psychopathologie wie diese ist viel verbreiteter, als Sie vielleicht glauben*...«

»Okay.« Ich tippte auf das Display meines Handys und schloss das Dialogfenster mit der Anleitung. »Es funktioniert folgendermaßen: Sabirs App nutzt das GPS unserer Handys, um anzuzeigen, wie weit wir voneinander entfernt sind. Grün bedeutet weniger als dreiunddreißig Meter, Gelb deckt den Bereich von dreiunddreißig bis sechsundsechzig ab, dann kommt Rot, und wenn es blau wird und blinkt, ist Jacobsons Ninja-Trupp wahrscheinlich schon unterwegs. Es gibt auch noch eine Art optionalen Geigerzähler-Signalton.« Wäre nett gewesen, etwas zu haben, womit man verhindern konnte, dass die verdammten Dinger überhaupt losgingen, aber das hier war besser als nichts.

»...*muss zugeben, dass ich über ein gewisses Maß an Erfahrung auf diesem Gebiet verfüge, und deshalb kann ich mit Gewissheit sagen*...«

Ich deutete durch die Windschutzscheibe auf einen schmalen Seitenweg, der in Richtung Kings Park abzweigte. »Fahr da rein.«

»...*zutiefst geschädigtes Individuum. Aber falls Sie zuhören, möchte ich Ihnen versichern, dass wir Ihnen die Hilfe geben können, die Sie brauchen*...«

Alice biss sich auf die Unterlippe und folgte der Anweisung.

Sie parkte hinter einer Reihe von städtischen Müllcontainern ein.

»... *ausgewiesenen Experten. Ich bin sogar bereit, mein eigenes beträchtliches Fachwissen zur Verfügung zu stellen, um dazu beizutragen, Ihre...*«

Sie stellte den Motor ab und schnitt Docherty mitten in seiner Prahlerei das Wort ab. »Vielleicht hätten wir die Autos tauschen sollen, was ist, wenn jemand...«

»Niemand wird es sehen.« Und da Paul Manson gefesselt und betäubt im Kofferraum lag, war auch von außen nichts Verdächtiges zu erkennen. Na ja, bis auf die verbeulte Motorhaube. Ich kletterte hinaus in den Regen und wartete darauf, dass Alice das Gleiche tat.

Sie schloss den Wagen ab. Dann schmiegte sie sich dicht an mich, hakte sich bei mir unter und hielt den Schirm über uns. So stand sie da und starrte auf den Kofferraum hinunter. »Bist du sicher, dass es in Ordnung ist, ihn da drin zu lassen, ich meine, was ist, wenn er...«

»Er kann nicht abhauen. Drei Stunden, schon vergessen?« Reichlich Zeit zur Vorbereitung. »Sobald wir hier fertig sind, holen wir den Suzuki, fahren mit beiden Autos nach Moncuir Woods und stellen dein Auto dort ab. So ist alles bereit für eine schnelle Flucht, wenn wir den Jaguar verbrennen.«

Der Gummifuß des Krückstocks schlug dumpf auf die Betonplatten des Gehwegs, als wir den Patterson Drive entlanggingen. Die Straßenlaternen warfen gelbliche Lichtkleckse wie Trittsteine auf das nasse Pflaster.

Dunkle Gassen zweigten rechts ab und führten zwischen den Reihenhäusern hindurch zur Parallelstraße. Es roch nach fauligem Abfall und alten Windeln. Irgendwo lief ein Fernseher auf voller Lautstärke und plärrte die Nachrichten durch die Nacht. Wasser gurgelte aus einem kaputten Regenrohr.

Alice räusperte sich. »Was ist, wenn Mrs Kerrigan beschließt, David nicht herauszugeben? Was, wenn sie ihn behält und ihn foltert und wir noch mehr schreckliche Sachen für sie machen müssen?«

»Das werde ich nicht zulassen.«

Mit ein bisschen Unterstützung durch meinen Freund Bob.

Wir kamen an einem Fenster mit offenen Vorhängen vorbei. Zwei Männer mittleren Alters tanzten einen Schieber bei Kerzenschein, ineinander und in der Musik versunken. Nebenan wummerte Country-and-Western. Und im nächsten Haus…

Ich blieb stehen und stieß Alice an. »Da vorne.«

Ein großer schwarzer Range Rover parkte am Straßenrand. Aus dem Auspuff kringelten sich graue Abgaswölkchen in die Dunkelheit. Als wir auf gleicher Höhe waren, ging die Fahrertür auf, und PC Cooper stieg aus. Er trug eine Stichschutzweste über seiner normalen Montur und war mit Schlagstock, Handschellen und Airwave-Handy bewaffnet. Der Regen prasselte auf die Plastikhaube, die er über seine Schirmmütze gezogen hatte.

Jetzt zog er noch eine gelbe Warnweste über und nickte mir zu. »Chef.«

»Was hat Bad Bill gesagt?«

»Am Freitagmittag hat er vor der Burg gestanden. Da war diese große Protestveranstaltung gegen die Pläne der Stadt, die Midmarch-Bücherei zu schließen. Riesiger Menschenauflauf, Fernsehteams und alles. Er sagt, er hat das Geschäft seines Lebens gemacht.«

Ich klopfte Cooper auf die Schulter. »Gute Arbeit.«

Bei dem strahlenden Lächeln, das sein schmales Gesicht erhellte, hätte man denken können, dass ich gerade seiner sterbenskranken Mutter eine Niere angeboten hatte. »Danke, Chef.«

»Sobald wir hier fertig sind, möchte ich, dass Sie sich an die

Fernsehanstalten wenden. Wir brauchen sämtliches Material, das sie von der Protestveranstaltung haben – nicht nur, was gesendet wurde, sondern auch die rausgeschnittenen Passagen.«
Ich wies mit dem Daumen auf das Haus, vor dem wir standen. »Wenn wir Glück haben, ist unser Freund hier dabei gefilmt worden, wie er Claire Youngs letzte Mahlzeit kaufte.«

Das Grinsen wurde noch breiter. »In Ordnung, Chef.«

Auf der anderen Seite des Wagens fiel eine Tür ins Schloss, und Jacobson erschien. Er hatte eine Freundin mitgebracht – Officer Babs stand breitschultrig neben ihm und strahlte übers ganze Gesicht.

Sie zog ein Paar Handschuhe an und pfriemelte das Leder in die Zwischenräume zwischen ihren Fingern. »Sind wir so weit?«

»Ich dachte, Sie wären nach Hause gefahren?«

»Und hätte mir den ganzen Spaß entgehen lassen? Nee.« Sie schlug Jacobson so kräftig auf den Rücken, dass er fast umfiel. »Bear hat beschlossen, meinen Vertrag zu verlängern.«

Er rappelte sich wieder auf und klopfte sich ein imaginäres Stäubchen von seiner Lederjacke. »Als ich mir Mr Robertsons Vorstrafenregister angesehen habe, entschied ich, dass es ratsam wäre, Vorsichtsmaßnahmen zu ergreifen.«

Ich drehte mich um die eigene Achse und suchte die ganze Straße ab. Offenbar gingen die »Vorsichtsmaßnahmen« nicht so weit, dass er Ness um Verstärkung gebeten hätte.

Alice zupfte wieder an meinem Ärmel und senkte die Stimme zu einem Flüstern. »Wer ist Mr Robertson?«

Cooper ging voran ins Treppenhaus. Eine Schiffsleuchte war an der Decke montiert, die Glasschale mit Insektenleichen gesprenkelt. Ihr blasser, schmieriger Lichtschein ergoss sich über die verschrammten Wände und die Betontreppe. Zwei kaputte Holzstühle lagen herum, verheddert in den Überresten eines Kinderwagens ohne Räder. Cooper rückte seine Mütze zurecht und begann die Treppe hinaufzusteigen. Jacobson stapfte hinterher.

Ich nickte Babs zu. »Wollen Sie den Vorder- oder den Hinterausgang übernehmen?«

»Vorne.« Sie rieb die behandschuhten Fingerspitzen aneinander. Runzelte die Stirn. »Nein, hinten. Die Leute flüchten immer hinten raus.« Babs machte kehrt, trampelte mit schweren Schritten den Flur entlang und verschwand in der Dunkelheit.

Eine Tür fiel ins Schloss, und Alice und ich waren wieder allein.

Sie beugte sich nach hinten und spähte durchs Treppenhaus nach oben. »Also… Mr Robertson?«

»Seine Freunde nennen ihn Alistair.« Ich bugsierte sie wieder hinaus auf die Straße. »Alle anderen nennen ihn Rock-Hammer Robertson.«

»Ist er…?«

»Sehr.«

Sie spannte ihren Schirm auf, und wir drängten uns darunter zusammen. Ich klemmte meinen Krückstock zwischen die Tür und den Rahmen, um sie am Zufallen zu hindern.

Alice schloss die Augen und atmete hörbar aus.

»Es ist okay. Bald ist alles vorbei.« So oder so.

Sie drückte meinen Arm fester. »Ich will nicht sterben. Was ist, wenn Mrs Kerrigan…«

»Das wird nicht passieren. Erinnere dich an Regel Nummer eins, ja? Du rennst weg.«

»Ich will auch nicht, dass du stirbst.«

»Dann sind wir ja schon zu zweit.«

Lautes Hämmern hallte durchs Treppenhaus und drang durch die offene Tür nach draußen, gefolgt von Coopers Stimme: »*MR ROBERTSON – HIER IST DIE POLIZEI! MACHEN SIE AUF!*«

Alice schüttelte sich ein wenig, dann atmete sie tief durch. »Also ›Rock-Hammer Robertson‹... Klingt nett.«

»KOMMEN SIE, MR ROBERTSON, WIR WOLLEN NUR MIT IHNEN REDEN.«

»Es war einmal ein kleiner Junge namens Alistair Robertson. Seine Mama und sein Papa liebten ihn sehr. Sie liebten es auch, Postämter zu überfallen. Und eines Tages...«

»Endet diese Geschichte damit, dass er jemanden mit einem Geologenhammer totschlägt?«

»Ach, du kennst sie schon?«

»MR ROBERTSON? ICH BIN BEFUGT, MIR GEWALTSAM ZUTRITT ZU VERSCHAFFEN, MR ROBERTSON. MACHEN SIE ES UNS DOCH NICHT UNNÖTIG SCHWER.«

»Warum können deine Geschichten nicht mal von Teddybären und Kuschelhäschen handeln?«

Ich nickte. »Also gut. Es war einmal ein Kuschelhäschen, das hieß Alistair, und als Mama Hase und Papa Hase zu achtzehn Jahren bis lebenslänglich verurteilt wurden, kamen er und seine kleine Schwester ins Heim. Und in dem Heim arbeitete ein ganz gemeiner Teddybär, der sich gerne an kleinen Hasenmädchen verging...«

Von oben kam ein lautes Krachen, gefolgt von einem dumpfen Schlag. Gefolgt von Flüchen und einem schrillen Schrei. Und dann noch mehr Flüche.

Hörte sich nicht so an, als ob Robertson bereitwillig mit der Polizei kooperierte.

»Okay.« Ich legte Alice eine Hand auf den Rücken und schob sie sanft in Richtung Straße. »Ich denke, du solltest dich hinter das Auto stellen, meinst du nicht auch?«

Sie umklammerte den Griff des Regenschirms. »Aber...«

Irgendjemand brüllte, und dann war ein splitterndes Knacken zu hören. Dann ein lautes Krachen, und Trümmerteile des Treppengeländers kamen die Stufen heruntergepoltert.

»Und zwar am besten jetzt gleich.«

Schwere Schritte auf der Treppe. Sie kamen immer näher.

Alice wich zu Jacobsons Range Rover zurück.

Die Haustür wurde aufgerissen, und da war er: Rock-Hammer Robertson. Er erstarrte auf der Schwelle. Sein weißes Hemd war am Kragen eingerissen, der Stoff an der Brust mit kleinen roten Flecken gesprenkelt. Seit dem letzten Mal hatte er eine Menge Haare verloren – der Rest war ergraut und kurz geschoren. Sabirs Algorithmen hatten gar keine so schlechte Arbeit geleistet, aber bei dem vertikalen Ding, das wie ein Unterlippenbart aussah, hatten sie danebengelegen. Es war keine Gesichtsbehaarung, es war eine tiefe Narbe, die von der Unterkante der Nase gerade nach unten verlief, die Lippen glatt durchschnitt, das Kinn in der Mitte teilte und sich noch zehn Zentimeter weit durch den Hals fortsetzte. Eine dicke schwarze Hornbrille saß schief auf seiner Nase.

Meine Hände ballten sich schmerzhaft zu Fäusten, während ich ihn mit einem Lächeln begrüßte. »'n Abend, Alistair. Erinnerst du dich an mich?«

»Ach du ... *Scheiße*.« Er knallte die Tür zu – oder versuchte es wenigstens. Sie schlug gegen die Spitze meines Krückstocks, prallte zurück und flog wieder auf, während er kehrtmachte und zur Hintertür rannte. Dann verschwand er in der verregneten Nacht.

Ich zählte bis zehn. Und dann noch einmal von vorne, nur zur Sicherheit.

Alice trat zögerlich an meine Seite. »Willst du ihm nicht nachlaufen?«

»Nicht nötig. Aber wir können's schon machen, wenn du willst.« Ich humpelte durch den Flur, vorbei an dem Nest aus kaputten Stühlen und den Trümmern des Treppengeländers und weiter zur Hintertür hinaus in den Garten.

Der schmale Streifen zwischen diesem Wohnblock und dem

nächsten war mit lückenhaftem Rasen bewachsen, der im Licht, das durch die Fenstervorhänge fiel, vergilbt aussah. Ein Holzzaun umschloss eine Fläche, die kaum größer war als drei Stellplätze. Ein baufälliger Schuppen drückte sich in die Ecke, davor standen zwei Wäschestangen Wache. Die Leinen dazwischen bogen sich unter dem Gewicht der klatschnassen Handtücher, die im Regen vor sich hin tropften.

Rock-Hammer Robertson lag bäuchlings im Gras, den rechten Arm auf den Rücken gedreht. Er fluchte und strampelte mit den Beinen, aber Officer Babs hatte ihm das Knie zwischen die Schulterblätter gedrückt, und als er sich loszureißen versuchte, beugte sie sich vor, bis er aufstöhnte und still hielt.

Sie sah grinsend zu uns auf. »Oh, ich finde Oldcastle einfach *klasse*.«

Jacobson saß im Sessel und drückte sich eine Tüte tiefgefrorene Erbsen an die rechte Wange. Cooper hockte auf der Armlehne des Sofas und kühlte sich die Schläfe mit einer Schachtel Fischstäbchen. In seinen Nasenlöchern steckten Pfröpfe aus zusammengeknülltem Toilettenpapier.

Rock-Hammer Robertson stand vor dem elektrischen Heizlüfter und ließ vorsichtig seine rechte Schulter kreisen. Seine Hände steckten hinter dem Rücken in Handschellen. Er wies mit dem Kopf zum Treppenhaus. »Dafür werden Sie bezahlen.«

Jacobson starrte ihn finster an. »Ist das eine *Drohung*, Mr Robertson?«

»Eine Feststellung. Sie schulden mir eine Tür.«

»Sie wurden ausdrücklich gewarnt, ehe wir sie eingetreten haben.«

»Ich hab auf dem Scheißhaus gesessen! Sie hätten mich rufen gehört, wenn ihr dämlicher Gehilfe nicht so einen Heidenlärm gemacht hätte!«

Die Wohnzimmereinrichtung bestand aus einer Streifentapete, einem Teppich mit Wirbelmuster und pseudokünstlerischen Schwarz-Weiß-Drucken, die links und rechts des Kamins hingen und Leute auf Fahrrädern zeigten. In der Ecke stand ein altmodischer Rollsekretär neben einem Bücherregal voller zerfledderter Taschenbücher.

Die hölzerne Abdeckung des Sekretärs ratterte, als ich sie hochzog. Darunter kamen kleine Schubladen links und rechts sowie eine Art Zeitschriftenständer in der Mitte zum Vorschein.

Robertson sah mich zähnefletschend an. »Kann ich mal den Durchsuchungsbeschluss sehen?«

»Ich brauche keinen.« Ich griff mir einen Stoß Papiere aus dem Mittelteil und blätterte sie durch: Telefonrechnungen, Gasrechnungen, Bescheide über Kommunalabgaben, Stromrechnungen. Mehrere von jeder Sorte und alle auf unterschiedliche Namen und Adressen ausgestellt.

»Ich kenne meine Rechte, und...«

»Tja, dein Pech – ich bin nämlich gar kein Polizist.« Ich warf die Rechnungen hin und nahm mir stattdessen eine der kleinen Schubladen vor. »Als Normalbürger brauche ich keinen Durchsuchungsbeschluss, wenn ich bei Leuten rumschnüffeln will.«

In der obersten kamen ein Haufen Büroklammern, Gummibänder, eine Schachtel Heftklammern und ein Hefter zum Vorschein.

Er funkelte Jacobson wütend an. »Und Sie lassen es zu, dass er einfach so meine Privatsphäre verletzt?«

Jacobson nahm die Tüte Erbsen vorsichtig aus seinem Gesicht und funkelte zurück. »Wo waren Sie am Samstagabend, als Jessica McFee entführt wurde?«

»Wer ist Jessica McFee? Nie gehört, den Namen.«

Ich deutete auf den Papierkorb neben dem Schreibtisch. Eine *Castle News and Post* schaute oben heraus. »Das ist ja komisch, die Zeitungen sind nämlich voll von ihr. Und...« Ich nahm eine Rechnung von dem Stapel auf seinem Schreibtisch und schwenkte sie vor seiner Nase. »Und außerdem hast du *rein zufällig* Jessica McFees Mobilfunkabrechnung auf deinem Schreibtisch liegen. Ist das nicht komisch?«

Er spitzte die Lippen und runzelte die Stirn. Dann reckte er sein vernarbtes Kinn in die Luft. »Ich sag kein Wort mehr ohne meinen Anwalt.«

37

Im Übertragungsraum wurde es allmählich eng. Ness und Dr. Docherty saßen am Tisch und starrten auf den Flachbildschirm an der Wand. Beide hatten Headsets auf – die Sorte mit einem kleinen Mikrofon, als ob sie in einem Callcenter arbeiteten –, deren Kabel mit dem Schaltpult verbunden waren. Die Superintendents Knight und Jacobson saßen mit verschränkten Armen da und ließen gerade noch so viel Platz, dass Alice und ich uns an die hintere Wand quetschen konnten.

Nach zwanzig Minuten war die Luft in dem kleinen Raum zum Schneiden – es roch nach Knoblauch, Essig und abgelaufenem Fleisch. Irgendjemand brauchte offenbar dringend ein stärkeres Deo.

In einer Ecke des Bildschirms flimmerte eine Reihe von Zahlen vorüber und zählte die Minuten, während Rock-Hammer Robertson sich mit »Kein Kommentar« durch die Vernehmung hangelte.

Das Weitwinkelobjektiv der Kamera erfasste ihn, seinen Anwalt und die beiden vernehmungstechnisch geschulten Beamten – einen Mann und eine Frau.

Ein harter Aberdeener Akzent drang aus den Lautsprechern – DI Smith. »*Sie tun sich keinen Gefallen, das ist Ihnen doch hoffentlich klar. Wir haben Ihre…*«

»*Kein Wort mehr.*« Der Anwalt hielt eine speckige Hand hoch, an deren Fingern geschmacklos-protzige Ringe funkelten. Ein Goldkettchen rutschte unter die Manschette seines Hemds. Sein breites Gesicht nahm einen strengen Ausdruck an.

»*Mein Mandant hat Ihnen bereits gesagt, dass er Jessica McFee nicht entführt hat. Nächstes Thema.*«

Dr. Docherty lehnte sich auf seinem Stuhl nach vorne, die Hände vor der Brust verschränkt, als ob er betete. »Millie, fragen Sie ihn nach seinem Verhältnis zu seiner Mutter.«

Die Angesprochene klopfte auf den Tisch. Sie hatte die Hemdsärmel bis zu den Ellbogen hochgekrempelt und ließ ihre muskulösen Unterarme sehen. Auf dem rechten war gerade so ein Buzz-Lightyear-Tattoo zu erkennen. Braune Haare, zu einem praktischen Bob geschnitten und hinter die Ohren geschoben. »*Sagen Sie, Alistair, haben Sie Ihre Mutter oft besucht, seit sie im Gefängnis sitzt?*«

»*Mir ist schleierhaft, was die Mutter meines Mandanten damit zu tun...*«

»*Mr Bellamy, wenn Sie so nett wären, Ihre Behinderung unserer Ermittlung auf jede zweite Frage zu beschränken, dann wären wir wesentlich schneller fertig.*«

»*Detective Sergeant Stephen, muss ich Sie wirklich daran erinnern, wie die Gesetzeslage in Schottland heute ist? Ich sage nur: Cadder vs Her Majesty's Advocate, 2010. Schlagen Sie es nach.*«

Alice tippte mir auf die Schulter. »Wir müssen nach eventuellen Nebengebäuden suchen, oder vielleicht hat er Zugang zu Räumlichkeiten, von denen wir nichts wissen, irgendwo, wo er sich einen OP-Saal eingerichtet haben könnte, und...«

»Ob Sie's glauben oder nicht...« Detective Superintendent Ness drehte sich auf ihrem Stuhl um. »...daran haben wir bereits gedacht. In diesem Moment durchkämmen unsere Teams die Grundstückskataster und kontaktieren Vermietungsagenturen. Also, wenn Sie nichts dagegen hätten...?«

Alice klappte den Mund zu.

»*Aber das muss doch ganz schön schlimm gewesen sein, mit einer Mutter aufzuwachsen, die im Gefängnis sitzt.*«

»*Sergeant Stephen, muss ich es wirklich noch einmal sagen? Nächstes Thema.*«

»*Zumal nach dem, was sie dieser armen Frau angetan hatte.*« Auf dem Bildschirm sah man DS Stephen unter den Tisch greifen und eine braune Mappe hervorholen. »*Hat man Ihnen jemals gezeigt, wie Gina Ashton ausgesehen hat, nachdem Ihre liebe Frau Mama mit ihr fertig war?*« Sie zog ein Foto aus der Mappe. Die Oberfläche reflektierte das Licht, als sie es auf den Tisch legte, sodass keine Details zu erkennen waren. »*Muss doch schwer sein, mit dem Wissen zu leben, dass Ihre Mutter zu so etwas fähig war...*«

Robertson warf einen Blick auf das Foto, dann verschränkte er die Arme. Saß einfach da und sagte kein Wort.

»*Detective Sergeant Stephen, ich habe Sie gewarnt. Wenn Sie so weitermachen, werde ich offiziell Beschwerde einlegen und dafür sorgen, dass das Gericht von Ihrem unangemessenen Verhalten während dieser Vernehmung erfährt. Nächs-tes-The-ma.*«

Alice zupfte wieder an meiner Schulter, dann stellte sie sich auf die Zehenspitzen, sodass ihre Lippen mein Ohr berührten. »Er wird darauf nicht reagieren. Wenn er der Inside Man ist, hat er sich schon jahrelang auf diesen Moment vorbereitet. Er wird dasitzen und schweigen, so lange, bis Jessica McFee an Dehydrierung oder Hunger stirbt. Sie werden ihn laufen lassen müssen, und er wird einen großen Bogen um das Versteck machen, wo er sie gefangen hält. Dr. Docherty wird ihn niemals zum Reden bringen. Wenn wir es nicht von allein schaffen, sie zu finden, ist sie tot.«

Rhona deutete auf die Doppeltür. »Er ist da drin.«

Auf der Polizeidirektion herrschte reges Treiben – die Spätschicht arbeitete den Papierkram des Tages ab, trank dazu literweise Tee und beklagte sich über die faulen Säcke von der Tagschicht. Ich hielt inne, eine Hand am Türgriff, in der anderen eine Mappe aus dem Pressebüro. »Wie lange schon?«

Sie zuckte mit den Achseln und lutschte einen Moment an ihren Zähnen. »'ne gute Stunde? Brigstock und ich sind rüber zum Schrottplatz und haben ihm eine Kopie von diesem neuen Inside-Man-Brief gegeben. Und kaum waren wir wieder da – zack, steht er schon auf der Matte. Seitdem wartet er am Empfang.«

»Und er hat sich nicht von der Stelle gerührt?«

»Ich glaub, er war mal pinkeln, aber mehr nicht.«

Ich checkte mein Handy – Sabirs App zeigte ein sattes Orange an. Solange wir beide auf dieser Etage blieben, sollte es keine Probleme geben. Vorausgesetzt, Alice entschloss sich nicht zu einem Spaziergang...

Rhona stieß die Tür auf, und ich betrat den Empfangsbereich. Eine Reihe von Plastikstühlen stand an der Wand, am Boden festgeschraubt und zum Empfangstresen ausgerichtet, damit niemand irgendwelchen Unfug treiben konnte. Die Wände waren mit Plakaten gepflastert: Crimestoppers-Werbung, Hotlines für Vergewaltigungsopfer, Tipps zum Erkennen von Cannabisplantagen, Terroristen und missbrauchten Kindern.

Wee Free McFee saß unter einer großen Pinnwand mit lauter Ausschnitten aus der *Castle News and Post*, alle mit Fotos von beschlagnahmten Drogen oder Polizisten, die bei irgendeinem Drecksack die Tür eintraten.

Es waren noch mindestens ein Dutzend andere Leute im Raum – Betrunkene, Junkies, zwei alte Muttchen mit grimmigen Mienen. Alle saßen dicht gedrängt nebeneinander, nur neben Wee Free McFee saß niemand. Die drei Plätze links von ihm waren frei, genau wie die drei rechts von ihm.

Rhona hustete und behielt den Flur hinter uns im Blick. »Brauchen Sie... ähm... Hilfe? Ich meine nur, weil ich noch eine Menge Papierkram...«

Ich ging auf ihn zu. »William?«

Er drehte den Kopf, und ein kleines Lächeln regte sich unter dem grauen Schnauzbart. »Sie schon wieder.«

»Wie wär's mit einem Tee?«

Er schälte sich aus seinem Stuhl, und die Leute, die ihm am nächsten saßen, rückten so weit ab, wie sie nur konnten, ohne ihre Plätze aufzugeben. »Wieso haben Sie sie noch nicht gefunden?«

Ich deutete auf die unbeschriftete Tür neben dem Empfangstresen. »Kommen Sie.«

Ich brauchte drei Anläufe, bis mir der Zugangscode wieder einfiel, aber endlich öffnete sich die Tür zu einem kleinen Raum mit vier Stühlen, einem grauen Tisch, einem Aktenschränkchen mit einem Wasserkocher darauf und einem Abfalleimer, der von Instant-Suppenbechern, Chipstüten und Fastfood-Behältern überquoll.

Ich legte die Mappe auf den Tisch und ging zum Wasserkocher. »Sie haben den Brief gesehen, den er an die *News and Post* geschickt hat.«

Wee Free pflanzte sich auf einen der Stühle, die Beine weit gespreizt, einen Arm über die Lehne des nächsten Stuhls gelegt. »Hier drin stinkt's.«

»Sie bringen ihn morgen früh. Auf der Titelseite.« Ich schaltete den Wasserkocher ein und zog die oberste Schublade des Aktenschranks auf. »Es laufen noch Untersuchungen, aber der Graphologe sagt, die Handschrift stimmt mit der von den Briefen vor acht Jahren überein.« Ein Glas Pulverkaffee stand neben einer Packung Teebeutel, ein paar Bechern, einer Tüte Zucker und einem halben Liter Vollmilch. Ich stellte zwei Becher neben den brodelnden Kocher. »Wussten Sie, dass jemand Jessica nachgestellt hat?«

Die Milch roch okay, also gab ich in jeden Becher einen Schuss.

Als ich mich umdrehte, saß Wee Free noch genauso da wie vorher. Die Mappe lag unberührt vor ihm auf dem Tisch, aber sein Gesicht war rot angelaufen. Augen wie Granitsplitter. »Wer?«

»Wir haben heute Abend jemanden festgenommen. Er wird gerade vernommen.«

»War sie...?«

»Nein. Wir suchen noch nach ihr.« Dampf quoll aus dem Kocher.

Er lehnte sich vor und legte die Unterarme auf den Tisch, die Finger zu Klauen verkrampft. »Ich will einen Namen.«

»Er ist wegen Körperverletzung, Erpressung und Drogenhandel vorbestraft.« Heißes Wasser in beide Becher.

»Ich sagte...«

»Schon mal mit Rock-Hammer Robertson zu tun gehabt? War früher mit Jimmy ›The Axe‹ Oldman unterwegs.« Ich hielt einen Zeigefinger an mein Kinn und zeichnete eine unsichtbare Narbe. »Das heißt, so lange, bis sie sich zerstritten haben.«

Wee Free drehte den Kopf und starrte zur Decke hinauf, in die ungefähre Richtung der Vernehmungsräume. Und als er wieder mich ansah, sackten seine Schultern nach unten, und er ließ den Kopf sinken. »Ihr Vollidioten...«

Ich knallte die Becher auf den Tisch. »Wussten Sie, dass wir einen Fuß gefunden haben, der bei den Kettle Docks im Wasser trieb? Laut DNS-Analyse gehörte er Jimmy Oldman. Der Rechtsmediziner meinte, er sei vermutlich mit einem Beil abgehackt worden.«

Wee Free griff nach einem Becher und schlang die Hände darum. »Wie konntet ihr so blöd sein?«

»Manche glauben, dass Jimmy es selbst getan hat. Um den Eindruck zu erwecken, er sei tot und zerstückelt. Weil er sich gedacht hat, dass es die einzige Möglichkeit wäre zu verschwinden und vor Robertson sicher zu sein. Einer Leiche braucht man ja nicht mehr nachzujagen, nicht wahr?« Ich setzte mich auf meinen Stuhl. »Aber wenn Sie mich fragen, ich glaube, dass Rock-Hammer Jimmy Oldman aufgespürt hat, kaum dass er aus dem Krankenhaus entlassen war, und ihn mit seinem eigenen Beil in kleine Stücke gehackt hat.«

»Alistair Robertson arbeitet... *hat* für mich gearbeitet. Er hat Jessica nicht entführt. Ihr Trottel habt den falschen Mann geschnappt.«

»Ich will doch schwer hoffen, dass es wichtig ist.« Jacobson stampfte auf den Flur hinaus, knallte die Tür des Übertragungsraums hinter sich zu und schoss wütende Blicke auf mich ab. Wie es aussah, hatten die Tiefkühlerbsen nicht viel geholfen – der Kratzer auf seiner Wange hatte sich zu einem dicken Schorfbatzen auf einem rot-blau-violetten Paisleymuster ausgewachsen.

Ich hob meinen Krückstock und klonkte den Gummifuß in Schulterhöhe gegen die Wand, sodass Jacobson am Ende des Flurs eingepfercht war. »Er ist nicht unser Mann.«

»Er wurde vor den Schwesternwohnheimen gesehen, und er hatte...«

»Er ist es nicht. Rock-Hammer Robertson ist jetzt Privatdetektiv – arbeitet für Johnston und Gench in Shortstaine. Wee Free hat ihn engagiert, um seine Tochter beschatten zu lassen.« Ein kurzer Anruf beim Hauptinhaber der Detektei, und das war's: Wir hatten keinen Tatverdächtigen mehr.

Jacobson schloss die Augen, und dann knallte er ein, zwei Mal mit dem Hinterkopf gegen die Wand. »Scheiße...«

»Deswegen hat er sich dort rumgetrieben. Er hat ihren Abfall durchsucht und Quittungen und Telefonrechnungen herausgefischt.«

Jacobson zog die Stirn in Falten, dann schlug er zögerlich ein Auge auf. »Es kann nicht zufällig sein, dass Mr McFee Sie nur benutzt? Dass er uns erzählt, der Typ sei sauber, damit wir ihn entlassen, und ehe wir's uns versehen, wird er an den Daumen aufgehängt und mit einem Dremel-Multitool gefoltert?«

»Ich habe gerade mit dem Typen geredet, der die Detektei leitet. Er sagt, Robertson ist seit anderthalb Jahren bei ihnen beschäftigt. Die letzten sechs Wochen hat er damit verbracht, Jessica McFee im Auftrag ihres Vaters zu beschatten. Sie haben die Fallberichte, einen Vertrag, alles.«

»Und wieso hockte er dann da drin wie ein autistischer Gartenzwerg und sagte zu allem nur ›Kein Kommentar‹?«

Gute Frage. »Robertson ist auch nicht gerade ein Waisenknabe, aber Wee Free ist ein psychotischer Spinner. So einen verpfeift man nicht, wenn man nicht lebensmüde ist.«

»Mist, verdammter ...« Jacobson drehte sich um, ging die zwei Schritte bis zum Ende des Flurs und wieder zurück. »Ich dachte, Sie hätten gesagt, er ist unser Mann?«

»Nein. Ich habe gesagt, dass er derjenige ist, der Jessica nachgestellt hat. Was er ja auch getan hat. Nur dass er es zufällig im Auftrag ihres Vaters getan hat.«

Er war ihr gefolgt, hatte herausgefunden, wohin sie gegangen war, mit wem sie sich getroffen hatte. Und kurz darauf wird ihr Freund nach Strich und Faden verdroschen und beschließt schlagartig, dass er Jessica McFee nie wiedersehen will. Was für ein Zufall.

Jacobson dotzte noch zweimal mit dem Hinterkopf gegen die Wand. »Dann stehen wir jetzt wieder ganz am Anfang.«

Ich ließ den Krückstock sinken. »Nicht unbedingt.«

»... eine einzige gottverdammte Zeitverschwendung.« DI Smith funkelte mich noch einen Moment lang an, dann stürmte er mit geballten Fäusten über den Flur davon.

Detective Sergeant Stephen sah ihm nach, dann seufzte sie. »Wird bestimmt todlustig, morgen mit ihm zu arbeiten.« Sie fuhr sich mit einer Hand über die Stirn. Dann deutete sie mit einem Nicken hinter sich zum Vernehmungsraum. »Wollen wir?«

Drinnen roch es noch genauso wie vor zwei Jahren – eine widerliche Mischung aus Käsefüßen und schlechtem Atem über einer Lage Rost und Schweiß.

DS Stephen ließ sich auf ihren Stuhl fallen und streckte die Hand nach dem Aufnahmegerät aus, das an der Wand befestigt war. Sie nahm die Kassetten heraus und warf sie auf den Tisch.

Robertsons Anwalt kräuselte die Lippen und sah mit gerunzelter Stirn zu der Kamera in der Ecke auf. Das kleine rote Licht war aus. »Soll das meinen Mandanten etwa einschüchtern? Sie unterbrechen die Aufzeichnung, damit Sie ihm drohen können?«

Jacobson nahm neben DS Stephen Platz. »Sie wissen, dass Irreführung der Polizei eines Straftat ist, nicht wahr, Mr Robertson?«

Der Anwalt legte ihm eine Hand auf den Arm. »Antworten Sie nicht.«

Ich postierte mich hinter Jacobson, lehnte mich an die Wand und verschränkte die Arme. »Sie sind *garantiert* der miserabelste Privatdetektiv aller Zeiten.«

Rock-Hammer Robertson starrte mich wütend an. Die Narbe, die von seiner Nase zum Hals verlief, wurde tiefer, als er die Zähne zusammenbiss. »Kein Kommentar.«

»Seien Sie kein Idiot – wir haben Wee Free McFee unten, und er hat uns alles erzählt. Sie haben seine Tochter ausspioniert und ihm Bericht erstattet.« Ich setzte ein strahlendes Lächeln auf. »Nur dass ein *anständiger* Detektiv sich nicht von der halben Welt beobachten und gleich zwei Mal verjagen lassen würde.«

Der Anwalt versteifte sich. »Wenn Sie nicht sofort dieses Aufnahmegerät wieder einschalten, wird mein Mandant keine weiteren Fragen beantworten. Das ist ein eklatanter Verstoß gegen ...«

»Sie wurden von einer Krankenschwester mit leeren Flaschen beworfen. Nicht gerade *Magnum*-reif, oder? Im Ernst, wie blöd kann man ...«

»Ich bin kein miserabler Privatdetektiv!« Robertson war halb aufgesprungen, sein Gesicht hatte sich verdunkelt. »Für so eine Observierung muss man ein Drei-Mann-Team abstellen – es wimmelt von potenziellen Zeugen, zu allen Tag- und Nachtzeiten herrscht ein ständiges Kommen und Gehen. Ich war ganz allein. Sechs Wochen lang!« Er atmete ein paarmal tief durch, dann ließ er sich wieder auf seinen Stuhl sinken. »Ich wollte sagen: kein Kommentar.«

»Seien Sie nicht albern – wir haben Ihren Kunden unten. Wir haben mit Ihrem Chef gesprochen. Wir wissen *Bescheid*.«

»Mein Mandant sagte: ›Kein Kommentar.‹«

Jacobson lehnte sich vor. »Sehen Sie, Alistair – ich darf Sie doch Alistair nennen, oder? ›Rock-Hammer‹ klingt ja wie ein amerikanischer Wrestler – wir wissen, dass Sie Jessica McFee observiert haben. Ich nehme an, Sie haben auch Fotos gemacht?«

Er zeigte keine Reaktion.

»Denn wenn Sie bei Ihrer Observierung Fotos gemacht haben, ist es möglich, dass der *wahre* Inside Man auf einem davon zu sehen ist.«

Ich nickte. »Mr McFee möchte, dass Sie alles herausgeben, was Sie haben. Und ich soll Ihnen von ihm ausrichten, wenn Sie uns verarschen, wird er Sie sich kaufen. So oder so werden wir diese Fotos bekommen. Es geht nur darum, ob Sie scharf sind auf einen Besuch in der Notaufnahme oder nicht.«

Rock-Hammer kaute eine Weile auf der Innenseite seiner Wange herum, wobei seine Narbe sich hin und her bog. Dann sah er seinen Anwalt an.

»Oder« – Jacobson hielt einen Finger hoch – »wir können

darüber reden, dass Sie sich der Festnahme widersetzt und zwei Polizeibeamte tätlich angegriffen haben.«

Jacobsons Lächeln wurde zu einem Grinsen, als wir den Flur entlanggingen. »Sie, Mr Henderson, dürfen fortan Bear zu mir sagen.« Er rieb sich die Tatzen. »So. Wir holen uns die Fotos, wir geben sie Cooper und Bernard zum Durchsehen, und wir anderen ziehen los und lassen uns beim Chinesen ein Festmahl mit allem Drum und Dran auftischen!«

»Ich kann nicht.« Ich wich einen Schritt zurück und hob die Hände. »Alice hat heute Abend etwas vor, und wenn ich nicht mit ihr gehe, schlagen die Fußfesseln Alarm, und Ihre Ninja-Truppe muss ausrücken.«

»Oh.« Jacobson ließ die Schultern hängen. »Sind Sie sicher?«

»Ich würde liebend gerne mitkommen, aber Sie wissen ja, wie Frauen so sind. Vielleicht morgen Abend?«

Vorausgesetzt, Mrs Kerrigan brachte uns nicht vorher um.

Der Jaguar klickte und klonkte, als der Motor unter der verbeulten Haube abkühlte. Ich griff hinter mich und bekam Bob den Baumeister an seiner grinsenden weichen Birne zu fassen.

Draußen lag das Industriegebiet verlassen da. Nur das kalte Licht der Straßenlaternen, der Wind und der Regen leisteten uns Gesellschaft.

Alice strich mit den Fingerspitzen über das Lenkrad. »Vielleicht ist es noch nicht zu spät, anzurufen und...«

»Das hier ist keine Ghostbusters-Situation. Das ist eine ›Hilf-dir-selbst-dann-hilft-dir-Gott‹-Situation.« Der Klettverschluss an Bobs Schritt teilte sich mit einem lauten *Ratsch*.

Ich zog die Halbautomatik heraus, vergewisserte mich, dass sie gesichert war, nahm das Magazin heraus – immer noch voll – und schob es mit einem Klacken wieder hinein. Dann lehnte ich mich vor und steckte mir die Pistole hinten in den Hosenbund.

»Und was machst du, wenn das ganz furchtbar danebengeht?«

»Bist du sicher, dass ich nicht...«

»Ganz sicher.«

Ein Seufzer. Dann packte sie das Lenkrad fester. »Regel Nummer eins: Weglaufen.«

»Gut. Du hältst dich nicht auf, du versuchst keine Heldentaten, du setzt deine kleinen roten Schuhe in Bewegung und *läufst.*«

»Aber du...«

Ich deutete durch das Fahrerfenster auf den Durchgang, der zwischen dem Schiffsausrüster-Lagerhaus und einer Reihe vor sich hin gammelnder Offshore-Container in der Dunkelheit verschwand. Dahinten waren die Schatten tief und undurchdringlich. »Und ich will, dass du dich dort drüben versteckst. Wo sie dich nicht sehen können.«

»Aber wenn ich...«

»Nein. Du läufst weg.« Ich legte ihr die Hand aufs Knie. »Versprich's mir.«

Sie blickte einen Moment lang zu mir auf, dann senkte sie den Blick auf das Lenkrad. »Versprochen.«

»Lauf zu dem Loch im Zaun, das wir geschnitten haben. Keine Heldentaten. Du bleibst nicht stehen, und du drehst dich nicht um.« Ich tätschelte ihr Knie. »Und wenn dich jemand packt, ziehst du ihm mit dem Fäustel eins über den Schädel.«

»Nicht umdrehen.« Sie ließ das Lenkrad los und nahm meine Hand. »Und was dich betrifft: Du lässt dich nicht erstechen, erschießen, erschlagen oder sonst wie umbringen. *Versprich's* mir.«

»Versprochen.« Ich öffnete meine Tür, lehnte mich hinüber und küsste sie auf die Wange. Sie duftete nach Mandarinen und Mangos. »So, jetzt sieh zu, dass du dich dort drüben versteckst, wo du in Sicherheit bist.«

Sie stieg aus, spannte ihren Schirm auf und sprang davon in die Nacht. Ihre dunkle Jacke und ihre schwarze Jeans wurden von der Dunkelheit verschluckt, bis nur noch das Weiß an den Sohlen ihrer Sportschuhe aufblitzte. Und dann war auch das verschwunden.

Ich trat hinaus auf den vom Unkraut aufgesprengten Asphalt.

Der Regen trommelte auf die Schultern meiner Jacke und durchtränkte meine Haare, als ich nach hinten zum Kofferraum hinkte und ihn aufklappte.

Paul Manson starrte mich an, die Augen weit aufgerissen, feucht und blutunterlaufen. Die Wäscheleine hatte in seinen Hals geschnitten, und die Haut ringsherum war geschwollen und gerötet. »Mmmmmmmmmmnfff, mmmmmmnnnnnfffnnnn!«

Mansons Wangen glühten über dem Knebel.

Armes Schätzchen.

Aber dieses Isolierband war doch eine tolle Erfindung. Die Zeltplane unter ihm knisterte, als er sich wand und zappelte, doch seine Arme waren hinter dem Rücken festgebunden, und die Beine konnte er genauso wenig bewegen.

Laut meiner Uhr war es zehn vor neun – etwas mehr als drei Stunden, seit er eine volle Dosis von Noels Medikamentencocktail abbekommen hatte. Gut gemacht, Noel.

Ich beugte mich herab und tätschelte Mansons tränenüberströmte Wange. »So geht es einem, wenn man Andy Inglis bestiehlt. Was zum Teufel haben Sie sich bloß dabei *gedacht*?«

»Nnnnffff! Nmmmmmmnnnnff mmmffff!«

Ja, das sagen sie alle.

»Das hätten Sie sich überlegen sollen, bevor Sie sich als Geldwäscher für das organisierte Verbrechen verdingt haben. Mord, Erpressung, Drogen, Prostitution. Haben Sie *irgendeine* Vorstellung davon, wie viel Leid Sie damit verursacht haben? Wie viele Leben ruiniert? Denken Sie je darüber nach, wenn Sie in Ihrem schicken Sportauto nach Hause tuckern zu Ihrer schicken Frau und Ihrem Privatschul-Balg?«

»Nnnnffff! Nnnnnggggnnnn nfffffff!«

»Sie haben alles verdient, was Ihnen jetzt blüht.«

»Nnnnnnnnnnnnnnngh...« Er kniff die Augen zu und quetschte noch ein paar Tränen heraus.

Ich tastete ihn ab, dann zog ich sein Jackett auf und fischte seine prall gefüllte Brieftasche aus der linken Innentasche. Ein paar Kreditkarten, drei Kundenkarten von Supermärkten, Vielfliegerprogramme. Ein Foto von ihm samt Frau und Kind, grinsend an einem exotischen Strand mit Palmen. Ein Packen Quittungen. Und ungefähr zweihundertfünfzig Pfund in bar.

Ich zog zweihundert als Strafe dafür ein, dass er ein mieses Dreckschwein war, und steckte die Geldbörse wieder zurück.

»Nnnnnggghnnnnfffnnnn...«

»Lassen Sie mich raten – es tut Ihnen leid? Sie wollen nicht sterben?«

»Nnngh...«

»Also, wenn ich Ihren elenden Arsch *rette*, werden Sie Andy Inglis verpfeifen und alles über seine Geschäfte erzählen, ja? Und zwar in aller Ausführlichkeit: Jedes Waffengeschäft, jeder Drogendeal, alle Bankkonten und Offshore-Steuerschlupflöcher. Alles. Und zwar vor Gericht.«

Die Augen öffneten sich flatternd, die Brauen zogen sich zusammen. »Nnn, nnnmmmmmff nnnnghhh!«

Ich beugte mich ganz tief hinunter. »Ich weiß, was Sie denken. Sie denken, sie wird Sie umbringen lassen, wenn Sie mit der Polizei reden. Zu spät – was glauben Sie denn, warum Sie hier sind? Sie will Sie *jetzt* schon aus dem Weg haben. Entweder Sie reden mit mir und landen in einem Zeugenschutzprogramm, oder Sie reden nicht und landen unter der Erde. Mir ist das völlig gleich.«

Manson kniff die Augen wieder zusammen. Seine Schultern

bebten, Tränen liefen ihm über die Wangen. Wahrscheinlich hatte er sich jahrelang in dem Glauben gewiegt, ihm könne nichts passieren. Als Buchhalter macht man sich ja nicht direkt die Hände schmutzig, nicht wahr? Das ist etwas anderes, als eine Bank zu überfallen oder jemandem die Knie zu brechen. Da hat man nur mit Computern und Zahlen zu tun. Ganz anders als die *richtigen* Verbrecher.

Solche Typen wie Paul Manson waren doch alle gleich.

Ich zog den Umschlag aus der Tasche und nahm die zweite Spritze heraus. Pflückte die Kappe ab und drückte leicht auf den Kolben, damit keine Luftblasen drin blieben. Dann beugte ich mich über den Kofferraum und drückte Mansons Kopf mit der linken Hand auf die Plane.

»Nnnn! Nnnnnnnn! Nnnnnnghmmmmmmmmnnnnt!«

»Ach, halten Sie die Klappe. Sie müssen tot aussehen, sonst wird sie es uns nicht abkaufen.«

Die Nadel glitt in seinen Hals. Ich drückte den Kolben durch. Er schrie hinter seinem Knebel. Zuckte... und erschlaffte.

Dann lag er da wie ein großes, hässliches Paket, umwickelt mit Isolierband, verziert mit einem Wäscheleinen-Schleifchen.

So verpackt und verschnürt würde ich ihn nie aus dem Kofferraum hieven können.

Ich schnitt die Plastikleine durch und löste die Enden von seinem Hals und seinen Fußgelenken.

Schon viel besser.

Ein Klirren von Metall auf Metall, irgendwo hinter mir.

Drüben am Eingangstor löste ein Mann gerade die Kette aus der Lücke zwischen den beiden Torflügeln und ließ sie auf den Boden fallen. Ein großer schwarzer BMW-Geländewagen stand mit grollendem Motor hinter ihm. Der Regen verwandelte die Scheinwerferstrahlen in zwei schimmernde Messer, die sich im feuchten Asphalt spiegelten.

Es war so weit.

38

Der Typ im Anzug wartete, bis der Geländewagen auf den Parkplatz des Lagerhauses gefahren war, dann schloss er das Tor und legte die Kette wieder vor.

Die Scheinwerfer des Wagens strichen über die Wände der Schiffsausrüsterei. Direkt vor mir hielt er an.

Joseph stieg auf der Fahrerseite aus. Sein linkes Auge sah noch schlimmer aus als an diesem Morgen – aufgebläht wie eine lila Grapefruit. Blaue und gelbe Blutergüsse zierten sein Kinn, seine Unterlippe war geschwollen und aufgeplatzt. Er bückte sich, um etwas aus dem Auto zu nehmen, und als er sich wieder aufrichtete, hielt er einen Spitzhackenstiel in der Hand. Wollte wohl nicht noch eine Tracht Prügel riskieren. Seine Stimme hatte immer noch dieses raue Timbre, das man nur mit sechzig Zigaretten am Tag oder einem Tritt in den Kehlkopf hinbekommt. »Mr Henderson, ich vertraue darauf, dass wir den... unerfreulichen Zwischenfall von heute Morgen nicht werden wiederholen müssen?«

»Kommt drauf an, oder?«

Der Typ, der das Tor geschlossen hatte, kam durch den Regen auf uns zu. Er war nur eine Silhouette, mit dem Licht des benachbarten Abholmarkts im Rücken, bis er beim Wagen ankam. Francis. Ein Streifen hellrosa Heftpflaster zog sich über den Rücken seiner geplätteten Nase, und ein prächtiges Brillenhämatom gab ihm das Aussehen eines lädierten Pandas. Sein Kopf war dick bandagiert – diese Dose Bohnen musste ihn eine *Menge* Stiche gekostet haben.

Gut so.

Wasser tropfte vom Ende seines roten Pferdeschwanzes und verwandelte das Grau seines Anzugs in Beerdigungsschwarz. Er nickte mir zu. »'nspector.« Das Wort klang feucht und irgendwie verbogen.

»Francis.«

Er nahm einen schwarzen Regenschirm vom Beifahrersitz des BMW, spannte ihn auf und öffnete dann die Fondtür. Hielt ihn schützend darüber, um Mrs Kerrigan aussteigen zu lassen.

Sie stand da unter dem Schirm und lächelte mich an. »Mr Henderson, Sie sind hier. Sehr löblich.« Sie deutete auf den gestohlenen Jaguar. »Haben Sie ein Geschenk für mich?«

Ich rührte mich nicht von der Stelle. »Wo ist Shifty?«

»Oh, Sie sind ja so *gebieterisch*!« Sie gab Francis ein Zeichen. »Gehen Sie und holen Sie Mr Hendersons kleinen Freund.«

Ein Grunzen, dann drückte Francis ihr den Schirm in die Hand und verschwand hinter dem Heck des Geländewagens. Ein dumpfer Knall, etwas Geraschel, und als Francis wieder auftauchte, ging er gebückt und schleifte einen Körper hinter sich her, den er unter den Achseln gefasst hatte. Die Gestalt war teilweise in eine transparente Plastikplane gehüllt, und die burgunder- und scharlachroten Flecken an der Innenseite waren deutlich zu erkennen. Der Körper war nackt.

Francis blieb genau vor der Motorhaube stehen, wo die Scheinwerfer des Geländewagens durch die Folie leuchteten. Es war eindeutig Shifty. Sein Gesicht und sein ganzer Körper waren mit Hämatomen und Schorf bedeckt, die blasse Haut mit seinem eigenen Blut befleckt. Eine Mullbinde klebte über der Stelle, wo einmal sein rechtes Auge gewesen war.

»Lebt er?«

Francis ließ den Körper fallen, dann ging er in die Hocke und legte zwei Finger an Shiftys Hals. So verharrte er eine Weile, dann richtete er sich auf und nickte. »Die Pumpe arbeitet noch.« Mindestens drei Zähne fehlten in dem Grinsen, das folgte. »Gerade so.«

»Bitte sehr, Mr Henderson. Eine Geisel richtig abgeliefert. Sie sind dran.«

Also gut.

Der Kofferraumdeckel des Jaguar sprang auf. Ich lehnte meinen Krückstock an die Stoßstange, griff hinein und packte Mansons schlaffen Körper am Revers. Ich wuchtete ihn hoch und drehte ihn um, bis er mit dem Oberkörper über die Kante hing. Dann fasste ich ihn am Kragen und am Gürtel und kippte ihn aus dem Kofferraum auf den Asphalt. Ließ ihn mit dem Gesicht nach unten im Regen liegen.

»Ein Mafia-Buchhalter richtig abgeliefert.«

Sie stellte sich auf die Zehenspitzen und beäugte Manson. »Ist er tot?«

»Was glauben *Sie* denn?«

»Vielleicht tut er nur so?«

»Dann müsste er aber ein sehr guter Schauspieler sein.« Ich packte das Klebeband, das seine Handgelenke zusammenhielt, und richtete mich auf, wobei ich seine Arme mit nach oben zog und seinen Oberkörper vom Boden abhob. Dann umfasste ich mit der anderen Hand seinen Zeigefinger und bog ihn mit aller Kraft nach hinten. Als ich wieder losließ, wich er um neunzig Grad von der natürlichen Stellung ab. Also machte ich das Gleiche mit dem nächsten Finger. Und dem daneben. Und zum Abschluss noch mit dem kleinen Finger. Er zuckte nicht einmal, aber es würde schweinisch wehtun, wenn er in drei Stunden zu sich kam. »Soll ich die andere Hand auch noch machen?«

Mrs Kerrigan stakste vorsichtig zwischen den Pfützen hindurch, während die Regentropfen von ihrem Schirm spritzten. »Paul Manson...« Zwei Meter vor ihm blieb sie stehen. Leckte sich die kirschroten Lippen. »Drehen Sie ihn um. Ich will sein Gesicht sehen.«

Ich zog ihn auf die Seite und ließ ihn das letzte Stück rollen. Er sank schlaff auf den Asphalt zurück. Der Regen pladderte auf sein Gesicht und den Knebel.

»Sieh an, sieh an, Paul Manson.« Ein Lachen entfuhr ihr. »Das hast du jetzt davon, dass du so ein langweiliges, arrogantes Großmaul warst. Jetzt ist dir nicht mehr so nach Schwadronieren zumute, wie?«

Ich stieß sein Bein mit der Schuhspitze an. »Hab die Grube für ihn schon fertig ausgehoben.«

»Eigentlich schade, wissen Sie. Ich dachte, Sie würden kneifen und mir den Mistkerl lebend anschleppen, dann hätte ich persönlich die ehrenvolle Aufgabe übernehmen können.« Sie griff in ihre Manteltasche und zog eine kleine schwarze Halbautomatik hervor. »Aber es ist der gute Wille, der zählt. Nicht wahr?«

Scheiße... Ich griff hinter meinen Rücken...

Die Pistole bäumte sich in ihrer Hand auf, ein weißer Lichtblitz brannte mir in den Augen, und Paul Mansons Kopf schnellte vom Asphalt hoch. Und schlug wieder auf.

Das Krachen des Schusses hallte von den Wänden der Lagerhalle wider.

Ein dunkles Loch klaffte in der Mitte seiner Stirn. Der Boden unter ihm war mit glänzenden Klümpchen und weißen Spritzern übersät. Ein Auge war offen, es schaute nach links.

Verdammte Scheiße.

Sie ließ die Waffe sinken. »Na, schau sich einer das an. Muss ja noch ganz frisch gewesen sein, dass er innen noch so feucht ist.«

Ein Knoten bildete sich zwischen meinen Rippen und stieg von dort bis in den Hals auf. Schnitt mir für zwei betäubende Herzschläge die Luft ab. Und verflog dann.

So viel zu meinem Plan, ihn dazu zu bringen, gegen Andy Inglis auszusagen. Tja, wer mit den Wölfen jagte, wurde eben früher oder später gebissen. Eigentlich geschah es dem Mistkerl ja ganz recht.

Trotzdem...

Ich lehnte mich an den Wagen, die Finger um den Griff der Pistole geschlungen.

Mrs Kerrigan trat einen Schritt zur Seite, wobei sie der Lache auswich, die sich von den Überresten von Mansons Kopf ausbreitete. »Was ist, Mr Henderson? Sie sehen ja ganz geschockt aus.«

»Nichts. Was juckt es mich, was mit irgendeinem miesen Mafia-Buchhalter passiert?«

Sie lachte, so richtig voll aus dem Bauch heraus, dass es sie unter ihrem beerdigungsschwarzen Schirm regelrecht schüttelte. »Ahh...« Ein Seufzer. Ein Lächeln. Dann wischte sie sich mit dem Ärmel die Augen, die Pistole immer noch in der Hand. »Sind Sie wirklich so beschränkt, dass Sie ernsthaft glauben, ich würde Sie auch nur in die Nähe von Mr Inglis' Buchhalter lassen? Nix da. Sie würden doch nur versuchen, ihn zum Singen zu bringen.« Sie schwenkte die Halbautomatik in Mansons Richtung. »Gestern Abend musste ich bei so einem Charity-Dinner in einer Box-Arena neben dieser Dumpfbacke sitzen. Hat mir die Ohren vollgeschwallt, wie wunderbar seine Frau ist und was er für ein tolles Kind hat und wie sehr sie sich alle lieben. Und ob ich Fotos von ihrem beschissenen Urlaub in Spanien sehen wollte?«

Nicht Andy Inglis' Buchhalter?

Ach du Scheiße.

Nur ein unbeteiligter Fremder.

Ach du *gottverdammte* Scheiße.

Der Knoten war wieder da, und diesmal hatte er Freunde mitgebracht. Sie ließen die Luft in meiner Lunge gerinnen.

Die Pistole bäumte sich wieder auf. Sie hinterließ ein Loch in Mansons Brust und eine weitere Narbe auf meiner Netzhaut. Und dann noch ein Schuss. Und noch einer. Mit jeder Kugel zuckte der tote Körper. »Seh ich aus, als ob ich mir deine Scheißurlaubsfotos angucken will?«

»Sie haben gesagt, er ist ein verdammter Mafia-Buchhalter!«

Sie hob die Halbautomatik, bis sie auf meine Brust zielte. Und schob die Unterlippe vor. »Haben Sie wirklich geglaubt, ich würde Sie in Ruhe lassen, bloß weil Sie nicht mehr im Knast sind?«

»Sie...«

»Geben Sie nicht mir die Schuld: Sie sind derjenige, der ihn gekidnappt hat. Sie haben ihn umgebracht. Sie haben ihn hergebracht. Sie haben seine arme Frau zur Witwe gemacht und seinem geliebten Söhnchen den Papa genommen.« Sie trat zwei Schritte zurück. »Und jetzt dürfen Sie ihn wegräumen. Aber pulen Sie die Kugeln raus, ja? Wir wollen doch keinen Abfall rumliegen lassen, oder?«

Sie hatte mich benutzt. Hatte mich nach Strich und Faden verarscht.

Und ich hatte mitgespielt.

Es spielte keine Rolle, wer abgedrückt hatte, da hatte sie recht. Ich hatte ihn geknebelt und gefesselt, ich hatte ihm einen Cocktail aus OP-Anästhetika gespritzt und ihn zu einem leerstehenden Schiffsausrüster-Lagerhaus gefahren, damit er dort eine Kugel in den Kopf bekommen konnte. Alles meine Schuld.

Mrs Kerrigan lachte noch einmal auf, dann machte sie kehrt und ging zum Wagen zurück.

Ich zog die Pistole hinter meinem Rücken hervor. »Finden Sie das etwa komisch?«

Sie blieb nicht stehen. »Ach, stellen Sie sich nicht so an, Mr Henderson. Es ist zum *Brüllen*.«

Meine Halbautomatik bellte und schürfte einen Brocken aus dem Asphalt zu ihren Füßen.

Sie erstarrte. »Ist das Ihr Ernst?«

»Er hat Sie beim Abendessen gelangweilt, das ist *alles*?«

»Mr Henderson.« Sie schüttelte den Kopf, ließ den Arm mit der Waffe locker herabhängen. »Glauben Sie im Ernst, ich wäre so blöd gewesen? Dass ich hier mit Ihnen rummache, ohne mich abgesichert zu haben, wie eine Vollidiotin?« Sie blickte sich um. »Joseph?«

Keine Antwort.

»Joseph, bei allem Verständnis für Ihre dramatischen Auftritte, aber es ist Zeit für eine kleine Demonstration. Geben Sie Mr Henderson eins von den Ohren seiner kleinen Freundin. Müssen es nicht extra als Geschenk einpacken.«

Ich zielte auf ihren Hinterkopf: »Wenn er sie auch nur anrührt, reißt die nächste Kugel Ihnen das Gesicht weg.«

Sie seufzte. Drehte sich um und runzelte die Stirn. »Joseph?«

Irgendwo in der Ferne wurde ein Motorrad gestartet. Der Motor wurde hochgejagt, dann entfernte sich das Geräusch und verhallte in der Nacht, bis nur noch das Rauschen des Regens zu hören war.

»Wo zum Henker...« Sie schüttelte den Kopf. Schloss die Augen und drückte den Pistolenlauf flach gegen die Haut zwischen ihren Augenbrauen. »Aber ich wollte ja nicht hören. Nein – gebt dem Kerl noch eine Chance, hab ich gesagt. Er soll sich beweisen. Bin einfach zu verdammt gutmütig, das ist mein Problem.« Sie ließ die Pistole sinken und rief: »Francis! Hol das Miststück aus dem Auto und schneid ihr das verdammte Ohr ab!«

Shifty, flach auf dem Rücken liegend, halb in Plastikfolie eingewickelt, stöhnte.

Der Regen trommelte auf Mrs Kerrigans Schirm.

»Francis?« Ein Seufzer. »Verflucht noch mal, da lässt man ihn mal zwei Sekunden aus den Augen... Na schön.« Die Waffe wurde wieder angehoben, bis sie genau auf die Mitte meiner Brust zielte. »Bei dem Personal muss man ja alles selber machen.«

Ein dunkler Schatten löste sich von dem Geländewagen. Die Gestalt räusperte sich.

Mrs Kerrigan nickte. »Wurde aber auch Zeit. Jetzt machen Sie aber hin, bevor ich mir das mit Ihrer Beförderung noch mal anders überlege.«

Die Gestalt trat vor, bis sie im Scheinwerferlicht stand. Groß und dürr, blauer Pullover über einem weißen Hemd, das vom Regen durchsichtig geworden war, die Haare an den Kopf geklatscht. Wee Free McFee.

»Francis, ich sag's Ihnen nicht noch einmal.«

Wee Free hob die rechte Hand, in der etwas aufblitzte. Es sah aus wie ein Fäustel. »Er ist beschäftigt.«

Mrs Kerrigan wirbelte herum. Wee Frees Arm sauste durch die Luft, und der Fäustel krachte seitlich in ihren Schädel. Blutstropfen glitzerten in der Luft, tanzten im Scheinwerferlicht des BMW wie feuerrote Glühwürmchen. Sie drehte sich weiter um die eigene Achse, während sie zu Boden ging, und klatschte dann wie ein Sack nasse Wäsche auf den Asphalt.

Dann lag sie da und stöhnte. Ihr rechter Arm zuckte, die Hand hielt immer noch die Pistole umklammert.

Klonk – der Fäustel landete auf dem Boden.

Jetzt war sie nicht mehr so groß, wie?

Ich trat vor. »Okay, das ist ...«

»›So spricht der Herr: Haltet Recht und Gerechtigkeit und errettet den Beraubten von des Frevlers Hand.‹« Er trat auf ihre Pistolenhand und drehte den Absatz so lange hin und her, bis die Halbautomatik scheppernd auf den Asphalt fiel. Dann bückte er sich und hob sie auf. Drehte sie in den Händen und fuhr mit den Fingern am Lauf entlang. Er seufzte. »Wissen Sie, der Reiz von den Dingern hat sich mir nie erschlossen. Es ist unpersönlich. Schwach. Drücken Sie einem Dreijährigen eine

Pistole in die Hand, und er kann jemanden erschießen. Wie kann das richtig sein?«

Sie hustete und würgte. Dann drehte sie sich mühsam auf die Seite. Blut tropfte von ihrer Nasenspitze. »Gnnnnghh...«

Ich humpelte näher, die Pistole im Anschlag. »Okay, niemand rührt sich.«

Wee Free griff in Mrs Kerrigans Haare und zog sie auf die Knie hoch. Zwang ihren Kopf in den Nacken, sodass sie zu ihm aufblickte. »Hör gut zu, Schätzchen, denn ich sag's dir nur ein Mal.«

Sie spuckte ihn an, ein schaumiger, rötlich gefärbter Schleimbatzen. »Ich... Ich mach... dich *fertig*!«

»Ash Henderson sucht nach meiner Tochter. Solange er das tut, steht er unter meinem Schutz.«

»Ich bring dich um und alle, die du je geliebt hast!« Mit jedem Wort wurde sie lauter.

Ich ging um sie herum, die Waffe auf sie gerichtet. »Wir beide haben noch eine Rechnung offen.«

»ICH WERDE SIE MIR KAUFEN, UND ICH...«

Wee Free schlug ihr die Faust ins Gesicht.

Ihr Kopf schnellte nach hinten und rollte hin und her. Dann schüttelte sie ihn und starrte grimmig zu ihm auf, während ihr das Blut vom Kinn troff. »Du bringst mich am besten auf der Stelle um, denn wenn du das nicht tust...«

Er schmunzelte. »Ich weiß, wie es läuft. Wir beide sind nämlich aus dem gleichen Holz geschnitzt, du und ich. Nur dass wir auf verschiedenen Seiten kämpfen.« Er zwinkerte. »Was meinen Sie, Mr Henderson?«

»Sie muss sterben. Und zwar hier und jetzt. Und ich werde es tun.«

Wee Free sah zu Shifty herüber, der flach auf dem Rücken im Regen lag. »Was ist mit dem nackten Fettsack da passiert?«

»Das war *sie*. Sie hat ihn gefoltert und ihm ein Auge ausgedrückt.«

»Und dafür wollen Sie sie umbringen?«

Ich breitete die Arme aus. »Ja, was glauben Sie denn? Sie ist ein bösartiges, hinterhältiges, mörderisches Dreckstück. Lassen Sie sie am Leben, und Sie werden erleben, dass sie nicht scherzt: Sie wird uns beide gnadenlos jagen. Sie *muss* sterben.«

Wee Free seufzte. »Das ist nicht besonders christlich von Ihnen, Mr Henderson. Drittes Buch Mose, 24,19: ›Und wer seinen Nächsten verletzt, dem soll man tun, wie er getan hat, Schade um Schade, Auge um Auge, Zahn um Zahn; wie er hat einen Menschen verletzt, so soll man ihm wieder tun.‹«

Mrs Kerrigans Gesicht war bleich wie Kerzenwachs: »Matthäus 5,38: ›Ihr habt gehört, dass da gesagt ist: ‚Auge um Auge, Zahn um Zahn.‘ Ich aber sage euch, dass ihr nicht widerstreben sollt dem Übel; sondern wenn dir jemand einen *Streich* gibt auf deine rechte Backe, dem biete die andere auch dar.‹«

Ich drückte ihr die Mündung der Pistole auf die Stirn. »Die Bibelstunde ist um. Jetzt…«

Wee Frees Faust traf mich wie ein Bus. Gelbe und schwarze Kleckse sprangen vor meinen Augen umher, und ein ohrenbetäubendes Zischen erfüllte meinen Schädel, als ich krachend zu Boden ging. O Mann…

»Wir unterhalten uns, Mr Henderson. Unterbrechen Sie uns nicht.«

Ein Druck auf meinem rechten Handgelenk. Meine Finger wurden einer nach dem anderen vom Griff der Pistole abgezogen. Dann war der Druck weg, und ich blieb zurück mit einem mahlenden Gefühl in der Wange, als ob rostige Metallsplitter sich durch die Haut bohrten. Wee Free brauchte keinen Fäustel – seine Faust war hart genug.

Ich blinzelte die wirbelnden Pünktchen weg und blieb auf der Seite im Regen liegen.

Wee Free steckte meine Pistole ein. Dann packte er wieder Mrs Kerrigans Haare. »Ich bin enttäuscht: Bibelstellen zitieren, die für Vergebung plädieren? Das ist doch unter deiner Würde.« Er schüttelte ihren Kopf ein wenig. »Weißt du, ich hab nämlich ein bisschen nachgeforscht. Ich weiß, was du getan hast. Und es ist Zeit, für deine Sünden zu büßen.«

Sie bleckte die Zähne. »Wir sehen uns in der *Hölle*.«

»Wahrscheinlich.« Er sah zu Shifty. »Aber du wirst ein Auge zudrücken müssen.« Die Pistole in seiner Hand bellte. »Lasst uns beten.«

39

Es war einen Moment still, dann ging das Geschrei los. Mrs Kerrigans Augen traten aus den Höhlen, sie verzerrte den Mund und bleckte die Zähne, während sie auf dem nassen Asphalt saß und mit dem Oberkörper wippte, beide Hände um ihren rechten Knöchel geschlungen. Blut troff aus dem Loch in ihrem Schuh.

»AAAAAAAAAAHHH!«

»Hab doch gesagt, dass ich meine Nachforschungen angestellt hab.« Wee Free schleuderte die Pistole in die Dunkelheit davon. »›Brand um Brand, Wunde um Wunde, Beule um Beule.‹ Du hast Mr Henderson in den Fuß schießen lassen, und jetzt erntest du, was du gesät hast.«

»HIMMELHERRGOTTSCHEISS ... AAAAAH!«

Der Regen hämmerte auf den Asphalt, funkelte im Scheinwerferlicht des Geländewagens und prügelte auf mich ein.

Wee Free bückte sich und hob den Fäustel auf. Deutete damit auf mich und dann auf den gestohlenen Jaguar. »Ich denke, Sie sollten sich lieber wieder an die Arbeit machen, finden Sie nicht?«

»JESUSMARIA! AAAAAH, SCHEISSE!«

Ich packte meinen Krückstock und hievte mich hoch. Starrte auf die plärrende Gestalt hinunter, die sich zu seinen Füßen wand. »Wir müssen sie töten.«

»Auge um Auge.« Wee Free stieß Mrs Kerrigan mit der Schuhspitze an. »Das kommt als Nächstes.«

»Sie wird Sie jagen und mich auch. Sie wird sich an unseren Familien rächen...« O Gott – Alice.

Ich machte kehrt und humpelte, so schnell ich konnte, mitten durch die Pfützen und an dem Jaguar vorbei. Auf den Durchgang zwischen dem Lagerhaus und den Containern zu.

Wenn sie getan hatte, was sie tun sollte – nämlich weglaufen –, dann waren wir alle geliefert. Sobald sie die Hundert-Meter-Grenze überschritt, würde der Alarm losgehen, und Jacobsons bewaffnetes Einsatzteam würde in null Komma nichts hier anrücken. Wo alles voller Blut und Leichen war.

Mist.

Ich zerrte mein Handy aus der Tasche und rief Sabirs App auf. Das Laden dauerte einen Moment, dann gab das Ding ein leises, regelmäßiges Piepsen von sich, und das Display leuchtete gelb. Wo immer sie steckte, sie war nicht weiter als sechsundsechzig Meter entfernt.

Ich blieb stehen und formte die Hände zu einem Megafon. »ALICE!« Ich ging noch ein paar Schritte auf die Container zu, auf das Loch, das ich in den Zaun geschnitten hatte. »ALICE!«

Die Farbe des Displays wechselte von Gelb zu Grün, die Abstände zwischen den Piepstönen wurden länger.

Weiter, hinein in die Dunkelheit. »ALICE!«

Immer noch Grün.

Eine Gestalt zeichnete sich in der Lücke zwischen zwei Containern ab.

Joseph.

Er lag auf dem Rücken, einen Arm über dem Kopf, die Beine angewinkelt, neben ihm der Spitzhackenstiel, das dicke Ende mit daumengroßen roten Flecken verschmiert, die im Halbdunkel gerade so auszumachen waren.

Ich checkte mein Handy. Keine Veränderung. Sie musste ganz in der Nähe sein.

»Alice?«

Noch zwei Schritte in die Dunkelheit zwischen den Containern, wo zwischen den rostigen Metallwänden kaum mehr als eine Schulterbreite Platz war. Es roch nach verbranntem Plastik und Schimmel. Noch zwei Schritte. Und noch mal zwei.

»O nein...«

Sie lag zusammengekrümmt auf der Seite, die Knie zur Brust gezogen, die kleinen roten Schuhe in Zwanzig-vor-neun-Stellung. Einen Arm über den Körper gebreitet. Blut floss in einem dünnen Rinnsal quer über ihre Stirn. Ihre Umhängetasche lag offen neben ihr, der Fäustel glänzte durch Abwesenheit.

Verdammt.

Ich kniete mich neben sie und strich ihr die feuchten Haare aus dem Gesicht. »Alice? Kannst du mich hören?«

Zwei Finger in die Kuhle unterhalb des Kieferknochens... Da – ein Puls.

Der Atem entwich zischend aus meiner Lunge, mein Kopf sank nach vorne, bis er auf ihrer Schulter auflag. Gott sei Dank.

Und dann bohrte sich etwas Dunkles in meine Brust.

Ich stand auf, ging zurück zu der Stelle, wo Joseph lag, und trat ihm mit meinem guten Fuß ein paarmal in den Bauch. Nichts. Ich hob den Spitzhackenstiel auf. »Du mieses Stück Scheiße...«

Such dir ein Bein aus, egal welches.

Die Erschütterung des Aufpralls pflanzte sich durch das Holz in meine Hände fort. Einmal. Zweimal. Dreimal. Er stöhnte nicht einmal, lag einfach nur da, während ich ihm die Knochen zertrümmerte.

Noch ein Tritt zur Sicherheit, dann ließ ich den Spitzhackenstiel fallen, raffte Alice auf und humpelte zum Parkplatz zurück. Jedes Mal, wenn mein rechter Absatz hart auf dem Boden auftraf, fetzten Splitter aus dreckigem Eis durch Knochen und Gewebe.

Als ich beim Wagen ankam, war von Shifty und Mrs Kerrigan nichts mehr zu sehen. Aber Paul Manson lag immer noch ausgestreckt am Boden, mit dem Gesicht nach oben. Die Einschusslöcher in Brust und Stirn glitzerten dunkel.

Wee Free stand noch da, wo ich ihn zurückgelassen hatte, den Fäustel in der einen Hand, meine Pistole in der anderen. Er wies mit dem Kinn auf Alice. »Ist sie okay?«

Ich bettete Alice auf den Rücksitz des Jaguar. »Sie lebt.«

»Gut.« Er ging auf Manson zu und stieß ihn mit der Schuhspitze an. »Nehmen Sie das da mit. Ich habe schon genug Leichen.«

Die Tür fiel ins Schloss. Ich straffte die Schultern. »Wo ist Shifty?«

»Der nackte Fettsack? Den behalte ich. *Sie* dürfen den toten Buchhalter und das Mädchen behalten. Und dann machen Sie sich auf die Socken und finden meine Tochter.«

Mein Mund war voller Sandpapier. »Ich fahre nicht ohne ihn.«

»Jessicas fünfter Geburtstag. Wir haben im Krankenhaus gefeiert, damit ihre Mutter dabei sein konnte. Ich seh sie noch lächeln, mit den Schläuchen in den Armen und in der Nase, sie kann den Kopf kaum vom Kissen heben. Und Jessica gibt ihr einen Kuss auf die Wange und sagt ihr, dass sie bald ein Engel sein wird.«

»Er braucht Hilfe.«

»Fragt sie, ob sie als ihr Schutzengel wiederkommen und Kürbisse in Kutschen und Mäuse in Pferde verwandeln wird.«

»Wee... William, er braucht *dringend* einen Arzt.«

Wee Free hob die Pistole. »Als sie sechs war, hat sie beim Hochzeitsempfang gefragt, ob sie noch ein zweites Stück Torte haben könnte, und als ihre Stiefmutter wissen wollte, warum, sagte sie, ihre Mutter hätte immer so gerne Kuchen gegessen, und wenn wir das nächste Mal auf den Friedhof gingen, könnten wir es ihr geben.«

Ich wandte ihm den Rücken zu und suchte den Boden um

den Wagen herum ab. Wo zum Teufel war Mrs Kerrigans Pistole?

Ich sah nur Dunkelheit und Büschel von Unkraut und regengefüllte Schlaglöcher.

»Als Jessica sieben war, ist ihr Kaninchen gestorben. Sie hat eine Woche lang geweint, weil Kaninchen nicht in den Himmel kommen, weil sie ja keine Seele haben. Ich habe genauso lange gebraucht, um sie davon zu überzeugen, dass sie auch nicht in die Hölle kommen.«

Wo war die verdammte Pistole?

»Sie wuchs heran und wurde rebellisch. Wandte sich ab von unserem Herrn. Aber sie ist trotzdem noch mein kleines Mädchen.«

Ich hatte ja schließlich nicht noch mal dreihundert Pfund übrig, um mir eine neue zu kaufen.

»Also, es läuft folgendermaßen: Ich behalte Ihren Freund so lange, bis Sie sie gefunden haben. Und für jeden Tag, den sie verschwunden bleibt, werde ich Ihnen ein Stückchen von ihm schicken. Und wenn...« Wee Frees Stimme versagte. Er räusperte sich. »Wenn sie stirbt...«

»Lassen Sie mich raten: ›Brand um Brand, Wunde um Wunde, Beule um Beule‹?«

Wo zum Teufel war die *gottverdammte* Pistole?

Wee Free bückte sich und hob etwas vom Boden auf. »Suchen Sie die hier?« Mrs Kerrigans Halbautomatik. Er klinkte das Magazin aus, ließ es fallen und warf mir die Pistole zu. Sie knallte einen halben Meter vor meinen Füßen auf den nassen Asphalt.

»Haben Sie sie getötet?«

»Auge um Auge. Und jetzt finden Sie meine Tochter.«

Er setzte sich hinter das Steuer des großen Geländewagens. Der Motor erwachte röhrend zum Leben. Dann setzte der BMW zurück, wendete und fuhr durch das offene Tor davon.

Der Regen drang durch meine Jacke, klatschte die Hose an meine Beine und troff von meinem Gesicht, als die Rücklichter des Wagens in der Nacht verloschen.

Verdammter Mist.

Jetzt waren da nur noch die Lichter des geschlossenen Abholmarkts nebenan.

Steh nicht rum wie ein Ölgötze. Die Spuren beseitigen und dann schleunigst verschwinden, ehe jemand die Polizei anruft, um die Schüsse zu melden.

Ich streifte mir ein Paar Handschuhe aus der Ermittlerausrüstung über und hob die Pistole auf. Dann humpelte ich hinüber zu der Stelle, wo Wee Free gestanden hatte, und las das Magazin auf. Vier Kugeln waren noch drin.

Das Magazin rastete im Griff ein, und das ganze Ding kam in einen Beweismittelbeutel. Nur für alle Fälle. Das hätte noch gefehlt, dass meine Fingerabdrücke auf der Mordwaffe waren.

Ich öffnete den Kofferraum des Jaguar, nahm zwei der Müllsäcke heraus und zog sie Paul Manson über Kopf und Schultern, über die blutige Masse, wo einmal sein Hinterkopf gewesen war. Ich hievte ihn hoch und wuchtete ihn in den Kofferraum. Und dann stand ich da und starrte auf die immer noch mit Klebeband gefesselte Leiche hinunter.

Erschossen, weil er bei einem Wohltätigkeitsdinner mit seiner Familie geprahlt hatte.

»Ich weiß, es ändert nichts, aber ... es tut mir leid.«

Ich schlug den Kofferraumdeckel zu.

Die Feueranzünder stanken nach Paraffin, als ich sie in kleine Brocken zerbrach und über die trockensten Holzstücke verstreute, die ich hatte finden können – unten dünne Zweige und Zeitungspapier, darüber die größeren Äste. Das Ganze aufgeschichtet in einem Graben neben einer Trockensteinmauer in den Tiefen von Moncuir Wood. Wo jetzt Buchen und Kiefern ihre Äste ausbreiteten, war irgendwann wahrscheinlich mal ein Bauernhof gewesen. Doch mit der Zeit hatte die Vegetation alles überwuchert, und jetzt zogen sich nur noch ein paar Mauerreste durch die erfrorenen Brennnesseln und das trauernde Brombeergestrüpp. Ein abgeschiedener Ort, vergessen von der Welt.

Mit der Dunkelheit und dem Regen als einziger Gesellschaft.

Paul Manson schien seit seinem Tod deutlich schwerer geworden zu sein. Wer hätte gedacht, dass vier kleine Kugeln so viel wiegen? Ich schleifte ihn zu meinem Scheiterhaufen und warf ihn darauf.

Seine obere Körperhälfte steckte immer noch in dem Müllsack. Was von seinem Kopf übrig war, drückte gegen die schwarze Plastikfolie und beulte sie aus.

Wenigstens konnte ich sein Gesicht nicht sehen.

Ich richtete mich auf. Rieb mir das Kreuz.

Dann hob ich den Fünfliterkanister mit Brennspiritus auf.

»Wie gesagt, es tut mir leid ...« Ich goss die Hälfte über ihm aus, ließ den Spiritus über seinen Körper fließen und in das Holz darunter sickern. Dann warf ich zwei brennende Streichhölzer hinein, trat zurück und sah zu, wie der Scheiterhaufen Feuer fing.

Äste knackten und knisterten, Rauchfahnen vermischten sich mit dem bläulichen Flackern des brennenden Spiritus. Dann fingen die Kienspäne Feuer, und zum Blau gesellte sich Gold.

Ich hatte natürlich nicht annähernd genug Holz, um die Leiche vollständig einzuäschern, aber darum ging es auch nicht. Sie musste nur lange genug und heiß genug brennen, um sämtliche DNS- und Faserspuren zu vernichten, die Alice und ich hinterlassen hatten.

Eine halbe Stunde später schaufelte ich Erde über das, was das Feuer übrig gelassen hatte, und humpelte zur Parkbucht zurück.

Der Jaguar stand auf der einen Seite, Alice' Suzuki auf der anderen.

Der Brennspiritus stach mir in die Augen und schnürte mir die Kehle zu, als ich die Polster des Jaguar mit den verbliebenen gut zwei Litern tränkte. Ich warf die Schaufel auf den Rücksitz, zusammen mit der Plane, dann drehte ich die Fenster runter und schlug die Türen zu.

In der Schachtel war noch ein letztes Stück Feueranzünder. Ich ließ ein brennendes Streichholz darauf fallen und wartete darauf, dass es Feuer fing …

Eine Stimme hinter mir: »Ash?«

Ich drehte mich um.

Da stand Alice, schwankend auf wackligen Beinen, und hielt sich am Dach des Suzuki fest.

»Du bist wach.«

Sie blinzelte den Jaguar an. Zeigte darauf. »Was …?«

»Es ist alles in Ordnung, setz dich wieder ins Auto, ich bin gleich fertig.« Rauch quoll aus der Pappschachtel in meiner Hand. Ich warf sie durch das Fahrerfenster, und der Brennspiritus entzündete sich mit einem *Fffump*. Flammen züngelten aus den offenen Fenstern in die verregnete Nacht hinaus, als der erste Schwung flüchtiger Bestandteile verbrannte.

Für einen Augenblick wurde die Parkbucht grell ausgeleuchtet, dann schwand das Licht, und alles versank wieder in Dunkelheit.

Ich streifte die Handschuhe ab und warf sie zu der Schachtel ins Auto. »Ich weiß schon gar nicht mehr, wie oft wir zu so einem Einsatz ausgerückt sind, wo der Trottel, der das Auto geklaut hatte, mit Verbrennungen zweiten Grades und einem Gesicht voller Sicherheitsglas auf der anderen Straßenseite lag. Die Idioten vergessen, die Fenster runterzudrehen, und dann ist die ganze Kiste eine einzige große Bombe.«

Es war ein Gefummel, aber schließlich gelang es mir, die

SIM-Karte, mit der ich Manson angerufen hatte, aus meinem inoffiziellen Handy zu hebeln. Ich warf sie in den brennenden Jaguar und ersetzte sie durch die ursprüngliche Karte.

Jetzt war nichts mehr übrig, was uns mit ihm in Verbindung bringen könnte.

Alice' Gesicht waberte und wellte sich im Schein des lichterloh brennenden Wagens. Sie hatte eine gewaltige Beule an der linken Schläfe, mit einer Platzwunde in der Mitte, aus der Blut sickerte. »Wo ist Paul Manson?«

Okay.

Es dauerte eine Weile, aber ich brachte ein Lächeln zustande. »Ich habe ihn vom Dezernat Zeugenschutz abholen lassen. Er wird als Kronzeuge aussagen.«

Sie zog den Mund schief. »Lüg mich nicht an!«

»Tu ich nicht. Er ist…«

»Ash, ich habe gesehen, wie du seine Leiche in den Wald getragen hast. Du hast gesagt, du würdest ihn dazu bringen auszusagen!«

Na super. Genau das hatte ich noch gebraucht als krönenden Abschluss dieses Tages. Als ob alles nicht schon schlimm genug wäre…

»Es war Mrs Kerrigan, sie…«

»Du hast gesagt, niemand müsste sterben, ich habe dir *vertraut*!«

»Ich hab mein Bestes getan, okay?« Ich gestikulierte in Richtung des brennenden Autos. »Er hat dort auf der Erde gelegen, und sie hat auf ihn geschossen. Vier Mal. Und dabei gegrinst.« Zum Tode verurteilt, weil er sie beim Dinner gelangweilt hatte. »Ich konnte nichts tun.« Meine Schultern sackten herab. »Es tut mir leid. Es tut mir wirklich, ehrlich leid.«

Alice lehnte sich an einen Baum und bedeckte ihre Augen mit den Händen. »O Gott…«

Ich räusperte mich. Wandte mich ab, damit sie mein Gesicht

nicht sehen konnte. »Regel Nummer vier: Er war ein Mafia-Buchhalter. Er war praktisch ein toter Mann, als er anfing, Andy Inglis zu bestehlen. Es ist allein seine Schuld. Seine und die der Leute, für die er gearbeitet hat.«

Lügner. Es war allein meine Schuld. Genau wie alles andere. Genau wie immer.

40

»Geht's ein bisschen besser?«

Alice schielte zu mir auf. Das Geschirrtuch hatte sich dunkel verfärbt, Wasserperlen rannen an ihrer Hand herab und tropften von dort auf die klebrige Tischplatte. »Nein.«

Drüben am anderen Ende von Buffalo Bob's Bar stritt sich das einzige andere Paar im Lokal in gedämpfter Lautstärke. Wild gestikulierend und mit gebleckten Zähnen zischelten sie einander über Grillhähnchen mit Bohnen und Pommes hinweg an.

Die Wände waren mit dunklem Holz getäfelt, von dem allerdings unter der Flut von gerahmten Fotos und antiken Sammlerobjekten nicht viel zu sehen war. Die lange Theke war mit Zapfhebeln und Neonreklamen für »BUD LIGHT« und »COKE« bestückt. An der Decke drehte sich knarrend ein Ventilator im Kreis, und aus den Lautsprechern brummelte Bruce Springsteen.

»Wir sollten dich durchchecken lassen. Es ist ...«

»Ich geh nicht ins Krankenhaus.«

»... vielleicht eine Gehirnerschütterung, und ...«

»Bitte. Es ...« Sie schauderte. Schob die Spareribs auf ihrem Teller herum. »Also, ist Mrs Kerrigan auch tot?«

Die Frau am anderen Tisch stand auf, schnappte ihren Milchshake und schüttete ihrem Partner den Inhalt ins Gesicht. »DU SCHWEIN!« Dann stürmte sie hinaus auf den Parkplatz und knallte die Tür hinter sich zu.

Nach einer Schrecksekunde war auch der Mann auf den Beinen. Eine Spur aus rosa Tropfen hinterlassend eilte er ihr nach. An der Tür hielt er inne und warf uns ein gequältes Lächeln zu. »Tut mir leid...« Und dann war er weg.

Ich tauchte eine Fritte in die Gorgonzolasauce und starrte finster auf mein Spiegelbild im Fenster. »Ich weiß es nicht. Vielleicht.« Vielleicht stand Wee Free McFee gerade an seiner Schlachtbank, die vernarbte Brust mit Blut verschmiert, und hackte sie in kleine Stücke. Fütterte die Hunde mit Fleischstreifen und steckte sich ab und zu auch einen Happen in den Mund.

Sie hätte *mir* gehören sollen.

Ein Nicken. Dann nahm Alice eine Rippe vom Teller. Das dunkle Fleisch hing schlaff von dem verkohlten Knochen herab. »Es tut mir leid.«

Ich beugte mich vor und drückte ihre Hand. »Hey, es gibt nichts, was dir leidtun muss.«

»Er war einfach... da, und ich wollte weglaufen, aber er hat mich geschlagen und...« Der Knochen fiel mit einem Klappern auf den Teller zurück. »Es tut mir leid.«

»Wir kriegen das schon hin. Alles, was wir tun müssen, ist, Jessica McFee retten und uns Shifty rausgeben lassen, und die Sache ist geritzt.« Ich drückte ihre Hand noch einmal. »Du hast getan, was du konntest.«

»Aber...«

»Wee Free hat Mrs Kerrigan, also kann sie uns nicht gefährlich werden. Er wird Shifty nichts tun, weil er uns braucht, um seine Tochter zu finden. Das Einzige, was heute Abend passiert ist, ist, dass ein Mafia-Buchhalter gestorben ist.«

Sie nickte.

Ich biss noch einmal in den Burger, würgte ihn herunter wie ein fettiges Stück Pappe.

Nur ein Mafia-Buchhalter. Kein unschuldiger Mann, der vor der falschen Person mit seiner Familie angegeben hatte.

Alice unternahm noch einen Versuch mit der Rippe, und diesmal gelang es ihr, sie bis zum Mund zu heben. »Ich frage mich, was seine Frau und sein Sohn denken werden. Dass er mit einer anderen Frau durchgebrannt ist? Dass er von einer rivalisierenden Bande entführt wurde?«

Ich hielt den Blick auf meine Pommes gerichtet. »Ist wahrscheinlich das Beste, gar nicht darüber nachzudenken.«

Alice seufzte. Sie ließ die Rippe wieder auf den Teller fallen und schob ihn weg. »Ich weiß, so etwas passiert wahrscheinlich ständig mit Leuten, die davon leben, dass sie für Unterweltbosse Geld waschen.« Sie schlug die Augen nieder und fingerte an ihrer Serviette herum. »Aber ich kann mir nicht helfen, er tut mir einfach leid.«

Und jetzt schmeckte der Burger wie verbranntes, in Brennspiritus eingelegtes Menschenfleisch. Ich schob meinen Teller zur Seite. Er stieß klirrend gegen ihren.

»Okay.« Ich legte die Hände mit gespreizten Fingern auf die Tischplatte. »Wie fangen wir den Inside Man?«

Sie griff in ihre lederne Umhängetasche, zog eine Mappe heraus, legte sie auf den Tisch und entnahm ihr einen Stapel Papiere.

»Entschuldigung?« Der junge Bursche, der unsere Bestellung aufgenommen hatte, erschien am Ende des Tisches. Jeanshemd mit Grauschleier am Kragen, fleckige Stars-and-Stripes-Weste, ein Namensschild, auf dem stand: »Hi, ich bin Brad – Du willst es – wir haben's!!!« Seine Baseballkappe saß schief auf seinem fettigen Lockenschopf. »Brauchen Sie noch mehr Eis? Ist kein Problem, wir haben jede Menge davon!«

Alice nahm das Geschirrtuch von ihrer Schläfe und drückte es ihm in die Hand. »Danke.«

Das Ei an ihrer Schläfe war zurückgegangen. Jetzt war es nur noch eine kleine Beule, gekrönt von einem rosa-gelben Kratzer. Joseph konnte verdammt froh sein, mit einem zertrümmerten Bein davongekommen zu sein. Wenn ich mehr Zeit gehabt hätte...

Brad deutete auf unsere Gläser. »Möchten Sie noch etwas trinken?«

Sie nickte. »Ich hätte gerne einen doppelten Jack Daniel's mit Eis. Und ein Pint Lager. Und eine Kanne Tee.«

»Klar doch: Jack on the rocks mit einem Bier zum Nachspülen und einmal Tee.« Brad wieselte mit dem triefnassen Geschirrtuch davon, und Alice breitete ihre Papiere auf dem Tisch aus.

Auf jedem Blatt waren zwei Fotos eines Inside-Man-Opfers zu sehen: ein Brustbild der lebenden Frau und darunter eine Aufnahme des Orts, an dem sie gefunden wurde. Alice hatte sie alle chronologisch sortiert. Ganz links Doreen Appleton – der älteste Fall –, dann Tara McNab, Holly Drummond, Natalie May, Laura Strachan, Marie Jordan, Ruth Laughlin und Claire Young und als Abschluss ganz rechts ein Foto von Jessica McFee.

Alice griff noch einmal in die Mappe, um die Obduktionsfotos herauszunehmen, und dann folgten noch die Kopien der Briefe, die sie Micky Slosser aus dem Kreuz geleiert hatte.

Und – last but not least – der Brief, der heute gekommen war.

Sie wippte auf ihrem Stuhl vor und zurück, einen Arm um den Leib geschlungen, während die andere Hand an einer lockigen braunen Haarsträhne herumspielte. »Also, die Handschrift ist eindeutig sehr ähnlich. Nicht identisch – die Neigung der Buchstaben ist ein bisschen ausgeprägter, die Schleifen sind unordentlicher, was ein gutes Zeichen ist.«

»Tatsächlich?«

»Ist deine Handschrift heute noch *genau* die Gleiche wie vor acht Jahren? Meine nicht, sie wird von Jahr zu Jahr schlimmer, ich glaube, es liegt daran, dass wir alle zu viel Zeit am Computer verbringen und zu wenig mit Stift und Papier, niemand schreibt mehr Briefe, na ja, vielleicht mit Ausnahme von Serientätern...« Sie nahm den neuesten in die Hand und fixierte ihn so angestrengt, dass ihre Augen unter den zusammengezogenen Brauen verschwanden. Dann griff sie noch einmal in ihre Tasche und nahm eine Brille heraus. »So ist's besser. Also. Ahem... ›Habt ihr mich vermisst? Ich weiß nämlich, dass ich euch vermisst habe. Euch alle. Meine Opfer, meine Verfolger, mein Publikum. Ich habe euch vermisst, wie ein Ertrinkender die kalte, harte Erde unter seinen Füßen vermisst.‹« Alice atmete hörbar aus. »Nicht gerade subtil, oder?«

»Vielleicht ist er Literaturstudent, du weißt ja, wie die drauf sind.«

»›Die Erste war nicht richtig. Sie war nicht stark genug für meine finstere Absicht. Sie brachte mein Herz nicht zum Singen. Aber Jessica ist anders. Ihre Schreie und Flüche sind köstlicher Wein für meinen übersättigten Gaumen. Ihr Fleisch ist mein Festmahl.‹«

Der Tee war kalt, aber ich trank ihn trotzdem. »Ich nehme alles zurück – nicht mal Literaturstudenten formulieren so schwülstig.«

»Es wird noch schlimmer. ›Sie ist der Liebe würdig, die tief drinnen brennt...‹, ›Die bleiche Haut ihrer Brust hebt und senkt sich, während sie mich einatmet, ihr Herz flattert wie das eines aufgeschreckten Hasen...‹, ›Und bald werde ich meine Klinge tief in ihr bebendes Fleisch senken, das nackt vor mir liegt. Eine Opfergabe, in die ich mich versenken kann...‹« Alice legte den Brief hin und trommelte mit den Fingern auf das Resopal. »Ist das nur mein Eindruck, oder schreibt er hier Folterpornografie? Ich meine, in den anderen Briefen findet sich nichts dergleichen. Ja, sie sind schwülstig, aber jetzt gibt er sich größte Mühe, den Sex-Aspekt in den Vordergrund zu rücken.«

»Sex sells.«

Ihre Fingerspitze tänzelte über eine Zeile des handgeschriebenen Textes. »›Das bleiche Wogen ihrer verborgenen Lüste lockt mich. Oh, wie sie mich *anfleht*, in ihrer warmen, dunklen Umarmung zu schwelgen…‹ Wenn Serienmörder ihre Briefe an den *Playboy* schicken würden, würde es sich so anhören.«

Ich zog den allerersten Brief aus dem Stapel. Datiert einen Tag, nachdem wir Tara McNabs Leiche in der Parkbucht gefunden hatten. Keine Erwähnung von Sex, Brüsten oder warmen, dunklen Umarmungen. Dafür jede Menge über Macht und Kontrolle und wie respektlos es von der Presse sei, ihn den Schottischen Ripper zu nennen – aber kein Sex.

Der nächste trug das Datum des Tags vor der Auffindung von Holly Drummonds Leiche. Der Inhalt stimmte mehr oder weniger mit dem des ersten Briefs überein. Und der nächste war genauso. Wie auch der danach. »Vielleicht ist seine Handschrift nicht das Einzige, was sich geändert hat? Vielleicht ist er jetzt nur ehrlicher, was seine wahren Motive betrifft?«

»Aber er ist impotent. Er *muss* impotent sein, sonst ergibt das, was er tut, keinen Sinn. Er kann einer Frau nicht auf natürliche Weise ein Kind machen, also muss er sie aufschneiden, um sie zu schwängern. Die Macht, die er über sie ausübt, nährt seine sexuelle Fantasie, er ist potent, wild und zügellos, und er macht Frauen schwanger…« Sie stibitzte mir eine Fritte. »Warum nimmt er nicht Viagra oder so? Warum geht er nicht zu einem Spezialisten für erektile Dysfunktion?«

Ich nahm meinen Teller und stellte ihn vor sie hin. Auf den Brief über Laura Strachan. »Wenn er impotent ist, wie hat er es dann fertiggebracht, Ruth Laughlin zu vergewaltigen?«

Alice kaute eine Weile mit gerunzelter Stirn. Dann nahm sie noch eine Fritte von dem Haufen. »Vielleicht liegt das Problem ja nicht darin, eine Erektion zu bekommen, sondern in der Motilität seiner Spermien?« Sie arrangierte sieben Fritten in einer geraden Reihe auf dem Teller, eine neben der anderen wie

Zaunpfosten. Dann noch zwei weitere darunter. Sie nahm die Plastikflasche mit Ketchup und quetschte einen Klacks auf jede der ersten vier Fritten. Und dann noch einen auf die erste Fritte in der zweiten Reihe.

»Also, was heißt das – sollen wir bei den Fertilitätskliniken anfangen? Herausfinden, ob es da jemanden gibt, auf den das Profil passt? Dafür würden wir nie einen Beschluss kriegen.«

Brad war wieder da, mit einem Tablett in der Hand. Falls ihn die Obduktionsfotos und die Bilder von toten Frauen verstörten, wusste er es gut zu verbergen. Er servierte uns die Getränke und reichte Alice ein frisches Geschirrtuch, prallvoll mit Eiswürfeln. Er lächelte. »Falls Sie sonst noch was brauchen, sagen Sie mir einfach Bescheid, okay?«

Alice hielt einen Finger hoch, dann kippte sie ihren Jack Daniel's in einem Zug hinunter. »Noch so einen, danke.«

Nachdem er wieder hinter dem Tresen verschwunden war, schob sie die Zunge zwischen den Zähnen hervor und betrachtete stirnrunzelnd ihre Papiere. »*Dear Boss* oder *From Hell*?«

»Nicht schon wieder *die* Geschichte.«

»Der eine enthält Details, die nicht an die Öffentlichkeit gelangt waren, dem anderen war eine halbe menschliche Niere beigelegt … Wann hat Dr. Docherty das Profil erstellt?«

»Kann ich dir nicht sicher sagen. Henry wurde erst hinzugezogen, nachdem wir Tara McNab in der Parkbucht gefunden hatten. Also vermutlich nach Holly Drummond.«

Alice schob die Opferakten, die Obduktionsfotos und die Briefe zu allen übrigen Opfern zu einem Stapel zusammen, legte sie beiseite und ließ nur die Unterlagen zu Doreen, Tara und Holly in der Mitte des Tisches liegen. »Das Profil basierte also auf diesen drei Opfern.« Sie legte einen Brief neben Hollys Foto, einen zweiten neben das von Tara. »Und Doreen hat keinen Brief bekommen …« Noch eine Runde Stirnrunzeln und Haarefummeln. »Dr. Docherty glaubt, der Grund sei, dass sie nur die Generalprobe war, aber was ist, wenn er nur deshalb keinen Brief geschrieben hat, weil es nicht nötig war, ich meine, erst nachdem die Zeitungen anfingen, ihn pervers zu nennen und ihm den Spitznamen ›der Schottische Ripper‹ zu verpassen, musste er seine Ehre verteidigen, davor konnte er einfach in Ruhe sein Ding durchziehen.«

Brad erschien mit ihrem Drink. »So, bitte schön.«

Sie kippte ihn hinunter und bestellte noch einen.

Sein Lächeln verrutschte ein wenig. »Sind Sie sicher?«

»Aber klar doch.«

Und er verschwand wieder.

Sie nahm einen kräftigen Schluck Bier. »Was ist, wenn *keiner* der Briefe Jack the Ripper ist? Wenn es sich um zwei verschiedene Personen handelt, die sich beide zu etwas bekennen, was sie nicht getan haben?«

»Du glaubst, die Inside-Man-Briefe sind nicht echt? Das kann nicht sein – sie sind alle einen Tag vor der Auffindung des jeweiligen Opfers gestempelt.«

»In den Briefen geht es um Macht und Kontrolle, sie sagen: Seht her, ich bin etwas ganz Besonderes. Bei den *Frauen* geht es um den Versuch, Leben zu erschaffen...« Sie nahm die zwei Briefe und legte sie zu den anderen am Ende des Tisches. »Wenn man die Briefe aus dem Spiel lässt, ergibt sich ein völlig anderes Bild.«

Ich schenkte mir Tee nach. »Du kannst sie aber nicht aus dem Spiel lassen – sie wurden zugestellt, sie sind da, und sie enthalten Details, die nur der Täter kennen konnte.«

»Oder jeder, der an der Ermittlung beteiligt war.«

»Also, worauf willst du hinaus – dass es ein Trittbrettfahrer mit einer Zeitmaschine ist? Er springt ein paar Tage in die Vergangenheit und wirft die Briefe ein, bevor wir die Leiche finden?«

Sie tippte auf die Obduktionsfotos. »Aber die Leichen erzählen eine andere Geschichte als die Briefe … Und wenn …« Die Falten in ihrer Stirn wurden tiefer. »Und wenn die Briefe einerseits echt sind, aber andererseits auch nicht? Der Inside Man schreibt sie nicht, weil er sich erklären will, er schreibt sie, um Verwirrung zu stiften, ich meine, er weiß, dass wir sie benutzen werden, um ihn zu fassen, also schreibt er *falsche* Briefe, die nichts mit dem zu tun haben, was wirklich abläuft – sie sollen uns nur auf eine falsche Fährte locken.« Alice lehnte sich zurück und grinste mich an. Dann nahm sie einen großen Schluck aus ihrem Pintglas und unterdrückte ein Rülpsen. »Er *ist* es, aber er lügt uns an.«

»Pffff … Klingt ein bisschen weit hergeholt, findest du nicht? Ich dachte, irre Serienkiller wären in der Regel nicht so superintelligent.«

Brad war wieder da, Alice' Drink in der einen Hand, die Jack-Daniel's-Flasche in der anderen. »Wie wär's, wenn ich Ihnen die einfach hierlasse?« Er zwinkerte. »Personalrabatt.« Offenbar war er auf ein fettes Trinkgeld aus.

Alice schüttete ihren Drink hinunter, goss sich nach und kramte dann in ihrer Tasche nach Block und Stift, während Brad sich entfernte, um ein paar Tische abzuwischen.

»Wir müssen das Profil von Grund auf neu erarbeiten, die Briefe ignorieren und uns auf die Opfer konzentrieren, die Leichen und die Tat selbst.« Sie zeichnete neun Kästchen auf das Blatt, schrieb in jedes den Namen eines Opfers und verband sie dann mit Pfeilen. Weitere Zeilen mit Berufen und Altersangaben kamen dazu, dann noch eine Reihe von Schlüsselwörtern: SEX, FORTPFLANZUNG, VERGEWALTIGUNG, LIEBE, ZORN, SCHWANGER, BABY, LIEBE MICH!!! …

Sie begann, gestrichelte Linien und Kreise hinzuzufügen. »Die Statistik spricht dafür, dass er weiß ist – und außerdem sind die Babypuppen alle rosa, nicht schwarz oder asiatisch, und es ist ja nicht so, als ob man keine farbigen Puppen zu kaufen bekäme, ich habe schon welche in den Geschäften gesehen. Und er war *mindestens* Mitte bis Ende zwanzig, als er angefangen hat, denn dann hat er genug Zeit gehabt, um zu merken, dass er unfruchtbar ist, und an seiner Fantasie zu arbeiten. Er ist kontrollsüchtig, beherrscht, narzisstisch, nach außen hin sehr ausgeglichen und selbstsicher, aber privat, oder wenn er zu Hause mit Menschen zusammen ist, die ihn kennen, dürfte er schüchtern sein und Probleme haben, soziale Kontakte zu knüpfen.« Alice kritzelte einen Schnuller in die Ecke des Blatts. »Ich weiß, das klingt kontraintuitiv, aber eine invertierte soziale Phobie passt zu der Vorstellung, dass er die ganze Zeit eine Maske trägt – er kann alles unter Kontrolle haben, weil er jemand anders ist.«

Alice goss sich noch einen Jack Daniel's ein. »Es dürfte nicht auf Anhieb funktioniert haben, er hat sicher daran arbeiten müssen, seine Selbstkontrolle zu perfektionieren, und mit der Zeit wird er immer geschickter darin, sein wahres Ich zu verschütten, zu verbergen, was er in Wahrheit ist, wenn andere Menschen zugegen sind.«

Ein schüchterner, nervöser junger Mann, der sich in ein kontrollbesessenes Arschloch mit übersteigertem Selbstbewusstsein verwandelt. Jemand aus dem Umfeld der Polizei, der wusste, wie er die Ermittlungen manipulieren konnte. Jemand, der uns alle auf den vollkommen falschen Dampfer setzen und dabei den Anschein erwecken konnte, als sei es von Anfang an unsere Idee gewesen.

Ich lehnte mich auf meinem Stuhl zurück und trommelte mit den Fingern auf den Tisch.

Jemand, der irreführende Briefe schreiben und dann dafür sorgen konnte, dass sie im Mittelpunkt der Aufmerksamkeit standen. Jemand, der Alice' Beiträge in den Hintergrund drängen konnte, weil er das Ohr des Königs hatte…

Der Zauberlehrling.

»*Er hat sogar seinen eigenen Erzählbogen, nicht wahr? Vom unbeholfenen Nebendarsteller mit Lockenschopf zu dieser aalglatten Fernsehpersönlichkeit in Anzug und Krawatte, ja? Und wir wissen ja alle, was Nietzsche über das Blicken in einen Abgrund gesagt hat...*«

Jemand wie Dr. Frederic Docherty.

41

Zwei Kutschenlampen links und rechts der Eingangstür verbreiteten einen dezenten goldenen Schein. Ein kleines Schild über dem Klingelknopf forderte die Gäste auf zu läuten, wenn sie nach elf Uhr abends Einlass begehrten. Also läuteten wir.

Das Pinemantle Hotel stand im unteren Drittel der Porter Lane, keine fünf Minuten vom Polizeipräsidium entfernt – ein Klotz aus Beton und Granit, eingebettet in den bröckelnden Glanz alter Stadthäuser aus Sandstein. Ein dicht mit Rhododendren und kahlen Buchen bestandener Garten lag im Schatten hinter Alice' Suzuki.

Sie spähte vom Beifahrersitz zu mir heraus. Ein Auge zugekniffen, schwankte sie leicht hin und her und blinzelte in Zeitlupe. Sie hantierte an ihrem Gurt herum und stieß die Tür auf. Blies die Backen auf – und hielt sich hastig eine Hand vor den Mund.

Wunderbar. Das würde bestimmt gut ankommen, wenn sie noch vor dem Einchecken die ganze Einfahrt mit Spareribs und Pommes vollspie.

Eine Pause, dann schüttelte sie sich und schälte sich mühsam aus dem Sitz. Steifbeinig stakste sie auf das Vordach zu und ließ sich gegen mich fallen. »Bimmmmüüüüd.« Das Wort glitt auf einer Welle von Jack Daniel's und Barbecue-Sauce heraus.

Ein Schatten bewegte sich hinter der geriffelten Glasscheibe der Eingangstür.

»Versuch doch, nicht so auszusehen, als ob du gleich alles vollkotzen würdest, sonst geben sie uns kein Zimmer.«

»Müüüüüüüd...«

Na prima.

Der Schatten füllte die Glasscheibe aus, dann klickte es, und die Tür ging auf.

Ein Mann in Pantoffeln und schwarzer Strickjacke sah blinzelnd zu mir auf. Seine Gesichtshaut war faltig und schlaff, und er strömte einen Geruch nach Rheumasalbe und Pfefferminz aus. »Was kann ich für Sie tun?«

»Ich brauche zwei Zimmer.«

Er blinzelte noch ein wenig, und sein Blick sprang zwischen mir und Alice hin und her. »Verstehe.« Er rollte die Schultern unter seiner ausgebeulten Strickjacke und schielte dann nach Alice' Koffer und meiner Sporttasche. »Brauchen Sie Hilfe mit Ihrem Gepäck?«

»Wir kommen schon klar, danke.«

Alice zupfte an meinem Ärmel. »Zweibettzimmer. Ich will nicht... will nicht... allein?«

»Zwei Zimmer. Haben Sie vielleicht zwei direkt nebeneinander?«

Ein Taschentuch erschien in seiner Hand, in das er sodann mit kräftigem Stoß hineinschnodderte. »Ich denke, damit können wir dienen.« Dann machte er kehrt und wackelte zurück ins Hotel.

Die Rezeption war mit Schottenkaro-Teppichboden ausgelegt, und über dem hölzernen Empfangstresen hing ein Hirschgeweih. Die Wände waren mit Jagdszenen und Portraits von Männern und Frauen in altmodischen Uniformen und Kleidern behängt, alle in schweren Goldrahmen.

Der Mann schrieb unsere Namen und das Kennzeichen unseres Autos auf und zog Alice' Kreditkarte durch. Dann hielt er uns zwei Zimmerschlüssel hin. »Frühstück gibt es von halb sieben bis halb zehn im Balmoral Room. Ich rate Ihnen aber, bis nach sieben zu warten – wir haben im Moment das Haus voller Polizisten, und die belagern immer das ganze Buffet.« Er wies nach links. »Und wenn Sie Ihren Wagen in die Parkgarage neben dem Haus stellen möchten, gebe ich Ihnen eine Marke für das Tor.«

»Danke.«

Er kramte eine Weile unter dem Tresen herum. Dann tauchte er wieder auf und runzelte die Stirn. »Hätte schwören können, dass sie hier sind... Bin gleich wieder da.« Und dann schlurfte er mit seinen Pantoffeln über den karierten Teppichboden davon.

Sobald er außer Sichtweite war, beugte ich mich über den Tresen, schnappte mir das Gästebuch und blätterte die Einträge für die letzten paar Tage durch.

Die ganze Seite war voll mit Polizisten. Rhona hatte recht gehabt: Das komplette Team der Specialist Crime Division hatte eingecheckt, ebenso wie Jacobson mit seiner Nebengeordneten Ermittlungs- und Revisionseinheit.

Und, last but not least, Dr. F. Docherty, Zimmer 314.

»... das war Love Amongst Ruin *mit ›Home‹. Es ist fünf vor Mitternacht, und Sie hören die Geisterstunde mit mir, Lucy Robotham.«*

Die Marke, die ich vom Nachtportier bekommen hatte, öffnete das Tor zu einer Parkgarage, die sich dem Anschein nach unter den Konferenzräumen befand. Ich lenkte den Suzuki zwischen den dicken Betonsäulen hindurch und stellte ihn auf dem ersten freien Platz ab. Dann saß ich eine Weile da, den Kopf in den Nacken gelegt, während mein Fuß pochte.

»... einen Blick in die Zeitungen von morgen. Der Daily Record *macht auf mit ›Gotcha! – Skandal erschüttert Downing Street – Wirtschaftsminister Alex Dance wegen Meineids und versuchter Rechtsbeugung festgenommen...‹«*

Noch ein paarmal durchgeatmet, und das Pochen ließ ein wenig nach.

»... *die* Press and Journal *titelt* ›Eltern in Sorge um vermissten Charlie‹ *und widmet sich der Suche nach dem fünfjährigen Charlie Pearce* ...«

Gott, was für ein Tag...

»... *sowohl der* Independent *als auch der* Scotsman *beschäftigen sich mit der Jagd nach dem sogenannten Inside Man in Oldcastle. Während die* Castle News and Post *ihre Titelseite einem Brief widmet, den der Mörder angeblich an die Adresse der* ...«

Ich schaltete das Radio aus, hievte mich aus dem Sitz und humpelte, schwer auf meinen Krückstock gestützt, zum Ausgang.

In der Garage hatte ich keinen Handyempfang gehabt, aber kaum trat ich ins Freie, hatte ich schon vier Balken. Mit dem Daumen tippte ich die Nummer ein. Die Betonmauer des Hotels kratzte mich am Rücken, als ich mich anlehnte und zuhörte, wie es klingelte.

Ein breidicker Easterhouse-Akzent blökte aus dem Hörer. »*Police Scotland, Division Oldcastle.*«

»Bist du das, Daphne? Ash Henderson hier. Ich wollte fragen, ob ihr Rock-Hammer Robertson noch in Gewahrsam habt.«

»*Ash, altes Haus, was macht der Fuß?*« Am anderen Ende war das Klackern einer Tastatur zu hören.

»Als ob ich einen Igel im Schuh hätte. Wie geht's Joe?«

»*Der Schussel ist die Treppe runtergefallen und hat sich das Schlüsselbein gebrochen... Nee – nach dem, was hier steht, ist Mr Robertson ohne Auflagen entlassen worden.*«

Nach dem, was er mit Cooper und Jacobson gemacht hatte? Mr Robertson war ja ein richtiger Glückspilz.

»Hast du eine Telefonnummer von ihm?«

»*Sekunde...*«

Mittwoch

42

»… *Ist das Ihr Ernst? Es ist nach Mitternacht!*«
»Wie viel?«

Schweigen am anderen Ende der Leitung, während ich zur Rezeption humpelte. Dann war Rock-Hammer Robertson wieder da. »*Hundertzwanzig am Tag. Plus Spesen.*«

»Und ich will einen kompletten Hintergrundcheck bis sieben Uhr früh. Eltern, Kindheit, Polizei, alles.«

»*Morgen früh? Sie sind wohl…*«

»Ich dachte, Sie hätten gesagt, Sie sind gut.«

Vom Nachtportier war nichts zu sehen, als ich mich hinter den Tresen schlich und die Schlüssel an den Haken durchsah. Dreihundertvierzehn fehlte. Was bedeutete, dass Dr. Fred Docherty ihn vermutlich bei sich hatte. Ein Schlüssel ganz unten am Brett hatte einen roten Lederanhänger mit der Aufschrift »Hauptschlüssel«.

»*Sie lassen mir ja nicht gerade viel Zeit, was?*« Ein Seufzer. »*Ich will mal sehen, was sich machen lässt. Aber versprechen kann ich nichts.*«

Ich schnappte mir den Hauptschlüssel, humpelte zum Lift und drückte den Knopf.

»Als ich bei Ihrem Arbeitgeber nachgefragt habe, hieß es, Sie seien nicht ganz so dämlich, wie es bei der Sache mit dem Schwesternwohnheim den Anschein hatte. Ich vertraue darauf, dass Sie das hier nicht verbocken. Denn sonst müssten wir zwei mal ein ernstes Wort miteinander reden, verstanden?«

»*Ich hab Ihnen doch gesagt, es war nicht meine Schuld. Für so einen Auftrag hätte man ...*«

»Und es bleibt strikt unter uns. Nichts läuft über die Bücher der Firma. Sie berichten an mich, und wenn irgendjemand fragt, nehmen Sie sich bloß aus persönlichen Gründen ein paar Tage frei. Sagen Sie, Sie haben das Norovirus oder so, das grassiert zurzeit überall.«

Ping – die Lifttür glitt auf, und Vivaldis »Vier Jahreszeiten« säuselten mir entgegen.

»*Abgemacht.*«

Ich drückte den Knopf für den dritten Stock. Der Aufzug fuhr surrend und klackernd nach oben, während ich das Telefon zwischen Schulter und Ohr klemmte und ein Paar blaue Nitrilhandschuhe anzog. »Ich will wissen, wohin er geht, mit wem er redet, ob er irgendwo ein Haus oder eine Mietgarage hat.«

»*Ich werde ihn gründlicher durchleuchten als jedes Röntgengerät.*«

Ping – die Tür ging auf, und ich erblickte einen mit Schottenkaro ausgelegten Flur. An der Wand ein Schild:

»→ Zimmer 301–312 – Zimmer 313–334 ←«

Der Gang, der nach rechts abzweigte, machte einen Knick, dann ging es zwei Stufen nach oben.

»Wenn Sie irgendetwas Verdächtiges sehen, rufen Sie mich an. Sie fassen nichts an, Sie stürmen nicht drauflos, Sie rufen mich an.«

»*Ja, ja, ich kenne die ...*«

»Sagen Sie es.«

Ein Seufzer. »*Ich ruf Sie an.*«

»Gut.« Ich zog den Hauptschlüssel aus der Tasche. Unter der Tür von Nummer 314 sickerte kein Licht nach draußen. Entweder schlief Dr. Docherty schon, oder er war nicht da. »Jetzt seien Sie mal einen Moment still.«

Der Schlüssel glitt ins Schloss. Ich drehte ihn ganz vorsichtig und langsam, und dann – *klick*. Lautlos schob ich die Tür auf.

Die Vorhänge waren nicht ganz zugezogen, und der schwache gelbliche Lichtschein, der von draußen hereinfiel, wusch sämtliche Farben aus und ließ den karierten Teppichboden grau in grau erscheinen.

Das Bett war unberührt, die Decke sorgfältig eingesteckt, auf einem der Kopfkissen lag eine Zimmerservice-Karte. Hübsches Zimmer. Groß genug für eine kleine Couch und einen Couchtisch am Fenster. Alles makellos sauber.

Ich hielt das Telefon wieder ans Ohr. »Ich will, dass Sie spätestens um halb sechs vor dem Pinemantle Hotel in der Porter Lane stehen.«

»*Und Sie wollen heute Nacht auch noch einen kompletten Hintergrundcheck? Schon mal gehört, dass es so was wie Schlaf gibt?*«

»Das können Sie nachholen, wenn Sie tot sind.« Ich legte auf und steckte das Handy wieder ein.

In dem einen Nachtkästchen lagen nur eine Gideon-Bibel und ein Föhn, in dem anderen sorgfältig geschichtete Socken und Unterhosen. Die schmale Schublade unter dem Tisch war mit dem üblichen Hotel-Infokram vollgestopft – Mappen, Ordner und Broschüren. Nichts unter dem Bett. Im Bad: ein Deoroller, ein rosa Toilettenbeutel, eine Zahnbürste in einer Plastikhülle, Zahnpasta, Zahnseide, zwei Dosen Haargel, eine Flasche Aftershave.

Im Schrank fand ich einen roten Rollkoffer. Ich wuchtete ihn heraus und stöberte darin herum. Eine Tesco-Einkaufstüte voll mit schmutziger Unterwäsche klemmte in der Ecke, in den Netztaschen unter dem Deckel steckten ein paar Bücher. Darüber war ein festes Fach mit Reißverschluss. Ich öffnete es vorsichtig.

Sieh an, sieh an... Ich griff hinein und zog drei schwarze

Seidentangas heraus. Als Nächstes kam ein scharlachroter Lippenstift zum Vorschein, dann ein Paar silberne Ohrhänger mit blauen Steinen und ganz unten ein Push-up-BH.

Ich setzte mich auf die Fersen. Na und, vielleicht machte es ihm ja Spaß, sich zu verkleiden und sich am Wochenende in Susan zu verwandeln? Das bewies noch gar nichts. Ich steckte alles wieder dorthin zurück, wo es hergekommen war.

Noch rasch die zwei Anzüge, drei Hemden und den Mantel durchsucht, die im Kleiderschrank hingen, und schon war ich wieder draußen auf dem Flur, als ob nichts geschehen wäre.

Ich schloss die Tür von außen ab.

Dann stand ich da, starrte auf das Holz und runzelte die Stirn.

Es war doch unwahrscheinlich, dass Docherty irgendwelches belastende Material in seinem Hotelzimmer herumliegen ließ, oder? Die Putzfrau würde es finden. Und er war ja schließlich nicht blöd…

Würgende Geräusche drangen aus der offenen Badezimmertür des Zimmers nebenan. Alice' Füße guckten heraus, im rechten Winkel zueinander verdreht, und ihre weißen Socken zuckten mit jeder Konvulsion.

Sie war erst zwanzig Minuten in ihrem Hotelzimmer, und es sah bereits aus, als ob ein Teenager hier hauste. Die Klamotten über den ganzen Boden verstreut, dazu noch welche auf dem Stuhl, das Bett zerwühlt, Papiere über die ganze Fläche des kleinen Schreibtischs ausgebreitet.

Ihre Socken zuckten wieder.

»Du bist unmöglich…« Ich hob ihre Jeans auf, faltete sie zusammen und breitete sie über die Stuhllehne. Die Jacke und die gestreiften Tops hängte ich in den Kleiderschrank, dann las ich die verstreuten Socken und Unterhosen auf und legte sie in den Koffer zurück, den ich in der Ecke verstaute.

Alice stöhnte, dann erschien sie in der Tür. Den rosa Pyjama hatte sie falsch zugeknöpft, und die Haare hingen ihr wie ein strähniger Vorhang ins Gesicht. »Urrgh ...«

»Tja, wessen Schuld ist das?«

»Wo warst du? Ich ... Ich hätte ... wen gebraucht ... der mir die Haare aus dem Gesicht hält.«

Ich schlug die Bettdecke auf einer Seite zurück. »Hast du einen halben Liter Wasser getrunken?«

»Ist gleich wieder hochgekommen.« Sie schlurfte herbei und ließ sich vornüber aufs Bett fallen. »Wo warst du?«

»Ich musste noch etwas an der Rezeption erledigen. Musst du noch mal kotzen?«

»Urgh ...«

Ihre Beine waren wie Blei, als ich sie auf den Rücken drehte. Ich deckte sie zu, dann holte ich den Abfalleimer und stellte ihn neben das Bett.

»Du ruinierst dir noch deine Leber – willst du das wirklich?«

»Urrrrrrrgh ...«

»Dachte ich mir doch.« Ich ging zum Fenster und zog den Vorhang ein paar Zentimeter zurück. Ein Auto glitt auf der Porter Lane vorbei, kahle Bäume tauchten im Scheinwerferlicht aus der Dunkelheit auf. »Was würdest du sagen, wenn jemand die Vermutung äußern würde, Dr. Docherty könnte der Inside Man sein?«

»Ich ... Ich würde sagen ... lass mich in Ruhe ... Ich will ... sterben.«

Die Äste erzitterten, und ein Schwall Regen traf das Fenster wie ein Fausthieb. »Er hat das richtige Alter, er erfüllt alle Kriterien, die du genannt hast, und er ist ein Insider, nicht wahr? Mehr Insider als er geht gar nicht.«

»Es ist ein bisschen ... Er kann nicht der ... Inside Man sein ... Er ist ... Er ist ein Idiot.«

Der Vorhang fiel wieder zu. »Was denn, kann ein irrer Serientäter etwa kein Idiot sein?«

»Er... Er...« Sie schielte an die Decke. »Was... Was wissen wir... über seine Vorgeschichte? Hat... Hat er eine Mutter? Also, natürlich hat er eine Mutter, aber ich meine, lebt sie noch, und hat sie ihn geschlagen, als er klein war, und warum dreht sich das Zimmer so, mach, dass das aufhört!«

Ich strich ihr die Haare aus dem feuchten Gesicht, beugte mich über sie und küsste sie auf die Stirn. »Übrigens, du stinkst aus dem Mund.«

»Was ist... Was ist, wenn er es nicht ist? Wenn wir ihn... Wenn wir ihn jagen... und Dave...«

»Er passt zu deinem Profil, das ist alles. Wir lassen dafür nicht alles andere links liegen.«

Sie deutete mit einer fahrigen Geste auf die Zwischentür. »Lässt... Lässt du die offen?«

»Versprochen.« Ich schaltete die Nachttischlampe aus. Jetzt war das einzige Licht das, was aus meinem Zimmer hereinfiel. »Und morgen keinen Alkohol, okay?«

»Ash?«

»Was?«

»Wenn ich nicht gesehen hätte... wie du Paul Mansons Leiche... in den... in den Wald getragen hast... Warum... Warum hast du mich angelogen?«

»Als Rebeccas Meerschweinchen starb, haben wir es versteckt und ihr erzählt, es wohne jetzt auf einem Bauernhof. Wir wollten nicht, dass sein Tod einen Schatten auf sie wirft.« Ich fingerte am Griff meines Krückstocks herum, kratzte mit dem Daumennagel an dem verwitterten Lack herum. »Ich nehme an, das war wohl so was Ähnliches...«

Schweigen.

»Alice?«

»Danke, dass du's versucht hast...« Ihre Stimme war kaum

mehr als ein undeutliches Murmeln in der Dunkelheit. »Ash? Wenn... Dr. Docherty der... der Inside Man ist, wieso... wieso sollte er dann... nach so langer Zeit wieder anfangen? Acht... Acht Jahre lang gar nichts, einfach so.«

»Schlaf jetzt.«

»Vielleicht... Vielleicht fehlen... Vielleicht fehlen ihm ihre Schreie?«

43

Ein dauergebräunter Typ im Anzug wedelte mit der Hand über einer Karte von Schottland. »*Und dieses Hochdruckgebiet hier bedeutet leider, dass der Regen uns noch bis Ende der Woche erhalten bleiben wird, und…*« Ich drehte ihm den Ton ab, trat ans Fenster und zog den Vorhang zurück, das Telefon ans Ohr gepresst.

Durch die kahlen Buchen hindurch konnte ich gerade eben einen ramponierten Audi erkennen.

»Sind Sie das in dem blauen Kombi?«

Rock-Hammer Robertson schnaubte. »*Seit halb sechs. Wollen Sie jetzt die Hintergrundinfo oder nicht?*«

»Schießen Sie los.«

»*Dr. Frederic Joshua Docherty, fünfunddreißig, M.A. in Psychologie von der Edinburgh University…*«

»Was ist mit seiner Kindheit?«

»*Geboren als Sohn von Steven und Isabella Docherty in Sterling. Mittleres von drei Kindern. Die ältere Schwester kam bei einem Autounfall ums Leben, als er sechs war. Der jüngere Bruder hat zwei Jahre wegen Drogenbesitzes mit Handelsabsicht abgesessen. Bei Fred gab es zwei Mal eine Meldung ans Jugendamt, einmal wegen eines gebrochenen Arms, das andere Mal, weil er in einem leer stehenden Haus Feuer gelegt hatte. Da war er acht.*«

Im Nebenzimmer wurden das Stöhnen und Jammern hin und wieder von einem Fluch und dem Versprechen, nie wieder zu trinken, unterbrochen.

»Er hat nicht zufällig Tiere gequält? Die Haustiere der Familie oder so?«

»*Konnte jedenfalls nichts dergleichen finden. Vor sechs Jahren hat er Sylvia Burns geheiratet, die Ehe wurde vor anderthalb Jahren geschieden. Den Grund kann ich erst rausfinden, wenn die Anwaltskanzlei um neun aufmacht, aber dem Blog seiner Exfrau nach zu urteilen dürfte es etwas mit Sex zu tun haben.*«

Gar nicht übel, dafür, dass er den Auftrag erst nach Mitternacht bekommen hatte.

Ich tippte mit dem Finger gegen die Scheibe. »Ich muss gestehen, ich bin beeindruckt, Rock-Hammer.«

»*Alistair. Nicht Rock-Hammer. Den habe ich im Knast gelassen, als ich das letzte Mal rauskam.*«

Aber sicher doch.

»…Drogenrazzien in Kingsmeath, also gehen Sie ihnen bis Mittag besser aus dem Weg.« Der diensthabende Sergeant konsultierte sein Klemmbrett, dann dröhnte seine Stimme wieder durch den voll besetzten Raum. »Nächstes Thema: Charlie Pearce. Heute Morgen wird eine Hundestaffel den Moncuir Wood durchkämmen, und ein anderes Team durchsucht den Swinney.« Er wandte sich Detective Superintendent Ness zu. »Möchten Sie übernehmen?«

Sie stand auf, zog ihre schwarze Kostümjacke aus und griff nach einem Stapel Papiere. Das Make-up konnte die violetten Ringe unter ihren Augen kaum kaschieren. »Charlie Pearce wird mittlerweile seit mehr als achtundvierzig Stunden vermisst, was statistisch gesehen bedeutet, dass wir es jetzt wahrscheinlich mit einer Mordermittlung zu tun haben. Ich will *nicht*, dass diese Information durchsickert. Haben wir uns verstanden? Die Familie hat so schon genug Kummer. Wenn ich *irgendwen* dabei erwische, wie er mit der Presse redet, werde ich dafür sorgen, dass Ihnen die Spanische Inquisition wie eine billige Slapsticknummer vorkommt. DS Massie, DC Clark, DC Webster und DC Tarbert – Sie holen sich bei mir Ihre Anweisungen ab, wenn wir hier fertig sind.«

Alice sackte noch weiter gegen meine Schulter. »Ich glaub, ich sterbe...«

»Sei nicht so kindisch.«

In der hintersten Reihe hatte Professor Huntly sein Smartphone ausgepackt und tippte mit den Daumen auf dem Display herum. Dr. Constantine strickte an etwas, das wohl ein Shetlandpullover werden sollte. Jacobson machte sich Notizen auf einem schwarzen DIN-A4-Block.

»Warum hast du mich so viel trinken lassen?«

»Du bist eine erwachsene Frau, und ich bin nicht deine Mutter.«

Der Diensthabende richtete eine Fernbedienung auf den Deckenbeamer, und auf der Leinwand hinter ihm erschien ein bekanntes Gesicht. Hakennase, hohe Stirn, Haare nach hinten gekämmt.

In meinem Magen zog sich etwas zusammen.

»Paul Manson: letzte Nacht von seiner Frau als vermisst gemeldet. Vergnügt sich wahrscheinlich in irgendeinem Nest mit seiner Geliebten, aber nur für alle Fälle – halten Sie die Augen offen, ja?« Der Sergeant drückte wieder auf die Fernbedienung, und Mansons Gesicht wurde durch Aufnahmen einer Überwachungskamera ersetzt.

O Gott, sie hatten uns dabei gefilmt, wie wir ihn entführten...

Der Diensthabende grinste. »Das wird Ihnen bestimmt gefallen.«

Aber der Film zeigte nicht die Larbert Avenue, sondern ein Stück Gehweg und Straße unter einer Art Vordach. Kein Ton, nur Bilder – die Kamera blickte von hoch oben auf einen kahlköpfigen Typen im Bademantel hinunter, der eine Zigarette rauchte und in sein Handy sprach.

Eine Krankenschwester ging vorbei.

»Gleich kommt's ...«

Ein schwarzer Geländewagen kam ins Bild und hielt unter der Kamera. Die Beifahrertür schwang auf, und eine Gestalt wurde hinausgestoßen: Mrs Kerrigan. Sie kullerte auf den Asphalt und blieb auf dem Rücken liegen, alle viere von sich gestreckt. Ihr rechter Arm zeigte auf den Raucher im Bademantel.

Der ließ seine Zigarette fallen und prallte zurück.

Wee Free hätte sie töten sollen, als er die Gelegenheit dazu hatte.

Mehrere Schwestern kamen ins Bild gelaufen und riefen etwas, was wir nicht hören konnten. Dann kam jemand mit einem Rollstuhl herbei, und sie hoben sie hinein.

Der Diensthabende drückte einen anderen Knopf, und die Leinwand wurde weiß. »Um Viertel vor zehn gestern Abend wurde eine Mrs Maeve Kerrigan vor der Notaufnahme des Castle Hill Infirmary kurzerhand aus einem Auto geworfen. Irgendein freundlicher Mensch hatte ihr in den Fuß geschossen und ihr ein Auge ausgedrückt.«

Einige lachten, ein paar schnappten erschrocken nach Luft, und jemand murmelte: »Leck mich, da ist aber jemand mutig.«

Der Sergeant hob eine Hand. »Da es sich um eine Schussverletzung handelt, musste das Krankenhaus uns informieren. Wir werden den Fall selbstverständlich als schwere Körperverletzung behandeln und die Schuldigen im vollen Umfang dessen, was das Gesetz erlaubt, verfolgen. Und wehe, ich höre jemanden sagen, der Typ hätte einen Orden verdient oder man müsste ihm einen ausgeben, okay? Ist auch so schon schlimm genug.«

Ein paar Leute drehten sich auf ihren Stühlen um und starrten mich an.

Hervorragend. *Schlimm genug* war gar kein Ausdruck.

Warum zum Teufel hatte Wee Free ihr in den Fuß schießen müssen? Jetzt würde Andy Inglis denken, dass ich etwas damit zu tun hatte. Spätestens dann, wenn die Einsatzbesprechung vorbei war und seine Marionetten in der Division sich ans Telefon hängten.

Ness war wieder aufgestanden. »So, das reicht jetzt. Ruhe bitte!«

Sie wartete, bis es wieder still war. »Der Inside Man beziehungsweise Unbekannter Täter 15. Um drei Uhr siebzehn heute früh erhielten wir einen Notruf.« Sie streckte die Hand aus, und der Diensthabende reichte ihr die Fernbedienung.

Obwohl es wehtat, drückte ich fest die Daumen, als statisches Rauschen aus den Lautsprechern drang. *Bitte*, mach, dass es nicht Jessica McFee ist. Nicht noch eine vorher aufgezeichnete Nachricht von einem Opfer mit aufgeschlitztem Bauch. Mach, dass es noch nicht zu spät ist, sie zu retten.

Denn wenn sie tot war, dann war Shifty es auch.

Eine Frauenstimme: »*Notrufzentrale, welchen Dienst benötigen Sie?*«

Der Mann, der antwortete, war völlig außer Atem, er stieß die Worte abgehackt hervor: »*Sie ist weg! Sie ist verschwunden. Ich... Es war... Und ich habe überall... aber sie ist weg, und Sie müssen mir helfen, sie zu finden!*«

»*Wer ist verschwunden, Sir, ist...*«

»*Meine Frau. Sie ist weg... O Gott, was ist, wenn er sie hat?*«

»*Jetzt beruhigen Sie sich erst einmal, Sir. Sagen Sie mir Ihre Adresse, und wir schicken Ihnen sofort jemanden vorbei.*«

»*Das ist Nummer dreizehn, Camburn View Crescent, in Shortstaine. Strachan ist der Name. Laura Strachan. Sie ist schwanger!*«

»*Wenn Sie einen Moment warten würden, ich schicke gleich einen Wagen los. Bleiben Sie bitte dran...*«

Ness ließ die Fernbedienung sinken. »Drei Streifenwagen patrouillieren in Shortstaine durch die Straßen und rufen Lauras Beschreibung aus. Die Spurensicherung nimmt sich das Haus vor. Muss ich irgendjemandem hier noch erklären, was für ein gottverdammtes Desaster das ist?«

Alice rieb sich das Gesicht. »Konzentrier dich«, murmelte sie. »Na los, du kannst es.«

Ness wandte sich dem Psychologen zu. »Dr. Docherty.«

Dr. Frederic Docherty stand auf und strich mit beiden Händen sein Jackett glatt. »Danke, Detective Superintendent.« Er blickte lächelnd in die Runde. »Wir müssen zweifellos davon ausgehen, dass der Inside Man begonnen hat, seine früheren Opfer zu entführen. Es gibt nun drei Möglichkeiten. Erstens: Er hat das Gefühl, dass sein Besitzanspruch auf diese Individuen durch die Taten von UT-15 gefährdet wird. Indem er den MO des Inside Man kopiert, stiehlt UT-15 ihm die Schau und bedroht sein Vermächtnis.«

Alice rutschte auf ihrem Stuhl hin und her, die Stirn in tiefe Falten gezogen, den Kopf zur Seite geneigt.

»Zweitens: UT-15 hat beschlossen, dieses Vermächtnis für sich zu beanspruchen, indem er nicht nur den MO des Inside Man übernimmt, sondern auch dessen Opfer entführt.«

Sie schnaubte und schüttelte den Kopf.

»Drittens: UT-15 war die ganze Zeit der Inside Man, und er hat die Gelegenheit ergriffen, Tabula rasa zu machen – die Überlebenden zu beseitigen und noch einmal ganz von vorne anzufangen. Das bestärkt ihn in seinem narzisstischen Glauben an seine Macht und Autorität.« Docherty gab dem Diensthabenden ein Zeichen, und auf der Leinwand erschien eine mit krakeliger Handschrift bedeckte Seite aus einem gelben Notizblock. »Angesichts des Briefes, der heute Morgen in der *Castle*

News and Post veröffentlicht wurde, ist dieses Szenario den anderen vorzuziehen. Sie werden bemerken, dass hier von einer ›Opfergabe‹ die Rede ist, und ...«

»Herrgott noch mal ...«

Dr. Dochertys Miene verfinsterte sich. »Haben Sie etwas dazu beizutragen, Dr. McDonald?«

Alice stand schwankend auf und hielt sich am Stuhl ihres Vordermanns fest. »Warum sollte er das tun? Warum sollte er Laura Strachan beseitigen wollen – sie ist sein einziger Erfolg.«

Docherty hob kurz den Blick zur Decke, dann starrte er sie wieder an, eine Braue hochgezogen. »Weil sie das *nicht ist*, Dr. McDonald. Laura Strachan, Marie Jordan und Ruth Laughlin haben die Prozedur alle überlebt, es ist also klar, dass seine Erfolgsquote ...«

»Laura ist die Einzige, die schwanger geworden ist. Wenn er sie mit den Puppen schwängert, geht es genau darum, nämlich ihnen ein Baby in den Bauch zu tun, Laura Strachan ist ...«

»Unsinn, die Schwangerschaft von Strachan hat nichts mit dem Inside Man zu tun.« Dochertys Lächeln war wieder da, und seine Stimme klang, als ob er mit einem kleinen Kind redete. »Es ist acht Jahre her, dass er sie« – Docherty malte mit den Fingern Gänsefüßchen in die Luft – »›geschwängert‹ hat. Ganz schön lange Zeit für eine Schwangerschaft, finden Sie nicht?«

Alice kniff sich in die Nasenwurzel. Sie sprach langsam und deutlich. »Ja, für einen normalen, *vernünftigen* Erwachsenen, aber würden Sie den Inside Man normal und vernünftig nennen? Hier geht es einzig und allein darum, dass er Laura Strachans Schwangerschaft als seine Leistung ...«

»Nun, *Doktor* McDonald, Sie werden entschuldigen, wenn ich Ihre Selbstgefälligkeit nicht teilen kann.« Er reckte die Nase in die Luft. »Der Inside Man attackiert seine früheren Opfer. Wir müssen sowohl Marie Jordan als auch Ruth Laughlin unter Bewachung stellen, immer vorausgesetzt, dass es noch nicht zu spät ist.«

»Ja, meinetwegen, lassen Sie sie bewachen, aber Sie begreifen offenbar nicht, worum es geht. Er …«

»*Ich* begreife nicht, worum es geht? Setzen Sie sich wieder hin, Dr. McDonald, Sie blamieren sich nur.«

Alice funkelte ihn an. »Warum wollen Sie nicht …«

»So, das reicht.« Ness war wieder aufgestanden. »Dr. McDonald, Sie werden nach der Besprechung noch Gelegenheit haben, etwaige Bedenken zu äußern. Dr. Docherty, fahren Sie fort.«

Alice blieb stehen.

Ness seufzte. »*Setzen* Sie sich, Dr. McDonald.«

Sie sah kurz zu mir, dann ließ sie sich auf ihren Stuhl plumpsen, verschränkte die Arme und schlug die Beine übereinander. Und zog die Unterlippe zwischen die Zähne.

Docherty grinste, dann setzte er wieder seine ernste Miene auf. »Der Inside Man ist auf dem besten Weg, eine Eskalation vom Serientäter zum Amokläufer durchzumachen. Angesichts des Zeitabstands zwischen den Entführungen von Claire Young und Jessica McFee ist es klar, dass wir entweder heute oder morgen eine weitere Entführung eines Opfers erleben werden. Und das bedeutet, dass wir eine Warnung an sämtliche Krankenschwestern der Stadt herausgeben müssen.«

Ich legte Alice eine Hand auf den Arm, doch sie schüttelte sie ab und starrte finster auf die Bodenfliesen. Ihre Augen glitzerten im leblosen Schein der Neonröhren.

Ness nickte. »Einverstanden. DS Stephen, kontaktieren Sie die Medien, ich will, dass bis spätestens neun Uhr eine Pressemitteilung rausgeht. Nächster Punkt.« Sie hielt eine Boulevardzeitung hoch.

Die halbe Titelseite wurde von Fotos von Claire Young und Jessica McFee eingenommen, darüber die Schlagzeile: »Ist der ›Inside Man‹ ein perverser Polizist?«

Allgemeines Aufstöhnen.

In einer der vorderen Reihen murmelte jemand: »Um Himmels willen, nicht schon *wieder*.«

Ness schleuderte die Zeitung in den Raum. Sie fiel in der Luft auseinander und flatterte in einzelnen Blättern zu Boden. »Wie ist die gottverdammte *Scottish Sun* da drangekommen? Es steht alles drin – die fehlenden Beweismittel, die Briefe, die verkorksten HOLMES-Daten. ALLES!«

Niemand antwortete freiwillig.

Ihr Zeigefinger zielte auf die hinteren Reihen. »*Mr* Henderson.«

Ich hievte mich aus meinem Stuhl. »Bevor Sie fragen – nein, verdammt noch mal, ich war's nicht.«

»Sie haben gesagt, die HOLMES-Daten der ursprünglichen Ermittlung seien ein einziges Durcheinander.«

»Laut unserem Computermenschen könnte das Programm niemals irgendeine vernünftige Aktion generieren – alles ist falsch abgelegt, die Verweise stimmen hinten und vorne nicht. Es ist nicht bloß ein Chaos, es ist eine einzige verdammte Farce.«

»Nun, *mein* Computermensch hat die Benutzerkennung für die Einträge ermittelt, und jetzt raten Sie mal, wer dafür verantwortlich ist.«

O nein... Es war bestimmt meine Benutzerkennung, oder? Wer immer dahintersteckte, hatte meine Kennung gehackt und sie benutzt, um sämtliche Einträge in der HOLMES-Datenbank durcheinanderzubringen – damit, wenn es irgendwann herauskäme, ich als der Schuldige dastehen würde.

So ein Aas.

Mein Kinn ruckte in die Höhe. »Moment mal, das ist ja wohl...«

»Sergeant Thomas Greenwood.« Ness hob die Hände, als ob sie die Gemeinde segnen wollte.

Wieder ein Aufstöhnen unter den versammelten CID-Leuten. Knight und die Jungs von der Specialist Crime Division wechselten Blicke und zuckten mit den Achseln.

Wer zum Teufel war Thomas Greenwood?

DS Brigstock sah in meine Richtung und verzog das Gesicht. »Auch bekannt als Dumm-Dumm-Thommie, Holzkopf Greenwood oder Sergeant Tommy Bohnenstroh.«

Tommy Bohnenstroh – ein klapperdürrer Schwachkopf mit dem Verstand eines Schaukelpferds und dem Talent, aus einer geringfügigen Störung eine ausgewachsene Katastrophe zu machen. Wie der Kerl die Prüfung zum Sergeant geschafft hatte, darüber konnte man nur spekulieren. »Wer um alles in der Welt hat dem denn das HOLMES-Büro anvertraut?«

Ness nickte. »Und wissen Sie, wo Sergant Greenwood jetzt ist? Er ist nicht irgendwo da draußen und schneidet Krankenschwestern auf, er ist in einem Hospiz in Dundee mit präsenilem Alzheimer.« Sie wandte uns den Rücken zu. »Den Punkt können Sie also von Ihrer Liste mit Verschwörungstheorien streichen, Mr Henderson. Und jetzt setzen Sie sich.«

Nix da. »Aber das erklärt nicht die verschwundenen Beweismittel. Irgendjemand …«

»SETZEN SIE SICH!«

So gut wie der ganze Saal zuckte zusammen, nur ich blieb, wo ich war.

Alice streckte die Hand aus und zupfte mich am Ärmel. Ihr Kinn zitterte, als sie mit den Lippen tonlos das Wort »Bitte« formte.

Ich starrte Ness' Hinterkopf an.

Na schön. Alice zuliebe.

Der Stuhl knarrte unter mir, als ich mich wieder darauf niederließ.

Ness ließ die Schultern kreisen, dann blickte sie zur Leinwand auf. »Diese Division ist löchrig wie eine zerschossene

Lunge, und jedes Mal, wenn etwas durchsickert, raubt das der Ermittlung den lebensnotwendigen Sauerstoff. Es *erstickt* unsere Bemühungen, Jessica McFee zu finden. Wer immer es ist, der da mit der Presse redet, hört sofort damit auf. Auf der Stelle. Sonst dürfen Sie sich persönlich für ihren Tod verantwortlich fühlen.«

Schweigen.

»Das war das *allerletzte* Mal.«

»...zutiefst enttäuscht von Ihrem Benehmen.« Detective Superintendent Knight baute sich einschüchternd vor Alice auf, während die versammelten Mannschaften sich nach beendetem Morgengebet trollten. Er kniff die Augen zusammen. »Haben Sie etwa einen Kater? Sind Sie der Meinung, dass das ein angemessenes Verhalten für eine forensische Psychologin ist? Na?«

Sie zog eine braune Mappe aus ihrer Tasche und hielt sie ihm hin. »Wenn Sie nur mal einen *Blick* auf die evidenzbasierte Verhaltensanalyse werfen würden, könnten Sie...«

»Es ist offensichtlich, dass Sie nicht erfasst haben, worum es bei diesem Fall geht, und es Ihnen daher nicht zusteht, Dr. Docherty zu kritisieren, der es erfasst *hat*. Ich war durchaus bereit, Detective Superintendent Jacobsons NERE-Initiative zu unterstützen, aber es wird immer offensichtlicher, dass mein Vertrauen hier fehl am Platz war.«

»Die Inside-Man-Briefe sind nicht...«

»*So*« – er deutete auf Dr. Docherty, der mit Ness in der Ecke stand und wie sie mit dem Handy telefonierte – »sieht ein *ernstzunehmender* forensischer Psychologe aus. Ich weiß nicht, mit welchen Amateurtruppen Sie es sonst immer zu tun haben, aber bei Police Scotland wird Inkompetenz nicht geduldet.«

»Okay, das reicht.« Ich legte ihm eine Hand mitten auf die Brust und schob ihn zurück, damit er Alice nicht weiter bedrängte. »Wenn Sie ein Problem damit haben, dass Leute Ihr ach so tolles kleines Team kritisieren, dann können Sie Ihre Spielsachen packen und sich wieder nach Strathclyde verpissen. Aber Sie reden *nie* wieder so mit Alice.«

Er funkelte mich an. »Nehmen Sie gefälligst die Hand da weg!«

Vom anderen Ende des Raums kam eine Stimme. »Carl?« Docherty kam mit großen Schritten herbeigeeilt, ein strahlendes Lächeln im Gesicht. Ness folgte ihm auf dem Fuß.

Knight wischte mit der Hand über seine Uniformjacke, als ob ich schmutzige Fingerabdrücke darauf hinterlassen hätte. »Ja, Frederic?«

Docherty zog sein Grinsen noch ein paar Zentimeter in die Breite. »Ah, *Dr.* McDonald, ich bin ja so froh, dass Sie hier sind und mithören können. Detective Superintendent Ness hat Streifenwagen losgeschickt, um nach Ruth Laughlin und Marie Jordan zu sehen. Raten Sie mal, was die Kollegen gefunden haben.«

Ness nickte. »Marie Jordan ist noch in der geschlossenen Abteilung, aber das Team, das in Ruth Laughlins Wohnung war, fand die Haustür offen vor und drinnen das totale Chaos. Sie ist verschwunden.«

»Nun ja...« Alice leckte sich die Lippen. »Vielleicht ist sie...«

»Sie sagen, sie hätten einen kleinen Plastik-Schlüsselanhänger mitten auf dem Boden des Schlafzimmers gefunden. Ein kleines Plastikbaby. Ein Sicherheitsschlüssel. Er hat sie wieder entführt.«

Alice' Kopf sank nach vorn. »Ich verstehe.«

»Oh, ich bezweifle nicht Ihre guten Absichten, Dr. McDonald, aber manchmal ist es besser, diese Dinge älteren und klügeren Köpfen zu überlassen, finden Sie nicht?«

»Entschuldigen Sie mich.« Sie schob sich vorbei und schlurfte zur Tür hinaus.

Docherty klatschte in die Hände. »Sie kann nichts dafür. Sie ist jung. Im Umgang mit einem Fall wie diesem ist Erfahrung gefragt.«

Ness schniefte, dann zog sie ihr Handy aus der Tasche und marschierte davon. »Nein, ich will nicht mit dem Ehemann sprechen, geben Sie mir den Leiter des Suchteams…«

Eine Pause. Docherty schüttelte lässig die Manschetten aus den Ärmeln seines Jacketts und rückte seine Krawatte zurecht. »Nun, wenn Sie mich entschuldigen würden, ich habe gleich noch ein Interview mit Sky News.«

Er stolzierte davon und ließ mich mit Knight allein.

Knight wölbte die Brust. »Ich fürchte, Sie werden feststellen, dass Ihre Position hier rapide unhaltbar wird, Mr Henderson. Sowohl Ihre als auch die Ihrer Freundin, der Amateurpsychologin.«

Ich rückte ihm dicht auf die Pelle. »Der einzige Grund, warum Sie und Dr. Dödel noch nicht dort in der Ecke liegen und Ihre Zähne einzeln aufsammeln, ist, dass ich noch einen Mörder zu fangen habe.« Ich tätschelte seine glatte, glänzende Wange. »Aber sobald ich das erledigt habe…«

44

Ein paar der Leuchtstoffröhren klickten und knackten flackernd im staubigen Halbdunkel. Irgendwo in den Tiefen des Archivs, versteckt hinter den mit Kartons beladenen Metallregalen, waren gedämpfte Stimmen zu vernehmen, die sich unterhielten.

Ich hinkte weiter in das Labyrinth hinein.

Links. Rechts. Wieder links – und dann bog PC Simpson um die Ecke. Er fuhr zusammen, bremste stolpernd ab und riss die Augen auf.

Dann lehnte er sich an ein Regal und schnaufte tief durch. Sein Bauch wabbelte mit jedem Atemzug. »Wollen Sie, dass ich 'nen Herzinfarkt kriege?«

»Ist sie hier?«

Er wies mit dem Daumen über die Schulter. »Nächste rechts, immer an den Poll-Tax-Unruhen vorbei und dann wieder rechts. Und seien Sie nett zu ihr, ja?«

Dann schob er sich an mir vorbei und verschwand in der Dunkelheit.

Sie war genau dort, wo er gesagt hatte.

Alice hockte im Schneidersitz auf dem Boden, inmitten offener Archivkartons, und ihre Schultern bebten, während sie einen Stapel Formulare durchsah. Ein Schniefen, dann bohrte sie sich den Handballen in die Augenhöhle. »Es tut mir leid.«

»Das muss es nicht, er ist ein ...«

»Detective Superintendent Knight hat recht.«

»Er ist ein Idiot. Genau wie Docherty.«

Wieder ein Schniefen. »Ich habe nicht erfasst, worum es bei dem Fall geht. Dr. Docherty hat gesagt, der Inside Man sei hinter seinen alten Opfern her, und ich habe gesagt, das stimmt nicht. Aber es stimmt doch, oder? Dr. Docherty hatte recht, und ich hatte unrecht.«

Ich hängte meinen Krückstock an ein Regal und hockte mich vor sie. »Und wenn er nun richtiggelegen hat, weil er es selbst war? Weil *er* sie entführt hat?«

Sie blickte mit roten, verquollenen Augen zu mir auf. »Was tu ich hier eigentlich, Ash? Ich bin der Sache nicht gewachsen, ich bin eine ganz fürchterliche Versagerin und sollte eigentlich gar nicht an dem Fall arbeiten, und wenn Henry und Dr. Docherty den Inside Man nicht fassen konnten, was ...« Ihre Schultern zitterten. »Was hatte ... Was hatte ich ... dann je ... für eine Chance?«

»Komm jetzt, quäl dich nicht so.« Ich beugte mich vor und zog sie an mich. Ihre Haare rochen nach Hotel-Shampoo und abgestandenem Jack Daniel's. Ihre Stirn war heiß an meinem Hals. Ich drückte sie. »Schsch ... Das ist nur die PTBS, die aus dir spricht, wie du gesagt hast. Vielleicht solltest du was von dem MDMA nehmen? Oder vielleicht ein paar brutale Videospiele spielen?«

»Ich sollte gar nicht ...«

»Du bist der klügste Mensch, den ich kenne, du solltest dich nicht so runtermachen.« Ich löste mich von ihr und strich ihr die Haare aus dem Gesicht. »Docherty ist ein eingebildetes Arschloch, weiter nichts.«

Sie schniefte und nickte. Wischte sich wieder mit den Handballen die Tränen aus den Augen und brachte ein kleines Lächeln zustande. »Der Kater macht's auch nicht gerade besser ...«

Ich setzte mich auf den Boden und streckte die Beine aus. Dann deutete ich auf den Wust von Akten und Papieren. »Also, wie machen wir jetzt weiter?«

Schwerfällige Schritte näherten sich, dann tauchte Simpson aus dem Halbdunkel auf, einen Teebecher in der einen und ein grünes Papierhandtuch in der anderen Hand. »Bitte sehr.« Er reichte beides Alice. »Tee. Und ein paar Ingwerkekse.«

Sie drückte den Becher an ihre Brust. »Danke, Allan.«

Ich zog eine Braue hoch. »Und wo ist meiner?«

»Sie sind ja nicht in Tränen aufgelöst. Und ich bin hier nicht der Laufbursche.« Er stieß den Archivkarton neben mir mit der Schuhspitze an. »Ich hoffe, Sie stellen das nachher alles wieder dorthin zurück, wo Sie es gefunden haben, Henderson. Sieht hier eh schon schlimm genug aus.«

»Als ob das irgendeinen Unterschied machen würde. Ihr Reich hier unten ist ein einziges Katastrophengebiet, Simpson. Sie sollten sich schämen.«

Er stützte einen Ellbogen auf ein Regal. »Und hören Sie mir bloß auf mit diesen Idioten von der verdammten Operation Tigerbalsam.« Er hob beide Hände, presste die Ellbogen an den Leib und wackelte mit den Fingern, die Stimme eine halbe Oktave in die Höhe geschraubt. »›Oh, wir sind die Specialist Crime Division, wir müssen nichts ein- oder austragen, wir sind ja so sexy!‹ Wichser. Ich bitte Sie, ist es denn wirklich so schwer, die verdammte Box einzutragen und hinterher wieder auszutragen? Wozu hat man denn Vorschriften, wenn sich nachher keine Sau daran hält?«

Ich lehnte mich zurück und trommelte mit den Fingern auf dem Deckel eines Kartons herum. »Wer hat hier die Boxen durcheinandergebracht? Alle aus Knights Team? Oder nur einige davon?«

Simpson blies die Backen auf. »Mal sehen ... Ich hab diesen DI Foot mehr als einmal dabei erwischt, wie er hier unten in den Boxen gestöbert hat, und DS Grohl ...«

»Was ist mit Dr. Docherty?«

»Pffff ... Der ist ja überhaupt der Allerschlimmste. Kaum

war das Sonderermittlungsteam einberufen, da war er schon hier unten und hat überall rumgewühlt wie ein kleiner Junge im Sandkasten. Keinen Funken Respekt, alle miteinander.«
Simpson richtete sich auf. »So, hier gibt's auch noch Leute, die was arbeiten müssen.« Er machte kehrt und stampfte in das Labyrinth davon. »Und stellen Sie ja alles wieder dahin zurück, wo Sie's herhaben!«

Ich lenkte den Suzuki schwungvoll um den Kreisverkehr und nach Shortstaine hinein, vorbei an Reihen identischer Einfamilienhäuser von der Stange aus hellem Backstein mit Hohlpfannen auf den Dächern. Sackgassen mit putzigen Namen. Labradore und Geländewagen.

Alice klatschte eine Hand auf die Papiere in ihrem Schoß, damit sie nicht wegrutschten. »Ich weiß, er ist in der Lage, das Profil so zurechtzubiegen, dass es nicht auf ihn zutrifft, aber ...«

»Und er reitet ständig auf den Briefen rum. Er hatte unbeaufsichtigten Zugang zum Archiv. Jedes Mal, wenn du ihm widersprichst, versucht er den Eindruck zu erwecken, dass du keine Ahnung hast, wovon du sprichst, oder er unterdrückt deine Meinung.«

»Das heißt noch nicht, dass er der Inside Man ist.« Sie lächelte mich an und drückte meinen Arm. »Es ist lieb von dir, aber du musst nicht den Verdacht auf ihn lenken, nur weil er gemein zu mir war.«

»Ich habe gestern seinem Hotelzimmer einen Besuch abgestattet, während du dein Abendessen recycelt hast. Keine Spur von ihm. Das Bett war noch gemacht.«

Sie nahm sich das nächste Blatt vor. »Na ja ... vielleicht hat er eine Geliebte in der Stadt?«

»Er hat Tangas und BHs in seinem Koffer. Und auch Lippenstift und Ohrringe.«

Links ab auf die Camburn View Avenue. Zwischen den Häusern blitzte der Wald auf, die Baumwipfel von der Sonne beschienen, die sich durch die taubengrauen Wolken kämpfte.

»Das heißt nicht, dass er keine Affäre haben kann.«

Ich warf ihr einen Blick zu.

Sie rutschte auf ihrem Sitz hin und her und zuckte mit den Schultern. »Was denn? Auch Transvestiten brauchen Liebe.«

Rechts ab in die Camburn View Crescent.

Ein Drittel des Wegs die Straße hinunter parkten zwei Streifenwagen, mit dem verbeulten Transit der Spurensicherung dazwischen.

»Ich dachte, du würdest mir jetzt einen Vortrag darüber halten, dass er eine Identitätsstörung hat und in der Öffentlichkeit eine Maske zur Schau trägt.«

Sie runzelte die Stirn, als ich hinter dem zweiten Streifenwagen einparkte. »Na ja, der Drang, eine andere Persönlichkeit anzunehmen, würde zu dem überarbeiteten Profil passen. Und die Rolle, die er in seiner beruflichen Funktion spielt, passt zu dem machtbesessenen Narzissten, der sich in den Briefen offenbart...« Eine Hand driftete nach oben, um mit ihren Haaren zu spielen. »Betrachten wir ihn wirklich als ernsthaft verdächtig?«

»Wir ziehen die Möglichkeit in Betracht.«

Sie fingerte noch ein wenig in ihren Haaren herum. »Was wissen wir über seine Kindheit?«

»Das Jugendamt wurde zweimal alarmiert. Einmal wegen Brandstiftung, das andere Mal, weil man seine Eltern im Verdacht hatte, ihn zu schlagen. Seine Frau hat sich von ihm scheiden lassen, es hatte irgendetwas mit Sex zu tun – was es genau war, weiß ich noch nicht.« Aber dass er Frauenunterwäsche trug, spielte höchstwahrscheinlich eine Rolle bei der Sache.

Die Falten auf ihrer Stirn wurden tiefer, und es kamen noch welche um die Augen dazu. »Brandstiftung ist ein typischer

Indikator für psychische Probleme, und wenn seine Eltern ihn misshandelt haben ... Können wir die Berichte sehen?«

Ich öffnete die Tür und stieg aus. Mein Atem stieg im Schatten der Häuser als Dampfwolke auf. »Jemand arbeitet daran.«

Sie stopfte sämtliche Papiere wieder in ihre Tasche und folgte mir über den Gehsteig auf das blau-weiße »POLIZEI«-Absperrband zu. Der picklige Constable, den ich am Montag zusammengestaucht hatte, bewachte die Absperrung. Er machte Goldfischaugen und nahm sofort Haltung an. »Sir.«

»Na, gab's heute nichts Gutes beim Bäcker, Constable Hill?«

Seine Hand zuckte hoch und wischte imaginäre Krümel von seiner gelben Warnweste. »Tut mir leid, Sir.« Er befeuchtete seine Lippen. Dann zog er das Band hoch, damit Alice darunter durchschlüpfen konnte.

Ich deutete zum Haus. »Haben die Kollegen schon was gefunden?«

Er beugte sich vor und senkte die Stimme zu einem Flüstern. »Einen von diesen Schlüsselanhängern mit einem kleinen Baby aus Plastik. Steckte in der Hintertür.«

Eine zweite Polizistin ließ uns unsere Namen in die Liste eintragen, ehe wir ins Haus durften.

Drinnen waren so gut wie sämtliche Flächen mit einer dünnen Patina aus silbernem oder schwarzem Pulver bedeckt, mit hellen Rechtecken, wo Fingerabdrücke mit Klebeband abgenommen worden waren. Das Türschloss war unversehrt, kein zersplittertes Holz.

Von oben kamen laute Stimmen – »*Sie sollten da draußen sein und nach ihr suchen!*«

»*Wir tun alles, was in unserer Macht steht, Sir, bitte, Sie müssen sich beruhigen, okay? Tief durchatmen.*«

Im Wohnzimmer schien nichts beschädigt zu sein, auch nicht in der Küche. Tassen und Teller stapelten sich auf dem Abtropfbrett, alle mit Fingerabdruckpulver eingestäubt. Im Tageslicht konnte man durch das Küchenfenster den handtuchgroßen Garten sehen, mit einem Vogelhäuschen in der Ecke und einer Wäschespinne.

Ein Kriminaltechniker kniete draußen vor der offenen Hintertür und bestäubte das weiße Hart-PVC mit Amidoschwarz. Er hatte Stöpsel in den Ohren und nickte im Takt der Musik, die nur er hören konnte.

Ich tippte ihm auf die Schulter, und er wäre fast von den Stufen gefallen. »GAH! Machen Sie so was bitte nie mehr!«

»Wo ist der Schlüsselanhänger?«

Er zeigte auf den metallenen Hartschalenkoffer, der mitten auf dem Boden lag. »Passt allerdings nicht ins Schloss. Also, ich meine, er passt rein, aber er lässt sich nicht drehen.«

»Haben Sie's mal vorne versucht?«

»Da passt er auch nicht.« Er setzte sich auf die Fersen. »Sind Sie hier, um mit dem Ehemann zu reden?«

»Irgendwelche Anzeichen für einen Kampf? Oder einen Einbruch?«

»Nichts – nicht mal ein schief hängendes Bild an der Wand.«

»Vergessen Sie nicht, das Blumenbeet auf Fußabdrücke zu untersuchen.« Ich ging durch die Küche zurück in den Flur, blieb bei Alice stehen und senkte die Stimme, während oben weiter gestritten wurde. »Sie kannte ihn. Sie ist heruntergekommen, sie hat die Tür geöffnet, und sie ist mit ihm gegangen. Sie hat sich nicht gewehrt.«

Alice blickte die Treppe hinauf. »Ob sie Dr. Docherty kennt?«

»Sie verstehen nicht – sie ist schwanger. Schwanger!« Die Stimme wurde noch lauter. *»Was ist, wenn er unserem Baby etwas antut?«*

»Er war eine Zeitlang ihr Therapeut, nach der ersten Entführung.«

Lauras Mann – wie hieß er noch, Christopher? – erschien am oberen Treppenabsatz. Er hatte die Hände über dem Kopf verschränkt, es sah aus, als ob er ihn in den Brustkorb zu drücken versuchte. »Er darf unserem Baby nichts antun. Sie haben ja keine Ahnung, wie *schwer* es war, überhaupt so weit zu kommen!«

Hinter ihm tauchte eine uniformierte Polizistin auf. Sie hatte die Warnweste und die Stichschutzweste abgelegt, und ihre schwarze Fleecejacke war offen, sodass man das ebenfalls schwarze T-Shirt darunter sehen konnte. »Wir wollen Ihnen doch nur helfen. Gibt es vielleicht jemanden, den Sie anrufen könnten? Irgendwelche Freunde oder Verwandten?«

Christopher drehte sich um, die Lippen fest zusammengepresst... Dann erstarrte er, den Blick auf mich gerichtet. »Sie.«

Ich nickte. »Könnten wir uns vielleicht unterhalten?«

Ich ließ den Vorhang wieder zufallen. »Gerade ist Sky TV eingetroffen.« Damit waren es jetzt vier Fernsehteams, ein halbes Dutzend Fotografen und eine Handvoll Journalisten.

Christopher saß auf der Bettkante, den Oberkörper nach vorne geklappt, die Hände immer noch über dem Kopf verschränkt. »Warum können Sie nicht einfach rausgehen und nach ihr *suchen*?«

Alice setzte sich neben ihn und legte ihm eine Hand auf die Schulter. »Es ist nicht Ihre Schuld.«

»Natürlich ist es meine Schuld. Ich hätte auf sie aufpassen sollen. Ich hab es *versprochen*.« Ein Schauder durchfuhr ihn. »Ganz besonders nach dem letzten Mal...«

Ich lehnte mich an die Fensterbank. »Wer wusste noch, dass Sie hier wohnen?«

Er hob den Kopf. »Niemand. Nicht mal meine Mutter weiß, wo wir sind. Wir organisieren unser Leben hier wie in einem Agentenfilm. Laura...« Sein Kopf sank wieder auf die Knie, und seine Stimme zitterte. »Sie will nicht, dass irgendjemand uns findet.«

Alice tätschelte seine Schulter. »Hat sie wegen ihrer Ängste professionelle Hilfe gesucht? Bei einem Arzt oder vielleicht bei einem Therapeuten?«

»Sie hat das alles schon vor Jahren gemacht. Sie ist nicht paranoid, sie ist nur... Sie will, dass wir vorsichtig sind, das ist alles.«

Nicht vorsichtig genug.

Ich zog meinen Notizblock aus der Tasche. »Wann haben Sie bemerkt, dass sie weg ist?«

Ein Seufzer ließ seinen Brustkorb erzittern. »Wir schlafen seit ein paar Wochen in getrennten Zimmern. Es wird ihr schnell zu heiß, wegen dem Baby, und sie muss sich ausstrecken können. Als ich um drei aufgestanden bin, um aufs Klo zu gehen, brannte bei ihr Licht. Manchmal schläft sie über einem Buch ein, also bin ich reingegangen, um es auszumachen, und da war sie verschwunden.« Das Bett quietschte, als er vor- und zurückschaukelte. »Ich habe überall nachgeschaut, bin von Zimmer zu Zimmer gegangen, habe überall das Licht eingeschaltet. Bin durch die Straßen gelaufen und habe ihren Namen gerufen. O Gott...«

»Sie haben sie also zuletzt wann gesehen...?«

»Ich habe ihr um elf Uhr eine Tasse Kamillentee ans Bett gebracht, bevor ich mich selbst schlafen gelegt habe.« Er nestelte an der Bettdecke herum, wickelte sich den Bezug um die Finger.

Alice sah mich an, ihr Gesicht war verkniffen. Dann wandte sie sich wieder ihm zu. »Christopher, ich weiß, es ist schwierig, aber wenn Sie sich ständig nur auf das konzentrieren, was letztes Mal passiert ist, wird es Sie zermürben.«

»Was ist, wenn Sie sie nicht finden können?«

»Wir werden sie finden. Aber es wäre mir wichtig, dass Sie eines begreifen: Nur weil sie das letzte Mal vergewaltigt und aufgeschnitten wurde, heißt das noch lange nicht... Was haben Sie denn?«

Er versteifte sich. Setzte sich auf. »Vergewaltigt?«

Alice zog das Kinn ein. »Als sie entführt wurde.«

»Sie wurde nicht vergewaltigt! Wer sagt, dass sie vergewaltigt wurde?«

Alice nickte und ließ ihre Hand auf seiner Schulter liegen. »Viele Vergewaltigungsopfer erzählen ihren Partnern nichts. Manchmal fühlen sie sich schuldig – auch wenn es überhaupt keinen Grund dafür gibt, es ist nicht ihre Schuld, es ist ...«

»Sie hätte es mir *gesagt*!« Er ließ den Oberkörper wieder nach vorne kippen. »Wir haben keine Geheimnisse voreinander. Niemals.«

Die Medienmeute wurde im Rückspiegel immer kleiner und verschwand, als wir wieder in die Camburn View Avenue einbogen. Im Radio verhallten die letzten Akkorde einer alten Foo-Fighters-Nummer, und die Piepstöne erfüllten den Innenraum. »*Es ist neun Uhr, Sie hören Castlewave FM mit den Nachrichten. Bei uns im Studio begrüße ich Dr. Frederic Docherty. Dr. Docherty ...*«

Ich schaltete das Radio aus.

Alice ließ ihre Hände um das Lenkrad gleiten. »Vielleicht hat er sie vor acht Jahren doch nicht vergewaltigt?«

»Warum sollte er sie nicht vergewaltigen? Er hat auch Ruth Laughlin vergewaltigt.«

Sie lenkte den Wagen auf die Hauptstraße in Richtung Cowskillin. »Oder vielleicht hat er sie erst vergewaltigt, nachdem er sie betäubt hatte?«

»Vielleicht konnte er keinen hochkriegen? Oder es war nicht genug Zeit? Oder vielleicht hat sie es Christopher einfach nicht gesagt? Unangebrachte Schuldgefühle, wie du gesagt hast. Oder ...« Das Telefon in meiner Tasche klingelte – nicht das offizielle, sondern das Prepaid-Handy. Ich fischte es heraus und nahm den Anruf an. »Was gibt's?«

Wee Free McFees Stimme schnarrte mir ins Ohr. »*Haben Sie mein kleines Mädchen schon gefunden?*«

»Wir suchen noch.«

»*Tick-tack, Henderson. Tick-tack. Ihr fetter Freund sieht nicht so gut aus.*«

»Er braucht einen Arzt.«

»*Und ich brauche meine Tochter. Sie erinnern sich doch an das Gefühl, oder nicht? Zu wissen, dass irgend so ein Dreckschwein sie in den Klauen hat?*«

Häuser und Läden zogen vorbei, als Alice die mit »City-Stadion« beschilderte Abzweigung nahm. Der Turm der First National Celtic Church erhob sich über die Dächer. Ein Regentropfen zerplatzte auf der Windschutzscheibe.

»*Sind Sie noch dran, Henderson?*«

»Wir machen, so schnell wir können, okay? Sobald wir etwas haben, rufe ich Sie an.«

»*Ihr fetter Freund hat nur ein Auge, wozu braucht er dann noch zwei Ohren, hm? Wie wär's, wenn ich eins davon für Sie in die Post tue?*«

»Wir sind …« Ich schloss die Augen und dotzte mit dem Kopf gegen die Scheibe. Ließ ihn dort ruhen. Die Vibrationen der Straße übertrugen sich in meinen Schädel. »Ich weiß, was das für ein Gefühl ist. Wir tun alles, was wir können. Wir machen so schnell, wie es geht. Wir werden sie finden.«

»*Kann ich Ihnen nur raten.*«

45

Unten auf der Straße vor Ruth Laughlins Wohnung parkte ein einzelner Streifenwagen. Das blau-weiße Rundumlicht kreiste im Regen und verwandelte die Tropfen in Saphire und Diamanten.

Während Laura Strachans Haus von einer ganzen Medienmeute belagert wurde, ließ sich hier nicht einmal ein Fotograf des hiesigen Käseblatts blicken.

Aber Laura war ja auch immer das populärste Opfer gewesen. Die meisten Leute hätten nicht einmal die Namen der zwei anderen Überlebenden nennen können, ganz zu schweigen von denen der vier Frauen, die vor acht Jahren gestorben waren.

Ich trat vom Schlafzimmerfenster zurück.

Die Matratze war halb von dem Doppelbett heruntergezogen, alle Schubladen aus der Kommode neben der Tür herausgerissen. Die Türen des ausgeräumten Kleiderschranks standen offen. Der Boden war mit Röcken, Jacken und Hosen übersät, dazwischen lagen Socken und Unterhosen herum. Die Fotos an den Wänden hingen schief in ihren Rahmen, das Glas war gesprungen.

Alice setzte sich auf den Rand des Bettgestells, ihre lila Nitrilhandschuhe quietschten, als sie die Hände rang. »Er wird David umbringen, nicht wahr?«

»Das sieht ja aus, als ob hier jemand mit einem Baseballschläger gewütet hätte.« Ich bückte mich und hob einen Teddybären vom Boden auf. Er war uralt und grau, fast völlig kahl, die Brust zusammengeflickt wie bei Frankensteins Monster. Ich setzte ihn auf die Kommode, mit dem Rücken an die Wand gelehnt, damit er nicht umfiel.

Ein uniformierter Constable steckte den Kopf zur Tür herein. Große Ohren, schiefe Nase, die Haare so kurz geschoren, dass kaum noch etwas da war. »Hab gerade in der Wohnung drunter nachgefragt. Der alte Sack ist stocktaub – hat nichts Verdächtiges gehört.«

»Warum ist die Wohnung nicht auf Fingerabdrücke untersucht worden?«

Er zog die Schultern bis zu den Ohren hoch. »Die ganze Kriminaltechnik ist drüben in Laura Strachans Haus. Müssen warten, bis sie da fertig sind. Die Sparmaßnahmen, Sie wissen schon.«

Alice stand auf. »Der Inside Man taucht bei Laura Strachan auf, und sie geht mit ihm, ohne auch nur einen Mucks zu machen. Was ist hier anders? Wieso der Kampf?«

Der Flur war mit Jacken und Mänteln übersät. Ich bahnte mir einen Weg hindurch und betrat das Wohnzimmer. Beide Sessel lagen auf dem Rücken. Wer immer Ruth entführt hatte, hatte die Polster aus der Couch gerissen – aus den Schlitzen im braunen Cordstoff quoll die Füllung. Der elektrische Heizlüfter war demoliert, der Fernseher lag mit dem Bildschirm nach unten vor dem Fenster.

»Was ist, wenn Ruth ihn erkannt hat?« Ich stocherte mit der Schuhspitze in den Scherben eines Wechselrahmens. »Sie würde sich nicht widerstandslos ergeben. Nicht nach dem letzten Mal.«

Heavy-Metal-Töne wummerten durch den Boden unter meinen Füßen herauf. Kein Wunder, dass der Typ in der Wohnung drunter taub war.

Ich drehte mich langsam um die eigene Achse. Betrachtete stirnrunzelnd das offene Sideboard, das zerbrochene Geschirr und die zerknitterten Taschenbücher, die auf dem Boden herumlagen. »Er hat etwas gesucht. Er hat die Wohnung durchwühlt, und dann hat er alles kurz und klein geschlagen.«

Die Küche sah genauso aus, das Badezimmer auch – der Inhalt des Medikamentenschränkchens lag auf den Fliesen verstreut.

Alice ging vor der Badewanne in die Hocke und stocherte in den Flaschen und Dosen herum. Dann sah sie stirnrunzelnd zu mir auf. »Ihre Antidepressiva fehlen. Sie hat mir erzählt, sie hätte sich gerade ein neues Rezept für Nortriptylin ausstellen lassen. Hier müssten mindestens drei oder vier Schachteln sein.«

»Was soll er mit ihren Antidepressiva?«

»Na ja... Nortriptylin, mit Alkohol gemischt, ergibt ein ziemlich gutes Sedativum.«

»Er hat Zugang zu OP-Anästhetika, warum sollte er – Herrgott noch mal, was ist jetzt schon wieder?« Ich zog mein Handy aus der Tasche und drückte die Taste. »Henderson.«

Die Stimme am anderen Ende war leise, nervös, als ob die Frau nicht gehört werden wollte. »*Wir sind geliefert. Wir sind alle total geliefert!*«

Ich nahm das Ding vom Ohr und starrte auf das Display. Die Nummer war mir unbekannt. »Wer ist da?«

»*Sie müssen sofort in die Carrick Gardens kommen. Virginia Cunninghams Haus. Er ist tot – wir müssen unsere Aussagen abstimmen. Oh, wir sind ja so was von geliefert...*« Und dann war sie weg.

Ich steckte das Handy wieder ein.

Virginia Cunningham – die nette, hochschwangere Kinderschänderin von nebenan.

Alice starrte mich an. »Was ist?«

»Keine Ahnung. Komm, wir fahren.«

DC Nenova wartete draußen auf uns. Sie drückte sich dicht an die Haustür, um sich vor dem Regen zu schützen, der aus dem schweren grauen Himmel fiel und auf die Gartenwohnung herabprasselte.

Sie trat von einem Fuß auf den anderen und sah sich nervös um. »Es ist nicht unsere Schuld, es hat ja niemand von uns etwas geahnt, wie denn auch? Es...« Nenova leckte sich die Lippen. »Wir müssen jetzt alle ganz ruhig bleiben und uns überlegen, was wir tun. Okay?«

Alice spähte an ihr vorbei ins Haus, während sie mit beiden Händen den Regenschirm hielt, der im Wolkenbruch flatterte. »Ist alles in Ordnung?«

»Natürlich nicht – wir sind alle geliefert.« Nenova machte kehrt und marschierte den Flur hinunter. Am Ende angelangt kehrte sie um und kam wieder zurück. »Wir haben es nicht gewusst, okay? Woher sollten wir es wissen?«

Ich trat ein. Die Wohnzimmertür stand offen, und ihr Partner, McKevitt, saß in der Mitte der Couch, die Knie geschlossen, die Schultern hochgezogen. Das eine Bein zuckte wie im Takt zu einem Death-Metal-Beat. Der bitter-scharfe Gestank nach Erbrochenem wehte mir aus dem Zimmer entgegen. Er blickte auf, als wir vorbeigingen. »Es ist nicht unsere Schuld...«

Alice knallte die Haustür zu und lehnte ihren tropfenden Schirm in die Ecke. »Ash, was geht hier vor?«

»Keine Ahnung.«

Nenova bog um die Ecke und blieb zwischen Bad- und Schlafzimmertür stehen. Dann begann sie im Flur hin und her zu laufen, eine Hand vor dem Mund, und knabberte an ihren Nagelhäutchen herum. »Wir müssen nur unsere Aussagen abstimmen, das ist alles. Es wird schon gut gehen. Wir müssen nur...«

Ich packte sie. »Was zum Teufel ist hier los?«

Sie schüttelte meine Hand ab. »Wir...« Ihr Blick ging zur

Schlafzimmertür. »Wir sind hergekommen, um nach weiteren Videobändern zu suchen oder Laptops oder Fotos von Kindern. Hätten das eigentlich schon gestern machen sollen, aber sie haben unsere Einheit zusammengestrichen, und drei Kollegen sind mit Burnout ausgefallen, und wir haben einen gewaltigen Haufen Fälle zu überwachen, und es ist nicht unsere Schuld!«

Herrgott noch mal. »Was – haben – Sie – gefunden?«

Sie streckte die Hand nach der Klinke aus, fasste sie und öffnete zögernd die Schlafzimmertür. Ein wohlbekannter, widerlich süßer Geruch wälzte sich auf den Flur hinaus. Wie Fleisch, das ein bisschen zu lange im Kühlschrank gelegen hat.

Nenova deutete auf den Kleiderschrank.

Die Dielen knarrten unter meinen Schritten, als ich am Bett vorbei zu dem offenen Schrank ging. Blusen und Jacken hingen im oberen Teil, ein paar lange Sommerkleider auf der einen Seite. Schuhkartons im Fach über der Stange. Ein kniehoher Haufen Schuhe und Stiefel am Boden... Eine kleine blasse Hand schaute darunter hervor, die Finger wächsern und gekrümmt.

Ein Knoten formte sich in meiner Brust.

Sie hatte jemanden umgebracht. Und die Leiche dann hier unter Schuhen begraben. Die ganze Zeit, während wir in ihrem Haus waren, hatte sie ein totes Kind in ihrem verdammten Kleiderschrank gehabt.

Dreckstück...

Meine Hände ballten sich zu Fäusten, bis die Knöchel schmerzten.

»Rufen Sie die Spurensicherung, ich will ein komplettes Team hier haben. Lassen Sie die Straße absperren und das Kind fotografieren, befragen Sie die Nachbarn, und finden Sie heraus, ob irgendwo ein Kind vermisst wird, und... Was?«

Nenova stand neben dem Nachttisch und schüttelte den

Kopf. Dann zog sie ein Paar Nitrilhandschuhe an und hob ein Mobiltelefon auf. Das Ding war auf einem kleinen Stativ befestigt. Sie räusperte sich. »Es war auf das Bett gerichtet, also habe ich es mir mal angeschaut.« Ein Blick zum Kleiderschrank. »Das war, bevor wir entdeckt haben, dass ...« Sie schaltete das Handy ein und tippte ein paarmal auf dem Display herum, dann drehte sie es um und hielt es mir hin.

Ein Videoclip lief auf dem Display.

Virginia Cunningham trägt nur BH und Unterhose, und ihr dicker Babybauch drückt gegen die Gestalt, die sie auf dem Bett niederhält. Ein kleiner Junge – er kann nicht älter als vier oder fünf sein – zappelt unter ihr.

Ihre Stimme dringt aus dem Lautsprecher des Handys, das ihren Gesang leicht verzerrt.

»*Wenn's dunkel ist und gruselig, das ist kein Grund zum Fürchten. Denk einfach an was Schönes wie Limo oder Würstchen...*«

Sie schlingt die Hände um die Kehle des kleinen Jungen und drückt zu, beugt sich über ihn und lehnt sich mit ihrem ganzen Gewicht auf seinen Hals.

»*Und wenn du dich mal fürchtest, sing das Lied vom Mut. Dann, du wirst schon sehen, gleich ist alles wieder gut...*«

Die Hände des Jungen schlagen nach ihren nackten Armen, ein Bein zuckt im Takt, als sie sich nach vorne wirft und ihn würgt.

»*Ihr Kobolde und Geister, wir fürchten uns nicht vor euch...*«

Er erwischt sie mit einer Hand im Gesicht, doch sie zieht den Kopf zurück, außer Reichweite, und lässt wieder ihr volles Gewicht auf ihn sacken.

»*Denn singen wir das Lied vom Mut, dann trollt ihr euch sogleich!*«

Die Arme des Jungen werden wie Gummi, können ihr eigenes Gewicht nicht mehr tragen. Schließlich fallen sie schlaff herab.

»Sing mit mir das Lied vom Mut, das macht dich stark, und dir geht's gut...«

Ich schluckte. »Wann war das? Gibt es einen Zeitstempel bei der Kamera? Wir müssen wissen, ab wann das Kind vermisst wurde.«

»Sing das Lied die ganze Nacht, bis es alles bunt und fröhlich macht!«

Sie lässt seinen Hals los und setzt sich auf, ein breites Grinsen im Gesicht. Schnauft ein paarmal durch.

Dann dringt ein fernes Hämmern aus dem winzigen Lautsprecher, gefolgt von einem gedämpften *»Sie soll verdammt noch mal die Klappe halten!«*.

Meine Stimme.

Das war *ich*, der da an die Wand gehämmert hatte. Wir brauchten keinen Zeitstempel. Der Film war entstanden, als wir hier im Haus gewesen waren. Direkt nebenan waren wir gewesen und hatten gewartet, während sie sich anzog...

Cunningham wälzt sich vom Bett, packt den kleinen Jungen an den Beinen und schleift ihn aus dem Bild.

Etwas Rumpeln und Poltern, dann ist sie wieder da, füllt den ganzen Monitor aus, als sie nach dem Handy greift.

Die Tür hinter ihr wird geöffnet, und Officer Babs stapft ins Zimmer. *»Okay, das reicht jetzt. Ziehen Sie endlich Ihre verdammten Klamotten an.«*

Das Display wurde dunkel und zeigte dann wieder eine Reihe ziegelartig angeordneter Standbilder.

Alice hielt sich die Hand vor den Mund. »O nein...«

Aller Atem entwich aus meinem Körper, und es zog meine Schultern nach unten. Wir waren *gleich nebenan* gewesen.

Nenova stellte das Handy wieder auf den Nachttisch.

Ich sank auf das Fußende des Betts und starrte den Schrank an – die blasse Hand, die unter dem Berg von Schuhen hervorschaute. »Wir hätten ihn retten können...«

Sie ging vor dem Bett auf und ab. »Wir haben unsere Aussagen noch nicht abgestimmt. Wir konnten es nicht wissen, richtig? Wir konnten das Haus nicht durchsuchen, wir hatten nicht die Zeit.«

Ich hätte Babs *befehlen* müssen, bei ihr zu bleiben. Dafür sorgen, dass sie keinen Moment unbeaufsichtigt war. Ich hatte die Verantwortung.

Wie hatte Cunningham gesagt, als sie in ihrem Umstandskleid auf der Couch gesessen hatte, die Hände zu Fäusten geballt, Gift und Galle verspritzend? »*Es ist alles Ihre Schuld – das werde ich denen sagen. Alles – Ihre – Schuld.*«

Ich nahm ein Paar Handschuhe aus meinem Ermittlerset und kniete mich vor den Kleiderschrank. Zog die Schuhe und Stiefel einen nach dem anderen heraus und reihte sie auf dem Teppich auf, bis ich das Gesicht des Jungen sehen konnte.

Blonde Haare. Ohren, in die er nie hineinwachsen würde. Sommersprossen, die sich wie Tintenspritzer von der milchweißen Haut abhoben. Das Gesicht kam mir bekannt vor, aber irgendetwas stimmte nicht ganz. Ich kniff die Augen zusammen. Warum sah er so …?

»Ach du *Scheiße* …«

Nenova trat näher. »Wir sind so was von geliefert.«

Es waren die blonden Haare, die nicht stimmten. Das Badezimmer hatte bei unserem ersten Besuch nach Ammoniak gestunken – eine Schachtel Haarfärbemittel hatte neben der Wanne gestanden. Sie hatte ihm die Haare gefärbt.

Ich brauchte zwei Anläufe, um die Worte herauszubringen. »Rufen Sie die Leitstelle an. Sagen Sie ihnen, dass wir Charlie Pearce gefunden haben.«

»… *muss ich Ihnen zu meinem tiefsten Bedauern mitteilen, dass die Leiche des kleinen Charlie Pearce heute in einem Wohnhaus im Stadtteil Blackwall Hill von Polizeibeamten gefunden wurde. Die Eltern sind informiert, und sie bitten darum, in dieser für sie so furchtbaren Zeit ihre Privatsphäre zu respektieren.«*

Regen peitschte die Windschutzscheibe und machte ein Getöse wie tausend Hämmer auf dem Dach des Suzuki.

»So weit Detective Superintendent Elizabeth Ness bei der Pressekonferenz vor wenigen Minuten. Nun zum Sport, und für Partick Thistle wird es jetzt richtig schwer...«

Ich schaltete das Radio aus.

Der Wind beutelte das Auto und schaukelte es hin und her.

Jenseits der Kettenabsperrung floss der Kings River zäh und dunkel dahin und flutete gegen die Hafenmauer an. Eine einsame Möwe glitt vorbei und legte sich in die Kurve. Die Flügel bogen sich von der Anstrengung, der Luft Widerstand zu bieten.

Alice beugte sich über Bob den Baumeister und lehnte die Stirn ans Lenkrad.

Als mein Handy klingelte, fuhren wir beide zusammen.

Ich zog es heraus – »D<small>ER</small> B<small>OSS</small>!« blinkte auf dem Display auf.

Okay, das konnte auf die Mailbox gehen.

Man sollte doch meinen, dass Jacobson nach zwei Stunden den Wink mit dem Zaunpfahl verstehen würde.

Es war wieder still.

Alice rutschte auf ihrem Sitz hin und her. »Er war da, die ganze Zeit.«

Ja. Ja, das war er.

Mein Nacken knackte und knirschte, als ich mich streckte. »Wir müssen Jessica McFee finden.«

»Ash, er war erst *fünf*.«

»Wir haben es nicht gewusst. Woher denn?«

Sie blinzelte ein paarmal. Dann schniefte sie. »Er hatte recht, nicht wahr? Detective Superintendent Knight. Ich bin nur peinlich...«

»Du bist nicht...«

»...amateurhaft. Unprofessionell. Sie hielt einen kleinen, total verängstigten Jungen im Haus gefangen, *während wir dort waren*. Ich hätte es wissen müssen.« Alice rieb sich die Augen. »Ich habe nicht das Recht, mich Psychologin zu nennen.«

»Alice, lass das, okay?«

»Ich kann nichts richtig machen. Sollte lieber eine Praxis aufmachen. Eheberatung oder so was in der Art, wo niemand sterben muss, wenn ich versage...«

Ich seufzte. »Bist du fertig?«

Keine Antwort.

»*Du* hast Charlie Pearce nicht umgebracht, das war Virginia Cunningham. Du hast nicht versagt. Du bist keine Hellseherin.« Mein anderes Telefon meldete sich mit dem voreingestellten Klingelton, den zu ändern ich mir nicht die Mühe gemacht hatte.

Herrgott noch mal, als ob alles nicht schon schlimm genug wäre.

Ich kramte es hervor und drückte die Taste. »Ich weiß, ich weiß – tick-tack.«

»*Hä?*« Eine Pause. »*Ist da Ash Henderson?*«

Doch nicht Wee Free. »Rock-Hammer. Sie haben was für mich?«

»*Ich hab Ihnen doch gesagt, ich heiße Alistair – und ja. Haben Sie eine E-Mail-Adresse, an die ich diese Berichte vom Jugendamt schicken kann?*«

Was denn – damit Jacobson und sein Team spitzkriegten, was wir...? Ach was, scheiß drauf. Zu spät, sich darüber Gedanken zu machen. Ich gab ihm meine offizielle Mailadresse.

»*Und ich habe mit seinem Scheidungsanwalt gesprochen. Also, offiziell ging es bei Docherty gegen Docherty um unüberbrückbare Differenzen, hervorgerufen durch hohe Arbeits-*

belastung. Sie bekam die Hälfte von allem plus regelmäßige Unterhaltszahlungen.«

»Und inoffiziell?«

»Mrs Docherty hielt nicht so viel von den Rollenspielen und der Pornografie. Und ich rede hier nicht von Spielchen à la ›Wir würfeln, und du musst so tun, als wärst du eine Elfe‹. Nein, sie musste die Posen der toten Frauen auf seinen Tatortfotos einnehmen, bevor sie es taten. Er hat sie sogar mit Kunstblut beschmiert.«

»Ja, kann mir vorstellen, dass einen das ein bisschen abtörnt.«

Alice hob den Kopf vom Lenkrad und hielt Bob fest an ihre Brust gedrückt. »Was ist?«

»Dr. Frederic Docherty steht auf tote Frauen.« Wieder ans Telefon. »Sonst noch was?«

»Im Moment ist er im Polizeipräsidium. Ein Streifenwagen hat ihn um Viertel vor sieben am Hotel abgeholt. Ist seitdem nicht mehr rausgekommen.«

Die Möwe war wieder da, ein heller Strich am dunklen Himmel.

»Hat er ein Auto, oder ist er mit dem Zug gekommen?«

»Ich hab die Nummer heute Morgen im Gästebuch nachgeschlagen. Sekunde...« Rascheln im Hintergrund.

Mein offizielles Handy piepste. Das waren sicher die Berichte vom Jugendamt. Ich holte es hervor, rief die Mail auf und reichte Alice das Telefon. »Lesen.«

»Sorry, die Zulassungsstelle ist heute Morgen ein bisschen langsam... Da haben wir's: Es ist ein dunkelblauer Volvo V70. Wollen Sie das Kennzeichen?«

Ich notierte es mir auf meinen Block. »Danke, Alistair. Sagen Sie mir Bescheid, wenn Docherty irgendwo hingeht, okay?«

»Wird gemacht.« Und dann war er weg.

Ich tippte mir mit dem Handy ans Kinn. Steht auf tote Frauen...

Zeit, bei Noel Maxwell nachzufragen, welche Infos er seinen Drogendealer-Kollegen im Krankenhaus hatte entlocken können. Sein Handy läutete fast ein Dutzend Mal und dann:

»*Ja?*«

»Noel? Ich bin's.«

Pause. »*Ah ja, Mr Henderson, wunderbar. Ähm... was für ein Zufall, ich wollte Sie gerade anrufen.*«

Aber klar doch. »Und?«

»*Da sind noch zwei Jungs von der Nachtschicht, mit denen ich noch nicht habe sprechen können, aber mir sind Gerüchte zu Ohren gekommen über jemanden, der zwei Fläschchen Thiopental vertickt hat. Das ist so ähnlich wie das Zeug, das – Sie erworben haben, nur ein bisschen riskanter bei Atem- und Herzproblemen und so.*«

Ich zückte wieder den Stift. »An wen?«

»*Wie gesagt, ich habe noch nicht mit allen geredet, es könnte also alles nur hohler Umkleideraum-Tratsch sein. Sie wissen ja, wie die Jungs drauf sind.*«

»An *wen*, Noel – oder wollen Sie, dass ich rüberkomme und die Antwort aus Ihren Eingeweiden lese?«

»*Okay, also, es heißt, dass Boxer Zeug an diesen Psychiater aus dem Fernsehen vertickt hat. Sie wissen schon – der Typ, der den Serienkiller in Dundee geschnappt hat, der die kleinen Jungs abgeschlachtet hat?*«

Dr. Frederic Docherty.

»Dieser ›Boxer‹ – ich will einen richtigen Namen, eine Adresse und eine Kontaktnummer.«

»*Woher soll ich seine Adresse wissen? Ich bin ja nicht sein...*«

»Finden Sie sie raus und simsen Sie sie mir.« Ich legte auf. Sah zu Alice hinüber und grinste. »Wird immer besser.«

Der Wind wollte die Tür abreißen, als ich in den schrägen

Regen hinauskletterte. Er hämmerte eisige Nägel in mein Gesicht und meinen Hals, als ich um das Auto herum zur Fahrerseite humpelte und Alice auf den Beifahrersitz scheuchte.

Sie krabbelte über die Handbremse und den Schaltknüppel, Bob den Baumeister und mein Handy nahm sie mit. »Das hier ist ... *interessant*.«

»Dachte ich mir.« Der Motor erwachte grollend zum Leben und übertönte einen Moment lang den Regen, bis der Diesel warmgelaufen war. »Schnall dich an.«

Sie tat es. »Wohin fahren wir?«

»Einen kleinen Bruch machen.«

46

Die Deckenbeleuchtung malte graue Lachen auf den Betonboden, ihre Kraft reichte nicht aus, um die Düsternis zu vertreiben.

Ich verglich noch einmal das Nummernschild mit dem Zettel, nur um ganz sicherzugehen. Nicht dass es in der Parkgarage des Hotels von blauen Volvo-Kombis gewimmelt hätte, aber man konnte nie vorsichtig genug sein. Dochertys Wagen stand so weit wie möglich vom Eingang entfernt, mit der Beifahrerseite ganz dicht an der Wand, sodass viel Platz zwischen ihm und dem nächsten Stellplatz blieb. Wollte wohl sichergehen, dass ihm keiner eine Delle oder einen Kratzer in den Lack machte.

Na ja, versuchen kann man's ja mal.

Mein Brecheisen schrammte kreischend über die Fahrertür und schälte zwei parallele Streifen Lack bis aufs Metall ab. Ups.

Die Parkgarage war fast leer – die meisten Gäste waren wohl bei der Arbeit oder nahmen an Konferenzen teil, oder sie taten, was Touristen an einem verregneten Mittwochmittag in Oldcastle eben so tun. Nur eine Handvoll Kombis und Kleinwagen, dazu ein Range Rover Sport, alle in der Nähe der Verbindungstür zum Hotel geparkt.

Alice trippelte mit ihren kleinen roten Schuhen auf der Stelle und schielte zwischen den Säulen hindurch zum Eingang. »Ich bin mir wirklich nicht sicher, ob wir das tun sollten, ich meine, diese ganze Geschichte von wegen seine Frau als Mordopfer posieren lassen ist ziemlich verstörend, aber ...«

»Du hast die Berichte vom Jugendamt gelesen.«

»Ja, ich weiß, ich meine nur...« Sie schlang die Arme um die Brust. »Was ist, wenn wir uns irren? Was, wenn er es gar nicht ist?«

Ich fasste ihre Schultern und drückte sie. »Er muss sein Entführerwerkzeug irgendwo aufbewahren. Er kann es nicht in seinem Zimmer liegen lassen, da würde das Reinigungspersonal es finden. Er kann es nicht auf dem Präsidium liegen lassen – nicht mal Docherty ist so von sich überzeugt. Also ist es entweder dort, wo er die Frauen gefangen hält, oder es ist im Auto.« Die Motorradhandschuhe, die ich aus dem Verkehrsbüro hatte mitgehen lassen, waren ein bisschen klobig, aber sie würden den Zweck erfüllen. Das Brecheisen klatschte in meine lederbewehrte linke Handfläche. »Kommt jemand?«

»Nein.«

»Gut.« Das Eisen zerschmetterte das Fahrerfenster, und glitzernde Glaswürfelchen regneten auf die Vordersitze herab. Sofort sprang die Warnblinkanlage an, die Hupe plärrte los, und die Alarmanlage kreischte. Ich fuhr mit dem Eisen an der Innenkante des Fensters entlang und entfernte die Reste der Scheibe, dann griff ich hinein und zog an dem Hebel, der die Motorhaube entriegelte.

Ich humpelte nach vorne und klappte die Haube auf, dann schob ich die Zinken der Brechstange unter die Batterieabdeckung und hebelte sie auf. Die rote Polklemme sprang von der Batterie ab, und es war schlagartig wieder still. Fünf Sekunden. Nicht gerade ein Rekord, aber auch nicht übel. Ist natürlich von Vorteil, wenn man sich keine Gedanken darüber machen muss, ob man hinterher mit der Kiste auch noch fahren kann. »Immer noch niemand?«

»Ash, was, wenn er nicht der Inside Man ist, wir...«

»Ist die Luft rein?«

Ein Seufzer. »Ja.«

Ich zog die Fahrertür auf und beugte mich über die Sitze.

Klappte das Handschuhfach auf. Straßenkarten, eine halbe Tüte extrastarke Pfefferminzbonbons und das Scheckheft des Wagens. Nichts im Fußraum vor dem Beifahrersitz oder unter dem Sitz. Auch nichts im Türfach.

Die Ablage zwischen den Vordersitzen war ebenfalls leer. »Wenn er nicht der Inside Man ist, sehen wir zu, dass wir Land gewinnen, und alle sind so klug wie zuvor. Er kommt heute Abend zurück und denkt, dass Vandalen sein Auto demoliert haben. Betrachte es als Rache dafür, dass er so ein Arschloch ist.«

Weiter auf der Fahrerseite: eine Neoprenmappe voller CDs – eine Mischung aus Country & Western und Phil Collins –, Bonbonpapierchen, Sonnenbrille. Meine behandschuhten Finger strichen durch Bröckchen von Sicherheitsglas unter dem Sitz. Stießen an eine harte Kante. Da war etwas... »Augenblick mal.« Ich bekam es zu fassen und zog.

Eine blaue Mappe mit dem aufgeprägten Schriftzug »Eigentum der Greater Manchester Police«.

Sie war voll mit Tatortfotos. Alles Frauen. Alle lagen dort, wo sie gefunden worden waren, und keine von ihnen hatte einen sanften Tod gehabt. Erschossen, erstochen, erdrosselt, totgeschlagen. Aufgeschlitzte Kehlen, aufgeschnittene Leiber. Blut und Knochen und Leid. Die letzten acht in dem Stapel waren Opfer des Inside Man.

Ich gab Alice die Mappe. »Glaubst du immer noch nicht, dass er es ist?« Dann öffnete ich die hintere Tür.

Hinter dem Fahrersitz stand eine prallvolle orangefarbene Plastiktüte. Ich warf einen Blick hinein. Lauter zusammengeknüllte Papiertaschentücher, die einen verdächtigen alkalischen Geruch ausströmten.

Alice blickte von den Fotos auf. »Was ist das?«

Ich stellte die Tüte zurück. »Ich glaube nicht, dass diese Taschentücher zum Schnäuzen verwendet wurden.«

Sie runzelte die Stirn. Dann kräuselte sie die Oberlippe. »Iih... Er hat in seinem Auto gesessen und über den Fotos ermordeter Frauen masturbiert?«

»Hab's dir doch gesagt.«

Ich durchsuchte den Volvo von vorne bis hinten. Nahm sogar die Gummimatten und das Reserverad heraus. Nichts.

»Ash?«

Irgendwo musste das Zeug doch sein.

An einer Stelle, die vom Wageninneren aus zugänglich war. Wo er leicht rankommen konnte. Aber wo? Ich kniete mich auf den Betonboden und tastete noch einmal mit den Fingern den mit Glassplittern übersäten Teppichboden ab.

Mit den Motorradhandschuhen hatte ich null Gefühl in den Fingern. Ich zog den rechten ab und ersetzte ihn durch den letzten von meinen blauen Nitrilhandschuhen.

Alice' Stimme war ein zischelndes Flüstern: »Ash!«

Da – ein kleiner Zylinder. Die Kappe eines Stifts? Ich fummelte das Ding raus und setzte mich auf die Fersen.

Ah, *prächtig!* Es war eine orangefarbene Kappe von einer Spritze. Die gleiche Sorte, die ich... Ja, okay. Viel zu spät, um daran noch etwas zu ändern.

Es war nicht direkt ein Entführer-Werkzeugkasten, aber es war immerhin ein Anfang.

Leg's wieder hin, ruf Jacobson an, sag ihm, er soll einen Durchsuchungsbeschluss beantragen, und...

Sie packte mich am Ärmel und zog daran. »Da kommt jemand!«

Verdammter Mist.

Ich packte das Brecheisen. »Wusste ich's doch – wir hätten Sturmhauben tragen sollen.«

Verstecken war sinnlos – wäre die Garage voll mit Autos gewesen, hätten wir uns in deren Schutz davonschleichen können. Aber das war sie nicht.

Dr. Docherty kam mit wehendem Mantel über den Betonboden auf uns zumarschiert. »WAS MACHEN SIE DA, VERDAMMT NOCH MAL?«

Hinter ihm blitzte der kahle Schädel des Hotelmanagers auf, der Docherty händeringend nacheilte. Und da kam noch jemand: Rhona. Sie stapfte missmutig hinterdrein, die Mundwinkel nach unten gezogen, die Hände in den Hosentaschen.

Er hatte Verstärkung mitgebracht. Natürlich hatte er das. Der Mistkerl hatte wohl wieder die Polizei als Fahrdienst missbraucht wie schon heute Morgen.

»FINGER WEG VON MEINEM AUTO, SAGE ICH!« Knallrot im Gesicht, die Augen weit aufgerissen.

Ich ließ die Spitze des Brecheisens klirrend auf dem Boden aufschlagen und stützte mich darauf. »Wo sind sie?«

Er blieb vier Schritte vor mir stehen, den Arm gehoben, und zielte mit dem Finger mitten auf meine Brust. »Detective Sergeant Massie, ich will, dass Sie diesen Mann festnehmen! Er hat mein Auto aufgebrochen und ... WAS HABEN SIE MIT DEM LACK GEMACHT?«

Dem Hoteldirektor entfuhr ein kleiner Quiekser, als er den Schaden erfasste, und das Händeringen wurde noch intensiver. »Wenngleich das Pinemantle Hotel sämtliche angemessenen Sicherheitsvorkehrungen befolgt, muss ich Sie daran erinnern, dass wir bedauerlicherweise keinerlei Haftung für irgendwelche Schäden ...«

»DER WAR FARBRIKNEU!«

Rhona streckte die Hände aus. »Okay, jetzt wollen wir uns alle mal beruhigen.« Ihr Blick ging von meinem Brecheisen zu dem Kratzer am Wagen, dann weiter zu den mit Glassplittern eingeschneiten Sitzen und schließlich zu mir. Sie ließ eine Reihe dicker grauer Zähne sehen. »Chef?«

»Es war schon so, als wir kamen, nicht wahr, Alice?«

»Es war ...?« Die Adern in Dochertys Hals sahen aus, als

müssten sie jeden Moment platzen. »ICH WILL, DASS SIE IHN AUF DER STELLE FESTNEHMEN!«

»Aber klar.« Ich griff hinein und schnappte mir eine Handvoll Fotos. »Und dann können wir alle zusammen aufs Revier gehen und uns darüber unterhalten, warum Sie eine Sammlung von Fotos ermordeter Frauen als Wichsvorlage haben.«

»Ich habe keine Ahnung, wovon Sie…«

»Die hier.« Die Fotos klatschten an seine Brust und flatterten vor ihm zu Boden. »Wollen Sie uns das vielleicht erklären?«

Er zuckte nicht mal mit der Wimper. »Ich bin forensischer Psychologe. Das sind *Forschungsunterlagen*.«

»Und die Plastiktüte mit vollgewichsten Taschentüchern – sind das auch Forschungsunterlagen?«

»Was ich in meinem eigenen Wagen tue, geht Sie überhaupt nichts an.« Er reckte die Nase in die Höhe. »Offen gestanden, Dr. McDonald, von Ihnen hatte ich doch ein wenig Besseres erwartet. Warum, weiß ich auch nicht so genau, nach dem, was Sie in Virginia Cunninghams Haus haben geschehen lassen.«

Alice nickte, dann legte sie ihm eine Hand auf den Arm. »Das mit Ihren Eltern tut mir leid. Es kann nicht leicht gewesen sein, in einer solchen Umgebung aufzuwachsen.«

Er presste die Lippen zusammen. Dann schob er sich an mir vorbei und knallte die hintere Tür des Volvo zu. Lehnte sich dagegen und verschränkte die Arme. »Ich werde verdammt noch mal dafür sorgen, dass Sie beide *nie* wieder bei einer Ermittlung hinzugezogen werden. Sie« – sein Finger zeigte auf mich – »gehen in die schimmlige Zelle zurück, aus der Sie gekommen sind.« Der Finger schwenkte zu Alice. »Und *Sie* haben nicht das Recht, sich eine Psychologin zu nennen. Sie sollten sich was schämen.«

»Nichts, was Sie taten, war je gut genug für sie, nicht wahr? Sie haben es immer und immer wieder versucht, aber sie haben Sie einfach immer weiter geschlagen. Es war nicht Ihre Schuld.«

»MIT WEM HABEN SIE GEREDET?« Spucketröpfchen spritzten im hohen Bogen von seinen Lippen. Er streckte die Hand aus, als ob er Alice packen wollte. Dann hielt er inne, ballte die Hand zur Faust und lehnte sich gegen die Autotür. Er schniefte. »Detective Sergeant Massie, ich möchte gegen diese beiden Personen Anzeige erstatten wegen Einbrechens in meinen Wagen und mutwilliger Zerstörung desselben. Wenn Sie nicht bereit sind, sie festzunehmen, werde ich mich auch offiziell über Ihr Verhalten beschweren.«

Da stimmte etwas nicht.

Wieso die hintere Tür? Die vordere stand weit offen, der Sitz war mit Fotos von toten Frauen übersät, aber diese Tür hatte er nicht zugeschlagen und sich davorgestellt. Was war dahinten? Was hatte ich übersehen?

Rhona verzog für einen Moment das Gesicht. »Jetzt lassen Sie uns alle mal tief durchatmen und…«

»Ich hätte es wissen müssen! Deshalb haben Sie darauf bestanden, mit mir zu kommen, stimmt's? Ihr zutiefst unprofessionelles Verhalten ist eindeutig motiviert durch irgendeine verquere Vorstellung von Loyalität. Aber das lasse ich mir nicht bieten!«

Glas knirschte unter meinen Sohlen, als ich zu dem Volvo zurückging.

»Ich will, dass Sie ihn *jetzt* festnehmen, DS Massie.«

Rhona kniff sich in die Nasenwurzel. »Das weiß ich, Dr. Docherty, aber ich bin mir sicher, wenn wir uns alle beruhigen, können wir das alles klären.«

Aber hinten *war* doch nichts. Ich hatte alles schon zwei Mal abgesucht.

Warum stellte er sich schützend davor, wenn da gar nichts war?

Alice legte den Kopf schief. »Haben Sie deshalb in dem alten Haus Feuer gelegt? Ihren Frust an einer Welt ausgelassen, die sich nie um Sie gekümmert hat? Ich meine, es muss ein wunderbares Gefühl gewesen sein, alles so unter Kontrolle zu haben. Endlich einmal Macht über etwas zu haben, nach all den Jahren der Ohnmacht.«

Es musste etwas Belastendes sein ...

Docherty strich mit beiden Händen seinen Mantel glatt. »Verschonen Sie mich mit Ihren Analyseversuchen, Dr. McDonald. Das ist hier nicht die Amateurstunde.« Er zog sein Handy aus der Tasche. »Also, Detective Sergeant, wenn Sie sich weigern, Ihre Pflicht zu tun, lassen Sie mir keine Wahl.«

»Ach, seien Sie doch still.« Ich schob ihn aus dem Weg und zog die Tür auf.

»Weg von meinem Auto!«

Er packte meine Jacke. Ich legte ihm die Hand mitten auf die Brust und stieß ihn mit aller Kraft weg. Er landete neben dem Heck auf dem Hintern und platzte fast vor Empörung. »Er hat mich angegriffen! Sie haben es gesehen!«

Was hatte ich übersehen?

Unter den Sitzen. In den Sitztaschen. In den Türtaschen. Unter den Matten ...

Wo zum Teufel war es?

Er sitzt auf dem Rücksitz, hat seine Galerie von toten Frauen neben sich ausgebreitet, die Plastiktüte voller Taschentücher zu seinen Füßen.

Es musste die mittlere Armlehne sein.

Docherty rappelte sich wieder auf.

Ich klappte die Lehne herunter. Nur zwei Tassenhalter. Verdammter Mist.

Hände packten mich am Rücken.

Ich schlug mit dem Ellbogen aus. Die Erschütterung ging mir durch Mark und Bein. Ich hörte ihn ächzen.

Es *musste* hier sein ...

Moment mal – die Vertiefung für die Armlehne war mit einem Stück Stoff ausgekleidet. Es sah billig aus, an den Rändern ausgefranst. Als ob es nicht zur Originalausstattung des Wagens gehörte.

Oben links schaute eine kleine schwarze Schlaufe heraus.

»RAUS AUS MEINEM AUTO! SIE HABEN DAZU KEIN RECHT!«

Ich fasste die Schlaufe und zog.

Der Klettverschluss, der die Abdeckung hielt, löste sich mit lautem Ratschen, und eine Aktenhülle im DIN-A4-Format kam zum Vorschein. Hellbraunes Leder, zugebunden mit einem scharlachroten Band.

Bingo.

»ICH VERLANGE, DASS SIE AUS MEINEM WAGEN AUSSTEIGEN!«

Ich richtete mich auf. »Rhona, ziehen Sie Handschuhe an, und machen Sie das hier auf.«

Blut rann aus Dochertys Mundwinkel. Er packte mich wieder, stieß mich gegen den Wagen. »DAS HABEN SIE MIR UNTERGESCHOBEN, ES GEHÖRT NICHT MIR!«

»Lassen Sie mich los, Sie Idiot.«

Er schlug mit der Faust nach meinem Kopf.

Aber da hätte er auch gleich seine Knöchel mit der Post schicken können, dann wären sie schneller da gewesen. Kurz nach rechts abgetaucht, und die Faust rauschte an meinem linken Ohr vorbei. Ich packte seinen Arm und drehte ihn. Dann rammte ich ihm noch einmal meinen Ellbogen ins Gesicht.

Er strauchelte rückwärts und fiel der Länge nach auf den Beton. Hellrote Bläschen quollen aus seinen Nasenlöchern und zerplatzten, während er dalag und stöhnte.

»Am besten noch irgendwann heute, Rhona.«

Sie schob sich an mir vorbei, streifte ein Paar blaue Nitrilhandschuhe über und zog die Mappe aus ihrem Versteck, um sie auf den Rücksitz zu legen.

Docherty ruderte mit Armen und Beinen und versuchte sich auf die Seite zu drehen.

Hinter mir pfiff Rhona leise. »Chef? Das müssen Sie sich *wirklich* anschauen.«

Docherty schaffte es, sich auf die Knie zu erheben. Dann hielt er inne und stützte sich mit einer Hand an einer Säule ab.

Ich ging einen Schritt auf ihn zu. »Wenn Sie mich noch ein Mal angreifen, breche ich Ihnen den Arm. Verstanden? Sie bleiben, wo Sie sind.«

Alice kam herbeigeschlurft und spähte an Rhona vorbei in den Volvo.

Und dann machte sie kehrt und marschierte auf Docherty zu. Als sie noch drei Schritte entfernt war, nahm sie Anlauf und rammte ihm einen kleinen roten Schuh genau zwischen die Beine.

Er knickte um, hielt sich mit beiden Händen die Weichteile, während sein Mund sich in einem stummen Schrei weitete. Den Hintern in die Luft gereckt, die Knie fest zusammengepresst.

»Chef?«

Ich drehte mich um.

Rhona deutete auf die Mappe.

Da lag ein Skalpell auf einem Stapel gelben Notizpapiers, zusammen mit einem Schlüsselring in Form einer Babypuppe, einem kleinen Plastikbehälter, der so etwas wie tote Spinnen zu enthalten schien, einem herzförmigen Medaillon, einem Verlobungsring… Alles, was aus dem Archiv verschwunden war – hier war es.

Kein Wunder, dass Alice ihm in die Eier getreten hatte.

Sie wandte ihm den Rücken zu und stürzte sich auf mich. Schlang die Arme um meinen Brustkorb und drückte mich, ihr Gesicht an meine Schulter gebettet. »Wir haben ihn!«

Der Regen hämmerte auf die Zufahrt zur Parkgarage des Hotels herab, speiste kleine Bäche, die sich zwischen den dichten, dunklen Rhododendren hindurchschlängelten, und prasselte zischend auf die Blätter. Das Betontor roch nach Schimmel und feuchter Erde. Ich lehnte mich dagegen und lauschte dem Läuten am anderen Ende der Leitung.

Der zivile Einsatzwagen, mit dem Dr. Docherty gekommen war, surrte vorüber – Rhona am Steuer, ein Grinsen voller dicker grauer Zähne im Gesicht. Der Psychologe saß mit Handschellen gefesselt auf der Rückbank. Die untere Hälfte seines Gesichts war mit Blut verkrustet, das sich von seiner demolierten Nase ausbreitete. Er starrte mich wütend an. Dann drehte er sich um, damit er mich auch noch durch das Heckfenster wütend anstarren konnte.

Ich schenkte ihm ein Lächeln und winkte freundlich.

Dann tönte Wee Free McFees raue Stimme in mein Ohr. »*Was?*«

»Wir haben gerade jemanden festgenommen.«

Eine kleine Pause und dann: »*Wen?*«

»Das dürfen wir noch nicht sagen. Aber er hatte Trophäen von den Opfern in seinem Auto. Ich wollte nur, dass Sie es wissen, bevor sie es in den Nachrichten bringen.«

»*Wo ist Jessica?*«

»Das versuchen wir gerade herauszubekommen.«

Am anderen Ende war ein Klappern und Rasseln zu hören, als ob Wee Free nach etwas griff. »*Sie schnappen sich diesen Mistkerl und bringen ihn an einen ruhigen, abgelegenen Ort. Und dann werde ich…*«

»Das geht nicht. Wir sind hier nicht im Wilden Westen, Mr McFee. Es wird keinen Lynchmord geben. Wir haben ihn, und wir werden ihn zum Reden bringen.« Tief durchgeatmet. »Aber es könnte eine Weile dauern.«

Der Regen beutelte die kahlen Buchen.

Ich trat von einem Fuß auf den anderen. »Hallo? Sind Sie noch dran?«

»*Sie haben gedacht, ich wäre so dankbar, dass Sie ihn erwischt haben, dass ich Ihnen einfach so Ihren fetten Kumpel rausgeben würde? Einfach so, hm? Okay, welches Stück hätten Sie denn gern? Wie wär's mit dem Ohr, das ich Ihnen versprochen habe?*«

»Ich brauche einfach noch mehr Zeit.«

»*Tick-tack, tick-tack. Sie finden meine Tochter, oder ich fange an zu schneiden.*«

47

»...absolut inakzeptabel.« Superintendent Knight pochte mit dem Finger auf den Tisch im Besprechungsraum. »Die Mutter dieses armen kleinen Jungen ist *am Boden zerstört*.«

Ich starrte ihn an.

Er zupfte an den Schößen seiner Ausgehuniform und zog die Lücke zwischen den Knöpfen stramm. »Offensichtlich erfüllt die Nebengeordnete Ermittlungs- und Revisionseinheit nicht ihren Zweck, und...«

»Ach, *wirklich*?« Jacobson war aufgesprungen, er stemmte die Fäuste auf das polierte Holz. »Ich weiß nicht, ob es Ihnen aufgefallen ist, aber die NERE hat soeben den Inside Man in Gewahrsam genommen! Wenn das nicht den Zweck erfüllt, was dann?«

Alice saß am hinteren Ende des Tisches, über einen Stoß Papiere gebeugt, und spielte mit ihren Haaren. Ignorierte alle anderen.

Knight plusterte sich auf. »Das entschuldigt nicht im Geringsten den erschreckenden Mangel an gesundem Menschenverstand, den Sie an den Tag gelegt haben, indem Sie eine polizeibekannte Pädophile mit einem kleinen Kind allein ließen! Herrgott noch mal, Simon, was haben Sie sich bloß dabei gedacht, jemandem wie *ihm*« – diesmal zielte der Finger auf mich – »die Verantwortung für ein komplettes Team zu übertragen?«

»Er ist...«

»Das Allermindeste wäre gewesen, sie von einem Polizeibeamten begleiten zu lassen. Jemandem, der in der Lage gewesen wäre, die verdammten Vorschriften zu befolgen!«

Jacobson bleckte die Zähne. »Charlie Pearce' Tod...«

»...war *absolut* vermeidbar!«

Schweigen.

Alice blickte von ihren Papieren auf. »Ich kann verstehen, dass Sie das Bedürfnis haben auszuteilen, Superintendent Knight, das ist ein vollkommen normaler psychologischer Abwehrmechanismus, aber gegenprojektive Identifikation ist nicht gesund.«

Er sah sie blinzelnd an. »Was?« Dann warf er die Hände in die Luft. »Sehen Sie, das ist genau das, was ich gemeint habe!«

»Ihre Wut über das, was mit Charlie Pearce passiert ist, hilft Ihnen, die Beunruhigung darüber zu dämpfen, dass Sie Dr. Docherty als Berater im Fall der Morde und Entführungen engagiert haben, für die er tatsächlich selbst verantwortlich ist. Sie gehen in die Offensive, anstatt die Schuld für Ihre Handlungen auf sich zu nehmen.«

Knight klappte ein paarmal den Mund auf und wieder zu. Die Röte schoss ihm in den Hals und die Wangen hinauf, bis seine Ohrläppchen glühten. »Das ist ja wohl kaum das Gleiche.«

Jacobson grinste. »Oh, ich denke, die hohen Herrschaften werden durchaus der Meinung sein, dass es das ist. Wahrscheinlich werden sie sogar finden, dass es noch viel schlimmer ist.«

»Das ist nicht...«

»Alice hat sich Docherty entgegengestellt, sie hat sein Urteil angezweifelt, und was haben Sie gemacht? Sie haben ihm den Rücken gestärkt und sie zur Schnecke gemacht.«

»Das ist eine grobe Verfälschung der...«

»Augenblick mal.« Ich schlug ein paarmal mit dem Griff meines Krückstocks auf den Tisch. »Was sagten Sie noch mal über Frederic Docherty – dass so ein *ernstzunehmender* forensischer Psychologe aussieht? Und dann noch etwas über Amateurtruppen, und dass man bei Police Scotland keine Inkompetenz duldet?«

Knight klappte den Mund zu. Dann leckte er sich die Lippen und atmete tief durch. Er ging zum anderen Ende des Tisches und hielt Alice die Hand hin. »Ich muss mich bei Ihnen entschuldigen, Dr. McDonald... Alice. Offenbar hat Docherty uns alle zum Narren gehalten. Ich hätte ihn nie ins Boot geholt, wenn es auch nur den *geringsten* Hinweis auf gesetzeswidriges Handeln gegeben hätte.«

Alice legte ihren Textmarker hin und nahm seine Hand. Ganz schön nobel von ihr. Ich hätte ihm die Flosse abgerissen und sie ihm in den Hals gerammt. Sie nickte, während sie sich die Hand schüttelten. »Danke.«

»Er hat die Ermittlung von Anfang an manipuliert. Sogar Henry Forrester ist auf ihn hereingefallen. Das konnte wirklich niemand ahnen.«

Mein inoffizielles Handy läutete in der Tasche. Eine SMS.

Boxer – richtiger Name Angus Boyle
App. 812, Millbank West, Kingsmeath

Dazu eine Handynummer. Noel Maxwell war ja offenbar doch nicht so komplett nutzlos, wie er aussah.

Ness kam in den Raum zurück und steckte ihr Mobiltelefon ein. »Das war Manchester. Der Lippenstift, die Ohrringe und die Dessous in Dochertys Koffer stammen von einer Serie von Vergewaltigungen mit Mord, die sie seit sechs Jahren in den Akten haben.« Sie hockte sich auf die Tischkante neben das dreieckige Konferenztelefon und betrachtete mich eingehend. »Sieht so aus, als hätten Sie und Dr. McDonald mit Ihrer Einschätzung richtiggelegen.«

»Hat er gesagt, wo Jessica McFee ist?«

»Docherty hockt noch mit seiner Anwältin zusammen, die ihn in der Kunst des ›Kein Kommentar‹ schult.«

Ich schrieb die Details von Noels SMS in großen, deutlichen Blockbuchstaben auf einen der Blöcke, die auf dem Konferenztisch lagen, riss das Blatt ab und gab es ihr. »Angus Boyle, auch ›Boxer‹ genannt, arbeitet als Krankenpfleger im CHI. Wir glauben, dass er derjenige ist, der Docherty die Medikamente verkauft hat.«

Ness holte tief Luft und neigte den Kopf zur Seite, während sie die Adresse und die Telefonnummer las. »Wird er das vor Gericht aussagen?«

»Schon möglich, wenn Sie ihm einen Deal anbieten.«

Sie kniff die Augen zusammen und betrachtete mich eine Weile eingehend. »Danke, Mr Henderson. Es hat den Anschein, als könnte an den Geschichten über Sie doch etwas Wahres dran sein.«

Alice stand auf. »Ich würde gerne beratend an der Vernehmung teilnehmen.«

Damit erntete sie ein dünnes Lächeln. »Ah, ja…« Ness sah zu Jacobson. »Nicht, dass wir nicht der Meinung wären, dass Sie das ganz hervorragend machen würden, aber Sie sind zu dicht dran. Und seine Verteidigung wird die Tatsache, dass Sie ihm in die Eier getreten haben, dazu benutzen, Ihre Urteilsfähigkeit und Ihre Objektivität infrage zu stellen.«

»Aber er ist manipulativ, er weiß, was Sie ihn fragen werden, er kann es so darstellen, dass…«

»Danke, Dr. McDonald, aber wir müssen in dieser Sache über *jede* Kritik erhaben sein. Ich lasse nicht zu, dass so ein gerissener Rechtsverdreher ihn aufgrund einer Formalie raushaut.«

»Oh…« Sie ließ die Schultern sinken.

Ich hinkte zum Fenster. Der Wald von Objektiven und

Mikrofonen wurde dichter. Die Meldung »Polizei Oldcastle fasst Inside Man« würde heute Abend die Nachrichten und morgen alle Zeitungen beherrschen.

Vorausgesetzt, Docherty besaß das Minimum an Anstand, sich zu seinen Taten zu bekennen.

Ich wandte der Presse den Rücken zu. »Was ist mit DNS?«

Knight verzog das Gesicht. »Er hatte Zugang zu jedem Tatort seit dem dritten Opfer und zu sämtlichen Beweismitteln, die wir in der ganzen Zeit sichergestellt haben. Er war sogar bei den Obduktionen dabei. Da ist der Nachweis seiner DNS die Spucke nicht wert, in der sie schwimmt.«

»Dann stecken Sie ihn in einen Raum mit schön dicken schalldichten Wänden und geben mir zwanzig Minuten mit einem Verlängerungskabel.«

Ness kniff sich in die Nasenwurzel. »Mr Henderson, mit welchem Teil von ›über jede Kritik erhaben‹ haben Sie Verständnisprobleme?«

»Mit dem Teil, der damit endet, dass Jessica McFee tot ist.« Und mit ihr Shifty.

Es klopfte an der Tür, Rhona steckte den Kopf herein und winkte Ness zu. »Chefin? Dochertys Anwältin sagt, er ist bereit, eine Aussage zu machen. Soll ich es auf den Apparat legen?« Sie deutete auf den Flachbildschirm an der Seitenwand.

»Da will ich persönlich dabei sein. Superintendent Knight?«

Knight ließ die Schultern kreisen. »Im Moment könnte ich für nichts garantieren, wenn ich mit dem miesen Dreckskerl in einem Raum wäre.«

»Bear?«

Jacobson grinste. »Das würde ich mir für kein Geld der Welt entgehen lassen.«

»Dann kann Superintendent Knight Mr Henderson und Dr. McDonald Gesellschaft leisten. Rhona, sobald Sie den Videolink eingerichtet haben, stoßen Sie wieder zum Team. Er hat Jessica McFee irgendwo versteckt – ich will, dass sie gefunden wird.«

Ness marschierte hinaus, den Rücken gestrafft, das Kinn erhoben. Jacobson schlenderte pfeifend hinterher, die Hände in den Hosentaschen.

Rhona nahm eine Fernbedienung von dem Aktenschrank in der Ecke und hantierte damit herum, bis der große Monitor sich mit einem Bild von Vernehmungsraum 2 füllte. Sie legte die Fernbedienung auf den Tisch und grinste. »Saubere Arbeit, Chef. Wusste ich doch, dass Sie's schaffen würden.«

Ich blickte zu dem leeren Raum auf, der den Bildschirm füllte. »Wir haben ihn noch nicht geknackt.«

»Nein, aber das werden wir.« Sie bewegte sich rückwärts in Richtung Tür und reckte beide Daumen in die Höhe. »Also dann, ich muss mich jetzt mal drum kümmern, dass ...«

»Rhona? Tun Sie mir einen Gefallen – rufen Sie in der geschlossenen Abteilung der Psychiatrie im CHI an und fragen Sie, ob sie dort irgendwelche Aufzeichnungen darüber haben, dass Docherty Ruth Laughlin oder Marie Jordan besucht hat, okay?«

»Ähh ... Ja, klar, kein Problem.« Sie schlüpfte hinaus und machte die Tür hinter sich zu.

Knight zog einen Stuhl heraus, setzte sich darauf und stand gleich wieder auf. Er räusperte sich. »Möchte jemand einen Tee oder einen Kaffee?«

So was nannte man wohl überkompensieren.

Alice schlang sich einen Arm um den Körper, während die andere Hand sich durch ihre Locken arbeitete. »Wenn er aussagt, dann tut er es, um von der Tatsache abzulenken, dass wir die Trophäen gefunden haben. Er wird nicht zugeben, dass er Jessica, Laura und Ruth entführt und Claire oder irgendeine der anderen Frauen getötet hat. Er wird es alles als ein einziges großes Missverständnis darstellen und sagen, dass es ihm furchtbar leidtue, aber er sei nicht der Mann, den wir suchen, dieser Mann sei immer noch auf freiem Fuß, und deshalb sei er so anständig, uns jetzt alles zu sagen, was er weiß.«

Ich sank auf einen der Stühle am Konferenztisch. »Wohin bringt er sie?«

»Wenn es ein Haus ist, dann ist es ein Ort, den er seit Jahren kennt. Es ist alles andere als einfach, einen Operationssaal einzurichten, es kostet Zeit und Geld, und er muss wissen, dass die Investition sicher ist, ich meine, was ist, wenn jemand einbricht? Der würde doch alles sehen, und es ist ja nicht so, als ob er die ganze Zeit in Oldcastle wäre, er reist kreuz und quer durchs Land, um der Polizei bei ihren Ermittlungen zu helfen, also, was macht diesen Ort sicherer als alle anderen...?«

Ein Constable erschien auf dem großen Flachbildschirm, gefolgt von Dr. Frederic Docherty, dessen Hände vor dem Körper in Handschellen steckten. Eine dünne Frau in einem dunklen Kostüm trat nach ihnen ein: kurze graue Haare, verkniffenes Gesicht, die Fingernägel spitz und blutrot. Docherty wartete, bis sie sich gesetzt hatte, und quetschte sich dann auf den Stuhl neben ihr. Da das Ding am Boden festgeschraubt war, musste er sich ein bisschen verrenken, aber irgendwie schaffte er es.

Die Haut unter seinen Augen war von Blutergüssen verfärbt. Ein Pflaster klebte quer über seinem Nasenrücken. Ein weiterer blauer Fleck prangte in seinem Mundwinkel.

Armes Kerlchen.

Der Constable nahm seinen Posten hinter Docherty ein. Dann stand er da und vertrieb sich die Zeit, indem er an seinen Nägeln herumknibbelte. Wahrscheinlich hatte er das schon hunderte Male gemacht. Er kannte das Prozedere in- und auswendig. Den Verdächtigen hereinführen, ihm seinen Platz anweisen und ihn dann ein bisschen schwitzen lassen.

Eine Minute.

Zwei.
Fünf.
Fünfzehn.

Und die ganze Zeit saß Docherty nur da, ganz still und ruhig, ein kleines schiefes Lächeln im Gesicht. Klar – er kannte das Prozedere auch...

Endlich kam Ness herein. Sie steckte ihr Handy ein und setzte sich auf den Stuhl am nächsten zur Tür, mit dem Rücken zur Kamera. Jacobson nahm den letzten freien Platz, rieb sich die Hände und spulte dann den üblichen Sermon mit Datum, Zeit und Belehrung des Verdächtigen ab.

Ich drehte den Ton lauter.

Dochertys Anwältin zog ein Blatt Papier hervor und betrachtete es mit gespitzten Lippen. *»Mein Mandant hat mich beauftragt, die folgende Erklärung zu verlesen. Es ist ihm bewusst, dass gewisse Gruppierungen innerhalb der Ermittlung die angeblichen Entdeckungen dieses Nachmittags sehr negativ deuten werden, aber...«*

»Negativ deuten?« Ness beugte sich vor, den Kopf zur Seite geneigt. *»Bei ihm wurde eine Sammlung von Trophäen gefunden, die...«*

»Bitte, Detective Superintendent, wir werden hier sehr viel schneller fertig sein, wenn Sie Ihr Temperament so lange zügeln können, bis ich fertig bin.« Sie strich das Papier glatt. *»Mein Mandant bedauert zutiefst die Verwirrung, die er möglicherweise unabsichtlich hervorgerufen hat, indem er diese Gegenstände aus dem Archiv entfernte. Diese sollten ihm helfen, den unbekannten Täter, nach dem Sie fahnden, besser zu verstehen. Er fand, dass er, indem er diese sogenannten ›Trophäen‹ immer in seiner Nähe hatte, die Denkweise des Täters besser würde nachvollziehen können. Die Fotos und die Hinweise auf Masturbation sind Teil dieses Versuchs – etwas, was er selbst als äußerst widerlich, aber nichtsdestotrotz notwendig empfand.*

Sie sollten Dr. Docherty deswegen nicht verurteilen, ganz im Gegenteil: Er verdient Ihr Lob dafür, dass er weitaus mehr getan hat, als seine Pflicht gewesen wäre, um Jessica McFee zu retten und Claire Youngs Mörder seiner gerechten Strafe zuzuführen.«

Neben ihr nickte Docherty und breitete dann die Hände aus, soweit die Handschellen es zuließen. »*Detective Superintendent, ich verstehe ja, dass meine Vorgehensweise auf jene, die mit meinen Methoden nicht vertraut sind, verdächtig wirken könnte.*« Er hob leicht die Schultern und deutete ein Lächeln an. »*Es lag in meiner Verantwortung, dafür zu sorgen, dass Sie und die anderen leitenden Ermittlungsbeamten über meine Verfahrensweise informiert sind, und es war eine Fehleinschätzung meinerseits, Ihnen diese Information vorzuenthalten. Dafür entschuldige ich mich. Uneingeschränkt.*« Er faltete seine gefesselten Hände. »*Aber ich bin sicher, dass Sie jetzt erkennen können, dass das alles einfach nur ein Missverständnis ist. Ein Fall von jemandem, der in seinen Bemühungen, das richtige Ergebnis zu erzielen, ein wenig über das Ziel hinausgeschossen ist.*« Die Augenbrauen über dem bescheidenen Lächeln zogen sich zusammen. »*Im Interesse der Opfer.*«

Knight starrte zum Fernsehbildschirm auf und rutschte auf seinem Stuhl hin und her. »Dr. McDonald, ist das … ein übliches Verfahren in der forensischen Psychologie?«

»Nun ja, jeder hat seine eigenen Methoden, aber ich habe jedenfalls noch nie von jemandem gehört, der es so macht, aber warum sollte ich auch, ich meine, es ist ja nicht so, als ob so jemand einfach sagt: ›He, du wirst nie erraten, was ich gestern Abend mit einer Schachtel Kleenex und ein paar Fotos von toten Frauen getrieben habe …‹« Ihre Wangen röteten sich. »Ich meine, nein, es ist nicht normal. Finden Sie nicht, dass es hier ziemlich warm ist?«

Auf dem Bildschirm vollführte Ness mit den Fingern einen

kleinen Trommelwirbel auf der Tischplatte, während Dr. Docherty ihr vollkommen regungslos gegenübersaß. »*Und Sie erwarten ernsthaft, dass wir Ihnen das glauben, ja?*«

Er lehnte sich vor und packte noch eine Schaufel Aufrichtigkeit drauf. »*Ich lege in diesem Moment die Karten auf den Tisch, um zu verhindern, dass die Ermittlung ins Stocken gerät. Um zu verhindern, dass Ihre Aufmerksamkeit von dem eigentlichen Problem abgelenkt wird. Der Inside Man ist immer noch auf freiem Fuß. Wir müssen uns die Spuren noch einmal genau ansehen und entsprechend aktiv werden.*«

Jacobson schüttelte den Kopf. »*Es gibt kein ›wir‹ mehr, Dr. Docherty.*« Er zog einen kleinen Beweismittelbeutel hervor und legte ihn auf den Tisch. Durch die klare Plastikhülle schimmerte ein kleiner orangefarbener Gegenstand hindurch. Das musste die Spritzenkappe sein. »*Würden Sie uns bitte erklären, warum Sie einem Mr Angus Boyle, auch bekannt als ›Boxer‹, der als Pfleger im Castle Hill Infirmary arbeitet, Thiopental abgekauft haben? Das ist ein Anästhetikum, das bei Operationen eingesetzt wird.*« Jacobson lehnte sich auf seinem Stuhl nach vorne. »*Haben Sie Operationen durchgeführt?*«

Docherty rümpfte die Nase und senkte den Kopf. Ich Dummerchen, wie konnte ich nur vergessen, das zu erwähnen.

Er schenkte Ness ein Lächeln. »*Das ist ein Teil des Prozesses, über den ich Sie hätte informieren sollen. In geringer Dosierung hat dieses Mittel eine leicht bewusstseinstrübende Wirkung. Dr. Henry Forrester hat sein Bewusstsein mit Whisky getrübt, bevor er ein Profil erarbeitete. Dr. McDonald macht es ebenso. Nachdem ich einiges ausprobiert hatte, kam ich zu dem Ergebnis, dass Thiopental bei mir am besten funktioniert.*« Wieder zuckte er mit den Schultern und drehte die Handflächen nach oben. »*Aber ich kann verstehen, warum das Sie verwirrt hat.*«

Alice trat auf den Bildschirm zu und starrte den Vernehmungsraum an. »Können wir mit ihr sprechen?«

Ich zog das Konferenztelefon heran. »Wie lautet Ness' Handynummer?«

Knight griff in seine Tasche und fischte ein BlackBerry heraus. »Sie hat aber doch gesagt, dass Dr. McDonald nicht beraten soll.«

Alice spielte wieder mit ihren Haaren. »Aber sie stellt nicht die richtigen Fragen.«

Er hantierte mit dem Telefon herum. »Wir müssen darauf achten, dass unsere Beweisführung *unangreifbar* ist.«

Ich beugte mich zu ihm hinüber. »Docherty wird den Mund halten, und Jessica McFee, Ruth Laughlin und Laura Strachan werden sterben. Der Hunger und der Durst werden sie schwächen, bis ihre Organe irgendwann versagen. Und wir sitzen hier nur rum und lassen es geschehen?«

Abgesehen davon, was Wee Free mit Shifty machen würde.

»So einfach ist es nicht, es...«

»Sie haben Docherty zu der Ermittlung hinzugezogen. Er ist Ihretwegen hier.«

Knight kaute eine Weile auf der Innenseite seiner Wange herum. »Na schön.« Er beugte sich vor und tippte eine Nummer in das Konferenztelefon ein. Dann lehnte er sich zurück.

Im Lautsprecher summte es, und dann tönte so etwas wie eine Hard-Rock-Version von »Scotland the Brave« aus dem Fernseher. Ness sackte ein wenig zusammen, fluchte und zog dann ihr Handy heraus. »*Ich bin beschäftigt.*«

Ihr Pech. Ich tippte an das Mikrofon. »Sie stellen die falschen Fragen.«

Auf dem Bildschirm war zu sehen, wie sich ihr Rücken versteifte. Sie drehte sich vom Tisch weg und senkte die Stimme zu einem Flüstern. »*Haben Sie einen blassen Schimmer, wie unprofessionell Sie...*«

»He, ich bin schließlich nicht derjenige, der während einer entscheidenden Vernehmung sein Handy angelassen hat, okay?« Ich gab Alice ein Zeichen. »Na los.«

Alice beugte sich über den Tisch und hob die Stimme. »Ich weiß, Sie haben gesagt, dass Sie meine Hilfe nicht wollen, aber wer immer Sie berät, macht es nicht richtig. Er hat das alles eingeübt, für jedes Beweisstück, das Sie vorbringen, wird er eine Erklärung parat haben.«

»*Und Sie glauben, Sie können das ändern, ja?*«

»Er fordert Sie heraus – wenn er das alles getan hat, um sich in den Kopf des Inside Man zu versetzen, welche Einsichten hat er dann gewonnen?«

»*Ich sehe wirklich nicht ...*«

»Docherty ist in der Öffentlichkeit egoistisch und narzisstisch, aber schüchtern und unsicher in privaten Situationen. Die Persönlichkeit, mit der Sie jetzt zu tun haben, will sich nur aufspielen. Lassen Sie ihn. Wenn wir ihm erlauben, sich in der Fantasie zu verlieren, dass das alles nur ein harmloses Missverständnis ist, dann kann er über das, was er getan hat, wie über die Taten eines anderen reden, und das können wir benutzen, um seine Opfer zu finden.«

»*Danke.*« Sie hielt das Telefon an ihre Brust. »*Also, Dr. Docherty, wenn Sie das alles getan haben, um den Inside Man besser zu verstehen, was haben Sie herausgefunden?*«

Er drehte sich zur Kamera um und lächelte. »*Sieh an, sieh an, wenn das nicht Dr. McDonald ist. Was für eine ausgezeichnete Frage.*«

»*Diese ganze ›widerliche‹ Geschichte mit dem Masturbieren zu Fotos von ermordeten Frauen – was hat Ihnen das gebracht?*«

Er hielt den Blick auf die Kamera gerichtet. »*Sie sollen wissen, dass ich Sie nicht wegen Körperverletzung anzeigen werde, Dr. McDonald. Ich weiß, es war nur ein Missverständnis. In der Hitze des Gefechts. Jeder, der nicht im Besitz der Fakten ist, hätte es genauso gemacht.«*

Jacobson klopfte auf den Tisch. »*Na los doch, Dr. Docherty – was haben Sie herausbekommen?«*

Er löste den Blick von der Kamera. »*Der Inside Man ist ein sehr kompliziertes Wesen. Sein Hass auf Frauen rührt von der Beziehung zu seiner Mutter her, die ihn missbraucht hat …«*

Das CID-Büro war voll besetzt – alle telefonierten mit irgendwelchen Behörden und gingen verschiedenen Spuren nach. Ein vergrößertes Foto von Dr. Docherty hing in der Mitte des Whiteboards, umgeben von Kästchen und Linien und Fragezeichen.

Ich hockte mich auf die Kante von Rhonas Schreibtisch. »Schon irgendwelche Ergebnisse?«

Sie nahm den Kuli aus dem Mund. »Er hat eine Handvoll älterer Verwandter mit Grundbesitz in Castleview, Blackwall Hill, Dundee und Stonehaven. Moray-and-Shire und Tayside klappern die Adressen in ihrer Zuständigkeit ab. Reine Zeitverschwendung – kann mir beim besten Willen nicht vorstellen, dass er sie in Dundee abschlachtet und dann mit ihnen die A90 rauffährt, um sie hier abzuladen – aber Sie wissen ja, wie das ist. Wir haben Streifen zu den anderen Adressen geschickt.« Rhona schwenkte ihren Stuhl nach links und rechts und ließ die Arme schlaff herabhängen. Sie deutete mit einem Nicken auf das Foto von Docherty. »Hab immer schon gewusst, dass er ein schleimiger Wichser ist … Hat die Super ihn noch nicht geknackt?«

»Er sagt, er hätte sich die Trophäen aus dem Archiv nur genommen, um so denken zu können wie der Inside Man.«

»Sie sollten ihn sich mal vorknöpfen, Chef.«

»Wir sind hier nicht im Kino. Im wirklichen Leben lässt man Zivilisten keine Serienmörder vernehmen.«

»Hmmm...« Sie nickte. Dann zog sie ihr Notizbuch heraus und schlug es am Lesezeichen auf. »Ich habe mit dem Leiter der Psychiatrie im Castle Hill Infirmary geredet, einem Professor Bartlett. Wie es aussieht, war Dr. Frederic Docherty ein regelmäßiger Besucher, nachdem Ruth Laughlin und Marie Jordan eingeliefert wurden. Hat mit ihnen ungefähr ein halbes Jahr lang Anschlusstherapie gemacht – ohne Honorar.«

Die armen Frauen. Was hatte er ihnen wohl erzählt, wenn er einmal pro Woche mit den Frauen, die er gequält und missbraucht hatte, allein in einem Zimmer saß? Hatte er sie verhöhnt? Hatte er seine Fantasie noch einmal durchlebt und sich einen runtergeholt, während sie dasaßen, vollgepumpt mit Medikamenten?

Ich pochte ein paarmal mit meinem Krückstock auf den Boden. Starrte aus dem Fenster auf die Wolken, die wie Aaskrähen ihre dunklen Flügel über die Stadt ausbreiteten.

Wohin hatte er sie bloß gebracht...

»Rufen Sie mal bei den Kollegen von der Videoüberwachung an – sie sollen sämtliche Aufnahmen der Automatischen Nummernschilderkennung von den letzten vier Tagen nach Dochertys Volvo durchsuchen. Wenn wir Glück haben, bekommen wir vielleicht einen Hinweis darauf, in welchem Stadtteil wir suchen müssen.«

»Könnte ein paar Tage dauern, bis sie damit durch sind – Sie kennen die Jungs ja.«

»Dann drohen Sie ihnen.«

»Gekauft!« Rhona grinste. »Ich sag Ihnen was: Heute Abend steigt *auf jeden Fall* eine Party.« Das Grinsen glitt ab. »Sie haben doch noch vor zu kommen, oder nicht?«

»Das lasse ich mir doch nicht ent–... Mist, verdammter.« Ich kramte mein inoffizielles Handy aus der Tasche. »Henderson.«

Es war Wee Free McFee. »*Wo ist meine Tochter, Mann?*«

Ich legte eine Hand über das Mikro und stand auf. »Tut mir

leid, das muss ich annehmen.« Dann humpelte ich aus dem CID-Büro und ein Stück den Flur runter. »Wir klappern sämtliche Adressen in der Stadt ab, zu denen er Zugang hatte. Wir werden sie finden.«

»›Nach der Zahl der vierzig Tage, darin ihr das Land erkundet habt; je ein Tag soll ein Jahr gelten, dass ihr vierzig Jahre eure Missetaten tragt; auf dass ihr innewerdet, was es sei, wenn ich die Hand abziehe.‹«

»Herrgott noch mal, wir sind dran, okay? Jetzt verpissen Sie sich und lassen Sie mich meinen verdammten Job machen!«

Schweigen.

»Sind Sie noch dran?«

Nichts.

»Hallo?«

Pfff...

Ich lehnte mich an die Wand und nahm das Gewicht von meinem rechten Fuß. Ließ die heißen Glasscherben zwischen den Knochen sich setzen. »Ich weiß, was das für ein Gefühl ist. Als Rebecca verschwand, dachten wir, sie wäre durchgebrannt. Wir dachten, wir hätten etwas falsch gemacht. Dass wir schlechte Eltern gewesen wären.« Ich schloss die Augen, ließ die Dunkelheit herein. »Und dann, genau ein Jahr später, bekam ich die selbst gebastelte Geburtstagskarte mit einem Foto von ihr, wo sie an einen Stuhl gefesselt war. Und als ich das sah, wusste ich sofort Bescheid. Ich wusste, dass er es war und dass sie nicht verschwunden war – sie war tot.« Der Boden war hart unter meinem rechten Fuß, er brachte die Glasscherben wieder in Bewegung, trieb die Splitter durch die Haut. Ich legte mein Gewicht darauf, damit es so richtig schön brannte. Fachte das Feuer noch an. »Und ich wusste, dass es nicht schnell gegangen war. Dass ich von da an jedes Jahr eine weitere Karte bekommen würde, die zeigte, wie er sie gefoltert hatte.«

Wee Frees Stimme war ein kaltes, hartes Raspeln. »*Und was*

hätten Sie gemacht, wenn Sie gewusst hätten, dass sie ihn in eine Zelle gesteckt haben? Eine warme, bequeme Zelle mit drei anständigen Mahlzeiten am Tag und einem feinen Tässchen Tee zwischendurch?«

Ich hätte dem Dreckschwein die Kehle rausgerissen und jedem, der sich mir in den Weg stellte, auch.

48

Auf dem Fernsehbildschirm seufzte Dochertys Anwältin. »*Wir wollen das doch hoffentlich nicht noch einmal durchexerzieren, oder? Mein Mandant hat seine Aussage gemacht und seine Erkenntnisse mit Ihnen geteilt, und das ist alles, was wir zu diesem Punkt zu sagen haben. Mein Mandant braucht eine Pause.*«

Ness rührte sich nicht von der Stelle. »*Er* hatte *gerade eine Pause.*«

Jacobson zog ein Blatt Papier aus einem Hefter. »*Nun, wie wär's dann mit einem anderen Thema? Dr. Frederic Docherty, wo waren Sie in der Zeit zwischen zehn Uhr gestern Abend und drei Uhr heute Morgen?*«

Aha, jetzt wurde es interessant.

»*In meinem Hotelzimmer. Ich habe ein Bad genommen und mir die Unterlagen zu einem Fall von Mord und Vergewaltigung in Birmingham durchgelesen, bei dem ich die Ermittler berate. Ich habe noch ein wenig ferngesehen, um mich zu entspannen, und bin dann so gegen... elf Uhr dreißig ins Bett gegangen.*«

Jacobson lehnte sich zurück. »*Dann haben Sie also zu der Zeit, als Laura Strachan und Ruth Laughlin entführt wurden, allein in Ihrem Zimmer im Bett gelegen?*« Er legte einen Finger auf das Blatt und schob es auf dem Tisch hin und her. »*Wirklich? Wollen Sie vielleicht noch ein wenig darüber nachdenken?*«

Detective Superintendent Knight telefonierte. Er beugte

sich über einen Notizblock und kritzelte Totenköpfe mit gekreuzten Knochen aufs Papier. »M-hm... Ja... Nein, Sir, ich verstehe, aber es war nicht meine... Ja... Nein, da haben Sie sicher recht...« Eine flammende Röte pulsierte oberhalb seines Kragens und stieg über den Hals bis in die Wangen auf. Er stellte das Kritzeln ein und fuhr sich mit einer Hand über den kahlen Schädel. »Nun ja, im Nachhinein betrachtet... Ja, Sir.«

Alice hatte Kästchen und Linien auf das Whiteboard gemalt, jetzt legte sie den Marker weg, um einen Schluck von dem zwölf Jahre alten Glenfiddich zu nehmen, den ich im CID-Büro konfisziert hatte. Dann wandte sie sich wieder der Tafel zu.

Ich lehnte mich an den Konferenztisch und starrte auf den Bildschirm. »Hör auf mit den Mätzchen und lass ihn hochgehen!«

Jacobson schrieb demonstrativ etwas auf. »*Halb zwölf... Und da sind Sie sicher?*«

»*Dort habe ich mich aufgehalten, Detective Inspector, und zwar die ganze Zeit, bis heute Morgen um sechs Uhr mein Wecker klingelte.*«

»*Wir haben nämlich einen Zeugen, der sagt, dass Sie um Mitternacht nicht in Ihrem Zimmer waren. Mehr noch – Ihr Bett war noch gemacht, und von Ihnen war weit und breit nichts zu sehen.*«

Docherty schürzte die Lippen.

Seine Anwältin legte ihm die Hand auf den Arm. »*Ich muss wirklich auf dieser Pause bestehen.*«

Ness starrte einen Moment an die Decke, dann sah sie Jacobson an.

»*Warum nicht?*« Er streckte die Hand nach dem Aufnahmegerät aus. »*Vernehmung unterbrochen um sechzehn Uhr fünf.*«

Ness ließ sich auf den Stuhl hinter ihrem Schreibtisch fallen und rieb sich mit beiden Händen das Gesicht. Sie seufzte. »Docherty wird nicht einknicken. Er ist schon zu oft auf unserer Seite des Zauns gewesen – er weiß, wie es läuft.«

Die Wände waren mit Gesichtern gepflastert – Brustbilder von lächelnden Menschen auf Hochzeiten und Partys, am Strand, bei Geburtstagsfeiern, Urlaubsschnappschüsse… Nie tauchte ein und dieselbe Person zweimal auf.

Alice betrachtete das Foto eines Mannes, der hinter einem Grill stand. Er trug eine Schürze mit der Aufschrift »Knutsch mit dem Koch!«, in der einen Hand eine Zange, in der anderen eine Flasche Bier, mit der er dem Fotografen zuprostete. »Ist das nicht Tony Hudson? Dessen zerstückelte Leiche bei Cullen an Land gespült wurde?«

Jacobson fläzte sich in einem der Besucherstühle, die Hände über dem Bauch verschränkt. »Früher oder später werden wir herausfinden, wohin er sie gebracht hat. Falls es später ist und sie tot sind, sieht es für Docherty natürlich umso schlechter aus.«

Ich setzte mich auf den Stuhl gegenüber und streckte mein Bein aus. »In der guten alten Zeit…«

»Die gute alte Zeit ist vorbei, Ash.« Er seufzte und schüttelte den Kopf. »Die Augen der Welt sind auf uns gerichtet. Wenn der renommierte, aus dem Fernsehen bekannte Dr. Frederic Docherty plötzlich die Treppe runterfallen würde, würde das auffallen. Und wir würden *alle* unseren Job verlieren.«

»Ich würde lieber meinen Job verlieren, als Ruth Laughlin, Laura Strachan und Jessica McFee sterben zu lassen, weil wir zugelassen haben, dass der Dreckskerl die Sache einfach aussitzt. Zehn Minuten mit ihm in einem Zimmer. Ich werde auch dafür sorgen, dass keine Spuren zurückbleiben.«

Ness schnaubte. »Und was dann? Sollen wir dann etwa zusehen, wie die Anklage in sich zusammenfällt, weil wir seine

Menschenrechte verletzt haben? Nein danke.« Sie blinzelte ein paarmal, dann hielt sie sich die Hand vor den Mund, um ein elefantöses Gähnen zu kaschieren.

Alice ging weiter zum Bild einer Frau in einem Trenchcoat: blond, groß und üppig, mit weit offenem Mund, als ob sie sänge. »Und das ist Rose McGowan. Entführt, vergewaltigt und erdrosselt.« Alice deutete auf ein gerahmtes Foto von drei Kindern in Badeanzügen, die grinsend in einem Planschbecken saßen. »Liz, Janet und Graeme Boyle. Erstochen von ihrer Mutter... Das sind alles Opfer, nicht wahr?«

Ness ließ den Kopf in den Nacken fallen und die Arme schlaff herabhängen. »Haben Sie mit Dochertys ›Erkenntnissen‹ über den Inside Man irgendetwas anfangen können?«

Alice spielte wieder mit ihren Haaren, während sie, an einen Aktenschrank gelehnt, die Wand der Toten anstarrte. »Es gibt eine ganze Reihe von Entsprechungen zu seiner eigenen Kindheit: der Missbrauch durch die Mutter, die Abwesenheit des Vaters, die Besuche im Krankenhaus, das Zündeln als Rache an seiner Umgebung, ein schwerer Fall von Brandstiftung noch im Grundschulalter... Er weicht davon ab, wenn er davon spricht, dass Tim einer einfachen Tätigkeit nachgeht, aber er sagt auch, er habe ein geringes Selbstwertgefühl, was zu der privaten Persona passen würde, nicht zu dem ›Dr. Docherty‹, den er der Welt präsentiert.«

»Irgendetwas, was uns helfen könnte herauszufinden, wo er sie versteckt hält?«

»Tut mir leid.«

Ness vergrub ihr Gesicht in den Händen und stöhnte.

»Ich meine, wenn die Teams ein paar mögliche Adressen ermitteln, können wir ihnen weitergeben, was er uns erzählt hat, aber im Moment reicht es nicht aus, um uns in eine bestimmte Richtung zu weisen...« Alice räusperte sich. »Tut mir leid.«

Jacobson trat mit der Schuhspitze gegen die Fußraumblende des Schreibtischs. »Gibt es einen bestimmten Grund, warum unser geschätzter Kollege Knight nicht hier ist?«

Ich gab mir keine Mühe, das Grinsen zu unterdrücken. »Detective Superintendent Knight ist zu einer Telefonkonferenz mit der SCD und der obersten Leitung gerufen worden. Wie es scheint, entspricht es nicht der offiziellen Linie, Serienmörder als Berater zu engagieren.«

Jacobson kniff die Lippen zusammen, seine Wangenmuskeln zuckten. Aber wenigstens lachte er nicht. »Wie schade.«

»Na ja...« Ness ließ die Arme wieder schlaff herabfallen. »Wir haben absolut keinen Grund zur Schadenfreude. Der Polizeipräsident interessiert sich für die Sache mit Virginia Cunningham und Charlie Pearce.« Sie stieß einen Seufzer aus und beugte sich vor. »Mr Henderson, haben Sie in der Schule ›Die Stimmen der Toten‹ durchgenommen? Nein? Das ist ein Gedicht – von William Denner, glaube ich. ›Der Rabe faltet die blutschwarzen Schwingen, er hütet, was die Nacht wird bringen, zu laben sich am letzten Hauch, zu morden alles, was heilig auch...‹ Warum muss ich dabei an Sie denken?«

»Wir wussten nicht, dass Charlie dort war. Wir *konnten* es nicht wissen.«

Sie griff in eine Schublade und nahm einen Beweismittelbeutel heraus, dann streifte sie einen einzelnen Nitrilhandschuh über und ließ das Mobiltelefon in ihre Hand gleiten. Nachdem sie ein paarmal auf das Display getippt hatte, hielt sie es so, dass Jacobson es sehen konnte.

Aus dem kleinen Lautsprecher drang Virginia Cunninghams Stimme, die das »Lied vom Mut« sang.

Als es vorbei war, steckte Ness das Telefon wieder in den Beutel und verschloss ihn.

Jacobson atmete hörbar aus. »Das ist... übel.«

Ich tippte auf den Schreibtisch. »Was hätten wir denn tun

sollen? Wir hatten keine Genehmigung, das Haus zu durchsuchen, und...«

»Ich weiß, ich weiß.« Ness schüttelte den Kopf, zog den Handschuh ab und warf ihn in den Papierkorb neben ihrem Schreibtisch. »Es wird Charlies Eltern den Rest geben, wenn das vor Gericht abgespielt wird. Ganz zu schweigen von den Zivilprozessen. Und mit Sicherheit wird irgendjemand eine öffentliche Untersuchung fordern.«

Alice steckte die Hände in die Hosentaschen. »Vielleicht könnte ich mit Virginia Cunningham sprechen? Ich meine, es ist klar, dass sie es getan hat – sie hat sich dabei gefilmt, wie sie ihn tötet –, aber vielleicht können wir herausfinden, warum sie es getan hat, und damit Charlies Eltern ein wenig helfen, ihren Verlust zu verarbeiten?«

»Also... ich denke, schaden kann es nicht.«

Sobald Alice die Tür hinter sich geschlossen hatte, sackte Ness wieder auf ihrem Stuhl zusammen und gähnte abermals herzhaft. Dann betrachtete sie blinzelnd die Papierstapel auf ihrem Schreibtisch. »Wir haben nichts – keine Zeugen, keine Opfer, die Sachbeweise sind nicht mehr verwertbar, und solange er nicht gesteht, ist das Einzige, was wir ihm zur Last legen können, Diebstahl und versuchte Behinderung der Justiz. In vier Jahren ist er wieder draußen. Und wir sind wieder da, wo wir angefangen haben.«

Jacobson klatschte sich mit den Händen auf die Knie. »Nein, das sind wir nicht. Wir haben den Dreckskerl in Gewahrsam – das ist immerhin etwas. Wir bleiben an ihm dran, wir beantragen Haftverlängerung, und wir finden seinen Operationssaal. Und inzwischen« – Jacobson stand auf – »finde ich, dass das Team ein bisschen Dampf ablassen muss. Wir haben ihn geschnappt.«

»Es tut mir leid, Bear, aber ich halte das nicht wirklich für angemessen. Da draußen sind noch drei Frauen, die sterben werden, wenn wir sie nicht finden.«

Ich stemmte mich von meinem Stuhl hoch. »Niemand feiert, solange wir Ruth, Laura und Jessica nicht befreit haben.«

Er senkte die Stimme. »Das verstehe ich, aber...«

»Sie haben vielleicht noch sechsunddreißig Stunden oder achtundvierzig, wenn's hoch kommt. Wir haben nicht die Zeit für...«

»Erstens: Es dauert zwischen drei und zehn Tage, bis man an Dehydrierung stirbt. Zweitens: Schauen Sie sich doch an, alle beide.« Er zeigte auf Ness. »Elizabeth, wie lange waren Sie gestern im Dienst? Vierzehn Stunden? Sechzehn? Und vorgestern? Und vorvorgestern?«

Sie winkte ab. »Darum geht es nicht. Wir müssen...«

»*Genau* darum geht es. Sie sind vollkommen erledigt, und unser hinkender Wunderknabe hier hat Ringe unter den Augen, um den ihn jeder Panda beneiden würde. Und dem restlichen Team geht's genauso. Es wird nicht mehr lange dauern, bis Sie anfangen, Fehler zu machen.«

Ich schlug mit meinem Krückstock gegen den Aktenschrank, dass es schepperte. »Wir müssen sie *finden*.«

Ness' Blick ging von dem Stapel in ihrem Eingangskorb zum Unerledigt-Korb und von dort zu den Bergen von Formularen, die ihren Schreibtisch überfluteten. »Es ist eine nette Idee, Bear, aber das können wir nicht machen.«

»Ich sage ja nicht, dass wir geschlossen im Pub einfallen und uns bei Bier und Karaoke die Nacht um die Ohren schlagen sollen – ich sage nur: Gönnen Sie dem Team eine Verschnaufpause. Schicken Sie die Hälfte zur Abwechslung mal pünktlich nach Hause. Wir stellen eine lange Liste von Aktionen zusammen und lassen sie von der Nachtschicht abarbeiten. Und dann können Sie den Abflug machen.«

»Aber...«

»Jessica, Ruth und Laura werden nicht sterben, nur weil Sie heimgefahren sind, um sich eine Mütze Schlaf zu genehmigen.

Wenn die Nachtschicht etwas findet, werden sie anrufen. Morgen haben dann alle ihre Batterien wieder aufgeladen und können sich frisch gestärkt daranmachen, den Hurensohn dingfest zu machen.«

Und Wee Free würde anfangen, kleine Stücke von Shifty abzuschneiden.

Nenovas Stuhl quietschte, als sie ihn ein Stück vorrückte und zu dem Fernsehbildschirm im Übertragungsraum hinaufschielte. Ihr Partner McKevitt riss die nächste Tüte Cheese-and-Onion auf und führte die Chips mechanisch zum Mund wie ein Industrieroboter. Sein geräuschvolles Kauen erfüllte den Raum, als auf dem Bildschirm Virginia Cunningham erschien.

Sie nahm ihren Platz ein, dann kam ihr Anwalt ins Bild geschlurft und setzte sich neben sie. Er war ein zerknitterter Mann in einer Cordjacke mit Lederflicken auf den Ellbogen. Über seinem linken Ohr ragte ein einsames Haarbüschel wie ein Horn in die Höhe. Er nahm einen Stoß Papiere aus seiner Aktentasche und blätterte sie durch. Seine Mandantin würdigte er dabei keines Blickes.

Alice lehnte ihren Kopf an meine Schulter und ließ einen leisen, zittrigen Seufzer entweichen.

Ich streichelte ihren Rücken. »Alles okay?«

Sie schaute nicht auf. »Langer Tag.«

Auf dem Bildschirm ließ Superintendent Ness einen Constable die Datum-und-Uhrzeit-Routine abspulen, dann nickte sie. »*Ich glaube, Sie möchten eine Aussage machen.*«

Cunningham fuhr mit den Fingern über die Tischplatte. Ihr Umstandskittel war zerknittert, an der weißen Strickjacke fehlte ein Knopf. »*Ich...*« Sie befeuchtete ihre Lippen. »*Ich möchte mich der Entführung und des Mordes an Charlie Pearce schuldig bekennen. Ich habe darüber nachgedacht, und ich möchte...*« Sie runzelte die Stirn, als ob sie sich an etwas zu erinnern versuchte. Als sie weitersprach, war ihre Stimme ausdruckslos, die Worte ohne Betonung. Wie einstudiert. »*Ich möchte seinen Eltern den Kummer eines Prozesses ersparen. Sie haben genug gelitten.*«

»*Verstehe.*« Ness sah den Anwalt an. »*Und...?*«

Er schob das oberste Blatt von seinem Stapel über den Tisch. »*Vollständiges Geständnis und Schuldanerkenntnis, unterschrieben, bezeugt und datiert. Wir möchten, dass dies bei der Urteilsfindung berücksichtigt wird.*«

Cunningham hielt den Blick gesenkt. »*Ich will... Ich will mich einfach nur entschuldigen für das, was ich getan habe, und... also, damit ich irgendwo hinkomme, wo ich die Hilfe bekomme, die ich brauche. Damit ich wieder gesund werde.*« Sie legte eine Hand auf ihren dicken Bauch und streichelte ihn. »*Für mein Baby.*«

Nenova kippte mit dem Oberkörper nach vorn, bis sie mit der Stirn auf der Konsole lag. »Na, Gott sei Dank...«

McKevitt ließ einen zwiebligen Chipshauch entweichen. »Genau. Sie weiß, dass sie nicht gewinnen kann, deshalb ist sie auf einen Deal aus.« Er zuckte mit den Schultern. »Na ja, immerhin bleibt es den Eltern so erspart, sich anschauen zu müssen, wie sie den armen kleinen Kerl erwürgt. Das werde ich noch wochenlang vor mir sehen, wenn ich die Augen zumache, das könnt ihr mir glauben...«

Ich legte den Arm um Alice' Schultern und drückte sie. »Ich bin stolz auf dich«, sagte ich halblaut.

Sie drückte mich auch. »Wünschte, ich wär's auch.«

Alice warf ihre Tasche auf den Tresen des Postman's Head. Ein Foto von Dr. Frederic Docherty bei einem seiner Fernsehauftritte zierte jetzt die Dartscheibe – mit einem Pfeil, der genau zwischen seinen Augen steckte.

Huntly saß an einem Tisch in der Ecke über einen Laptop

gebeugt, der mit einer externen Festplatte von der Größe einer Hotelbibel verbunden war. Er hatte das Kinn in die Hand gestützt, und sein Kopf wippte auf und ab, als er eine Handvoll fettfrei geröstete Erdnüsse einwarf und darauf herumkaute.

Er blickte vom Monitor auf und sagte mit ausdrucksloser Stimme: »Seht her, seht her, die siegreichen Helden kehren zurück. Ich nehme an, ihr hattet Kuchen und Luftballons erwartet?«

Cooper hatte am anderen Ende des Pubs Posten bezogen. Auch er starrte konzentriert auf einen Laptop und machte sich dazu Notizen. Als er uns sah, legte er den Stift weg, und ein Lächeln ließ sein Gesicht erstrahlen. »Chef, Dr. McDonald – toller Erfolg!«

Alice errötete und hob eine Schulter. »Eigentlich ist es alles Ashs Verdienst, ich habe bloß...«

»Uaah...« Huntly verdrehte die Augen. »Ja, ja, falsche Bescheidenheit, bla, bla, bla.« Er sackte in sich zusammen, bis seine Stirn an den Laptop stieß. »Ist ja alles wunderbar für euch, aber ich bin derjenige, der hier an den Laptop gekettet ist und sich Stunden über Stunden über *Stunden* von Überwachungsvideos reinziehen muss. Und ich müsste mich gar nicht durch das öde Zeug quälen, wenn *ihr* anständige Arbeit geleistet und diese abscheuliche Kreatur gleich dazu gebracht hättet, dass sie gesteht.« Er schob die Unterlippe vor. »Ich sitze hier schon so lange und sehe zu, wie grieselige kleine Menschen über einen Computerbildschirm huschen, dass ich schon Gefahr laufe, mir eine Perianalthrombose zuzuziehen. Und es sind *immer* noch zwanzig Stunden zu sichten.«

Cooper verschränkte die Arme und schickte einen bösen Blick durch den Raum. »Ich jammere ja auch nicht darüber, dass ich die Fernsehbilder von dieser Demo durchsehen muss, oder?«

»Fernsehbilder? So viel Glück will ich auch mal haben.«

Huntly schlug sich mit einer Hand vor die Brust. »Ich habe *sämtliche* Überwachungsvideos von Claire Young gesichtet, dazu alle Aufnahmen von dort, wo Jessica McFee entführt wurde, *plus* die umliegenden Straßen.« Er sackte wieder nach vorne. »Und das sind nur die aktuellen Aufnahmen – Bear will, dass ich mir auch noch den historischen Kram vornehme.«

Alice öffnete ihre Tasche und holte die Fundort-Fotos von allen Inside-Man-Opfern heraus, die sie vor den Zapfhebeln ausbreitete.

»Und ihr *glaubt* ja nicht, in was für einem Zustand diese alten Bänder sind. Ein Teil ist verrottet, ein Teil von Mäusen angefressen, ein großer Haufen sieht aus, als hätte er die letzten acht Jahre unter Wasser gelegen...«

Ich humpelte zu ihm hin. »Irgendeine Spur von Docherty?«

Der Bildschirm des Laptops war in drei Fenster aufgeteilt, die alle die gleiche Szene aus verschiedenen Blickwinkeln zeigten. Die Zeitangaben sprangen auf Mitternacht. Winzige Menschen torkelten in abgehackten Stop-Motion-Bewegungen durch die dunklen Straßen nach Hause, ausgespien von den Pubs oder den Armen ihrer Geliebten entflohen, für Sekunden eingefangen im einsamen Schein einer Straßenlaterne.

Huntly spitzte die Lippen und rieb sich das Kinn. »Wissen Sie was? Jetzt, wo ich drüber nachdenke, meine ich, dass ich ihn tatsächlich auf dem Video erkannt habe, das ich mir vorhin angeschaut habe. Er stand vor einem Wettbüro in der Donovan Lane, hatte eine tote Frau über die Schulter geworfen und Jessica McFee unter den anderen Arm geklemmt. Ich hätte es gar nicht erwähnt – kam mir in dem Moment eher unbedeutend vor –, aber jetzt, wo Sie fragen...«

»Sehr witzig, Sie Klugscheißer.«

Huntly zog eine Braue hoch. »Ich bin kein ›Klugscheißer‹, wie Sie es so *unfein* ausdrücken, ich bin lediglich erfrischend provokativ.«

»Wenn's Ihnen Freude macht.«

Alice entfaltete einen Stadtplan von Oldcastle und begann die Ablagestellen in Rot zu markieren.

Ich setzte mich neben sie auf einen Barhocker. »Jetzt sag mal, wie hast du Cunningham dazu gebracht, dass sie gesteht?«

Sie betrachtete den Plan mit gerunzelter Stirn. »Es muss irgendeine Signifikanz in der Verteilung der Ablagestellen geben. *Nicht* nur, dass sie schnell genug von den Rettungswagen des Krankenhauses erreicht werden können und in der Nähe einer funktionierenden Telefonzelle liegen, ich meine, sie müssen auch in der Nähe des Operationssaals liegen, nicht wahr? Es wäre doch sinnlos, sich die ganze Mühe zu machen und dafür zu sorgen, dass ein Krankenwagen binnen fünfzehn Minuten dort sein kann, wenn man eine Stunde braucht, um das Opfer überhaupt erst dort hinzubringen.«

»Was hast du zu Cunningham gesagt?«

Sie wurde wieder rot. »Wir müssen also wieder von den Orten ausgehen, wo er sie abgelegt hat. Was befindet sich in zehn bis fünfzehn Minuten Entfernung von all diesen Orten?«

»Abgesehen vom Krankenhaus?«

Sie schaukelte ein paarmal auf ihrem Hocker vor und zurück. Dann seufzte sie. »Ich habe ihr gesagt, es sei nicht fair, Charlies Eltern zuzumuten, dass sie bei der Gerichtsverhandlung vor allen Leuten mit dem Handyvideo konfrontiert werden. Dass es für sie alles noch viel schlimmer machen würde. Dass sie dann jedes Mal, wenn sie an ihn denken oder wenn im Radio ein Lied kommt, das er gemocht hat, wieder die Szene vor Augen hätten, wie sie ihn erwürgt.«

Wow. »Und das war's – da hat sie beschlossen, sich schuldig zu bekennen?«

»Natürlich nicht.« Alice griff wieder nach ihrem Stift. »Also habe ich ihr von all den Leuten in den Gefängnissen im ganzen Land erzählt, denen ich schon geholfen habe – all den Leuten mit psychischen Problemen und Neigung zur Gewalt –, und dass ein Wort von mir genügen würde, und schon würden alle diese Leute sich geradezu darum reißen, ihr das Leben zur Hölle zu machen. Na ja, natürlich nicht ein einziges Wort, das ist klar, ich würde wahrscheinlich mindestens ein Dutzend brauchen, aber es läuft aufs Gleiche hinaus.«

Sie zog einen Kreis um die Stelle auf dem Plan, wo Claire Youngs Leiche gefunden worden war. Er schloss Blackwall Hill und Teile von Kingsmeath ein. »Ich dachte, was Mrs Kerrigan kann, kann ich doch schon lange, oder?« Ein weiterer Kreis markierte die Parkbucht, wo wir Tara McNab gefunden hatten. Sie hielt die Augen auf den Plan geheftet. »Und bevor du fragst: Nein, ich bin nicht stolz auf mich.«

»Tja, ich schon.« Ich tippte mit dem Finger auf das Castle Hill Infirmary. »Was ist mit dem Krankenhaus?«

Sie kaute eine Weile auf der Innenseite ihrer Wange herum. »Ein nicht mehr benutzter Operationssaal?«

»Oder eine Leichenhalle? Es wird schon seit dem siebzehnten Jahrhundert als Krankenhaus genutzt. Alle hundert Jahre oder so bauen sie neue Teile auf die alten drauf. Weiß der Himmel, was sich da unten alles verbirgt. Es soll da sogar Geheimtunnel geben, die runter zum Hafen führen.«

»Ich weiß nicht… Klingt alles ein bisschen – nach Dan Brown, findest du nicht?«

»Hast wohl recht.« Ich zog mein Handy aus der Tasche. »Aber einen Anruf ist es allemal wert.« Ich wählte Rhonas Nummer, ging zum Ausgang und schob die Tür zu dem kleinen Windfang auf.

Der Regen plätscherte auf den Asphalt, trommelte gegen den Sperrholzzaun auf der anderen Straßenseite und tränkte die halb fertigen Betonsteinmauern.

»*DS Massie.*«

»Rhona, tun Sie mir den Gefallen und schauen Sie sich mal das Castle Hill Infirmary an. Gibt es da irgendwelche alten OP-Säle oder Leichenhallen? Irgendetwas, was seit Jahren nicht mehr benutzt wurde?«

»*Tja, lassen Sie mich raten – irgendjemand ist gerade auf die Idee gekommen, dass das Krankenhaus der einzige Ort ist, der eindeutig im grünen Bereich für Rettungseinsätze liegt?*«

»Ah...«

»*Ich hab mir das letzte Woche angeschaut. Die alte Leichenhalle wurde im Rahmen der Millenniumsfeierlichkeiten in ein Museum umgewandelt, das ist also ein Blindgänger. Es gibt einen alten chirurgischen Flügel, der seit den Siebzigerjahren nicht mehr benutzt wurde, aber der soll jetzt renoviert werden und wurde deshalb komplett ausgeräumt, bis auf die allerletzte Bettpfanne.*« Sie gähnte herzhaft und seufzte dann gedehnt. »*Und seit Monaten gehen dort regelmäßig Architekten und Bauarbeiter und Stadträte ein und aus.*«

Das konnte man also abhaken. »Sollten Sie nicht längst zu Hause sein?«

»*Wir gehen nach Dienstschluss noch ins Monk and Casket.*«

»Na ja, wer's mag.«

Eine Pause. »*Wollen Sie nicht mitkommen?*«

Jacobsons großer schwarzer Range Rover tauchte brummend aus dem Regen auf, die Scheinwerfer spiegelten sich in der nassen Straße. Dr. Constantine grinste mich vom Fahrersitz an und winkte.

Ich winkte zurück. »Was ist mit den Adressen, zu denen Docherty Zugang hatte?«

»*Augenblick... Also, alles wurde von oben bis unten durchsucht. Wir haben ein Suchhundeteam zu der Adresse in Castleview geschickt, und die Kollegen von Moray-and-Shire haben das Haus in Stonehaven gecheckt. Nichts. Jetzt warten wir nur noch darauf, dass sie mit den Hunden die Anwesen in Dundee und Blackwall Hill durchgehen, damit wir die auch von der Liste streichen können.«*

»Sie klingen ja nicht sehr optimistisch.«

Ein lutschendes Geräusch kam vom anderen Ende, als ob sie die Luft durch die Zähne einzog. »*Er ist ja nicht blöd, oder, Chef? Er ist ein mieses Dreckschwein, aber dumm ist er nicht. Er weiß, dass wir ihn mit diesen Häusern in Verbindung bringen werden. Er hat irgendwo ein Versteck, von dem niemand weiß außer ihm. Vielleicht unter falschem Namen angemietet?«*

Die Scheinwerfer des Range Rover erloschen, und Jacobson stieg auf der Beifahrerseite aus, schlug den Kragen hoch, bückte sich noch einmal ins Auto, um ein halbes Dutzend Einkaufstüten herauszunehmen, und eilte auf den Eingang des Pubs zu.

Angemietet ...

Ich trat zur Seite und ließ ihn vorbei. Er hielt eine der Tüten hoch. »Jede Menge Wein.« Dann verzog er das Gesicht. »Aber Docherty hat immer noch nicht ausgepackt.« Und dann verschwand er im Pub.

Hatte er ein Haus gemietet? Eine Wohnung wäre nicht geeignet – man konnte nicht andauernd Opfer die Treppen rauf- und runterschleppen, ohne dass es jemand mitbekam.

Dr. Constantine kam mit schweren Schritten hinter dem Kofferraum hervor, beladen mit Grolsch- und Cider-Kartons. Sie hielt kurz inne, als ich ihr die Tür aufhielt, stellte sich auf die Zehenspitzen und gab mir einen Kuss auf die Wange. »Nicht übel für einen Bullen.« Und dann war sie weg.

Man würde etwas Abgeschiedenes brauchen. Wo man seine Ruhe hatte ...

»Was ist mit dieser Wohnwagensiedlung südlich von Shortstaine? Da hat man vielleicht zwei Minuten bis zur Schnellstraße – kann in zehn Minuten überall in der Stadt sein, wenn der Verkehr nicht zu dicht ist.«

»*Gefällt mir – die Dinger sind groß genug, um einen kleinen*

OP einzurichten, niemand stört einen, und die älteren kriegt man wahrscheinlich für 'nen Appel und 'n Ei. Wetten, dass man da auch nicht nach einem Ausweis gefragt wird, wenn man bar zahlt... Gute Idee, Chef, ich schick gleich jemanden da raus.«

»Und wenn Sie fertig sind, vergessen Sie das Monk and Casket. Postman's Head in der Millen Road, gegenüber dem geplanten Pflegeheim. Wie's aussieht, gibt es hier heute Abend eine kleine Sause – betrachten Sie sich als eingeladen. Wäre vielleicht gut, wenn Sie eine Flasche mitbringen.«

Mit ein bisschen Glück würden wir mehr zu feiern haben als nur die Ergreifung des Mistkerls.

49

Regentropfen prasselten an die Fensterscheibe. Unten auf der Straße stapfte ein Mann vorbei, die Baseballkappe tief ins Gesicht gezogen, die Schultern gegen den Ansturm von oben hochgezogen. Er blieb nicht stehen. Drehte sich nicht zum Postman's Head auf der anderen Straßenseite um.

Aber das hieß nicht, dass er das Haus nicht beobachtete.

Aus der Bar im Erdgeschoss drangen die Geräusche der Fernsehnachrichten herauf.

Es machte die Stille in der Wirtswohnung eher noch drückender. Von den Möbeln war fast nichts mehr übrig – nur ein kleiner Tisch mit zwei Holzstühlen, die aussahen, als hätten sie ursprünglich im Pub gestanden, und ein gesprungener Spiegel über dem Waschbecken im Bad. Dann noch eine kaputte Kommode im Schlafzimmer und eine uralte Einbauküche ohne Herd oder Kühlschrank – nur graue Ränder aus Staub und Fett ließen erkennen, wo die Geräte einmal gestanden hatten.

»Und?«, sagte ich ins Telefon.

Am anderen Ende atmete Noel Maxwell hörbar aus. »*Immer noch total zugedröhnt mit Morphium und Sedativa.*«

Der Typ mit der Baseballkappe ging weiter, bis die Nacht ihn verschluckte.

»Hat sie irgendwelche Besucher gehabt?«

»*So zwei Schlägertypen, die sind seit neun Uhr heute Morgen bei ihr drin. So richtig unheimliche Typen und von oben bis unten voll mit blauen Flecken. Der eine hat den Kopf bandagiert wie eine Mumie, der andere geht auf Krücken.*«

Das waren dann wohl Joseph und Francis.

Noel räusperte sich. »*Hören Sie, wegen Boxer – Sie haben doch niemandem erzählt, dass ich ihn verpfiffen hab, oder? Denn wenn die Jungs das spitzkriegen…*«

»Wann wird sie entlassen?«

»*…Ruf ruiniert, und verprügeln werden sie mich auch.*«

Herrgott noch mal. »Ich hab's keinem erzählt, okay? Also, wann wird Mrs Kerrigan entlassen?«

»*Heute nicht mehr. Wahrscheinlich auch morgen nicht. Sie wissen ja, wie es da oben bei den Privatpatienten zugeht – ist das reinste Hotel. Erlesene Speisen, Wein und alle Medikamente, die man sich wünschen kann. Wer will da schon gehen?*«

Blieben also vierundzwanzig Stunden, vielleicht auch achtundvierzig, bis sie uns suchen kam… Natürlich würde sie persönlich dabei sein wollen, um uns die Zähne mit einer Zange auszureißen, aber nichts hinderte sie daran, ein paar von ihren Hunden loszuschicken, um Alice und mich von der Straße weg zu kidnappen, wann immer es ihr gefiel. Und uns dann in irgendeinem kalten, dunklen, trostlosen Loch festzuhalten, bis sie Zeit hatte, sich mit uns zu vergnügen.

Der Typ mit der Kappe schien tatsächlich nicht mehr zurückzukommen.

»*Hallo?*«

Ich blinzelte. Sah auf das Telefon hinunter. »Danke, Noel.«

»*Hey, null Problemo. Wozu hat man denn Freun…*«

Ich legte auf.

»Ash?« Alice stand in der Wohnzimmertür, einen Whisky in der einen und ein Pintglas in der anderen Hand. Sie schlurfte über die Dielen auf mich zu und hielt mir das große Glas hin. »Ich hab dir eine Cola gebracht.«

»Danke.« Kalt und braun und süß und sprudelnd. Und trotzdem schmeckte das Zeug irgendwie nach Tod.

»Also... Wir bestellen Pizza, möchtest du irgendwas Bestimmtes oder einfach von allem etwas, und was machst du eigentlich hier oben?«

Ich drehte mich vom Fenster weg. »Nichts. Nur ein bisschen Luft schnappen. Und über Shifty nachdenken.«

Sie schielte nach den Fallunterlagen, die auf dem klapprigen Tisch ausgebreitet waren. Opfer und Ablageorte. Obduktionsergebnisse und Zeugenaussagen.

»Du solltest ein bisschen mit runterkommen. Versuch mal, zehn Minuten lang abzuschalten.«

Ein dünner Lacksplitter schälte sich unter meinem Fingernagel ab, und auf dem Griff meines Krückstocks blieb ein kleiner Streifen helles Holz zurück. »Er ist mein Freund. Und er steckt nur deswegen in der Scheiße, weil... Der einzige Grund, warum sie ihm das angetan hat, bin ich. Ich habe versagt, Alice. Ich hätte sie töten sollen, als ich die Chance dazu hatte.«

»Du darfst nicht...«

»Wenn ich es damals getan hätte, wäre Parker noch am Leben. Und Shifty wäre in Sicherheit.« Und ich hätte nicht zwei Jahre im Gefängnis verbracht. Ich hätte zur Beerdigung meines kleinen Mädchens gehen können. Und würde jetzt nicht hier am Fenster stehen und darauf warten, dass die Hunde auftauchten.

Nun, diesen Fehler würde ich nicht noch einmal machen.

Alice legte mir die Hand auf den Arm. »Du glaubst, dass sie hinter uns her sein wird, nicht wahr – Mrs Kerrigan?«

Lächeln, auch wenn's schwerfällt. Und lügen. »Nein. Sei nicht albern – sie wird hinter Wee Free her sein. Wir haben ihr schließlich kein Haar gekrümmt, oder? Das war alles er.«

Alice blinzelte mich an. Seufzte verstohlen. Und nickte dann. »Du brauchst dringend eine Pause. Längere Konzentrationsphasen beeinträchtigen die Fähigkeit des Gehirns, neue Informationen aufzunehmen und Verbindungen herzustellen. Nimm dir fünfzehn Minuten. Komm mit runter und streite mit Professor Huntly oder ärgere Constable Cooper. Oder setz dich einfach hin und schau Fernsehen, bis die Pizza kommt.« Sie tippte mir mit dem Finger an die Stirn. »Lass mal eine Zeitlang alles durch die kleinen grauen Zellen sickern, dann haben sie vielleicht was für dich, wenn du nachher weitermachst.«

Na ja, es war ja nicht so, als ob ich hier irgendwie vom Fleck käme.

Ich folgte ihr die krumme Holztreppe hinunter in die Pubküche – staubige Edelstahlflächen, über denen noch der Geist des alten Frittenfetts schwebte – und weiter durch die Tür zur Bar. Auf dem Fernseher an der Wand lief *News 24*: Ein fetter Typ in einem Anzug weigerte sich gerade, die Frage zu beantworten, die ihm die Frau im Studio gestellt hatte. »*...wenn Sie mich ausreden lassen, werden Sie mir zustimmen, dass unter der* letzten *Regierung die finanzielle...*«

Ich nahm die Fernbedienung vom Tresen und stellte den Ton ab.

Jacobson stand vor dem Whiteboard, ein Glas Rotwein in der einen Hand, einen Stift in der anderen, und zeichnete Linien und Kästchen, die er mit dicht gedrängten winzigen Buchstabenblocks beschriftete.

Dr. Constantine saß am Tresen mit einer Flasche Cider und einer Tüte Monster Munch und blätterte einen Stapel Obduktionsfotos durch. Sie sah zu mir auf, dann verzog sie das Gesicht. »Sie haben die toten Opfer gynäkologisch untersucht, aber weder Spermaspuren noch fremde Schamhaare gefunden. Auch keine Anzeichen für vaginale Verletzungen. Nichts, was wir verwenden könnten, um Docherty festzunageln.«

Huntly und Cooper saßen in ihren getrennten Ecken, jeder immer noch über seinen Laptop gebeugt. Huntly hatte eine Dose fertig gemischten Gin Tonic vor sich stehen und sah aus, als würde er sich gleich die Kugel geben.

Er nahm einen kleinen Schluck. »Können wir bitte die Gespräche über vaginale Verletzungen einstellen? Hier sind auch Leute, die sich konzentrieren müssen...«

Während Alice sich um die Pizzabestellung kümmerte, trat ich zu Jacobson ans Whiteboard. Es war mit Fallnamen und Aktenzeichen beschrieben, alle verbunden mit einem Kasten in der Mitte, in dem in Druckbuchstaben »DR. FREDERIC DOCHERTY« stand.

Jacobson brummte vor sich hin. »Er hat acht Jahre als Berater für die Polizei gearbeitet. Acht Jahre Vergewaltigungen und Morde und Entführungen und Vermisstenfälle... Für wie viele davon war er verantwortlich?«

»Waterboarding hinterlässt keine Spuren.«

Ein kleines Lächeln zuckte um seine Mundwinkel. »Das haben wir doch schon geklärt.«

»Ich meine ja nur. Nach fünfzehn Minuten, maximal dreißig, wüssten wir, wo sie sind. Niemand würde es je erfahren.«

»Ah, die gute alte Zeit...«

Ich ließ den Blick wieder über die Tafel wandern. »Es muss doch irgendetwas geben, was wir tun können.«

Jacobsons Lächeln verflog. »Wem sagen Sie das.«

Mein Handy vibrierte – eine neue E-Mail. Ich öffnete sie.

He, alter Dudelsack-Bulle,
sag nicht, dass ich nicht lieb zu dir bin: hab die Audiodateien der aufgezeichneten Notrufe angehängt. Die Stimmen der Mädels hab ich isoliert und entfernt, sodass nur die Hintergrundgeräusche übrig sind, nach denen du gefragt hast.
In H-Drummond.wav bei 0:92 und in M-Jordan.wav bei 0:46 ist so was wie ein Mobiltelefon zu hören, aber nur ganz schwach. Glaub nicht, dass es aus der Leitstelle kommt, könnte also entweder bei der Telefonzelle

gewesen sein oder von da, wo er den Spruch aufgezeichnet hat.
Hab versucht, das elektronische Summen durch die Datenbank zu jagen, ist aber nix bei rausgekommen – vermutlich, weil es die Aufzeichnung eines aufgezeichneten Anrufs ist, also praktisch drei Lagen von Hintergrundrauschen durcheinandergemanscht.

Ciao, ihr Haggisfresser
Sabir der IT-Gott

PS: Schönen Gruß von deiner Mam

Alice starrte mich an. »Und?«
»Sabir.«
»Was? Nein, ich rede von der Pizza. Was möchtest du?«
»Egal, Hauptsache, es ist keine Ananas drauf. Oder Sardellen.« Ich tippte auf das Anhang-Symbol, und nichts passierte. Ich versuchte es noch mal. »Pilze sind okay.« Immer noch nichts. »Huntly, haben wir noch mehr von diesen Laptops?«
Er lehnte sich zurück und rieb sich die Augen. »Nnnnnnngh... Sie können den hier haben, wenn Sie wollen. Ich leide allmählich unter okularem Quadratismus. Ist sowieso alles reine Zeitverschwendung. Docherty wird ja wohl kaum offen durch die Gegend spazieren. Nein, er wird einen Kapuzenpulli und eine Baseballkappe tragen. Seine Identität verbergen. Straßen meiden, die von Überwachungskameras erfasst werden. Er mag ein mieses Serientäter-Dreckstück sein, aber er weiß, wie das System funktioniert.« Huntly klappte den Laptop zu, dann hob er eine Hand über den Kopf und schnippte mit den Fingern. »Dr. McDonald, seien Sie ein Schatz und sagen Sie, dass sie auf meine extra Salami drauf tun sollen. Und ein paar Jalapeños – mir ist heute nach was Scharfem zumute.«

Wie schön für uns.

Ich trennte die externe Festplatte von dem Laptop und klemmte ihn mir unter den Arm. Die Wärme drang durch meinen Ärmel und in meine Brust, als ich durch die Küche zum Treppenhaus ging.

Hinter mir hörte ich Huntly rufen: »Sie sind selber auch nicht gerade die größte Stimmungskanone!«

Ich rief Sabirs E-Mail auf und spielte die Audiodateien noch einmal ab.

Die meisten bestanden nur aus Zischen, Knistern und dem gelegentlichen Summen. Alle bis auf zwei Dateien – die Aufnahmen, zu denen Marie Jordan und Holly Drummond gezwungen worden waren, bevor Docherty sie aufgeschlitzt hatte.

Auch wenn ich die Lautsprecher des Laptops voll aufdrehte, war es kaum wahrnehmbar. Fünf oder sechs Sekunden einer leisen Melodie auf M-Jordan.wav, neun auf H-Drummond.wav. Zu schwach und verschwommen, um irgendetwas zu erkennen.

Ich loggte mich in die Videokonferenz-Software des Laptops ein, scrollte mich durch die Liste der Kontakte und klickte auf Sabir4TehPool.

Dreißig Sekunden später tauchte ein rundes Gesicht auf dem Monitor auf, das mich über eine kleine runde Brille hinweg anschaute. Seine Haut hatte die Farbe von altem Asphalt, die Hängebacken waren rau von Bartstoppeln. Ringe unter den Augen, kahler Schädel, der Mund für so einen großen Kopf geradezu winzig. Er schürzte die Lippen. »*Du siehst aus wie ein Statist aus einem George-Romero-Film.*«

»Na, und du siehst aus wie der Teletubby, den sie auf dem Dachboden eingesperrt haben, um die Kinder nicht zu erschrecken.«

Er lehnte sich zurück und ließ ein Stückchen Zimmer in den

Bildausschnitt einfließen. »*Schmeicheleien sind nicht gerade deine Stärke, Alter. Was willst du diesmal von mir?*«

»Dieser Klingelton – hast du versucht, einen Hersteller zu ermitteln?«

»*Heutzutage kannst du dir doch alles auf dein Smartphone holen, was dein kleines schmieriges Herz begehrt. Du lädst es von iTunes runter oder von deinem Provider, oder du besorgst dir die Software im Netz und rippst das Ding selber.*«

»Ja, aber es klingt relativ simpel. Wahrscheinlich ein Standard-Klingelton von einem älteren Handy.«

»*Pffff... Das ist acht Jahre her. Das waren damals* alles *ältere Handys. Sekunde.*« Er beugte sich wieder vor, und das Klappern seiner Finger auf der Tastatur drang aus den Lautsprechern. »*Ich hab da was, das wird dir bestimmt gefallen. Bitte sehr.*«

Mein Handy vibrierte – eine neue E-Mail. Ich öffnete sie. Sah aus wie eine Webadresse. »Was ist das?«

»*Ich hab mich in den Server von eurem Lokalradiosender gehackt, was denn sonst? Und rat mal, was ich da gefunden habe.*«

»Was?«

»*Na, klick halt auf den Link, du Dödel.*«

Ich versuchte es. Nichts.

»Es funktioniert nicht. Wie kann ich es auf dem Laptop öffnen?«

»*Herr, schmeiß Hirn vom Himmel...*«

Zwei Minuten später erschien ein Fenster auf dem Bildschirm, das mit kleinen Video-Vorschaubildchen mit Fantasie-Dateinamen gefüllt war. Lauter grinsende Menschen in weißen T-Shirts.

»*Das ist diese Spendenaktion an eurem Bahnhof. Wo du auf dem Arsch gelandet bist und der Inside Man weggerannt ist, weißt du noch? Sie haben Ausschnitte davon auf die Web-*

site gestellt, aber ich hab mal reingeschaut und das ganze Rohmaterial für euch rausgezogen.«

Ich fuhr mit dem Mauszeiger über die erste Datei. »Haben sie mich auch gefilmt?«

»Nee. Alles nur Leute in Turnschuhen, die rumtanzen und um die Wette Macaroni Pies fressen und auf so einem blöden Hometrainer rumstrampeln. Sind allerdings ein paar scharfe Tussis dabei. Also, wenn man auf verschwitzte Leiber steht...« Er runzelte die Stirn. *»Wieso hör ich eigentlich keinen Party-Trubel?«*

»Weil wir...«

»Ihr habt den Mistkerl geschnappt, und du hockst da mutterseelenallein im Dunkeln? Du solltest die Sau rauslassen, Alter. Dann könnte ich es weiter mit deiner Mam treiben. Sie ist heut ganz wuschig drauf.«

»Wir können Ruth, Jessica und Laura nicht finden.« Ich bemühte mich zu lächeln. »Du hast nicht zufällig Lust, ein paar Nachforschungen anzustellen und rauszufinden, ob es irgendwelche Anwesen gibt, für die Docherty Miete zahlt oder die er unter falschem Namen gekauft hat oder so? Kannst dir ja mal seine Kreditkarten vornehmen, wie du es bei Laura Strachans Freund gemacht hast. Wir suchen nach einem Ort, wo er sich einen Operationssaal eingerichtet haben könnte, aber die Jungs hier oben haben nicht deine... einmaligen Talente.«

Sabir kaute eine Weile auf seiner Unterlippe herum. *»Na ja, versuchen kann ich's ja mal. Wird allerdings ein bisschen dauern.«* Wieder klapperte die Tastatur.

Ich machte das Fenster mit ihm drin kleiner, wählte den ersten Videoclip aus und startete ihn. Gelächter tönte aus den Lautsprechern, blechern und verzerrt durch das Dach der Bahnhofshalle. Ich fuhr den Ton herunter, bis es fast nicht mehr zu hören war.

Eine Gruppe von jungen Männern in Oldcastle-Warriors-

Trainingsanzügen feuern einen alten Mann in Anzug und Krawatte an, der auf dem Trimm-dich-Rad sitzt. Der arme Kerl sieht aus, als würde er jeden Moment schlappmachen. War der nicht früher mal Trainer bei denen? In der Ecke tickt der Zeitstempel vor sich hin – 11:10:15, 11:10:16, 11:10:17 …

»*Sag mal, habt ihr schon mal an einen Transporter oder so was gedacht? So ein großer Transit. Wenn man die Ladefläche komplett freiräumt, kann man sich da einen ganz brauchbaren OP einrichten. Dann kann man damit durch die Gegend fahren, irgendwo parken und den Job erledigen und dann das Opfer zum Ablageort fahren. Alles ganz einfach.*« Sabir nickte, eine Bewegung, die sein Kinn vervierfachte. »*Und was noch besser ist: Du willst doch sicherstellen, dass sie noch lebt, wenn der Krankenwagen kommt? Dann machst du die OP einfach vor Ort, schmeißt das Opfer hinten raus und düst davon. Habt ihr eigentlich die Fundorte nach Reifenspuren abgesucht?*«

»Da war nichts Brauchbares …«

Nächster Clip. Eine Gruppe von kleinen Schulkindern tanzt zu einer Britney-Spears-Nummer. Fliegende Ellbogen und Knie, Zahnpastalächeln für die Kamera. Die zoomt die ganze Zeit auf ein kleines Mädchen mit dunklen Zöpfen und einem Lächeln, dem zwei Schneidezähne fehlen. Als ob der Kameramann sich für einen Platz im Sexualstraftäter-Register bewerben wollte. 10:31:01, 10:31:02, 10:31:03 …

»*Tja, mit dem Klingelton geht's mir genauso. Ich hab ihn gerade durch ein Dutzend verschiedene Filter und ein paar Algorithmen in Militärqualität gejagt, die ich auf gar keinen Fall haben dürfte. Und es handelt sich eindeutig um eine Tonfolge, die aber so unspezifisch ist, dass man nichts damit anfangen kann. Man kann ihn überall runterladen. Ich hab Treffer bei Nokia, Motorola, Sony, Siemens …*«

Der nächste Clip ist ein Interview mit einem dieser lokalen Promis, die durch irgendwelche Reality-Shows berühmt geworden waren und dann komplett in Vergessenheit gerieten. Der Typ wurde meines Wissens ein, zwei Jahre darauf wegen Aufforderung zur Unzucht und Drogenhandels verknackt. 15:18:42, 15:18:43, 15:18:44...

»*Falls es dich interessiert, das Ding nennt sich ›Cambridge Quarters‹.*«

»Okay.« Ich schrieb mir den Namen in mein Notizbuch, unterstrich ihn doppelt und setzte zwei Fragezeichen dahinter.

Nächster Clip. Eine Gruppe von drei jungen Frauen grinst in die Kamera und hüpft im Takt der Musik auf und ab... Alle drei sind Krankenschwestern – deswegen kommen sie mir bekannt vor. Laura Strachans Mitbewohnerinnen. Gekommen, um in ihrem Namen Geld zu sammeln, während sie auf der Intensivstation liegt, an eine halbe Tonne Apparate angeschlossen. 12:41:58, 12:41:59, 12:42:00...

»*Brauchst du sonst noch irgendwas, oder kann ich mich jetzt wieder deiner Mam widmen? Sie ist ganz schön anspruchsvoll. In sexueller Hinsicht, meine ich.*«

»Selber schuld, was musst du sie auch ausgraben? Hättest sie da lassen sollen, wo wir sie beerdigt haben.«

Unten in der Bar wurde es lauter, statt des Fernsehers lief jetzt Musik.

Dann knarrten die Treppenstufen, und Alice kam zur Tür hereingepoltert. In dem Glas in ihrer Hand schwappte ein dreifacher Whisky. »Ash? Die Pizza kommt jeden Moment, du solltest... Oh, ist das Sabir?«

Sie schlurfte auf den Laptop zu und beugte sich zum Monitor hinunter. »Sabir!« Sie nahm einen Schluck Whisky und winkte in die Kamera, während sie trank. »Wir haben Pizza bestellt. Wollen Sie auch eine Pizza? Sie sollten auch eine Pizza nehmen, ich hab Sie *ewig* nicht gesehen, wollen Sie was trinken?«

Er hob eine Dose mit etwas Koffeinhaltigem vor den Monitor. »*Alice? Wie geht es meiner Lieblings-Comicfigur?*«

Sie machte einen Schmollmund. »Sie müssen die Stimme nachmachen.«

»*Nyeaaaaaaaah, what's up, Doc?*«

Nächster Clip. Noch mehr Krankenschwestern drängen sich um das Fahrrad und feuern eine kleine Frau mit durchgeschwitztem T-Shirt an. Ist das Jessica McFees Mitbewohnerin? Sie ist es. Eine junge Bethany Gillespie. Vermutlich vor ihrer Heirat mit Jimmy, dem Kontrollfreak. 12:25:03, 12:25:04, 12:25:05 ...

Ich ging weiter zum nächsten Clip, während Alice und Sabir tratschten wie zwei alte Weiber.

Wieder das Trimm-dich-Rad. Diesmal hatte ich keine Mühe, die Fahrerin zu erkennen. Ruth Laughlin trat in die Pedale, umringt von Jessicas Freundinnen und Kolleginnen. Ihr T-Shirt war dunkel von Schweiß, die nackten Knie pumpten auf und ab, von ihrem glühenden Gesicht troff der Schweiß. 14:12:35, 14:12:36, 14:12:37 ...

Arme alte Ruth. Emotional völlig ausgebrannt, hockte sie da in einer lausigen Wohnung in Cowskillin, erschrak vor ihrem eigenen Schatten, terrorisiert von einem Haufen kleiner Rotzbengel. Schluckte Antidepressiva und musste sich anspucken lassen. Und wünschte, die Ärzte hätten sie sterben lassen.

Und alles nur, weil ich dort am Bahnhof aufgekreuzt war, von oben bis unten voller Blut, und Dr. Frederic Docherty erst auf sie aufmerksam gemacht hatte.

Wie war er entkommen? War er auf den Zug gesprungen und beim ersten Halt wieder ausgestiegen, um mit dem Taxi in die Stadt zurückzufahren? Oder hatte er den Bahnhof durch einen Nebenausgang verlassen und war durch die Straßen davongeeilt?

War er danach wieder zur Arbeit gegangen, oder hatte er sich den Rest des Tages freigenommen?

Auf dem Bildschirm machen sie einen Countdown. Ruth reißt die Hände hoch und grinst, als sie bei null ankommen. Hinter ihr sieht man das »Meilen, die heilen!!!«-Transparent flattern.

Es war das gleiche Bild, das Ness bei der Pressekonferenz gezeigt hatte.

War Docherty an diesem Abend mit einem Lächeln auf den Lippen zu Bett gegangen? Weil er wieder mal die Bullen ausgetrickst hatte. Weil er uns wieder mal auf der ganzen Linie blamiert hatte. Weil er ungeschoren davongekommen war und schon wieder ein neues Opfer im Visier hatte – und das nur, weil sie mir geholfen hatte.

Und jetzt hatte er sie wieder entführt, hatte sie irgendwo eingesperrt, wo sie nur auf ihren Tod warten konnten. Sie, Jessica und Laura. Und alles nur wegen dieses einen Tages damals im Bahnhof, als ich den Dreckskerl hatte entkommen lassen.

50

Alice legte mir eine Hand auf die Schulter. »Ash, ist alles okay? Ich meine nur, weil du aussiehst, als ob du jemanden würgen wolltest...«

Genau.

Ich ließ die Maus los. Bewegte meine Finger ein bisschen, um sie zu lockern. Und atmete tief durch. »Mir geht's gut.«

Nächster Clip. Vier Rugby-Kerle in Oldcastle-University-Sweatshirts schlingen sich durch einen Berg Maccaroni-Pies, während im Hintergrund eine große digitale Zähluhr tickt. Der Typ mit der breitesten Stirn gewinnt, reckt die Fäuste in die Luft und spielt sich mit einem fetttriefenden Triumphgrinsen vor den anderen auf.

»*Okay, ich pack's dann mal. Muss noch ein paar Dinge treffen und ein paar Leute erledigen.*« Im Chatfenster zeigte Sabir mit einem Wurstfinger auf die Kamera. »*Alice, wenn Sie Ihren Hintern mal nach London bewegen, dann zeig ich Ihnen, wie wir hier in der zivilisierten Welt Mordfälle bearbeiten. Und Ash – mach dich mal locker, ja? Nimm dir den Abend frei. Dein verdammter Kreuzzug läuft dir schon nicht davon.*« Er salutierte flüchtig. »*Sabir der IT-Gott meldet sich ab.*« Und das Fenster wurde schwarz.

Ich loggte mich aus und fuhr den Rechner runter.

Alice schlang die Arme um meine Schultern und drückte mich. Küsste mich auf den Scheitel. »Er hat recht. Du musst dich entspannen.«

»Wie denn?« Ich zog mein Handy aus der Tasche. Legte es

auf den Tisch. Nahm es wieder in die Hand. »Ich will Wee Free anrufen – ihn fragen, ob Shifty okay ist. Aber wenn ich das mache, wird er nur wieder daran erinnert, oder? Dass ich seine Tochter noch nicht gefunden habe.«

»Du tust alles, was in deiner Macht steht.«

»Tu ich das wirklich?«

»...*fünf, vier, drei, zwei, eins, yeahhh!*« Die Spalier stehenden Krankenschwestern jubeln und kreischen und hüpfen auf und ab, während Ruth die Arme in die Luft wirft und strahlt. Hinter ihr flattert das Transparent mit der Aufschrift »Meilen, die heilen!!!«.

Und Schnitt.

Unten wurde die Musik lauter.

Ich klickte wieder auf Abspielen.

Beugte mich vor und fixierte den Bildschirm, sah mir die Gesichter in der Menge hinter den Krankenschwestern genau an. Keines kam mir bekannt vor. Nun ja, bis auf Ruth und ihre Freundinnen. Aber da war *irgendetwas*...

Was war es?

Nur eine Frau auf einem Fahrradergometer, die Geld zu Ehren ihrer Freundin sammelt. Und zu ihrem Glück nicht ahnt, dass ihr eigenes Leben schon bald ruiniert werden wird.

Trampelnde Schritte kamen die Treppe herauf, die Wohnungstür wurde geräuschvoll aufgestoßen, und Rhona bremste torkelnd ab, ein breites Grinsen im Gesicht. Schwer atmend hielt sie eine Flasche Champagner hoch. »Chef? Wir haben ihn! Wir haben den Scheißkerl erwischt!«

Auf dem Bildschirm tritt Ruth in die Pedale, ihre Knie gehen wie eine Pumpe, Schweiß verfärbt den Stoff ihres T-Shirts. Gesichter im Hintergrund feuern sie an, lächeln, unterhalten sich. Musik von der Hauptbühne, vom Countdown fast übertönt...

Ich setzte mich auf. »Wen, Docherty?«

Rhona knallte den Champagner auf den Tisch neben dem Laptop. »Sie hatten recht, Chef!«

»... *vier, drei, zwei, eins, yeahhh!*« Ruth wirft die Hände in die Luft. Die Meilen, die heilen ...

Gott sei Dank. »Sie waren in dem Wohnwagenpark?«

Stirnrunzeln. »Was? Nein ... Wir haben die Aufnahmen der Automatischen Nummernschilderkennung mit seinem Kennzeichen abgeglichen, wie Sie gesagt haben, und jetzt raten Sie mal! Ein dunkelblauer Volvo, zugelassen auf Dr. Frederic Docherty, fährt um zweiundzwanzig Uhr drei über die Stadtgrenze in Richtung Norden.«

»Hat er ...«

»Also habe ich bei Aberdeen City und Dundee angerufen und die Kollegen gebeten, die Bänder vom Freitag rauszusuchen und sie für die Zeit ab zwanzig nach zehn mit der Nummernschilderkennung abzugleichen.« Rhona ging auf dem Dielenboden auf und ab und fuhr sich mit den Fingern durch das strähnige Haar. »Er erreicht Aberdeen um halb elf. Und jetzt kommt's: Ich hab mir sämtliche Straftaten, die in dieser Nacht in der Stadt gemeldet wurden, schicken lassen. Eine Reihe von Schlägereien, zwei Einbrüche, zwei sexuelle Nötigungen, ein Fall von Exhibitionismus, und ...« Rhona zog ein Blatt Papier aus der Tasche und schwenkte es. »Ta-daaa!«

Es war ein Bericht über einen Vorfall, der um halb fünf Uhr morgens gemeldet worden war. Jemand hatte eine halbnackte Frau gefunden, die tot und blutüberströmt in einer Seitengasse der Midstocket Road lag. Aber als der Streifenwagen eintraf, stellte sich heraus, dass sie gar nicht tot war, sondern lediglich sediert. Und es war auch gar nicht ihr Blut, sondern irgendein künstliches Theaterzeugs. Also riefen sie einen Krankenwagen und ließen sie auf dem schnellsten Weg in die Notaufnahme bringen.

Alice erschien am Treppenabsatz, sie hielt ihr Whiskyglas an die Brust gedrückt. »Ash? Was ist los?«

Rhona leckte sich die Lippen und zog die Brauen hoch. »Und wissen Sie, was das Beste ist?« Sie zog noch ein Blatt aus der Tasche – es war der Ausdruck eines verschwommenen Fotos. »Der Typ, der es gemeldet hat, hat mit seinem Handy ein Foto gemacht. Kommt Ihnen das irgendwie bekannt vor?«

Eine junge Frau lag auf dem Rücken in einer Art Kuhle. Blasse Haut schimmerte zwischen den Streifen von schwarzer Unterwäsche hervor. Ihr Bauch war mit dunkelrotem Theaterblut bedeckt, das in Rinnsalen links und rechts an ihrem Rumpf herabfloss. Beide Arme über den Kopf gestreckt, ein Bein nach außen gedreht. Genau die gleiche Haltung wie bei Holly Drummond.

Ich hielt Alice das Foto hin. »Er stellt seine Morde nach.«

Sie nahm es und betrachtete es stirnrunzelnd. »Warum sollte er ...«

»Und jetzt der Fangschuss.« Rhona grinste über das ganze Gesicht. »Sie haben das Blut des Opfers auf Medikamente untersucht. Es ging auch extraschnell, weil wir ihnen gesagt haben, wonach sie suchen sollen.«

»Thiopental?«

»Thiopental.«

Alice gab mir das Foto zurück. »Warum sollte er seine eigenen Morde nachstellen? Er will sie ja gar nicht töten, er ...«

»Ist das nicht toll?« Rhona breitete die Arme aus. »Wir haben ihn. Und ich *wette*, sie ist auch nicht die Einzige. Ich habe die Dienststellen im Rest des Landes informiert, um herauszufinden, ob er noch andere Frauen überfallen hat.«

Ich lehnte mich auf meinem Stuhl zurück. Es war, als ob etwas eine Woche lang auf meiner Brust gesessen hätte, und jetzt war es plötzlich ... »Nein.« Ich klappte nach vorne und schlug die Hände vors Gesicht. »Scheiße!«

»Chef?«

»Aaaaah...«

»Ash, ist alles in Ordnung?«

Ich ließ die Hände sinken. »Er hat Oldcastle kurz nach zehn verlassen. Wann ist er zurückgekommen?«

Rhona runzelte die Stirn, dann sah sie in ihrem Notizbuch nach. »Um zehn nach vier. Chef, ich verstehe nicht...«

»Laura Strachan ist zwischen elf Uhr gestern Abend und drei Uhr heute früh verschwunden. Wenn er oben in Aberdeen war und dort eine Frau betäubt und ausgezogen hat, dann kann er nicht hier gewesen sein und Laura Strachan und Ruth Laughlin entführt haben.« Meine Handflächen krachten mit solcher Wucht auf die Tischplatte, dass der Laptop einen Luftsprung machte. »VERDAMMT!«

Rhona verzog das Gesicht und ballte die Fäuste. »Er hat sie nicht entführt.« Sie trat gegen den anderen Stuhl, der mit Gepolter nach hinten umkippte. »Wir *hatten* ihn!«

Eine Pause trat ein. Dann begann Alice mit einer Haarsträhne zu spielen. »Er hat einen Komplizen, so kann er gleichzeitig Frauen in Aberdeen belästigen und Ruth und Laura hier entführen, jemand arbeitet mit ihm zusammen...« Kleine Falten gruben sich zwischen ihren Augenbrauen ein. »Jemand, den er steuern und manipulieren kann, jemand, der glaubt, dass sie eine ganz besondere Beziehung haben und sich lieben, während es in Wirklichkeit nur um Macht geht... Jemand von hier.«

Alice ging hinaus. Ich hörte ihre Schritte auf der Treppe, und zwei Minuten später kam sie mit ihrer Umhängetasche zurück. Sie kippte den Inhalt neben dem Laptop auf den Tisch, griff nach dem Stadtplan und entfaltete ihn. Es war der, den sie markiert hatte – jeder rote Kreis bezeichnete einen Fundort. »Man muss sich das vorstellen wie ein Venn-Diagramm, die Kreise stehen für eine Fahrzeit von fünfzehn Minuten, und da, wo die Bereiche sich überschneiden, können wir...«

»Das ist alles falsch.« Rhona tippte auf einen Punkt direkt unterhalb von Cowskillin und zeichnete mit dem Finger die Schnellstraße nach. »Er legt sie alle in der Nacht ab oder in den frühen Morgenstunden, wenn die Straßen ruhig sind. Um zwei Uhr früh kann man in fünf Minuten quer durch die Stadt fahren.«

Alice' Schultern sackten hinunter. »Oh.«

Rhona zog einen Stift aus der Innentasche ihrer Jacke und malte ein X über das Castle Hill Infirmary. Dann ein zweites oben auf Blackwall Hill. »Privatklinik. Und dann ist da das alte Sanatorium aus dem Zweiten Weltkrieg – hier...« Die Bellows-Flussinsel wurde mit einem X versehen. »Und eine viktorianische Klapse in der Albert Road.« Sie drehte sich zu mir um und schnippte mit den Fingern, wobei sie ihre abgekauten Nägel sehen ließ. »Chef, was noch? Wo könnte es noch chirurgische Einrichtungen geben?«

»Ein paar der größeren Arztpraxen können kleinere Eingriffe durchführen.«

»Richtig.« Sie markierte weitere Stellen.

Es war wahrscheinlich sinnlos, aber was hatten wir denn sonst? Nur das hier und zwei Audiodateien, auf denen außer Rauschen so gut wie nichts zu hören war.

Die Tür wurde wieder aufgestoßen, und Huntly blieb auf der Schwelle stehen. Er rückte seine Krawatte zurecht, einen Gin Tonic in der einen Hand. Seine Aussprache war leicht verwaschen, aber noch nicht so, dass man von Lallen reden konnte. »Ah, hier habt ihr euch also alle versteckt, wie?«

Ich spielte die erste Audiodatei noch einmal ab, den Ton voll aufgedreht. Da war wieder der Klingelton: verzerrt, verrauscht und – laut Sabir – auf Millionen von Handys verfügbar. Die Tonfolge wiederholte sich, immer die gleichen Intervalle, aber die Qualität war zu schlecht, als dass man eine Melodie hätte erkennen können.

Huntly stellte sich hinter Rhona und Alice, die immer noch über den Stadtplan gebeugt waren. »Seine Königliche Hoheit der Große Bär hat mich geschickt, euch alle zu holen. Denn siehe, *la pizza è arrivata*.« Er sah mich an. »Oder für diejenigen unter uns, die es nicht so mit der klassischen Bildung haben: Essen ist fertig.«

Chirurgische Einrichtungen und ein Klingelton.

Ich klickte M-Jordan.wav an und spielte die Audiodatei wieder ab. Sie lief zischend und rauschend in ihrem Fenster, neben der Videodatei, die ich angeschaut hatte. Angehalten bei der letzten Einstellung: Ruth Laughlin, die Arme hoch erhoben, nachdem sie ihre heilenden Meilen abgestrampelt hatte.

Warum diese Datei? Warum kam ich immer wieder darauf zurück? Was stimmte damit nicht?

Huntly ging auf die andere Seite des Laptops und machte eine scheuchende Handbewegung. »Na los, kommen Sie, wir wollen doch nicht, dass die Pizza kalt wird, oder?«

Ich startete die Aufnahme erneut. Zischen, Knistern. Ein kurzer Melodiefetzen, so schwach, dass er fast nicht wahrnehmbar war.

Huntly schniefte. Dann hob er mein Notizbuch auf. Es war auf der letzten Seite aufgeschlagen, wo ich mir aufgeschrieben hatte, was Sabir gesagt hatte. »Ich wusste gar nicht, dass Sie sich für Campanologie interessieren, Mr Henderson.«

Ich riss es ihm aus der Hand. »Was hab ich gesagt von wegen Klugscheißen?«

»Erfrischend provokativ, schon vergessen?« Er deutete auf das Notizbuch. »›Cambridge Quarters.‹«

»Haben Sie nicht sonst irgendwen, den Sie nerven können?«

»Passen Sie auf, das wird Sie interessieren. Wussten Sie, dass Big Ben eine Variation spielt, die ›Westminster Quarters‹ genannt wird? Vier Takte zu je vier Noten, für jede Viertelstunde eine andere Permutation. Daher der Name.«

Ruth Laughlin, für alle Zeiten festgehalten. Die Arme im Triumph gereckt. Der Zeitstempel in der Ecke für die letzte Einstellung eingefroren bei 14:13:42. Ein Spalier von Krankenschwestern, die sie anfeuern. Hinter ihr ein Meer von fröhlichen Gesichtern…

Ach. Du. Scheiße.

Huntly verschränkte die Arme und lächelte zu den Feuchtigkeitsflecken an der Decke hinauf. »Ich weiß noch, wie ich einmal zweihundert Miniatur-Big-Bens überprüfen musste. Eine Gruppe geschäftstüchtiger Unternehmer aus Manchester hatte Heroin mit Gips vermischt und noch eine Handvoll Kaffeesatz dazugegeben, um den Geruch zu überdecken.«

Vier Takte zu je vier Noten.

Es war kein Klingelton.

Ich schob meinen Stuhl zurück, stand auf und schnappte meinen Krückstock. »Holen Sie Jacobson, *schnell*!«

Alice zupfte an meinem Ärmel. »Was ist?«

»Ich weiß, wo sie sind.«

51

Jacobson starrte den Stadtplan an, mit einer Hand auf den Tresen gestützt, während er mit dem Finger einen der roten Kreise nachfuhr. »Und Ihre Quelle ist sich ganz sicher?«

Ich schüttelte den Kopf. »Hundert Prozent? Nein. Aber er hat sich in der Vergangenheit als zuverlässig erwiesen. Wenn er sagt, dass er Docherty dort hat ein und aus gehen sehen, dann wird es wohl einen Versuch wert sein, oder?« Ich tippte mit einem Finger auf den Plan, auf eine Stelle südlich von Shortstaine. »Denken Sie mal drüber nach. Abgeschieden, trotzdem nahe an der Schnellstraße, Bezahlung in bar, kein Ausweis nötig.«

Rhona zog die Stirn in Falten. »Aber Chef, wir ...«

»Ich weiß – Sie meinen, wir sollten zuerst Detective Superintendent Ness informieren, aber hier hat Jacobson das Kommando. Er ist der ranghöchste Officer vor Ort.« Ich nickte ihm zu. »Boss?«

Er blickte sich in der Bar um. »Los, alles in den Wagen. Wir fahren zu einem Einsatz.«

Huntly stöhnte. »Aber es sind doch alles nur *Gerüchte*. Er hat keine Beweise, und meine Pizza wird kalt, und ...«

»Dann nehmen Sie sie mit.« Jacobson wies zur Tür. »Wenn es auch nur die geringste Chance gibt, Dochertys Opfer zu retten, dann machen wir's. Ins Auto. *Los.*«

Wieder ein Stöhnen, dann schob Huntly sich noch zwei Dosen Gin-Tonic-Fertigmischung in die Jackentaschen.

»Aber ...« Rhona starrte mich an. »Wir ...«

»Sie haben recht.« Ich klopfte ihr auf die Schulter. »Ich wäre

Ihnen doch nur ein Klotz am Bein.« Dann schwenkte ich meinen Stock in Jacobsons Richtung. »Fahren Sie schon mal los. Alice, Rhona und ich können uns schon mal mit der Debriefing-Strategie befassen.«

Jacobson strahlte mich an. »Ich wusste, dass Sie eine große Bereicherung für das Team sein würden, Ash.« Und dann drängten sie sich alle durch die Pubtür nach draußen. Nur wir drei blieben zurück.

Pause.
Zwei.
Drei.

Rhona zog ein Gesicht. »Aber wir haben den Wohnwagenpark doch *überprüft*. Bis auf zwei nicht mehr genutzte Stellplätze sind bei allen die Besitzverhältnisse geklärt. Docherty hat dort nichts angemietet.«

Vier.
Fünf.
Sechs.

Ich sah Alice an und wies zur Tür. »Schau mal nach, ob sie weg sind.«

Zehn Sekunden später war sie wieder da. »Jessica, Ruth und Laura sind nicht in dem Wohnwagenpark, oder?«

»Hol das Auto.«

Rhona parkte den Suzuki am Bordstein. Ihre Finger tänzelten auf dem Lenkrad hin und her, als ob es glühend heiß wäre und sie Angst hätte, sich zu verbrennen. »Ähh... Chef, ich finde *wirklich*, dass wir die Chefin darüber hätten informieren müssen...«

In den Fenstern der Häuser brannte Licht – glückliche Familien, die Jalousien für die Nacht zugezogen. Gerade mal Mitte November, und ein Knallkopf hatte schon einen Weihnachtsbaum aufgestellt.

Die Ladenzeile auf der anderen Straßenzeile lag verloren im Schein der Straßenlaternen: Metzgerei, Lebensmittelgeschäft, Tierarztpraxis. Die mit Brettern vernagelten Fenster waren immer noch mit Plakaten für längst vergessene Zirkusaufführungen beklebt. Alles sah noch genauso verlassen aus wie am Montag, als wir hier vorbeigefahren waren.

Ich schnallte mich ab. »Ich würde es ja gerne melden, aber ich habe kein Netz. Du vielleicht, Alice?«

Sie zog ihr Handy aus der Tasche. Betrachtete es stirnrunzelnd. »Ich habe vier Balken, vielleicht ist deins...« Und dann hellte sich ihre Miene auf. »Ah, *okay*. Nein, ich hab auch kein Netz. Muss wohl ein Funkloch sein.«

»Genau.« Ich zog den Türriegel auf. »Und außerdem, wenn wir da mit großem Aufgebot reingehen, gibt's bestimmt Tote.« Und davon hatten wir weiß Gott schon genug.

Rhona beugte sich vor und legte die Stirn aufs Lenkrad. »Das ist mir echt ein paar Nummern zu groß. Was ist, wenn etwas passiert?«

Ich kletterte hinaus in den Regen. »Dann sind Sie eine Heldin, nicht wahr?« Das Wasser sickerte durch meine Haare, als ich um den Wagen herumhumpelte und das Brecheisen aus dem Kofferraum nahm. Dann benutzte ich es als Stock, um über die Straße zu hoppeln.

»Ash, warte, warte, warte...« Alice sprang vom Rücksitz und eilte mir nach. Sie umklammerte meinen freien Arm und hielt ihren Schirm über uns beide. »Brauchen wir nicht dieses kleine Rammbock-Teil, ich meine, er wird sie doch nicht einfach da drinlassen, ohne die Tür abzuschließen, oder, das wäre doch fahrlässig, sie könnten entkommen...« Sie runzelte die Stirn. »Oder es könnte jemand reingehen, also in dem Fall wahrscheinlich wir, gehen wir rein?«

Nicht nur die Schaufenster waren mit Sperrholzplatten vernagelt, auch die Türen. »Du hältst dich hinter mir, verstanden?«

Rhona schloss zu uns auf.

Sie blickte zu dem Gebäude auf. Das Wasser tropfte von ihren Haarspitzen und machte das Grau ihres Kostüms dunkler. »Versuchen wir sie einzutreten, oder gehen wir hinten rum?«

Ich humpelte weiter. »Wir gehen hinten rum.«

Ein Durchgang führte zur Rückseite der Ladenzeile, auf der Straßenseite abgesperrt mit einer Kette, die auf der einen Seite an der Wand befestigt und auf der anderen mit einem Vorhängeschloss gesichert war. Ich schlüpfte darunter durch, wartete auf Alice und hielt dann inne.

Ein kleiner Transporter parkte hinter der Tierarztpraxis – verbeult und verrostet. Er stand mit dem Heck zum Gebäude, und der Schriftzug einer Teppichleger-Firma war trotz der abgeblätterten PVC-Lettern noch zu erkennen. Ich zeigte auf den Wagen. »Rhona? Das Kennzeichen.«

»Chef.« Sie zog ein Airwave-Telefon aus der Jackentasche. »Sierra Oscar Vier-Vier an Leitstelle, ich brauche eine Fahrzeugüberprüfung für einen grauen Lieferwagen Marke Ford Escort…«

Ich streckte die Hand aus. »Alice, hast du noch Handschuhe? Ich hab meine alle aufgebraucht.«

Sie reichte mir ein Paar lila Nitrilhandschuhe, und ich streifte sie über. Dann packte ich den Griff der Hecktür und zog daran. Verschlossen. Die hinteren Scheiben waren von innen übermalt.

Die Hintertür der Tierarztpraxis war ebenfalls verschlossen.

Rhona kam zurück. »Der Lieferwagen wurde vor drei Jahren offiziell verschrottet. Zuletzt zugelassen auf einen Kenny James, inzwischen verstorben.«

Das passte.

Ich verkeilte das krumme Ende des Brecheisens in der Lücke zwischen der Holztür und dem Rahmen.

Rhona trat von einem Fuß auf den anderen. »Chef, brauchen wir nicht einen Durchsuchungsbeschluss?«

Ein kräftiger Ruck, und das Holz um das Schloss herum knickte und splitterte. Noch einmal, und es gab mit einem trockenen Knacken nach. »Wir haben die Tür schon so vorgefunden, nicht wahr, Alice?«

Sie nickte. »Müssen Vandalen gewesen sein.«

So gefiel mir mein Mädchen.

Wir traten ein und fanden uns in einem kahlen Raum mit einer Art Podest auf der einen Seite. Alles dunkel.

Durch die offene Tür schlängelte sich Musik nach draußen – irgendetwas Fetziges, Poppiges mit viel Snare Drums – und dann ein heftiger Schwall Tannenduft-Desinfektionsmittel und Bleiche, der einen schmutzigen Schimmelgestank überdeckte.

Die Spitze des Brecheisens knirschte auf dem getünchten Fußboden, als ich über die Schwelle hinkte.

Unter einer Tür direkt vor mir war ein Streifen Licht zu sehen. Und sie war nicht verschlossen. Der Knauf klickte in meiner Hand. Ich stieß die Tür auf, und die Musik wurde lauter.

Es war ein breiter Flur mit einer Wand aus Käfigen auf der einen Seite – manche klein genug für eine Katze, andere groß genug für einen Deerhound. Alle leer – bis auf einen.

Alice schlang die Hände um meinen Arm und drückte. »Ist sie tot?«

Laura Strachan lag auf der Seite im größten der Käfige, zu einer Kugel zusammengerollt, die Ellbogen an ihren angeschwollenen Babybauch gepresst. Die feuerroten Haare hingen ihr in Strähnen ins Gesicht. Ihre Handgelenke wurden von einem dicken Streifen silbernen Isolierbands zusammengehalten, die Fußknöchel ebenso. Ein Streifen über dem Mund als Knebel.

Rhona stöhnte auf. »Verdammte Scheiße ...«

Alice kniete sich vor den Käfig, steckte einen Finger durch das Drahtgitter und tippte ihr an die Stirn.

Laura riss die Augen auf. »Mmmmmmmmmmnghghnnnff!«

Alice prallte zurück, landete auf dem Hintern und wich weiter zurück, die Augen weit aufgerissen, bis sie gegen die Wand stieß. Dann atmete sie zitternd durch und ging wieder an den Käfig heran. »O Gott, es tut mir so leid, geht es Ihnen gut, ich meine, es geht Ihnen natürlich nicht gut, aber es ist alles in Ordnung, wir sind hier, und Sie sind in Sicherheit, und machen Sie sich keine Sorgen, wir schaffen Sie hier raus.« Sie griff nach dem Haken, der die Tür geschlossen hielt.

Ich packte ihre Hand. »Nein.«

»Aber...«

»Und sprich leise.«

Rhona drängte sich vor. »Sind Sie *wahnsinnig*, wir müssen diese Frau ins...«

»Schscht...« Ich deutete auf Alice und senkte die Stimme. »Bleiben Sie bei ihr. Warten Sie fünf Minuten, und bringen Sie sie dann durch die Hintertür raus. Aber *leise*.« Ich spähte in den Käfig.

Laura Strachan funkelte mich an, ihr Mund bewegte sich hinter dem Knebel. »Lsssnnnnn Smmmmm rrrrsss, Ssstrttlllll!«

»Es tut mir leid, aber Sie sind in Sicherheit, und jetzt hören Sie auf, so einen Heidenlärm zu veranstalten, bevor die ganze Welt Sie hört.«

»Verdammt...« Rhona fischte ihr Airwave-Telefon wieder aus der Tasche. »Ich melde es.«

»Machen Sie es draußen, und sagen Sie, wenn ich auch nur eine Sirene höre, ramme ich ihnen mein Brecheisen in den Hals, verstanden? Sie sollen lautlos anrücken.«

Vier Türen gingen von dem Flur vor mir ab. Ich öffnete die erste: eine leere Besenkammer.

»Chef?« Rhona packte mich am Arm und zischelte: »Vielleicht sollten wir warten, bis sie hier sind. Was ist, wenn Dochertys Komplize gewalttätig wird? Was ist, wenn er Jessica McFee tötet?«

»Docherty hat hiermit nichts zu tun. Er ist ein mieses Vergewaltigerschwein, aber er ist nicht der Inside Man.« Tür Nummer zwei: ein kahles Zimmer mit einer Arbeitsplatte und niedrigen Schränken an einer Wand.

Jetzt war Alice wieder an der Reihe. »Was soll das heißen, er ist nicht...« Ihre Augen weiteten sich. »Oh... Okay.«

Hinter der nächsten Tür kam ein kleiner Empfangsbereich zum Vorschein. Wegen der vernagelten Fenster kam das einzige Licht aus dem Flur hinter mir. Im Halbdunkel konnte ich hinter der Anmeldung einen Stuhl erkennen, in der Ecke einen rostigen Drehständer für Broschüren und mitten auf dem Boden einen zusammengeknüllten Haufen Plastikfolie.

Blieb noch Tür Nummer vier.

Ich stupste Alice an. »Ich hab dir doch gesagt, du sollst bei Laura bleiben!«

Sie blinzelte mich an. »Aber ich will bei dir bleiben.«

Klar wollte sie das.

Ich warf einen Blick zurück zu den Käfigen. Laura hatte sich trotz der Klebeband-Fesseln auf Hände und Knie hochgearbeitet. Ich legte einen Finger an die Lippen.

Sie schoss mir einen bösen Blick zu.

Okay: Tür Nummer vier.

Die Musik wurde lauter, als ich sie vorsichtig einen Spaltbreit öffnete. Dann ein schmissig-munteres Finale, und das Stück war zu Ende.

»Ist das nicht toll? Ich find's super. Also, Sie hören Castlewave FM, ich bin Mhairi Rimmington, und ich präsentiere Ihnen die Evening Show. Denken Sie dran, die Leitungen sind geschaltet, und wir reden über die schockierende Meldung, dass der aus dem Fernsehen bekannte Dr. Frederic Docherty wegen sexueller Nötigung verhaftet wurde. Aber hier kommt zunächst Colin mit dem Wetter...«

Ich stieß die Tür an, und sie schwang auf.

Ein Tisch mit Rädern, wie eine Art großer Servierwagen, stand in der Mitte des Raums, unter einer Reihe greller Lampen.

»... *zur Abwechslung ein bisschen Sonne erwarten?*«

Ich musste ein paarmal blinzeln, um klar sehen zu können.

»*Tut mir leid, dich enttäuschen zu müssen, Mhairi, aber wie es aussieht, wird uns dieses Hochdruckgebiet bis zum Wochenende erhalten bleiben.*«

Eine Frau lag auf der Rolltrage – die Atemmaske über Nase und Mund war mit einem Behälter am Boden verbunden. Sie lag flach auf dem Rücken, ein Handtuch war über ihre Oberschenkel und Hüften gebreitet, ein zweites über ihre Brüste. Der Bauch dazwischen war aufgebläht. Unförmig. Verschmiert mit orangefarbenem Jod. Eine runzlige Narbe verlief quer über ihren Rumpf, direkt unterhalb der Rippen, eine zweite senkrecht dazu, genau entlang der Längsachse. Beide wurden von schwarzen Stichen zusammengehalten, die Knoten wie winzige Insekten, festgefroren auf ihrer Haut.

Zu spät.

»*Aber am Samstag wird sich das alles ändern – da kommt eiskalte arktische Luft zu uns, und dann gehen die Temperaturen so richtig in den Keller, vielleicht bekommen wir sogar in höheren Lagen ein bisschen Schnee...*«

Die einzige andere Person im Raum stand mit dem Rücken zur Tür und wusch sich in einem Edelstahl-Waschbecken die Hände. Grüne OP-Kleidung, weiße Clogs, eine OP-Haube über den schmutzig blonden Haaren.

»*Puh, das klingt ja fürchterlich, Colin. Na, dann wollen wir uns mal ein bisschen aufmuntern mit REM und ›Shiny Happy People‹...*«

Ich trat ins Zimmer. Ging zum Radio und schaltete es aus.

Die Person am Waschbecken erstarrte. Dann wusch sie sich die Hände fertig, trocknete sie ab und drehte sich um. Starrte mich an.

»Hallo, Ruth.«

Schweigen.

Und dann läuteten die Glocken der First National Celtic Church zur Viertelstunde. Ein Takt mit vier Noten, der von dem schroffen blutroten Kirchturm durch die Straßen hallte. Genau wie auf den Audiodateien. Gottes Klingelton.

Sie leckte sich die Lippen. »Sie dürfen hier nicht reinkommen. Das ist eine sterile Umgebung.«

Ich hinkte dennoch los, umkreiste den OP-Tisch. »Ist sie...«

Ruths Hand bewegte sich ganz langsam nach vorne – die Finger schlossen sich um den Griff eines Skalpells. Sie runzelte die Stirn. »Ich habe Ihnen doch gesagt, Sie hätten mich sterben lassen sollen.«

»Ich habe endlich herausgefunden, was mich an den Aufnahmen von Ihnen auf dem Fahrrad so gestört hat. Der Zeitstempel auf dem Clip zeigte zwölf nach zwei an. Über eine Stunde, *nachdem* ich blutüberströmt in den Bahnhof gewankt war. Sie waren total verschwitzt, aber da waren Sie noch gar nicht auf dem Rad gewesen, nicht wahr? Sie waren verschwitzt, weil Sie weggerannt waren. Sie haben mich angelogen.«

»Ich habe Sie *gerettet*.«

Alice schob sich vorsichtig durch die Tür. »Es ist alles gut, Ruth. Sie sind in Sicherheit, erinnern Sie sich?« Ihre Stimme wurde tiefer und leiser. »Warm und sicher, und alles ist gut, und Sie sind ganz ruhig und entspannt und in Sicherheit...«

Ich scheuchte sie zurück. »Was haben Sie gemacht – haben Sie den Trainingsanzug in einen Abfalleimer geworfen? Oder ihn jemandem in den Rucksack gesteckt? Auf dem Klo versteckt?« Noch ein Schritt. Immer näher. »Und wer wusste außer uns noch, wo Laura Strachan wohnt? *Sie* wussten es – wir haben Sie dorthin *gebracht*. Und sie wird in Ihnen keine Bedrohung gesehen haben, nicht wahr? Nur eine alte Freundin, auch ein Opfer des Inside Man.«

»Ich hab's Ihnen *gesagt*...« Sie hob das Skalpell, es funkelte im grellen Licht.

»Sie haben im Krankenhaus gearbeitet, hatten Zugang zu Medikamenten, kannten sämtliche Opfer, und als Sie in die Psychiatrie kamen, hörte das Treiben des Inside Man auf.«

»Sie hätten mich sterben lassen sollen.«

»Da suchen wir in der ganzen Stadt nach selbst gebauten OP-Sälen, dabei hatten Sie die ganze Zeit genau hier einen voll eingerichteten zur Verfügung. Als freiwillige Helferin in der Tierarztpraxis. Deswegen haben Sie Ihre Opfer immer in den frühen Morgenstunden weggebracht – Sie mussten warten, bis alle anderen nach Hause gegangen waren, ehe Sie anfangen konnten zu operieren.«

Draußen auf dem Flur war ein Klirren zu hören, dann kam Rhona ins Zimmer gestapft. »Verstärkung ist unterwegs.«

Ruth drückte die Spitze des Skalpells an ihre eigene Kehle. Tränen schimmerten in ihren Augen, glänzend wie die Klinge. »Nein!«

Eine Pause. Dann steckte Rhona das Airwave weg. »Okay, jetzt wollen wir hier mal keine Dummheiten machen...«

»Ich wollte immer nur Mutter sein. Etwas *Eigenes* haben, das ich lieben konnte.«

Mein Brecheisen-Krückstock krachte auf die Edelstahl-Arbeitsfläche, dass es nur so scheppperte und eine Delle im Metall zurückblieb. »DANN HÄTTEN SIE SICH EINE VERDAMMTE KATZE ANSCHAFFEN SOLLEN!«

Sie zuckte zurück, und ein kleines Blutströpfchen formte sich an der Spitze des Skalpells.

»Ruth?« Alice erschien auf der anderen Seite des OP-Tischs. Die Hände ausgestreckt, die Handflächen nach oben. »Es ist okay, Sie müssen das nicht tun. Laura ist in Sicherheit und Sie auch, und es ist noch nicht zu spät, Jessica ins Krankenhaus zu bringen.«

»Ich wollte nicht...« Sie biss sich auf die Unterlippe.

»Es ist in Ordnung. Ich verstehe. Schsch...« Alice' Stimme wurde wieder tiefer und leiser. »Warm und wohlig und in Sicherheit.«

»Ich wollte doch nur ein eigenes Baby.«

»Sie müssen jetzt das Skalpell weglegen. Können Sie das für mich tun, Ruth?«

Ihre andere Hand legte sich auf ihren Bauch, folgte dem Verlauf der verborgenen Narbe. »Ein Baby in meinem Bauch...«

»Sie legen das Skalpell weg, und dann können wir uns hinsetzen und eine schöne Tasse Tee trinken – ganz warm und wohlig und sicher –, und Sie können mir alles erzählen.«

Die Hand, die das Skalpell hielt, schnellte vor, die Klinge zielte auf die Tür des OP-Raums. »Warum hat es bei *ihr* funktioniert? Warum nicht bei mir? Ich habe *geübt*. Es hätte funktionieren müssen...«

»Würde Ihnen das nicht gefallen, Ruth? Endlich jemandem alles erzählen zu können? Damit Sie nicht mehr allein damit sind?«

»Von Rechts wegen ist das *mein* Baby. Meins. Ich habe es gemacht. Ich habe es in ihren Bauch getan. Es gehört mir.« Ihre Brust schwoll an, als sie ganz tief Luft holte. »DAS IST MEIN BABY, DU MISTSTÜCK!«

»Sch-sch... Legen Sie einfach das Skalpell hin. Alles wird gut, Sie werden schon sehen.«

Ruths Hand zitterte. Sie ließ sie an ihre Seite sinken. »Es ist mein Baby...«

»Ich weiß.« Alice nickte. Und lächelte. »Aber jetzt ist es vorbei. Sie sind in Sicherheit. Niemand wird Ihnen etwas tun.«

Sie legte das Skalpell auf die Arbeitsfläche. »Meins.«

Ich gab das Zeichen, und Rhona zog die Handschellen aus der Tasche. »Ruth Laughlin, ich verhafte Sie wegen der Entführungen von Laura Strachan und Jessica McFee...«

Donnerstag

52

»… *weil es meine Schuld war.*« Auf dem Bildschirm hob Ruth die Hand und kratzte sich an der Nase. Sie neigte den Kopf zur Seite, bis ihr Ohr die Schulter berührte. »*Es war eine… schwierige Geburt. Wenn ich sie innen drin nicht kaputtgemacht hätte, hätte sie noch mehr Babys kriegen können. Bessere Babys als mich.*«

Alice nickte. Sie saß mit dem Rücken zur Kamera, hatte verschiedene Papiere ordentlich vor sich auf dem Tisch aufgereiht und machte sich Notizen auf einem Block. Was sie da aufschrieb, konnte man vom Übertragungsraum aus aber nicht erkennen. »*Sie waren nicht sehr nett zu Ihnen, nicht wahr?*«

»*Ich hatte es verdient. Ich hatte sie kaputtgemacht. Ich war immer schon so ungeschickt. Bin gegen Türen und Schränke gelaufen. Die Treppe runtergefallen…*«

Neben mir seufzte Detective Superintendent Ness. »Wir haben uns ihre Krankenakten geben lassen. Wir mussten ziemlich weit zurückgehen, aber sie hat mehr Röntgenaufnahmen in ihrer Akte, als irgendein Kind unter neun Jahren je haben sollte. Arme, Beine, Rippen, Schlüsselbein, ausgerenkte Finger.«

»Und niemand hat sich die Mühe gemacht, das Jugendamt zu informieren?«

»*Aber Sie wollten eine bessere Mama sein, nicht wahr?*«

Ruth rutschte auf ihrem Stuhl vor. »*Ich wäre eine Super-Mami gewesen. Ich hätte mein Baby immer geliebt und es geknuddelt und es nie im eiskalten Badewasser sitzen lassen, weil es nachts geschrien hat. Ich wäre so eine wunderbare*

Mama gewesen...« Sie machte ein langes Gesicht. *»Und dann kam er.«*

Ness nahm einen Schluck Tee. »Sie haben noch gar nicht erzählt, wie Sie sie gefunden haben.«

»Sie hat früher ehrenamtlich bei einem Tierarzt ausgeholfen. Fünf Minuten von ihrem Haus entfernt ist eine leer stehende Praxis. Mit OP.«

»War das der Mann, von dem Sie uns erzählt haben? Der Mann, der Sie in der Gasse bei der St. Jasper's Church vergewaltigt hat?«

»Ich hätte das Baby behalten sollen, warum habe ich das Baby nicht behalten?« Sie schlug sich die Hände vors Gesicht, ihre Schultern zitterten. *»Ich hätte... hätte...«*

Ness beugte sich vor, ging mit dem Gesicht näher an den Bildschirm. »Der behandelnde Arzt hat bei der Abtreibung gepfuscht. Acht Monate später wurde ihm die Approbation entzogen, weil er eine Patientin angegriffen hatte. Kokain.«

»Schsch... Es ist alles gut, Ruth.«

»Ich hätte es behalten sollen. Es wäre mein kleiner Engel gewesen...«

»Und was werden Sie jetzt machen, nachdem alles vorbei ist?«

Ich zuckte mit den Schultern. »Keine Ahnung.«

»Jacobson sagte mir, dass Sie ein freier Mann sind. Das heißt, solange Sie sich jede Woche bei Ihrem Bewährungshelfer melden.«

»Ruth, ich möchte Sie nach den Briefen fragen, die Sie an die Zeitungen geschickt haben.«

Sie runzelte die Stirn. *»Briefe?«*

Alice griff nach einem der ordentlich aufgereihten Papierstapel. *»›Sagen Sie ihnen, sie sollen aufhören, mich den Schottischen Ripper zu nennen, das ist respektlos, sie begreifen nicht, wie wichtig meine Arbeit ist.‹«*

Sie schüttelte den Kopf. »*Nein. Das ist... Ich habe keine Briefe geschrieben.*« Sie beugte sich über den Tisch und ergriff Alice' Hand. »*Warum sollte ich Briefe schreiben? Ich wollte doch nur in Ruhe gelassen werden, damit ich mein Baby haben konnte.*«

»*Oh.*« Alice lehnte sich vor und konsultierte ihre Notizen. »*Ruth, hat Ihnen jemand im Krankenhaus geholfen?*«

»*Im Krankenhaus?*«

»*Wo hatten Sie die Medikamente her? Die Blutdrucksenker, die Anästhetika und den Wundkleber? Wie sind Sie an die Kontaktdaten von Jessica McFees Patientinnen gekommen?*«

Ruth zuckte mit den Schultern. »*Ich bin einfach reingegangen und habe meinen alten Ausweis benutzt. Ich dachte, sie hätten inzwischen bestimmt die Schlösser ausgetauscht, aber... Ob sie mich jetzt sterben lassen, was meinen Sie?*«

Ness starrte mich eine Weile an.

»Was?«

»Sie muss man im Auge behalten, Mr Henderson.«

Alice sackte auf dem Beifahrersitz zusammen, die Hände im Schoß, die Arme schlaff herabhängend. »Pfffff...«

Ich bog nach links in die Thornwood ein. Die Scheibenwischer zogen träge ihre Bahnen über das Glas. »Ich glaube, Detective Superintendent Ness hat da drin versucht, mich anzubaggern.«

»Gut.« Wieder ein Seufzer. »Weißt du, sie kann nichts dafür.«

»Ich hätte gar nicht gedacht, dass ich so unwiderstehlich bin.«

Dafür erntete ich einen bösen Blick. »Nicht sie – *Ruth*. Als sie vier war, hat ihr Vater ihr erklärt, wo die Babys herkommen, indem er ihrer Mutter eine Plastikpuppe unter den Pulli gesteckt hat. Er machte ihr weis, dass es so funktioniert.«

Der Verkehr wurde immer dichter wie ein Blutgerinnsel. Eine lange Schlange staute sich vor der Baustelle an der Shell-Tankstelle, wo der Regen die Rücklichter der Autos in grimmige rote Augen verwandelte.

Alice ließ ihren Kopf zur Seite sinken, bis er am Seitenfenster lehnte. »Drei Wochen darauf, als ihre Mutter im Wohnzimmer schlief, nahm Ruth ihre Babypuppe und schob sie unter Mamas Strickjacke. Sie sagte, sie wollte, dass Mama noch ein Baby bekäme, damit sie glücklich sein könne.«

Ich nahm die Abkürzung an der Bäckerei vorbei zur Patterdale Road. »Na, das ist doch ...«

»Ihre Mutter brach Ruth drei Finger und renkte ihr die Schulter aus.«

Vielleicht hatte Sarah Creegan doch ganz richtiggelegen – manche Leute hatten es nicht verdient, Eltern zu sein. Und manche Eltern hatten es verdient zu sterben.

Alice' Kopf kippte nach hinten gegen die Kopfstütze. »Ihre psychische Verfassung war wahrscheinlich schon von Anfang an prekär, aber vielleicht wäre sie zurechtgekommen – mühsam, aber immerhin –, wenn die Vergewaltigung nicht gewesen wäre. Danach gab es kein Zurück mehr.« Sie zuckte mit den Achseln. »Bei den anderen Frauen hat sie nur geübt. Sie wollte sichergehen, dass sie die Operation richtig beherrschte, ehe sie es an sich selbst ausprobierte. Sie legte los, aber dann musste sie feststellen, dass es gar nicht so einfach ist, sich *selbst* den Bauch aufzuschneiden ...« Alice drehte sich auf ihrem Sitz um. »Ich dachte, wir fahren ins Krankenhaus – das ist doch nicht der Weg zum Krankenhaus ...«

»Muss nur noch schnell wo vorbeischauen.«

Die Hälfte der Schreibtische in der Nachrichtenredaktion war nicht besetzt – die Leute waren entweder unterwegs, um für ihre Storys zu recherchieren, oder um sich etwas zu essen zu holen, was die wahrscheinlichere Alternative war. Dann konnten sie eben mal eine Stunde lang nicht die *Castle News and Post* mit Lügen füllen.

Micky Slosser starrte konzentriert auf seinen Bildschirm und hackte mit einem Finger auf der Tastatur herum. In der anderen Hand hielt er ein belegtes Baguette, von dem er ab und zu abbiss.

Er blickte auf, als ich auf seinen Schreibtisch klopfte, und zog die Stirn in Falten. »Wir hatten eine Abmachung. Du hast mir verdammt noch mal versprochen, dass ich als Erster informiert werde...«

»Erinnerst du dich an die hier?« Ich knallte die Ausdrucke, die er Alice gegeben hatte, auf seine Tastatur.

Micky lehnte sich auf seinem Stuhl zurück. »Ich erinnere mich, dass ich so nett war, euch die Kopien zu geben, und ich erinnere mich, dass du versprochen hast...«

»Der Inside Man hat diese Briefe nicht geschrieben. Weil der Inside Man nämlich von Anfang an nie der verdammte ›Inside Man‹ war. Oder?«

Ein, zwei Kollegen von Micky steckten die Köpfe über die Trennwände ihrer Arbeitsnischen. Witterten wohl eine Schlägerei oder zumindest ein bisschen interessanten Klatsch und Tratsch.

Er wandte den Blick ab und legte sein Sandwich hin. »Ich habe keine Ahnung, wovon du redest. Also, falls du nichts dagegen hast, ich habe eine Deadline, und du kannst – *urrg*...«

Ich packte ihn an der Krawatte und humpelte vorbei, wobei ich seinen Drehstuhl auf den Rollen hinter mir herzog. Er fingerte an der Schlinge um seinen Hals herum, die Augen weit aufgerissen, während sein Gesicht sich dunkelrot färbte.

Gut.

»Hast du einen blassen Schimmer, wie viel Zeit wir mit diesen gottverdammten Briefen vergeudet haben? Wie viel Zeit wir darauf hätten verwenden können, den Täter zu finden, anstatt hinter jemandem herzujagen, der gar nicht existierte? Wie viel *Schaden* du angerichtet hast?«

Weitere Köpfe tauchten über den grauen Trennwänden auf.

»Argh... Lass mich los! Security! SECURIT...«

Ich hielt ihm den Mund zu. »Alice?«

Jetzt waren fast alle auf den Beinen. Die ganz Neugierigen kamen näher, um besser sehen zu können.

Alice ging in die Hocke, bis sie auf gleicher Augenhöhe mit ihm war. »Natürlich haben Sie es sehr schlau angestellt, um es so aussehen zu lassen, als wären die Briefe jeweils vor der Auffindung des nächsten Opfers abgeschickt worden. Schlau, aber im Grunde ganz einfach, nicht wahr? Sie mussten nur jeden Tag einen leeren Umschlag an sich selbst abschicken. Wenn eine Leiche gefunden wurde, schrieben Sie einen Brief, in dem Sie sich als der Inside Man ausgaben, datierten ihn auf den Vortag und erzählten allen, er sei in dem Umschlag gewesen, der an diesem Morgen zugestellt worden war. Wenn es keine Leiche gibt, wandert der Umschlag in den Papierkorb, ohne dass irgendjemand etwas mitbekommt.« Sie lächelte. »Sehr raffiniert.«

Ich nahm meine Hand weg. Er drückte sich ängstlich in seinen Stuhl. Sah sie an, dann mich, dann wieder sie. »Ich hab's doch schon gesagt, ich habe keine Ahnung, wovon ihr redet.«

Alice richtete sich auf. »Und das war Ihr Durchbruch, nicht wahr? Hier wurden Sie ignoriert, Sie mussten über alberne Schülerprojekte schreiben, über Viehauktionen und Wohltätigkeitsbasare und Amateurtheateraufführungen. Niemand hat erkannt, was für ein Vollblutjournalist Sie sind. Aber als Sie diese Briefe bekamen, da haben sie plötzlich alle aufgemerkt, nicht wahr? Da haben sie gesehen, was Sie wirklich wert sind. Dass Sie etwas *Besseres* verdient haben.«

»Ich weiß nicht...«

Ich grinste. »Wir haben mit dem Kollegen in der Poststelle gesprochen, Micky.«

Er blinzelte. Leckte sich die Lippen. »Hör zu, es... Ich dachte, es wäre nicht so wichtig. Nur ein bisschen künstlerische Freiheit, okay? Sie...«

Sein Kopf schnellte nach hinten, Blutspritzer glitzerten im Schein der Deckenbeleuchtung wie winzige Rubine. Und dann – rumms, lag er auf dem Rücken in seinem umgekippten Stuhl, die Beine in der Luft, und hielt sich mit beiden Händen die gebrochene Nase, während seine Kollegen klatschten und johlten.

Ich schüttelte meine Hand – die Knöchel schmerzten wie glühender Kies, aber das war es wert.

Wee Free McFee stand auf. Er sah noch einen Moment auf seine Tochter hinunter, dann entfernte er sich lautlos von ihrem Bett.

Drückende Stille lag über der Überwachungsstation. Alle acht Betten waren mit Frauen belegt, die an Apparate angeschlossen oder hinter Paravents versteckt waren.

Jessica war bleich wie Eis, sie hing an einem Tropf und schlief mit offenem Mund.

Ich deutete mit dem Kopf zum Bett. »Wie geht es ihr?«

»Besser.« Er fuhr mit einem Finger über seinen grauen Schnauzbart und strich ihn glatt. »Sie haben sie mir zurückgebracht.« Wee Free streckte die Hand aus. Ich ergriff sie, und er nickte. Seine Augen unter den schweren Lidern starrten mich an, als ob sie die Haut von meinem Gesicht abziehen und nachsehen wollten, was darunter war. »Sie haben was gut bei mir.«

»Dann tun Sie mir einen Gefallen: Lassen Sie Ruth Laughlin in Frieden. Sie wird den Rest ihres Lebens in einer geschlossenen Anstalt verbringen. Sie ist nicht verantwortlich für das, was sie getan hat.«

Sein Mund straffte sich.

»Kein Auge um Auge, Zahn um Zahn oder was auch immer.«

Wee Free drehte sich um und ging zum Bett zurück. »Ich werde die Antwort im Gebet suchen.«

Besser als nichts ...

Alice wartete vor der Station auf mich. »Und?«

»Er wird die Antwort im Gebet suchen.«

»Oh ...« Sie ging neben mir her. »Es ist wirklich nicht Ruths Schuld. Sie ist eine schwer geschädigte Persönlichkeit, es wird Jahre der Therapie brauchen, um sich ihrem wahren Selbst auch nur anzunähern.«

Wir gingen den Flur entlang zu den Aufzügen. Ich drückte den Knopf. »Solange Wee Free darauf verzichtet, sich ihrem wahren Selbst anzunähern, ist es ja in Ordnung.«

Ping. Eine Frau in Bademantel und Pantoffeln stand in der Ecke, mit dem Gesicht zur Wand, und weinte.

Alice streckte die Hand nach ihr aus, dann zog sie sie wieder ein. Sie wandte sich ab und drückte den Knopf für die nächste Etage.

Die Tür glitt zu.

Der Aufzug fuhr summend und klackernd nach oben, begleitet von unterdrücktem Schluchzen.

Ich lehnte mich an die umlaufende Haltestange. »Hat sie gesagt, warum sie ihre eigene Wohnung verwüstet hat?«

»Das war sie nicht. Sie hat wahrscheinlich vergessen, die Tür abzuschließen, und die Bengel aus der Nachbarschaft haben den Rest besorgt.«

Womit auch geklärt war, was aus den Antidepressiva geworden war. Die kleinen Scheißer probierten wahrscheinlich gerade aus, ob man davon high werden konnte.

Ping. Wir stiegen aus, die Frau blieb, wo sie war, und dann nahm der Aufzug sie wieder mit.

Ich wies den Flur hinunter. »Das Zimmer ganz am Ende.«

Das Bett neben dem von Shifty war mit Blumen und Heliumballons überhäuft. Alles, was *er* hatte, waren eine Flasche Lucozade und eine *Scottish Sun* mit der Schlagzeile »SEXMONSTER: FERNSEH-PSYCHOLOGEN WERDEN SECHS VERGEWALTIGUNGEN ZUR LAST GELEGT« über einem Pressefoto des grinsenden Dr. Docherty.

Shiftys rechtes Auge war mit einem Mullverband zugeklebt, sein Gesicht war ein bisschen schlaffer und hohlwangiger als sonst und übersät mir Blutergüssen und Schorf.

Er trug das »Nachtwäsche«-Set, das wir ihm am Abend zuvor im Supermarkt gekauft hatten – ein graues T-Shirt mit einem Katzengesicht, das dem bekannten »Hope«-Poster von Obama nachgebildet war.

Shifty blinzelte mich ein paarmal mit seinem heilen Auge an. Seine Miene war mürrisch. »Nicht mal eine einzige popelige Genesungskarte, und dieser Typ da« – er deutete auf den bewusstlosen alten Mann im Nachbarbett – »hat ein ganzes verdammtes Schreibwarengeschäft voll.«

Ich setzte mich auf die Bettkante.

Alice beugte sich übers Bett und umarmte Shifty – so fest, dass er zusammenzuckte –, dann küsste sie ihn auf die Wange. »Ich bin ja so froh, dass du okay bist! Du siehst ... *fürchterlich* aus.«

»Danke.«

»Nein, im Ernst, du siehst wirklich fürchterlich aus. Du siehst aus, als ob dich jemand mit dem Rasenmäher überfahren hätte. Geht's dir gut?«

Er zog die Schultern bis zu den Ohren hoch. »Nein.«

Ein gestreifter Bademantel hing über dem Fußende des Nachbarbetts. Wir würden wahrscheinlich längst zurück sein, bevor der Alte aufwachte, und wenn nicht – Pech gehabt. Ich schnappte mir das Ding und warf es Shifty zu. »Komm, du einsamer Wolf, wir machen einen Besuch.«

»Ach, lass mich doch in Ruhe.«

Ich zog ein kleines Lederetui aus der Tasche und warf es aufs Bett. »Das wirst du auch brauchen.«

Er griff danach, klappte es auf und fixierte den Dienstausweis darin mit seinem gesunden Auge. »Wieso hast du meinen...«

»Weil – darum. Und jetzt auf mit dir!«

Wir halfen ihm aus dem Bett und bugsierten seine Arme in den Bademantel. Er war ungefähr drei Nummern zu klein und reichte nicht ganz über Shiftys Wampe, aber er würde seinen Zweck schon erfüllen. Ich lieh mir auch noch die Pantoffeln des Alten. »Zieh die an.«

Die karierten Shorts, die zu dem T-Shirt gehörten, gingen bis knapp über Shiftys Knie. Ein Zickzackmuster von lila Striemen und Heftpflastern zierte seine Beine.

Er hielt den Dienstausweis an die Brust. »Wohin gehen wir?«

»Wirst du schon sehen.«

Die weinende Frau war nicht mehr im Aufzug, als wir zur obersten Etage hinauffuhren.

Shifty fingerte an den Nähten des geliehenen Bademantels herum. »Ich... Danke.«

»Du würdest das Gleiche für mich tun.«

Alice nickte. »Alle für einen.«

Der Mechanismus des Aufzugs surrte und klackte.

Er schürzte die Oberlippe. »Ich werde heute noch entlassen. Bitte schön, da haben Sie eine Packung Antibiotika und ein paar Schmerztabletten. Und passen Sie auf, dass Sie sich beim Rausgehen nicht den Hintern in der Automatiktür einklemmen.«

»Willst du in der Wohnung bleiben? Sie ist noch bis zum Monatsende bezahlt, und Alice will da nicht wieder hin.«

Shifty erschauderte. »Wenn ich nie wieder einen Fuß nach Kingsmeath setze, wird es immer noch zu früh sein.«

Auf der Anzeigetafel leuchtete die Zehn auf, die Lifttür ging auf, und wir traten hinaus auf die Penthouse-Etage.

Hier gab es kein rissiges, mit Isolierband geflicktes Linoleum. Stattdessen Teppichfliesen, Vasen mit Blumen drin und ganz passable Bilder an den Wänden. Ruhig und exklusiv. Ein Duft nach Knoblauch und Butter wehte durch den Flur.

Shifty schnupperte. »Verdammte Scheiße, manche Leute lassen sich's echt gut gehen, wie?«

»So wird man belohnt, wenn man nicht in die Krankenversicherung einzahlt.«

Der junge Kerl hinter dem Empfangstresen aus Teakholz lächelte uns an, die Brauen hochgezogen, den Kopf zur Seite geneigt. »Es tut mir leid, aber diese Etage ist für Privatpatienten res–...«

»Polizei.« Ich hielt ihm meinen abgelaufenen Ausweis hin. »Sie haben hier eine Patientin, eine Mrs Maeve Kerrigan. Schussverletzung und ausgestochenes Auge.«

»Ah...« Er griff nach dem Telefon. »Vielleicht sollte ich nur schnell...«

»Oder vielleicht besser nicht.« Ich beugte mich vor, und er wich zurück. »Wo?«

Er wies hinter sich. »Zimmer zwanzig.«

Ich humpelte zum Ende des Flurs, mit Shifty und Alice im Schlepptau.

Die Zimmer links und rechts glichen eher Hotelsuiten – jedes verfügte über eine kleine Sitzecke mit Couch und Tischchen, einen großen Flachbildfernseher, iPod-Dockingstation, raumhohe Fenster und eine Tür zu einem kleinen Balkon. Die meisten Patienten saßen an ihren eigenen kleinen Esstischen, aßen ihr Mittagessen und genossen den Blick über die Stadt.

Fünfzehn. Sechzehn. Siebzehn.

Am Ende des Flurs links.

Achtzehn.

Zwei Männer standen da. Der eine trug eine Haube aus weißem Verbandmull, aus der ein roter Pferdeschwanz herausschaute, und hatte zwei dicke Veilchen. Der andere war klein und untersetzt, und unter seinen kurz geschorenen Haaren war die Kopfhaut kreuz und quer mit kleinen Narben überzogen. Er hatte nur ein blaues Auge, dafür ging er auf Krücken – sein zerschmettertes linkes Bein steckte von der Hüfte bis zu den Zehen in einem Gips.

Joseph und Francis.

Francis nickte. »'nspector.«

»Francis.«

Joseph begrüßte uns mit einem kleinen Lächeln. »Ah, Mr Henderson. Es tut mir leid, Ihnen verkünden zu müssen, dass unsere Bekanntschaft ein Ende finden muss. Francis und ich werden Oldcastle verlassen und uns neuen Ufern zuwenden. Fernen Gestaden, wenn Sie so wollen, mit der Betonung auf ›fern‹.«

Sein Partner nickte. »Spanien oder so.«

Ich ließ die Schultern kreisen. »Habt wohl Angst davor, was passieren wird, wenn ich euch in die Finger kriege?«

»Oh, du liebe Zeit, nein. Sagen wir einfach nur, dass Mr Inglis etwas *weniger* begeistert vom Ausgang unseres jüngsten Auftrags für Mrs Kerrigan ist. Er ist der Meinung, dass wir ein wenig rigoroser hätten vorgehen sollen, um die Organisation als Ganzes zu schützen.« Er hob die Schultern und zuckte zusammen. »Und so müssen wir nun unserer Wege gehen, bevor er beschließt, dass ein Exempel statuiert werden muss.«

Ich rückte ihm dicht auf die Pelle. »Laufen Sie schnell, und laufen Sie weit weg. Denn wenn Sie in fünf Minuten noch hier sind, werde ich mein Versprechen wahr machen. Sie erinnern sich?«

Das Lächeln wurde zu einem Grinsen. »Sie werden mir jeden einzelnen Finger brechen und mich zwingen, sie zu essen?«

»Ich hab Ihnen gesagt, rühren Sie sie nicht an.«

»Ah, Mr Henderson, unsere kleinen Plaudereien werden mir fehlen. Sie waren die Höhepunkte meines tristen Alltags.« Er hielt einen Finger hoch. »Francis, ich glaube, es wird Zeit, dass wir von der Bühne abtreten. Sag Mr Henderson auf Wiedersehen.«

Ein Nicken. »'nspector.«

Und dann waren sie weg. Das Geräusch von Josephs Krücken, die auf den Teppichboden des Flurs schlugen, war bald verhallt.

Shifty ballte die Fäuste. »Hast du das *gesehen*? Als ob ich Luft wäre. Ich sollte den Arschlöchern nachgehen und ihnen die Arme abreißen.«

Ich deutete auf die übernächste Tür auf der linken Seite. »Ich hab was Besseres geplant. Vertrau mir.«

Von der anderen Seite der Tür kamen klassische Klänge. Ich hielt mich nicht mit Klopfen auf, sondern zog sie einfach auf und hinkte hinein.

Mrs Kerrigan saß an ihrem privaten Esstisch, den Kopf gesenkt, die Hände im Schoß. Ein dickes Mullkissen bedeckte ihr rechtes Auge. Das Pflaster, das es hielt, sah deutlich sauberer und ordentlicher aus als das Zeug an Shiftys Kopf. Ihr rechter Fuß war von den Zehen bis zum Knöchel mit Bandagen umwickelt, die unter dem Saum eines langen seidenen Morgenrocks hervorschauten.

Vor ihr auf dem Teller lag unberührt ein dickes Filetsteak.

Der Mann, der ihr gegenübersaß, zuckte mit den Schultern. Die welligen grauen Haare fielen ihm ein Stück über den Kragen – oben, wo sie schon schütterer waren, schimmerte die rosige, sommersprossige Kopfhaut durch. Dunkelblauer Nadelstreifenanzug und weißes Hemd, große antike Armbanduhr an seinem dicken Handgelenk. Nicht der Allergrößte, aber breit und kräftig gebaut. Andy Inglis.

Sein Akzent war hundert Prozent Glasgower Werftenviertel.

Mrs Kerrigans Kopf sank noch ein Stück tiefer.

Er richtete sich zu seiner vollen Größe von eins zweiundsechzig auf und seufzte. »Was zum Teufel haben Sie sich dabei gedacht?«

Sie hob eine Schulter. »Es tut mir leid.«

Dann drehte er sich um. Und starrte mich mit offenem Mund an. »Ash? Ash Henderson, alter *bastardo*!« Er eilte auf mich zu – viel leichtfüßiger, als man es ihm zugetraut hätte. Wich tänzelnd zwei Schritte zurück, die Fäuste erhoben, und dann wieder vor. Und schlug ein paar Geraden in die Luft, die mich ein paar Zähne gekostet hätten, wenn er richtig gezielt hätte. »Schön, dich zu sehen, Mann. Wann bist du rausgekommen?«

»Am Sonntag.«

»Du hättest was sagen sollen! Ich hab jetzt dieses fantastische kleine Restaurant an der Cairnbourne, da solltest du mal vorbeischauen – ich lad dich ein!«

Ich sah an ihm vorbei. Mrs Kerrigan hatte sich nicht von der Stelle gerührt. Jetzt hob sie die Hand und wischte sich über ihr heiles Auge.

Das Lächeln in seinem Gesicht verflog ein wenig. Er deutete auf Shifty. »Ist das der Junge?«

Shifty hielt ihm seinen Dienstausweis hin. »Detective Inspector David Morrow.«

»Schön für Sie.« Andy Inglis legte mir eine Hand ins Kreuz und manövrierte mich hinaus auf den Flur. Er senkte die Stimme. »Das bleibt jetzt unter uns…«

»Wenn es um das Geld geht – ich hab's nicht, okay?«

Seine Augenbrauen gingen hoch. »Geld?«

»Die zweiunddreißigtausend. Mrs Kerrigan sagt, ich schulde…«

»Sei nicht albern.« Er zog das Kinn in die Halsfalten. »Ash, wir haben deine Schulden abgeschrieben, als deine Tochter starb. Du hattest doch so schon mehr als genug am Hals.«

»Das heißt …« Ich schloss die Augen. Holte tief Luft. Meine Knöchel schmerzten, als sie sich knarrend zu Fäusten krümmten. Keine Schulden. Sie hatte dagestanden und gequält und gefoltert – und eiskalt gelogen.

»Haben Sie wirklich geglaubt, ich würde Sie in Ruhe lassen, bloß weil Sie nicht mehr im Knast sind?«

Als ich die Augen wieder aufschlug, sah Andy Inglis mich fragend an. »Geht es dir gut?«

»Danke, Andy.«

Er schüttelte den Kopf. »Ach was, wofür sind Freunde denn da?« Eine Hand wie eine Abrissbirne klopfte mir auf die Schulter. Dann sah er sich zu Mrs Kerrigans Zimmer um. »Bist du gekommen, um sie festzunehmen oder um sie umzubringen?«

»Sie hat einen Polizeibeamten entführt und gefol…«

»Mach mit ihr, was du willst, mir ist's vollkommen gleich.« Er marschierte den Flur hinunter. »Und nicht vergessen: das Shoogly Goose an der Cairnbourne. Du wirst begeistert sein.«

Ich ging ins Zimmer zurück.

Shifty stand am Tisch und blickte mit finsterer Miene auf den Teller mit Filet, Pommes frites und Spargel hinunter. Daneben stand ein großes Glas Shiraz. »Wissen Sie, was *ich* zum Mittagessen hatte? Blumenkohlauflauf. Und der war *beige*.«

Mrs Kerrigan blickte nicht auf. »Sie haben echt Nerven, sich hier blicken zu lassen.«

Ich schwang meinen Krückstock durch die Luft, als wollte ich einen Zaubertrick ankündigen. »Shifty, wenn ich bitten darf.«

»Mit Vergnügen.« Er bewegte seinen steifen Hals hin und her. »Maeve Kerrigan, ich verhafte Sie wegen Folter und versuchten Mordes, begangen an Detective Inspector David Morrow. Sie müssen nichts sagen …«

»Ach, seien Sie doch nicht so verdammt kindisch.« Sie griff nach Messer und Gabel und säbelte ein Stück von ihrem Steak ab. Innen war es fast roh. »Wer soll mich denn bitte verurteilen? Sie haben weder Beweise noch Zeugen.«

Ich tippte mir mit dem Daumen an die Brust. »*Ich* bin Zeuge.«

Sie lächelte. »Nein, sind Sie nicht, Mr Henderson, denn wenn Sie es wären, müssten Sie sich Sorgen um Ihre Familie machen. Sie müssten sich Gedanken machen, wohin Ihre Frau und Ihr Bruder verschwunden sind und was ihnen zustoßen könnte. In wie vielen Einzelteilen Sie sie wiederbekommen könnten.«

»Glauben Sie, das macht mir Angst?«

»Nicht?«

Ich erwiderte ihr Lächeln. »Shifty, im Moncuir Wood ist ein vermisster Steuerprüfer namens Paul Manson verscharrt. Sie hat ihn getötet, mit zwei Schüssen. Die Waffe wirst du unter den Bodendielen des alten Keenan-Hauses am Ortsrand von Logansferry finden. Es sind ihre Fingerabdrücke drauf.« Ich ließ das Grinsen anwachsen.

Sie steckte sich den Happen Steak in den Mund und kaute. »Ich werde verdammt noch mal jeden umbringen, den Sie je geliebt haben.«

Shifty ballte die Fäuste. »Los, aufstehen.«

»Verpiss dich, Fettsack.« Sie hackte noch ein Stück blutiges Fleisch ab. »Rühr mich an, und du bist tot. Deine Ma ist tot. Dein Lover ist tot.«

Er baute sich vor ihr auf. »Na los, widersetzen Sie sich der Festnahme, ich *bitte* Sie darum.«

»Ihr glaubt, es könnte mich aufhalten, wenn ihr mich einsperrt? Im Ernst?« Sie hob die Gabel und zeigte damit auf Alice. »Als Erstes werde ich eurer kleinen Psychologin hier jemanden auf den Hals hetzen.«

Ich nahm mir eine Spargelstange. »Er hat Sie fallen lassen, nicht wahr?«

Noch ein Bissen Steak.

»Sie sind zu einer Belastung geworden. Sie sind außer Kontrolle. Polizisten entführen und foltern, Leute umbringen, nur weil sie Sie beim Abendessen gelangweilt haben?«

Ihre Knöchel wurden weiß, so fest hielt sie das Besteck umklammert.

»Andy Inglis mag diese Art von Aufmerksamkeit nicht, nicht wahr? Und was glauben Sie, wie lange Sie im Knast überleben würden? Einen Tag? Eine Woche? Er wird nicht riskieren, dass Sie als Kronzeugin aussagen.«

Mrs Kerrigans verbliebenes Auge funkelte mich wütend an. »Glauben Sie, Andy Inglis hätte das Monopol in dieser Stadt? Eine Menge Leute stehen in meiner Schuld. Ich kenne ein paar *entzückende* russische Herren, die sich gerne mal mit Ihrer Psychologenschlampe vergnügen würden.«

»Es ist vorbei.«

»Einen Scheißdreck ist es. Sie werden sie zu zehnt oder zu zwölft reihum rannehmen, bis sie nur noch aus Schreien und Blut und Höllenqualen besteht.«

Alice wich zur Tür zurück. »Ash?«

»Oh, und das wird Ihnen gefallen. Ich kenne da einen netten Mann in Perth, der auf Amputationen steht.«

Es war heiß hier drin.

»Wie wär's damit? Wenn die Russen mit ihr fertig sind, lass ich ihn Stücke von ihr abschneiden, bevor er sie vögelt?«

Ich schob den Riegel zurück und schob die Balkontür auf. Sog eine Lunge voll kalter Nachmittagsluft ein. Das Rauschen des Regens drang ins Zimmer.

»Würde Ihnen das gefallen? Vielleicht kann ich es so einrichten, dass Sie dabei sind, dann können Sie zuschauen, wie er an ihr herumsäbelt.«

Das einzige Geräusch war das Prasseln des Regens.

»Sie sind tot, und alle, die Sie je geliebt haben, sind ...«

Ich packte sie am Kragen und riss sie aus dem Stuhl hoch. »Schnauze!«

»... tot, haben Sie mich verstanden? Tot!«

»Ash!«

Eine Hand auf meinem Arm. Ich sah hinunter, und da war Alice und sah blinzelnd zu mir auf. Ihre Nase war gerötet, ihre Augen auch. Die Unterlippe zwischen den Zähnen eingeklemmt. Sie schüttelte den Kopf. »Tu's nicht.«

Ich ließ los. Atmete tief durch und schüttelte mich. Trat zurück. »Du hast recht.«

Mrs Kerrigan richtete ihren Morgenmantel. »Jetzt seien Sie ein braver Junge und verpissen Sie sich. Ich sag Ihnen Bescheid, wenn ich einen neuen Job für Sie habe.« Sie grinste. »Haben Sie *wirklich* geglaubt, ich würde Sie jemals in Ruhe lassen, Mr Henderson? Sie sind mein Äffchen. Wenn ich sage ›Spring!‹, dann springen Sie. Und Sie töten, wen zu töten ich Ihnen befehle. Und Sie werden es verdammt noch mal gerne machen, denn wenn nicht ...«

»Nein!« Alice stürzte sich auf sie, beide Hände ausgestreckt. Sie packte Mrs Kerrigans Morgenmantel und stieß sie mit aller Kraft zurück.

Mrs Kerrigan riss ihr eines Auge weit auf. Die Zähne gebleckt, krallte sie mit den Fingerspitzen nach dem Türrahmen, als sie rücklings durch die offene Tür taumelte. Alice ließ nicht von ihr ab, sie schob und schob.

»Finger weg, Schlampe!«

Raus auf den schmalen Balkon. Feuchter Kies knirschte unter ihren Füßen. Und dann ein dumpfes *Klonk*, als das Geländer sie im Kreuz traf.

»Lass die Finger von mir, du dummes kleines Flittchen!« Sie schlang die Hände um Alice' Hals. »Ich werd dich ...«

Alice stieg mit ihrem kleinen roten Schuh auf Mrs Kerrigans bandagierten rechten Fuß.

Stille.

Mrs Kerrigans Auge trat aus der Höhle, ihr Unterkiefer klappte herunter, ein Spuckefaden tropfte auf den seidenen Morgenmantel. Dann holte sie tief Luft.

Und Alice schubste sie noch einmal.

Mrs Kerrigan kippte über das Geländer – ihre Finger krallten nach irgendeinem Halt und bekamen nur Regen zu fassen.

Sie gab keinen Laut von sich, als sie fiel. Bis sie zehn Stockwerke tiefer mit dumpfem Klatschen aufschlug.

Shifty pfiff leise, dann schlurfte er hinaus auf den Balkon und beugte sich über das Geländer. Die Schultern seines geliehenen Bademantels sogen sich mit Wasser voll.

Ich trat zu Alice ans Geländer.

Mrs Kerrigan lag wie eine kaputte Stoffpuppe mit der oberen Körperhälfte auf dem Gehweg, während die untere Hälfte die Motorhaube eines kleinen Ford Fiesta eindellte. Blut strömte aus Kopf und Brustkorb und bildete eine Lache, die sich über den Asphalt ausbreitete, als ob jemand einen Farbeimer umgekippt hätte.

Shifty schniefte. »Tja, *die* ist im Arsch.«

Ich wandte mich ab. Humpelte wieder hinein und hob meinen Krückstock vom Teppich auf. »Wir müssen hier verschwinden.«

Alice stand am Geländer und starrte hinunter. Sagte kein Wort. Rührte sich nicht.

»Hmm…« Shifty trommelte mit den Fingern auf das Metall. Dann nickte er, und er sprach ganz langsam, als ob er die Wörter eins nach dem anderen aus dem Regen zöge. »Oje. Wir sind wohl zu spät gekommen. Joseph und Francis müssen sie getötet haben, *kurz* bevor wir gekommen sind. Oh, wie jammerschade… Oje, da kommt die Kavallerie.« Er wich von der

Balkonkante zurück, dann packte er Alice am Kragen und zog sie ins Zimmer. »Na los, komm schon.«

Sie strauchelte auf wackligen Beinen, immer noch zum Balkon gewandt. »Aber...«

Ich nahm die Serviette vom Esstisch und wischte die Klinke der Balkontür sauber. »Hat jemand von euch noch irgendetwas angefasst?«

Shifty manövrierte sie durch die Tür. »Es wird Zeit, dass wir gehen.«

Ich hielt auf der Schwelle inne. Sah kurz nach links und rechts und suchte dann die Deckenfliesen im Flur ab. Dann legte ich Shifty eine Hand auf den Rücken und schob ihn auf den Aufzug zu. »Verschwindet hier, ich muss noch rasch was erledigen...«

Sechs Monate später

53

Nebel wälzte sich von der Nordsee herein und verhüllte die Landzunge auf der anderen Seite der Bucht, verwandelte alles in ein blasses Faksimile. Eine Kopie einer Kopie, verblichen und undeutlich.

Zwei Gestalten spazierten über den Sand, halb verschluckt vom Nebel. Die eine groß und kräftig, mit einer Lederjacke und einer Augenklappe, die andere klein und zierlich, mit einem gestreiften Top.

Ein winziges schwarzes Knäuel flitzte voraus und wieder zu ihnen zurück, sein helles Kläffen gedämpft durch die Entfernung und das Wetter.

Am anderen Ende der Leitung seufzte Detective Superintendent Ness. »*Und erinnern Sie mich bloß nicht an den Prozess – das ist ein einziger Affenzirkus.*«

Ich lehnte mich an den Zaunpfahl vor dem Cottage und trank noch einen Schluck Tee. »Lassen Sie mich raten – Docherty nervt wieder mal.«

»*Und es ist ja nicht so, als ob ich nicht schon genug am Hacken hätte mit dieser Kerrigan-Geschichte. Interpol stellt sich an, dass es nicht mehr schön ist.*«

»Ach, haben die Überwachungsvideos denn nichts ergeben?«

»*Null. Wie bringen zwei Gangster es fertig, sämtliche Aufnahmen der Überwachungskameras aus einem Krankenhaus verschwinden zu lassen?*«

War gar nicht so schwierig, wenn man die richtigen Leute kannte. »Keine Ahnung.«

Unten am Strand lief Henry der Scotchterrier zum Wasser, machte kehrt und rannte jiffelnd und jaffelnd zurück, um dann vor Alice auf- und abzuhopsen.

»Und Sie sind sicher, dass Sie nichts gesehen haben?«

»Ich wünschte, es wäre so. Aber als ich dort ankam, war alles schon vorbei.«

Der junge Mann am Empfang der Privatstation hätte natürlich Schwierigkeiten machen können, aber ich musste nur ein Mal den Namen Andy Inglis fallen lassen, und schon wurde der arme Kerl von akuter Amnesie heimgesucht.

»Mannomann... Wissen Sie, dass wir nicht mal die Nachnamen von den beiden kennen? ›Francis‹ und ›Joseph‹, das ist offenbar alles, was man weiß. Wie soll ich damit internationale Haftbefehle erwirken?«

Unten am Strand hatten Alice und Shifty offenbar genug von der frischen Luft, denn sie machten sich auf den Weg zurück zum Cottage. Henry lief im Kreis um sie herum und bellte sich die kleine Lunge aus dem Leib.

Ein Seufzer. *»Und wie geht es Dr. McDonald?«*

Wacht immer noch mitten in der Nacht schreiend auf. Sitzt immer noch um zwei Uhr früh schluchzend am Küchentisch. Trinkt immer noch zu viel. Immerhin ließen die Alpträume ein wenig nach. Aber das musste Ness nicht wissen.

»Alice geht's gut. Sie genießt zur Abwechslung das ruhige Leben.« Ich schwenkte den Rest Tee in meiner Tasse und schüttete ihn mit Schwung hinaus in den Nebel. »Hören Sie, ich weiß, Sie stecken bis über beide Ohren in Arbeit, aber wenn Sie mal Lust auf einen Kurzurlaub haben, sollten Sie uns besuchen. Dann machen wir eine richtige schottische Grillparty: Würstchen, Nieselregen und Stechmücken!«

Sie antwortete nicht gleich. *»Ist das... Soll das etwa ein Date werden, Mr Henderson?«*

»Wie oft soll ich's noch sagen? Ich heiße Ash.«

Ein Lächeln stahl sich in ihre Stimme. »*Ich komme vielleicht darauf zurück.*«

Henry schoss den grasbewachsenen Hang hinauf und schlängelte sich unter dem untersten Draht des Zauns hindurch. Dann blieb er auf dem Asphalt stehen und schüttelte sich das Salzwasser aus dem Fell. Alice tauchte grinsend hinter ihm auf. Sie hatte sich bei Shifty untergehakt und hob die andere Hand, um mir zuzuwinken.

Okay, es war nicht Australien, und einen Pool hatten wir auch nicht, aber es war trotzdem verdammt in Ordnung.

Danke, danke ...

Wie immer hatte ich auch beim Schreiben dieses Buchs eine Menge Hilfe von einer Menge Leuten, und deshalb möchte ich diese Gelegenheit nutzen, um folgenden Personen zu danken: Ishbel Gall, Prof. Lorna Dawson, Prof. Dave Barclay, Dr. James Grieve und Prof. Sue Black für ihr geballtes forensisches Wissen; Deputy Divisional Commander Mark Cooper, Detective Superintendent Martin Dunn, Detective Sergeant William Nimmo, Sergeant Bruce Crawford, Polizeihundeführer Colin Hunter und Constable Claire Pirie, ohne die ich von der Umstrukturierung zu Police Scotland total überfordert gewesen wäre; Sarah Hodgson, Jane Johnson, Julia Wisdom, Louise Swannell, Oliver Malcolm, Laura Fletcher, Roger Cazalet, Kate Elton, Lucy Upton, Sylvia May, Damon Greeney, Victoria Barnsley, Emad Akhtar, Kate Stephenson, Marie Goldie, den wilden Kerlen vom DC Bishopbriggs und allen bei HarperCollins für ihre irre gute Arbeit; Phil Patterson, Isabella Floris, Luke Speed und dem Team von Marjacq Scripts, die all die Jahre dafür gesorgt haben, dass meiner Katze nie die Schuhe ausgehen.

Eine Reihe von Leuten haben geholfen, Geld für wohltätige Zwecke zu sammeln, indem sie Gebote abgegeben haben, um einer Figur in diesem Buch ihren Namen leihen zu dürfen: Liz Thornton, Alistair Robertson und Julia G. Nenova.

Und das Beste wie immer zum Schluss: Fiona und Grendel.

Autor

Stuart MacBride hat in einigen Berufen gearbeitet, bevor er sich dem Schreiben zuwandte. Doch bereits sein erster Roman mit dem Ermittler Logan McRae sorgte in Großbritannien für Furore. Seither ist die Serie mit Schauplatz Aberdeen aus den Bestsellerlisten nicht mehr wegzudenken. Mit »Das dreizehnte Opfer« begann der Autor eine zweite Thrillerserie, in deren Mittelpunkt der Ermittler DC Ash Henderson steht. Stuart MacBride lebt mit seiner Frau im Nordosten Schottlands.

Weitere Informationen unter www.stuartmacbride.com/en

Die Logan-McRae-Thriller von Stuart MacBride:

Die dunklen Wasser von Aberdeen · Die Stunde des Mörders · Der erste Tropfen Blut · Blut und Knochen · Blinde Zeugen. · Dunkles Blut · Knochensplitter · Das Knochenband

Die Ash-Henderson-Thriller von Stuart MacBride:
Das dreizehnte Opfer
Die Stimmen der Toten

🏴 Alle Romane auch als E-Book erhältlich

Nur als 🏴 E-Book erhältlich:
Mit tödlicher Absicht. Zwei E-Book-Only Kurzkrimis mit DS Logan McRae und DI Steel

Zwölf tödliche Gaben. Storys (auch als Einzelgeschichten erhältlich: Ein Rebhuhn in einem Birnbaum · Zwei Turteltauben · Drei französische Hühner · Vier singende Vögel · Fünf goldene Ringe · Sechs Eier legende Gänse · Sieben schwimmende Schwäne · Acht melkende Mädchen · Neun tanzende Damen · Zehn springende Herren · Elf spielende Dudelsackpfeifer · Zwölf trommelnde Trommler)

„MacBrides Thriller gehören zu den abgründigsten des Genres."
The Independent

Exklusiv als E-Book: Zwei brillante E-Book Only Kurzgeschichten des britischen Bestsellerautors Stuart MacBride mit DS Logan McRae und seiner Vorgesetzten DI Steel.

E-Book Only Kurzgeschichten
ISBN 978-3-641-13465-5

www.goldmann-verlag.de
www.facebook.com/goldmannverlag